D0617280

Le Psychiatre

Le Psychiatre

Marc Fisher

roman

ÉDITION DU CLUB QUÉBEC LOISIRS INC.
© Avec l'autorisation des Éditions Québec/Amérique inc.
© Éditions Québec/Amérique inc., 1995
Dépôt légal — Bibliothèque nationale du Québec, 1996
ISBN 2-89430-195-2
(publié précédemment sous ISBN 2-89037-854-3)

Imprimé au Canada

À Me Micheline Perrault

1

— Tu ne m'aimes plus...

Elle avait prononcé ces mots sur un ton mi-badin, mi-sérieux, du moins en apparence, mais dans le bleu profond de ses yeux, on pouvait lire un effarement véritable, comme si ce qui se passait entre elle et son fiancé n'était que la confirmation d'une inquiétude très vieille, très ancienne, plus ancienne que leur rencontre même. Non seulement elle ne lui plaisait pas, ne lui avait jamais plu, mais elle n'avait jamais vraiment su plaire à personne.

Et pourtant, sa beauté lui avait valu d'innombrables succès, avait fait tourner bien des têtes et l'avait très jeune poussée – c'était peut-être une illusion – vers la carrière d'actrice, dans laquelle du reste elle n'avait guère progressé. Il faut dire que, dans la fébrilité inquiète de ses vingt ans, elle avait encore devant elle bien des années pour faire ses preuves.

— Ce n'est pas ça, s'empressa de nier Robert, tu sais que je t'aime.

Et comme pour ajouter du poids à ses paroles, il se remit à embrasser Catherine avec une fougue qui lui parut néanmoins fausse, ou pour le moins peu convaincante.

Elle avait en tout cas imaginé que cette nuit – la première après l'annonce officielle de leurs fiançailles à leurs parents – serait plus romantique, plus exaltante. Le décor pourtant y était : une magnifique suite au très chic hôtel Waldorf Astoria de New York où un immense bouquet de roses rouges, commandé par un Robert prévenant, les attendait à côté d'une bouteille de Crystal. Si ce n'était pas le meilleur champagne, c'était certainement le plus cher, une dépense somptuaire pour tout autre couple de leur âge mais une bagatelle pour Robert, jeune avocat frais émoulu de Harvard, et surtout fils unique d'une des familles les plus riches et les plus en vue de la Côte Est américaine.

Les vertus habituelles du champagne n'avaient cependant pas opéré, ni la petite robe noire au profond décolleté que Catherine avait pris soin de porter et qui, du moins le prétendait Robert, le faisait craquer, même si, curieusement, elle n'avait pour ainsi dire pas de poitrine... Elle avait pris soin, également, d'utiliser « son » parfum – celui qui supposément le rendait fou –, dont elle s'était vaporisée subtilement partout où, selon le mot de Marilyn Monroe – son idole –, une femme pouvait être embrassée...

Sous ses cheveux blonds bouclés, une grande ride barrait maintenant le beau front lisse de Catherine, car Robert, à dessein ou par hasard, négligeait ses seins, que la jeune femme considérait comme une « infirmité » et avec laquelle elle n'était pas parvenue à se réconcilier.

Déjà dans la voiture, sur le chemin de l'hôtel, le lourd silence de Robert lui avait mis la puce à l'oreille. Il faut dire que sa mère, malgré ses bonnes intentions, avait multiplié les fautes de langage et que son père s'était comporté avec son fiancé en véritable mufle, faisant des plaisanteries de mauvais goût, lui posant toutes sortes de questions embarrassantes, et ayant d'ailleurs refusé, sous prétexte qu'il ne se laisserait pas impressionner par un fils de riches, de porter autre chose que ses vieux vêtements des jours ordinaires. Il aurait quand même pu faire un petit effort !

Chez les parents de Robert, qui habitaient une résidence princière dans Long Island, la rencontre ne s'était pas non plus déroulée comme Catherine l'aurait souhaité, et si elle avait su maîtriser en partie sa nervosité et ne pas commettre de gaffes, elle n'avait pas conquis tout le monde. Elle avait assurément plu au vieux domestique Émile, qui avait tout fait pour la mettre à l'aise, à la mère de Robert aussi, qui s'était empressée de l'embrasser et de l'appeler sa bru, et qui l'avait même comparée à Claudia Schiffer, comme on le faisait d'ailleurs fréquemment.

Mais les deux sœurs jumelles de Robert avaient tenté plus ou moins subtilement de la ridiculiser et de la dénigrer, en un mot de la snober. Et son père lui avait réservé un accueil glacial, lui tendant une main expéditive et ordonnant aussitôt à son fils de le suivre dans son bureau, où il avait eu avec lui une conversation dont Robert avait refusé de lui révéler la teneur mais qui l'avait laissé blanc comme un drap et avait précipité leur départ.

Et puis, au fond, le soudain changement d'attitude de Robert n'était pas seulement attribuable aux différences entre leurs familles. En fait, Catherine était persuadée qu'elle avait, depuis les onze mois et treize jours qu'ils se connaissaient – romantique, elle tenait le calendrier rigoureux de leur amour – bénéficié d'une sorte de malentendu.

Robert était trop bien pour elle, beaucoup trop bien. S'il était tombé amoureux d'elle, ce n'était que «par erreur». Avec sa belle tête blonde à la Robert Redford, son corps musclé de jeune dieu, sa Porsche blanche, et la fortune de sa famille, dont il jouissait d'ailleurs déjà grâce à l'extraordinaire allocation hebdomadaire de mille dollars que son père lui consentait, Robert pouvait avoir toutes les femmes, et surtout avoir des femmes beaucoup mieux qu'elle.

À la perspective terrorisante de se faire passer la corde au cou, Robert s'était peut-être réveillé de sa torpeur amoureuse, avait vu Catherine comme elle était vraiment, avec toutes ses insuffisances et les défauts qu'elle se prêtait : une obscure petite actrice sans talent. Éclairé par les lumières paternelles, il avait réfléchi, tiré des conclusions : l'écart entre les classes sociales finit toujours par rattraper l'amour, pourvu qu'on lui en laisse le temps. Mieux valait pour lui épouser une femme de son monde.

Soudain, ce qu'elle appréhendait depuis l'instant où ils s'étaient rencontrés arrivait. Elle aurait dû le prévoir, au lieu de se laisser prendre comme une mouche idiote par le miel frelaté des contes de fées de son adolescence. Si Robert l'avait, une heure seulement après leur rencontre, entraînée dans un voyage fou vers Paris, où il lui avait demandé, au sommet de la tour Eiffel, quel était son horaire pour les cinquante prochaines années, ce n'était que pour permettre à la vie de la faire tomber de plus haut.

Maintenant, l'heure des comptes avait sonné, et Catherine devait payer ses extases, ses rêves à crédit.

Pendant qu'elle était allongée nue sur le lit, c'était une observation de nature bien moins abstraite qui l'assassinait : malgré ses élans répétés, son amant affichait une déplorable mollesse. Son corps le trahissait, confirmait les horribles intuitions de Catherine.

Dans sa fierté de femme blessée, sa nudité lui parut tout à coup ridicule et, repoussant son amant, elle s'écria :

— Ce sont mes seins, hein ? Tu les as toujours trouvés trop petits...

— Mais non, voyons, je ne sais pas pourquoi tu dis cela, je les adore...

Il ne l'avait pas convaincue. Au lieu de s'approcher tendrement de lui, comme il semblait le réclamer par ses gestes, elle se mit à chercher autour d'elle son soutien-gorge.

Lui paraissait embarrassé, sans doute comme il ne l'avait jamais été de toute sa vie, et son sexe flasque entre ses jambes n'était certes pas pour redonner de la couleur à ses joues pâles. Tout en se cherchant une contenance, il souhaitait se retrouver ailleurs, dans une autre chambre, une autre ville, un autre pays, à cent mille lieues de cette épreuve morale qui l'humiliait au plus haut point.

Il jetait vers Catherine des regards obliques, admirait ce corps mince, fragile comme une fleur à peine éclose, ce corps qu'elle n'aimait pas et qui le troublait habituellement au-delà de tous les mots. Il la voyait enfin récupérer son soutien-gorge, l'enfiler maladroitement, dans un état d'agitation qu'il ne lui avait jamais vu, puis passer son slip que, quelques minutes plus tôt, elle avait retiré sensuellement, comme tout ce qu'elle faisait, car pour lui chacun de ses gestes était une poésie, un chant.

Dès qu'elle eut sommairement caché sa nudité, Catherine se tourna vers son amant et, mettant ses deux mains sur ses hanches, l'air décidé, elle exigea :

— Maintenant, je veux une explication !

Robert était sensible, il n'était pas ennemi de la parole, mais il était un homme, et sa gorge s'étranglait.

Alors Catherine prit le premier verre qui lui tomba sous la main et le jeta contre le mur, où il se brisa en mille éclats.

— Qu'est-ce que tu fais ? demanda Robert, étonné par cette violence inhabituelle chez son amie.

— J'attends que tu me parles.

Et comme il ne disait toujours rien, elle prit une lampe, une très belle lampe, et la projeta contre un autre mur, où elle se fracassa.

— Tu as perdu la tête, Catherine, arrête, je t'en prie !

— Je n'arrêterai pas tant que tu ne te décideras pas à me parler.

Elle s'approcha du téléviseur, un appareil Sony dernier cri, et mit la main dessus comme pour le faire basculer. Robert vit que les choses allaient un peu loin, leva la main en signe de reddition et laissa tomber, comme une véritable bombe :

— Il faut que nous rompions nos fiançailles.

— Ahhhhh ! hurla Catherine dans un long cri de douleur qui monta du tréfonds de son âme.

Elle poussa avec force le téléviseur, dont l'écran se brisa avec fracas au sol. Robert n'osait pas protester, mais il se sentait devenir nerveux, se demandant ce que lui réservait maintenant la colère de sa fiancée.

— Je le savais ! dit Catherine, je le savais !

On frappa alors à la porte. Un groom qui venait de porter des bagages à la chambre voisine s'inquiétait des cris de Catherine, que l'on entendait jusque dans le couloir. Catherine et Robert se regardèrent, et comme Robert hésitait, et que le groom frappait de nouveau, Catherine alla répondre, se contentant, vu sa demi-nudité, de glisser la tête par l'entrebâillement de la porte.

— Oui ? fit-elle avec impatience.

Le groom, intimidé par le ton sec de la question, demanda d'une voix tremblante :

— Tout va bien, madame ? Vous n'êtes pas... ? J'ai entendu des cris et je...

— Nous sommes comédiens. Nous répétons une pièce de théâtre pour enfants, basée sur *Natural Born Killers*...

— Ah ! je comprends, dit le groom qui, n'ayant pas vu le célèbre – et excessivement violent – film d'Oliver Stone, ne saisit pas l'humour noir de la réplique. Je voulais simplement vérifier.

La porte refermée, Catherine poussa de nouveau un grand cri pour exorciser sa douleur. Dans le corridor, le groom l'entendit et marmonna : « Ces comédiens, tous des cinglés... »

Le cœur de Catherine battait à tout rompre. Sa vie, son rêve s'effondrait. Mais elle allait au moins savoir pourquoi. Elle prit une grande respiration, fonça vers le lit avec détermination :

— Tu as rencontré quelqu'un d'autre ?

Il ne répondit pas tout de suite, même si Catherine venait de lui donner là une porte de sortie. Mais il était trop foncièrement honnête pour ne pas lui dire la vérité.

— Non.

— Alors c'est ma famille ? Tu trouves que ma famille n'est pas assez bien ?

— Je me fous de ta famille.

— Tu te fous de ma famille ? Parce que mon père n'est pas aussi riche que le tien ?

— Non, je ne me fous pas de ta famille. Ce que j'ai voulu dire, c'est que je me fous que ton père soit moins riche que le mien. C'est toi que je voulais épouser. Mais...

Une pause, une hésitation ultime, puis le saut définitif, irréversible :

— Catherine, j'ai appris que tu avais tourné dans un film pornographique. Mon père m'a montré la vidéocassette.

Catherine se tut. C'était donc cela ! Cette affreuse erreur d'un passé hélas ! pas si lointain qui refaisait surface pour détruire son rêve le plus cher.

—Je peux t'expliquer. On m'a trompée dans cette histoire. Nous devions seulement faire des prises de vue pour une annonce publicitaire. Mais le producteur est un escroc. Il nous a fait boire et il nous a droguées. Je te le jure ! Tu peux le demander à mon amie Claire, qui était avec moi – toutes les deux nous avons été trompées !

—Le mal est fait maintenant. Tu ne te rends pas compte, Catherine, que la famille Elliott est une famille publique, que mon père se présente comme sénateur cet automne...

Elle ne disait rien, accablée, sentant qu'elle avait déjà perdu la partie.

Embarrassé, et pressé d'en finir, Robert retrouvait ses vêtements, les enfilait en hâte, et Catherine le regardait comme un déserteur à qui elle ne pouvait reprocher sa trahison : elle avait perdu la guerre, et lorsque la guerre est finie, y a-t-il vraiment des déserteurs ?

Robert avait ses raisons. La raison d'État. La raison de famille. Sans doute plus forte que tout à ses yeux, et qui en tout cas avait raison de leur amour. Et qu'elle ne comprendrait sans doute jamais complètement parce qu'elle venait d'un autre milieu. Il attachait maintenant les derniers boutons de sa chemise, cherchait la manière d'en finir.

—Je ne tournerai jamais plus dans cette sorte de films, Robert, je te le promets. Et puis il n'a jamais été diffusé en salle. C'est un petit film obscur dont personne n'entendra jamais parler.

—Dès que mon père annoncera sa candidature, les journalistes se mettront à passer toute notre famille au peigne fin. Et ils trouveront. Ils finissent toujours par trouver. C'est leur passion de détruire la vie des honnêtes gens. Je ne peux accepter que cela arrive à mon père. Je suis aussi effondré que toi, Catherine, je te le jure. J'ai... C'est le destin... On ne peut rien faire.

Les larmes aux yeux, Catherine s'approcha de Robert, le supplia :

—Ne me quitte pas, Robert ! Je ne peux pas vivre sans toi. Tu es toute ma vie. On peut remettre nos fiançailles, attendre pour se marier que ton père soit élu au Sénat. On est encore jeunes, on a toute la vie devant nous...

Sans vraiment le vouloir, il l'accabla davantage en ajoutant :

—Tu as trahi ma confiance, Catherine. Et maintenant, je le sais, je ne pourrai plus jamais croire en toi. Si on se mariait, chaque soir, quand je rentrerais à la maison, je me demanderais ce que tu as fait pendant la journée, si tu ne me caches pas encore quelque chose, quelque chose que je découvrirais par hasard, comme j'ai découvert cette cassette ! Quand je t'embrasserais, chaque fois je me demanderais si tu ne sors pas des bras d'un autre homme, ou du studio d'un autre producteur porno qui t'aurait droguée, lui aussi.

—Je peux mettre fin à ma carrière...

«Ma carrière...», pensa-t-elle à une vitesse vertigineuse. Un bien grand mot ! Comme si elle avait vraiment ce qu'on peut appeler une carrière !

—Je vais tout laisser tomber. Je m'occuperai de toi, seulement de toi, de notre amour... Je passerai ma vie à me faire pardonner... À te faire oublier ma faute...

—Ce n'est pas possible, Catherine. Ce n'est pas possible. Il est trop tard.

Il déposa un baiser furtif sur sa joue, comme un frère embrasse sa sœur, et s'enfuit littéralement de la chambre. Et ce fut seulement lorsqu'il eut refermé la porte derrière lui que toute la douleur qui était emprisonnée en lui explosa, et qu'il se mit à sangloter.

Elle voulut d'abord le rattraper, mais elle n'en eut pas la force. Elle était dans un état second. Elle ne savait plus qui elle était. Elle savait seulement qu'elle souffrait horriblement, comme si on venait de lui arracher un membre à froid, sans anesthésie.

Une idée lui vint, le remède ultime, qui réglerait une fois pour toutes ses problèmes.

Elle marcha vers la salle de bain comme une automate. Elle attrapa, accroché à la porte, un peignoir fourni par l'hôtel, dont il arborait d'ailleurs fièrement les armoiries. Elle en retira le cordon, retourna près du téléviseur et ramassa le plus gros éclat de verre qu'elle put trouver.

Avec en main ce qui prenait soudain des allures d'arme meurtrière, elle s'approcha du lit, y jeta le cordon du peignoir, ouvrit la radio dont elle haussa le volume. On jouait une chanson de Gloria Estefan, *Here we are*, une chanson qu'elle aimait et qui acquérait en cet instant un sens bien particulier. Car précisément elle n'était plus avec l'homme qu'elle aimait, comme dans la chanson. Elle était seule, complètement seule, peut-être pour la première fois de sa vie. Peut-être aussi pour la dernière fois.

Elle posa près d'elle le grand éclat de verre, s'empara du cordon du peignoir et entreprit calmement de s'attacher la cheville gauche au lit. Si elle changeait d'idée, si elle manquait de courage au dernier moment, elle ne pourrait pas s'enfuir, elle n'en aurait pas le temps. Elle mourrait au bout de son sang.

Elle fit d'abord trois tours de cordon, puis, avec un acharnement croissant, cinq ou six nœuds, vérifia la solidité de l'attache, qui lui parut convenable. Puis elle reprit le morceau de verre.

Elle regarda avec nostalgie la belle montre Cartier d'homme que son ami lui avait donnée le jour même de leur rencontre, comme pour sceller leur amour, pour créer en tout cas un lien. Elle en avait quelques jours plus tard vérifié le prix chez un bijoutier : sept mille dollars ! Une vraie folie... Mais n'était-ce pas la preuve, précisément, que Robert était fou d'elle ?

Elle eut envie de la retirer, par dépit, comme pour faire comprendre au monde entier qu'elle n'appartenait plus à Robert, qu'elle reprenait sa liberté, que tout était fini entre eux...

Et puis, de la sorte, elle ne risquait pas de la tacher... Mais cette raison d'ordre purement pratique lui parut bientôt absurde : dans quelques minutes elle serait morte, et le sort de sa belle montre la laisserait parfaitement indifférente.

Alors elle tourna vers le plafond son poignet gauche, comme une offrande au dieu cruel de l'amour.

La mort, dit-on, est un cinématographe. À son seuil, le film de notre vie nous apparaît. La rupture avait porté à Catherine un coup fatal. Elle agonisait et revoyait sa vie, ou plutôt la seule chose qui la préoccupait vraiment, son histoire avec Robert : leur rencontre, leur première nuit d'amour, leur premier voyage...

Elle revit surtout, dans une clarté hallucinante, le pacte si romantique qu'ils avaient conclu au sommet de la tour Eiffel, en mêlant le sang de leurs poignets. Elle allait s'unir à lui de nouveau, dans l'invisible, dans l'absolu.

Elle plaça le morceau de verre sur son poignet, exerça une pression légère et traça une fine ligne rouge. Elle fut surprise. Ce n'était pas vraiment douloureux. Alors elle fut encouragée. Si elle n'avait pas réussi sa vie, au moins elle réussirait son suicide. Ce serait facile. Elle partirait. Et son cœur, qui lui martelait douloureusement la poitrine, ne lui ferait plus mal.

Elle appuya plus fort, atteignit une artère, et le sang jaillit dans les airs. Ce fut seulement lorsqu'elle le vit retomber sur elle et sur le lit qu'elle se rendit compte de ce qu'elle était en train de faire. Ce n'était pas de la comédie ! Dans quelques minutes, dans quelques secondes, si elle n'agissait pas rapidement, si on ne la secourait pas, elle mourrait au bout de son sang.

Elle paniqua. Elle ne voulait plus mourir, elle voulait vivre maintenant ! Il y avait peut-être un espoir. Peut-être Robert changerait-il d'idée. Peut-être leur rupture n'était-elle que passagère.

À la première occasion, il reviendrait sur sa décision. Demain, dans trois jours, dans une semaine tout au plus. De toute manière, il l'aimait. Car on ne pouvait aimer quelqu'un aussi passionnément qu'elle l'aimait sans être payé de retour. Il y avait sûrement une justice pour les amoureux, une sorte de comptabilité céleste, qui finissait toujours par tout équilibrer.

Elle jeta l'éclat de verre, tenta d'arrêter le flot de sang, se mit à crier.

— Au secours ! Au secours !

Elle comprit alors, un peu tard, qu'elle n'aurait pas dû jeter le verre, qu'il lui aurait été utile pour sectionner le cordon qu'elle s'efforça avec l'énergie du désespoir de dénouer. Mais elle n'y arrivait pas, s'énervait, et le sang qui ne cessait de couler gênait son travail.

— Quelqu'un s'il vous plaît, aidez-moi ! Aidez-moi !

Elle tenta d'atteindre le téléphone sur la table de chevet, s'étira, mais son pied ligoté la retenait. Pourtant, en une ultime tentative, elle put enfin toucher le combiné, mais elle l'échappa et le vit rouler avec désespoir au sol.

Sa vue se troubla. Elle entendit à ce moment dans le récepteur la voix du gérant de l'hôtel. Elle tenta de lui répondre, mais n'en eut pas la force et put seulement balbutier des mots inaudibles. Alors elle eut le sentiment que tout était fini. Elle vit une dernière fois le visage de Robert, et elle s'évanouit.

2

Lorsqu'il vit Catherine allongée dans son lit, inconsciente, le visage auréolé de ses magnifiques cheveux blonds, le docteur Thomas Gibson fut troublé. Pendant une fraction de seconde, il eut l'impression, quasi hallucinante, que c'était sa propre femme. Et dans sa surprise, il ne put s'empêcher de laisser échapper son nom, comme une prière :

— Louise...

Un petit bouquet de roses blanches posé sur la table de chevet ajoutait à cette ressemblance, car les roses blanches étaient justement les fleurs préférées de sa femme.

Le parfum subtil qui émanait du bouquet exalta ses souvenirs. Et il revit sa femme dans sa roseraie, qui était sa grande passion, sa grande consolation aussi, car elle n'avait jamais pu avoir d'enfants... Comme il la trouvait belle, penchée sur ses roses, qu'elle taillait avec une patience infinie, son noble visage protégé par un large chapeau de paille jaune d'où s'échappaient ses cheveux blonds, comme une cascade de lumière... Elle était le soleil de sa vie, son équilibre, sa poésie.

Pourtant, un jour, un an plus tôt, il avait fait une erreur, une terrible erreur...

Marié depuis sept ans – apparemment son chiffre malchanceux, comme pour tant de couples – il avait, comme on dit en jargon psychologique moderne, «traversé une crise». Il avait éprouvé le désir de voir d'autres gens, de prendre du recul par rapport à leur couple, de «se retrouver». Il avait cependant juré à sa femme qu'il n'avait nullement l'intention de la tromper, d'avoir une aventure.

C'est dans la roseraie qu'il avait eu avec elle la conversation qui allait bouleverser le cours de sa vie. À sa surprise, elle n'avait pas protesté, n'avait même pas demandé d'explications. Elle avait simplement posé le petit sarcloir avec lequel elle renchaussait ses rosiers, avait retiré ses gants avant de prononcer calmement – ce furent d'ailleurs ses dernières paroles : «Je vais aller voir ma mère.»

Soulagé, dupé par la simplicité de cette séparation provisoire, il ne l'avait pas retenue. Et sur le chemin qui la conduisait chez sa mère, elle, conductrice d'une prudence maladive qui n'avait jamais eu le moindre accrochage, avait raté un virage, et sa voiture avait sombré dans les eaux de l'*Hudson River*...

Et depuis Thomas, qui n'avait bien entendu pu s'empêcher d'établir un lien entre leur conversation et cet accident, vivait dans une culpabilité atroce. Cette petite phrase, qui lui paraissait maintenant ridicule – «l'envie de se retrouver» – le poursuivait, résonnait dans son esprit comme une incantation.

Par une cruelle ironie, son souhait s'était d'ailleurs réalisé : depuis la mort de sa femme, il avait pu «se retrouver» en effet ! À la vérité, il n'avait fait que cela... Il s'était littéralement soûlé de réflexion, de solitude, habité par le sentiment affreux d'avoir tué celle qu'il aimait...

Il chassa ces pensées obsédantes, s'approcha de Catherine et constata que, malgré la ressemblance avec sa femme, cette nouvelle patiente était beaucoup plus jeune.

Il prit le poignet droit de Catherine car le gauche, tailladé, était bandé. Son pouls était très faible, presque imperceptible. Admise d'urgence la veille à la clinique Gagliardi – un hôpital de Manhattan ouvert au grand public –, elle n'avait toujours pas repris conscience, ce qui inquiétait particulièrement le docteur Gibson.

Les parents de Catherine firent alors leur entrée dans la chambre. Rejoints le matin seulement, ils s'étaient précipités à la clinique. En apercevant le docteur Gibson penché sur leur fille, ils eurent une hésitation, se consultèrent du regard. Ne risquaient-ils pas de déranger le médecin?

Le père de Catherine, quinquagénaire avancé affligé d'embonpoint, et dont le dessus du crâne était complètement chauve et le visage bouffi par l'alcool, semblait non seulement embêté mais humilié, choqué même par cette tentative de suicide de sa fille. Ne s'était-il pas toujours montré un bon père, ne lui avait-il pas donné la meilleure éducation possible? Et c'était sa manière à elle de le remercier?

Aussi grasse que son père, avec des cheveux d'un platine qui n'était pas du meilleur goût, la mère de Catherine faisait beaucoup plus vieux que ses quarante-cinq ans. Lorsqu'on regardait son visage de près, avec le sens de l'extrapolation d'un archéologue qui reconstitue un temple à partir de quelques ruines, une poterie à partir de fragments, on devinait que, plus jeune, elle avait dû ressembler à Catherine. D'ailleurs, on aurait dit qu'en lui léguant sa beauté, elle s'en était du même coup départie, comme si elle n'en avait possédé qu'une quantité fixe. C'était là le drame de sa vie – cette perte précoce de sa beauté –, et il n'était certainement pas étranger à la jalousie qu'elle nourrissait à l'endroit de sa fille et qui se manifestait par mille et une mesquineries et vexations.

Impatiente d'avoir des nouvelles de sa fille, de la voir de plus près aussi pour constater son état *de visu*, la mère de Catherine voulut s'avancer, mais son mari la retint par le bras.

Le docteur Gibson, qui achevait de prendre le pouls de Catherine, remarqua alors leur présence. Il se retourna, demanda:

—Puis-je vous aider?

—Nous sommes les parents de Catherine...

—Mais entrez, entrez, je vous en prie!

Madame Shield se tourna vers son mari avec un air triomphal et, la tête haute, elle le précéda dans la chambre. Catherine leur parut d'une pâleur affolante.

—Je suis le docteur Gibson, dit le psychiatre en serrant la main des deux parents. C'est moi qui m'occuperai de votre fille.

—En... enchantée, docteur, balbutia Madame Shield, vivement impressionnée par l'apparence et surtout les grands yeux bleus du psychiatre.

À quarante-cinq ans, le docteur Gibson en paraissait à peine trente-sept ou trente-huit tant son allure était athlétique ; il arborait une chevelure noire encore abondante, pour ainsi dire épargnée par les ans, car on n'y décelait, çà et là, que quelques fils blancs. Le visage énergique, et – paradoxe qui ne faisait qu'ajouter à son charme – le regard d'une sensibilité peu commune, le psychiatre était spécialisé dans les cas de dépression nerveuse et de tentatives de suicide.

Dans un geste involontaire de séduction qui trahissait sa timidité, Madame Shield replaça ses cheveux et demanda :

—Est-ce que... Est-ce qu'elle va...

—Elle a perdu énormément de sang, expliqua le docteur Gibson. Si l'employé de l'hôtel l'avait trouvée dix minutes plus tard, je crois qu'elle serait déjà morte...

—Mais... est-ce qu'elle va s'en sortir ? demanda la mère.

—Elle n'a pas encore repris conscience, et je ne peux pas dire pour le moment s'il y aura des séquelles. Comme je vous l'ai dit, elle a perdu beaucoup de sang.

Une infirmière arriva alors sur le pas de la porte, une Noire d'une quarantaine d'années.

—Docteur Gibson ? dit-elle discrètement.

Il se tourna vers elle :

—Je suis avec les parents de Mademoiselle Shield, expliqua-t-il.

—C'est urgent, docteur. C'est au sujet de la jeune patiente à qui vous avez donné congé hier...

« Diane ! » pensa aussitôt le docteur Gibson, le visage tout à coup très pâle. Se pouvait-il qu'il soit arrivé quelque chose de grave à cette patiente qui, lorsqu'il lui avait signifié, la veille, qu'elle pouvait enfin voler de ses propres ailes, affichait une mine insolente de bonheur ? Lui avait-elle joué la comédie ? Ou avait-elle fait une rechute fulgurante ? Il ne put que s'excuser auprès des parents de Catherine, qu'il laissa seuls avec leur fille.

Dès qu'il fut sorti, Monsieur Shield y alla de commentaires pour le moins surprenants, en tout cas pour qui ne l'aurait pas connu :

—Je n'en reviens pas... Après tout ce qu'on a fait pour elle !

—C'est vrai, surenchérit la mère de Catherine. On a fait des sacrifices pour qu'elle ne manque de rien, et c'est comme ça qu'elle nous remercie...

Elle avait le cœur gros, pourtant, et si elle n'avait pas été entraînée par son mari sur la pente, quasi irrésistible, de la médisance, elle n'aurait peut-être pas prononcé pareille condamnation. C'était sa fille, après tout! Elle avait failli mourir, et peut-être garderait-elle toute sa vie des séquelles de cet acte désespéré.

—Le docteur n'a pas eu le temps de nous le dire, mais elle était probablement droguée, comme tous les maudits jeunes... ajouta Monsieur Shield. Nous autres, dans notre temps, on se droguait pas. On se grouillait le cul pour travailler, au lieu de rêver de devenir des vedettes de cinéma.

—Elle avait le droit de rêver, comme tout le monde, contra cette fois sa femme, dont l'instinct maternel reprenait le dessus.

Elle trouvait soudain inadmissible de casser ainsi du sucre sur le dos de sa gamine, surtout pendant qu'elle était inconsciente, suspendue entre la vie et la mort...

—Rêver, rêver, c'est bien beau, rêver, mais ça ne permet pas de gagner sa vie, dit le père...

Imitant sa femme, il se tut. Madame Shield s'était approchée de Catherine, lui avait pris la main, et elle regardait d'un air inquiet le bandage de sa fille. Une ride profonde barra son front étroit. N'avait-elle pas pensé, elle aussi, pendant les périodes les plus sombres d'un mariage qui n'avait jamais ressemblé à un conte de fées, en finir une fois pour toutes? Avait-elle légué à sa fille cette triste tendance?

—Catherine, je ne sais pas si tu m'entends, dit-elle à la surprise de son mari, mais on veut que tu vives. On veut que tu te battes, ma chérie!

—Ne perds pas ton temps! dit le père, en matérialiste endurci qui refusait de croire aux «sornettes» de sa femme. Tu sais bien qu'elle ne t'entend pas!

—On ne sait pas, on ne sait pas, protesta la mère.

Deux visiteurs inattendus venaient d'entrer dans la chambre. L'un d'eux, le plus âgé, un homme mince et élégant de cinquante ans, toussa discrètement pour attirer l'attention des parents de Catherine. Il s'agissait de George Pearson, un vieil ami de la famille – de Madame Shield en fait –, qui avait quitté New York plusieurs années auparavant pour aller vivre à Key West, où il se sentait davantage chez lui, moins en butte à l'ostracisme des bien-pensants.

Il était accompagné d'un homme efféminé d'une trentaine d'années, aux cheveux roux, aux yeux maquillés, et qui tenait un petit bouquet de fleurs.

— George ! s'exclama Madame Shield.

— Oui, dit ce dernier, l'air un peu embarrassé et désignant un quotidien qu'il tenait plié entre ses mains, nous... Enfin, je suis de retour à New York depuis hier soir et... je me proposais de te visiter, et j'ai lu ce qui était arrivé à Catherine dans le journal de ce matin...

Bien sûr, la mère de Catherine avait vu, elle aussi, les photos spectaculaires de sa fille, étendue dans un bain de sang, un pied curieusement attaché au lit, comme une suppliciée, ou comme la victime d'une sordide tentative de meurtre.

George s'avança et serra la main de Madame Shield, qui dit :

— Tu connais mon mari ?

— Oui, répondit-il, en penchant la tête comme par soumission ou par culpabilité.

Il tendit à Monsieur Shield une main molle, sans doute peu invitante, que de toute façon ce dernier refusa de serrer. George retira sa main avec embarras.

Madame Shield lança à son mari un regard de reproche mais ne parut pas surprise outre mesure par ce manque de politesse flagrant, qui accentua encore le malaise dans la chambre.

Alfie, le compagnon de George, qui n'avait pas encore été présenté, semblait le plus gêné de tous, et il tournait et retournait son petit bouquet entre ses mains nerveuses. Il y eut un silence, que George finit par rompre.

— Ah oui, j'oubliais : je vous présente mon ami Alfie.

Après le traitement que Monsieur Shield avait infligé à George, Alfie préféra ne pas tendre la main et se contenta de faire un sourire un peu crispé en inclinant légèrement la tête. Il trouvait la tension presque insupportable. Pour se donner une contenance, il s'avança vers la table de chevet de Catherine, où se trouvait le vase de roses blanches.

Il y plaça son bouquet, tenta de son mieux de l'harmoniser avec les autres fleurs, puis se tourna vers Catherine. Contre toute attente, son visage se plissa en une expression de douleur muette et ses yeux se mouillèrent de larmes.

Il détourna les yeux de Catherine, dont la pâleur l'avait bouleversé, et il dit à George, d'une voix tremblotante :

— Je... je t'attends dehors...

Il tenta en vain de réprimer ses sanglots et s'empressa de sortir de la chambre, comme honteux.

— Il... Il a déjà fait trois tentatives de suicide dans le passé, et je crois que... Enfin, il est très sensible...

Ni Monsieur Shield ni la mère de Catherine ne répliquèrent et ils ne manifestèrent pas la moindre compassion. Le malaise devint presque palpable. George, qui ne savait plus quoi dire, se sentait de moins en moins à sa place. Il regrettait presque d'être venu.

— Est-ce qu'elle est hors de danger, au moins ? dit-il, faisant quelques pas en direction du lit.

— Le médecin ne sait pas encore, expliqua Madame Shield. Elle ne s'est toujours pas réveillée.

Monsieur Shield, qui n'avait pas ouvert la bouche depuis l'arrivée de George, se contentait de lui jeter des regards haineux.

Le silence se fit plus lourd, plus étouffant.

— Bon, en tout cas, je ne vous dérangerai pas plus longtemps, dit George.

— C'est... c'est gentil d'être venu, dit Madame Shield, avec un sourire qui avait l'air de crier : « Vous pouvez ficher le camp, maintenant ! »

— Bon, alors je vous laisse... dit George, qui avait compris le message. Alfie n'a pas l'air dans son assiette, et je n'aime pas le laisser seul quand il est dans cet état...

Il se dirigea vers la porte, et personne ne chercha à le retenir.

3

Le père de Catherine attendit quelques secondes, pour être bien sûr que les deux hommes étaient partis, puis il s'exclama, avec un mélange de dégoût et de surprise :

— Peux-tu me dire ce que ce minable venait foutre ici ?

La question et surtout la violence du ton sur laquelle elle était posée parurent surprendre Madame Shield.

— Eh bien, c'est un ami de la famille, il est venu nous rendre visite...

— Dis plutôt qu'il est venu me narguer en rendant visite à Catherine !

Sa femme n'eut pas l'air de comprendre. Ils échangèrent un long regard. Puis Monsieur Shield reprit :

—Je ne savais pas qu'en plus d'être un salaud, il avait viré aux hommes !

—Il n'a pas viré aux hommes. Il a *toujours* été aux hommes !

Cette révélation parut avoir sur Monsieur Shield l'effet d'un coup de marteau.

—Mais je... je ne comprends pas, dit-il, complètement abasourdi.

—Qu'est-ce que tu ne comprends pas ? Qu'il soit homosexuel ? Moi non plus, je ne l'ai jamais compris ! C'est un mystère pour les homosexuels eux-mêmes. Mais je suppose que c'est aussi mystérieux qu'une femme soit attirée par un homme. Et des fois je me demande... ajouta-t-elle comme pour elle-même en baissant le ton.

—Tu te demandes quoi ? Tu te demandes si tu n'aurais pas été plus heureuse avec lui ? S'il n'aurait pas fait un meilleur père pour Catherine ?

—Écoute, ça n'aurait pas été bien difficile d'être un meilleur père que toi ! Mais non, je ne me demande pas ça ! Je ne me demande rien. Je te dis simplement que George est gai depuis qu'il est né et qu'il n'a jamais couché avec une femme.

—Alors ça signifie que... que... dit son mari, l'air atterré, consterné.

Il s'approcha du lit de Catherine, la regarda comme il ne l'avait sans doute jamais fait de toute sa vie, avec une intensité et une tendresse extraordinaires. Des larmes lui montèrent aux yeux. Il dit enfin :

—J'ai toujours pensé que George était le père de Catherine...

—George !! Mais c'est insensé !

Honteux, désemparé, déchiré, Monsieur Shield reprit :

—Tu sais, quand j'ai dû aller à Chicago pendant deux mois pour la compagnie avant la naissance de Catherine, j'étais... Eh bien, j'étais sûr que tu avais couché avec George. Vous étiez toujours ensemble, vous alliez danser, boire, vous alliez voir des pièces de théâtre. Faut dire que moi, la danse et le théâtre, enfin... Et quand je suis revenu de Chicago, tu m'as annoncé avec un grand sourire ironique que tu étais enceinte...

D'un seul coup, elle comprenait l'affreux quiproquo. Voilà pourquoi il avait toujours été si dur, si distant, si cruel même, envers leur fille ! Pendant dix-huit longues années, il avait vécu avec la terrible certitude que Catherine n'était pas sa fille, mais qu'elle était le fruit de l'adultère !

Pâle de consternation, Madame Shield sentit une vive émotion l'envahir. Elle s'approcha de son mari et esquissa un geste de tendresse, comme elle ne l'avait pas fait depuis des années. Et il ne la repoussa pas, comme il l'aurait sans doute fait avant. Elle le serra dans ses bras et dit :

— Mon pauvre... mon pauvre Burt ! Ce n'était pas un sourire ironique que j'avais, c'était un sourire de joie, un sourire de reconnaissance...

Il la repoussa délicatement pour mieux la regarder dans les yeux.

Il mesurait enfin l'étendue de son erreur, sa stupidité. Quant à elle, il y avait une chose qu'elle ne s'expliquait pas, qui lui paraissait curieuse, insensée :

— Pourquoi ne m'as-tu jamais confié tes doutes ? Comment as-tu fait pour vivre tant d'années sans rien dire ?

— Je ne sais pas. J'avais peur de t'affronter. J'avais peur que tu me dises que oui, tu m'avais fait cocu avec ce dégueulasse de George. Que Catherine n'était pas de moi, qu'elle était une bâtarde... Tu comprends, tant qu'il me restait une petite incertitude, il me restait aussi un petit espoir, et mon honneur était sauf...

— Mais tu as quand même agi comme si... comme si elle n'était pas ta fille, comme si tu n'avais pas de doutes !

— Je ne voulais pas prendre de chances ! Je voulais être sûr que, si elle n'était pas ma fille, elle paierait pour la faute que tu avais commise...

Madame Shield n'en revenait pas. Quel gâchis ! Vingt ans ! Vingt longues années de haine inutile que la pauvre Catherine avait dû essuyer, sans comprendre. Et si en ce moment elle était dans ce lit d'hôpital, à moitié morte, si elle avait voulu se tuer, n'était-ce pas à cause de ce manque d'amour ? Cette fois, son mari se mit à sangloter pour de bon.

Et elle éprouva sans doute la plus grande émotion qu'elle ait jamais éprouvée en la présence de cet homme pour qui les rapprochements se résumaient à de brèves étreintes, la plupart du temps gauches et de plus en plus rares, et dont elle n'était gratifiée que lorsqu'il était soûl – comme s'il lui fallait l'ivresse pour stimuler son désir, ou pour oublier que sa femme était sa femme et qu'il n'avait plus envie d'elle depuis longtemps.

Il s'était approché de Catherine ; il lui prit la main et se mit à l'embrasser en la mouillant de ses larmes. À ses côtés, sa femme, pour la première fois depuis nombre d'années, se sentit proche de cet homme taciturne et insondable avec qui elle pensait n'avoir plus rien en commun. Maintenant, au moins, ils avaient leur fille !

Elle ne se considérait pas comme une mère parfaite : elle n'avait pas aimé Catherine comme elle aurait dû, elle avait toujours reporté sur elle l'échec de son mariage et ses frustrations d'actrice ratée. Catherine était pour elle le cruel miroir qui lui rappelait sa beauté d'autrefois, qu'elle n'avait jamais vraiment accepté de perdre. Et elle lui avait souvent fait payer ce rappel, pourtant involontaire, d'un passé plus glorieux. Mais, au moins, elle l'avait toujours traitée comme sa fille !

Monsieur Shield continuait de tenir la main de Catherine, à qui il murmurait des paroles dont il aurait sans doute eu honte quelques minutes plus tôt, car elles auraient témoigné de sentiments qui, à ses yeux, étaient un signe de faiblesse inacceptable chez un homme.

—Catherine, dit-il en caressant de sa main libre ses beaux cheveux blonds.

Cent fois, mille fois, il aurait aimé lui dire qu'elle avait de beaux cheveux, qu'il la trouvait belle, qu'il la trouvait magnifique et qu'il était fier d'elle. Mais il l'avait toujours délibérément privée de ces compliments, même lorsqu'elle les réclamait ouvertement. Il avait voulu la miner. La détruire. Et il avait réussi au-delà de ses espérances. Maintenant, il devait en payer le prix.

—Ma Catherine, répéta-t-il.

Dans sa bouche, ce « ma » avait quelque chose de touchant, et sa femme comprenait maintenant pourquoi il ne l'avait jamais utilisé.

—Ma Catherine, me pardonneras-tu un jour tout le mal que je t'ai fait ?

Et il pensait à toutes fois où il lui avait administré des raclées injustifiées ou sans commune mesure avec les fautes, bien vénielles, qu'elle avait pu commettre dans son enfance. Combien de fois lui avait-il répondu par une gifle, combien de fois avait-il pris un malin plaisir à la surprendre par des punitions arbitraires, des interdictions de dernière heure de voir ses amis, de faire une sortie. Combien de fois avait-il « oublié » de lui acheter un cadeau à son anniversaire ou lui en avait-il donné un dont il savait qu'il ne lui plairait pas.

Combien de fois, ivre et frustré par la médiocrité de sa vie, lui avait-il heurté avec violence la tête contre les murs de leur appartement, lui demandant, avec des cris furieux, si elle comprenait ce qu'il lui expliquait... Et elle qui hurlait : «Papa, papa, arrête, je t'en supplie, papa, tu me fais maaal!!», et qui le regardait, abasourdie, ses beaux yeux remplis de larmes, incapable de comprendre cette haine...

Telle une horde déchaînée de chevaux sauvages que rien ne peut arrêter, les souvenirs accablants surgissaient de son passé malgré lui, le torturaient et semblaient décidés à lui infliger en quelques minutes ce qu'il avait fait endurer à sa fille pendant des années.

— Pardon, ma fille! Si tu m'entends, Catherine, je te demande pardon! Pardon pour tout le mal que je t'ai fait!

Elle sembla l'entendre, elle se mit à gémir doucement et à remuer imperceptiblement. Puis elle tourna la tête du côté de son père, qui regarda sa femme avec un sourire d'espoir béat sur les lèvres. On aurait dit un miracle : elle avait entendu ses suppliques! Elle revenait à elle! Enfin, à la surprise ravie et presque incrédule du couple, Catherine ouvrit enfin les yeux.

D'abord, elle ne les vit pas ou, en tout cas, elle ne les reconnut pas. Un doute terrible germa immédiatement dans leur esprit : et si elle avait perdu l'usage de la vue? Si elle restait aveugle? Comment son père se pardonnerait-il jamais cette infirmité dont il se savait responsable, même indirectement?

— Catherine, appela doucement sa mère. Nous sommes ici, tes parents... Nous t'avons apporté des vêtements. La petite robe blanche que tu aimes, tes souliers noirs, tes livres...

Elle avait effectivement préparé une petite valise à sa fille, avec des vêtement et un nécessaire de toilette, l'avait posée près de son lit.

— Nous sommes là, poursuivit son père. Regarde-nous.

Les entendait-elle? Elle se tourna vers eux et, lorsqu'elle vit son père qui lui tenait tendrement la main, elle eut un mouvement de recul instinctif et retira brusquement sa main en intimant :

— Ne me touchez pas, ne me touchez pas!

— Mais Catherine, voyons, protesta gentiment Monsieur Shield. Tu ne nous reconnais pas? C'est moi, ton père.

— Tu n'es pas mon père! hurla-t-elle. Tu ne seras jamais plus mon père! Je te renie à tout jamais! Tu as détruit ma vie! C'est à cause de toi que j'ai perdu mon fiancé! Je te déteste, je te déteste! Toi aussi, maman, je te déteste! Vous avez *tout* fait pour que Robert trouve que je viens d'une famille de minables! Partez tout de suite! Sortez de ma chambre, je ne veux plus jamais vous voir!

Effondrés de chagrin, ses parents crurent bon de ne pas insister et quittèrent la chambre.

4

Lorsqu'un des croque-morts voulut refermer le couvercle du cercueil, après l'ultime oraison funèbre, la mère, une femme boulotte et assez quelconque, très différente de sa fille défunte, qui avait été élancée et plutôt remarquable, fit une véritable crise d'hystérie. Elle se jeta sur l'employé du salon funéraire, un sexagénaire digne et impeccable, et se mit à le frapper.

— Ôtez-vous ! Je vous ordonne de vous ôter !

Véritable armoire à glace, l'employé des pompes funèbres ne fut guère ébranlé par cette pluie de coups. En quarante ans de métier, il en avait vu de toutes les couleurs, et la réaction de cette mère éplorée ne l'étonnait pas. Mais il céda à sa demande sans protester.

La mère avait réussi, à l'aide du petit prie-Dieu, à grimper dans le cercueil et elle s'était allongée aux côtés de sa fille morte en s'époumonant de façon pathétique :

— Il va falloir que vous m'enterriez avec ma fille ! Je ne vous laisserai pas l'enterrer toute seule ! Je suis sa mère ! Et c'est ma seule fille, est-ce que vous comprenez ce que cela veut dire ?!

Tous ceux qui étaient présents le comprenaient parfaitement, et il y eut chez les proches plus d'une réaction déchirante. Certains, qui étaient parvenus jusque-là à garder l'œil sec, ne purent supporter le spectacle d'une telle douleur et se mirent eux aussi à pleurer. Des femmes se réfugiaient au creux de l'épaule de leur mari, des amis de la famille détournaient le regard ou s'enfuyaient vers le fumoir afin d'essayer de calmer leurs nerfs ébranlés. Une femme dont le fils s'était lui aussi enlevé la vie l'année précédente, et qui s'était courageusement retenue jusqu'à ce moment, ne put contenir son chagrin et fondit elle aussi en larmes. Même les enfants, qui avaient été plutôt insouciants, affichaient subitement des mines sombres, cessaient de se chamailler, comme s'ils comprenaient que ce qui se passait était vraiment triste.

Le croque-mort en chef consulta discrètement sa montre, fronça les sourcils. Le service avait lieu dans quelques minutes à l'église, et ils en avaient un autre tout de suite après. La mère de la défunte avait beau être dans tous ses états, il fallait «procéder». Il regarda ses collègues, pour qui ce fut le signal de mettre leur chapeau et leurs gants.

La mère de la défunte avait cessé de hurler. Elle paraissait éprouver un curieux apaisement aux côtés de sa fille morte. Elle ne bougeait plus, comme si elle croyait, par son immobilité, pouvoir la rappeler à la vie.

Le docteur Gibson, qui n'était qu'à quelques pas du cercueil, était arrivé en retard au salon et n'avait pas encore eu le temps d'offrir ses sympathies à la famille. Il regardait la pauvre femme avec compassion. Mais ce qui l'affectait sans doute le plus, c'était de voir son ancienne patiente allongée pour son dernier repos.

Quelques jours plus tôt, la croyant parfaitement guérie – c'était une des rares fois où il avait eu l'impression que le traitement avait parfaitement réussi – il lui avait donné son congé. Hélas ! son diagnostic s'était révélé erroné. Ou alors elle avait fait une rechute réellement inattendue. Dans un mouvement de désespoir, elle s'était pendue au balcon de son appartement.

Avant de mettre fin à ses jours, elle avait envoyé une lettre à son psychiatre, et ce dernier l'avait trouvée le matin même, dans le courrier de la clinique. Il la tenait en ce moment dans sa main, plongée dans la poche de sa veste. Il l'avait lue deux fois, et elle l'avait tellement ravagé qu'il la connaissait presque par cœur.

Cher docteur, ou plutôt devrais-je dire cher Thomas. La vie est bien faite, parce qu'elle m'a permis de rencontrer celui qui me sauverait. Mais elle est mal faite aussi, parce que cet homme qui m'a sauvée, elle me l'enlève. Il restera toujours entre nous un secret. Et ce secret, je vous le confie, vous l'avez peut-être deviné à l'occasion, par mes sourires, mes regards. Je vous aime. Oui, je vous aime, mais je sais que notre amour est impossible. Jamais vous n'oserez rompre le serment que vous avez fait en devenant psychiatre. Je ne vous reproche pas votre fidélité absolue à ce serment. Elle est bien représentative de la noblesse de votre caractère, et c'est sans doute pour cela – cruelle ironie du sort – que je vous ai aimé si fort, comme je n'avais jamais aimé aucun être avant. Alors j'ai décidé de partir, parce que je sais que je ne serais pas capable de vivre sans vous. Et je sais que si j'étais restée encore votre patiente, vous auriez été déprimé de voir que vos traitements si excellents, que votre patience avec moi, que votre bonté ne fonctionnaient pas, et vous auriez cru à un échec. Mais moi dans mon amour, je voulais que vous réussis-

siez. Alors j'ai joué le jeu. Le jeu de la femme guérie, de la femme qui a retrouvé ses forces et qui est prête à affronter la vie. Je sais pourtant que je ne suis pas faite pour cela. Il y a en moi une fêlure, depuis ma naissance. Une fêlure que je ne m'explique pas, et qui m'empêche d'apprécier ce qui rend les autres heureux. Le succès, les amis, les loisirs, le travail. Pour moi, je m'en suis rendu compte, il n'y avait que vous. Avant de vous rencontrer, je ne savais pas qu'on pouvait aimer, que tout pouvait retrouver un sens. Je ne savais pas que ce qui me manquait, comme le levier qui manquait à Archimède pour soulever la terre, c'était vous. Mais je l'ai su au moment précis où j'ai mis le pied hors de la clinique, j'ai senti que je ne pourrais pas. J'ai senti tout de suite un vertige horrible, et la blessure qui en moi s'était apaisée à l'instant même où j'avais posé les yeux sur vous, où je vous avais « reconnu », cette blessure s'est rouverte, et par elle est entrée en moi cette force maléfique qui me ronge depuis des années et qui m'aspire vers la mort. J'espère que vous me pardonnerez le mal que je peux vous faire en partant, mais, franchement, je ne peux pas. Ce doit être la destinée, comme on dit. Alors hier j'ai acheté une grosse corde très solide, et sans même me servir d'un bouquin, ce qui prouve encore qu'ils sont inutiles pour les vraies choses de la vie et de la mort, j'ai appris à faire un nœud coulant infaillible. Et ce midi, après que je vous aurai posté cette lettre, à l'heure où les enfants reviennent de l'école, je m'installerai à mon balcon où tant de fois j'ai contemplé les nuages d'or du couchant, je fumerai une dernière cigarette (j'avais recommencé en cachette, me pardonnerez-vous à titre posthume ce crime?), j'attacherai la corde au garde-fou (pas si efficace!) du balcon, je glisserai le nœud à mon cou comme mon dernier bijou et je me jetterai dans le vide à la face du monde. Pour que les enfants sachent que ce qu'on leur apprend à l'école est inutile : si vous perdez l'amour, vous perdez tout!

Je vous aime,
Diane

Rarement le docteur Gibson avait-il éprouvé un tel sentiment d'échec! Comment se faisait-il qu'il n'ait pas percé le jeu de sa patiente? Comment avait-il pu ne pas se rendre compte qu'elle était tout sauf guérie?

Il fut rappelé à la triste scène du salon funéraire. Le croque-mort qui, quelques minutes plus tôt, avait voulu refermer le cercueil, s'avança alors pour essayer de convaincre la mère de la morte de le laisser faire son travail. Mais le mari, homme costaud à la peau couperosée par l'alcool, le retint et d'un geste lui fit comprendre qu'il valait mieux qu'il se charge lui-même de cette tâche délicate.

Il s'avança, mais parut alors manquer de courage et se tourna vers sa belle-sœur qui, debout à ses côtés, s'essuyait les yeux avec un mouchoir. Il était préférable qu'une autre femme se charge de la consoler, de la raisonner surtout : il fallait bien accepter l'inévitable.

La belle-sœur serra son mouchoir dans son poing pour se donner du courage et s'avança vers le cercueil. Elle sourit à sa sœur, lui prit la main et la tira tout doucement. Et à sa surprise, comme si les quelques minutes passées auprès de sa fille l'avaient complètement calmée, la mère éplorée n'offrit aucune résistance, se leva et sortit du cercueil, au grand soulagement non seulement des croque-morts mais de tous ceux qui étaient présents.

La femme vint se blottir dans les bras de son mari qui, instinctivement, la fit se détourner du cercueil pour lui éviter d'assister de nouveau à ce moment si douloureux où la tombe se referme, ce à quoi du reste s'appliqua tout de suite le croque-mort en chef. L'incident l'avait mis sérieusement en retard. La mère venait de se retourner et relevait le tête pour marcher vers la sortie lorsque le docteur Gibson, qui savait que le moment n'était pas idéal mais n'avait pas le temps d'aller à l'enterrement, s'approcha d'elle.

—Je suis... enfin, j'étais le psychiatre de votre fille, je suis venu vous offrir mes condoléances... C'est vraiment une perte tragique... je ne peux vous dire à quel point je suis bouleversé...

La mère ne réagit pas tout de suite. On l'aurait dite droguée de douleur. Mais lorsqu'elle réalisa ce que venait de lui dire le docteur Gibson – et surtout qui il était –, elle se mit de nouveau dans une colère extraordinaire. Au lieu de lui serrer la main, elle commença, comme elle l'avait fait quelques minutes plus tôt avec l'infortuné croque-mort, à le rouer de coups en hurlant :

—Assassin ! Vous n'êtes qu'un assassin ! Vous avez tué ma fille !

5

—Bonjour, Émile, est-ce que Robert est là ? demanda Catherine.

—Non, mademoiselle, répliqua le vieux domestique des Elliott. Il est...

Il eut une hésitation. Il avait répondu au téléphone dans un des salons de l'immense résidence des Elliott, et à quelques mètres de lui, dans un salon connexe, Robert était en train de bavarder, sans grand enthousiasme du reste, avec la future épouse que son père lui destinait.

Catherine, dont les sens étaient aiguisés par la douleur, décela cette hésitation, qui lui parut suspecte. Émile lui mentait, ou en tout cas il ne lui disait pas tout à fait la vérité.

— Vous êtes sûr qu'il n'est pas là ?

— Oui, mademoiselle Catherine.

— Est-ce qu'il sait que je suis à l'hôpital, que j'ai essayé de...

— Oui, mademoiselle, il a lu les journaux, comme tout le monde.

— Émile, il faut que vous m'aidiez ! Il faut que vous lui parliez, je...

— Écoutez, mademoiselle... Je... J'ai reçu des instructions... Monsieur ne prendra pas vos appels... Il vaut mieux que vous ne rappeliez plus. Je lui ai transmis tous vos messages, vous savez, mais c'est inutile... Vous allez vous faire mal... Ne pensez plus à lui...

Il paraissait sincèrement désolé, mais la situation était sans issue.

— Je vous en prie, Émile, aidez-moi, je dois lui parler au moins une fois, une seule fois... Il est là, n'est-ce pas ? C'est ce que vous me dites, n'est-ce pas Émile ? Je vous en supplie. Même s'il ne peut pas me parler tout de suite, dites-lui au moins que je l'ai appelé. Demandez-lui de me rappeler. Est-ce que vous pouvez faire cela pour moi ? S'il vous plaît. Qu'il me rappelle. Une seule fois. Il faut absolument que je lui parle.

Après une longue hésitation, le domestique, qui de toute évidence avait pris Catherine en sympathie, ajouta :

— Vous vous faites souffrir inutilement, mademoiselle...

Catherine se mit alors à hurler dans le récepteur :

— Robert ! Robert ! Est-ce que tu m'entends ? Je t'aime ! Je t'aime !

— Je dois raccrocher maintenant, mademoiselle. Je suis vraiment désolé.

Et, à regret, le domestique raccrocha.

— Robert ! Robert ! cria Catherine avec l'énergie du désespoir.

C'est à ce moment que le docteur Gibson fit son entrée dans la chambre de Catherine. Elle avait repris conscience depuis la veille, et son état mental semblait convenable. En tout cas, son cerveau ne paraissait pas avoir subi de dommages, malgré la grande quantité de sang qu'elle avait perdue.

Son visage avait retrouvé ses couleurs et son éclat avec une rapidité étonnante, tant les forces de la vie semblaient bien enracinées en elle, ce qui pouvait paraître paradoxal chez quelqu'un qui avait tenté de se supprimer à peine quelques jours plus tôt. On lui avait retiré le sérum, et déjà elle pouvait se déplacer librement.

Le docteur Gibson fut de nouveau frappé par l'étonnante ressemblance entre Catherine et Louise, sa défunte épouse. Il ne parvenait pas à s'habituer. En la voyant, il se répéta ce qu'il se disait depuis que sa jeune patiente était morte : il allait tout, vraiment tout faire en son pouvoir pour guérir Catherine ! Pas seulement parce qu'il se sentait immensément coupable d'avoir donné son congé trop tôt à son autre patiente, mais aussi parce qu'il se sentait responsable de la mort de sa femme. Les circonstances et les personnes semblaient se confondre subtilement dans son esprit, et, en voulant sauver Catherine, il se rachetait en quelque sorte de la mort de sa femme et de celle de sa patiente...

Il s'approcha d'elle, lui tendit la main, mais elle le regarda sans grande sympathie et ne répondit pas à son geste. Il n'insista pas. Sans doute était-elle encore trop troublée par sa conversation téléphonique. Peut-être également était-elle honteuse d'avoir été surprise en flagrant délit d'hystérie ou du moins de désespoir.

— Tu vas bien, Catherine ?

— Oui, je n'ai jamais été aussi bien de toute ma vie, dit-elle avec un sourire ironique. Mon ami m'a plaquée, je viens de faire une tentative de suicide, ma carrière ne va nulle part, mes parents ne me comprennent pas, et je ne sais pas du tout ce que je vais faire en sortant d'ici ! Oui, tout va très bien !

— Je comprends, dit le docteur Gibson.

Il était environ une heure de l'après-midi. Un jeune infirmier, Peter Lang, entra alors dans la chambre pour récupérer le plateau du repas. Il salua le docteur Gibson en inclinant la tête avec cette timidité qui lui était caractéristique, puis prit le plateau que Catherine avait repoussé au pied de son lit. Le docteur souleva au passage la cloche de métal et vit que Catherine n'avait pas touché à son assiette. Il prit un air préoccupé :

— Il faudrait que tu manges, Catherine. Sinon, nous allons devoir te remettre au sérum.

— Rien qu'à l'idée de manger, j'ai envie de vomir.

— Je comprends, dit le psychiatre, mais il faudrait vraiment que tu fasses un effort. Au moins pour manger un peu.

—Est-ce que je peux ? demanda l'infirmier en désignant le plateau.

—Oui, bien sûr, dit le médecin, qui avait reposé la cloche métallique.

L'infirmier esquissa un sourire timide, emporta le plateau.

Le docteur Gibson approcha du lit la chaise droite des visiteurs.

—Est-ce que tu te sens prête pour notre première séance ?

—Est-ce que j'ai le choix ? dit Catherine, ironique.

Elle ne voyait pas ce que pourrait lui apporter une telle séance, fût-ce avec le plus éminent psychiatre de la terre. Lui ramènerait-elle l'homme de sa vie ? Donnerait-elle à sa carrière l'élan dont elle avait besoin ? Et, surtout, la guérirait-elle de ce mal de vivre qui la rongeait depuis si longtemps, presque depuis qu'elle avait la faculté de penser, de ressentir ? Depuis qu'elle sentait qu'elle était peut-être condamnée, par quelque sort mystérieux, à n'être qu'une mal-aimée ?

—Je crois que c'est en parlant que nous allons arriver à comprendre ce qui s'est passé, dit avec beaucoup de calme le docteur Gibson.

—Peut-être, dit Catherine, qui ne semblait pas très convaincue.

Le médecin marqua une pause puis :

—Qu'est-ce qui s'est passé au juste ? Pourquoi as-tu voulu mourir ?

—Parce que je ne voulais plus vivre...

—Oui, je sais... mais pourquoi, au juste ?

Elle hésita, puis elle eut envie de parler à cet homme, qui avait l'air sensible et dont le visage possédait une sorte de bonté et de noblesse.

—Robert était tout pour moi. En me couchant le soir, je pensais à lui, la nuit c'est à lui que je rêvais, et ma première pensée, le matin, allait vers lui. La nuit je portais son pyjama, le jour, ses chemises, ses slips, son eau de toilette... Toujours, je voyais son visage, je me rappelais ses caresses, ses sourires, je pensais à ce qu'il m'avait dit... Les gens croient que ce sont des histoires, que l'âme sœur n'est qu'une fable, et que ceux qui l'ont rencontrée exagèrent... Mais moi, je sais ! Je sais que nous étions même plus que des âmes sœurs, nous étions une seule âme dans deux corps différents... J'en ai mille preuves, docteur ! Et vous pourriez passer dix heures à m'expliquer que j'ai tort, je saurais au fond de moi que j'ai raison, que je ne me trompe pas... Quand je pensais à quelque chose, il y pensait lui aussi et il m'en parlait avant même que j'ouvre la bouche... Dix fois par jour, il commençait une phrase et je la terminais pour lui... Et la plus grande preuve qu'il était ma moitié, c'est que depuis que je l'ai rencontré, j'ai cessé de me sentir seule. Parce qu'avec les autres hommes, avant, je me sentais toujours seule, même si je croyais les aimer, même s'ils me juraient qu'ils m'adoraient. Le vrai amour, c'est la fin de la solitude, mais on s'en rend compte seulement quand on l'a trouvé, et encore plus quand on l'a perdu... Alors, docteur, tout ce que vous pourrez me dire est inutile... Robert est le seul homme que je pourrai jamais aimer. Je le sais, docteur, j'en suis sûre. Quand je touchais sa main, j'avais l'impression que c'était ma propre main que je caressais... Et quand lui me touchait, j'avais l'impression qu'il touchait directement mon cœur et mon âme... La première fois que nous nous sommes embrassés, j'ai compris que ma vie ne serait jamais plus la même. C'était une expérience que je n'avais jamais connue avant. Je perdais complètement la tête, j'avais des frissons dans tout le corps, c'était comme si sa bouche était la porte vers une autre dimension... Ses baisers, c'était mon air, c'était mon pain, c'était mon eau ! Ils me permettaient d'oublier à quel point la vie est absurde, à quel point elle est vide quand il n'y a pas le vrai amour... Je ne blâme pas les autres, docteur, il faut que vous me compreniez, je ne les blâme pas... Moi non plus, avant de rencontrer Robert, je ne savais pas... Quand je l'embrassais, je n'étais plus moi-même, je n'étais plus la petite Catherine limitée, dont tout le monde se moque et qui sait au fond qu'elle est une ratée, même si elle joue le jeu avec les autres... Avec Robert, une caresse, même la plus légère, la plus innocente, un effleurement, le simple fait d'être assis nus dans un lit, l'un devant l'autre, ou l'un dans l'autre je devrais dire, dans un lit, sans bouger, sans remuer le petit doigt, était mille fois plus érotique que toutes les acrobaties que j'avais pu faire avec les autre hommes... Oui, les acrobaties, c'est bien le mot pour décrire l'amour avec les autres hommes avant Robert. Ce n'était pas de l'amour, c'était de la gymnastique, parce qu'il y en a tout de même qui ne sont pas très doués... D'ailleurs, docteur, est-ce que cela vous fera sourire si je vous dis que j'ai vraiment eu un orgasme juste en embrassant mon fiancé ? Est-ce qu'ils parlent de cela, dans vos manuels savants ? D'un orgasme causé par un baiser ?... Je dis « orgasme », même si c'est un mot laid et vulgaire, un mot que je déteste, mais c'est pour vous montrer que je ne rêvais pas, que ce qui m'arrivait était vrai, que j'étais complètement submergée, transpercée... J'avais l'impression d'être soûle, j'avais les jambes molles comme si j'avais bu une bouteille de champagne, comme si tout mon être s'était dilaté, comme quand on marche pendant des heures dans l'air frais de la montagne ou quand on passe la journée à la plage, à se griser de soleil et de mer, et qu'on se sent en vacances, alors que la vie, c'est de la merde. Je ne suis pas aussi âgée que vous, docteur, mais j'ai vite compris ce qu'est la vie, je sais qu'elle ne commence pas à quarante ans, malgré ce qu'on en dit. Elle ne perd pas de temps, la vie, elle commence à nous faire chier dès qu'on est enfant... Avec Robert, au contraire, j'avais l'impression d'être toujours en vacances! Chaque journée était une fête, même quand tout allait mal dans ma carrière de merde... Le problème avec le grand amour, docteur, c'est que quand ça ne marche pas, quand vous le perdez, ça vous tue... Parce que ça n'arrive qu'une fois dans la vie, lorsque vous avez de la chance. Je sais que je ne pourrai plus jamais revivre cela. Je sais que j'ai perdu Robert à tout jamais, et que je ne pourrai jamais plus aimer, docteur...

Cette longue tirade troubla le docteur Gibson. Non seulement avait-il rarement entendu un discours aussi pathétique sur l'amour, mais, d'une certaine manière, lui-même aurait pu le tenir. Car lorsqu'il pensait avec nostalgie – parfois avec désespoir – à sa femme disparue, c'était un peu dans les mêmes termes. Il se ressaisit pourtant.

—Mais tu es encore jeune, dit-il. Tu rencontreras quelqu'un d'autre. Avec le temps, on finit toujours par oublier.

Y croyait-il vraiment, lui? Avait-il oublié, lui? Il est vrai qu'il n'était veuf que depuis un an, et qu'il avait vraiment perdu sa femme, mais quelle était la différence, au fond, entre une mort et une rupture, quand on aimait?

—Je suis peut-être jeune d'âge, mais en vérité je suis vieille, parce que lorsqu'on sait certaines choses on est vieux, docteur. Il y a des vérités qui font vieillir quelqu'un de dix ans en une heure. Maintenant, je sais, et cette vérité est comme une brûlure... C'est quelque chose que je n'aurais pas dû apprendre, mais il est trop tard... Je ne pourrai plus revenir en arrière, je ne pourrai jamais plus oublier, et je sais que tous les hommes que je rencontrerai seront pour moi des fantômes qui me feront souffrir encore plus, en me rappelant ce que j'ai perdu...

—Mais vous vous réconcilierez peut-être! Vous allez sans doute vous revoir... D'ailleurs, vous vous êtes déjà revus, non?

—Non, il n'a même pas été foutu de venir me voir, même si j'ai failli mourir...

—Il a peut-être eu des empêchements... Il doit être très occupé...

—Il ne viendra pas, il refuse même de prendre mes appels... Parce que j'ai fait une erreur. Une grosse erreur...

Lui aussi avait fait une grave erreur ! Et il en subissait les conséquences depuis plus d'un an...

—Est-ce que tu veux en parler ? demanda-t-il. Je pourrai peut-être t'aider ? Parfois, une autre personne voit les choses différemment.

Elle eut une hésitation puis :

—Bah, je peux bien vous le dire, mais ça ne changera rien, vraiment rien. Quand je dis que j'ai fait une erreur, je sais que c'est une erreur terrible. D'ailleurs, je me demande comment j'ai pu la commettre... Je n'ai pas eu de chance, je me suis fait avoir. Mais c'était peut-être mon destin. Je suis condamnée de naissance, il y a un mauvais sort sur ma tête. Tous ceux que j'aime meurent ou s'éloignent de moi. Mes rêves ne se réalisent jamais, malgré tous mes efforts... Je pense que je n'y peux rien. C'est de famille. Pour ma mère, c'est pareil. Elle m'en a parlé un jour... C'est d'ailleurs la seule conversation sérieuse que nous avons eue. Elle m'a dit qu'elle aussi était condamnée, qu'elle avait follement aimé un homme. Un jour, elle a fait une erreur et lorsqu'il l'a appris il l'a quittée... Elle a épousé mon père juste pour essayer d'oublier le seul homme qu'elle a aimé... Mais moi, je ne me marierai jamais, je le sais. J'ai commis une première erreur, je n'en commettrai pas une deuxième. Je n'épouserai pas un homme pour oublier Robert. C'est pour ça que j'ai voulu me tuer. C'est la seule vraie manière d'oublier...

Elle se tut et baissa les yeux. Il laissa un silence planer et reprit.

—Je te le dis, Catherine, avec le temps, c'est étonnant comme on peut oublier.

—Vous dites cela parce que vous n'avez jamais vraiment aimé ! Si vous aviez aimé une fois, une seule fois, vous sauriez qu'on n'aime pas deux fois, que lorsqu'on a donné son cœur, il n'est plus à nous, et qu'on ne peut jamais le reprendre ! Non, docteur, je le sais, on a une seule chance dans la vie, et moi, cette chance, je l'ai ratée à tout jamais parce que j'ai fait cette erreur...

Le psychiatre lui demanda de nouveau quelle pouvait bien être cette erreur si terrible. Elle hésita, puis la lui avoua. Elle lui raconta la triste histoire de ce film pornographique qu'elle avait tourné malgré elle, et que le père de Robert, qui se présentait comme sénateur, avait découvert.

Le docteur Gibson comprit que les chances de réconciliation de Catherine avec son fiancé étaient fort minces, sinon inexistantes.

—Je vois, je vois, se contenta-t-il de dire.

—C'est sans issue, docteur, je vous l'avais dit.

Elle ne lui laissa pas le temps de répondre, car tout à coup son visage s'illumina. L'infirmier Peter venait d'entrer dans la chambre avec, dans les mains, un immense bouquet de fleurs.

—Robert ! ne put s'empêcher de s'exclamer Catherine.

Il avait enfin décidé de se manifester ! Il avait changé d'idée ! Il lui reviendrait ! Et, romantique comme il l'était, il lui annonçait son retour imminent par cette superbe gerbe de fleurs ! Le docteur Gibson se tourna, vit à son tour les fleurs et esquissa un sourire. Peut-être le jeune amant de Catherine s'était-il ravisé et faisait-il amende honorable. Ce serait une belle conclusion à une histoire qui paraissait destinée à se terminer mal.

—Je les pose où ? demanda l'infirmier.

—Donnez-les-moi, indiqua Catherine.

Peter déposa les fleurs dans les bras de Catherine, ravie. C'était vraiment inattendu. Tout espoir n'était peut-être pas perdu. Elle se tourna vers le docteur avec un large sourire, et il déclara :

—Tu vois, les choses finissent toujours par s'arranger.

—Vous aviez raison, docteur.

Comme si un bonheur n'arrivait jamais seul, le téléphone sonna. Catherine tressaillit. Émile, le bon vieux domestique, était parvenu à convaincre Robert, qui se repentait ! Elle décrocha, radieuse.

—Oui ?

Mais, après quelques secondes, son visage se décomposa subitement.

—Ah ! c'est toi ! Je t'ai dit que je ne voulais plus te parler ! Je ne te pardonnerai jamais ! Jamais, tu m'entends ? Je te déteste !

Et elle raccrocha avec force, sans laisser à son interlocuteur le temps de répliquer. Le docteur Gibson était perplexe. Pourquoi cette soudaine volte-face ? Catherine lui avait fait l'impression d'être une jeune femme d'une grande sensibilité, mais de là à être d'une humeur si changeante, si explosive...

—Je ne comprends pas, dit-il le plus doucement possible et en s'efforçant de ne laisser percer aucun reproche dans sa voix. Qui était-ce ?

— Savez-vous qui m'a envoyé ces fleurs affreuses ? Mon père ! Je ne lui pardonnerai jamais comment il s'est comporté avec Robert... Si vous saviez combien il m'a fait honte... Si Robert avait encore des hésitations quand son père lui a montré le film, il a dû les perdre toutes en pensant au genre de famille dans laquelle il allait entrer s'il m'épousait...

À la vérité, elle était doublement dépitée. Non seulement elle était furieuse contre son père, mais elle s'en voulait d'avoir naïvement cru, même pendant quelques secondes, que les fleurs venaient de Robert et que c'est lui qui téléphonait. Ce n'était que son père qui appelait pour vérifier si elle avait bien reçu son bouquet ! Maintenant qu'elle en connaissait la provenance, elle trouvait ces fleurs repoussantes. Le visage tordu par une grimace de déception et de mépris, elle souleva le bouquet et le lança de toutes ses forces en direction de la porte.

Vic Jackson, le directeur de la clinique, entrait à ce moment précis. Il reçut évidemment le bouquet en pleine figure.

La cinquantaine avancée, le front haut, le cheveu plutôt rare, le regard aiguisé derrière de petites lunettes, il souffrait d'un embonpoint assez marqué. Fier et très autoritaire, Vic Jackson n'était pas le genre d'homme à accepter facilement les plaisanteries – d'ailleurs, personne de son entourage n'était assez téméraire pour le prendre comme cible – et il repoussa d'un pied irrité la gerbe de fleurs qui était tombée devant lui. Mais, quand il regarda celle qui l'avait envoyée, il se calma rapidement.

En effet, comme presque tous les hommes, il fut conquis par le charme de Catherine. Il faut dire qu'il aimait beaucoup les femmes. Mal marié depuis trente ans à une femme qui ne lui inspirait plus le moindre désir, et qui en outre ne lui avait pas donné d'enfant, il multipliait les infidélités et avait même recours, disait-on, à des agences spécialisées pour satisfaire ses fantasmes d'homme malheureux en ménage.

Pour essayer de faire oublier son geste de mauvaise humeur, il ramassa le bouquet et dit, avec un sourire ironique :

— Je crois que vous avez échappé vos fleurs, mademoiselle... ?

— C'est Mademoiselle Shield, expliqua Gibson, qui s'était levé pour accueillir le directeur. Elle a été admise à la clinique il y a deux jours... Elle va beaucoup mieux, maintenant.

— C'est ce que je vois ! fit le directeur.

Il s'approcha de Catherine pour la contempler de plus près. Il la trouva encore plus belle – fascinante à la vérité. Il se tourna vers le docteur Gibson :

—Thomas, je suis simplement venu te dire que je veux absolument te voir avant la réunion du comité de discipline.

Lui qui avait l'habitude d'afficher une assurance remarquable marquait pourtant une certaine hésitation, et un tremblement imperceptible agitait sa lèvre inférieure.

—Oui, bien sûr, répondit le docteur Gibson.

Il consulta sa montre : la réunion avait lieu une dizaine de minutes plus tard, il n'avait donc plus beaucoup de temps.

Le directeur eut alors un sourire équivoque et dit au psychiatre :

—Bon, je vous laisse seuls, je suis sûr que vous avez beaucoup de choses importantes à vous dire... Je peux compter sur toi n'est-ce pas ?

—Oui, absolument, monsieur le directeur.

Vic Jackson jeta un dernier regard en direction de Catherine et parut de nouveau troublé par sa beauté, puis il quitta la chambre, à la porte de laquelle il tomba sur le docteur Campbell.

Le docteur Arthur Campbell, premier concerné par la réunion en question, visiblement très nerveux, lui demanda :

—As-tu parlé à Thomas ?

—Je l'ai convoqué à mon bureau.

—Tu ne lui as pas encore parlé ? dit l'autre d'un ton alarmé. Mais la réunion est dans dix minutes !

Le directeur posa une main rassurante sur l'épaule de son collègue.

—Écoute, ne t'inquiète pas. J'ai déjà le vote de Reeves. Avec celui de Thomas, nous aurons la majorité, et les deux hystériques qui veulent ta peau en seront quittes pour aller se branler.

Le docteur Campbell, pas tout à fait rassuré, rit nerveusement de la plaisanterie. Pressé, Vic Jackson l'expédia :

—Écoute, on se voit à la réunion. Je dois aller à mon bureau si je veux avoir le temps de parler à Thomas avant. Mais ne t'inquiète pas, il est de notre côté. Et, de toute manière, il ne peut pas me refuser ça. Après tout, c'est moi le directeur !

6

En sortant de la chambre de Catherine, le docteur Gibson fut accosté par une patiente qui passait trois ou quatre mois par an à la clinique. Anorexique endurcie, schizophrène de vingt-cinq ans, Amy Robert se prenait pour une poétesse de génie et, dans ses périodes d'exaltation, elle noircissait nuit et jour un grand cahier de ses poèmes incompréhensibles.

Elle était littéralement fascinée par le docteur Gibson, par son énergie, son intelligence, la sensibilité et la noblesse de son caractère. Il était l'homme de ses rêves, son idéal, et elle ne protestait jamais lorsqu'on prolongeait ses séjours à la clinique : elle pouvait ainsi voir son héros.

Elle brandissait une grande page blanche, une sorte de parchemin bizarre :

— Docteur, je suis tellement heureuse de vous trouver enfin ! Je vous cherche depuis une heure. Je veux absolument que vous lisiez mon nouveau poème. Il est vraiment génial ! Je l'ai écrit d'un seul trait, vous savez !

— Je vais le lire, Amy, je te le promets, mais pas tout de suite. Je suis vraiment pressé, j'ai une réunion dans quelques minutes.

Mais la patiente, dont le visage conservait les vestiges d'une beauté ancienne en dépit d'une maigreur quasi squelettique, insistait :

— Je vous le laisse, docteur. Prenez-le, même si vous ne pouvez pas le lire immédiatement.

Il prit le parchemin, le fourra dans une des poches de son sarrau, puis s'excusa et poursuivit son chemin.

Il se sentait soudain harassé. Depuis la mort de sa femme, il se sentait diminuer comme une peau de chagrin sous l'influence de ses patients. Chacun lui retirait un peu plus de son enthousiasme, de sa force morale. Et il avait le sentiment que le jour n'était pas loin où il en serait complètement dépourvu.

Lorsqu'elle vivait, sa femme avait le don de recréer quotidiennement en lui la force dont il avait besoin pour ne pas se laisser entraîner par le courant de dépression qui parcourait la clinique. Elle avait été sa source, la fontaine où il se renouvelait. Sans elle, il se retrouvait en chute libre, ses forces vives le quittaient peu à peu, aspirées par le vide anxieux de ses patients. Était-il au bord de la dépression, du *burn-out*? Peut-être avait-il simplement besoin de repos, de vacances... En marchant vers son bureau, il vit sur un babillard une affiche qui représentait une magnifique plage des îles du Sud; peut-être était-ce de cela qu'il avait besoin. Partir. Pour tout oublier, pour pouvoir tout recommencer.

Après la mort de Louise, il n'avait pas voulu partir, comme le lui recommandaient pourtant ses proches. Il en avait bien entendu les moyens et personne à la clinique ne lui aurait reproché de prendre un ou deux mois de repos. Mais il s'était accroché à son travail comme à une bouée, faisant souvent des journées de dix-huit heures à la clinique.

Quand il arriva dans son bureau, sa secrétaire l'accueillit :

— Monsieur Jackson a appelé deux fois en dix minutes. Il tient absolument à vous voir avant la réunion.

— Je sais, dit Thomas.

— J'ai sorti le dossier, docteur. Il est sur votre bureau.

— Vous êtes très gentille, Grace, je vous remercie.

La cinquantaine élégante, sa secrétaire était à son service depuis une dizaine d'années, et elle lui était totalement dévouée. Elle lui demanda :

— Besoin d'autre chose, docteur?

— Non merci, Grace. Ah! si : la présentation du nouveau médicament est bien à quatre heures?

— Oui, dans l'amphithéâtre.

— Merci.

Dans son bureau, tout, les meubles, le tapis et les bibelots, respirait le bon goût. Il se pencha au-dessus du large bouquet de fleurs que sa secrétaire renouvelait régulièrement et huma une des roses blanches.

Il prit le petit ciseau doré, placé en permanence sur la table, et coupa une rose, qu'il fixa à sa boutonnière. Puis il s'assit à son bureau, ouvrit la chemise que Grace lui avait donnée.

Une affaire délicate, d'autant plus délicate qu'elle concernait un collègue, presque un ami : le docteur Campbell avait eu une aventure avec une patiente.

À titre de directeur du comité de discipline, il allait devoir prendre une décision difficile – et déchirante – si son collègue ne parvenait pas à lui démontrer hors de tout doute qu'il n'était pas responsable de la faute qu'on lui reprochait.

Il fronça les sourcils. Les pièces du dossier lui paraissaient accablantes. Il consulta sa montre. Plus que quelques minutes avant la réunion. Et il devait de toute manière passer au bureau du directeur.

Il referma la chemise, puis regarda un portrait en noir et blanc de sa femme, qui était posé sur son bureau depuis des années. Il lui confirmait la ressemblance troublante avec Catherine. Elle aurait vraiment pu passer pour sa fille.

Une vague de tristesse le traversa. Parviendrait-il un jour à oublier Louise ? D'ailleurs, le voulait-il vraiment ? Ne serait-ce pas là une trahison ?

La sonnerie du téléphone le fit sursauter. C'était sa secrétaire :

— Docteur, le directeur vient de rappeler. Il a l'air impatient, je crois que...

— Oui, d'accord, Grace, j'y vais.

Il prit la chemise et se dirigea d'un pas rapide vers le bureau de Vic Jackson.

7

Lorsque sa secrétaire introduisit le docteur Gibson dans le bureau de Vic Jackson, le directeur venait d'accepter un appel téléphonique et il fit signe à son collègue de s'asseoir. Thomas prit place devant le grand bureau en verre immaculé et assista malgré lui à la conversation.

— Votre *Éminence*, dit le directeur, je ne comprends pas, je... pourtant votre nom figure sur la liste. Attendez...

Il tendit la main vers une étagère métallique, où étaient empilées une vingtaine d'invitations en papier coton, imprimées en lettres d'or. Un peu brusquement, il tira la liste de sous la pile, si bien que les invitations tombèrent aux pieds du docteur Gibson.

Le directeur ne s'en soucia pas – c'étaient des invitations imprimées en trop pour la réception qu'il donnait le soir même – et eut simplement, à l'endroit du docteur Gibson, un plissement des lèvres qui signifiait qu'il s'excusait de sa bourde... Il parcourut rapidement la liste, où apparaissaient nombre de ratures, d'ajouts et de corrections apportées à la main.

Le docteur Gibson se pencha et ramassa les invitations, qu'il regroupa en un paquet uniforme. Il ne put s'empêcher de les parcourir du regard.

Réunion des anciens
Classe de 1953
Brooklyn High School
Le jeudi soir 15 juillet
À neuf heures
chez le docteur Vic J. Jackson
au 2354, Old Sea Road, East Hampton
R.S.V.P. avant le 30 juin.

«Le quinze juillet, mais c'est ce soir même», pensa le docteur Gibson en posant le paquet d'invitations sur le bureau du directeur. Il ne s'étonnait pas de ne pas avoir été invité, puisqu'il n'avait pas étudié au Brooklyn High School.

Jackson le remercia d'un hochement de la tête tout en poursuivant sa conversation téléphonique. Il avait enfin retrouvé sur la liste le nom de son interlocuteur, qui n'était en réalité ni un ecclésiastique ni un haut gradé mais un conseiller spécial du maire de New York – son éminence grise en fait, avec tout le pouvoir occulte que cela supposait – et c'est ce qui lui avait valu ce sobriquet. En plus d'être d'anciens collègues de classe, le directeur et lui se fréquentaient régulièrement, ce qui expliquait le ton familier de leur conversation.

—Mais oui, votre Éminence... Votre nom est bien ici. Je me demande ce qui a bien pu se passer. Vous habitez toujours dans Central Park? Oui, c'est bien l'adresse que j'ai... En tout cas, mille excuses. Enfin, l'important c'est que vous ayez été informé à temps de notre petite fête. J'espère, soit dit en passant, que vous êtes libre. Vous ne l'êtes pas? Mais vous allez vous libérer!... Ah! j'aime mieux ça! J'ai cru un instant... Parce que j'ai toutes sortes de surprises pour vous... Oui, heureusement que vous avez parlé à notre critique littéraire national... Sinon, j'aurais été vraiment déçu, surtout que je me sens un peu responsable. [...] Si Loulou peut venir? Mais bien entendu! Je n'en attendais pas moins de votre part... J'en suis ravi. Écoutez, votre Éminence, j'aimerais pouvoir vous parler un peu plus longtemps, dit-il en replaçant la liste sous les invitations, mais j'ai quelqu'un dans mon bureau et j'ai une réunion qui commence dans cinq minutes... Alors on se voit ce soir... Et dites à Loulou de mettre sa plus belle robe... Il y a long-temps qu'on ne l'a pas vue, celle-là, et tout le monde s'ennuie d'elle. [...] Elle va mettre sa robe de satin rouge ? Ah ! mais c'est vraiment trop, votre Éminence... Je suis impatient de la voir... Bon, je vous laisse, et à ce soir...

Il raccrocha, resta un instant songeur, souriant, comme amusé par l'anticipation de cette petite fête. Puis son expression changea et il resta un instant à considérer Thomas, se demandant sans doute comment il allait aborder le sujet délicat pour lequel il l'avait convoqué. Thomas remarqua alors que ses yeux brillaient d'un éclat qu'il n'avait pas quelques minutes plus tôt, dans la chambre de Catherine.

—Excusez-moi, dit le directeur, je fais une petite réunion d'anciens chez moi, ce soir, et le très honorable Hubert Ross n'avait pas reçu son invitation.

—Hubert Ross, le bras droit du maire ?

—Oui. Il est susceptible. Mais alors là, très susceptible ! Bon, de toute manière on n'est pas ici pour parler de cela, n'est-ce pas ?

—Non, en effet, d'ailleurs le temps presse.

—Écoute, Thomas, est-ce que tu as pris position au sujet d'Arthur ?

Il l'appelait rarement Thomas, même s'ils travaillaient depuis des années ensemble. Ils n'étaient certes pas ennemis, ils n'avaient jamais eu de véritables différends, mais leurs personnalités étaient si profondément, si viscéralement opposées, qu'on aurait pu dire que quelque chose couvait, qui allait inévitablement exploser un jour ou l'autre.

—Non, je n'ai pas pris position, répliqua Thomas.

—Comment, non ?

—Eh bien, par principe je ne prends jamais de décision avant une réunion. J'essaie d'entendre toutes les parties avant d'exprimer mon opinion.

—Écoute, je n'ai pas d'objection à ce que tu aies des principes, mais cette affaire est très délicate. Tu n'es pas sans savoir qu'Arthur a toujours été un psychiatre responsable, et très aimé. Et puis il faut que tu songes que la réputation de la clinique est en jeu. Heureusement, j'ai parlé avec le mari de la patiente, et il est prêt à accepter un règlement à l'amiable et à laisser tomber la poursuite. Nous éviterons le scandale et nous sauverons la réputation d'un médecin extraordinaire, dont la seule faute a été de commettre une petite erreur de jugement, avec d'ailleurs des circonstances atténuantes très importantes.

— Nous verrons ce qu'il a à dire, se contenta de répliquer le docteur Gibson.

Le directeur se rendit compte que Gibson ne semblait pas prêt à faire preuve de la « souplesse » qu'il attendait de lui, et il se montra très irrité. Il haussa la voix :

— Écoute, Thomas. Nous avons besoin de ton vote, seulement de ton vote. Nos deux collègues féminines, pour ne pas dire nos deux *bitches* de collègues, vont voter contre Arthur, parce qu'il est un homme et qu'elles sont des femmes. Le vote de Reeves est acquis. Alors il ne nous manque plus que le tien. Es-tu avec moi ou contre moi, Thomas ? Il faut que je le sache !

— Je ne suis pas seulement un psychiatre et un collègue, je suis aussi le directeur du comité de discipline, et à ce titre j'ai des responsabilités, répondit Gibson.

Il regarda sa montre et se leva :

— Bon, il faut y aller maintenant. Il est l'heure.

Le directeur ne chercha pas davantage à le convaincre. Le docteur Gibson était vraiment un homme buté ! Mais il avait intérêt à voter du bon côté. Sinon, il allait s'attirer des ennuis plus considérables que ce qu'il pouvait imaginer.

8

— Chers collègues, je ne nierai pas avoir eu une relation sexuelle avec Madame Eaton !

Quadragénaire aux cheveux noirs gominés qui trahissaient son sang italien, Campbell tira nerveusement sur un cigarillo.

Comparaître au comité de discipline n'était jamais une tâche agréable, et dans ce cas les charges qui pesaient contre le psychiatre fautif pouvaient sinon compromettre sa carrière, du moins entraîner une suspension de plusieurs mois, peut-être jusqu'à un an. Quant à sa réputation, il mettrait vraisemblablement des années à la rebâtir, s'il y parvenait jamais.

Le comité de discipline se réunissait toujours dans la même salle, une pièce austère éclairée par une seule large fenêtre, et dont les murs étaient garnis des photographies des directeurs qui s'étaient succédé à la tête de la clinique Gagliardi.

Les quatre membres du comité, présidé par le docteur Gibson, écoutaient attentivement le témoignage fébrile du médecin incriminé. Outre Vic Jackson, ce comité comptait le docteur Henry Reeves, un homme d'aspect timide, caché derrière de petites lunettes cerclées d'or, et qui avait plus l'allure d'un chercheur que du clinicien qu'il était. Deux femmes psychiatres complétaient l'équipe. La première, le docteur Julie Cooper, était une jolie brunette célibataire dans la trentaine, qui se faisait remarquer autant par l'éclat moqueur de ses immenses yeux bleus que par de brillants articles qu'elle publiait régulièrement dans les plus importantes revues médicales du pays. L'autre, dans la cinquantaine, le docteur Janet Wilson, était un véritable modèle pour la plupart des jeunes femmes médecins qui entraient à la clinique. Cérébrale, dotée d'une étonnante capacité de travail, elle était adorée par ses patients et s'était gagné le respect de tous ses collègues. C'est ce qui lui avait valu de siéger au comité de discipline, dont elle était d'ailleurs une des meilleures cautions morales.

Le docteur Campbell éteignit son cigare avec nervosité et poursuivit son plaidoyer :

— Je pourrais tout nier, parce qu'il n'y a pas de témoin et que ce serait sa parole contre la mienne. Mais je veux jouer cartes sur table avec vous. Je veux simplement expliquer que j'ai des circonstances atténuantes. Premièrement, Madame Eaton avait obtenu son congé de la clinique depuis un mois.

Le docteur Janet Wilson, qui n'avait pas la vanité ou la coquetterie de se teindre les cheveux comme la plupart des femmes de son âge, mais n'en possédait pas moins une remarquable tête argentée, ajusta ses lunettes à double foyer et se pencha sur son bloc-notes pour écrire quelque chose.

— Ensuite, continuait le docteur Campbell, lorsqu'elle m'a rejoint au téléphone ce soir-là dans ma voiture, elle m'a menacé de se suicider si je ne venais pas la trouver immédiatement.

— Si je comprends bien, dit le directeur, elle ne vous laissait guère le choix. En refusant, vous risquiez de vous rendre responsable d'un suicide.

— Exactement, dit le docteur Campbell, évidemment heureux de cette question qui renforçait sa position. Mais j'ai commencé par lui donner le numéro de téléphone d'un collègue, le docteur Reeves.

—Pour quelle raison ? demanda le docteur Julie Cooper.

Tout dans son ton montrait qu'elle trouvait étrange la décision de son collègue. Le docteur Janet Wilson avait eu une réaction similaire et avait écarquillé les yeux. Plume dressée, elle s'apprêtait de toute évidence à prendre en note un élément décisif.

Non sans un certain embarras, le docteur Campbell expliqua :

—Parce que, justement, j'ai eu des ennuis avec elle pendant son séjour à la clinique. Elle était, comment dire, un peu trop entreprenante. Le docteur Reeves ici présent peut confirmer ce que je dis.

—C'est vrai. Je peux le certifier, s'empressa de dire le docteur Reeves. Madame Eaton avait vraiment une... une fixation sur notre collègue, et il a toujours agi de manière très professionnelle.

—Dans ce cas, pourquoi n'a-t-elle pas voulu parler au docteur Reeves ? demanda le docteur Wilson.

—Elle a dit qu'elle ne voulait pas parler à ce nabot...

Le docteur Campbell avait lâché le mot involontairement. C'était bien ce que lui avait dit sa patiente, mais il aurait été mieux avisé de choisir un autre terme. Il se tourna vers son collègue et eut un haussement d'épaules coupable, comme pour dire : «Excusez-moi, mais je ne fais que rapporter les propos de ma patiente.»

Le directeur ne put s'empêcher d'éclater de rire, ce qu'il regretta aussitôt, et reprit immédiatement son sérieux. Le docteur Gibson esquissa pour sa part un sourire mais parvint à contenir l'hilarité qui montait en lui : le docteur Reeves, il est vrai, n'avait rien d'un tombeur !

—Je... commença le docteur Campbell. Quand j'ai compris qu'elle n'appellerait pas mon collègue, j'ai craint pour sa santé, et comme je ne voulais pas avoir un suicide sur la conscience, je me suis rendu à son hôtel.

—À son hôtel ? demanda le docteur Wilson. Vous ne vous rendiez pas compte de ce que vous faisiez ? Vous ne vous doutiez pas qu'elle vous tendait un piège ?

—Écoutez, la nouvelle patiente de Thomas a tenté de se suicider dans une chambre d'hôtel, elle aussi. Si elle avait été sa patiente avant de tenter son suicide, et qu'elle l'avait appelé d'une chambre d'hôtel, je ne pense pas qu'il aurait hésité à y aller, n'est-ce pas, Thomas ?

—En effet, je crois que j'aurais probablement fait la même chose, admit le docteur Gibson.

— Merci, dit le docteur Campbell, avec le sentiment d'avoir marqué un point. Bon, je continue. Mais je voudrais aussi préciser que je sortais d'un bar, et que j'avais bu quelques verres.

— Vous aviez bu ? demanda le docteur Wilson.

— Oui, madame, j'avais bu ! J'avais eu une grosse journée à la clinique. Et j'avais pris quelques verres de scotch, ce qui, jusqu'à nouvel ordre, n'est pas encore interdit, à moins qu'il n'y ait eu changement de gouvernement la nuit dernière et que nous soyons revenus à la belle époque de la prohibition !

— Vous aviez bu et vous conduisiez, insista le docteur Wilson, qui ne semblait pas disposée à donner la moindre chance à son collègue.

Les autres membres du comité trouvèrent sans doute qu'elle y allait un peu fort, mais personne ne voulut soulever d'objection ou essayer de la stopper. En tant que membre du comité, elle avait le droit – et même le devoir – de poser toutes les questions qu'elle jugeait pertinentes.

— Oui, j'avais bu. Et après ? Êtes-vous psychiatre ou flic ? répliqua Campbell.

Il écrasa avec une irritation manifeste son deuxième cigarillo, dont il n'avait même pas pris cinq bouffées.

— Maintenant, si vous voulez me laisser terminer. Je me suis donc rendu à son hôtel, et là j'ai voulu la faire descendre au bar, pour ne pas me retrouver seul avec elle. Mais elle n'a rien voulu savoir et elle a insisté pour que je monte. Quand je suis arrivé à sa chambre, la porte était ouverte, et elle m'a crié d'entrer. Elle était allongée dans son lit et paraissait souffrante. En tout cas, elle était très agitée. Elle m'a demandé de prendre son pouls en me disant qu'elle avait peur de faire une crise cardiaque. Quand j'ai pris sa main, elle a soulevé le drap, et j'ai vu qu'elle était nue. Elle m'a tiré sur elle... Et... bon, j'avais bu, et ce qui devait arriver est arrivé. Je ne suis qu'un homme, voilà.

Un bref silence ponctua le récit de Campbell. Jackson s'empressa d'intervenir.

— Vue sous cet angle, la situation me paraît claire et je crois qu'il est difficile de condamner notre collègue. Je ne veux pas avoir l'air d'essayer d'influencer la décision du comité, mais de toute évidence son geste n'était pas prémédité. Cette femme lui a tendu un piège. De plus il n'était pas à la clinique.

—Mais elle était toujours sa patiente, et un psychiatre reste un psychiatre, même lorsqu'il n'est pas en clinique, objecta le docteur Wilson. En outre, c'est à titre de psychiatre qu'elle vous a appelé, puisqu'elle vivait un épisode dépressif, et vous aviez donc des responsabilités à assumer.

Il y eut un nouveau silence. Le directeur Jackson en profita pour reprendre la parole :

—Bon, je crois que tout a été dit. Nous allons maintenant procéder au vote. Mais auparavant, je voudrais rappeler aux membres de notre comité les conséquences d'un blâme sur notre collègue. Non seulement il risque une suspension de six mois, peut-être plus, selon ce que l'Ordre des médecins décidera, mais la réputation de la clinique, qui a toujours été impeccable, en serait ternie. J'ai ici la copie d'un projet de règlement à l'amiable avec Monsieur Eaton, qui s'est montré très compréhensif et a décidé de ne blâmer ni la clinique ni notre collègue. Je pense que nous avons là le meilleur des deux mondes. Le docteur Campbell a eu sa leçon, et il a en tout cas manifesté une franchise extraordinaire en ne cherchant pas à nier sa faute, ce qu'il aurait pourtant pu faire. J'espère que vous en tiendrez compte en votant.

Il marqua une pause, se tourna d'abord vers le docteur Reeves, qui ne semblait pas avoir changé d'idée car il inclina la tête de manière complice, puis vers le docteur Gibson, qui demeura imperturbable. Visiblement, ce dernier réfléchissait. Il disposait encore de quelques secondes, car, à titre de directeur du comité, il ne votait qu'après les quatre membres, et seulement lorsqu'un autre vote était nécessaire pour départager une décision. Le vote se faisait à main levée.

—Que ceux qui sont d'avis que le docteur Campbell doit être blâmé lèvent la main.

Comme prévu, le docteur Wilson leva immédiatement la main. Le docteur Campbell la regarda avec un mépris à peine voilé. Il s'attendait bien entendu à ce qu'elle le blâme. Mais lorsque la jeune Julie Cooper leva à son tour la main, il fut surpris. Quoi ! Elle aussi ! Il se rappela tout de suite que l'année précédente ils avaient eu un début de flirt, mais qu'il avait décidé de ne pas aller plus loin. Il avait déjà deux maîtresses, en plus d'être honorablement marié, et il n'avait pas voulu se compliquer davantage la vie, si du moins la chose était possible. Se vengeait-elle de cette rebuffade ?

—Bon, dit le directeur après avoir attendu quelques secondes, nous avons donc égalité.

Il se tourna vers le docteur Gibson. Ce serait à lui de trancher.

—Cher directeur, êtes-vous pour ou contre le blâme ?

Le docteur Gibson hésita un instant, regarda ses collègues l'un après l'autre et déclara enfin :

—Pour. Je suis pour le blâme. Il y a eu faute professionnelle. Il faut que l'Ordre des médecins en soit informé. Je verrai à ce que le rapport disciplinaire tienne compte de toutes les circonstances atténuantes. Les membres du comité seront appelés à contresigner ce rapport avant que nous en envoyions une copie à l'Ordre. Mesdames et messieurs, la séance est levée.

Gibson se leva immédiatement et voulut quitter la salle, mais le docteur Campbell s'interposa.

—Je pensais que tu étais un ami ?

—Je suis un ami, Arthur, mais je suis aussi le directeur du comité de discipline. Le rapport ne sera pas accablant.

—Ils vont me sauter dessus à pieds joints. C'est la gestapo ! Qu'est-ce qui t'arrive ? J'étais là, moi, quand ta femme est morte, l'année dernière, et que tu n'en menais pas large ! Pourquoi as-tu fait ça ?

—Je suis désolé, Arthur, vraiment désolé.

Par dépit, le docteur Campbell lui arracha alors la rose blanche qu'il portait à sa boutonnière et la jeta par terre.

—Tu vas me le payer ! dit-il.

Il jeta un regard ulcéré au directeur. Jackson lui avait pourtant donné l'assurance que c'était dans la poche, que Thomas serait de leur côté ! Le directeur de la clinique inclina la tête, humilié par cette défaite personnelle. Son autorité avait été défiée.

Le docteur Campbell quitta enfin la salle suivi du docteur Reeves. Le docteur Wilson vint serrer la main du docteur Gibson et lui dit :

—Je vous remercie, docteur. Franchement, je suis fière de vous ! Je ne croyais pas que vous appuieriez notre proposition. Il faut que nous envoyions un message clair à tous les membres de la corporation. Il y a trop d'abus. Si nous ne nous montrons pas d'une fermeté absolue, nous allons perdre tout notre crédit auprès de la population.

—Sauf que, docteur Wilson, nous allons le perdre encore plus rapidement en lavant notre linge sale en public, dit Vic Jackson, qui ramassait ses notes, visiblement ulcéré.

La ravissante psychiatre Julie Cooper vint elle aussi serrer la main du docteur Gibson :

— Une décision courageuse, dit-elle.

— Je te remercie.

— On se voit à l'amphithéâtre tout à l'heure ?

— Oui, dit le docteur Gibson.

La jeune femme sortit. Le docteur Gibson se retrouva seul avec le directeur. Ce dernier se leva et lui adressa la parole d'une voix froide et posée, peut-être plus inquiétante encore à cause de ce calme.

— Tu as fait une erreur, Thomas.

— J'ai fait ce que ma conscience me dictait.

— En tout cas, tu m'as déçu, Thomas ! Tu m'as beaucoup déçu. Je pensais que tu étais avec moi. Je vois que tu ne l'es pas. Je vais devoir en tenir compte à l'avenir.

Il n'en dit pas plus et quitta la pièce, où le docteur Gibson se retrouva seul. Ç'avait peut-être été la décision la plus difficile de toute sa vie. Il était vrai que le docteur Campbell était plus qu'un simple collègue, qu'il était un ami. Et de fait, comme il le lui avait rappelé, il l'avait énormément aidé au lendemain de son deuil.

Pourquoi la vie l'avait-elle placé devant un choix aussi déchirant, aussi cruel ?

Il aperçut la rose blanche que son collègue avait jetée sur le sol. Il la ramassa et, avant de la remettre à sa boutonnière, il la huma, comme pour y trouver le parfum de l'oubli.

9

— Et puis, docteur ?

Amy Robert écarquillait les yeux, dans l'anticipation évidente d'un commentaire dithyrambique. Elle venait d'intercepter le docteur Gibson au moment où il s'apprêtait à entrer dans l'amphithéâtre de la clinique.

— Et puis quoi ? demanda-t-il.

Il avait été si bousculé depuis la matinée qu'il ne savait même pas à quoi sa patiente faisait allusion.

— Mon poème ? Vous l'avez lu ?

— Ah oui, dit-il en se frappant la tête. Votre poème... Je l'ai ici...

Il tapotait la poche de son sarrau.

— Je n'ai pas eu le temps, mais demain, sans faute, je l'aurai lu.

— Seulement demain ? dit Amy Robert, avec une déception si manifeste et si exagérée qu'elle en devenait risible.

— Écoutez, Amy, je suis vraiment débordé. Soyez un petit peu patiente. Ce n'est pas parce que je ne veux pas le lire. Mais vous avez ma parole. Demain sans faute.

— Bon d'accord, j'attendrai.

Elle tourna les talons, avec sur les lèvres un sourire triste de poétesse incomprise, et quitta le docteur Gibson au moment où le docteur Cooper arrivait à l'amphithéâtre.

Ils s'avancèrent dans l'amphithéâtre, une grande salle semicirculaire qui pouvait recevoir une centaine de personnes et qui était utilisée pour des conférences ou des présentations de nouveaux médicaments, comme c'était le cas en cette fin d'après-midi. Déjà une vingtaine de médecins ainsi que quelques infirmières étaient installés, et ils s'assirent dans les premières rangées, au centre.

Julie Cooper aperçut le directeur qui, assis à l'extrémité gauche de la rangée immédiatement devant la leur, était en grande conversation avec le docteur Campbell. Elle poussa Thomas du coude et lui montra Jackson :

— Notre distingué directeur n'avait pas l'air très heureux de la décision du comité, dit-elle.

— En effet ! Mais ce qui a été le plus difficile, ç'a été de blâmer Arthur. Il m'a tellement aidé quand Louise est morte... Je me demande des fois si je ne devrais pas laisser tomber ce maudit comité.

— Mais non, il ne faut pas. Nous avons besoin de gens comme toi.

— C'est gentil de me dire cela, fit le docteur Gibson en posant sa main sur son bras dans un geste de reconnaissance affectueuse.

Malgré son excellente réputation, il sentait qu'il ne comptait pas beaucoup d'alliés véritables à la clinique. Julie Cooper en était une, peut-être.

Et il la regarda avec une certaine insistance. Elle soutint son regard. Par défiance ? Ou parce qu'elle voulait vraiment établir avec lui un contact différent de celui, somme toute superficiel, qu'ils avaient depuis qu'ils se connaissaient ? Elle pencha la tête, regarda la main de Thomas qui s'attardait sur la sienne, esquissa un sourire. Il s'empressa de retirer sa main.

— Je me demande ce qu'ils peuvent bien se raconter, dit Thomas en regardant vers le directeur et le docteur Campbell.

— Je ne sais pas, dit Julie, mais je crois que tu devrais te méfier.

— Vraiment?

— Ce que je sais de Jackson n'est pas très joli. Et j'ai l'impression que ce n'est que la pointe de l'iceberg.

À ce moment, Jackson se tourna en direction de Julie et de Thomas, et s'arrêta brusquement de parler, même s'ils étaient trop loin pour l'entendre. Il eut un sourire qui glaça littéralement Thomas.

Arthur Campbell, averti par le directeur de la présence de Thomas et de Julie, se tourna aussi vers eux mais demeura de marbre.

— Oh! la la... dit Julie entre ses dents, ils sont charmants ces deux-là.

Leur conversation fut interrompue par le conférencier, qui s'adressait à son auditoire.

La trentaine, la silhouette sportive et la chevelure précocement grisonnante, ce qui lui conférait une crédibilité supplémentaire auprès des médecins – une clientèle généralement assez conservatrice –, Paul Stewart avait d'abord voulu devenir médecin, mais avait été refusé à la faculté en raison de notes insuffisantes. Il avait ensuite terminé ses études en biologie et s'était trouvé un poste de représentant dans une grande firme pharmaceutique, la Wellcorp. Il se consolait de n'avoir pu devenir médecin en gagnant en commissions le double du salaire d'un bon généraliste.

— Cher directeur, dit-il en regardant Vic Jackson, qui inclina la tête, chers médecins, chers membres du personnel de soutien, c'est avec un plaisir extrême que je me retrouve devant vous. J'ai le mandat aujourd'hui de vous présenter un médicament qui sera sans doute, dans quelques années, considéré comme aussi important que la pénicilline l'a été à l'époque de son invention par Fleming. Je veux parler du Mnémonium, qui est si étonnant qu'il va véritablement révolutionner le visage de la médecine moderne. On dit souvent qu'une image vaut mille mots. Avant de commencer mon exposé sur les vertus étonnantes du Mnémonium, je voudrais que vous regardiez un petit film qui a été tourné dans nos laboratoires alors que nous expérimentions les effets du Mnémonium sur des singes. Je ferai mon commentaire au fur et à mesure, et je répondrai à vos questions après.

Il se tourna vers un technicien derrière lui et lui fit un signe. Aussitôt, les lumières diminuèrent d'intensité et une image apparut

sur un écran à l'arrière-scène. On y voyait une grande pièce entièrement blanche, de toute évidence une salle d'expérimentation. On
pouvait distinguer, au fond, deux portes, ou plutôt deux espèces de
trappes, par lesquelles les cobayes devaient sans doute passer.

Au milieu de la pièce se trouvait un immense bol de plastique
rouge, rempli de nourriture. Près du bol était posé un de ces gigan-
tesques et inoffensifs bâtons de base-ball en plastique, également
rouge, avec lesquels jouent les enfants.

— Vous allez bientôt voir entrer en scène deux chimpanzés,
Glenn et Harry. J'espère qu'aucun médecin présent dans la salle ne
porte ce nom...

— Oui, justement, il y en a un, hurla un des médecins. Il est ici,
à côté de moi !

Son collègue, qui s'appelait effectivement Glenn, sourit à demi
pendant que des rires fusaient dans la salle. Le silence revint juste
au moment où la première trappe s'ouvrait, laissant passer un jeune
chimpanzé.

— Voici Glenn, dit le présentateur. Comme son compagnon,
qui fera son entrée dans quelques secondes, il a été affamé pendant
deux jours. Il devrait donc se diriger rapidement vers le plat de
nourriture.

C'est effectivement ce que fit le jeune singe sans perdre de
temps. Il se mit à dévorer la nourriture.

— En général, les animaux, surtout lorsqu'ils sont affamés,
refusent de partager leur nourriture, sauf avec leurs rejetons. Nous
allons en avoir la preuve dans quelques secondes.

Un deuxième singe, qui devait faire deux fois la taille du premier, entra alors par la seconde porte. Apercevant le bol et l'autre
singe, il se précipita et écarta sans ménagement son congénère,
devenu un rival. Cependant le jeune Glenn, considérant sans doute
qu'il avait la priorité puisqu'il était arrivé le premier, ne semblait pas
décidé à céder sa place. Il essaya de s'interposer mais l'autre singe,
beaucoup plus fort, le repoussa sans peine et se mit à manger. Glenn
n'entendait pas renoncer ainsi. Il s'approcha de nouveau du bol, se
faufila et se remit à manger, ce qui eut l'air d'irriter singulièrement
son rival. Ce dernier aperçut alors le gros bâton de base-ball, s'en
empara et se mit à tabasser le jeune chimpanzé.

— Oh ! mon pauvre Glenn, tu prends toute une raclée, plaisanta
un des médecins.

Des rires fusèrent dans la salle.

Après une hésitation, Glenn comprit non seulement qu'il n'aurait pas le dessus mais qu'il risquait d'être blessé sérieusement s'il s'obstinait, et il se retira dans un coin de la salle, d'où il observa avec convoitise Harry, qui engloutissait la nourriture. Blessé à la mâchoire, il saignait assez abondamment.

— Dans le deuxième extrait que je vais vous présenter, expliqua Paul Stewart, visiblement satisfait de l'effet du premier bout de film, vous allez voir deux autres chimpanzés, également de tailles très différentes. Nous les avons filmés une première fois dans une expérience exactement similaire à celle que vous venez de voir. Ils ont eu la même réaction. Le gros singe a frappé le plus petit pour l'exclure du repas. Nous les avons privés de nourriture de nouveau, et les revoilà.

Les deux singes annoncés firent leur entrée, dans le même ordre que Glenn et Harry. Arrivé le premier, le plus petit chimpanzé se précipita vers le bol de nourriture, mais lorsqu'il vit arriver son énorme rival, il céda promptement sa place, se rappelant de toute évidence le traitement qu'il avait subi la veille aux mains du grand singe.

— Le petit singe se souvient d'avoir été malmené, et il se retire prudemment... Maintenant, voici la dernière section de notre film. Nous allons y revoir nos sympathiques héros du début, Glenn et Harry.

Glenn arriva en effet, arborant un bandage, aperçut le bol de nourriture et se précipita. Harry arriva tout de suite après et voulut déloger le jeune singe. Mais Glenn, qui ne semblait pas du tout se souvenir du mauvais traitement subi la veille, s'accrocha. Le gros chimpanzé, irrité que l'autre n'ait pas appris sa leçon, s'empara de nouveau du bâton de base-ball et se remit à tabasser l'infortuné Glenn, qui dut bientôt battre en retraite et se morfondre dans un coin, regardant pour la deuxième fois son rival se régaler.

— J'ai toujours pensé que les Glenn apprenaient moins vite que les autres ! plaisanta un médecin.

— Ils apprennent vite, mais il faut leur taper sur la tête ! renchérit un autre.

Loin de s'irriter, la victime de ces sarcasmes riait de bon cœur.

Lorsque l'hilarité de la salle se fut apaisée et que le film eut pris fin, le présentateur, qui avait fait allumer, expliqua :

— En fait, ce n'est pas parce que le pauvre Glenn apprend moins vite que l'autre jeune singe, celui qui n'a pas osé défier son rival plus gros le deuxième jour. C'est que nous lui avons administré une dose de Mnémonium après sa mauvaise expérience. Alors, le deuxième jour, comme il avait oublié l'incident de la veille, il n'était pas traumatisé et il s'est présenté sans crainte devant le bol de nourriture.

La réaction de la salle était extrêmement favorable, à en juger par les commentaires – c'est du moins ce qu'estima le conférencier, qui poursuivit avec une confiance redoublée.

—Évidemment, le but du Mnémonium n'est pas de rendre insouciantes les victimes de traumatismes ni de les pousser à s'exposer de nouveau au danger. Non, il a été mis au point pour venir en aide aux millions de gens qui, chaque année, sont victimes d'un accident, d'un vol, d'un viol, d'une agression, et qui en portent parfois les séquelles toute leur vie.

—Intéressant, dit Thomas en se penchant vers Julie.

—Très intéressant en effet !

Le conférencier actionna un ordinateur portatif accouplé à un rétroprojecteur et un diagramme surgit sur l'écran.

—Nos connaissances sur la mémoire sont évidemment encore fragmentaires, expliqua-t-il. Nous savons cependant que la mémoire est faite de cellules, et que chaque cellule comporte un disjoncteur.

À l'aide d'un pointeur au laser, il indiqua sur le diagramme le dessin d'une cellule, à côté duquel se trouvait celui, schématisé, d'un disjoncteur.

—Sans en avoir la certitude absolue, nous supposons que l'information est stockée dans la cellule, souvent avec l'adjuvant de l'adrénaline, très active dans des situations de stress. Une fois que le disjoncteur est refermé, il est très difficile de déloger cette information qui, au bout de quelques heures, passera de la mémoire à court terme à la mémoire à plus long terme.

Il montra une première cellule, dont le disjoncteur n'était pas obturé, et une seconde, qui l'était.

—Que fait le Mnémonium, au juste, que n'accomplit aucun autre remède ? Lorsqu'il est administré assez rapidement après le traumatisme, il pénètre dans la cellule et, même si le disjoncteur est déjà refermé, il efface l'information qui y a été stockée, et il efface du même coup le souvenir de l'événement traumatisant. C'est exactement ce qui est arrivé à notre ami, le jeune Glenn. Après avoir été rossé, il a résisté avec insouciance à son rival, plus grand et plus fort que lui, alors que l'autre jeune singe – qui, lui, n'avait rien oublié ! –

a préféré céder sa place immédiatement pour ne pas s'exposer une nouvelle fois à la colère de son camarade. Je m'empresse d'ajouter que le modèle de la mémoire avec lequel les savants du monde entier travaillent actuellement est loin d'être parfait. Ce que je peux vous dire cependant, c'est que nous testons le Mnémonium depuis plus de cinq ans, et qu'il fonctionne. J'ajouterai que le Mnémonium a un effet de douze heures et est complètement éliminé par voie hépatique. Et nous n'avons noté aucun effet secondaire.

— Sauf de se faire briser la mâchoire deux fois d'affilée, lui lança Julie, qui jusqu'à maintenant avait contenu son sens de l'humour mordant.

— Sauf de se faire briser la mâchoire une deuxième fois, docteur, vous avez raison, dit le conférencier lorsque le calme fut revenu dans la salle. Mais, sérieusement, je crois que ce qui compte avant tout, la raison pour laquelle nous sommes tous ici, c'est de soulager les patients. C'est d'ailleurs pour cette raison que nous continuons à prescrire de l'aspirine à nos patients, même si nous ne savons pas encore de manière précise comment elle les soulage. Mais revenons au problème de la mémoire. Prenons l'exemple d'une femme qui a été violée et qui, de façon très compréhensible, en garde un traumatisme. Ce traumatisme risque de gâcher sinon toute sa vie, du moins plusieurs années de sa vie. Vous avez sans doute eu l'occasion de traiter un certain nombre de ces femmes. En général – je dis bien en général – le viol ne laisse pas de séquelles physiques très graves ou très durables. Ce qui est grave – et durable, hélas ! – ce sont les lésions psychiques subséquentes au viol. Plusieurs femmes sont incapables d'avoir des relations sexuelles normales avec leur conjoint pendant des années. Parfois, elles développent envers les hommes une aversion permanente. Je ne parle pas évidemment des cas d'inceste, encore plus douloureux, où les victimes sont encore plus gravement traumatisées. Quand il est administré à temps, le Mnémonium efface le souvenir du traumatisme et permet d'éviter à la victime des années de souffrance. Et c'est ici que vous entrez en jeu, vous médecins et psychiatres. Votre travail vise en général à faire accepter le traumatisme à la victime, à l'aider à vivre avec ce traumatisme. Dans le cas d'un viol, par exemple, vous avez à convaincre la victime qu'elle est encore une personne valable, digne de vivre. Qu'elle peut s'en sortir, même si elle a été salie, souillée par cette expérience. Que tous les hommes ne sont pas des violeurs.

La salle écoutait avec un intérêt redoublé. Il y eut des débuts de conversations, des commentaires. Le visage de Vic Jackson, sombre depuis le commencement de la présentation, s'était soudain éclairé.

Il se pencha aussitôt vers Arthur Campbell et, se servant de sa main comme d'un écran, lui murmura à l'oreille quelque chose qui parut tout à la fois surprendre et égayer son voisin. Les deux hommes parlementèrent ainsi, à voix basse, pendant quelques secondes, puis se turent et se tournèrent en même temps en direction de Thomas, qui ne les vit pas, absorbé qu'il était par les propos du conférencier.

Ce dernier marqua une pause pour laisser libre cours aux commentaires spontanés de l'assistance, puis reprit :

— À la base de tout traumatisme, il y a la mémoire. Il y a les cellules qui ont stocké l'information. Sans mémoire, pas de traumatisme. Alors, en pénétrant dans ces cellules par leur disjoncteur, et en effaçant l'information qu'elles contiennent, on libère du même coup le patient, qui se retrouve pour ainsi dire au même point qu'avant de subir l'accident qui aurait pu le traumatiser pour toute la vie.

— En d'autres mots, demanda Julie d'un ton facétieux, est-ce que cela veut dire que si je trompais mon copain et qu'il le découvrait, je n'aurais qu'à mettre dans son café du matin une bonne dose de Mnémonium, et le tour serait joué ?

— Moi, je suis prêt à servir de cobaye, si vous voulez essayer ! dit un jeune médecin.

— Moi aussi, renchérirent deux autres médecins, également célibataires.

— Hum, je savais que tu étais populaire, mais à ce point-là ! lui glissa Thomas. Moi qui croyais avoir des chances avec toi, je me rends compte que j'ai de la concurrence...

Plaisantait-il ? Était-il sérieux ? Julie Cooper n'aurait su le dire, mais elle le toisa un instant, puis, comme par bravade :

— Qui risque rien n'a rien.

— Ce n'est pas le but premier du Mnémonium, dit le conférencier en réponse à la question de Julie, à la fois loufoque et pertinente. Mais, effectivement, vous pourriez vous en sortir de cette façon. Évidemment, s'il a pris des photos ou filmé les événements, le médicament, même s'il est très puissant, ne peut les détruire. Il faudra que vous vous en chargiez personnellement.

De nouveau les rires fusèrent ; une fois que le calme fut rétabli, Thomas demanda :

—Mais quelle assurance avons-nous que ce nouveau médicament ne fera pas oublier à la patiente tout le reste : son identité, son âge, et même sa langue ?

—Excellente question, docteur, répliqua Paul Stewart. Et c'est d'ailleurs une des grandes préoccupations que nos chercheurs ont dû garder en tête. On sait aujourd'hui, d'une manière quasi certaine, que le centre de la mémoire à court terme et celui de la mémoire à long terme sont différents. On le constate d'ailleurs chez les personnes qui souffrent de la maladie d'Alzheimer ou de lupus. Le patient ne se souvient plus de ce qu'il vient de faire, mais sa mémoire à long terme est encore très active, intacte même, et, par exemple, ses souvenirs d'enfance sont encore très vivaces. La composition du Mnémonium ne permet pas à ce médicament de pénétrer des cellules dont le disjoncteur a été mis en place depuis longtemps, ni d'atteindre les cellules de la mémoire à long terme qui ont reçu l'information transférée des cellules de la mémoire à court terme. Donc le patient est protégé. De toute manière, les doses administrées sont infimes. C'est d'ailleurs une des raisons pour lesquelles le Mnémonium ne sera pas vendu librement en pharmacie, mais devra être prescrit et administré sous la plus stricte surveillance médicale.

—Il y a la question morale, objecta le docteur Janet Wilson.

—C'est vrai, renchérit le docteur Close, un septuagénaire à la vénérable tête blanche, qui était en fait le doyen de la clinique, un musicologue averti.

—La question morale ? demanda le conférencier.

—Oui, expliqua le docteur Wilson, que le directeur et Arthur Campbell écoutaient avec une lippe méprisante. Le traumatisme fait partie intégrante de l'expérience du patient.

—En effet, dit le vieux docteur Close. Sans la douleur, il n'y aurait probablement jamais eu Beethoven, ni Chaplin. La souffrance a aiguisé leur génie.

—Je suis d'accord avec vous, docteur Close et docteur...

Il ne se rappelait plus le nom du docteur Wilson, qui comptait pourtant beaucoup d'années d'ancienneté à la clinique.

—Docteur Wilson.

—Merci, docteur Wilson. Disons que je ne crois pas que nous puissions baser toute notre pratique sur des cas d'exception. Pour un Chaplin, pour un Beethoven, il y a des millions de gens ordinaires qui ne cherchent qu'à être soulagés de leur souffrance morale, de leur traumatisme, et qui ne composeront jamais une symphonie, qui ne repeindront pas *La Joconde*. Leur traumatisme, en revanche, risque d'empoisonner leur vie et celle de leur entourage.

On entendit de nombreux commentaires et une vive discussion s'engagea. La mémoire, même à court terme, de la patiente, n'était-elle par inhérente à la personne ? Tout ce qu'une patiente vivait ne faisait-il pas partie de sa personnalité, de son être ? Avait-on le droit de l'en amputer ? Ce remède ne constituait-il pas une sorte de lobotomie chimique, peut-être partielle mais qui effaçait malgré tout un pan entier de la personnalité ? Par ailleurs, toutes les thérapies ne convergeaient-elles pas, ultimement, vers l'oubli ou du moins vers l'acceptation de l'événement ? Et s'il fallait cinq ans, dix ans, pour accepter l'événement, pour tourner la page, n'étaient-ce pas autant d'années gâchées par une souffrance inutile ?

Un certain consensus finit par émerger du brouhaha : il s'agissait là d'un nouveau médicament fort prometteur. À la fin de la conférence, le représentant de la compagnie Wellcorp invita tous les médecins participants à repartir avec un échantillon d'une vingtaine de comprimés de Mnémonium, accompagnés d'une abondante documentation qui expliquait plus en détail la composition du médicament ainsi que les résultats des expériences qui avaient été faites.

À la sortie de l'amphithéâtre, Julie et Thomas acceptèrent l'échantillon et la documentation qu'une gentille hôtesse de la compagnie Wellcorp leur remit. Thomas consulta sa montre. Cinq heures.

— As-tu encore du travail ?

Il eut une hésitation.

— Non, je...

— On va prendre un verre ?

10

Il la retrouva, vêtue d'un élégant tailleur rouge, dans le parking de la clinique. C'était la première fois qu'il la voyait sans son sarrau, et elle lui fit une très bonne impression. « Pas étonnant, pensa Thomas, qu'elle soit si populaire avec les hommes. » Très *sexy*, quasi « électrique », elle n'avait pas beaucoup de poitrine mais possédait en revanche des jambes très longues, très fines, moulées dans des bas de nylon gris qui les rendaient vertigineuses. Elles étaient habituellement à demi cachées sous son sarrau, et Thomas ne les avait jamais vraiment remarquées. Maintenant qu'il les voyait, il les trouvait parfaitement troublantes. Ce n'était évidemment pas la première fois qu'il voyait de belles jambes, mais c'était peut-être la première fois, depuis la mort de sa femme, qu'il en voyait qui lui inspiraient un certain désir.

Il en ressentit d'ailleurs tout de suite une sorte de culpabilité, comme si cette soudaine attirance pour sa collègue équivalait à une trahison. Il était peut-être encore trop tôt ! Le respect qu'il devait à la mémoire de la défunte s'accommodait mal de ces premiers frémissements. D'ailleurs, à la vérité, c'était bien plus que du respect : toute une partie de son être – celle-là même qui appartenait encore à sa femme, qui en était le vassal – se rebiffait contre cette légèreté prématurée.

Mais il se sentait si seul ! Et le suicide de sa patiente avait à ce point ravivé sa détresse morale qu'il pouvait difficilement repousser le réconfort inattendu que lui procurait cette simple sortie avec une collègue.

Julie s'arrêta devant lui, avec un large sourire qui découvrait des dents très blanches à l'alignement irrégulier et dont les incisives proéminentes ourlaient légèrement sa lèvre supérieure : « Une imperfection, pensa Thomas, qui ne fait qu'augmenter son charme. »

— Je connais un petit bar sympathique, près de chez moi, à Long Island, le Havanas, ça te dit d'y aller ? lui demanda-t-il.

— Oui, c'est super... Nous prenons une auto ou les deux ?

Question banale, sans doute, mais qui créa un tumulte dans l'esprit de Thomas, preuve que, après sept années de mariage et une année d'un deuil qui l'avait privé de ses moyens, il ne savait vraiment plus s'y prendre avec les femmes. S'il lui proposait d'utiliser une seule voiture, elle penserait peut-être qu'il voudrait, après avoir pris un verre avec elle, l'entraîner chez lui. Elle le trouverait peut-être un peu trop entreprenant, trop rapide en affaire, ou en tout cas présomptueux, et elle s'en montrerait froissée.

En revanche, s'il suggérait que chacun prenne sa voiture, elle croirait peut-être qu'il n'était nullement intéressé à ce que la soirée se prolonge – elle pourrait encore se sentir blessée dans son orgueil de femme, penser qu'il ne la voyait que comme une collègue sympathique, une amie... Mais c'était peut-être tout ce qu'elle cherchait : simplement prendre un verre amical...

Certes, elle avait eu à son endroit des regards appuyés, elle lui avait même lancé un défi, à la conférence. Mais comment connaître ses intentions véritables ? Éternelle question... Peut-être elle-même ne les connaissait-elle pas, comme cela arrive une fois sur deux dans les débuts...

— Prenons deux voitures, trancha Thomas après une hésitation.

Elle ne protesta pas, ne parut pas le moins du monde contrariée par cette suggestion ou du moins n'en laissa rien paraître.

— Je te suis, dit-elle. Tu conduis une...

Elle allait dire une Porsche noire, car elle savait très bien quelle voiture il conduisait – c'était d'ailleurs sa préférée, couleur et tout. Mais elle se retint, pour ne pas trahir l'intérêt qu'elle lui portait.

— Une Porsche noire, dit Thomas.

— Bon, je te suis.

Vingt minutes plus tard, ils étaient assis au bar du Havanas, une des plus vieilles boîtes de Long Island, essentiellement un rendez-vous des résidents. On ne pouvait pas en considérer Thomas comme un habitué – il n'y avait pour ainsi dire jamais mis les pieds pendant ses années de mariage – mais, depuis son veuvage, il s'y retrouvait deux ou trois fois par mois, et les employés commençaient à le reconnaître, car il laissait des pourboires plus que généreux, comme pour se déculpabiliser de prendre un verre. Il n'était d'ailleurs pas très fier de cette habitude récente, lui qui s'était toujours flatté d'être extrêmement discipliné, de se tenir loin de tout ce qui pouvait altérer sa santé et sa lucidité : café, cigarettes, alcool, somnifères...

Mais sa douleur et sa solitude avaient contribué à faire une brèche dans la rutilante armure de sa discipline...

— À ta santé... dit Thomas en heurtant son verre de scotch contre celui de sa collègue.

— À la tienne.

Ils trempèrent leurs lèvres en même temps, puis Julie dit :

— J'ai su, pour ta patiente, je... Je voulais te dire que je suis vraiment désolée...

— J'ignore vraiment ce qui a pu arriver. Elle avait l'air parfaitement guérie...

— Personne n'est à l'abri d'une erreur, tu sais, il ne faut pas que tu t'en fasses trop... Il faut croire qu'il y a un destin et que quand un patient veut vraiment mourir, on ne peut rien faire...

— Je sais, mais c'est justement notre travail ! Des fois, je me demande si ce qu'on fait est vraiment utile. Est-ce qu'on n'est pas là juste pour mettre des diachylons à nos patients ou pour les droguer jusqu'à ce qu'ils aillent mieux ?

— Tu as quand même eu de beaux succès...

— Quand un traitement dure deux ou trois ans, je me demande si c'est le traitement qui a réussi ou si ce n'est pas simplement le temps qui a fait le travail...

— Je pense que si tout le monde commençait à se poser cette question, le taux de chômage monterait à quatre-vingt-dix pour cent ! Il n'y aurait que les politiciens qui ne remettraient pas leur démission : ils sont les seuls à pouvoir faire un travail inutile et à toucher leur chèque sans se poser de questions...

— ... avec les avocats ! s'empressa d'ajouter Thomas, et les deux éclatèrent de rire en même temps.

Il y avait longtemps qu'il n'avait pas ri de si bon cœur. Il trouvait décidément sa collègue bien sympathique. Et, vraiment, quelle belle bouche ! Et ce petit ourlet de la lèvre supérieure, qu'il était attrayant !

Elle décroisa les jambes et les recroisa dans l'ordre inverse, le temps d'un ballet trop bref mais infiniment troublant. Il eut subitement envie de la serrer dans ses bras. Pas nécessairement pour faire l'amour avec elle, quoique s'il y avait réfléchi il n'aurait certes pas écarté cette éventualité, mais avant tout pour renouer avec cette présence féminine qui lui faisait si cruellement défaut depuis un an.

Il savait bien qu'un jour ou l'autre il faudrait qu'il se résolve à tourner la page, qu'il ne pouvait pas rester célibataire toute sa vie. Les femmes et l'amour occupaient une place trop importante dans sa vie. À la vérité, il pouvait se contenter d'une vie sociale extrêmement limitée, tant il se sentait à l'aise dans le cercle restreint de la solitude à deux. Et s'il comptait quelques amis masculins, il ne les fréquentait guère, préférant de loin la compagnie de sa compagne.

Mais il trouvait que c'était encore trop tôt. Et pourtant, n'était-ce pas le moment ?

Julie et Thomas avaient cessé de rire depuis un instant. Le barman avait renouvelé leurs consommations sans demander leur avis et ils n'avaient pas protesté – s'en étaient-ils même rendu compte ? – car ils se regardaient dans les yeux avec une insistance nouvelle.

Thomas prit une longue gorgée, si bien qu'il vida d'un seul coup son verre. Julie sentit-elle qu'il voulait la mettre au défi ? Elle vida elle aussi son verre, sans cesser de regarder son collègue.

—Je... je voulais te dire... Je ne voudrais pas que tu penses que, en t'invitant à prendre un verre ici...

—C'est moi qui t'ai invité, Thomas...

—C'est vrai, mais... C'est moi qui ai choisi le bar et comme c'est près de chez moi, je ne voudrais surtout pas que tu penses que j'avais la moindre intention derrière la tête...

—Je vais aller chez toi à une seule condition, Thomas : c'est que nous faisions l'amour ensemble.

11

En franchissant le seuil de la porte, il sentit immédiatement qu'il avait fait une erreur. Il n'aurait pas dû l'inviter chez lui. Il brusquait les choses, et il risquait seulement de perdre l'amitié d'une collègue qu'il estimait, au lieu de la voir devenir sa compagne.

Julie aussi éprouva un curieux sentiment en pénétrant dans la très belle demeure de Thomas. Elle savait qu'il habitait une résidence luxueuse, mais elle fut frappée par la beauté des lieux, par le classicisme de la maison de pierre, avec son toit en ardoise. Le luxe du vestibule et du salon ne démentait d'ailleurs pas celui de la façade.

Toutefois, un doute, un regret lui passait par l'esprit. Que faisait-elle là, avec un homme qu'elle connaissait à peine ? Pourquoi l'avait-elle provoqué ? Ne perdrait-elle pas son estime ? Ne la prendrait-il pas pour une femme facile ? Bien sûr, c'était là un langage dépassé. Mais était-il vraiment d'une autre époque ? En réalité, les hommes n'avaient-ils pas de tout temps préféré faire les premiers pas, et n'avaient-ils pas tendance à mal juger les femmes audacieuses qui les faisaient avant eux ?

Peut-être était-ce l'alcool ? Ou l'agacement, la frustration et même, d'une certaine manière, la discrète humiliation d'être seule depuis plus de six mois, alors qu'on lui prêtait des aventures sans nombre simplement parce qu'elle débordait de fantaisie et de joie de vivre ?

Elle devait s'avouer cependant que Thomas lui plaisait. Et que oui, effectivement, les choses se passaient peut-être un peu vite, que ce n'était peut-être pas le meilleur moment... Mais le moment idéal arrivait-il jamais ? Si quelque chose se passait entre eux, si leur relation devenait sérieuse, plus tard ils riraient de leurs débuts, ils en parleraient en se disant qu'ils n'avaient vraiment pas perdu de temps, qu'ils s'étaient littéralement jetés dans les bras l'un de l'autre...

C'est d'ailleurs l'idée qui lui traversa l'esprit. Quelle meilleure solution pour vraiment briser la glace, pour dissiper le malaise qu'elle avait senti naître entre eux dès qu'ils étaient entrés, que plus rien ne pouvait les empêcher de se retrouver l'un devant l'autre, complètement nus, avec toute la nervosité, toute l'angoisse de la première fois, où l'on ne sait jamais si l'on plaira vraiment à l'autre, s'il y aura cette chimie, ce « supplément d'âme ».

Alors, elle enleva ses souliers aux talons aiguilles qui rendaient ses jambes magnifiques littéralement assassines et, se tournant vers Thomas, plus par anxiété que par véritable désir, elle plaqua sa bouche contre la sienne.

Il ne la repoussa pas. Ce fut même pour lui – c'est du moins ce qu'il lui sembla – une sorte de soulagement. Elle avait en quelque sorte eu l'amabilité, la sagesse instinctive de prendre la « direction des opérations », pressentant sans doute sa gêne, sa maladresse.

À ce premier baiser passionné succédèrent des caresses rapidement audacieuses, car leurs corps semblaient s'apprivoiser à toute allure. Et pourtant, contre toute attente, Thomas repoussa bientôt Julie.

— Est-ce qu'on peut... Veux-tu qu'on prenne un verre ? Je... Je me sens tellement coupable.

Cela lui était revenu tout d'un coup comme une lame de fond. Compréhensive, Julie ne protesta pas. Elle s'assit sur le canapé et le laissa préparer les verres, tandis qu'elle admirait le luxe du salon et s'affolait en même temps de l'omniprésence de celle qu'elle commençait déjà à considérer comme sa rivale. Les murs, les meubles, le manteau de l'immense cheminée de pierre arboraient des portraits de taille et d'époque diverses de l'ex-épouse de Thomas.

Il était loin de l'avoir oublié, c'était évident ! Sa maison était un véritable musée. Il fallait avouer que Louise était d'une beauté remarquable. Elle ressemblait à quelqu'un que Julie connaissait, d'ailleurs. Mais qui ? Elle eut un éclair : Claudia Schiffer, la célèbre *top model*. Elle dut admettre que cela plaçait la barre haut pour lui succéder dans le cœur de Thomas.

Par contre, elle ne devait pas oublier que cette rivale – Dieu ! qu'elle détestait ce mot ! – que cette rivale n'était plus de ce monde et que, en amour, les absents ont toujours tort. En tout cas, elle se ferait fort de le lui démontrer !

Thomas revint avec de la vodka, mit un disque de Whitney Huston et se rappela aussitôt que c'était la chanteuse préférée de sa femme. Mais il était trop tard, maintenant : s'il retirait le disque, il aurait peut-être à expliquer son geste, ce qui serait une nouvelle source d'embarras. Il avait déjà suffisamment gaffé. Il se sentait mal à l'aise.

Et pourtant, il devait admettre que même si le *timing* n'était pas bon, il était content que Julie soit là, avec lui, dans cette maison où il n'avait reçu pratiquement personne depuis un an, et qui lui paraissait si grande, si vide et si inutilement luxueuse. Il y avait dans l'air une intensité et une émotion qui trop longtemps avaient été absentes des lieux.

— Merci, dit Julie en acceptant le verre que lui tendait Thomas.

Il s'assit sur le canapé, près d'elle, en se demandant d'ailleurs si ce n'était pas trop près. Souriante, elle but une gorgée, puis regarda Thomas et pouffa de rire.

— Pourquoi ris-tu ?

— Tu ne te vois pas ! dit-elle. Je t'ai couvert de rouge à lèvres...

— Oh, dit-il, et il fit mine de se lever.

— Mais non, ne bouge pas.

Et elle l'essuya du bout du pouce.

— Ça te donne un genre.

Il s'ensuivit un silence légèrement embarrassé, même si leur premier baiser était censé avoir brisé la glace. Mais peut-être celle-ci était-elle plus épaisse que prévu.

— Je comprends comment tu te sens, dit Julie.

— Parce que toi aussi tu portes du rouge à lèvres ? plaisanta Thomas, avec un sens de l'humour qui rassura Julie.

Peut-être était-il encore pris dans les filets du passé, peut-être le poids des ombres pesait-il encore sur ses épaules, mais au moins il arrivait à en rire. N'était-ce pas un début ?

Julie riait. Du rouge à lèvres...

— Moi aussi, je me suis déjà sentie coupable de me retrouver avec une nouvelle personne... On passe tous par là...

— Pour moi, c'est pire : moi, j'ai tué ma femme.

— Tu l'as... dit-elle effarée.

— Non, pas directement... Mais le jour où elle a eu son accident, une heure avant, nous avons eu une discussion... Une discussion stupide. Je...

Il hésita longuement. Elle brisa enfin le silence.

— Tu n'es pas obligé de me le raconter si tu n'en as pas envie, je peux comprendre...

Elle avait posé son verre devant elle, sur une magnifique table à café en verre biseauté dont la base, en marbre de Carrare, figurait un lion accroupi dans une pose méditative. Thomas, qui avait suivi son geste du regard, se réjouit intérieurement de voir sur cette table un verre au rebord taché de rouge à lèvres. Cela lui procura un étrange réconfort, une sorte de joie secrète.

Ce signe n'annonçait-il pas le moment, tant attendu, où il retomberait enfin sous ce joug délicieux, ce charme magique d'une femme nouvelle qui redonnerait un sens à sa vie et lui ferait oublier le passé?

Il cessa de fixer le verre, que Julie avait repris, un peu gênée par son regard insistant. Souhaitait-il qu'elle le vide? Alors elle le ferait. Elle ne voulait surtout rien risquer qui le contrarierait. Elle se dit que l'alcool lui ferait d'ailleurs du bien, à elle aussi.

Elle avait certes fait preuve d'audace en s'invitant chez cet homme qu'elle connaissait à peine, et en le prenant d'assaut par ce baiser qu'elle avait plaqué sur ses lèvres, à peine franchi le seuil de la porte. Mais maintenant, sa timidité revenait à la charge, comme à retardement. Elle semblait prendre conscience de sa témérité, de la portée de ses gestes... Or, elle n'avait aucune certitude quant aux intentions – et encore moins aux sentiments – de Thomas...

Peut-être voulait-il simplement s'offrir un peu de bon temps... Quel homme, même marié, était capable de dire non? Un homme fidèle, capable de repousser les avances d'une femme, était pareil aux soucoupes volantes : tout le monde en parlait, mais personne n'en avait jamais vraiment rencontré. Pas elle, en tout cas! Car malgré son jeune âge, elle avait appris qu'il ne fallait pas se demander d'un homme *s'il* allait vous tromper, mais plutôt *quand* il allait le faire.

Oui, c'était bien le problème avec les hommes! Tous faciles à avoir pour une nuit, mais tous difficiles à garder pour une vie! Sauf évidemment ceux qu'elle appelait les «hommes du dimanche», qu'elle comparait aux conducteurs du dimanche... C'est ainsi qu'elle désignait ces hommes domestiques, tristes et fidèles par défaut (parce qu'aucune autre femme n'en voulait!), et avec lesquels on voyait les femmes s'ennuyer le dimanche. Pourquoi d'ailleurs les dimanches étaient-ils toujours si ennuyeux, même si l'obligation ancienne d'aller à la messe était depuis longtemps tombée en désuétude ? Mystère profond...

—Non, ça me fait du bien d'en parler, dit Thomas. En fait, tu es la première personne à qui j'en parle...

Cet aveu la flatta. Elle avait donc à ses yeux une certaine importance, peut-être beaucoup plus grande qu'elle ne l'avait cru.

—Le jour où Louise est morte, nous étions dans le jardin... Ma femme était une maniaque des roses...

Elle nota la rose blanche à sa boutonnière et comprit, à l'expression douloureuse de son visage, combien il était habité par la morte dont il évoquait le souvenir. Ses chances étaient minces... Il lui était pourtant arrivé, à elle, de faire l'amour avec un autre homme alors qu'elle pensait encore à son ex-amant. Cela ne l'avait pas empêchée de bien s'amuser, ni, il est vrai, de le plaquer d'ennui au bout de trois mois : les vertus analgésiques d'un homme que l'on n'aime que médiocrement sont hélas ! limitées.

Était-ce le sort que Thomas lui réservait ? Serait-elle celle qui fait oublier la précédente, la femme de passage qui prépare le terrain à l'autre, celle qu'on aimera vraiment ?

Elle le voyait se débattre, comme elle s'était tant de fois débattue, elle aussi. Et il en ressortirait peut-être quelque chose de bon pour eux. L'amour, peut-être. Quelle chimie délicate, que tout cela ! Il fallait tant d'ingrédients tellement rares, tellement improbables, à commencer par la magie, qui n'arrive justement que... par magie ! Et que par conséquent on ne peut forcer.

Thomas poursuivait sa confession, les yeux humides maintenant.

—Alors j'ai fait la gaffe. Nous traversions une période un peu creuse...

—C'est normal, dans un couple, au bout d'un certain nombre d'années...

—Normal ou pas, j'ai gaffé... Je lui ai dit que je voulais prendre une période de réflexion, que je traversais une phase... Quelle expression stupide, une phase...

—Tu voyais quelqu'un d'autre ?

—C'est ce qu'elle m'a demandé, répliqua Thomas.

Décidément, les femmes avaient de la suite dans les idées ! Elles semblaient toutes penser de la même manière, ou presque.

—Non, je ne voyais personne. Je ne sais pas, je faisais peut-être un début de *burn-out*... Ma femme est... enfin elle était très fine mouche, elle devinait toutes mes pensées... Toujours est-il qu'elle s'est levée, et elle a simplement dit qu'elle devait aller voir sa mère... Quelques minutes plus tard, elle a raté une courbe et elle s'est tuée...

Suivit un silence pesant, que rompit Julie.

—Mais pourquoi te sentir coupable ? C'est un accident, un simple accident... C'est bête, c'est tragique même, mais ce n'est pas ta faute...

—Non, je sais que c'est moi qui l'ai tuée, ou en tout cas qui l'ai poussée au suicide... Elle ne faisait jamais de vitesse, elle ne buvait jamais, ni moi non plus d'ailleurs, ajouta-t-il en regardant son verre, dont il prit une grande rasade, comme par dépit, comme par dégoût de lui-même, et de la décadence dans laquelle il s'était enfoncé, du moins en comparaison du régime spartiate qu'il s'imposait autrefois.

—Mais un accident est un accident.

—Tu es psychiatre. Tu as dû lire *Psychopathologie de la vie quotidienne*, de Freud...

—Oui, mais juste avant l'examen, alors je ne me souviens plus de rien.

Il ne s'offusqua pas de la plaisanterie, mais sourit avec lassitude. Il vida son verre d'un trait et le posa sur la table.

—En tout cas, moi je sais que je l'ai tuée. Rien ni personne ne me convaincra du contraire. Elle s'est sentie trahie. J'étais tout pour elle. Elle m'aimait follement. Elle a senti qu'elle me perdait. Et elle ne l'a pas supporté. Elle n'a pas voulu que nous commencions ces compromis dans lesquels la plupart des couples finissent par tomber. Elle ne croyait qu'à la passion. Alors elle a décidé de partir, pour ne pas gâcher sept années d'un bonheur parfait. Des fois, je me dis que c'est elle qui a eu raison, que mes patients aussi ont raison. Qu'une fois qu'on a connu un grand bonheur et qu'on l'a perdu, on ne devrait pas insister. On devrait prendre congé avec élégance.

Julie ne savait plus que répondre. L'homme devant elle était encore follement épris de sa femme décédée, et elle-même n'éprouvait aucune attirance pour la vocation de martyre.

Elle avait envie de partir maintenant. Elle se sentait ridicule. Elle regarda Thomas avec une moue de déception, qu'il prit peut-être pour de la compassion. Pour se donner le courage de se lever, elle vida son verre et le posa sur la table. Et eut une hésitation. N'allait-il pas mettre fin au malentendu entre eux ? Il suffirait qu'il lui souhaite le bonsoir, qu'il la raccompagne à la porte et lui serre la main.

Mais il n'en fit rien. À sa propre surprise, Thomas se pencha vers elle et se mit à l'embrasser passionnément. Elle ne protesta pas et se laissa dévêtir. Il fut enchanté par la beauté de son corps. Ses seins étaient plus petits qu'il ne l'avait imaginé, minuscules en fait, mais ils étaient ravissants, avec leurs boutons très roses, durcis par le désir. Du reste, il se moquait éperdument de la petitesse adolescente de sa poitrine, car il découvrait un corps superbe et magnifiquement proportionné. Son ventre était plat, ce qui avait pour vertu d'émouvoir Thomas, et ses cuisses, minces et musclées, conduisaient impérieusement à son admirable toison que surmontait, comme un soleil miniature, une médaille retenue à la taille par une fine chaîne d'or.

Mais Thomas ne pensait pas vraiment à cela. Il était certes ébloui par ce corps de femme, il s'enivrait de ce parfum qu'il respirait enfin, et dont elle s'était, par prémonition ou par chance, aspergé avec parcimonie les poignets et – audace rare pour elle – le ventre, ce qu'elle ne faisait en général qu'à la veille d'un rendez-vous galant : c'est là le mystère des rencontres que l'on croit accidentelles, alors que sans le savoir on a posé tous les gestes nécessaires dans des préparatifs qui, lorsqu'ils sont prémédités, ne mènent souvent nulle part...

Ils étaient allongés sur le canapé, et Thomas, ivre des lèvres de Julie, ne pensait plus qu'à se réfugier, suivant le chemin délicieusement tracé par les gouttes de parfum, au seuil de ces autres lèvres, plus sombres, plus profondes, où peut-être il trouverait enfin l'oubli.

Il descendit lentement de la bouche de Julie vers son cou, s'attarda à ses épaules, ne négligea pas les seins dont les boutons fleurissaient avec une hardiesse sans cesse renouvelée, s'attarda un peu au ventre, comme pour étirer le supplice et s'assurer peut-être qu'il ne faisait pas preuve de trop d'audace, car certaines femmes préfèrent attendre la «deuxième» fois avant d'ouvrir aux lèvres de leur amant les lèvres de leur temple.

Mais Julie ne protestait pas. Au contraire, elle soupirait profondément et s'abandonnait de plus en plus. Après avoir gardé les bras ballants, elle s'était emparée de la tête de Thomas et, impatiente maintenant de le voir aboutir à son ultime destination, elle le poussait vers le bas de son ventre. Il ne lui fallut pas d'autre encouragement. Il plongea entre ses jambes, se perdit dans sa toison et retrouva sans tarder entre ses lèvres la perle rose de tous les délices.

Il éprouva un vif soulagement, comme si ce lieu secret de la femme, sa moiteur et sa douce amertume lui permettaient de se retrouver enfin, de redevenir un homme. Un homme qui au fond – il s'en était rendu compte depuis son veuvage – s'était toujours vraiment défini par la femme, la femme qui était tout pour lui, le commencement et la fin de toute chose. Tout le reste n'était que littérature, selon la formule consacrée du poète.

Le prestige de son poste, les honneurs de sa fonction, sa maison, ses belles voitures, l'argent, tout cela ne lui était rien. Il revivait au creux de cette femme, enfoui entre ses cuisses, les mains cramponnées à ses fesses comme, en mer, celles d'un naufragé à un radeau, il faisait tout pour que Julie ne lui échappe pas, pour se souder plus étroitement, plus parfaitement à elle. Celle-ci, dans la montée de la volupté, décrivait maintenant un ballet spasmodique d'une étrange beauté, se dressant vers le plafond, retombant, puis martelant le dos de Thomas dans un déchaînement incontrôlable.

La musique de ses râles, de ses cris mêlés de sanglots nerveux, fit comprendre à Thomas qu'il était temps de se perdre vraiment en Julie, et il abandonna sa toison sombre, remonta à toute vitesse vers sa bouche et, sans se préoccuper de l'amertume accrochée à ses lèvres, s'unit à elle dans un baiser enflammé, qu'elle ne repoussa pas.

C'était un baiser si profond, si complet, si passionné et si délirant, les deux amants ouvraient si largement la bouche, écartaient tant les lèvres, qu'on aurait dit qu'ils voulaient s'avaler, se dévorer, s'anéantir l'un dans l'autre.

Julie s'empara des hanches de Thomas et l'attira vers lui, le priant silencieusement d'entrer en elle, de la conduire aux ultimes égarements.

Mais le sexe de Thomas, à l'étonnement consterné de ce dernier, restait complètement flasque, comme s'il n'avait nullement suivi le délire de leurs corps, comme s'il y était resté parfaitement étranger. Thomas s'en inquiéta tout de suite, vérifia subrepticement de la main l'état des troupes et dut constater une mollesse déplorable.

C'était la première fois qu'il «faisait fiasco» avec une femme, pour reprendre l'expression stendhalienne. En sept ans de mariage, malgré un certain étiolement de la passion purement charnelle, jamais il n'avait connu une humiliation pareille !

Une angoisse terrible s'empara de lui, et il s'interrompit.

Julie, le visage ravagé par le début de la volupté, ne comprit pas tout de suite. Elle se pencha alors, et constata ce qu'elle avait craint en une intuition subite : elle ne faisait aucun effet à Thomas...

Elle paniqua, même si elle savait que c'était absurde, que la première fois est rarement la meilleure, et que les débuts connaissent souvent des ratés. Blessée dans son orgueil, elle se trouvait stupide d'avoir fait les premiers pas. Elle aurait dû le laisser venir à elle – au moins elle aurait eu une preuve qu'elle lui plaisait ! Alors que là, son manque complet de vigueur démontrait qu'elle était loin de le bouleverser.

Elle le repoussa, se rassit et, en un curieux mouvement de pudeur, se cacha les seins.

— Je... je ne te plais pas vraiment, n'est-ce pas ? C'est parce que je n'ai pas de seins... ajouta-t-elle.

— Mais non, c'est absurde ! Tu es magnifique, ça n'a rien à voir avec toi !

— Tu penses à elle...

Il hésita, puis avoua.

— Oui, j'ai l'impression de la tromper.

Elle laissa alors tomber, avec une cruauté inconsciente :

— C'est de son vivant que tu aurais dû lui être fidèle !

Il ne protesta pas, mais cette parole lui parut contenir une vérité si douloureuse que les larmes lui vinrent aux yeux.

Ils se turent. Julie comprenait, certes. Mais, en même temps, elle souffrait. Elle se sentait humiliée, pas à sa place dans cette maison magnifique. La place était déjà prise, et elle le resterait sans doute encore longtemps.

Elle n'avait pas envie d'assiéger patiemment cette citadelle, que seul le temps finirait peut-être par faire tomber. Elle n'avait aucune envie de se battre contre une ennemie invisible dont le souvenir, comme c'est presque toujours le cas, estompait les défauts et exaltait les qualités.

Elle ramassa ses vêtements et commença à se rhabiller en hâte.

— Je crois que je vais partir.

— Mais non, protesta-t-il. Reste, tu ne peux pas partir comme ça !

— Je préfère partir, dit-elle d'un ton un peu sec.

Et tout en elle disait qu'effectivement elle avait hâte de se retrouver ailleurs.

Comme pour le rassurer, elle ajouta :

— On se revoit à la clinique demain, de toute manière.

Il commença lui aussi à se rhabiller, honteux tout à coup d'être nu devant elle alors que leur première étreinte avait aussi lamentablement échoué.

— Je te reconduis à ton auto.

— Non, non, dit-elle, ce n'est pas la peine.

Ayant fini de s'habiller, elle chercha un instant ses souliers, puis se rappela qu'elle les avait retirés dans l'entrée. Thomas, qui n'avait eu le temps de passer que son slip et sa chemise, la suivit jusqu'à la porte. Elle eut envie de lui serrer la main, comme à un étranger, trouva que ce serait absurde mais n'eut pas non plus envie de l'embrasser, si bien qu'elle partit en lui disant simplement :

— Bonsoir. Prends bien soin de toi.

12

En refermant la porte derrière Julie, Thomas ressentit une sorte de panique, de vertige. Il regretta tout de suite de l'avoir laissée partir. Il aurait dû insister, tenter par tous les moyens de la retenir ! C'était une femme merveilleuse, drôle, brillante, et qui, en outre, exerçait le même métier que lui. Cela l'aurait réconforté de passer la nuit avec elle, de sentir son corps nu contre le sien, même sans faire l'amour.

La solitude de sa maison lui parut plus insupportable que d'habitude. Mais une angoisse encore plus grande le tenaillait. Il avait échoué physiquement ! C'était la première fois que cela lui arrivait. Était-il devenu impuissant ?

Après tout, il ne serait pas le premier homme de quarante-cinq ans à avoir des problèmes de ce type. Il avait suivi quelques patients aux prises avec des difficultés de cet ordre, dont certains n'avaient jamais vraiment guéri et avaient traîné cet humiliant handicap pendant des années...

Souvent, au début, ces hommes n'avaient rencontré qu'un échec, un seul, mais, leur confiance sapée, ils n'avaient jamais retrouvé leurs moyens. Était-ce parce qu'il avait bu, parce qu'il était encore sous le coup de l'humiliation ? Toujours est-il que cette perspective affola Thomas.

Il se versa un autre verre de vodka, le vida d'un seul trait, en but un troisième. Il fallait qu'il se calme ! Cette crainte était absurde ! Il avait été incapable d'avoir une érection, c'était vrai, mais après tout, ce n'était pas la fin du monde...

Mais s'il échouait de nouveau la fois suivante, comment se sentirait-il ? Et d'ailleurs, cette prochaine fois, n'y penserait-il pas sans arrêt ? Ne serait-il pas obsédé par l'échec qu'il venait d'essuyer ? Alors il serait pris dans une sorte de cercle vicieux... (l'expression avait quelque chose d'ironique, dans les circonstances...) Il but un autre verre, un double ou peut-être un triple. Avec ce qu'il avait déjà bu au Havanas, il était ivre maintenant.

Une idée saugrenue lui passa alors par la tête. Et ce médicament dont on lui avait vanté les mérites l'après-midi, à la clinique, le Mnémonium ? Ne pouvait-il l'utiliser ? Après tout, il l'avait à portée de la main, dans sa serviette, avec la documentation fournie par la compagnie pharmaceutique.

Il alla chercher sa serviette, d'où il tira le tube de Mnémonium. Il l'ouvrit, examina les comprimés, qui ressemblaient à n'importe quel autre comprimé, avec une moitié bleue et l'autre jaune.

N'était-ce pas le moment idéal pour faire l'expérience de ce nouveau médicament, qu'il fallait précisément prescrire le plus rapidement possible après l'événement traumatisant ? Si le médicament fonctionnait, il n'aurait plus le souvenir de son échec lamentable avec Julie. Sans doute ne se rappellerait-il même pas avoir couché avec elle. Cela donnerait peut-être lieu à une situation un peu bizarre, à laquelle d'ailleurs il pouvait tout de suite remédier en rédigeant une petite note sur ce qui s'était passé. Mais non, c'était contradictoire, il voulait justement tout oublier...

Si elle lui en reparlait, et il est probable qu'elle le ferait, il n'aurait qu'à lui expliquer qu'il avait expérimenté le nouveau médicament, et qu'il avait simplement tout oublié. Elle n'aurait d'autre choix que de comprendre, et elle éviterait vraisemblablement de lui rappeller son fiasco – peut-être même aurait-elle envie de réessayer...

D'ailleurs, à bien y penser, il trouvait à cette expérience une double utilité. Non seulement réglerait-elle un problème personnel plutôt délicat, mais elle lui permettrait de tester lui-même ce médicament extrêmement prometteur.

Alors qu'attendait-il ?

Il le savait, l'alcool et les médicaments n'ont jamais fait bon ménage. Il lut le dosage. Un comprimé. Après une ultime hésitation, il se résolut tout de même à en avaler un. Puis, pour avoir la certitude d'arriver à ses fins, il en absorba un second. En refermant le tube, il se demanda s'il ne faisait pas une erreur. Mais il était trop tard désormais.

Il eut envie de prendre l'air. C'était une belle soirée de juillet sous un ciel étoilé. Quel heure était-il? Neuf heures trente. Il se demanda combien de temps le médicament mettrait à faire effet. Dix minutes, une demi-heure? Davantage? Et comment cela se traduirait-il?

Il était curieux de le découvrir. Tout ce qui concernait l'esprit humain l'avait toujours fasciné, et c'était la raison, avec le désir de soulager la souffrance morale si répandue dans notre monde moderne, qui l'avait poussé vers la psychiatrie. Un choix qu'il n'avait jamais regretté, si ce n'est pendant ces derniers mois où, aspiré par la pente glissante de la dépression, rongé par des patients aux exigences incessantes, il avait commencé à tout remettre en question.

Il s'habilla, sortit et se dirigea vers le vaste jardin, dont il avait confié l'entretien à un jardinier depuis la mort de sa femme. Il s'assit sur un banc près des roses blanches, ferma un instant les yeux, huma profondément le bouquet délicat et varié des fleurs qui l'entouraient.

Combien de temps laissa-t-il s'écouler ainsi? Une sorte de calme descendit peu à peu en lui. Était-ce à cause de la brise marine – la mer n'était qu'à mille mètres – ou du médicament? Il n'aurait su dire, et il s'en moquait. Il pensait certes encore à Julie, il revoyait leurs baisers, le début de leur étreinte. Mais, déjà, il ne pensait plus à son échec. Il se revoyait bien, allongé nu sur elle et affligé d'une mollesse intolérable, mais il se dissociait de l'événement, il en devenait le simple spectateur.

Sa lucidité commençait à être affectée : il n'eut même pas l'idée de faire le lien entre cette passivité et le médicament qu'il venait d'ingérer.

Un léger sourire avait fleuri sur ses lèvres.

C'est alors qu'il distingua vaguement une voix de femme. Il crut d'abord que Julie était revenue. Il s'en réjouit vaguement, sans trop savoir pourquoi au juste. Il n'eut pas le réflexe d'ouvrir les yeux, et la voix, qui se rapprochait, dit alors :

— Tu ne me cueilles plus de roses comme avant...

Cette voix, il l'aurait reconnue entre mille : c'était celle de sa femme, il en était certain. Il ouvrit les yeux. Il vit Louise – car c'était bien elle – au fond du jardin, enveloppée dans une ample tunique blanche, tel un ange. Elle répéta :

—Tu ne me cueilles plus de roses...

Alors l'affolement le gagna. Il se leva, s'approcha du premier rosier venu et, comme il n'avait pas de sécateur sous la main, se mit à empoigner et à arracher des roses, incapable qu'il était de briser les tiges très résistantes.

Il constitua rapidement un frêle bouquet de sept ou huit fleurs, puis se précipita vers sa femme. Mais elle avait disparu. Il regarda de gauche et de droite, ne l'y vit pas non plus, se dirigea d'un pas vif vers le fond du jardin que délimitait une odorante pinède.

Elle n'y était pas davantage. Il lança des regards effarés dans toutes les directions, jeta un coup d'œil dans l'entrée du garage et l'aperçut, assise dans sa deuxième voiture, une vieille Mercedes décapotable bleu poudre qu'il ne sortait qu'à l'occasion.

Il se précipita, mais le temps d'ouvrir la portière et de monter dans le véhicule et sa femme avait de nouveau disparu. Essoufflé, il se rendit compte alors, malgré sa confusion, qu'il hallucinait peut-être, qu'il subissait sans doute les effets du médicament. Après tout, sa femme était bel et bien morte !

Amèrement déçu, il jeta le bouquet de roses sur le siège du passager, et s'aperçut que ses mains étaient rouges de sang. En arrachant les fleurs, il s'était profondément entaillé à de nombreux endroits.

Il ne s'en alarma pas cependant. La déception d'avoir vu disparaître sa femme lui faisait oublier la douleur. Il s'essuya machinalement les mains sur ce siège où il avait vu sa femme assise quelques minutes plus tôt, sans se préoccuper le moins du monde des taches qu'il y laissait.

Tout à coup, il avisa ses gants de conduite, qu'il avait laissés sur le tableau de bord. Sans se soucier non plus de les tacher, il les enfila et posa les mains sur le volant.

Il se mit alors à penser avec intensité à Catherine. Comme elle ressemblait à sa femme ! N'était-ce pas d'ailleurs sa femme qui, à travers sa patiente, était revenue de l'au-delà pour le hanter, pour lui rappeler qu'il devait lui rester fidèle ? Pensée chimérique sans doute, mais avec l'effet combiné du Mnémonium et de l'alcool, il ne pensait plus très raisonnablement.

Il éprouva alors l'envie irrésistible de voir Catherine, de lui parler, peut-être pour confirmer cette intuition absurde qui venait de s'emparer de lui.

Il fallait qu'il se rende le plus vite possible à la clinique.

13

Sympathiques septuagénaires à la retraite, les Greenberg, voisins immédiats de Thomas, achevaient leur promenade matinale lorsqu'ils aperçurent la vieille Mercedes du psychiatre sur la plage, en face de chez lui. La présence du véhicule, à cet endroit insolite, leur parut suspecte.

Ils s'avancèrent, méfiants. Lorsqu'ils virent la portière ouverte, ils comprirent qu'il s'était effectivement passé quelque chose d'anormal. À quelques pas de la voiture, une bouteille de champagne ouverte gisait dans le sable. Une mouette s'y trouvait perchée, qui s'envola à leur approche : cela ne fit qu'accroître leur inquiétude. Ils regardèrent à gauche et à droite. Peut-être quelqu'un d'autre avait-il effarouché le volatile ? Mais non, il n'y avait qu'eux aux alentours.

Ils firent encore quelques pas hésitants, puis s'immobilisèrent, figés par la surprise. Ils venaient d'apercevoir, sur le siège avant de la voiture, une très belle jeune femme, inconsciente, peut-être morte. Elle avait visiblement été battue, car son visage portait de nombreuses contusions. Et elle avait probablement été poignardée car une grande tache brunâtre maculait le milieu de sa robe.

Cette jeune femme n'était pas du voisinage, et pourtant ils crurent la reconnaître. Ils l'avaient vue quelque part. Dans les journaux, oui, c'était ça, c'était la jeune femme qui avait tenté de se suicider quelques jours plus tôt, la fiancée de Robert Elliott : Catherine Shield.

—Mon Dieu ! dit Madame Greenberg en portant sa main à sa bouche.

Ils hésitèrent. Ne devaient-ils pas s'éloigner tout de suite, pour éviter les ennuis ? Leur petite vie de couple à la retraite était déjà assez compliquée, avec leurs enfants et leurs petits-enfants qui leur donnaient tant de soucis !

Mais par curiosité, ou compassion, ou parce que de toute évidence la Mercedes appartenait à leur sympathique voisin, ils s'approchèrent. Catherine était pieds nus, le bras gauche curieusement replié derrière la tête. En plus, détail étrange et inquiétant, elle portait des gants de conduite noirs visiblement trop grands pour elle, des gants d'homme. Autre détail qui leur parut curieux : le poignet gauche de la jeune femme portait un bandage.

Madame Greenberg consulta son époux du regard.

— Crois-tu qu'elle est morte ?

— Je ne sais pas, je vais voir...

Il se pencha vers Catherine, observa attentivement sa poitrine pour voir si sa respiration la soulevait. Mais cet examen le mit rapidement mal à l'aise. En effet, le sein gauche de la jeune femme était presque complètement visible, car le haut de sa robe était déchiré. De toute évidence, elle avait été violentée, peut-être violée.

Par pudeur, Monsieur Greenberg esquissa le geste de replacer la robe pour couvrir le sein exposé, mais sa femme l'en empêcha :

— Mieux vaut ne rien toucher.

Il ne protesta pas. Elle avait parfaitement raison. Il se pencha au-dessus de la bouche de la jeune femme et perçut un mince souffle.

— Elle respire encore, dit-il à sa femme, heureux de constater qu'il était peut-être encore temps de la sauver.

— Qui a bien pu faire une chose aussi horrible ? s'exclama Madame Greenberg.

Son mari ne répondit pas, et elle non plus n'osa pas exprimer la pensée invraisemblable qui venait de lui traverser l'esprit. Ils avaient tous deux pensé au docteur Thomas Gibson. Un homme au-dessus de tout soupçon. Un homme respectable, qui n'avait jamais choqué le voisinage, et qui même avait suscité la sympathie générale quand sa ravissante épouse avait tragiquement disparu.

Mais connaît-on jamais vraiment ses voisins ? Et puis, un homme qui vit seul est toujours un homme inquiétant. Comment se faisait-il que, médecin fortuné, encore jeune et beau, on ne le vît jamais avec une autre femme ? N'était-ce pas parce qu'il avait une liaison secrète avec une femme qu'il n'osait présenter à personne ? D'ailleurs, la rumeur n'avait-elle pas couru que Thomas avait une maîtresse avant la mort de sa femme ? Qui sait, peut-être était-ce cette très jeune femme... Voilà pourquoi il avait préféré la cacher : parce qu'elle était déjà sa maîtresse. Et parce qu'elle était beaucoup trop jeune pour un homme de son âge : dix-sept, dix-huit ans, tout au plus vingt. La bouteille de champagne vide laissait supposer qu'il ne s'agissait pas d'un viol mais bien d'une sauterie, une petite orgie à deux qui avait mal tourné.

D'autant qu'aux pieds de la victime se trouvaient des roses flétries : preuve supplémentaire d'un rendez-vous amoureux.

Les deux vénérables retraités reconstituaient malgré eux le drame dans leur tête, dans une communion de pensée silencieuse que cinquante ans de mariage avaient parachevée.

— Viens, dit la vieille dame, dépêchons-nous d'appeler la police.

Monsieur Greenberg prit par le bras sa femme, qui se serra contre lui, et ils se dirigèrent à la hâte vers leur maison, se félicitant intérieurement d'avoir vécu l'essentiel de leur existence à une époque moins violente, moins tourmentée qu'en cette fin de siècle quasi apocalyptique.

14

Catherine était assise, la tête inclinée, comme prostrée, sur une table d'examen à l'hôpital. Elle dégageait une très forte odeur d'alcool et de cigarette, que ne manquaient pas de remarquer tous ceux qui s'approchaient d'elle. Il était aux environs de huit heures du matin, policiers et ambulanciers ayant fait diligence pour la transporter là.

Elle avait repris conscience dès son trajet en ambulance, sous les soins empressés et indignés des infirmiers qui, malgré leurs années de métier, ne s'habituaient toujours pas à voir d'innocentes jeunes femmes aussi brutalement agressées.

Depuis quelques minutes, le docteur Conway, une rouquine de trente-cinq ans un peu boulotte, divorcée et mère de deux enfants qu'elle élevait seule, la réconfortait de son mieux.

— Comment te sens-tu ?

Comment elle se sentait... Elle ne répondit pas tout de suite, releva la tête. Cette femme semblait sympathique avec son sourire maternel.

— On dirait que tu as été droguée. Nous t'avons fait une prise de sang et nous aurons les résultats un peu plus tard. Est-ce que tu te souviens d'avoir absorbé une drogue quelconque ?

Catherine ne répliqua pas davantage. Elle se sentait la tête si lourde ! Jamais de sa vie elle n'avait éprouvé un tel mal de bloc, même après ses pires excès.

Et puis, que faisait-elle dans cette salle d'examen, dans un hôpital ? Qui l'avait agressée ? Que lui était-il arrivé ? Qui avait déchiré sa robe ? Qui l'avait frappée, molestée ?

Elle réalisa alors qu'elle n'avait aucun souvenir de ce qui s'était passé la veille. Cette pensée l'affola. Il avait pu lui arriver n'importe quoi ! C'était peut-être pour cela que le docteur Conway la considérait avec une telle gravité. Oui, il lui était sûrement arrivé quelque chose de grave. Mais quoi ? *Quoi*? C'était vraiment inquiétant de ne pas savoir, de n'avoir aucune idée. Le *black-out* complet !

Elle chercha, fouilla sa mémoire, essayant de remonter à son tout dernier souvenir. Une première image jaillit. Des fleurs. La gerbe de fleurs que son père lui avait envoyée à l'hôpital. Et qu'elle avait balancée au visage du directeur de la clinique, dont elle ne se rappelait pas le nom : un homme extrêmement antipathique, en tout cas, qui lui avait déplu dès le premier instant.

Mais que lui était-il arrivé entre ce moment-là et maintenant, pour qu'elle se retrouve si mal en point, confuse et sûrement droguée, dans un hôpital ? Elle aurait pu croire, mis à part les blessures, que cela était arrivé à quelqu'un d'autre qu'elle, à une étrangère. Comme si elle avait traversé une période de folie ou d'amnésie totale.

—J'ai soif, finit-elle par dire.

Une infirmière était entrée dans la salle d'examen depuis peu, et le docteur lui signifia d'accéder à la demande de Catherine, ce qui fut fait diligemment. Le docteur Conway tendit le gobelet d'eau à Catherine et l'aida à boire. Catherine esquissa un sourire de remerciement, lui remit le gobelet de papier vide. Le docteur porta sa main à son front. Sans être brûlant, il lui paraissait un peu plus chaud que la normale, mais rien d'inquiétant.

La photographe de la police arriva, une Hispanique d'environ vingt-cinq ans, l'air pressé.

—Salut, Gloria... dit le docteur Conway.

Les deux se connaissaient bien – trop bien, si l'on peut dire, car elles se voyaient au moins quatre ou cinq fois par semaine : le nombre de viols rapportés chaque semaine à New York était effarant ! Et, c'était bien connu, ce n'était là qu'une fraction du nombre réel de viols. Bien des femmes préféraient garder pour elles leur douloureux secret et ne rapportaient pas ce crime, par honte ou par crainte de représailles du violeur, qui dans un cas sur deux était une personne qu'elles connaissaient : belle société !

Le docteur Conway effleura les cheveux de la jeune femme, dont les yeux étaient encore écarquillés par la frayeur, et dit :

—Tu n'as plus rien à craindre, Catherine. Tu es en sécurité, ici, avec nous. Il ne peut plus rien t'arriver.

Elle marqua une pause, puis enchaîna :

— Gloria est photographe pour la police de New York.

— Ça ne sera pas très long, dit la photographe, qui avait dégainé un appareil muni d'un flash puissant et prenait déjà une photo de Catherine assise sur la table d'examen.

Elle s'approcha, photographia sa robe déchirée, tachée de sang à la hauteur du sexe, et brûlée à plusieurs endroits, surtout au corsage, visiblement par des cigarettes.

Gloria, qui souriait entre les prises pour mettre Catherine à l'aise, prit ensuite un gros plan de son visage. Il était couvert de contusions : sa joue gauche était enflée, et son œil gauche tuméfié. Sa lèvre inférieure avait été coupée, et était enflée elle aussi. Ses cheveux étaient en désordre. Il était évident que la jeune femme avait été battue.

Ses bras portaient également des contusions. Elle avait visiblement tenté de résister à son agresseur, qui l'avait retenue fermement pendant qu'il la violait.

Un examen plus attentif révéla que Catherine était aussi blessée à la main droite, et Gloria lui demanda de la lever légèrement pour pouvoir prendre une meilleure photo. Elle obéit de bonne grâce. Sa main ne saignait plus, mais il y avait dans la partie charnue de la paume une entaille de sept ou huit millimètres environ, un peu sous l'auriculaire. Assez profonde, la blessure était encore très rouge, et elle se rouvrirait probablement à la moindre pression.

La photographe nota ensuite, au poignet gauche de Catherine, la cicatrice que sa tentative de suicide avait laissée. (Le docteur Conway avait retiré le bandage.) Elle n'en connaissait pas l'origine, si bien qu'elle en prit une photo. Catherine voulut lui expliquer, mais de l'intention au geste, il y avait tout un monde, et son esprit fonctionnait au ralenti. Elle n'en eut pas la force. De toute manière, déjà la photographe lui demandait :

— Si tu veux bien enlever ta robe maintenant...

Catherine consulta du regard le docteur Conway. Cette dernière se contenta de hocher la tête en signe d'acquiescement. Catherine se leva et, aidée du docteur Conway, avec cette gêne naturelle que l'on éprouve à se dévêtir devant des étrangers, même son médecin, elle retira sa robe, sous laquelle elle était complètement nue. Elle eut d'abord le réflexe de mettre la main devant son sexe, puis comprit que cette pudeur était absurde et esquissa un sourire embarrassé, auquel la femme médecin répondit par un sourire également : sa timidité n'avait rien que de naturel !

La photographe réalisa plusieurs photos en pied de Catherine puis lui demanda :

— Si tu veux te tourner, je vais prendre quelques photos de dos.

Bien sûr, c'était un examen de routine, bien sûr ces deux femmes étaient tout ce qu'il y avait de professionnel, mais Catherine n'en sentit pas moins un fort sentiment de honte l'envahir. Après tout, il s'agissait de son intimité de femme ! C'était aussi un rappel qu'elle avait été violentée, probablement violée. Elle se coucha néanmoins sur le ventre sans protester. Le flash se remit à crépiter.

— Bon, c'est terminé, dit la photographe.

Elle se tourna vers le docteur Conway, lui serra la main et partit.

— Si tu veux t'allonger sur la table, demanda alors le docteur Conway. Je vais t'examiner.

Catherine s'allongea, et le docteur la pria de placer ses pieds dans les étriers. « Quand tout cela va-t-il finir ? » s'interrogea Catherine, exaspérée.

Le docteur Conway enfila des gants chirurgicaux, prit une pincette de bois et se pencha vers l'entrejambe de Catherine. Elle nota tout de suite, juste à l'extérieur du vagin, la présence d'un objet, qu'elle prit d'abord pour un bout de tissu ou de papier. Elle écarta légèrement les lèvres du vagin, et ce qu'elle vit confirma ce qu'elle pensait.

C'était un condom, lequel ne paraissait cependant pas contenir de sperme, ou en tout cas pas en quantité suffisante pour être discerné à l'œil nu.

La pensée lui traversa alors l'esprit – même si cela relevait du travail des policiers et non du sien – que la présence de ce condom avait quelque chose de bizarre. Un violeur utilisait rarement un préservatif, car il était généralement pressé, angoissé, et souvent dans un état d'excitation et de folie incompatible avec des précautions de nature aussi pratique. Les violeurs craignaient rarement les maladies vénériennes. D'ailleurs, eux-mêmes en étaient souvent atteints.

Ou alors peut-être le violeur était-il un membre de la famille de Catherine, qui craignait d'être retracé parce qu'il était connu de la victime. Son père. Ou un oncle. Ou encore un homme qu'elle côtoyait, qui vivait dans son quartier, qu'elle avait souvent salué, et qui un jour avait déraillé, jeté son masque d'honnête citoyen et...

Elle pinça le condom, prévint Catherine de ne pas s'inquiéter, qu'elle allait retirer quelque chose de son vagin.

Elle déposa le condom, qui était de toute évidence d'une taille au-dessus de la moyenne, dans un plateau métallique près de la table d'examen. Elle avait accompli ce geste rapidement, et sans faire de commentaire, pour ne pas alarmer Catherine. Mais la jeune femme aperçut le préservatif.

— Ah!!!! Qu'est-ce que c'est? J'ai été violée!! s'écria-t-elle.

Et elle se mit à sangloter.

Pour le docteur Conway, cela confirma ce qu'elle avait déjà deviné – sous l'effet du traumatisme, Catherine avait tout oublié... À moins qu'elle n'eût été droguée, ce que les analyses ne tarderaient pas à révéler...

Catherine continuait à pleurer de honte, de colère, de révolte. Pendant son *black-out*, cette chose terrible qu'elle redoutait depuis qu'elle s'était réveillée avait bel et bien eu lieu! Elle avait été sauvagement violée! Pas seulement battue, malmenée, comme le prouvaient les traces de coups, mais violée! Un homme qu'elle ne connaissait pas, un pur étranger, un maniaque l'avait violentée, déshabillée puis sauvagement pénétrée!

Elle avait retiré les pieds des étriers, s'était rassise et, à bout de forces, cherchant la chaleur d'une présence amicale, s'était appuyée contre le docteur Conway, qui avait bien entendu interrompu son examen et tentait de la réconforter en s'efforçant de trouver les paroles qu'il fallait. Mais, au fond, qu'y avait-il à dire? Le mal était fait. Une fois pour toutes. Et rien ne pourrait enlever de sa mémoire ce crime, cette honte. Cette tache immonde, cette affreuse et indélébile salissure resterait gravée dans son âme.

Catherine pleurait. Elle se sentait souillée à tout jamais. Même si elle ne se souvenait de rien, elle savait une chose. Jamais elle n'oublierait, jamais cette certitude douloureuse ne s'effacerait de sa mémoire : elle avait été violée.

Quand elle se fut un peu calmée, le docteur Conway dit, de la voix la plus douce du monde :

— Je dois continuer mon examen. Ce sera bientôt terminé, et tu pourras te laver et te reposer. Tu en as bien besoin!

Catherine émit un long soupir mais s'allongea de nouveau sur la table, replaça les pieds dans les étriers. En poursuivant son examen, le docteur constata de nombreuses contusions internes. Le viol avait été sauvage, et la dimension du membre du violeur sans doute hors du commun, ce dont témoignait d'ailleurs la taille du condom. Allié au manque de lubrification naturelle caractéristique des viols, cela avait rendu la pénétration encore plus douloureuse, et surtout plus dévastatrice.

Mais elle ne releva pas de traces de sperme. Sans cet élément de preuve si utile – surtout en l'absence de tout témoin –, le violeur serait beaucoup plus difficile à retrouver et à confondre.

— Si tu veux bien te tourner sur le ventre maintenant, Catherine, j'ai presque fini.

Catherine se plia à cette nouvelle demande sans protester. Elle voulait en finir au plus vite. Chaque fois que ses yeux se posaient sur le condom, cela lui donnait envie de vomir.

Le docteur Conway constata que le dos de Catherine ne portait pas de marques de coups. Elle nota pourtant que l'omoplate gauche portait des marques d'ongles, comme celles qu'un amant fait à sa maîtresse au milieu d'une étreinte passionnée. Il faudrait qu'elle note cela dans son rapport.

Elle découvrit ensuite, entre les deux fesses, un mince filet de sang coagulé. Une découverte qui la révolta et la dégoûta tout à la fois. Non content de souiller Catherine par les voies naturelles, le violeur s'était vraisemblablement livré aux pires extrémités ! À moins qu'il n'y eût une autre explication, plus rassurante.

— As-tu tes règles en ce moment, Catherine ?

— Mes règles ? Je...

Elle était confuse. Elle ne se souvenait guère.

— Non, je ne crois pas... Mais pourquoi me demandez-vous cela, docteur ?

— Tu as... Tu as un peu de sang entre les fesses, Catherine.

— Du sang ? demanda Catherine qui, alarmée, s'appuya sur un coude et se tourna vers le médecin.

— Oui, du sang. Mais il vient peut-être de ton vagin. Le violeur t'a pénétrée sans lubrification et tu as de nombreuses contusions internes. Tu as peut-être eu des tissus déchirés... Je vais m'en rendre compte en t'examinant.

Catherine eut une hésitation, mais finit par se recoucher à plat ventre.

Le docteur lui écarta délicatement les fesses. Ses sourcils se froncèrent lorsqu'elle constata la curieuse présence d'un poil, ou d'un cheveu brun, assez long. Mais surtout elle nota, à l'intérieur de la fesse gauche, à trois ou quatre centimètres de l'anus, une très curieuse blessure.

—Garde! dit-elle à l'infirmière, essayez de rattraper Gloria! Il va falloir prendre d'autres photos!

15

Muni d'un double mandat d'arrêt et de perquisition, l'inspecteur Harry Templeton, un homme trapu dans la cinquantaine, dont les yeux noirs, très intenses, faisaient oublier une peau ravagée par une virulente acné d'adolescence, frappa à la porte du docteur Gibson à huit heures quinze précises.

Ce n'était pas la première fois que l'inspecteur avait affaire au psychiatre. Il avait été chargé de l'enquête sur la mort de sa femme, un an plus tôt. D'ailleurs, il n'avait jamais vraiment cru à l'hypothèse de l'accident et penchait plutôt, malgré la réputation sans faille du psychiatre, pour l'hypothèse du meurtre prémédité.

Outre son intuition, légendaire dans la police, et qui lui inspirait ces doutes, il avait des raisons plus précises de remettre en question l'innocence du docteur Gibson. Certes, on ne lui connaissait pas de maîtresse, pas plus que sa femme ne paraissait avoir d'amant. En outre, voisins et amis s'accordaient pour dire qu'ils formaient le couple le plus uni du monde.

Cependant, quelques mois avant la mort de sa femme, le médecin avait souscrit pour elle une assurance assortie d'une prime de sept cent cinquante mille dollars en cas de décès. Une somme assez rondelette, même pour un homme qui gagnait très bien sa vie!

Bien sûr, cela pouvait être une simple coïncidence; bien sûr, Gibson avait aussi pris une assurance à son nom. Mais n'était-ce pas simplement pour étouffer les éventuels soupçons? La compagnie d'assurances ne semblait pas avoir été dupe de cette précaution, et elle avait confié à l'inspecteur Templeton le mandat secret (et d'ailleurs pas très régulier) de faire une petite enquête : si on arrivait à prouver qu'il y avait eu meurtre, la compagnie d'assurances économiserait bien sûr le montant de l'indemnité.

Mais son enquête ne lui avait pas permis de découvrir grand-chose, si ce n'est un indice que l'inspecteur avait trouvé révélateur, même s'il n'était pas compromettant en soi : lorsqu'on avait trouvé le corps de Louise Gibson, elle portait les gants de conduite de son mari.

Pourquoi avait-elle enfilé ces gants au lieu des siens ? Des gants passablement grands pour elle, et qu'elle pouvait difficilement confondre avec les siens, que l'on avait d'ailleurs retrouvés bien rangés dans la boîte à gants.

La découverte de ce détail avait accablé Thomas, qui y avait vu le signe de la fidélité exemplaire de sa femme, jusque dans la mort. N'avait-elle pas fait exprès de laisser un signe qui lui indiquerait clairement que son accident n'en était pas un, et qu'elle se suicidait bel et bien en raison de ce qu'elle avait considéré comme son insupportable trahison ? Questionné par l'inspecteur, qui le soupçonnait de s'être trouvé dans la voiture peu avant la mort de sa femme et de l'avoir forcée à passer ses gants, Thomas s'était contenté d'affirmer que, selon lui, sa femme avait enfilé ses gants par simple distraction.

Mais alors pourquoi ses gants à lui se trouvaient-ils dans l'Alpha Roméo ? Après enquête, l'inspecteur avait appris – détail d'ailleurs confirmé par le suspect lui-même – que Thomas ne conduisait pour ainsi dire jamais l'Alpha Roméo de sa femme, préférant de beaucoup sa Porsche, plus nerveuse. Il avait aussi appris, ce qui l'avait rendu perplexe et moins sûr de son fait, que le couple prenait à l'occcasion l'Alpha Roméo, pour des sorties à deux, auxquels cas Thomas préférait laisser conduire sa femme, détail au sujet duquel elle le taquinait souvent : cette « élégance » de sa part était en fait attribuable à son mépris des mécaniques inférieures à sa bien-aimée Porsche. Peut-être avait-il donc laissé ses gants, inutiles, traîner dans la voiture de sa femme.

Pourtant, aucun voisin ne se souvenait d'avoir vu, les jours précédents, le couple utiliser la charmante petite conduite italienne.

Faute de preuves, l'enquête n'avait finalement pas abouti, et l'inspecteur avait laissé Thomas en paix. Pourtant, son sixième sens lui disait que Thomas n'était pas aussi innocent qu'il en avait l'air.

Peut-être les antennes de son intuition avaient-elles capté le sentiment de culpabilité de Thomas, percevant un crime là où il n'y avait que sa conséquence...

En théorie, chaque enquête doit être considérée séparément. Mais, en frappant à la porte de Thomas, l'inspecteur Templeton ne pouvait s'empêcher de penser, avec un sourire de satisfaction, qu'il y avait une justice immanente. Les coupables finissaient toujours par payer !

Une énorme Mexicaine quadragénaire aux bras d'homme et au regard soupçonneux vint lui répondre. C'était la femme de ménage, qui était d'un dévouement exemplaire à l'endroit de son patron.

Elle fut surprise de voir l'inspecteur de police, qui d'ailleurs n'était pas venu seul mais avec son assistant, Paul Williams, une recrue de vingt-cinq ans qu'on lui avait imposée en remplacement de son acolyte habituel, en congé de maladie pour *burn-out*. Travailler pour Templeton n'était pas une sinécure, et il avait «brûlé» ainsi deux de ses meilleurs assistants.

Il était également accompagné de deux policiers en uniforme, dont la présence n'avait pas manqué de susciter la curiosité des voisins. Une élégante voisine avait interrompu la promenade de son caniche et s'interrogeait sur la présence de la force constabulaire chez le docteur Gibson. Un jogger s'était lui aussi immobilisé. D'autres voisins s'approchaient.

—Le docteur Gibson, s'il vous plaît.

—El doctor dort.

Elle en savait quelque chose puisqu'elle était entrée, un peu plus tôt, dans la chambre, où elle l'avait trouvé affalé sur son lit, endormi tout habillé. D'habitude, elle ne le voyait que rarement, du moins depuis qu'il était veuf, car il prenait maintenant son petit-déjeuner dans un restaurant à proximité de la clinique.

Elle voulut refermer la porte, mais il l'en dissuada en faisant apparaître son écusson.

—Inspecteur Harry Templeton, de la brigade criminelle !

Comme à regret, elle le laissa entrer avec son assistant. Les deux policiers demeurèrent dans le vestibule, attendant les instructions de l'inspecteur.

Elle précédait les deux hommes.

—Avant que vous alliez trouver votre patron, je voudrais vous poser quelques questions, dit l'inspecteur.

Pendant ce temps, son assistant faisait un premier tour des lieux. Il ne put d'ailleurs s'empêcher de laisser échapper un sifflement admiratif en constatant le luxe de la maison.

—Nous ne sommes pas dans le bon *business*, fit-il.

Son patron ne releva pas le commentaire. Williams aperçut alors, au mur, une grande lithographie de Chagall, numérotée 39/300. Plutôt inculte en art, il crut qu'il s'agissait du prix de l'œuvre et, sifflant de nouveau avec admiration, il dit :

—Hé ! patron, venez voir : un tableau de trente-neuf mille trois cents dollars ! Dites donc, ça ne les gêne pas que les gens sachent combien ils ont mis sur la décoration ! Trente mille dollars, pour un dessin d'enfant qui ressemble à rien ! Ma nièce m'en fait des pareils, et gratuitement en plus ! Il faut vraiment qu'ils soient paumés, ces gens-là... Ils ne savent vraiment pas quoi faire avec leur argent...

Il riait de bon cœur, il n'en revenait pas.

—Ça va, Paul ! C'est pas une visite au musée qu'on fait, c'est une enquête !

—D'accord, patron, mais quand même, trente-neuf mille... je ne gagne même pas ça en un an...

—Et tu vas gagner encore moins si tu continues comme ça, dit l'inspecteur en levant les yeux au plafond.

On lui avait collé un véritable idiot ! Il se tourna vers la femme de ménage :

—À quelle heure êtes-vous arrivée, ce matin ?

—Yé commence à ouit hores.

—Je ne vous demande pas à quelle heure vous commencez ! Je vous demande à quelle heure vous êtes arrivée !

L'inspecteur n'était pas dupe ! Pas étonnant : il avait l'air intelligent, aussi, avec ses yeux d'un noir de charbon. D'ailleurs, il avait des yeux de Mexicain, alors mieux valait ne pas essayer de jouer au plus malin avec lui. Il devait être futé, ou violent, comme les hommes de son pays l'étaient lorsqu'ils étaient contrariés, et avaient bu trop de tequila, ce qui arrivait un jour sur deux.

La femme de ménage avait baissé les paupières, doublement fautive d'être arrivée en retard et d'avoir voulu duper l'inspecteur.

—Yé... yé souis arrivée il y a cinco minutes.

—Vous avez touché à quelque chose ?

—Non, yé commence toujours par faire du café. Vous en voulez un ?

—Moi, j'en prendrais volontiers une tasse ! dit l'assistant, qui passait justement à côté d'elle. Je me demande ce que ça peut goûter, du café de riche !

—La même chose que ton café de pauvre, le rabroua Templeton.

—Je disais ça comme ça, patron.

L'inspecteur marqua un temps, puis reprit :

—Vous venez tous les vendredis matin ?

— Si. Yé suis toujours là à huit heures précises, mais ce matin, la fille de ma fille, qui a solement seize ans et qui est enceinte de trois mois, elle a eu des nausées, et yé été oblizée...

— Oui, oui, ça va, ça va, l'interrompit l'inspecteur. Je ne vous demande pas de m'expliquer pourquoi vous êtes en retard. Dites-moi plutôt : en général, est-ce que votre patron est là lorsque vous arrivez ?

— Non, habitouellement il est parti avant, porque il prend son pétit déjeuner à l'extérieur, enfin depuis que sa femme est...

— Depuis que sa femme est... ? demanda l'inspecteur, qui feignit de n'être pas au courant du décès de sa femme.

On ne savait jamais, peut-être apprendrait-il un détail nouveau.

La femme de ménage n'aimait pas la manière dont l'inspecteur la regardait. Il était vilain, cet homme, il n'était pas net ! Et il la mettait mal à l'aise.

— Dépouis qu'il est veuf. Le pauvre docteur Gibson il a perdou sa femme l'année dernière, dans oun accidente d'auto.

— Ah, je vois ! Si vous voulez aller chercher votre patron maintenant ?

— Très bien, très bien, dit-elle, non sans ressentir une certaine gêne.

Comment allait-elle s'y prendre pour réveiller son patron, ce qu'elle n'avait jamais fait depuis qu'elle était à son service ? Elle quitta le salon.

— On dirait que le docteur a fait une petite fête avec une dame, hier, dit l'assistant.

Il se trouvait devant la table à café et il montrait les deux verres vides, la bouteille de vodka Smirnoff, le tube de Mnémonium et le dépliant explicatif, là où Gibson les avait laissés la veille.

L'inspecteur approcha, vit du rouge à lèvres sur un des verres et esquissa un petit sourire. Cette fois, il tenait son homme ! Le docteur Gibson ne lui échapperait pas deux fois ! Si le rouge à lèvres du verre et celui de la jeune victime correspondaient, si en plus c'étaient ses empreintes, cela suffirait probablement à l'inculper.

En effet, comment expliquerait-il la présence de sa patiente dans sa maison, le soir même du viol ? Le fait qu'il eût pris un verre avec elle ? Et qu'on l'eût retrouvée dans sa voiture, devant sa maison, portant des gants d'homme, maculés de sang, qui appartenaient vraisemblablement à Thomas ? Si les test d'ADN révélaient que le sang était celui de Thomas, alors le psychiatre aurait vraiment des difficultés à s'en sortir. Qui d'autre que lui aurait pu tacher les gants de son sang, et les passer aux mains de Catherine, le soir du viol ? Non, cela supposerait une série de coïncidences vraiment trop accablante ! Thomas ou son avocat auraient beau trouver toutes sortes d'explications, aucun juge ni aucun jury ne se laisseraient convaincre.

Non, cette fois il était cuit ! Étonnant qu'un homme de sa trempe eût fait des erreurs aussi grossières. Mais le sentiment de culpabilité agissait parfois ainsi, même sur les individus les plus coriaces, les plus dépourvus de conscience. Il les rongeait jusqu'à ce qu'ils finissent par se compromettre quasi volontairement en prenant des risques carrément suicidaires.

Il examina le canapé, fit une première découverte intéressante : un long cheveu, visiblement un cheveu de femme, qu'il fit remarquer à son assistant.

— Il faut faire un prélèvement. Tu as les sacs de plastique ?

Distrait par la beauté du quartier et de ses résidences, le jeune assistant avait oublié son attirail dans la voiture.

— Je reviens dans une minute.

— Tu feras un prélèvement ici, dit l'inspecteur en lui montrant une petite tache pâle au milieu du canapé.

— Du sperme ? demanda l'autre, excité par cette découverte.

— Non, du yogourt glacé !

— Du yogourt glacé ?

— Mais non, idiot, ce n'est ni du yogourt glacé ni du sperme, à moins que la quantité de spermatozoïdes du docteur soit aussi basse que celle de Boy George ! C'est probablement une sécrétion féminine, si tu vois ce que je veux dire !

— Ah bon ! répondit le jeune assitant, renversé par le sens de l'observation dont faisait preuve son patron. Une sécrétion féminine !

Il partit récupérer son attirail pour effectuer les divers prélèvements d'usage, empreintes, cheveux, tissus, fibres de tapis, objets compromettants...

Templeton hocha la tête et s'alluma une cigarette. Il était sympathique, le nouveau, mais il n'irait pas loin !

16

Lorsqu'il se réveilla enfin, après que la femme de ménage l'eut longuement secoué, Thomas eut d'abord un mouvement de recul. Il n'avait pas reconnu tout de suite la Mexicaine dont le gros visage et les yeux arrondis par l'énervement lui firent d'abord peur, si bien qu'il poussa un cri mélangé de surprise et de stupeur.

Elle sourit pour le rassurer, et il la replaça enfin, s'excusa, puis, comme il allait lui demander pour quelle raison elle prenait la liberté de le réveiller, elle le devança :

— La policia !

— La police ?

— Oui, la policia elle est là ! Ils veulent vous voir tout dé souite, doctor. C'est pour ça qué yé vous ai réveillé... Yé m'excouse...

— Mais non, ça va, Estreilla. Je comprends. Dites-leur que j'arrive.

Elle sortit de la chambre. Il ne la suivit pas tout de suite, s'aperçut qu'il avait dormi tout habillé, fronça les sourcils. Ce n'était pas dans ses habitudes, car il dormait en général complètement nu. Il se passa la main dans le visage, il souffrait d'un mal de bloc terrible. Avait-il donc bu la veille ? Non, il ne se souvenait pas d'avoir bu. En fait, il réalisa bientôt qu'il ne se rappelait plus rien. Ni ce qu'il avait fait, ni où il avait été, ni avec qui : rien !

Cette pensée ne manqua pas de l'inquiéter : il ne lui était jamais arrivé une chose pareille. Cela le rendit très mal à l'aise, puis l'angoissa. Mais il n'avait pas le temps de s'attarder : la police l'attendait au salon ! Il passa tout de même dans la salle de bain, se regarda dans la glace et trouva qu'il n'avait pas du tout bonne mine : son teint était très pâle, presque cireux. En se jetant un peu d'eau froide dans le visage, penché sur un des deux grands lavabos de marbre de la salle d'eau, il se rendit compte qu'il avait de profondes éraflures aux mains.

D'où venaient-elles ? Comment avait-il pu se blesser ainsi ? S'était-il battu ? Les blessures ne ressemblaient pourtant guère à celles qu'on récolte dans une rixe. On aurait dit plutôt qu'il avait fait une chute d'un véhicule en mouvement et que la paume de ses mains avait été éraflée par le bitume...

Il s'assécha le visage puis les mains avec une serviette, se passa un coup de peigne rapide, puis alla affronter la police, l'esprit rongé de questions. Qu'avait-il bien pu faire qui justifiât la présence des forces de l'ordre ? Il se demanda encore s'il avait bu. Il respira son haleine dans sa main : il empestait la vodka ! C'était peut-être là l'explication. Il avait un peu trop bu, comme cela lui arrivait de plus en plus souvent depuis quelques mois, et il avait fait un *black-out*. Certains amis alcooliques lui avaient parlé de ce phénomène. Mais c'était la première fois qu'il en était affligé. Un *black-out*. C'était donc cela ! On oubliait tout. On ne se rappelait plus rien. Peut-être alors avait-il eu un accident de voiture, ce qui aurait d'ailleurs expliqué ses blessures.

Lorsqu'il arriva au salon, il eut la désagréable surprise de voir l'assistant de Templeton en train de découper son canapé de cuir noir avec une énorme paire de ciseaux.

Il se précipita.

— Hé ! vous ! Qu'est-ce que vous faites ! ? cria-t-il en levant les bras d'indignation.

Williams n'interrompit même pas sa tâche. Son patron intervint avec plaisir.

— Il fait son travail, docteur !

Thomas se retourna et reconnut l'inspecteur Templeton, celui-là même qui lui avait empoisonné l'existence pendant des mois après le décès de sa femme. Il avait bien besoin de contrariétés supplémentaires ! Faisait-il un mauvais rêve ? Qu'est-ce que cet inspecteur venait faire dans sa maison avec un de ses acolytes, sans compter les deux policiers en uniforme qu'il aperçut alors ? Pourquoi une telle délégation policière ? Décidément, il avait dû commettre un crime terrible pendant la nuit !

Il ne répliqua pas à l'inspecteur, si ce n'est par une moue de découragement. Il aperçut alors, sur la table à café, à côté des deux verres vides que l'assistant n'avait pas encore mis dans des sacs de plastique, le tube de Mnémonium : la vue de ce tube provoqua en lui une curieuse réaction. Il était incapable de dire avec certitude s'il avait déjà vu ce tube, mais celui-ci lui rappelait vaguement quelque chose. Quoi ? Il n'aurait su le dire.

Il s'approcha de la table, vit le dépliant explicatif du médicament, qui était resté ouvert là où il l'avait laissé la veille. Un des titres disait : *Le médicament de l'avenir : le bonheur en pilule*. Mais il n'eut l'impression de comprendre de quoi il s'agissait qu'en lisant un autre titre : *Le patient oublie complètement l'événement à l'origine du traumatisme*.

Alors il eut une intuition. Les verres sur la table, la bouteille de vodka, le tube de Mnémonium... Il avait dû absorber un comprimé de ce médicament qui paralysait la mémoire. Voilà, ce ne pouvait être que cela ! Son *black-out* ne s'expliquait pas autrement...

Pendant ce temps, le jeune Williams continuait de découper un carré d'une dizaine de centimètres de côté dans son canapé !

— Qui vous autorise à faire cela ? lui demanda-t-il.

De nouveau, Templeton vint à la rescousse de son assistant :

— J'ai un mandat de perquisition pour fouiller votre maison.

Et il exhiba le document, que Thomas ne daigna même pas vérifier. Après une pause, comme pour ménager un effet dramatique, l'inspecteur ajouta, avec un sourire ironique, et un second document en main :

— J'ai aussi un mandat d'arrêt contre vous, pour voies de fait et viol sur la personne de votre patiente Catherine Shield, qui a été retrouvée dans votre Mercedes ce matin, sur la plage en face de chez vous. Vous avez le droit de demeurer silencieux. Tout ce que vous direz pourra être retenu contre vous.

La nouvelle arrivait évidemment comme un choc. Mais comme Thomas avait la quasi-certitude d'avoir absorbé un comprimé de Mnémonium, et qu'il ne se souvenait de rien, il ne protesta pas, à la surprise ravie de l'inspecteur, qui prit sans doute cette passivité pour un aveu. C'était trop beau, trop facile ! Il pourrait enfin le faire coffrer, et en tirer par la même occasion des aveux complets concernant la mort de sa femme.

— Je ne veux pas vous décourager, docteur, mais j'ai l'impression que vous allez passer les prochaines années de votre vie à l'ombre.

Thomas ne releva pas l'insinuation, mais demanda plutôt :

— Comment va-t-elle ?

— Qui ?

— Mais Catherine, bien entendu !

— Elle est hors de danger, répondit l'inspecteur, que la question de Thomas avait tellement pris au dépourvu qu'il n'en avait pas, de prime abord, compris le sens.

Thomas eut l'air soulagé. Peu importe ce qu'il avait pu faire ou ne pas faire avec sa patiente pendant les longues heures de son *black-out*, au moins il ne l'avait pas tuée !

L'inspecteur le considéra d'un œil nouveau. Décidément, ce médecin avait de la classe ! Quelle compassion pour ses patients !

Du moins jouait-il habilement son jeu. Oui, c'était plutôt cela, il faisait tout pour endormir sa méfiance, comme il l'avait fait avec sa femme. Mais cette fois, il ne s'en tirerait pas : il y avait trop de preuves.

L'inspecteur fit un signe en direction des policiers. Le plus costaud des deux s'approcha avec les menottes.

Thomas pointa le doigt en direction de l'agent.

— Vous allez me passer les menottes ?

L'inspecteur vit alors que sa main était blessée. Il s'approcha, lui prit la main droite, lui demanda la gauche, et dit :

— Vous vous êtes blessé, docteur ?

— Je... bredouilla Thomas... Oui, apparemment.

— Comment, apparemment ?

— Je ne me souviens plus.

— Vous ne vous souvenez plus ?

— Non.

— Nous avons trouvé des taches de sang sur le siège de votre voiture, près de la victime. Et elle portait des gants d'homme. Des gants de cuir noir, de marque Porsche, ça vous dit quelque chose, docteur ? Et il y avait aussi du sang sur les gants.

Thomas eut presque un malaise. Des gants de cuir Porsche, comme ses propres gants de conduite ! Comme ceux qui avaient été retrouvés aux mains de sa femme lors de son accident fatal ! Quelle curieuse coïncidence ! Quel acharnement du sort !

L'inspecteur conclut :

— Si le test d'ADN révèle que c'est votre sang qu'on a découvert sur le siège et sur les gants, vous allez avoir besoin d'un très bon avocat, docteur.

17

Lorsque son avocat arriva enfin, il y avait une bonne heure déjà que Thomas se morfondait dans une étroite cellule du poste de police. Il vivait sa deuxième humiliation en moins d'une heure, la première ayant été d'avoir dû affronter les regards des voisins quand il était sorti de chez lui menottes aux poings, escorté par deux policiers comme un vulgaire criminel – ce qu'il était peut-être, d'ailleurs. Comment savoir ?

Il accueillit maître James Robertson avec un soulagement manifeste. Les deux hommes se connaissaient depuis plus de vingt ans, ils avaient fait les quatre cents coups ensemble, fréquenté la même université, et même s'ils ne se voyaient pas très souvent, ils avaient toujours plaisir à se retrouver. Sauf peut-être dans des circonstances comme celles-ci.

Maître Robertson avait tout de suite répondu à l'appel de détresse de son ami, en s'éclipsant d'une importante réunion d'associés de son cabinet.

Homme très énergique, toujours bronzé, la moustache abondante mais bien taillée, l'œil bleu enjoué, il affichait une mine resplendissante. Seule une calvitie presque complète révélait ses quarante-cinq ans.

—Merci d'être venu si rapidement, dit Thomas.

—C'est la moindre des choses, mon vieux !

Le policier conduisit Thomas et son avocat dans une petite pièce meublée d'une simple table de bois et de deux chaises droites. Au moins, ils pourraient discuter en privé. Les deux hommes s'assirent.

Après un silence pendant lequel les deux hommes se contentèrent de se regarder en souriant, avec une affection évidente, Thomas dit :

—Tu as l'air en forme.

—Je me défends ! Je n'ai pas encore rencontré la femme avec qui j'aimerais me remarier. Mais je ne suis pas pressé. Je fais beaucoup d'études préliminaires... dit Robertson sur un ton badin.

—C'est plus sûr, c'est plus sûr, abonda Thomas, qui connaissait les succès de son ami, récemment échaudé par un divorce plutôt ruineux, surtout pour un avocat : les cordonniers ne sont-ils pas toujours les plus mal chaussés ? Il fallait dire, à sa décharge, qu'il avait commis l'erreur – du moins dans ce cas – d'épouser une avocate.

—Et toi, Louise, ça passe ?

—Oui, je ne pense plus à elle qu'une centaine de fois par jour.

—C'est un progrès, dit avec une moue sympathique son ami. Ces choses-là prennent du temps.

Les deux hommes se turent un instant puis :

—Est-ce qu'on peut parler sans être inquiétés ? demanda Thomas à son avocat. Est-ce qu'il y a des risques qu'ils entendent ce qu'on dit ?

—Non, mais je ne prends jamais de chance avec la police, déclara son avocat, qui sur ces paroles tira de sa mallette un baladeur Sony jaune et deux petits haut-parleurs. Il posa le tout sur la table entre Thomas et lui, et appuya sur un bouton. Aussitôt retentit, avec une puissance que n'aurait pas laissé supposer la taille de l'installation, un rock endiablé, joué par une de leurs idoles de jeunesse.

—Ça devrait régler le problème, dit maître Robertson, pendant que, de sa voix sensuelle, Jimmy Hendrix chantait : *« 'Scuse me, while I kiss the sky ! »*

—*Allright !* dit Thomas, épaté une fois de plus par l'originalité et la ruse de son ancien camarade d'école.

—Tu te rappelles Woodstock ? dit Thomas. J'avais les cheveux aux épaules !

—Et moi, j'avais des cheveux, point ! dit son avocat en effleurant de la main le dessus de son crâne lisse.

Les deux hommes éclatèrent de rire. Puis, redevenant sérieux, maître Robertson sortit un bloc-notes. Le temps de la rigolade était terminé. La situation était grave. L'avocat tira de sa poche intérieure une luxueuse Mont-Blanc en or offerte par un richissime client.

—Alors dis-moi, qu'est-ce qui s'est passé au juste ?

Thomas écarquilla les yeux, plissa les lèvres.

—Je ne me souviens de rien ! Je sais seulement que je suis accusé du viol d'une de mes patientes. Elle a été retrouvée dans ma voiture ce matin, au bord de la plage, juste en face de chez moi. Violée et battue...

—Oh ! c'est du joli... Mais qu'est-ce qui a pu se passer ? Comment se fait-il que tu ne te souviennes de rien ?

—Même problème que Jimmy Hendrix...

—La...

Son avocat n'osait énoncer complètement sa pensée. Il était pourtant surpris, parce que même à l'université, à une époque où pratiquement tout le monde en prenait ou tout au moins en faisait l'expérience, Thomas n'avait jamais rien voulu savoir de la drogue. Il était trop volontaire, trop discipliné, trop peu sensible aux modes.

—La *drogue* ? Toi ? finit par demander l'avocat, qui, par nervosité, s'était passé la main sur le crâne, comme à travers des cheveux imaginaires.

—Oui...

—Je ne savais pas que tu avais commencé... C'est à cause de Louise, du chagrin ?

Thomas comprit le malentendu.

—Mais non, j'ai pris un médicament expérimental, le Mnémonium. Il... comment dire d'une manière simple... il affecte le centre primaire de la mémoire. En d'autres mots, ce médicament te fait oublier ce que tu as vécu pendant les douze heures précédentes, et aussi apparemment pendant les quelques heures qui suivent son absorption. Si ce que je pense est exact, j'ai probablement pris le médicament hier dans la journée. Mais je ne me rappelle rien. Ni quand, ni pourquoi je l'ai pris, rien. J'ai simplement vu le flacon chez moi, avant de partir, ce matin, et j'en déduis que c'est ce qui s'est passé.

Maître Robertson fronça les sourcils.

—C'est embêtant, très embêtant ! Je ne vois pas comment nous allons faire pour te trouver un alibi si tu ne te rappelles rien !

—Moi non plus, je ne vois pas, c'est d'ailleurs pour ça que je t'ai appelé.

—Alors il va falloir que tu ne dises rien à la police. Rien en tout cas qui puisse te compromettre. Je vais rester avec toi pendant l'interrogatoire préliminaire, qui ne devrait d'ailleurs pas tarder...

—Ils ne penseront pas que j'essaie de cacher quelque chose ?

—Ils penseront ce qu'ils voudront ! L'important, c'est de ne pas te compromettre. Dis simplement que tu ne te souviens pas. C'est d'ailleurs la plus stricte vérité, à ce que tu m'affirmes.

—Je n'ai rien fait, j'en suis sûr ! protesta Thomas.

—Tu n'as peut-être rien fait, mais en cour ce sont les impressions, les apparences, qui comptent le plus.

—En cour ? Tu penses que je vais devoir aller en cour ?

—Mais, mon pauvre Thomas, il faut que tu te réveilles, sinon je vais vraiment commencer à penser que tu écoutes trop Jimmy Hendrix ! Tu es dans un poste de police. Tu as été arrêté. Ils ont des charges très sérieuses contre toi. Je peux essayer d'obtenir ta libération conditionnelle pendant l'enquête préliminaire, mais de toute manière tu vas aboutir en cour.

Visiblement abattu, Thomas ne disait plus rien. Ce que James venait de lui expliquer était parfaitement logique. Simplement, il n'y avait pas vraiment pensé. Sa faculté de raisonner semblait encore affectée par le Mnémonium. Jusque-là, il n'avait pas mesuré la gravité de la situation. Il sentit une grande bouffée de chaleur lui monter à la tête. De fines gouttelettes de sueur perlèrent à son front.

—Ce médicament, tu l'as pris pour quelle raison au juste ?

—Je ne me souviens plus !

—Évidemment ! dit James avec un sourire. C'est un médicament qui ôte la mémoire ! Et j'imagine que tu ne te souviens pas non plus d'avoir aussi fait prendre ce médicament à ta patiente ?

—Non plus...

—J'espère qu'ils n'en trouveront pas de trace dans son sang, parce qu'alors...

Il ne termina pas. Il préférait ne pas évoquer cette possibilité, car le scénario serait alors trop facile à imaginer : le médecin qui administrait à sa patiente une drogue qui altérait la mémoire, et ensuite qui se droguait lui-même pour abuser d'elle... Ce serait une cause perdue d'avance...

James Robertson reprit :

—Il ne faut pas que la police pense que tu consommes régulièrement des drogues ou des médicaments. Tu ne peux pas… je ne sais pas, moi, tu ne peux pas leur dire que tu voulais faire sur toi l'expérience du médicament avant de le prescrire à tes patients ?

—C'est plutôt rare qu'un médecin fasse de telles expériences sur sa propre personne, mais j'imagine que c'est une chose qui arrive.

—Bon. De toute manière, dis simplement que tu ne te souviens de rien, du moins en ce qui concerne la journée et la nuit d'hier. Nous verrons comment nous pourrons nous débrouiller en cour. Qui sait, peut-être la mémoire va-t-elle te revenir et vas-tu te rappeler que tu as passé la nuit à prendre un coup avec de vieux amis, qui pourront te donner un alibi en béton !

18

—Alors, comme ça vous collectionnez les revues, docteur ? lança l'inspecteur Templeton en jetant sur la table un paquet de revues féminines qui avaient toutes ceci de particulier que leurs couvertures mettaient en vedette Claudia Schiffer.

Son assistant les avait découvertes dans la chambre à coucher de Thomas, au fond d'un vieux coffre de bois. Le sous-fifre en question arborait d'ailleurs un large sourire de satisfaction. Pour une fois qu'il marquait un bon coup !

Les deux policiers étaient assis en face de Thomas et de son avocat, à une table rectangulaire sur laquelle se trouvaient un appareil téléphonique, un cendrier et une enregistreuse, que Templeton venait du reste de mettre en marche. Ils étaient dans une petite pièce sans fenêtre, où l'inspecteur menait généralement ses interrogatoires.

En attendant la réponse de Thomas, Templeton s'alluma une cigarette, prit une bouffée. Cette fois-ci, il en était sûr, il tenait Thomas. Alors il lui était égal que ce dernier prît son temps pour répondre. Il le fixait sans ciller, ce qui rendait ses yeux ardents encore plus insistants, plus troublants.

Thomas, lui, se sentait triste et gêné.

Certain de son effet, l'inspecteur jeta alors sur le paquet de magazines une photo de Catherine où on la voyait allongée, inconsciente, dans la Mercedes, avec sa robe déchirée et tachée de sang, un sein découvert. Près d'elle gisaient des roses blanches, éparses.

—Est-ce que cette photo peut vous aider? demanda l'inspecteur. Elle a été prise ce matin, devant chez vous. Vous reconnaissez sans doute votre voiture. Vous ne trouvez pas qu'il y a une ressemblance troublante entre votre patiente et ce mannequin qu'on voit sur tous ces magazines? Serait-ce ce qu'on appelle une obsession, docteur? Une fixation?

Plus bouleversé par la photographie de Catherine que par les questions de l'inspecteur, aussi embarrassantes fussent-elles, Thomas fixait la photo sans rien dire, l'air hébété.

—Vous pouvez parler librement, vous savez, docteur, reprit l'inspecteur, qui s'était tourné vers son assistant et lui avait souri avec cette complicité amusée de ceux qui anticipent une victoire prochaine. Les aveux font du bien! ajouta-t-il avec ironie.

Thomas ne disait rien, regardait avec intensité la photo de sa jeune patiente, les yeux humides maintenant. Un doute terrible le tenaillait.

Si c'était lui qui avait fait cela à sa patiente, il ne voulait pas se défendre. Il voulait être châtié, emprisonné. Il serait même le premier à exiger la sentence maximale... Catherine paraissait si mal en point. Il pensa : «Drogue ou pas, je ne peux pas avoir commis un acte pareil!» L'altération de la mémoire ne pouvait modifier à ce point la personnalité d'un homme !

Et pourtant, il devait admettre que Catherine l'avait fasciné dès le début, parce qu'elle lui rappelait de manière troublante sa femme. Et que les deux ressemblaient à Claudia Schiffer. Mais avait-il perdu la tête au point de croire retrouver sa femme dans sa patiente, puis de vouloir faire l'amour avec elle, de toute évidence contre son gré?

L'avocat de Thomas trouvait de mauvais augure, pour ne pas dire accablantes, ces revues, cette photo de Catherine, cette ressemblance singulière de la jeune femme avec la célèbre *cover-girl*. Malgré son sang-froid coutumier, il laissait déjà percer une certaine nervosité. Comment diable ferait-il pour dépêtrer son client de ce guêpier? L'interrogatoire commençait à peine, et les filets du policier se resserraient déjà! Voilà qui promettait!

—Alors, docteur, cette réponse, c'est pour aujourd'hui ou est-ce que je vais devoir suivre une thérapie de trois ans pour l'obtenir? demanda l'inspecteur en se moquant de la lenteur proverbiale, et payante, des psychiatres.

—Mon client utilise son droit de ne pas répondre, prévint maître Robertson.

—Laisse, James, je vais lui expliquer...

Il fit un geste vers la poche arrière de son pantalon, ce qui provoqua un mouvement de méfiance spontané et caricatural chez les deux policiers: craignant de voir le médecin dégainer une arme, ils avaient par réflexe porté la main sur la leur.

Voyant leur geste, Thomas ironisa à son tour:

—Attention de ne pas vous blesser!

Sourires gênés des deux policiers, qui venaient de rater une belle occasion de ne pas se ridiculiser et qui se cherchèrent une contenance, l'un en éteignant sa cigarette, l'autre en replaçant la photo de Catherine dans son dossier.

Thomas tira alors de sa poche arrière son portefeuille, dont il sortit une photo noir et blanc de sa femme, qu'il posa sur la table.

—Vous devriez vous souvenir que ma femme ressemblait à Claudia Schiffer, inspecteur. En plus âgée, évidemment... Après sa mort, j'ai... j'ai traversé une période difficile... Et j'ai commencé à acheter des magazines où il était question de Claudia Schiffer... Je sais que c'est absurde, mais cela me donnait l'impression que ma femme était encore vivante... Je... On n'oublie pas toujours aussi facilement qu'on voudrait...

Très triste, il pencha la tête et se tut. Et les trois hommes, surpris par cet aveu intime, respectèrent son silence. Cet aveu d'un amour qui perdurait après la mort et avait pris une forme sentimentale si pathétique, même si elle en devenait presque maniaque, avait quelque chose d'émouvant.

Mais au terme d'un bref silence l'inspecteur se ressaisit et se redressa. N'était-il pas dupe? Thomas n'était-il pas en train de lui jouer la comédie, avec d'ailleurs un talent exceptionnel? Comme il la lui avait jouée un an plus tôt? Il se jura qu'il ne se laisserait plus avoir.

Il considéra Thomas, le scruta intensément de ses yeux noirs. La pupille sévère du psychiatre dénotait une intelligence, une volonté hors du commun, et donc fort vraisemblablement la capacité de ruser, de cacher son jeu. Mais ces prunelles bleues reflétaient aussi une grande sensibilité. Et c'est sans doute de ce côté qu'il fallait chercher. Ce médecin d'apparence si disciplinée devait bien avoir un talon d'Achille! L'inspecteur allait multiplier les attaques, les pièges, les insinuations: le docteur finirait bien par céder, par faire une gaffe.

—Où étiez-vous, hier soir? demanda l'inspecteur.

—Je ne me souviens pas.

—Vous ne vous souvenez pas? Vous pensez que je vais avaler cela? demanda l'inspecteur. Je pensais que vous inventeriez quelque chose d'un peu plus sophistiqué, docteur. Vous me décevez!

—J'ai pris du Mnémonium. Le tube était d'ailleurs sur la table à café du salon. Vous avez dû le saisir.

—Bien sûr! dit sur un ton important l'assistant de l'inspecteur.

—Alors, vous avez sûrement lu la documentation qui l'accompagnait...

—Pourquoi avoir pris ce médicament, docteur? contre-attaqua Templeton.

—C'est un médicament encore à l'état expérimental, et il nous arrive souvent, à nous médecins, de vouloir essayer certains médicaments avant de les prescrire à nos patients... C'est fréquent, du moins avec les médicaments qui affectent l'humeur...

Thomas jeta en direction de son avocat un regard furtif. L'inspecteur accepterait-il cette explication? Le juriste eut un haussement de sourcil d'intelligence: il croisait les doigts, mentalement s'entend.

—Si je comprends bien, vous ne vous souvenez plus de rien! Ce qui veut dire que vous avez fort bien pu violer votre patiente! Vous ne pouvez pas me prouver le contraire!

—Vous pouvez faire toutes les suppositions que vous voulez. Moi, je sais que je ne l'ai pas violée.

—Nous avons fait des prises de sang sur Catherine. Si on retrouve des traces du médicament, c'est *sayonara*, docteur! Les circonstances seront trop accablantes contre vous. Parce que, sauf erreur, ce n'est pas un médicament qui se trouve dans le commerce... Alors, vous seul pouviez le lui faire prendre... Par contre, si vous passez à des aveux tout de suite...

—Mon client n'est pas coupable! trancha Robertson. Il n'est pas question qu'il se plie à votre demande ridicule!

—Le dossier de votre client n'est pas très bon, cher maître... Il a des antécédents...

—Des *antécédents*? demanda Thomas, indigné, car aucune plainte n'avait jamais été portée contre lui, ni par l'Association des psychiatres, ni par le public, ce qui d'ailleurs aurait été un comble, vu sa qualité de directeur du comité de discipline de la clinique Gagliardi.

L'inspecteur se tourna vers son assistant, qui tira alors de son dossier deux documents. Le premier était une lettre que Thomas reconnut immédiatement à son écriture, une très belle écriture de femme.

—Qu'est-ce que vous faites avec cette lettre?! hurla-t-il, visiblement outré.

—On perd son calme, docteur? ironisa l'inspecteur.

Maître Robertson mit la main sur le bras de son client pour éviter un éclat qui peut-être le desservirait. Dans la colère, on dit parfois des choses...

—Je ne vois pas ce que la lettre de cette patiente vient faire ici! protesta Thomas.

—Je vais vous lire des extraits de la lettre qu'elle vous a écrite avant de se tuer, et nous verrons si elle n'a pas rencontré le même problème que la pauvre Mademoiselle Shield.

Se tournant vers maître Robertson, il ajouta :

—J'aimerais que vous portiez une attention spéciale à ce que je vais lire, maître. Peut-être alors aurez-vous la sagesse de conseiller différemment votre client, qui semble entretenir des relations un peu... particulières avec ses patientes. Voici les principaux passages :

—*Cher docteur, ou plutôt devrais-je dire cher Thomas. La vie est bien faite, parce qu'elle m'a permis de rencontrer celui qui me sauverait. Mais elle est mal faite aussi, parce que cet homme qui m'a sauvée, elle me l'enlève. Il restera toujours entre nous un secret.*

L'inspecteur interrompit sa lecture et jeta un coup d'œil à Thomas pour vérifier l'effet que sa lecture avait sur lui. Puis il reprit, choisissant de toute évidence les passages les plus incriminants.

—*Je vous aime. Oui, je vous aime, mais je sais que notre amour est impossible... cruelle ironie du sort, que je vous ai aimé si fort, comme je n'avais jamais aimé aucun être avant... Pour moi, je m'en suis rendu compte, il n'y avait que vous. Avant de vous rencontrer, je ne savais pas qu'on pouvait aimer, que tout pouvait retrouver un sens. Je ne savais pas que ce qui me manquait, comme le levier qui manquait à Archimède pour soulever la terre, c'était vous... au moment précis où j'avais posé les yeux sur vous, où je vous avais « reconnu », cette blessure s'est rouverte, et par elle est entrée en moi cette force maléfique qui me ronge depuis des années et qui m'aspire vers la mort...*

—Arrêtez !

Thomas ne pouvait en supporter davantage. Il n'y avait pas seulement la bassesse, il y avait aussi le souvenir douloureux de Diane, sa patiente préférée, en qui il avait fondé tant d'espoir, dont la « guérison » lui avait procuré de si profondes satisfactions, et qui s'était pendue à son balcon, le lendemain de son congé...

D'un bond il se leva et saisit l'inspecteur par le collet, leva le bras pour le frapper en disant :

—Vous n'avez pas le droit de souiller la mémoire de cette femme ! Vous êtes un salaud !

L'inspecteur était à la fois surpris et ravi par la réaction du psychiatre. Il avait eu raison de persévérer. Le docteur craquait, il se découvrait enfin ! Les aveux suivraient... Savourant déjà sa victoire, il ne cherchait ni à se défendre ni à calmer le docteur.

Mais maître Robertson s'interposa tout de suite.

—Thomas, je t'en prie, calme-toi ! Tu ne te rends pas compte !

Rappelé à la raison par la voix impérieuse de son avocat et ami, Thomas lui obéit et se rassit immédiatement.

—Je voudrais parler à mon client en privé, s'il vous plaît, dit maître Robertson à l'inspecteur, qui replaçait sa cravate et faisait à son assistant un clin d'œil malicieux : l'affaire était dans le sac !

Mais l'avocat n'eut pas le temps d'avoir avec son client la conversation qu'il venait d'exiger, car la porte de la salle d'interrogatoire s'ouvrit et une secrétaire entra.

—J'ai expliqué à madame le... la docteur que vous étiez

occupé, monsieur l'inspecteur, mais elle insiste pour dire que c'est très urgent qu'elle vous voie.

Sans la laisser terminer ses explications, une femme très élégante qui se tenait en retrait derrière la secrétaire s'avança alors avec assurance : c'était le docteur Julie Cooper.

19

— Je peux vous aider ? demanda l'inspecteur à la femme médecin.

Thomas la regardait avec étonnement. Qu'est-ce que sa collègue pouvait bien venir faire au poste de police ? Il ne tarda pas à l'apprendre, car la ravissante Julie, qui portait ce jour-là un tailleur noir et un chemisier taupe, fournit une explication qui eut sur eux l'effet d'une véritable bombe.

— Je viens faire une déposition. J'ai passé la nuit dernière avec le docteur Gibson.

Elle laissa s'écouler un temps pour que les quatre hommes absorbent le choc, puis poursuivit :

— Nous sommes partis ensemble de la clinique, dans deux voitures. Nous sommes allés prendre un verre au bar le Havanas, près de chez le docteur Gibson. Puis nous avons passé la nuit ensemble.

— Paul, vérifie le Havanas, dit Templeton à son assistant, qui s'empara immédiatement du combiné, demanda à la téléphoniste le numéro du bar, puis établit la communication.

Pendant ce temps, l'inspecteur questionnait Julie, qui regardait Thomas avec un sourire timide et un peu coupable. Pour sa part, l'avocat de Thomas se félicitait doublement : premièrement pour l'alibi en béton de son client, secondement pour la bonne fortune de son ami.

Quelle femme superbe, en effet ! Et quels yeux ! De quoi donner son âme au diable ! Et il ne parlait pas de ses jambes, que ses bas de nylon cendrés rendaient encore plus troublantes, ni de ses pieds nerveux et délicats dans des escarpins de serpent gris et brun qui faisaient discrètement écho à son chemisier.

— Quelle est au juste la nature de votre relation avec le docteur Gibson ? demanda l'inspecteur.

Sa question surprit la jeune femme. Il était idiot ou quoi ? Elle venait de lui déclarer qu'elle avait passé la nuit avec le docteur ! Pensait-il que c'était pour contempler la lune ?

— Ma relation ?

— Depuis combien de temps êtes vous intime avec lui ?

Elle consulta sa montre, une jolie montre Cartier souvenir d'une liaison éphémère avec un homme richissime mais infidèle – conduite à ses yeux rédhibitoire, que même une fortune immense n'excusait nullement – et dit :

— Depuis douze heures et... attendez... cinq minutes. Oui, douze heures cinq minutes ! Ça répond à votre question ?

Thomas et son avocat ne purent s'empêcher de rire, pas plus que l'assistant, ce qui valut à ce dernier un regard acerbe, lourd de réprimande, de la part de son patron, peu réjoui de se voir ridiculisé par cette jeune femme.

— Euh... chef, le barman du Havanas vient de confirmer que le docteur était au Havanas hier, annonça Williams, avec une jeune femme... plutôt jolie... comme madame...

— Je te remercie, dit sèchement l'inspecteur, profondément déçu.

Sa stratégie s'effondrait comme un château de cartes. Il se tourna vers Julie Cooper :

— Vous rendez-vous compte, madame...

— Docteur... je vous prie, appelez-moi docteur Cooper, s'il vous plaît, monsieur l'inspecteur.

Elle n'était nullement pointilleuse sur les titres et se moquait éperdument de se faire donner du « docteur », mais elle voulait ébranler l'arrogance de l'inspecteur et établir sa crédibilité à elle, ce qui aurait en outre la vertu de lui calmer un peu les nerfs ; elle en avait bien besoin car elle mentait effrontément, jouant le tout pour le tout afin de sauver la peau de Thomas.

L'inspecteur sourit avec agacement, puis reprit :

— Vous rendez-vous compte, docteur Cooper, que faire une fausse déclaration est une chose très grave et que, dans le cas qui nous préoccupe, vous pourriez être accusée de complicité ?...

— De complicité de viol ? C'est ce que voulez dire, monsieur l'inspecteur ?

Décidément, Julie avait l'esprit bien réveillé à cette heure pourtant si matinale ! Maître Robertson eut un sourire amusé. Diable, quelle femme excitante ! En plus d'être ravissante, elle avait un esprit mordant.

Quant à Thomas, il regardait sa collègue avec un sourire admiratif. Il avait toujours su qu'elle était brillante, et avait lu plusieurs de ses articles, mais il lui découvrait maintenant un esprit de repartie aiguisé.

Sans compter qu'il était parfaitement ravi d'apprendre qu'elle était devenue sa maîtresse depuis... douze heures cinq minutes... Quel bon mot! Mais avait-il vraiment couché avec elle? Il ne se souvenait de rien. Et il ne se sentait pas particulièrement détendu, comme on l'est d'habitude après une nuit d'amour... Cependant, il y avait eu cette cuite à la vodka, et ce médicament qui l'avait littéralement assommé. Il contempla furtivement Julie de pied en cap. Une vraie déesse... Il avait donc peut-être couché avec elle, rompant enfin le maléfice qui semblait peser sur lui depuis un an... C'était triste, bien entendu, car il était encore follement attaché à son ex-femme, mais, en même temps, il semblait avoir vraiment choisi le meilleur moment du monde pour prendre maîtresse...

L'inspecteur, de nouveau ridiculisé par la logique en apparence implacable de la jeune psychiatre, qui arrachait d'ailleurs à son assistant un sourire d'admiration vite réprimé devant la mine rembrunie et vindicative de son patron, dit alors:

— Je vais vous demander de signer une déclaration. Vous allez avoir le temps d'y penser. Mais je peux vous dire une chose: si les empreintes sur les verres que nous avons trouvés dans le salon du docteur...

— Les verres de vodka? Vous parlez des verres de vodka, inspecteur?

Il eut une moue de contrariété, se rappela que la bouteille trouvée sur la table à café, près des verres, était effectivement de la vodka Smirnoff, regarda son assistant qui, d'un hochement de tête muet, lui confirma ce qu'il pensait: elle disait vrai, en tout cas elle semblait avoir effectivement pris un verre chez le docteur la veille. Décidément, cette psychiatre arrogante avait réponse à tout!

— Oui, les verres de vodka, confirma l'inspecteur pendant que Thomas et son avocat échangeaient des regards comblés.

Mais l'inspecteur ne décrocha pas pour autant. Il finirait probablement par la coincer. Bien sûr, elle avait pu prendre un verre chez le docteur – de toute manière, la vérification des empreintes confirmerait ou infirmerait son affirmation – mais cela ne signifiait pas nécessairement qu'elle avait passé toute la nuit avec lui.

Ce qui ne serait pas facile à démontrer cependant.

— Est-ce que vous portez actuellement le même rouge à lèvres qu'hier, madame,... oh je m'excuse, *docteur* Cooper ?

Elle eut une hésitation, se demandant où il voulait en venir :

— Euh, oui, je crois...

— Avez-vous le tube avec vous ?

— Vous avez un *blind-date*, inspecteur ?

— Très drôle, répliqua-t-il.

En tout cas, Thomas et son avocat la trouvaient marrante, eux ! Et Thomas se fit la réflexion que s'il tombait un jour amoureux d'une femme, ce serait d'une femme comme Julie. Quel sang-froid ! Et comme elle pouvait se payer la tête de ce pauvre inspecteur !

Le docteur Cooper ouvrait son sac à main, en tirait son tube de rouge, le remettait à l'inspecteur.

— Je vous remercie, docteur. Mais, dites-moi, à quelle heure êtes-vous partie de chez le docteur Gibson ?

Elle hésita de nouveau, très légèrement. Elle n'avait pas pensé à cette question, pourtant prévisible. C'était peut-être un piège. Comment savoir ? À quelle heure la police était-elle arrivée chez Thomas ? Elle avait négligé de s'en informer.

Vieux limier, l'inspecteur avait senti tout de suite son embarras. Il avait fixé sur elle ses yeux ardents. La femme de ménage était arrivée un peu avant huit heures et quart, et elle n'avait parlé de personne d'autre que de son patron. Si Julie Cooper prétendait être encore là à l'arrivée de la femme de ménage, la police pourrait vérifier en un tournemain.

— Je... je ne sais pas au juste. Très tôt en tout cas. Vers six heures et demie, je crois...

— Six heures et demie ?... dit l'inspecteur, à la fois sceptique et déçu. Est-ce que quelqu'un vous a vue sortir de la maison, qui pourrait confirmer l'heure de votre départ de chez le docteur ?

— Non, je... En fait, je dois vous avouer que comme c'était la première fois que j'allais chez le docteur, et que bon, vous comprenez, j'étais un peu timide et je ne tenais pas à ce que toute la rue me voie sortir de chez lui...

— Je comprends, dit l'inspecteur, qui la trouvait décidément soit très intelligente soit extrêmement bien préparée, à moins que tout simplement elle ne fût en train de dire la vérité.

En tout cas, il n'y avait pas grand-chose à en tirer.

— Écoutez, je crois que ce sera tout. Paul, si tu veux bien accompagner madame... enfin le docteur Cooper, faire prendre ses empreintes et signer sa déposition. J'aimerais également que tu prélèves un échantillon de ses cheveux.

— Voulez-vous l'adresse de mon coiffeur, pendant que vous y êtes ? ironisa-t-elle.

— Deux cheveux suffiront, Paul. Et vous, docteur, ne jouez pas à la petite maligne avec moi, sinon je vous fais faire un examen gynécologique.

Il ne s'agissait pas seulement d'une menace ; l'inspecteur songeait également à la tache sur le canapé. Mais ce ne serait vraiment plus nécessaire, maintenant. Les empreintes sur le verre, le rouge à lèvres et les échantillons capillaires suffiraient largement à établir l'identité de la personne qui avait passé quelques heures en compagnie du docteur, sur son canapé.

— Pourvu que ce ne soit pas par vous, inspecteur.

Elle regarda l'inspecteur avec un très large sourire, qu'il ne put s'empêcher de trouver ironique. Mais que pouvait-il faire ? Il la rattraperait bien au détour ! Bien sûr, elle constituait un alibi exceptionnel pour le docteur Gibson. Mais il y avait aussi le sang dans la voiture, l'analyse gynécologique de la victime, qui permettrait peut-être de découvrir des traces de sperme du docteur, et puis, bien entendu, le témoignage de la victime elle-même, qui ferait peut-être porter le blâme sur Gibson, tout simplement, auquel cas son alibi ne tiendrait plus, et il pourrait alors, petite vengeance secondaire mais néanmoins appréciable, faire payer chèrement au docteur Cooper son faux témoignage et son ironie mordante à son endroit. Rirait bien qui rirait le dernier !

Alors il ne lui resterait plus qu'à faire son travail de sape, à contre-interroger le docteur Cooper jusqu'à ce que la vérité éclate. Il y avait en effet une faiblesse dans son alibi, aussi solide fût-il. Elle avait pu prendre un verre avec le suspect au Havanas, puis un autre chez lui, mais elle n'avait pas nécessairement passé la nuit avec lui. Elle l'avait peut-être quitté à minuit, ce qui lui aurait laissé toute la nuit pour assouvir ses instincts bestiaux sur l'infortunée Catherine Shield.

Thomas, qui s'était levé, s'approcha de Julie et lui serra la main, visiblement reconnaissant.

— Je...

Il ne termina pas, se tourna vers l'inspecteur :

— Est-ce que vous aurez encore besoin de moi longtemps ?

—Tu es libre, Thomas, lui dit triomphalement son avocat.

L'avocat avait raison. L'inspecteur maugréa son acquiescement. Thomas se tourna vers Julie :

—On se retrouve à la porte du commissariat ?

—À tout de suite, dit-elle en lui décochant un clin d'œil complice.

Et elle se laissa entraîner par le jeune assistant, passablement troublé par son parfum, que d'ailleurs il se rappelait tout à coup avoir senti dans le salon du docteur.

Lorsqu'ils furent sortis, l'inspecteur dit à Thomas :

—Quant à vous, docteur, je vous demande de ne pas quitter la ville sans nous aviser.

—Bien entendu.

L'inspecteur marqua une pause en le regardant avec sa colère rentrée.

—Vous vous en tirez pour le moment, dit-il. Comme l'année dernière !

—Qu'est-ce que vous voulez insinuer ? dit Thomas qui, offusqué par cette allusion, avait fait un pas en direction de l'inspecteur.

—Laisse, dit son avocat, qui le retenait par le bras. Nous n'avons plus rien à faire ici !

—Je sais que vous êtes coupable, docteur, insista l'inspecteur. Et je vais vous avoir. Ce n'est qu'une question de temps : je finis toujours par avoir mon homme !

—Allez vous faire foutre ! hurla Thomas.

—Viens, insista son avocat, qui l'entraîna vers la porte.

L'inspecteur le regarda sortir avec un certain dépit mais sans être complètement découragé. Il lui restait la paire de gants ensanglantée que Catherine portait dans la Mercedes, et le sang sur le siège. Si les tests d'ADN s'avéraient concluants, Thomas Gibson ne pourrait plus lui échapper !

20

Sur les marches du commissariat, où allaient et venaient des officiers de police et toute une faune plus ou moins recommandable de citoyens qui venaient d'être relâchés, Thomas échangea quelques mots avec son avocat.

— Alors, dit-il, combien je te dois ?

Son avocat sourit, lui tapota affectueusement l'épaule.

— Tu me paieras un verre...

— Es-tu sûr que tu te sens bien ? Pas de facture...

— Laisse-moi finir ! Tu me paieras un verre... aux Bahamas !

— Ah bon ! Ça me rassure. J'ai craint un instant...

— C'est vrai qu'à force de fréquenter les psychiatres... dit l'avocat en faisant de la main ouverte un geste circulaire à la hauteur de la tempe pour signifier le désordre mental. Mais non, je blague ! ajouta-t-il. Tu me donneras une consultation gratuite quand j'aurai une heure de ma vie à perdre !

Les deux hommes cessèrent de plaisanter et redevinrent graves.

— Sérieusement, qu'est-ce que tu penses ? demanda Thomas.

— Je ne sais pas. Tu es aussi innocent que ton alibi ! S'ils ne réussissent pas à remettre en cause la déposition de ta... du docteur Cooper, tu as des chances. Mais il y a ces traces de sang dans la voiture et sur les gants : c'est un peu gênant. Par contre, tu vas avoir un moment pour te préparer. Les tests d'ADN prennent pas mal de temps.

— C'est-à-dire ?

— En général, au moins deux semaines : il faut faire des cultures. Et puis il reste la victime, Catherine. Ils vont l'interroger en long et en large. Si elle t'accuse, eh bien, tu seras dans de beaux draps, avec toutes les preuves circonstancielles qu'ils ont ! De toute façon, il va falloir préparer une défense très astucieuse, parce que c'est sûr que nous irons en procès...

— Mais je suis innocent, James !

Son ami le scruta un moment puis déclara :

— Je te crois, Thomas, mais ce n'est pas à moi de décider : c'est à la police et, éventuellement, au juge et au jury. Et puis il y a cette histoire de médicament que tu as pris...

— Mais Julie a passé la nuit avec moi !

— J'espère seulement qu'elle dit vrai, et que personne ne l'a vue ailleurs la nuit dernière...

Cette réflexion sema le doute dans l'esprit de Thomas. Il était vrai que sa collègue avait pu mentir. Mais pourquoi se serait-elle ainsi compromise ? Et puis, il y avait les traces de rouge à lèvres sur le verre, probablement ses empreintes, et sa déclaration...

Maître Robertson consulta sa montre : on l'attendait au bureau. De toute manière, il apercevait la charmante Julie Cooper qui descendait les marches dans leur direction.

Thomas se retourna, la vit aussi.

—Tu me raconteras... dit son avocat, esquissant un sourire lourd de sous-entendus.

Il tourna les talons, descendit les dernières marches, héla un taxi.

—Hé! James! dit Thomas au moment où son ami allait monter en voiture.

L'avocat se tourna vers lui.

—Merci encore!

—*No problema!*

Thomas le regarda s'engouffrer dans le taxi avec un sourire reconnaissant. C'était bon, tout de même, de savoir qu'on pouvait compter sur un véritable ami!

Il sentit alors le parfum de Julie, se retourna. Elle était juste derrière lui, immobile, souriante, serrant son sac dans ses belles mains nerveuses aux doigts longs et fins, dont les ongles peints en rouge s'allumaient comme autant de minuscules lumières réconfortantes.

—Je ne sais pas quoi te dire pour... As-tu pris ton petit déjeuner?

—Pas vraiment...

—Viens, dit-il, marchons, nous allons trouver quelque chose.

Quelques minutes plus tard, ils étaient assis au comptoir d'un restaurant qui ne payait pas de mine, où une imposante quinquagénaire, la cigarette au bec et déployant des prodiges d'adresse pour ne pas recevoir la fumée dans les yeux, leur servit deux tasses de café sans leur demander leur avis.

—Heureusement que tu es venue, dit Thomas, parce qu'il faut que je te dise, je ne me souvenais même pas que nous avions passé... enfin que tu étais venue chez moi hier soir...

Julie eut l'air à la fois surprise et offusquée. Elle avait déjà entendu des hommes se vanter d'observer avec les femmes la très machiste philosophie dite des « trois F » : *« Find them, f... them, forget them »* (trouve-les, baise-les et oublie-les). Et elle savait qu'elle ne lui avait pas fait un grand effet la veille, si du moins elle en jugeait par sa prestation peu glorieuse. Mais de là à ne même pas se rappeler qu'elle avait été chez lui! Elle était d'autant plus étonnée que Thomas lui avait toujours donné l'impression d'être un gentleman. D'ailleurs, à son avis il s'était montré un peu trop gentleman la veille... Elle l'eût préféré un peu plus... sauvage...

—La vérité, c'est que j'ai pris du Mnémonium.

—Tu as pris du...?

Elle n'acheva pas. Elle paraissait encore plus étonnée : tout s'éclairait alors ! Et cela la rassurait. Finalement, il n'était pas le salaud qu'elle avait cru un moment qu'il était.

Son front se plissa. Cela voulait aussi dire qu'il ne se rappelait pas ce qui s'était passé – ou plutôt ce qui ne s'était *pas* passé – entre eux... Comment le lui expliquer ?

—Je le sais parce que ce matin en me levant j'ai vu le tube sur la table à café près de nos verres, avec le dépliant explicatif de la compagnie, poursuivit Thomas. J'en ai déduit que j'avais absorbé le médicament, ce qui explique pourquoi je ne me souviens pas du tout de ce qui s'est passé la nuit dernière, ni de toute la journée, d'ailleurs.

—Je vois, dit Julie, visiblement sidérée.

Elle mesurait à peine les conséquences de ce que Thomas lui disait. Elle prit distraitement une gorgée de café. Thomas l'imita mais, habitué à boire son café noir, trouva le sien presque infect. Il jeta un regard en direction de la serveuse – en fait la patronne – mais elle affichait une mine si malcommode qu'il n'eut pas envie de lui demander quoi que ce soit. Devant lui, une affichette arborant une tasse d'une couleur or qui avait dû être rutilante à l'époque où Marilyn Monroe faisait craquer l'Amérique, proclamait fièrement : « *The best coffee in the world !* »

—Qu'est-ce qui... commença Thomas, embarrassé. Comment ça s'est passé, nous deux ? Est-ce qu'on a vraiment...

—Oui. Enfin non. Enfin... oui et non.

—Oui et non ?

La patronne s'approchait, son carnet de commande en main, et se posta près du couple qui, absorbé dans sa discussion, ne nota pas sa présence, qu'elle ne fit pourtant rien pour signaler. Elle se contentait de pomper sur sa cigarette, écoutant malgré elle leur conversation et se demandant quand ils allaient se « réveiller ». Elle n'était du reste pas trop pressée. Le *rush* matinal était passé depuis une vingtaine de minutes, et il ne restait plus que des retardataires et quelques retraités qui passaient l'avant-midi dans son établissement.

Julie se décidait enfin à « passer à table ».

— C'est-à-dire que, oui je suis allée chez toi, nous avons pris un verre, nous nous sommes... embrassés, nous nous sommes déshabillés mais...

Elle n'osait le dire, rouge d'embarras.

Thomas ne comprenait pas. Ou alors il ne voulait pas comprendre : sans doute avait-il déjà le pressentiment que ce ne serait pas très flatteur...

— Nous nous sommes déshabillés... ?

— Oui, et tu... tu m'as même...

— Je t'ai... ?

Elle riait pour cacher sa gêne : ce n'était vraiment pas facile à expliquer !

— Non, en fait tu n'as pas pu... euh...

Julie eut une idée. Se rappelant qu'une image vaut mille mots, appréciable économie en cette circonstance, elle prit la cuiller dans la soucoupe de Thomas et la souleva lentement jusqu'à ce qu'elle atteigne un angle de quarante-cinq degrés.

Thomas comprit, rougit, laissa tomber un « merde » on ne peut plus explicite.

— Alors, vous allez prendre quoi ? demanda la patronne.

Thomas ouvrit les yeux, nota en même temps que Julie la présence de la patronne à côté de leur table.

Thomas vida d'un trait sa tasse de café et la tendit vers la patronne en disant :

— Rien. Seulement une autre tasse de café noir. Très fort, s'il vous plaît.

— Je pense que vous devriez prendre des œufs, suggéra la patronne.

Thomas comprit qu'elle avait probablement tout entendu, sourit d'embarras et dit :

— D'accord.

Julie s'efforça de ne pas rire, prit une autre gorgée. Elle commanda des *dry toast* – du pain grillé sans beurre. Farouche partisane du régime Scarsdale, elle surveillait sa consommation de gras et ses combinaisons alimentaires, ce qui lui permettait de rester admirablement mince sans s'affamer le moins du monde – elle pouvait même se permettre deux ou trois petites débauches gastronomiques par mois : il faut bien vivre, tout de même !

— Tu as dû être déçue... dit Thomas lorsque la patronne se fut éloignée.

—J'ai eu une réaction disons... émotive. Je suis partie.

Thomas était atterré : ainsi, son alibi n'en était pas un !

—Tu es partie ? À quelle heure ?

—Je ne sais pas, neuf ou dix heures.

—Tu n'as pas passé la nuit avec moi ?

—Non, je suis désolée.

—Ça veut dire que...

—... ton alibi n'est pas très solide, non.

—Ça veut surtout dire que j'ai peut-être violé Catherine hier soir.

La patronne, qui revenait avec le café de Thomas, entendit ces dernières paroles et posa avec une certaine brusquerie la tasse sur le comptoir. Décidément, ce couple était bizarre ! L'homme n'avait pas été capable de se montrer à la hauteur avec sa maîtresse, mais en revanche il pensait avoir violé une certaine Catherine ! Elle en avait soupé des New-Yorkais ! Vivement qu'elle retourne dans son paisible Idaho natal !

Un peu gênés, Julie et Thomas s'aperçurent que la patronne avait peut-être entendu cette déclaration pour le moins surprenante et sourirent, comme pour montrer que ce n'était qu'une plaisanterie.

Sceptique, la patronne s'éloigna. Elle continuait à les trouver étranges.

—Mais... ce que tu as fait est grave, dit Thomas. Tu t'es compromise pour moi. Pourquoi ?

—Je... J'imagine que... Je ne sais pas. Mais je sais que tu n'as pas pu faire une chose aussi horrible.

Thomas ne dit rien. Lui-même aurait aimé être aussi convaincu.

21

Lorsqu'elle vit son reflet dans la glace, après avoir été examinée par le docteur Conway, Catherine eut un mouvement de recul et de surprise. Son agresseur n'y était pas allé de main morte : elle était vraiment amochée ! Elle avait plusieurs bleus au visage, sa lèvre inférieure était coupée, enflée, et sa joue gauche était très mal en point. Elle la toucha et grimaça de douleur : c'était très sensible.

Elle retira la chemise d'hôpital que lui avait fait enfiler le docteur Conway. Tachée et déchirée, sa robe avait été placée dans un grand sac en plastique étiqueté et serait remise à la police pour examen, tout comme les gants d'homme que Catherine portait lorsqu'on l'avait retrouvée inconsciente dans la Mercedes.

Le docteur Conway avait remis à Catherine un tube d'onguent analgésique à appliquer dans son rectum après la douche car ses muscles sphinctériens avaient été déchirés. Des élancements intermittents lui arrachaient des larmes tant la douleur était grande.

Elle posa le tube d'onguent sur la tablette au-dessus du lavabo. Quelle humiliation ! Être non seulement violée, mais sauvagement sodomisée...

Pourvu qu'elle ne fût pas enceinte – ce serait le comble – auquel cas il lui resterait toujours la possibilité de se faire avorter. Et les maladies vénériennes : son agresseur lui en avait peut-être refilé une ? Elle n'était pas prémunie contre cela. Bien sûr le docteur lui avait administré une injection d'antibiotiques, mais cela suffirait-il ?

Décidément, le sort s'acharnait contre elle ! Oui, un mauvais sort pesait sur elle, comme sur sa mère, d'ailleurs... Malchance héréditaire et chronique, voilà de quoi elle souffrait !

Et Robert... Robert, l'homme de sa vie, sa certitude, son âme sœur... Ce nouveau malheur n'allait-il pas l'éloigner davantage, même si ce n'était évidemment pas sa faute ? Comment voudrait-il se réconcilier avec une femme qui avait joué dans un film pornographique, qui avait commis une tentative de suicide et – le comble – avait été violée, dégradée ? Comment pourrait-il même songer à l'épouser ? Jamais son honorable père, qui se destinait au Sénat, n'accepterait de voir entrer dans sa famille une femme aux antécédents si lourds, et qui traînait derrière elle un tel parfum de scandale.

Robert aurait beau se battre, protester de son amour, son père le déshériterait sûrement s'il passait outre à sa volonté. Que faisait-il, en ce moment ? Était-il au courant de ce qui lui était arrivé ? Si oui, quelle était sa réaction ? Viendrait-il enfin la voir ?

Elle pensait à lui si fort, si douloureusement...

Comme pour créer une diversion, même passagère, elle dirigea volontairement sa pensée vers son médecin... Thomas, l'avait appelé le directeur. Elle savait qu'elle avait été retrouvée dans sa Mercedes, sur la plage en face de chez lui. Toutes les apparences le désignaient comme le coupable. Et pourtant, il avait l'air si doux, si honnête, si paternel...

Elle se rappela cependant avec quelle insistance il l'avait regardée lors de leur rencontre. Elle était alors sous l'effet d'un sédatif, mais, malgré cela, elle avait eu l'impression d'avoir sur lui un effet voisin de la fascination – comme sur la plupart des hommes d'ailleurs, ce dont elle ne s'enorgueillissait pas mais dont elle avait plutôt tendance à se montrer agacée, surtout depuis qu'elle avait rencontré le grand amour de sa vie.

Peut-être après tout s'intéressait-il réellement à elle comme patiente : par compassion, parce qu'il prenait vraiment à cœur le sort de ses malades, et qu'il était touché par le drame qu'elle vivait : la rupture de ses fiançailles, sa tentative de suicide.

Elle secoua la tête. Ces pensées l'épuisaient. Elle avait besoin de se laver, de se purger de cette souillure qu'un homme, peu importe lequel, lui avait infligée. Elle se rendit sous la douche. Il lui sembla qu'elle aurait pu passer des heures ainsi, immobile, à laisser couler sur elle l'eau chaude et purifiante.

22

Julie était retournée à la clinique. Elle avait gentiment offert de raccompagner Thomas chez lui mais il avait refusé. Il voulait réfléchir. Puis il prendrait une douche et se changerait, ce qu'il n'avait pu faire lorsque l'inspecteur était venu l'arrêter.

Lorsqu'il descendit du taxi, devant chez lui, il traversa la rue pour aller voir sa voiture sur la plage. Mais des rubans de plastique jaune de la police de New York avaient été disposés autour de la Mercedes dans un rayon d'une centaine de mètres, ce qui devait être une pratique courante, pensa Thomas. On voulait éviter que les empreintes dans le sable ne soient détruites. Après tout, ce n'était vraisemblablement pas Catherine qui avait conduit la Mercedes jusqu'à la plage : en quittant le véhicule, le chauffeur avait sûrement laissé des traces.

Deux experts de la police étaient d'ailleurs sur place. L'un, à l'intérieur de la voiture, était en train de prélever le contenu du cendrier, qu'il vidait dans un sac de plastique, tandis que l'autre examinait la poignée de la portière du conducteur.

Étonnant à quel point les criminels, distraits, ivres ou drogués, oublient de prendre les précautions les plus élémentaires, et signent pour ainsi dire leur forfait !

Thomas n'osa pas s'approcher. De toute manière, même s'il était le propriétaire de la Mercedes, il ne pourrait probablement pas en recouvrer l'usage avant plusieurs jours, sinon plusieurs semaines. Il fallait laisser à la police le temps de faire son travail.

Les odeurs – parfums, fumets, senteurs des lieux – exaltent souvent notre mémoire. La vue d'objets aussi, évidemment, et Thomas se concentra sur sa voiture dans l'espoir de raviver ses souvenirs de la veille. Comment s'était-elle retrouvée sur la plage ? Avec une Catherine, inconsciente, allongée sur le siège avant ?

Il penchait la tête, regardait le sable distraitement, le front plissé par la concentration, sans même remarquer un mégot de cigarillo qui traînait à ses pieds. Découragé par la stérilité de ses efforts, il regarda la mer, que sillonnaient quelques voiliers au loin. Il se dit qu'il avait bien besoin de vacances.

Il aurait d'ailleurs dû en prendre après la mort de sa femme. Mais, pour oublier, il s'était plutôt jeté corps et âme dans le travail, avec le résultat qu'il s'était épuisé, vidé, et qu'il était peut-être au bord de la dépression. Il faut dire que l'idée de partir seul lui répugnait.

Il tourna les talons, marcha lentement en direction de sa propriété lorsqu'il s'immobilisa tout à coup. Il pensa qu'un souvenir lui était revenu. Ou allait lui revenir. Ou qu'il avait vu quelque chose... Mais quoi ?

La vision très nette d'un mégot de cigare lui vint à l'esprit. Un mégot dans le sable. Il rebroussa chemin et aperçut le mégot, qui correspondait parfaitement à l'image qu'il avait en tête, ce qui était normal puisqu'il l'avait pour ainsi dire vu sans le voir : sa mémoire l'avait enregistré, mais, comme il pensait à autre chose, il n'en avait pas pris note. Il se pencha, le ramassa.

Oui, il connaissait quelqu'un qui fumait ce genre de cigarillo : Arthur Campbell. Mais ce n'était peut-être pas la même marque. Il en existait des dizaines, toutes semblables... Et de toute manière, c'était impossible : Campbell ne pouvait être impliqué dans cette histoire de viol. C'était vraiment tiré par les cheveux...

Épuisé par l'alcool et par le médicament, dont il restait encore des traces dans son sang, son esprit était incapable d'une concentration soutenue. Il ne voulut pas poursuivre son raisonnement mais décida tout de même de conserver le mégot, qu'il glissa dans sa poche au moment même où le policier qui examinait l'extérieur de la voiture notait sa présence et le regardait d'un œil inquisiteur. Il fit même un pas dans sa direction.

L'avait-il vu se pencher pour prendre le mégot dans le sable ? Estimait-il que ce qu'il avait ramassé pouvait présenter un certain intérêt pour son enquête ?

Mais déjà Thomas avait tourné les talons et s'éloignait rapidement. Le policier leva le bras pour l'appeler, mais renonça. C'était sans doute sans importance. De toute manière, l'inconnu se trouvait en dehors de l'aire délimitée par la police et pouvait bien ramasser ce que bon lui semblait. D'ailleurs, il n'était même pas certain de l'avoir vu ramasser quelque chose.

Et son collègue sortait justement de la voiture : n'était-ce pas le temps de faire une petite pause ?

Thomas se dirigea vers chez lui d'un pas vif. Il n'avait que la rue à traverser, mais il eut le temps de croiser les Greenberg, qui allaient rendre visite à leurs meilleurs amis, les Steinberg, à deux pas de là, pour discuter avec eux de cette incroyable histoire. Ils le saluèrent avec une gêne mêlée de crainte. N'avait-il pas été emmené par la police ? Avait-il réussi à s'échapper, auquel cas il pouvait être dangereux ? Ou avait-il été déjà relâché faute de preuves suffisantes ? Comment savoir ?

Thomas les salua sans s'arrêter.

En entrant chez lui, la première chose qu'il remarqua fut son canapé, littéralement éventré par ce jeune freluquet arrogant qui servait d'assistant à l'inspecteur Templeton. Il se demanda – question plutôt triviale dans les circonstances – si, advenant que l'on prouve son innocence, la police lui rembourserait le prix du meuble, payé près de dix mille dollars.

Mais des pensées autrement plus sérieuses l'assaillirent aussitôt. Avait-il eu, oui ou non, la bassesse de violer Catherine, comme les apparences le laissaient supposer ? Ces apparences lui paraissaient d'ailleurs de plus en plus accablantes, maintenant qu'il savait que Julie et lui n'avaient pas passé la nuit ensemble.

Il avait été seul à partir de neuf ou dix heures du soir. Cela lui aurait laissé tout le temps, avant l'arrivée de la femme de ménage, de commettre le crime dont on l'accusait.

Presque douze heures, en vérité ! On pouvait faire des tas de choses en douze heures ! On pouvait prendre sa voiture, aller chercher une patiente à la clinique, s'arranger pour la faire sortir sans que personne s'en rende compte, et ensuite...

Il se rendit à la salle de bain, se regarda dans la glace et se trouva évidemment mauvaise mine. Qui était-il en train de regarder, au juste ? Un psychiatre épuisé, qui la veille avait pris un coup et avait connu un déplorable fiasco dans les bras d'une ravissante collègue avant de dormir comme un loir le reste de la nuit ? Ou un violeur, presque un tueur ?

Il revit en esprit la photo de Catherine que lui avait montrée l'inspecteur : sa robe déchirée, son visage tuméfié, ses cheveux en désordre, et ces gants étranges, trop grands, qu'elle portait, de toute évidence ses gants de conduite à lui. Il faudrait qu'il vérifie cela dès qu'il aurait pris une douche. Si ses gants ne se trouvaient pas dans la Porsche, alors ce serait vraiment accablant.

Il avait de la difficulté à chasser cette image, qui se surimposait pour ainsi dire à la sienne dans le miroir : Catherine allongée dans la voiture, inconsciente, portant ces horribles gants noirs qui, dans les circonstances et parce qu'ils étaient manifestement trop grands pour elle, ressemblaient à ceux qu'utiliserait un maniaque.

Comment aurait-il pu la violenter à ce point, lui qui s'était toujours montré totalement pacifique ? Comment avait-il pu faire taire en lui une morale construite et consolidée par les ans, et qui était au cœur de tous ses actes, lui, le psychiatre d'une probité exemplaire, directeur qui plus est du comité de discipline de sa clinique ? Quelle partie mystérieuse et violente de son être le Mnémonium aurait-il donc mobilisée, faisant de lui un homme autre, méconnaissable ?

Le souvenir lui vint à l'esprit d'un reportage sur le Prozac qu'il avait récemment vu à la télévision. Plusieurs cas de violence dus à ce nouvel antidépresseur à la mode avaient été rapportés. Un homme avait poignardé son épouse. Une mère de famille avait étranglé ses deux bambins. Les deux étaient sous l'effet du Prozac. Le médicament, qui au moment de sa mise en marché passait pour une véritable panacée de la souffrance psychologique, était maintenant pointé du doigt.

Or le Mnémonium ne ressemblait-il pas de manière troublante au Prozac, sinon dans sa composition, du moins dans ses effets ? Il s'agissait au fond de deux médicaments dont le but principal était d'annihiler les désordres de stress post-traumatique... Si le Prozac pouvait déclencher des réactions violentes, comme le meurtre et le suicide, pourquoi le Mnémonium, qui n'avait sans doute pas été testé plus longtemps que le Prozac, ne pouvait-il entraîner des actes déroutants, voire des comportements violents ?

Perspective pour le moins inquiétante ! Évidemment, comme on plaide souvent la démence pour disculper un criminel, l'avocat de

Thomas pourrait alors baser sa défense sur le fait que celui-ci n'était pas dans son état normal lorsqu'il avait perpétré ce crime, et qu'il avait par conséquent droit à l'indulgence du tribunal. Mais lui, comment ferait-il pour continuer à vivre avec sa conscience? Avec la pensée d'avoir violé, d'avoir brisé – peut-être à tout jamais – la vie d'une jeune femme comme Catherine? S'en relèverait-il un jour? Ne préférerait-il pas carrément subir le châtiment que la société réservait aux violeurs?

Il était grand temps qu'il prenne sa douche. Il s'éloigna du miroir, fit couler l'eau et se dévêtit.

Une pensée lui vint. Il se toucha le sexe et constata qu'il ne présentait pas ce léger renflement ni cette fermeté caractéristiques du «lendemain». Il se réjouit de la flaccidité et de la relative petitesse de son organe – réaction qui aurait été paradoxale en d'autres circonstances.

Il huma ses doigts et ne leur trouva pas l'habituelle odeur *post coïtum*, mélange des intimes liqueurs féminines et masculines.

Cette pensée le rassura, et il esquissa un sourire de soulagement. Il n'avait pas violé Catherine, sinon son sexe aurait gardé la trace, l'odeur du coït.

À moins que...

Une autre pensée vint assombrir de nouveau son humeur...

À moins que, comme avec Julie, il n'eût pas été à la hauteur et que, furieux, humilié de ce double échec, il ne se fût vengé sur Catherine, la rouant de coups...

Comment savoir? Son esprit, encore amorti par les excès de la veille, s'épuisait en conjectures.

Il passa sous la douche, dont l'eau était maintenant chaude à souhait. Pendant quelques instants, il tenta de ne penser à rien d'autre qu'à la sensation de l'eau sur son visage, sur son corps. Pour la première fois, il se dit que la véritable clé du bonheur devait sûrement résider, comme il l'avait lu un jour dans un vieux traité de philosophie shivaïste, dans la faculté d'atteindre l'immobilité mentale, de pouvoir arrêter à volonté la marche infernale de l'esprit.

Un fois douché, séché et habillé, Thomas se préoccupa d'aller chercher ses gants. Mais il eut beau fouiller la boîte à gants et le dessous des sièges de la Porsche, il ne trouva rien. Cette constatation ne fit qu'aggraver ses soupçons.

Si les tests d'ADN étaient concluants, il aurait de la difficulté à s'en tirer. Or les résultats seraient connus deux semaines plus tard environ. Il avait donc deux semaines pour trouver une explication et une solution, après quoi il serait probablement inculpé formellement. Son alibi avec Julie ne suffirait plus. D'ailleurs, l'inspecteur réussirait peut-être d'ici là à l'éventer. Il suffisait qu'il trouve quelqu'un qui avait vu Julie entrer chez elle la veille, et cet alibi s'effondrerait. D'ailleurs, il ne voulait pas qu'elle se compromette davantage. La prochaine fois qu'il lui parlerait, il lui expliquerait que ce mensonge lui était insupportable et que, s'il avait vraiment violé et battu Catherine, il préférait ne pas se dérober.

Il se livrerait lui-même à la justice.

Au fond, en y pensant bien, ce n'était peut-être là que son juste châtiment pour avoir « assassiné » sa femme.

Ébranlé de n'avoir pu trouver ses gants, Thomas fit quelques pas dans son jardin.

Il ne lui fallut pas beaucoup de temps pour constater qu'un des rosiers bien-aimés de sa femme avait été saccagé. Il s'en approcha. Une bonne dizaine de roses avaient été arrachées, ce qui était pour le moins curieux. Jamais, depuis qu'il était propriétaire de cette maison, son jardin n'avait subi un tel vandalisme !

De nouveau il revit la photo de Catherine. Des fleurs étaient éparses sur elle. Pas n'importe quelles fleurs, d'ailleurs : des roses blanches. Comme celles qui avaient été arrachées dans son jardin, probablement la veille, justement.

Il pensa à ses mains et regarda ses éraflures de plus près. Elles pouvaient fort bien provenir des épines du rosier saccagé. Il se pencha sur l'arbuste, l'examina : certaines tiges semblaient maculées d'une substance presque noire, qui ressemblait à du sang séché. Ce que s'empressa de vérifier Thomas : il en gratta une petite quantité, qu'il porta à sa bouche. Cela avait effectivement le goût du sang.

Cette découverte l'affola. Si la police décelait ces traces de sang sur les rosiers blancs, elle tirerait tout de suite des conclusions, que de nouveaux tests d'ADN viendraient probablement confirmer : ce sang était peut-être le même que celui qui avait été trouvé sur les roses dans la voiture. Le même sang que sur les gants.

Le sien.

Il reconstituait maintenant le scénario avec facilité. Probablement sous l'effet de l'alcool ou du Mnémonium, il avait arraché les fleurs au lieu de les couper, puis, voyant que ses mains saignaient, il avait enfilé ses gants, après quoi il avait forcé Catherine...

Le *puzzle* prenait forme !

Il songea alors qu'il ne pouvait pas laisser ces tiges de roses ainsi, à la vue du premier policier qui ne manquerait pas de les trouver louches, vu leur état. Il fallait les faire disparaître, au moins provisoirement.

Il marcha en vitesse jusqu'au cabanon où il entreposait ses outils de jardinage, attrapa le premier sécateur qui lui tomba sous la main, retourna vers le rosier et entreprit avec une fébrilité peu commune de couper toutes les tiges que la veille il avait étêtées. Lorsqu'il eut fini, il releva la tête, soulagé.

Il s'aperçut alors que ses voisins, les Greenberg, qui s'étaient heurtés chez les Steinberg à une porte close, le regardaient depuis la rue avec curiosité. Pourquoi diable leur voisin psychiatre avait-il taillé un si étrange bouquet, sans la moindre fleur? Le pauvre docteur avait-il complètement perdu la tête?

Avisant le paquet de tiges effilochées qu'il tenait dans sa main gauche, Thomas comprit la raison de l'étonnement de ses voisins. Il eut un sourire embarrassé et expliqua, à voix haute:

— Les pucerons! C'est terrible, une véritable épidémie! Ils sont en train de manger toutes les roses. De véritables monstres! Ce sont probablement les pluies acides...

Ses voisins ne dirent rien, se contentèrent d'écarquiller les yeux, étonnés, puis rentrèrent chez eux.

Sitôt fournie son abracadabrante explication, Thomas tourna les talons et s'éloigna.

Où cacher ces tiges, du moins où les entreposer? Il aurait été plus sage en effet de les faire disparaître complètement, par exemple en utilisant le broyeur de la cuisine. Mais Thomas ne voulait pas échapper à la justice, il voulait seulement gagner du temps.

De toute manière, il ne lui restait probablement que deux semaines de liberté. Deux semaines...

Il n'avait pas une minute à perdre. Sitôt le paquet de tiges cachées sous une vieille bâche dans le garage, il sauta dans sa voiture. Il fallait absolument qu'il parle à la seule personne qui pourrait lui dire s'il avait vraiment violé Catherine.

Et cette personne n'était nulle autre que la victime elle-même.

23

De sa voiture, il téléphona à Julie. Peut-être pourrait-elle l'éclairer davantage sur ce qui s'était passé la veille. Peut-être un détail l'aiderait-il à retrouver au moins une partie de sa mémoire, et il arriverait alors à reconstituer le reste...

— Ah, Julie ! Je suis content de te trouver là... Écoute, j'ai quelques questions à te poser. As-tu une minute ?

— Mais oui, bien sûr. Si tu peux me donner une seconde...

Elle pria sa secrétaire de la laisser seule.

— Oui, je t'écoute.

— Je veux savoir ce qui s'est passé, hier.

— Ce qui s'est passé hier ? Mais je... bredouilla Julie, à la fois surprise et embarrassée par la question. Mais il ne s'est rien passé, je pensais que j'avais été assez claire...

Comprenant la méprise, Thomas précisa :

— Pas le soir, je veux dire dans la journée, à la clinique...

— Ah bon, je vois... Eh bien, je ne peux te raconter que les événements où j'étais présente avec toi...

— Oui, bien entendu...

— Voilà : nous avons eu la réunion du comité de discipline vers... attends, deux ou trois heures, je ne sais pas, je pourrais vérifier avec ma secrétaire...

— Qu'est-ce qui s'est passé à la réunion ?

— Elle a été assez houleuse ! Nous avons discuté du cas d'Arthur.

— Arthur ?

— Oui, Arthur Campbell.

— Arthur...

— Tu te rappelles Arthur ?

— Oui, je me rappelle qui est Arthur, évidemment. Mais je ne me souviens de rien au sujet de la réunion.

— Il a été blâmé pour avoir couché avec une patiente...

— Ah oui ! Je me souviens maintenant : Madame Eaton !

— Exactement : Madame Eaton. Il n'a pas nié, mais il a voulu nous convaincre qu'il y avait des circonstances atténuantes... Le vote a été assez serré. Évidemment, Jackson et Reeves étaient de son côté. Mais le docteur Wilson et moi avons voté contre lui.

— Et moi ?

—Tu nous as appuyées.

—Je vois.

—Je dois dire que Jackson ne semblait pas de très bonne humeur. Arthur non plus, bien sûr. Il a parlé de trahison, il a failli te frapper, il a arraché la rose que tu portais à ta boutonnière.

À ces mots, Thomas revit dans un éclair le visage, déformé par la colère, de son collègue qui lui arrachait la fleur et la jetait au sol.

—Je vois, je vois, répéta-t-il pensivement.

De plus en plus absorbé par la conversation, Thomas ne portait guère attention à la route. Il changea de voie sans s'assurer d'un coup d'œil dans le rétroviseur qu'elle était libre et essuya le klaxon colérique du conducteur à qui il venait cavalièrement de couper la voie. Il redressa d'un brusque coup de volant et laissa passer l'autre voiture, dont le conducteur lui fit un prévisible bras d'honneur auquel il ne répliqua pas.

—Thomas? Ça va? demanda Julie, qui avait entendu le coup de klaxon et craignait qu'un accident ne fût en train d'arriver à Thomas.

—Oui, oui. Mais, dis-moi, ensuite... Sais-tu ce qui s'est passé après la réunion?

—Eh bien, nous nous sommes retrouvés à la présentation du Mnémonium, dans l'amphithéâtre. Nous y avons assisté ensemble, et ensuite, eh bien, nous sommes allés prendre un verre au Havanas. Et le reste est de l'histoire ancienne. Je te l'ai raconté.

—Je te remercie, Julie. On se voit un peu plus tard j'espère. Je suis en route pour la clinique. Comment est le climat là- bas?

—Ciel variable, mais avec une constante : tout le monde parle de toi.

—Et qu'est-ce que les gens disent?

—Eh bien, tout le monde est étonné de ce qui s'est passé.

—Est-ce que les gens pensent que je suis coupable?

—Les avis sont partagés.

—Je vois.

—La police est ici : le sympathique inspecteur Templeton. Il est avec Catherine. Au fait, elle est complètement hors de danger.

—Bon, ça me rassure.

—Mais elle a bel et bien été violée. Ils ont retrouvé un condom dans son vagin et apparemment que le violeur l'a...

Elle n'osa pas terminer.

—Il l'a quoi?

—Il l'a sodomisée.

—Quelle dégueulasserie !

—En effet ! Il y a au moins une bonne nouvelle, c'est qu'elle n'est pas enceinte.

—C'est une consolation... Bon, écoute, je te laisse... On se voit plus tard... Non, attends... je voulais te dire pour ce matin, je... je te suis vraiment reconnaissant de ce que tu as fait pour moi.

Il raccrocha et réfléchit au détail nouveau que lui avait fourni sa collègue. Pouvait-il, lui, avoir sodomisé Catherine ? Le Mnémonium avait-il pu, en quelques heures seulement, faire un monstre d'un honnête homme ?

La conversation lui avait révélé un autre détail. Arthur Campbell était furieux qu'il ait voté contre lui. Il se rappela soudain que Campbell fumait des cigarillos… Et s'ils étaient de la même marque que celui dont il avait trouvé le mégot sur la plage, à quelques centaines de mètres de la Mercedes ?

Ce rapprochement laissa Thomas à la fois perplexe et agité. Arthur, son collègue, qui l'avait soutenu aux premières heures de son veuvage. Peut-être avait-il une mauvaise réputation auprès des femmes – réputation que d'ailleurs nombre d'hommes lui enviaient – mais de là à mettre en scène ce viol pour le compromettre par pur désir de vengeance !

Non, Arthur ne serait jamais capable de cela ! C'était impossible.

Et pourtant, Thomas se dit qu'à la première occasion, il vérifierait la marque de cigarillo qu'Arthur fumait...

Mais avant, il devait parler à Catherine.

24

—Pouvez-vous me raconter ce qui s'est passé, mademoiselle Shield ? demanda l'inspecteur Templeton.

Il avait commencé par se présenter à Catherine, s'était informé de son état, puis avait entrepris son interrogatoire. Il était conscient que la jeune femme était encore très faible – la direction de la clinique n'avait d'ailleurs pas manqué de le lui signaler ; il savait cependant, par expérience, que plus on laissait le temps passer, plus la victime risquait d'oublier des détails en apparence insignifiants mais qui pouvaient faire avancer prodigieusement une enquête.

— Je ne sais pas, monsieur, je ne... Je ne me souviens de rien...

— De rien ? Vraiment rien ?

— J'aimerais vous aider, inspecteur, mais non...

Il s'en doutait. Elle avait été droguée ! Ce salaud de Gibson, dont il lui fallait bien admirer l'astuce, même perverse, lui avait fait prendre, probablement à son insu, le même médicament, comment s'appelait-il déjà, du Mnémo... ? Enfin, c'était sans importance.

Dans quelques heures, il aurait les résultats des tests de laboratoire. Il avait insisté pour que ce dossier soit traité en priorité, n'hésitant pas à promettre aux techniciens une petite compensation future – de bons billets pour un match des Mets – s'ils démontraient la célérité souhaitée.

Gibson était futé ! Droguée avec un médicament qui s'attaquait au centre de la mémoire – il avait parcouru le dépliant –, la victime ne pouvait plus reconnaître son agresseur, le pointer du doigt. Comme c'était pratique, ce médicament, une vraie aubaine pour le violeur !

Seulement, comme dans le cas de sa femme, un an plus tôt, il y avait les gants... et ensanglantés de surcroît !

— Tu as probablement été forcée d'ingérer un nouveau médicament, qui affecte la mémoire, dit Templeton. C'est pour ça que tu ne te souviens de rien. Nous allons quand même essayer de trouver ensemble des éléments.

Catherine, qui paraissait aussi faible que triste, et qui était affligée d'une grande pâleur, se contenta d'esquisser un sourire.

— Catherine, on t'a retrouvée dans la Mercedes du docteur Gibson, en face de chez lui, sur la plage.

Elle ne dit rien, perdue dans ses pensées.

Depuis un moment, elle était ailleurs : elle pensait à Robert. Robert, son grand amour... Où était-il ? Regrettait-il de l'avoir quittée ? Avait-il changé d'idée à son sujet ? Ne s'apprêtait-il pas à lui revenir ? Avait-il téléphoné à la clinique ? Avait-il tenté de la joindre ou de la voir ? Il faudrait qu'elle vérifie ce détail le plus tôt possible – «détail», ce n'était pas le bon mot, certes. Et comment réagirait-il à ce qui venait de lui arriver ?

De toute manière, pour le moment il n'était pas question de cela. Il fallait qu'elle écoute cet étranger qui la regardait avec des yeux noirs d'une intensité un peu gênante.

—Est-ce que tu te souviens d'être montée dans la Mercedes?
reprit l'inspecteur.

—Non, je...

—Es-tu déjà allée chez le docteur Gibson?

—Le docteur Gibson?

—Oui, le médecin qui te traite...

Non seulement elle ne semblait pas savoir où il voulait en venir,
mais elle ne paraissait même pas replacer le docteur. Décidément,
le Mnémonium était plutôt puissant!

Templeton avait apporté avec lui différents documents, dont
une photo du docteur Gibson, qu'il montra à Catherine.

—Ah oui! dit-elle immédiatement. Le docteur qui s'occupe de
moi.

—Exactement, fit l'inspecteur, rassuré.

Au moins, elle n'avait pas complètement perdu la mémoire!
Templeton fit un raisonnement rapide. Elle avait été internée pour
tentative de suicide mardi, on était vendredi, donc le médicament
ne «remontait» pas trop dans le passé, si l'on pouvait dire, et
n'affectait la mémoire que jusqu'à un certain point. C'était tout de
même encourageant.

—Mais pourquoi me montrez-vous ça? demanda Catherine en
repoussant la photographie.

—Parce que le docteur Gibson est le principal suspect...

Elle n'eut pas l'air de comprendre. Connaissait-elle l'expression
«principal suspect»?

—Nous croyons que c'est lui qui a pu te violer, Catherine.

—Le docteur Gibson?

—Oui. Nous n'avons pas encore suffisamment de preuves,
mais nous pensons que c'est peut-être lui qui t'a agressée.

—Mais... Il a l'air si gentil, si bon. Je ne sais pas quoi vous dire...

—Est-ce qu'il a déjà eu des gestes déplacés envers toi?

—Non.

—Des regards un peu insistants? Des allusions?

—Non.

—Il ne t'a pas fait de compliments? Il n'a pas essayé de te
toucher, ou même de te caresser?

—Non.

—Bon, je vois.

Il marqua une pause puis changea la direction de son interrogatoire:

—Te rappelles-tu avoir quitté la clinique, hier soir ?

—Non.

L'infirmier Peter entra alors dans la chambre avec un plateau de collations. Il y avait des jus, du JELL-O de différentes saveurs, des biscuits.

En le voyant, l'inspecteur le trouva tout de suite efféminé, et ne put se retenir de lui décocher un regard méprisant. Il n'avait jamais aimé les homosexuels, et il avait beau ne pas avouer publiquement la haine qu'il leur vouait, s'il n'en avait tenu qu'à lui, il leur aurait retiré tous leurs droits. Pas question de les laisser corrompre la jeunesse et répandre le sida, cette maladie qui finirait par emporter la civilisation occidentale ! C'était là le défaut de la démocratie : ses excès avaient déjà commencé à se retourner contre elle, et ils la conduiraient à sa perte !

Peter, qui était habitué à décoder les signes subtils de répression de la part des «*straights*» – vrais ou faux –, sentit la haine de l'inspecteur. Il évita son regard, tâchant de se concentrer sur Catherine.

—Est-ce que vous allez prendre une collation, mademoiselle ?

—Non, dit-elle.

—Tu devrais, Catherine, c'est bon pour toi, dit l'inspecteur.

Comme pour l'encourager, mais en fait par gourmandise, il prit un biscuit sur le plateau et l'avala presque d'un seul coup, tout en fixant sur Peter des yeux féroces et en s'essuyant la bouche avec les doigts.

—Merci, je n'ai vraiment pas faim, expliqua Catherine.

Peter ne s'attarda pas dans la chambre et se retira, la tête basse. L'inspecteur le regarda sortir, laissa échapper un soupir de dégoût et reprit :

—Quelle est la dernière chose dont tu te souviennes ?

—Je ne sais pas, monsieur. Je... je suis un peu fatiguée.

—Je comprends, Catherine. C'est normal, après ce qui t'est arrivé. Je vais te laisser te reposer. Nous allons nous revoir une autre fois. Peut-être que la mémoire te reviendra d'ici là. Mais j'aimerais que tu me promettes quelque chose en attendant. Si un détail te revient, note-le et appelle-moi tout de suite. Je vais te laisser ma carte.

Il tira une carte de sa poche et la remit à la jeune femme, qui, sans même se donner la peine d'y jeter un coup d'œil poli, la déposa sur sa table de chevet.

25

Rarement avait-on vu à Robert une mine aussi torturée. Assis devant la télévision, il regardait le reportage spécial que la plupart des grandes chaînes consacraient au viol de Catherine. L'affaire était en effet idéale pour les cotes d'écoute. Non seulement un psychiatre réputé de Hampton était-il impliqué dans ce viol sordide, mais la victime – les journalistes avaient vite remonté la filière – était l'ex-fiancée de Robert Elliott, le fils du richissime homme d'affaires qui briguait un poste de sénateur aux élections de novembre. De quoi tenir le public en haleine !

Mais Robert ne réagissait pas comme le banal voyeur que les médias ont fait de presque chaque téléspectateur, lui fournissant, comme une seringue à un drogué, sa dose quotidienne de scandales et de révélations morbides. Non, il souffrait. Un homme de sa sensibilité pouvait-il, du jour au lendemain, cesser d'aimer une femme de la trempe de Catherine ? Une femme avec qui il avait vécu des moments si admirables, si romantiques, si grandioses, qu'elle lui avait fait oublier toutes celles qui bourdonnaient autour de lui, attirées par son charme et son *sex-appeal*, certes, mais aussi par sa richesse et la position de sa famille.

Le vieux, l'éternel conflit entre la raison d'État et la raison du cœur l'avait déchiré, et son père avait fini par triompher. Mais avait-il pour autant éteint la passion dans le cœur de son fils ?

Robert était rongé par un terrible sentiment de culpabilité. Sans doute pour la centième fois, il se tenait un douloureux raisonnement dont la logique lui paraissait inébranlable : s'il n'avait pas quitté Catherine, elle n'aurait pas fait de tentative de suicide ; par conséquent, elle ne se serait pas retrouvée dans cette clinique, et elle ne se serait pas fait violer par ce médecin sans scrupules.

Il posa une main hésitante sur le récepteur téléphonique. Sans proposer à Catherine une réconciliation, ni même une simple rencontre, il pouvait au moins lui téléphoner pour s'informer de sa santé, prendre de ses nouvelles, lui dire qu'il compatissait, qu'il était avec elle en esprit, à défaut de l'être physiquement.

Il souleva enfin le récepteur, obtint le numéro de la clinique où Catherine était hospitalisée, le composa, la demanda et, quelques secondes plus tard, tremblant, ému, il entendait sa voix, sa voix si douce, si belle, qui bouleversait en lui des régions secrètes, jamais effleurées par aucune autre femme.

— Allô? disait faiblement Catherine. Allô? J'écoute...

Paralysé par une pudeur soudaine, par la crainte de lui donner d'inutiles espoirs, Robert ne disait rien. Il voulait pourtant qu'elle sache qu'il pensait à elle sans cesse, qu'elle n'était pas sortie de sa vie, mais que la vie – son père – en avait décidé autrement, et que les conventions avaient une force que même l'amour ne pouvait surmonter. Sa famille avait ses traditions : les rejeter reviendrait à renier tout ce qu'il était, son passé, son présent, son avenir aussi, par la même occasion.

— Allô? demanda encore Catherine, qui eut alors une intuition troublante, surtout aux yeux de son ex-fiancé.

— Robert? C'est toi? C'est toi, n'est-ce pas, Robert?

Les yeux humides, il raccrocha, se reprochant sa lâcheté. Mais pouvait-il faire autrement? N'aurait-ce pas été pur égoïsme de sa part de céder à l'envie de lui parler et de lui donner ainsi un espoir de réconciliation auquel il ne pourrait donner suite?

Au moment où il raccrochait, ses deux sœurs arrivaient.

En voyant le reportage à la télévision, une des jumelles s'empressa de déclarer :

— Tu l'as échappé belle, n'est-ce pas, Robert!

— Heureusement que cette petite traînée n'est pas entrée dans la famille! surenchérit l'autre.

— Taisez-vous! dit Robert, sur un ton dont la violence surprit ses sœurs.

— Ne le prends pas comme ça! dit la première.

— Tu es bien susceptible, frérot! Ce n'est pas notre faute si tu as tiré le mauvais numéro!

Il n'eut pas le temps de répliquer. Précédée du vieux Émile, sa « promise » arrivait. Elle fut accueillie presque triomphalement par les deux jumelles, qui voyaient en elle une alliée, un être de leur monde, et qui en outre ne se sentaient pas autant menacées par sa beauté, nettement moins éblouissante que celle de Catherine. Elle avait le même mépris qu'elles pour ceux qui n'avaient pas eu la chance de naître avec une cuiller d'argent dans la bouche.

Le téléphone sonna. Robert devina qui appelait. Il décida de ne pas prendre de chance et ne décrocha pas, à la surprise de ses sœurs, qui le questionnèrent.

—Répondez, Émile, mais je ne suis là pour personne. Nous sommes déjà en retard pour notre pique-nique.

Il alla embrasser son amie. Au fond, se dit-il, elle n'était pas si mal. Plutôt jolie, elle possédait un certain magnétisme, elle était athlétique et nantie d'un très beau port, héritage d'années de danse classique. Son expression, son regard avaient bien quelque chose de froid, de dur, que seuls ses rares sourires, qui révélaient des dents d'une perfection déprimante (il lui en avait coûté quelque dix mille dollars), adoucissaient, rendaient moins hautain. Ses cheveux noirs et sa coiffure avaient quelque chose de traditionnel et de retenu, et elle aurait pu gagner en fantaisie – il est vrai qu'elle n'était pas actrice, comme Catherine, mais venait plutôt de terminer un diplôme en économie avec la mention *magna cum laude*.

À l'air gêné d'Émile, Robert comprit que son intuition avait été juste : c'était bien Catherine qui appelait. Il ne put s'empêcher de penser à quel point ils restaient unis, combien, même séparés, leurs pensées voyageaient ensemble dans l'invisible : leurs cœurs étaient liés par des fils immatériels, mais bien réels. Elle avait deviné que c'était lui qui lui téléphonait et avait tout de suite rappelé.

Malgré les instructions formelles qu'il avait reçues et le caractère délicat de la situation – la rivale de Catherine bavardait avec les deux sœurs de Robert –, le domestique posa sa main sur le récepteur et se contenta de hausser les sourcils pour demander à Robert s'il voulait prendre la communication. Il lui fit signe que non.

—Nous partons, Émile, bonne journée.

—Bonne journée à vous aussi, monsieur, et à mesdemoiselles. Je vous souhaite un excellent pique-nique.

Ses sœurs et sa promise sortirent d'abord. En s'éloignant, Robert eut le cœur déchiré, car il entendit, venant du récepteur, les cris d'une femme au désespoir : Catherine, avec sa fougue habituelle, suppliait Émile de lui passer son ex-fiancé.

À regret, le vieux domestique raccrocha. Il aurait aimé intercéder auprès de Robert, il aurait voulu expliquer à Catherine que son ex-fiancé était visiblement ému, que probablement il l'aimait encore, que la vie...

Mais il ne pouvait tout simplement pas.

26

En arrivant à la chambre de Catherine, Thomas tomba sur Templeton, qui sortait bredouille de son interrogatoire.

— Tiens, notre ami le psychiatre! dit ce dernier ironiquement. Je suis content de vous voir! J'allais justement faire appel à vous.

Thomas n'eut pas l'air de le trouver drôle. Il se contenta de le regarder sans rien dire, avec l'envie de lui flanquer son poing dans le visage.

— Vous êtes rusé, docteur, très rusé! Vous avez fait prendre du Mnémonium à Catherine, vous en avez pris vous-même et, comme cela, vous avez eu l'impression de pouvoir commettre le viol parfait.

Thomas était troublé par cette nouvelle révélation. Ainsi, Catherine avait pris du Mnémonium! Était-ce lui qui lui en avait donné? Ce pouvait aussi être quelqu'un de l'établissement. Évidemment, la clinique Gagliardi n'était pas la seule à utiliser du Mnémonium. Mais le médicament n'était pas encore sur le marché...

— Vous avez entendu le témoignage du docteur Cooper, répliqua-t-il. Vous savez que j'ai un alibi, alors pourquoi ne me fichez-vous pas la paix?

— Parce que je crois que votre alibi n'en est pas vraiment un! Je crois que vous mentez, docteur. Et que cette jeune femme ment elle aussi pour vous couvrir. Oh! je ne dis pas que votre coup n'est pas bien monté. Je viens de recevoir un appel du laboratoire, et les empreintes que nous avons trouvées sur le verre de scotch sont effectivement les siennes, et les cheveux trouvés sur le canapé sont aussi les siens. Mais rien ne prouve qu'elle est restée toute la nuit avec vous. Je vous avertis d'ailleurs que nous sommes en train de vérifier son alibi. Si un voisin l'a vue revenir chez elle hier soir, vous allez vous retrouver dans de beaux draps, docteur!

Thomas eut un tremblement imperceptible. Cet inspecteur semblait posséder le don de double vue ou, du moins, un sens de la déduction hors du commun.

— Voici comment je pense que les choses se sont passées, docteur. Vous avez pris un verre avec le docteur Cooper, vous avez ensuite fait l'amour...

— Ensuite, le coupa Thomas, comme je suis un obsédé sexuel, je suis parti violer une de mes jeunes patientes qui venait de faire une tentative de suicide. C'est brillant, inspecteur, vraiment brillant! Seriez-vous membre de Mensa par hasard?

— Mensa?

— Non, laissez tomber, inspecteur... C'est sans importance.

À ce moment Amy, la poétesse anorexique, avait repéré Thomas et, baladeur sur la tête, s'approchait de lui. Elle retira ses écouteurs et, sans se formaliser de la présence de l'inspecteur avec qui le psychiatre était visiblement en conversation, elle lui tendit une grande feuille blanche.

— Docteur, enfin je vous trouve! Je croyais mourir d'angoisse! Vous n'étiez pas chez vous ce matin, alors je ne comprenais plus. Je croyais que nous avions rendez-vous. Mais heureusement, il ne vous est rien arrivé! Je vous ai écrit un nouveau poème. Lisez-le, celui-là. L'autre, vous ne l'avez pas lu, n'est-ce pas?

— Mais... Je n'ai pas eu le temps, Amy. Je vous promets cependant de le lire. Je vous demande seulement d'être patiente.

— Mais, docteur, la poésie ne peut pas attendre, elle!

Elle tendit une grande feuille de papier avec son poème et, sans saluer, elle poursuivit son chemin.

— Vous me paraissez très populaire auprès de vos patientes, docteur! Quel est donc votre secret?

— Amy Robert est une personne très malade.

— Très malade de vous, docteur, voulez-vous dire! Vous permettez? dit-il en tendant la main vers le poème.

Thomas eut une hésitation. Il y avait le secret professionnel, bien entendu, mais il ne voulait surtout pas avoir l'air de dissimuler une liaison secrète avec une de ses patientes.

— Mais bien entendu!

L'inspecteur lut le poème, si tant est que l'on pût qualifier de poème les quelques mots à peine lisibles, griffonnés à la hâte. Il le parcourut et, avec un sourire entendu, lut à haute voix:

— *Votre corps, docteur, mon corps, une seule symphonie, de la musique de chambre trente-quatre vingt-deux...*

Il répéta:

— 3422! Intéressant, n'est-ce pas, docteur? Quel est le numéro de la chambre de cette jeune femme? 3422?

— Écoutez, inspecteur, je n'ai pas de temps à perdre avec vos insinuations grotesques. Cette jeune femme est très malade! Si vous deviez accuser tous les psychiatres d'avoir des relations amou-

134

reuses avec toutes les patientes qui font des transferts, vous pourriez occuper toute la police de New York à temps plein.

— Alors vous avouez ?

— Je n'avoue rien !

— C'est votre droit, docteur, c'est votre droit, mais lorsque nous serons en cour, et que nous établirons la preuve de votre culpabilité, vous serez bien obligé de tout avouer ! En attendant, laissez-moi poursuivre mon petit raisonnement de tout à l'heure. Vous avez pris un verre avec Julie Cooper, vous avez fait l'amour, puis vous avez reçu un coup de téléphone de votre patiente Catherine, qui voulait absolument vous voir, qui menaçait de se suicider. Vous aviez peur de la perdre, comme vous avez perdu votre autre patiente, Diane Thurman, alors vous avez accouru.

Thomas bouillonnait. Bien entendu, l'inspecteur était également au courant du suicide inattendu de sa patiente, qui l'avait tant bouleversé ! L'inspecteur poursuivait :

— Vous l'avez rencontrée à l'extérieur de la clinique, ou même à la clinique, et vous l'avez emmenée faire une balade en voiture. Et elle vous a fait de l'effet, parce qu'elle ressemble tant à votre défunte épouse. En fait, Catherine est le véritable sosie de votre femme, n'est-ce pas, docteur ?

— Laissez ma femme en dehors de cette histoire ! Je ne vous permettrai pas !

— Vous perdez votre calme, docteur ? J'ai touché une corde sensible ?

Thomas se contenait à grand-peine. Il se demandait pourtant ce qui le retenait de corriger l'inspecteur de son insupportable arrogance. Mais celui-ci était armé, et Thomas avait déjà suffisamment d'ennuis.

— Alors vous avez proposé à Catherine de prendre du Mnémonium et, pour lui prouver que ce médicament était sans danger, parce qu'elle se méfiait, vous en avez vous-même absorbé une dose. Peut-être aussi que vous vouliez tout oublier, que vous vouliez endormir votre culpabilité. Parce que vous saviez déjà ce que vous vous apprêtiez à faire, docteur. Vous saviez que votre vieux fantasme allait se réaliser, que vous alliez pouvoir faire l'amour une dernière fois, même si c'était seulement par procuration, avec votre femme, que vous avez tuée, docteur. Et ça aussi, je vais le prouver !

Cette fois Thomas ne se retint plus : d'un geste rapide, il frappa le policier au ventre, lui coupant le souffle, et le poussa violemment vers le mur. Il s'apprêtait à lui régler son compte lorsque deux de ses collègues qui passaient par là intervinrent.

— Hé, Thomas, tu n'y penses pas !

— C'est un policier !

Thomas se laissa entraîner un peu plus loin. Un instant, il avait perdu la tête ! Il se passa la main dans le visage, puis assura à ses collègues qu'il avait retrouvé ses esprits.

Humilié d'avoir été «étendu» par un simple civil, qui de surcroît n'était même pas armé, le policier se relevait et repoussait sans ménagement celui des médecins qui s'était penché vers lui pour l'aider.

— Je pourrais vous arrêter pour ça, docteur ! dit l'inspecteur en replaçant ses cheveux décoiffés par sa chute. Mais j'aime mieux que vous restiez en liberté. Je vais avoir plus de plaisir à vous traquer, comme la vulgaire petite bête que vous êtes. La chasse est ouverte, docteur !

— *Be my guest !* lui lança Thomas, vers qui se pressèrent aussitôt ses collègues pour le prier de ne pas empirer son cas.

Mais déjà l'inspecteur avait tourné les talons et s'éloignait.

— Merci, merci d'être intervenu, dit Thomas à ses collègues, qui acceptèrent ses remerciements mais le regardèrent comme la plupart de ceux qu'il avait croisés depuis son arrivée à la clinique : avec un mélange de gêne et de suspicion craintive. Était-il coupable ? Avait-il violé cette pauvre jeune femme ou était-il l'objet d'un affreux malentendu ?

Ne dit-on pas qu'il n'y a pas de fumée sans feu ?

27

— Qu'est-ce que tu en penses ? demanda Thomas à Catherine, après avoir discuté avec elle pendant quelques minutes.

Catherine hésita un peu.

— Je ne crois pas que vous l'ayez fait...

Thomas respirait mieux. Il la regarda quelques secondes, la trouva très changée, très pâle, ce qui du reste était tout à fait naturel, après ce qu'elle venait de vivre.

— L'inspecteur t'a probablement parlé d'un certain médicament que le violeur t'a forcée à absorber...

— Oui, en effet...

— Le Mnémonium est un médicament expérimental... Il a été mis au point pour permettre, par exemple, à une victime de viol comme toi d'oublier complètement ce qui lui est arrivé, pour lui éviter de subir un stress post-traumatique ou, si tu préfères, pour qu'elle ne passe pas des années à s'en remettre. Cette drogue affecte le centre de la mémoire à court terme et doit être prise juste après l'événement traumatisant. Le plus tôt possible. Dans ton cas, elle a vraisemblablement été administrée avant, puisque tu ne te souviens de rien. Mais comme c'est une drogue encore expérimentale, et que nous ne savons pas encore comment fonctionne vraiment la mémoire, il se peut très bien que certains souvenirs de ce qui s'est passé hier soir te reviennent. C'est pourquoi j'aimerais te poser d'autres questions. Parfois un mot, une image peuvent aider à faire ressurgir un souvenir. Si tu n'as pas de réponse, ne t'en fais pas : ce n'est pas ta faute. Si une idée te vient, n'importe laquelle, même si elle te paraît bizarre, sans importance, et sans rapport avec le viol, n'hésite pas à la mentionner. Peut-être que par association nous allons pouvoir remonter à un souvenir qui, lui, sera important.

— Je comprends, docteur, je comprends.

Ils allaient commencer lorsqu'on frappa à la porte de la chambre. Intimidés, visiblement endimanchés, les parents de Catherine se tenaient sur le seuil et esquissaient un sourire. Sa mère portait un chapeau à voilette, un peu ridicule dans les circonstances, et son père avait revêtu son plus bel habit – il fallait le savoir ! Il tenait une boîte, assez grosse, de toute évidence un cadeau si on en jugeait par le papier doré et le large ruban vert sombre que venait triomphalement couronner un exubérant chou d'un vert plus tendre.

La réaction de leur fille les chagrina. En effet, au lieu de les presser de venir la serrer dans leurs bras, Catherine se mit à hurler :

— Je ne veux pas vous voir ! Vous m'entendez, je ne veux pas vous voir ! Vous n'êtes plus mes parents ! Je vous déteste... Tout ce qui m'arrive est votre faute !

— Mais, Catherine, protesta doucement Thomas, qui cherchait à la calmer, tes parents sont venus te voir... Ton père semble avoir un très joli cadeau pour toi.

Ses parents souriaient, acquiesçant bien entendu aux sages paroles du médecin.

Au lieu d'entendre raison, Catherine, égale à elle-même, se mit à chercher autour d'elle un objet à jeter à la tête de ses parents, ne trouva rien d'autre que l'appareil téléphonique, qui venait d'ailleurs d'être pour elle la source d'une grande frustration, et elle le lança vers ses géniteurs.

L'appareil tomba à leurs pieds, mais ses parents comprirent le message, tout comme Thomas d'ailleurs, qui les pria de le suivre dans le corridor.

—Bonjour, madame, monsieur Shield. Je pense qu'il vaut mieux que vous reveniez un peu plus tard. Disons demain. Votre fille a subi un choc très sérieux, et elle n'est pas en état de vous parler tout de suite. Ce qui est normal, il ne faut pas vous en formaliser outre mesure.

Le père de Catherine, qui depuis son arrivée regardait Thomas en fronçant les sourcils, avait reconnu sans peine le psychiatre que la télévision avait rendu célèbre en quelques heures, et qu'il avait brièvement rencontré à la clinique quelques jours plus tôt. Mais respectueux de l'autorité qui se dégage naturellement de tout disciple d'Esculape, il craignait de commettre une bévue. Pourtant, si c'était bel et bien le médecin violeur, n'aurait-il pas dû se trouver en prison et non dans la chambre de sa victime ? Quelque chose ne tournait pas rond !

Il regarda sa femme, qui semblait en proie aux mêmes doutes. Cela le confirma dans son impression. Thomas comprit leurs appréhensions :

—Je n'ai pas violé votre fille. Quelqu'un a cherché à me compromettre. Mais la police n'a aucune preuve contre moi, et elle a dû me relâcher.

Le père paraissait à demi convaincu par ces explications. Sa femme souriait, rassurée. Elle accordait volontiers au psychiatre le bénéfice du doute. Il n'avait pas la tête d'un violeur mais plutôt celle d'un honnête homme. D'ailleurs, un si bel homme – et médecin de surcroît – n'avait jamais dû s'abaisser à prendre une femme de force, encore moins une jeune patiente affaiblie par une tentative de suicide.

Elle se tourna vers son mari et lui fit comprendre, par un air impérieux, qu'il valait mieux ne pas insister, que le docteur Gibson disait sûrement vrai.

Son mari se tut, baissa la tête.

—C'est pour votre fille ? demanda Thomas en montrant le cadeau.

— Oui, s'empressa de dire le père.

— Bon, je pourrais le lui remettre en votre nom. C'est peut-être la meilleure manière de l'amadouer. À moins que vous ne préfériez le lui donner vous-même demain...

— Non, non, c'est une bonne idée, répliqua le père.

— Une très bonne idée, approuva sa femme.

Sans hésiter, Monsieur Shield remit le cadeau à Thomas, qui s'efforça de les rassurer : leur fille était hors de danger. Il leur suggéra encore de revenir vingt-quatre heures plus tard. Sans doute Catherine serait-elle alors plus calme et plus accueillante. Avant de partir, ils allongèrent le cou pour voir une dernière fois leur fille. Mais Catherine détourna délibérément la tête pour éviter de croiser leur regard.

Ils n'insistèrent pas.

Boîte en main, Thomas réintégra la chambre.

— Je n'en veux pas ! Je ne veux pas de ce cadeau ici ! Ils ne m'en ont jamais donné en dix-huit ans, et maintenant ils se réveillent ! Il est trop tard !

Thomas ne voulut pas aborder ce sujet, qui ressurgirait probablement plus tard en thérapie, si du moins la justice des hommes lui en donnait la chance.

— Bon, d'accord, je le laisse ici. Tu l'ouvriras si bon te semble. Sinon, tu demanderas qu'on t'en débarrasse.

Elle ne protesta pas. Thomas posa la boîte dans le coin de la chambre, ramassa le téléphone et le replaça, sans faire de commentaire, sur la table de chevet de sa patiente.

— Je voudrais juste te poser quelques dernières questions, Catherine.

— Si vous voulez, dit-elle en regardant avec une curiosité irritée le cadeau posé dans le coin de la chambre.

Thomas rassembla ses idées. De toute évidence, Catherine était à bout, il ne fallait donc pas l'épuiser en vaines questions.

— Est-ce qu'il y a un nom, un endroit qui te revient concernant la soirée d'hier ? Je sais que tu es fatiguée, mais essaie de faire un effort.

— Rien, docteur, c'est le vide total ! Je voudrais vraiment vous aider, mais je ne me souviens de rien !

Il lui posa encore des questions pendant quelques minutes, mais il vit qu'elle s'épuisait et qu'il valait mieux la laisser se reposer. Il se retira en voulant fermer la porte mais elle protesta : elle préférait qu'il la laissât ouverte. Elle avait peur. Il comprenait. Il lui sourit et s'avança dans le corridor au moment où Amy Robert passait de nouveau avec sa radio portative, dont elle baissa immédiatement le son en voyant son bien-aimé docteur.

Elle écoutait les *Études symphoniques* de Schumann, brillamment interprétées par le jeune prodige Ivo Pogorelich – le seul homme avec qui elle aurait jamais osé trahir le docteur Gibson !

—Docteur, avez-vous eu le temps de le lire ? demanda-t-elle.

Décidément, c'était chez elle une idée fixe !

—Oui, enfin non, Amy. Je ne l'ai pas encore lu, répondit-il, non sans une certaine irritation cette fois.

Ses nerfs étaient pour le moins éprouvés, et il en voulait un peu à sa patiente de l'avoir mis dans l'eau chaude avec le bref poème qu'elle lui avait donné devant l'inspecteur. Bien sûr, ce n'était pas sa faute, mais quand même...

—N'attendez pas trop, docteur, sinon je sens que...

—Je te promets de l'avoir lu demain, est-ce que ça te convient ?

Ce pacte égaya Amy, qui haussa le volume de sa radio et repartit d'un pas joyeux.

Thomas hocha la tête. Il avait du pain sur la planche pour la guérir ! D'ailleurs, ne semblait-elle pas heureuse dans son univers, aussi schizophrénique fût-il ?

Il allait se diriger vers le bureau d'Arthur Campbell pour vérifier si le mégot qu'il avait trouvé sur la plage était de la même marque que les cigarillos que son collègue fumait lorsqu'il entendit Catherine l'appeler de sa chambre :

—Docteur !

Il se tourna vers elle. Les yeux écarquillés dans une expression de terreur, elle ressemblait à une hallucinée. Le psychiatre s'approcha lentement, comme s'il craignait de l'effrayer. Arrivé près de son lit, il s'immobilisa, et avant qu'il ait le temps de la questionner, elle laissa tomber, les yeux encore dans le vide :

—Un piano...

—Un piano ?

—Oui, dit-elle en le regardant cette fois-ci, avec toujours cette expression d'effroi. Il y avait un piano à queue. Et un candélabre.

—Un piano à queue et un candélabre ? Où ?

—Je ne sais pas. Mais je sais que c'est sur un piano à queue que c'est arrivé.

Thomas songea que c'était sans doute le morceau de piano diffusé par la radio d'Amy qui avait provoqué cette réminiscence involontaire. Il eut une bonne pensée pour sa patiente, regretta son mouvement d'humeur. C'était comme cela dans la vie : on avait souvent besoin d'un plus petit – ou d'un plus malade – que soi...

Cette révélation réjouit Thomas. C'était un début ! Ainsi, le Mnémonium n'était pas aussi efficace que prévu. Dieu merci, il avait ses failles ! Des souvenirs revenaient à Catherine. Du moins s'il s'agissait de souvenirs véridiques, et non d'hallucinations ou de déformations de son imagination. Mais il fallait lui donner le bénéfice du doute...

—Un piano à queue, dit pensivement Thomas, qui s'était encore rapproché de Catherine. Essaie de penser, maintenant. Où as-tu vu un piano à queue la dernière fois ?

—Je... je ne sais pas, je...

—Est-ce que tes parents en ont un ?

—Un piano à queue, chez mes parents ! dit Catherine en levant les yeux vers le plafond et en esquissant un sourire sarcastique. On voit que vous n'êtes jamais venu à la maison ! Mon père n'a même pas besoin de quitter son fauteuil pour allumer la télévision, et ce n'est pas parce qu'il a un contrôle à distance... Un piano à queue ! répéta-t-elle, franchement amusée.

Il allait s'excuser lorsque le vieux docteur Close entra dans la chambre sans frapper. D'un calme habituellement exemplaire, il paraissait légèrement agité, ou en tout cas contrarié.

—Bonjour, Thomas, dit-il d'une voix grave, presque confidentielle.

—Bonjour, docteur Close.

—Mademoiselle, si vous voulez bien nous excuser, je vais vous enlever le docteur Gibson, expliqua le vénérable psychiatre.

Thomas laissa Catherine seule pour suivre le docteur Close.

Quand ils furent sortis, le regard de Catherine se posa sur le colis laissé par son père. Tous les êtres du monde sont curieux devant un cadeau. Malgré son traumatisme, Catherine n'échappait pas à la règle. Aussi, après quelques instants d'hésitation, elle se leva, alla prendre la boîte et la posa sur son lit, oubliant la scène qu'elle avait faite à son père. Elle le déballa avec une impatience croissante.

Le contenu l'étonna au plus haut point.

Il s'agissait d'une très belle poupée ancienne. Elle la reconnut sans peine : à l'âge de douze ans, elle l'avait vue chez un antiquaire juste avant Noël. Elle l'avait demandée à son père, et il avait promis de la lui offrir.

Mais le soir du réveillon, elle n'avait trouvé sous l'arbre de Noël qu'un bête casse-tête représentant un cow-boy !

Elle avait ramassé ses sous et, dès qu'elle avait pu, elle était retournée chez l'antiquaire. Mais la poupée avait disparu. Sans doute avait-elle fait le bonheur d'une autre petite fille... Elle comprenait maintenant ce qui s'était passé. Son père avait acheté la poupée de ses rêves mais, par malice ou par méchanceté, il ne la lui avait pas offerte.

Pendant des années, il l'avait gardée secrètement. Et il la lui offrait enfin, sans doute pour lui signifier qu'il regrettait ses années de cruauté à son endroit.

D'abord elle eut un mouvement de révolte. Elle eut envie de prendre la poupée, de la décapiter et de la jeter contre les murs de sa chambre. Mais elle eut plutôt les larmes aux yeux et – était-ce un signe que son père avait commencé à l'apprivoiser ? – serra le vieux jouet contre son cœur.

28

Thomas avait suivi sans protester le docteur Close dans le corridor.

— À partir d'aujourd'hui, lui expliqua le doyen des psychiatres, qui aurait pu prendre depuis longtemps sa retraite n'eût été la passion qu'il vouait à son métier, je vais m'occuper de Catherine Shield. J'ai reçu des instructions formelles du directeur. Vous êtes relevé de vos fonctions.

Ce fut un coup pour Thomas. Comment Jackson avait-il osé ?

Il ne protesta pas de son innocence auprès du docteur Close. Mieux valait régler cette histoire avec le directeur lui-même.

— Jackson est à son bureau ?

— Non, il n'est pas venu aujourd'hui. Il m'a téléphoné de chez lui.

Thomas partit sans saluer son vieux collègue. Il fallait qu'il voie Jackson, et tout de suite !

Mais avant, il voulait procéder à une petite vérification. Il se présenta au bureau du docteur Campbell, dont la secrétaire lui expliqua qu'il était absent : il avait pris une semaine de congé avec sa famille. La secrétaire lui laissa entendre à demi-mot que la décision du conseil de discipline n'était pas étrangère à cette absence.

— Je vois, dit Thomas, je vois. Mais il m'a dit qu'il avait laissé quelque chose pour moi sur son bureau.

— Je peux aller vérifier, dit sa secrétaire en se levant.

Mais, au même moment, une infirmière avec qui elle était très liée passa pour prendre la pause café avec elle.

La secrétaire de Campbell eut une hésitation, puis suggéra :

— Si vous n'avez pas d'objection, docteur, voulez-vous regarder vous-même pour le dossier ? La porte est ouverte de toute manière.

— Bien entendu !

La secrétaire prit son sac à main et sortit. Thomas entra dans le bureau de son collègue, inspecta d'abord les cendriers, mais ils étaient nettoyés tous les soirs. Puis il ouvrit au hasard quelques tiroirs et tomba enfin sur une boîte métallique jaune de cigarillos Panter, sur laquelle une minuscule panthère, postée sur un petit cigare, épiait une proie invisible.

Il ouvrit la boîte, tira de sa poche le mégot et le compara aux cigarillos intacts. Pas de doute : le mégot trouvé sur la plage provenait, sinon de cette même boîte de cigares, du moins d'une autre boîte de Panter !

29

En arrivant devant la somptueuse demeure de Vic Jackson, qui habitait à un kilomètre et demi de chez lui, Thomas remarqua la présence d'un camion de vitrier, et se gara juste à côté.

Il sonna. Ce ne fut pas le directeur qui vint lui répondre, mais Janet, son épouse. Plus jeune, elle avait été très belle, mais à cinquante-cinq ans, alcoolique et névrosée, elle avait perdu toute trace de ce qui avait attiré son mari vers elle. Ses yeux bleus démesurément grands, jadis une des clés de ses succès spectaculaires, distillaient une tristesse qui eût sans doute fait le bonheur d'un peintre sensible au passage du temps sur les êtres mais qui n'attirait plus personne, surtout pas son mari.

Maquillée et coiffée comme pour une grande soirée – elle nourrissait toujours l'espoir que son mari finirait par la redécouvrir si elle se montrait à son meilleur –, elle le reçut dans une élégante robe d'intérieur en satin saumon, qui bruissait sur de soyeux escarpins.

— Thomas, quelle surprise ! dit-elle.

Surprise, elle l'était en effet : elle le croyait sous les verrous !

C'est ainsi qu'il interpréta son exclamation, plus ou moins heureuse.

— Je pensais... J'ai vu à la télévision...

— J'ai été relâché, ils n'avaient aucune preuve, expliqua Thomas.

— Ce n'est pas la première fois que la police fait une erreur.

— En effet ! Dites-moi, est-ce que votre mari est à la maison ?

— Oui, mais il prend un appel important dans son bureau. Ce ne sera pas long.

Elle fit entrer Thomas et l'annonça à son mari par l'interphone.

— Si vous voulez me suivre au petit salon, les vitriers y travaillent et je tiens à les superviser. Ils devaient d'ailleurs être ici à dix heures ce matin, mais, que voulez-vous, c'est toujours pareil. Il n'y a plus de compagnies fiables aujourd'hui !

— Vous avez eu du vandalisme ?

— Non, non, dit-elle en le précédant dans ce qu'elle appelait le grand salon, immense en effet et qui donnait sur le petit salon, une sorte de boudoir séparé par des portes coulissantes, où les Jackson donnaient des réceptions intimes ou des concerts.

En traversant le grand salon, Thomas nota une odeur de cigarette assez forte qui lui parut curieuse, surtout dans une maison aussi bien tenue. Il savait bien entendu que le directeur de la clinique fumait, de même que sa femme, mais de là à ce que les lieux fussent imprégnés d'une telle odeur de tabac... Mais peut-être simplement était-il plus sensible qu'un autre à l'odeur de la cigarette, lui qui avait cessé de fumer depuis quatre ans.

Madame Jackson se tourna vers Thomas et, sans le savoir, lui fournit une explication :

— Mon mari a fait une petite fête avec les anciens de son école, hier.

— Ah bon, je comprends...

Confusément, une scène émergea du brouillard de ses souvenirs de la veille : il était dans le bureau du directeur et il se penchait pour ramasser... ramasser quoi, déjà ? Tout à coup la réminiscence devint d'une précision hallucinante : une pile de cartons d'invitation que le directeur avait fait tomber en retirant une liste qui se trouvait dessous.

Il ne se rappelait pas le détail du texte, mais maintenant il se rappelait très bien l'avoir eu entre les mains. Mais dans quelles circonstances au juste ? Pour ne pas manquer à la politesse, il s'arracha à sa réflexion et se tourna vers l'épouse de Jackson.

— Et vous vous êtes bien amusés ?

— Je ne sais pas : nous, les épouses, nous avions notre petite fête ailleurs, à l'hôtel Pierre.

— Oh ! l'hôtel Pierre. C'est bien ?

Du grand salon, ils arrivaient maintenant dans le boudoir, où deux vitriers s'affairaient à installer une baie vitrée.

— Est-ce que je peux vous offrir quelque chose à boire ? demanda Madame Jackson.

À quatre heures de l'après-midi, Thomas trouvait qu'il était encore un peu tôt pour un premier verre, surtout après la journée qu'il avait eue. Il allait décliner l'invitation en alléguant l'heure lorsqu'il aperçut sur le piano à queue du boudoir le verre de son hôtesse, qui paraissait contenir un Gin-gimlet ou une Margarita. Il fallait trouver autre chose.

— Je vous remercie, je sors de table...

Elle le regarda d'un drôle d'air. Il sortait de table à quatre heures de l'après-midi ? Quelle heure curieuse pour déjeuner ! Mais elle n'insista pas. La nonchalance des vitriers la préoccupait beaucoup plus. Elle s'excusa auprès de Thomas et se pressa dans leur direction pour s'assurer que l'immense vitre du salon serait fixée correctement.

Thomas s'était avancé jusqu'au piano à queue, un magnifique Bosendorfer, marque qui demeurait la Rolls des pianos malgré la menace nippone des Yamaha.

Jeune, il avait joué du piano. Il avait même caressé le rêve de devenir concertiste, mais avait eu la lucidité de réaliser à temps qu'il n'en avait pas l'étoffe et que, en ce domaine comme en d'autres arts, seuls les talents d'exception peuvent percer. Mais son renoncement, complet et définitif – une fois sa décision prise, il n'avait jamais rejoué, se jetant corps et âme dans la psychiatrie –, lui avait tout de même laissé une certaine amertume.

Curieux de toucher au moins une fois dans sa vie un de ces instruments légendaires, il profita de ce que son hôtesse était affairée pour enchaîner, dans le registre des basses, le très beau motif principal de *L'Art de la fugue*, de Bach. Était-ce à cause du Bosendorfer ? Il constata qu'il n'avait pas tout à fait perdu la main.

Mais il n'eut pas l'occasion de se réjouir de cette constatation car il venait par la même occasion de faire une découverte troublante : la tranche du second *do* était tachée d'une substance brunâtre. Pouvait-ce être du sang séché ? Il se rappela, non sans un frisson, le récit que Catherine lui avait fait juste avant l'intervention du docteur Close.

Elle avait déclaré avoir été violée sur un piano à queue. Un piano à queue sur lequel il y avait un candélabre. De plus, elle paraissait formelle à ce sujet, si tant est que l'on pût se fier à des souvenirs emmagasinés sous l'influence du Mnémonium.

Coïncidence ? Il y avait justement un candélabre sur le piano. Il ne s'y trouvait d'ailleurs aucune chandelle, ce qui était tout de même curieux dans cette maison rangée avec un soin presque maniaque.

Le visage de Thomas devint soudain grave.

Son raisonnement supposait que Catherine avait été violée chez le directeur de la clinique, Vic Jackson : c'était complètement invraisemblable !

Il se dit que la journée et la nuit qu'il avait passées, le mélange d'alcool et de Mnémonium, la tension de son inculpation avaient probablement affecté son jugement beaucoup plus qu'il ne pouvait le penser. En un mot, il délirait...

De toute manière, il y avait eu fête la veille chez Jackson, une fête officielle, dont les invités avaient reçu des cartons. Et l'hôte, Vic Jackson, n'avait sûrement pas eu le temps, entre deux invités, de commettre un viol.

Il aurait d'abord fallu qu'il s'absente de la fête pour aller chercher Catherine à la clinique, puis qu'il s'excuse de nouveau auprès de ses invités pour la transporter, inconsciente, dans sa Mercedes à lui, Thomas. Et quand l'aurait-il violée ? Et comment commettre un viol avec tant de témoins gênants, de vieux camarades de lycée qui le connaissaient ?

Non, cela relevait de la science-fiction, du mauvais roman...

D'ailleurs, le Mnémonium avait beau être puissant, si Catherine s'était rappelé le piano à queue et le candélabre, elle se serait sûrement rappelé également le visage de Jackson s'il avait été le violeur, d'autant plus qu'elle avait eu maille à partir avec lui le jour même...

Malgré tous ces raisonnements, Thomas, poussé par la curiosité, passa un ongle entre les notes pour recueillir un peu de la substance brunâtre. Au moment où il allait examiner de plus près sa trouvaille, il entendit la voix du directeur, qui entrait d'un pas vif dans le boudoir.

— Ah! Thomas! Je suis content que tu sois venu.

En robe de chambre, comme s'il venait de se lever, il avait le teint pâle et l'air fripé. Thomas se dit qu'il avait dû fêter rudement tard la veille.

Il s'était éloigné insensiblement du piano, comme s'il craignait que le directeur ne surprît ses soupçons.

— Tu nous avais caché que tu jouais du piano!

— Je n'en joue plus depuis longtemps. Une erreur de jeunesse.

Il y eut une pause, pendant laquelle le directeur regarda avec un agacement à peine voilé sa femme, toujours attentive aux progrès du travail des vitriers. Thomas rompit ce moment de silence embarrassé:

— J'ai parlé au docteur Close, ce matin.

— Oui, je voulais justement t'en parler. J'ai cru que c'était préférable, vu les circonstances...

— Je ne vois pas pourquoi je suis suspendu.

— Mais tu n'es pas suspendu! Il y a eu malentendu! J'ai simplement pensé que ce serait mieux que tu ne t'occupes pas de Catherine, tant que les choses ne se seront pas calmées un peu. Tu comprends, pour l'opinion publique, que le psychiatre qui a été accusé du viol de sa patiente continue de la traiter, c'est un peu bizarre. Tu ne trouves pas?

— Oui, je comprends. Je croyais que c'était une suspension générale.

— Mais non, voyons! dit Jackson.

S'approchant de Thomas, il lui posa la main sur l'épaule, dans un geste qui se voulait affectueux.

— Moi, je sais que tu n'es pas coupable! J'en suis certain! Mais il y a l'opinion.

Thomas se rassurait. La décision du directeur était sage.

— Ces policiers sont de véritables enfoirés. Je ne vois pas comment ils peuvent oser soupçonner un homme comme toi.

Il paraissait tout à coup outré.

— Je veux d'ailleurs que tu saches que je suis derrière toi à cent pour cent! Je vais te supporter jusqu'au bout! Je ne laisserai personne salir ta réputation, ni celle de notre clinique. Ils vont voir de quel bois nous nous chauffons ! De toute manière, si j'ai bien compris ce qu'ils disaient au cours de la dernière émission spéciale, ils n'ont aucune preuve. De pures spéculations. Ce Templeton est un con ! D'ailleurs, ce n'est pas lui, justement, qui t'avait harcelé quand ta femme...

Il eut un mouvement de pudeur, comme s'il voulait éviter de rappeler cet événement tragique, alors que Thomas se débattait de nouveau avec la justice.

À ce moment, sa femme s'approcha pour lui expliquer que les ouvriers avaient terminé et souhaitaient être payés sur-le-champ.

—La confiance règne ! dit-il, faisant sans doute allusion au peu de crédit que les ouvriers lui accordaient.

Et il s'excusa auprès de Thomas pour aller régler les vitriers.

30

Un piano à queue.

Un candélabre.

Une pauvre fille retrouvée dans sa Mercedes, en face de chez lui.

En face de chez lui, oui, mais aussi à un kilomètre et demi de chez Vic Jackson...

Jackson chez qui il y avait une fête le même soir...

Avec des dizaines d'invités...

Donc, physiquement parlant, Jackson n'aurait pu commettre le viol...

Quant à s'absenter de la fête, aller chercher Catherine à la clinique, la violer puis la laisser à demi morte dans la Mercedes, c'était tout aussi invraisemblable...

En roulant, Thomas tournait et retournait ces arguments dans tous les sens, sans arriver à trouver une explication plausible.

Il fallait qu'il reparle à Catherine. Peut-être de nouveaux souvenirs lui étaient-ils revenus. Peut-être se souviendrait-elle d'un détail capital, qui lui permettrait de faire la lumière sur ce mystère qui s'épaississait avec chaque élément nouveau.

En arrivant à la clinique quelques minutes plus tard, il fut soulagé de la trouver seule dans sa chambre.

—Je croyais que c'était le docteur Close qui...

— Oui, oui, c'est lui qui s'occupe de toi, je suis seulement venu te poser quelques questions...

— Ah...

— Catherine, ce que je vais te demander est très important. Essaie de te concentrer : Hampton, est-ce que ça te dit quelque chose ?

— Hampton ?

— Oui, c'est là que tu as été retrouvée. Est-ce que tu te souviens d'être allée à Hampton, hier soir, dans une maison très moderne ?

— Non... Je ne vois pas...

— Et le directeur de l'hôpital, le docteur Vic Jackson, est-ce que tu crois qu'il puisse être lié à ce qui t'est arrivé.

— Le directeur ? Non, je...

Mais tout à coup, son visage s'éclaira.

— Attendez, je me souviens maintenant... Un détail... Je ne sais pas si c'est important, mais...

Le cœur de Thomas ne fit qu'un bond.

— Tout peut être important, Catherine ! N'importe quel détail, même celui qui te paraît le plus insignifiant...

— Il y a eu un coup de tonnerre à un moment donné.

— Un coup de tonnerre ?

— Oui, un grand coup de tonnerre. Je m'en souviens, j'en suis sûr...

Thomas s'efforça de dissimuler sa déception. Bien sûr, il y avait souvent des orages l'été, à New York. Mais il ne se rappelait pas qu'il y en ait eu un la nuit précédente... Il est vrai que, sous l'effet du médicament, il ne se rappelait pas grand-chose. Il lui faudrait vérifier. À première vue toutefois, Catherine semblait faire fausse route.

À la porte de la chambre, un homme s'éclaircissait la gorge pour signaler sa présence. Thomas se tourna et reconnut l'aumônier Smith qui entrait, un sourire obséquieux flottant sur ses lèvres, lesquelles paraissaient d'autant plus minces qu'il avait le visage très gras.

Le petit quinquagénaire, nullement ennemi des plaisirs mondains et dont les yeux brillaient même d'un éclat vaguement pervers, s'avança dans la chambre :

— Bonjour, docteur, commença-t-il à l'endroit de Thomas.

Puis il se tourna vers Catherine, qui avait subitement blêmi, les yeux écarquillés sous l'effet manifeste d'une angoisse croissante.

— Bonjour, Catherine, je suis le révérend Smith, l'aumônier de la clinique. Je suis simplement venu te dire que si tu as besoin de moi, tu peux me contacter quand tu voudras. Je voulais aussi t'informer que le dimanche, je célèbre une messe à la petite chapelle, à dix heures, mais que si tu préfères, je donne aussi la communion dans les chambres...

Il avait tiré d'une de ses poches un calepin et attendait la réponse de Catherine.

— Je ne communierai pas, se contenta-t-elle de dire, sans se décrisper.

— Comme tu voudras. Tu n'es pas obligée. Si tu changes d'idée, tu en aviseras ton médecin ou l'infirmière qui s'occupe de toi.

Il souriait, complaisant, et, ayant salué Thomas, se retira en rangeant son calepin.

— C'est lui! s'exclama Catherine dès qu'il eut franchi la porte de la chambre. Je le reconnais!

— Qu'est-ce que tu veux dire? demanda Thomas, intrigué.

— C'est lui! Je le vois, il est sur moi, il y a du sang partout sur le piano, et je le frappe avec un candélabre pendant qu'il me...

Elle n'osa pas dire le mot, dont la seule évocation lui faisait honte. Mais elle avait l'air terrorisée maintenant.

Thomas ne savait que penser. L'accusation de Catherine lui paraissait totalement invraisemblable. Sans doute les yeux de l'ecclésiastique brillaient-ils d'un éclat lubrique et le soupçonnait-on d'avoir eu une liaison avec une infirmière, mais de là à croire qu'il avait violé Catherine, il y avait tout un monde! Catherine hallucinait-elle? En tout cas, elle était certainement en proie à une certaine confusion.

— Te rends-tu compte de ce que tu dis, Catherine? L'aumônier Smith est...

Il ne savait pas quoi ajouter. L'aumônier était un ecclésiastique, mais qu'est-ce que cela voulait dire aujourd'hui? Les journaux étaient pleins de cas d'abus sexuels perpétrés par des religieux. Et pourtant, l'accusation de Catherine continuait de lui paraître farfelue.

— Il était tel que je l'ai vu. La seule différence, c'est qu'il avait de longs cheveux blonds.

— De longs cheveux blonds? demanda Thomas, abasourdi.

L'aumônier n'avait les cheveux ni longs ni blonds, et n'eût été la petite couronne de cheveux grisonnants qui auréolait l'arrière de son crâne, il eût été complètement chauve.

— C'est impossible, l'aumônier est presque chauve, tu l'as vu toi-même. Et quand tu dis qu'il avait les cheveux longs, qu'est-ce que tu veux dire au juste ?

— Il les avait aux épaules.

— Aux épaules ? C'est vraiment impossible ! Penses-y, Catherine. En tout cas, depuis que je le connais, l'aumônier Smith est chauve.

Elle sembla avoir une nouvelle vision, plus nette encore, plus troublant.

— Et sa soutane, elle n'était pas noire, elle était rouge !

Thomas crut bon de ne pas insister. Les propos de Catherine frisaient le délire. La forte dose de médicament administrée la veille avait dû l'affecter plus qu'il ne croyait.

— Bon, je vais te laisser te reposer, maintenant.

— Vous ne me croyez pas, n'est-ce pas, docteur ?

Il n'osa pas répondre, se contenta de lui sourire et lui répéta :

— Repose-toi, Catherine. Et essaie de manger un peu.

31

Il venait de relater à Julie tous les développements nouveaux : les souvenirs de Catherine au sujet d'un piano à queue et d'un candélabre, sa visite chez Jackson où il avait justement vu un candélabre et un piano à queue dont une touche semblait tachée de sang, enfin les accusations de Catherine à propos de l'aumônier.

Elle l'avait écouté avec un étonnement et un scepticisme qu'elle trouvait de plus en plus difficile à dissimuler. Intérieurement, elle s'interrogeait même sur la lucidité de son collègue.

Ils se trouvaient dans le bureau de Julie, où Thomas lui avait rendu visite à l'improviste en sortant de la chambre de Catherine. Il avait besoin de se confier à quelqu'un.

Et puis, il avait envie de la voir.

Séparé d'elle depuis le matin seulement, probablement déjà intoxiqué à son insu par son humour, sa présence, sa beauté, il éprouvait un sentiment de manque. Et puis il la savait une alliée, peut-être la seule qu'il eût à la clinique.

—Tu devrais prendre des vacances, Thomas, je crois que tu souffres de surmenage.

Il déchanta, l'air coupable.

—Ça ne tient pas debout, n'est-ce pas ?

Voyant sa déception, elle s'empressa d'ajouter :

—Désolée, mais tu me demandes ce que j'en pense, et je te le dis.

Ils se turent un instant.

Panne.

Panne dans cette relation amorcée curieusement, à toute vitesse, et qui ne se concrétiserait peut-être jamais. Était-ce de là que venait cette subtile angoisse entre eux deux ? De l'inquiétude que leur rencontre n'accéderait jamais au statut de liaison, que ce qui avait pu se passer la veille entre eux n'aurait jamais de suite ?

D'ailleurs, Thomas ne s'en souvenait même pas : n'était-ce pas un signe ? Et son incapacité à «consommer» n'avait peut-être qu'annoncé l'échec, prévisible, de leurs amours : vérité du corps de l'homme, qui, à l'inverse de celui de la femme, ne peut duper sa partenaire.

Lorsque Thomas avait frappé à sa porte, Julie lisait l'édition du soir du *New York Post*, qui rapportait bien entendu le viol de Catherine. Elle s'était empressée de replier le journal, que Thomas, pour se donner une contenance, avait déplié et regardait depuis un moment. En première page, outre les photos du scandale de l'heure, on voyait justement une grande photo d'Hubert Ross, le bras droit du maire de New York, qui recevait les félicitations de son patron à l'occasion du mariage très médiatisé de sa fille.

Comme l'inventeur qui, d'épuisement, renonce à l'objet de sa recherche et fait par hasard une découverte en pensant complètement à autre chose, Thomas fit alors un rapprochement inattendu.

—Ça par exemple ! s'exclama-t-il en examinant de plus près la photo.

La ressemblance entre Hubert Ross et l'aumônier de la clinique était étonnante. Mais elle déclencha aussi en lui le rappel de la conversation téléphonique que le directeur avait eue devant lui, dans son bureau, avec l'éminence grise du maire, et l'incident des cartons d'invitation !

Décidément, le Mnémonium n'oblitérait la mémoire que de manière bien partielle et provisoire ! Ou alors son efficacité ne remontait pas à plus de quelques heures dans le passé : s'il n'avait aucun souvenir de la réunion au sujet de Campbell – que Julie avait dû lui relater – il arrivait à extirper du brouillard des bribes de sa rencontre avec Jackson, dans son bureau. Expérimental, ce médicament le resterait sans doute longtemps encore : son usage ne convaincrait aucun médecin.

— Qu'est-ce qu'il y a ? demanda Julie.

— C'est Hubert Ross... Regarde : on dirait le frère jumeau de l'aumônier.

— Mmh, c'est vrai, concéda-t-elle après un bref examen de la photo de Ross. Et après ?

— Eh bien, Hubert Ross était justement à la fête que Vic Jackson a donnée chez lui, hier. Et chez Jackson, il y a le candélabre, le piano à queue, et ce sang séché sur une des notes. Ça fait tout de même une accumulation de détails assez troublante, non ?

De toute évidence, Julie n'était convaincue qu'à moitié. Thomas avait fait son raisonnement trop rapidement. Elle objecta :

— Mais Catherine a dit que l'aumônier avait de longs cheveux blonds. Ross et l'aumônier sont presque aussi chauves l'un que l'autre. À ce que je sache, c'était une réunion d'anciens, pas un *party* costumé. Et puis le piano et le candélabre forment un couple classique...

Julie avait raison. Cela ne tenait pas debout.

Pourtant, en repoussant le journal, découragé, il dit, comme s'il pensait tout haut :

— J'ai quand même envie de montrer cette photo à Catherine, même sans les cheveux blonds...

— Aimerais-tu le voir avec des cheveux longs ?

— Qu'est-ce que tu veux dire ? demanda Thomas, étonné.

— C'est très simple, tu vas voir.

Elle alluma son ordinateur, prit le journal, posa la première page à plat sur un balayeur optique, un « scanner », et la photo digitalisée de Hubert Ross apparut bientôt à l'écran.

— C'est le logiciel que j'utilise avec mes patients qui souffrent d'une faible estime de soi, commenta-t-elle. Nous étudions comment ils se perçoivent, comment ils aimeraient être... C'est étonnant.

Julie enfonça quelques touches et, par la magie de l'informatique, de longs cheveux blonds se mirent à pousser sur le crâne dégarni d'Hubert Ross.

— Intéressant ! dit Thomas, qui souriait de voir l'éminence grise de la ville de New York se transformer sous ses yeux en travesti.

— Je te l'imprime ?

— Tu peux ?

— Mais bien entendu !

Quelques secondes plus tard, son imprimante produisit une copie couleur du petit travail qu'elle venait de réaliser. Elle la tendit à Thomas, qui émit un sifflement admiratif.

Peu de temps après, Catherine confirmait, effrayée, l'intuition de Thomas : c'était bel et bien l'homme qui, la veille, l'avait agressée.

— En es-tu bien sûre, Catherine ? Je te demande cela parce que cet homme est un personnage public très important. Et si tu es sûre que c'est lui, nous allons porter des accusations. Mais si tu n'es pas sûre et que nous l'accusons, nous risquons des tas d'ennuis. Tu comprends ce que je veux dire ?

Il savait qu'à dix-huit ans elle n'était plus une enfant, mais elle n'avait sûrement pas une grande expérience des affaires judiciaires et il ne lui semblait pas inutile de mettre les points sur les i.

— Oui, je comprends, dit Catherine d'un air grave. Je suis sûre que c'est lui.

— Tu serais prête à en témoigner devant un juge ? lui demanda Julie, qui avait accompagné Thomas.

— Absolument.

— Je vais te demander une chose, Catherine, c'est de me promettre de ne parler à personne de la conversation que nous venons d'avoir.

— Je comprends. Je vous le promets.

Ils la réconfortèrent et retournèrent au bureau de Julie.

— Elle a beau avoir identifié Hubert Ross, dit Julie en regardant la photo transformée par ses soins, il reste que quelque chose cloche : Ross n'a pas les cheveux longs.

— Mais il était à la petite fête chez Jackson.

— Elle le confond peut-être avec sa femme qui se trouvait à ses côtés et qui est peut-être blonde.

— Les épouses n'étaient pas invitées, c'était une réunion d'anciens camarades d'école.

Il y eut un silence, puis Thomas prit le téléphone et composa le numéro de maître Robertson. Il avait de la chance : ce dernier était encore au bureau, même s'il était maintenant passé cinq heures un vendredi après-midi, ce qui en soi n'était pas exceptionnel pour un avocat.

Il lui exposa succinctement la situation et lui demanda son opinion.

—Il te faut un témoin, Thomas. Un témoin autre que la victime, bien entendu. Dans des cas de viol ordinaire, si je puis dire, la victime est le témoin, et son témoignage suffit en général. Mais ici il est question d'une personnalité publique, de quelqu'un de très influent. Si nous décidons de porter des accusations formelles, à l'audience préliminaire nous allons avoir beaucoup de difficulté à convaincre un juge d'aller en procès. Et puis je ne suis même pas sûr que nous pourrons convaincre un procureur de prendre cette affaire. Que veux-tu, poursuivit l'avocat, il y a deux justices : la justice des gens ordinaires, et la justice des gens qui ont du pouvoir. Avec quelqu'un comme Ross, personne ne va vouloir se mouiller à moins d'avoir de satanées bonnes preuves de pouvoir aller jusqu'au bout et de gagner. Et, à mon avis, à l'heure actuelle tu n'as pas ces preuves en main, Thomas. Désolé de te décevoir.

—Tu ne crois pas que nous ayons des preuves suffisantes? Vraiment? Le piano, par exemple, avec des traces de sang...

—Franchement, Thomas : il doit y avoir dix mille pianos à queue dans la ville de New York. Et puis la jeune femme a identifié Ross, mais avec de longs cheveux blonds. Le juge va nous rire en pleine figure. C'est trop invraisemblable. Non, la seule manière serait de trouver un témoin. Un témoin qui aurait assisté au viol et qui accepterait de témoigner. Mais si c'est effectivement Ross qui a commis le viol – ce dont je doute – il n'aurait pas été assez idiot pour le commettre devant témoin. C'est un homme public, et je ne crois pas que ce serait très bon pour son image. Qu'est-ce que tu en penses?

—Tu as raison, dut avouer Thomas à contrecœur.

L'enjeu était plus grand qu'il ne voulait l'admettre, d'où sa déception de voir cette piste s'évanouir en fumée. S'il arrivait à trouver le coupable de ce viol, il pourrait balayer le doute affreux qui le tenaillait depuis le matin. Tant que ce doute subsistait, comment allait-il pouvoir se regarder dans la glace?

S'il ne trouvait pas le coupable, cela pouvait aussi signifier la fin de sa vie professionnelle. Même à supposer qu'il gagnât le procès, il ne pourrait plus jamais pratiquer son métier : comment un malade, véritable Dr Jekyll susceptible à tout moment de se transformer en affreux M. Hyde, pourrait-il avoir la prétention de guérir qui que ce soit?

Évidemment, un criminel sans scrupules pouvait très bien avoir monté l'affaire pour que lui, Thomas, porte le chapeau : après tout, on avait volé sa voiture et on y avait abandonné la victime, à cent mètres de sa maison.

Et s'il n'était pas le coupable, cela signifiait qu'après avoir satisfait ses bas instincts sur une jeune fille innocente et sans défense, après avoir essayé de faire condamner un innocent, l'agresseur était en liberté. Peut-être préparait-il d'autres crimes aussi sordides. Rien que d'y penser mettait Thomas hors de lui.

Il ne tenait pas nécessairement à voir Vic Jackson accusé : Thomas détestait l'idée de soupçonner un innocent – il était bien placé pour savoir combien cela pouvait être intenable – mais pour le moment il ne voyait pas d'autre suspect possible. Encore que son hypothèse ne tînt qu'à un fil ou deux : Catherine avait «reconnu» Hubert Ross – à ce détail près qu'il avait les cheveux longs –, et elle avait vu un candélabre et un piano et il y avait un candélabre et un piano chez Jackson. Point.

C'était mince, il devait en convenir. Et à supposer que Jackson fût effectivement le coupable, qu'est-ce qui l'aurait poussé à faire une chose pareille ? Et pourquoi avoir choisi Thomas plutôt qu'un autre ? Il avait toujours respecté le directeur de la clinique et, même s'ils avaient eu de petits différends à l'occasion, il n'y avait certainement pas là de quoi chercher à briser sa carrière et à le faire condamner à des années de prison ! Jamais il n'aurait cru Jackson capable de tomber aussi bas.

James interrompit alors les réflexions de Thomas.

—Vraiment, nous n'avons pas une cause solide ! Si tu veux mon avis, mieux vaut laisser tomber et se concentrer sur ta défense. Templeton te laisse en paix pour le moment, mais je suis sûr qu'il poursuit son enquête en bon petit *pitbull*.

Il marqua une pause et ajouta :

—Et puis il y a un autre problème : si tu pousses ton enquête, la police va peut-être penser que tu cherches à tout prix à brouiller les pistes pour te disculper.

Thomas n'y avait pas pensé, mais c'était bien vrai. Il insista pourtant :

—Mais si je décide d'aller de l'avant quand même ?

—Ta seule chance, c'est de trouver un témoin.

Lorsque, après avoir remercié James Robertson, il raccrocha, Thomas avait l'air passablement dépité, et Julie le nota tout de suite :

— Qu'est-ce qu'il a dit ?

— Que nous n'avons pas une bonne cause.

— Qu'est-ce que tu vas faire ?

— Je ne sais pas pourquoi, mais je pense que Catherine dit la vérité. J'ai confiance en elle...

Julie ne dit rien. Elle partageait l'avis de l'avocat mais ne voulait pas accabler Thomas.

Ce dernier ruminait, l'air absorbé.

— Il faut que je trouve quelque chose ! Il y a sûrement moyen de trouver quelque chose, je ne sais pas, moi, un détail qui nous échappe et qui permettrait de reconstituer le *puzzle*...

Julie s'approcha et lui mit affectueusement la main sur l'épaule.

— Tu as eu une rude journée. Allons prendre un verre.

Après une hésitation, Thomas dit :

— Excuse-moi, mais j'ai encore quelque chose à faire. Je... je t'appelle un peu plus tard chez toi, et on décide ce qu'on fait ?

Une idée venait de jaillir dans son esprit.

— D'accord, dit-elle.

Il tourna les talons et allait sortir quand elle le rappela.

— Thomas !

Une moue faussement contrariée sur les lèvres, elle lui tendait un bout de papier.

— Mon numéro de téléphone. Ça peut être utile si tu veux vraiment qu'on prenne un verre ensemble ce soir...

— Oui, c'est vrai, dit-il avec un petit mouvement de honte.

— Acte manqué ! ironisa-t-elle.

— Eh ! tu m'avais pas dit que tu avais lu Freud juste avant l'examen et que tu avais tout oublié ?

— J'ai dit ça, moi ?

Il s'avança vers elle d'un pas vif, prit le papier et fit ce qu'il avait, dans sa préoccupation, négligé de faire juste avant : il la prit solidement par la taille et déposa sur ses lèvres un long baiser très appuyé.

32

Au sens propre comme au figuré, la clinique Gagliardi pratiquait la politique de la porte ouverte, et Thomas fut heureux de constater que celle du bureau du directeur ne faisait pas exception à cette règle tacite. Comme il était passé cinq heures, et qu'en outre c'était un vendredi soir, sa secrétaire avait déjà quitté les lieux, si bien qu'il n'eut aucune difficulté à trouver ce qu'il cherchait : la liste d'invités de la petite réception du directeur.

Elle était restée sur son bureau, sous les quelques cartons qui n'avaient pas été envoyés. Il s'en empara, avec un carton d'invitation, et alla se réfugier dans son bureau pour les examiner plus attentivement.

Son avocat avait été on ne peut plus explicite. Il lui fallait un témoin.

Un témoin. Un seul.

Si le viol avait bien été commis à la réception du directeur, aussi invraisemblable que cela pût paraître, peut-être y avait-il eu un témoin, et peut-être son nom figurait-il sur la liste qu'il avait entre les mains, tout simplement.

Il regarda d'abord l'invitation et nota une mention en petits caractères au bas du carton *Non accompagné*.

Il se rappela ce que Janet Jackson lui avait dit un peu plus tôt dans la journée : les épouses n'étaient pas invitées, car elles avaient leur petite fête à elles, à l'hôtel Pierre.

La liste comptait une quarantaine d'invités, parmi lesquels il reconnut de nombreuses personnalités : hommes d'affaires, cadres en vue, présidents de grandes sociétés, etc.

Le nom de Hubert Ross y apparaissait bel et bien, ce qui confirmait, s'il en était besoin, qu'il avait effectivement assisté à la petite réunion.

Thomas remarqua alors, tout en bas, vraisemblablement écrit de la main du directeur, mais au crayon, le mot « Agence », suivi d'un petit dessin représentant un cœur, sous lequel étaient inscrits quatre chiffres : « 969-6 ».

Cela l'intrigua. S'il avait reconnu l'écriture de la secrétaire du directeur et non de ce dernier, ce détail n'aurait sans doute pas attiré son attention. Il aurait pensé qu'il s'agissait d'un de ces dessins que l'on griffonne sans y penser, en parlant au téléphone.

Mais Vic Jackson, homme pressé, ne perdait sûrement pas de temps à tracer de petits dessins en rêvassant – cela devait avoir quelque importance. Que pouvaient bien signifier ce mot et ce dessin d'un cœur ?

Il se dit alors que, dans de telles situations, c'était souvent l'interprétation la plus simple, la plus évidente, qui s'avérait juste.

«Agence» avec, à côté, le dessin d'un cœur, est-ce que cela ne voulait pas dire «Agence de cœur», tout simplement?

Mais oui! Pourquoi pas? Et c'était d'autant plus plausible que les invités étaient priés de se présenter en célibataires.

Une agence de cœur qui pouvait aussi être une agence d'escorte, comme il y en avait tant à New York.

Mais comment s'appelait-elle?

Et ces chiffres? Représentaient-ils le début d'un numéro de téléphone? Sans doute, mais alors comment retrouver les trois chiffres manquants?

Sans être expert en calcul des probabilités, Thomas était conscient que les possibilités de permutation de ces trois chiffres étaient extrêmement nombreuses. Il n'avait pas le temps de les trouver, encore moins de composer les numéros.

Restait le journal.

En des temps plus calmes, il s'amusait parfois, en prenant son café le matin, à lire les descriptions «surréalistes» des services qu'offraient ce type d'agences auxquelles, bien entendu, il n'avait jamais eu recours.

Il n'avait qu'à consulter les rubriques «Agence de rencontres» ou «Escorte» et à essayer de trouver l'établissement dont le numéro de téléphone commençait par les chiffres qu'il avait en main.

Emportant la liste avec lui, il quitta la clinique, sauta dans sa Porsche et s'arrêta au premier kiosque à journaux qu'il trouva sur son chemin. Il acheta une copie du *New York Post* et consulta la rubrique des agences de rencontres. La liste était plutôt longue, mais deux lectures minutieuses ne lui permirent pas de retrouver de numéro commençant par 969-6.

C'eût été trop facile! Après tout, les agences ne publiaient pas toutes une annonce dans le *New York Post*, encore moins tous les jours. Alors?

Il réfléchit. Il devait pourtant y avoir un moyen! Si ces chiffres étaient les quatre premiers d'un numéro de téléphone, Vic Jackson avait sûrement trouvé un moyen facile de retenir les trois suivants. Autrement, il les aurait notés à la suite des autres.

Thomas regarda le numéro de nouveau: 969-6.

Placés l'un à la suite de l'autre comme ils l'étaient, les deuxième et troisième chiffres avaient une connotation sexuelle évidente.

Puisque le quatrième chiffre était un 6, il se dit alors que le numéro pouvait être 969-6969. Un peu gros, bien sûr, mais facile à retenir pour le genre de clients qui recouraient à de pareils services.

Il composa aussitôt le numéro sur son téléphone cellulaire, mais une voix enregistrée lui répondit qu'il n'y avait pas de service à ce numéro.

Il eut un mouvement de découragement. Il allait rentrer tranquillement à la maison, résolu à se reposer et à ne pas penser à cette affaire jusqu'au lendemain. Mieux encore, il se dit qu'il allait téléphoner à Julie, comme convenu. Lorsqu'il saisit le téléphone, un éclair lui traversa l'esprit. Que faisait-il lui-même quand il notait à la hâte un numéro de téléphone et que les derniers chiffres étaient les mêmes? Il inscrivait seulement le dernier chiffre, dont les autres n'étaient que la répétition! Peut-être Jackson avait-il eu recours au même procédé mnémotechnique, d'autant plus utile, dans ce cas, qu'il ne tenait pas nécessairement à ce que sa secrétaire ou toute autre personne utilisât ce numéro, pour le moins compromettant.

En ce cas, le numéro serait le 969-6666.

6666! Cela était facile à retenir.

Il n'avait rien à perdre. S'il faisait fausse route encore une fois, il rentrerait paisiblement à la maison et s'accorderait quelques heures de repos avant d'aviser. Il composa le numéro de téléphone.

À son étonnement ravi, une voix de femme exagérément sensuelle, avec une espèce de langueur affectée, répondit :

— Agence Hart, bonjour. Cherry à l'appareil. Puis-je vous aider?

Agence Hart! Il aurait dû y penser : «*heart*» signifie cœur en anglais, et Jackson avait prudemment représenté le nom de l'agence par le dessin d'un cœur.

— Allô? Allô?

Malgré son optimisme, Thomas s'attendait si peu à faire mouche que, pris au dépourvu, il bafouilla :

— Euh… c'est pour savoir quel genre de… quel genre de service vous offrez.

— Ça dépend de ce que vous voulez, mon petit monsieur!

— Je… Est-ce que c'est possible de passer à vos bureaux?

— Mais oui, bien entendu!

33

L'agence Hart, qui avait pignon sur rue juste en périphérie du *Red light district*, correspondait à l'idée typique qu'on pouvait se faire d'un tel endroit. Encore que Thomas dût avouer que le décor n'était pas d'aussi mauvais goût qu'il l'eût imaginé. C'était très propre, vraiment «nickel», et le chrome et le verre qui composaient la majeure partie du mobilier étaient parfaitement astiqués.

Derrière le comptoir, un immense cœur rose stylisé portait le nom de l'agence en lettres dorées. À la droite du comptoir s'ouvrait un corridor sur lequel donnaient trois ou quatre portes, toutes fermées, dont la première portait une affichette avec la mention : «Bureau du directeur».

C'était la première fois que Thomas mettait les pieds dans un pareil établissement, et même si c'était pour des «raisons sérieuses», il ne put se défendre contre un certain embarras.

Il approcha du comptoir, où la réceptionniste semblait très affairée. Le téléphone en effet ne dérougissait pas.

Absorbée, elle ne remarquait pas sa présence, et il n'osait pas l'interrompre. Il était au comptoir depuis quelques secondes lorsqu'il fut submergé par le parfum très musqué d'une femme blonde un peu vulgaire qui, avec ses hautes bottes de cuir noir et sa robe courte très décolletée, était de toute évidence une employée de l'agence.

Elle parut trouver Thomas intéressant, le prenant évidemment pour un client, et lui décocha un sourire qu'elle croyait sans doute fort engageant. Puis, s'adressant à la réceptionniste :

— Sheila, est-ce que tu as mon enveloppe?

La réceptionniste lui répondit d'un geste impatient, l'air de dire : «Tu ne vois pas que je suis occupée?»

La blonde sculpturale, qui devait avoir une trentaine d'années, n'insista pas, s'alluma une cigarette et, soufflant avec ostentation sa fumée dans le visage de Thomas, dit :

— Vous cherchez de la compagnie?

Gêné par ce malentendu, Thomas réprima un éternuement et bafouilla :

— Je... je ne suis pas là pour ce que vous pensez.

— C'est sûr, mon chou. Personne ne vient ici pour ce qu'on pense. Mais tu peux te confier.

Elle baissa la voix avant de poursuivre :

— Tu sais, tu n'es pas obligé de passer par l'agence : je peux te faire de très bons prix...

— Sharon, veux-tu laisser les clients en paix, s'il te plaît, jeta la réceptionniste, qui venait de raccrocher.

— Hé ! j'ai quand même le droit de causer avec les clients pendant que tu me fais poireauter ! Donne-moi mon chèque, et je déguerpis !

Et, se tournant vers Thomas, elle ajouta :

— Je ne t'ai pas fait de proposition malhonnête, hein mon chou ?

Thomas tira la liste d'invités de la poche de sa veste et, dans sa nervosité, l'échappa. Quand il se pencha pour la récupérer, la prostituée admira son postérieur sans se gêner, comme un homme l'eût fait avec une femme. Elle émit un sifflement admiratif et se permit même un commentaire :

— Joli cul !

Thomas se releva, rouge comme une pivoine. Décidé à expédier sa tâche le plus rapidement possible, il s'avança vers le comptoir.

— Alors, ce chèque ? le devança la délurée Sharon.

La réceptionniste tira une enveloppe d'un casier et la plaqua sur le comptoir. La jeune femme la saisit et s'empressa de l'ouvrir.

— King Kong ne m'a pas payée cette semaine ? maugréa-t-elle, les sourcils froncés, tout en éteignant agressivement sa cigarette dans le cendrier sur le comptoir.

« King Kong », c'était le sobriquet du patron, qu'il ne fallait jamais prononcer en sa présence, sous peine de s'attirer ses foudres vengeresses.

— Ça fait cent fois que je te le répète : on paie toujours avec une semaine de délai ! lui lança, non sans exaspération, la réceptionniste, une brune sans doute jolie mais sûrement pas assez frappante, *sexy* ou vulgaire pour faire partie du personnel autre qu'administratif. Décidément, ces filles avaient des cervelles d'oiseaux !

L'autre froissa l'enveloppe et la fourra, l'air résignée, dans son sac à main imitation léopard, et demanda :

— Autre chose pour moi, ce soir ?

— Non, mais on a encore une délégation de Japonais qui arrive en ville demain. Je te ferai probablement signe...

— Les Orientaux, n'importe quand ! Au moins ils ont de belles manières, et puis ils ne risquent pas de nous abîmer, avec leur outil...

Elle se tourna vers Thomas, lui sourit de nouveau :

—Si jamais vous changez d'idée, Sheila vous donne mon numéro. Je suis sûre qu'on pourrait faire de la jolie musique ensemble.

—Je vous remercie.

Elle pivota sur ses talons aiguilles et s'éloigna en ondulant les hanches de manière excessive.

—Alors, qu'est-ce que je peux faire pour vous ? demanda à Thomas la réceptionniste. C'est pour vous personnellement, ou alors vous organisez un congrès, un *party* de bureau, ou un enterrement de vie de garçon ? On a de tout, vous savez ! Nos hôtesses ont beaucoup de classe... Euh... à part Sharon, ajouta-t-elle non sans à-propos. Et vous êtes assuré de la discrétion la plus absolue.

—En fait, expliqua Thomas, un de mes amis a organisé une petite fête, et il a fait appel à une agence d'hôtesses. Je me demandais si c'était la vôtre, parce qu'il m'a dit qu'il était extrêmement satisfait.

—Si c'est votre ami, pourquoi ne le lui demandez-vous pas ?

Elle était fine mouche !

—Je... Il est en voyage à l'extérieur du pays. Vous le connaissez peut-être. Il s'appelle Vic Jackson. Il est médecin.

—Médecin, c'est bien ! C'est sa maman qui doit être contente !

Voilà qu'elle se payait sa tête !

—Est-ce que le nom de Vic Jackson vous dit quelque chose ?

—Nous sommes tenus à la confidentialité, dit la réceptionniste. Si vous faisiez appel à nos services, je suis sûre que vous apprécieriez notre discrétion. Donc, ce qui est bon pour vous est également bon pour les autres clients.

Elle arracha d'un bloc-notes une feuille qui ressemblait à une sorte de bon de commande, prit un stylo, une imitation de Mont-Blanc, et demanda avec un sourire :

—Alors, c'est pour quelle occasion ? Vous avez besoin de combien d'hôtesses ?

Thomas tira de sa poche un billet de cent dollars et le plaça sur le comptoir :

—Si c'est un acompte, dit la réceptionniste en riant, vous vous êtes trompé d'adresse. Vous feriez mieux d'aller sur la 42e. Et si vous voulez m'acheter avec ça, je ne suis pas en solde.

—Est-ce que...

Il tira un deuxième billet de cent de son portefeuille et nota au passage qu'il ne lui restait plus que vingt dollars : il ne pourrait pousser beaucoup plus loin de ce côté. Elle repoussa les deux billets :

— Vous perdez votre temps.

Il allait tenter une autre approche lorsqu'une femme de type méditerranéen, très frappante avec ses yeux de feu, ses lèvres très rouges et une sombre chevelure bouclée, fit son entrée d'un pas vif, les mains gantées de rouge.

Elle portait un immense sac qu'elle déposa sur le comptoir et, sans se préoccuper de Thomas, lança laconiquement :

— Mon chèque !

Elle avait la voix rauque de quelqu'un qui fume trop, boit trop ou a un méchant mal de gorge :

— Un instant, protesta la réceptionniste, un instant ! Tu ne vois pas que je parle avec monsieur !

Sans attendre, l'autre, visiblement une habituée de la maison, se pencha par-dessus le comptoir pour atteindre le casier. Elle attrapa son enveloppe, qu'elle ouvrit en la déchirant presque. Le montant n'eut pas l'air de lui plaire.

— Il en manque la moitié !

La réceptionniste s'excusa auprès de Thomas puis :

— Je voulais t'en parler justement. Gerry m'a dit de te dire que...

Elle jeta un coup d'œil en direction de Thomas, parut hésiter et dit enfin :

— Les clients n'ont pas payé le plein montant parce qu'il paraît que tu n'as pas voulu faire d'extras.

— Ce n'était pas prévu, et puis de toute façon...

Elle se tourna vers Thomas, eut elle aussi une hésitation, mais sa colère l'emporta :

— De toute façon je l'ai dit cent fois : je ne fais pas de cuir, pas de caoutchouc, pas de chaînes, pas de chiens ! O.K. ! ? Je ne veux pas me ramasser à la morgue ou à l'hôpital !

— Eh bien, tu discuteras ça avec Gerry.

— Il est là ?

— Il ne veut pas qu'on le dérange.

— Eh bien, je vais le déranger, moi !

Elle se rendit d'un pas vif jusqu'à la porte du bureau du directeur, voulut entrer sans frapper, mais la porte était verrouillée. Elle se mit à la marteler avec véhémence.

Au bout de quelques secondes, la porte s'ouvrit et un homme en manches de chemise ouvrit, visiblement contrarié : c'était Gerry

Monroe, le patron, dit *King Kong*. Il ne fallait pas longtemps pour comprendre d'où il tenait son surnom peu élogieux. Très corpulent, trapu, les sourcils broussailleux, de gros yeux bruns ronds, les bras longs, massifs, velus, il avait des allures simiesques que ne tempéraient nullement de grosses bagues de mauvais goût. Il dévisagea un instant celle qui osait ainsi le déranger et dit, entre ses dents :

— Un problème, Mariola ?

— Oui ! Tu ne m'as pas payé ce que tu me devais.

— Je n'ai pas le temps de discuter de cela pour le moment. Je suis avec quelqu'un d'important, dit-il d'un air menaçant. Repasse demain, mon petit lapin, et on va s'arranger, O.K. ?

— Je ne suis pas ton petit lapin ! Je veux mon pognon, un point c'est tout ! Et si je ne l'ai pas demain, je fous la baraque en l'air !

Sans attendre sa réponse, elle fila vers la porte et sortit. Thomas prit une décision rapide. Il n'y avait rien à tirer ni de la réceptionniste ni du patron, homme buté selon toute apparence. Il décida donc de tenter sa chance auprès de la jeune *call-girl*. Qui sait, peut-être savait-elle quelque chose d'intéressant, et comme de toute évidence elle ne nourrissait de sentiments tendres ni envers l'agence ni envers son patron, elle serait peut-être prête, par vengeance, à vider son sac. En le voyant sortir sans même la saluer, la réceptionniste pensa qu'il avait changé d'idée ou que, âme sensible, il avait été effarouché par l'esclandre auquel il venait d'assister. Elle se demanda si elle ne devait pas essayer de le retenir.

Mais le téléphone se remit à sonner. Elle soupira et répondit.

34

La jeune prostituée marchait d'un bon pas. Thomas la rattrapa et l'accosta, courant presque à côté d'elle, non sans une certaine gêne : et si quelqu'un le voyait, trottinant ainsi aux trousses d'une fille de joie ?

— Je peux vous parler une seconde ?

La fille était si emportée qu'elle ne le reconnut même pas.

— Non, vous ne pouvez pas ! dit-elle carrément.

Et elle pressa le pas. Il l'imita, la rejoignit et lui posa délicatement la main sur le bras.

—Je *dois* vous parler, dit-il.

—Tous les hommes *doivent* me parler! dit-elle en se dégageant avec brusquerie. Vous allez me dire que c'est un coup de foudre, que je suis la femme de votre vie, que nous nous sommes déjà connus dans une autre vie, que vous étiez un sultan richissime et moi une grande reine, ou une autre connerie du genre!

Elle s'était tout de même arrêtée, et maintenant que sa colère contre King Kong s'estompait, elle reconnaissait le type qu'elle avait aperçu à l'agence.

—C'est très important, croyez-moi.

Il la regardait dans les yeux avec sincérité et intensité. Elle hésita. Thomas sentit qu'il fallait profiter de cette brèche.

—Accepteriez-vous de prendre un café avec moi, deux minutes?

—Mes clients me paient pour prendre un café.

Il lui tendit un billet de cent.

Sans rien dire, elle prit le billet et se remit en marche. Il la suivit jusqu'au premier restaurant venu, où ils s'attablèrent et furent servis en peu de temps.

—Des ennuis avec votre femme? dit la *call-girl*, un brin sarcastique. Vous avez besoin de quelqu'un pour vous confier? Une question de tuyauterie, peut-être?

Curieusement, elle avait bien cerné ses problèmes. Mais il n'était pas là pour parler de ça.

—Non, quelque chose de plus important.

—Vous n'êtes pas flic, au moins?

Elle avait l'air soupçonneuse tout à coup.

—Non, non, je vous assure!

Sans rien dire, elle l'examina, le jaugea. Où donc avait-elle vu cette tête? Puis elle décida que de toute façon il avait l'air honnête.

—Un de mes amis, un directeur d'hôpital...

—Un médecin?

—Oui, un médecin.

—Vous êtes médecin, vous aussi? demanda-t-elle avec un intérêt accru.

—Oui, je suis médecin. Psychiatre, en fait.

—Psychiatre! Ah! ça y est, je vous replace, maintenant! Je vous ai vu à la télé: c'est vous qui...

Une expression de crainte lui déforma soudain le visage.

—Je vous assure, je ne suis pas coupable! La police m'a relâché. C'était une erreur!

—Oui, je vois...

Elle sembla se détendre un peu.

—La jeune femme que vous avez vue à la télé est ma patiente, et vous savez sans doute qu'elle a été violée. J'ai des raisons de croire que des hôtesses de votre agence étaient présentes quand c'est arrivé.

Thomas tira la liste de sa poche, montra le coin où Jackson avait gribouillé le mot «agence», dessiné un cœur et amorcé le numéro de téléphone.

Mariola hocha la tête, l'air grave. Cette conversation risquait de lui attirer de sérieux ennuis, et elle était fortement tentée d'y mettre fin rapidement. Bien sûr, Thomas était charmant, et il lui avait allongé cent dollars, mais il n'y avait pas là de quoi prendre des risques inconsidérés.

—Je cherche quelqu'un qui aurait vu ce qui s'est passé. Je crois que ça s'est déroulé à Hampton, chez le docteur Vic Jackson.

Il hésita et, à brûle-pourpoint, lui demanda en la fixant dans le blanc des yeux :

—Est-ce que vous y étiez ?

—Non, dit-elle en soutenant son regard.

Elle n'aimait visiblement pas la tournure que prenait la conversation. Ça sentait le flic à plein nez, et, pour des raisons évidentes, elle n'avait guère d'atomes crochus avec les forces de l'ordre.

—Mariola – vous permettez que je vous appelle Mariola ? – Mariola, c'est très important. La jeune fille qui a été violée avait seulement dix-huit ans ! C'est horrible ce qu'ils lui ont fait.

—Je sais, dit-elle, j'ai vu à la télé.

—Si personne n'agit, les coupables resteront en liberté, et ils recommenceront. Vous comprenez ? Il faut que vous m'aidiez, s'il vous plaît. Vous êtes une femme, vous devez être solidaire ! Vous voulez vraiment laisser ces salauds en liberté ?

Elle le regarda longuement, pesa le pour et le contre et déclara enfin :

—Je vous répète que je n'y étais pas, ce que vous venez de me dire ne peut rien y changer... De toute manière, ma vie est déjà assez compliquée comme ça.

C'était presque un aveu. Peut-être n'était-elle pas à la soirée, mais il était clair qu'elle savait quelque chose.

La fille de joie marqua une pause, prit une grande gorgée de café puis se leva :

—Votre temps est écoulé, docteur... Si vous voulez m'excuser, j'ai d'autres...

Elle allait sans doute dire «d'autres clients», mais elle se retint, peut-être pour ne pas le choquer, ou parce qu'elle n'était pas très fière de son métier. Thomas s'était levé aussi. C'était clair, cette femme savait quelque chose. Il tenait là son unique chance.

—Je vous le demande une dernière fois! Vous êtes la seule personne qui peut m'aider.

Elle avait pris son sac et sans le regarder s'éloignait. Thomas, qui n'avait pas de monnaie, et n'avait pas le temps d'en demander, jeta un billet de vingt dollars sur la table, à la surprise ravie de la serveuse, qui ne chercha pas à le rattraper. Dehors, la fille avait déjà hélé un taxi, qui venait de s'immobiliser. Elle ouvrit la portière, hésita, se retourna et vit Thomas qui l'observait, l'air désemparé. Elle le regarda droit dans les yeux. Elle semblait encore le jauger.

—Dites donc, s'impatientait le chauffeur de taxi, vous montez ou pas?

—Venez chez moi, dit-elle enfin à Thomas. Je crois que je connais quelqu'un qui peut vous aider.

35

Dans l'ascenseur qui montait vers l'appartement de Mariola, un autre locataire, petit quinquagénaire maigrichon qui revenait du sous-sol avec son panier de lessive, les regarda et décocha un sourire entendu à Thomas. Les hommes se succédaient dans l'appartement de la jeune femme à un rythme qui ne laissait aucun doute quant à la nature de ses activités.

Thomas aurait aimé protester, expliquer que ce n'était pas ce qu'il pensait, que... Il se contenta d'esquisser un sourire et de baisser timidement la tête.

Ses pensées allèrent à Catherine, à ce qu'elle avait subi la veille et aux bouleversements que cela avait apportés à sa propre vie. Incroyable ce qu'il avait vécu en une seule journée – et elle n'était même pas terminée!

À l'arrivée de Thomas et de Mariola, sa colocataire, une rousse plantureuse dans la jeune trentaine, traversait le salon en tenue de jogging, les cheveux retenus sur le sommet de la tête en un chignon négligé.

Elle se tourna vers Mariola et, prenant Thomas pour un client, demanda :

— Tu veux que je te laisse le salon ?

— Non, Monsieur est venue pour te voir.

La rousse aux formes généreuses, dont le nom d'« artiste » était Natacha, dissimula à peine son étonnement ravi : certes, sa compagne avait toujours été des plus correctes avec elle, mais Natacha ne se souvenait pas de l'avoir jamais vue rabattre du gibier pour elle. Était-ce parce qu'elle partait en vacances le lendemain et n'avait pas le temps – ou le goût – de se taper une dernière corvée ? Ce type avait pourtant une belle tête !

— Vous m'excusez, dit Mariola en s'adressant à Thomas, je pars en voyage demain et je n'ai même pas eu le temps de faire mes valises.

— Henry a appelé trois fois, lui dit Natacha.

— Tu ne pouvais pas me le dire plus tôt !

Natacha voulut répliquer mais n'en eut pas le temps, car déjà sa compagne disparaissait dans sa chambre : Henry était son amant, et elle en était folle.

Appétissante avec sa peau laiteuse, ses hanches fortes et ses seins galbés, Natacha examina un instant en silence ce client qui sortait de nulle part.

Son œil s'était allumé d'une lueur d'excitation : elle aurait probablement accepté de coucher avec lui pour rien. Si en plus elle pouvait joindre l'utile à l'agréable... Sans compter qu'en le recevant chez elle, elle n'aurait pas à payer de commission à ce sale King Kong. Comme toutes les filles, elle le détestait et ne l'endurait que parce qu'il leur procurait régulièrement du travail.

— Je ne suis pas en tenue, dit-elle, mais si vous voulez...

— Non, non, ce ne sera pas nécessaire. Votre tenue est très bien.

Natacha sourit d'un air entendu et commença à descendre sa fermeture éclair, exposant un soutien-gorge en dentelle rose.

— Ah ! dit-elle, si je comprends bien, vous aimez le genre sportive !

Thomas était rouge maintenant. Il protesta :

— Non, je... je ne suis pas ici pour... enfin pour ce que vous pensez.

— Qu'est-ce que tu aimes, mon coco ? dit-elle en s'approchant de lui, ne sois pas timide !

Et elle lui passa la main dans les cheveux.

— Est-ce qu'on peut s'asseoir ? demanda-t-il.

— Mais bien entendu ! Tout ce que tu voudras, mon coco. Nous avons tout notre temps. Mais avant... Est-ce que Mariola t'a parlé de mes honoraires ?

Thomas trouva ce terme plein de dignité assez amusant dans la bouche d'une péripatéticienne et il sourit. Il s'assit sur le canapé en cuirette blanche. Elle le rejoignit.

— Je viens ici pour vous parler d'une affaire très grave, dit-il. Vous avez sûrement vu à la télé l'histoire du viol de Catherine Shield.

La jeune femme se rembrunit et acquiesça.

— Eh bien, je suis son médecin, et votre amie Mariola m'a dit que vous étiez à la réception chez le docteur Jackson, hier à Hampton. Cette jeune fille ne sait pas du tout ce qui lui est arrivé...

Natacha ne disait rien, mais son visage était devenu très sérieux.

— Je ne la connaissais pas, dit-elle après une longue hésitation. Elle venait d'une autre agence.

Thomas était perplexe. Catherine faisait partie d'une agence ? Évidemment, ce n'aurait pas été la première fois qu'une actrice débutante se serait prêtée, pour survivre, à ce genre de commerce. Mais Catherine ?

— Je ne suis pas sûr de vous suivre...

— La fête chez Jackson était une grosse affaire. King Kong... enfin mon patron n'avait pas assez de filles disponibles ce soir-là, alors il a dû faire appel à une autre agence. Jackson n'aurait pas été content s'il avait fallu qu'il manque de filles...

Elle parut regretter ce qu'elle venait de dire. Elle avait déjà trop parlé. Elle s'alluma une cigarette qu'elle prit dans un paquet sur la table à café.

— Vous en voulez une ? dit-elle.

— Non, merci.

Elle se versa un verre de scotch.

— Je suppose que vous ne buvez pas non plus ?

— Euh... non.

— Décidément, vous n'avez aucun défaut ! Pas de filles. Pas de tabac. Pas d'alcool. Où vivez-vous depuis vingt ans ?

— À New York.

—Étonnant, dit-elle en avalant sa fumée. Mais, dites-moi, où voulez-vous en venir au juste ?

—Ma patiente a été violée, et je veux trouver les coupables, c'est tout.

—Vous êtes de la police ?

—Non.

—Montrez-moi votre badge.

—Je vous répète que je ne suis pas de la police. Dites-moi, vous le connaissiez, Jackson ?

La *call-girl*, ne répondant pas à sa question :

—Est-ce que vous avez quelque chose qui prouve que vous êtes médecin ?

En fouillant dans son portefeuille, Thomas finit par trouver une carte d'identité qui spécifiait sa profession. Rassurée, elle reprit :

—Je le connais, Jackson... Je l'ai eu comme client. Il me téléphone quand il a ce qu'il appelle ses «urgences».

—Je vois... dit Thomas.

Sans savoir au juste à quoi Natacha faisait allusion, il se doutait bien de quel genre d'«urgence» il pouvait s'agir. Ainsi, sous ses airs d'homme rangé, son cher directeur menait une double vie !

—Il m'a demandé un petit service pas plus tard qu'hier soir.

—Lequel ?

—Il m'a demandé d'aller chercher Jasmine au Havanas.

—Jasmine ? Vous voulez dire Catherine ?

—Oui, enfin votre patiente. Mais je ne savais pas qu'elle était votre patiente. Je... Il m'a dit que c'était une jeune hôtesse, qu'elle travaillait pour une agence de Washington, qu'elle était seulement de passage à New York. Comme elle n'avait pas d'auto, il m'a dit que je serais gentille de passer la prendre au Havanas vers dix heures, avant de me rendre chez lui...

Thomas n'en revenait pas. La version de Catherine et celle de la fille concordaient au moins sur un point : le viol avait bel et bien eu lieu chez Jackson, comme il le soupçonnait ! Mais il lui fallait plus de détails.

—Avez-vous vu ce qui est arrivé à Catherine pendant la soirée ?

—Il y avait beaucoup de monde, j'ai été très occupée... C'est un peu confus... Nous avons bu, dansé, et puis, bon, il y avait de la coke – des kilos de coke. Ces gens-là roulent sur des budgets qui n'ont rien à voir avec ceux du monde ordinaire, je ne sais pas si vous voyez ce que je veux dire...

—Faites un effort, c'est très important. Vous êtes notre seule témoin.

Elle tirait nerveusement sur sa cigarette. Maintenant, elle regrettait d'avoir parlé. Elle s'était laissé entraîner, peut-être parce qu'elle trouvait Thomas sympathique avec ses grands yeux intenses et sensibles.

—À un moment donné, je...

Elle s'arrêta, incertaine.

—Le *party* avait lieu dans le grand salon. Je ne sais pas si vous êtes déjà allé chez Jackson...

—Oui.

—Bon, eh bien à un moment donné je passais près de la porte de l'autre salon, qui est plus petit, et j'ai entendu des bruits, des cris... La porte coulissante n'avait pas été refermée complètement, alors j'ai regardé...

—Et qu'est-ce que vous avez vu?

Ce qu'elle avait vu ne semblait pas très joli, ou en tout cas très agréable à raconter.

—L'éclairage était très tamisé, alors je n'ai pas pu très bien voir, mais il y avait plusieurs hommes autour du piano. Il y a un piano à queue dans cette pièce, crut-elle bon d'ajouter.

—Je sais, dit Thomas, qui en frissonnait à l'idée que les choses se mettaient en place.

—D'ailleurs, maintenant que j'y pense, il n'y avait pas que des hommes. Il y avait aussi une femme, une grosse blonde avec une robe rouge. Je me suis demandé ce qu'elle faisait là, parce qu'en général les filles sont plutôt minces... En tout cas, je n'ai jamais travaillé avec elle.

Thomas n'en revenait pas : Catherine aussi lui avait parlé d'une blonde en robe rouge, qui l'aurait violée. Mais peut-être Catherine, dans son état, s'était-elle tout simplement méprise... Enfin, il y avait encore quelque chose qui clochait, mais les détails s'accumulaient. Au moins, il était certain maintenant que Catherine avait été agressée chez Jackson.

Mais par qui au juste?

Il ne pouvait toujours pas le dire, mais pour Jackson les circonstances étaient accablantes. Déjà de faire venir une patiente – sans doute de force – chez lui à cette «orgie» était une violation flagrante du code de déontologie de la profession. Une chose était certaine, il ne l'avait pas fait pour soigner la jeune suicidaire.

Cela expliquait pourquoi, de l'aveu même de sa pathétique épouse Janet, les femmes des invités avaient été tenues à l'écart.

— Et Catherine, où était-elle ?

— Au début, je ne l'ai pas vue, mais à un moment donné, la grosse femme qui la cachait s'est poussée et.... Elle était sur le piano. Il y avait...

— Quoi, qu'y avait-il ?

— Un petit homme qui était monté sur le banc du piano et qui...

— Qui quoi ?

— Eh bien, qui avait l'air de prendre son pied.

— Et vous n'avez rien fait ?

— Je ne sais pas si vous vous rendez vraiment compte de ce qu'on nous paie pour faire ce genre de *party*, mais bon, il y avait plein de monde qui baisait dans le salon, dans les chambres...

— Je vois. Mais Catherine, elle ? Elle devait crier, protester, non ?

— Ça, il y a des clients qui nous le demandent ! Ça les excite, et puis je pouvais pas savoir que c'était pas une fille d'agence...

— Je sais, je ne disais pas cela pour vous culpabiliser...

— Oui, je comprends...

Elle éteignit sa cigarette. Elle était visiblement très nerveuse.

— Vous vous rappelez autre chose ?

— Non, dit-elle, désolée. Il faut que vous compreniez que... Enfin, comment dire, ce n'est pas évident pour nous. On est obligées de se taper des vieilles peaux, on fait semblant de prendre son pied – en fait on pense à notre épicerie du lendemain ou au film qu'on vient de voir. Alors on boit, et la mémoire...

Elle s'alluma une autre cigarette, puis en offrit une à Thomas mais se ravisa :

— C'est vrai, vous ne fumez pas...

— Vous ne vous souvenez de rien d'autre ?

— Non, désolée. Ah ! oui, un détail que j'ai trouvé très curieux : dans le salon, près du piano, il y avait un homme tout en noir, avec un grand chapeau, et qui tenait une cage.

— Une cage ?

— Elle était dorée. Et, dans l'autre main, il avait une flûte de champagne, mais il la tenait de côté... comme s'il venait de la renverser...

— C'est bizarre... Avez-vous vu ce qu'il y avait dans la cage ?

—Un oiseau, j'imagine. Mais je ne l'ai pas vu, j'étais trop loin, et puis un client... enfin un invité m'a demandé de le suivre dans une chambre...

Thomas, bien que sidéré de ce qu'il découvrait, était en même temps content : contre toute attente, il tenait son témoin.

—Il faut que vous m'aidiez. J'ai absolument besoin de vous pour témoigner.

—Témoigner ? Devant un juge ?

—Oui.

Elle éclata de rire. Elle finissait par le trouver drôle dans sa naïveté ! Il ne fumait pas, ne buvait pas, et il s'imaginait qu'une prostituée allait collaborer avec la police et aller en cour : incroyable !

—Au cas où vous l'auriez oublié, je suis une *call-girl* ! Je gagne ma vie illégalement en faisant l'amour, enfin n'exagérons rien, en couchant avec des hommes pour de l'argent. Je ne sais pas si vous comprenez ce que ça veut dire : ça veut dire que je ne veux rien avoir à faire avec la police, ni de près ni de loin ! Si je témoigne, ils me demanderont ce que je faisais à cette petite fête dégueulasse, et je serai bien obligée de leur dire la vérité. Je vois d'ici la tête de mon patron.

—Nous prendrons un arrangement avec la police. Le crime qui a été commis est grave, bien plus grave que la prostitution.

—Peut-être, seulement le crime de prostitution, c'est moi qui l'ai commis, et en plus c'est mon gagne-pain ! Je ne dirais pas que c'est une vocation, mais je ne vois vraiment pas ce que je pourrais faire d'autre pour me ramasser mille dollars par semaine avec ma septième année. Vous avez des suggestions ?

—Si c'est une question d'argent, ça peut s'arranger.

—Je suis peut-être à vendre, mais je vous préviens, je ne suis pas bon marché !

—Quel est votre prix ?

—Écoutez, je n'aime pas ce que vous êtes en train de me faire faire mais... je ne sais pas, pour vingt mille dollars, je suis prête à prendre un risque.

Vingt mille dollars, c'était une somme ! Mais il avait l'argent, et puis qu'était l'argent en comparaison de sa patiente, de sa propre liberté et de sa réputation, lourdement compromise dans cette histoire ?

Thomas ne tergiversa pas longtemps.

—D'accord.

Il tira de sa veste son chéquier et sa plume, et il s'apprêtait à faire un chèque quand Natacha l'interrompit.

— Pas de chèque ! Et puis...

Elle hésita, troublée :

— De toute manière, non, ce n'est pas une bonne idée, c'est trop risqué ! Une fois que j'aurai la police dans les pattes, ils ne me lâcheront plus.

— Il faut que vous témoigniez, dit Thomas. Il le faut. Catherine a été violée. Elle est une femme, comme vous. Il faut que les coupables soient punis. Vous voulez que les hommes cessent de croire qu'ils peuvent abuser des femmes impunément ? J'ai besoin de vous.

Il avait haussé la voix. Il était convaincant.

Elle le regarda. Il fallait qu'elle prenne une décision. Elle tremblait, nerveuse.

— O.K. dit-elle, je vais le faire. Mais... mais je vais prendre l'argent quand même, parce que j'ai des frais, comme tout le monde...

En sortant de chez les deux filles, où il s'était rendu en taxi, Thomas alla récupérer sa voiture, aux abords de l'agence Hart. Sitôt au volant de sa Carrera, il décrocha son cellulaire pour appeler Julie. Il laissa sonner longtemps et raccrocha au dixième coup – juste au moment où Julie, qui s'était assoupie en l'attendant, répondait enfin.

36

Dès le lendemain matin, samedi, Thomas donna rendez-vous à Julie dans un petit restaurant de Soho. Sitôt assis, il lui narra fébrilement ses découvertes de la veille.

— Jackson ? s'étonna Julie. Vic Jackson, le directeur de la clinique, impliqué dans une histoire de viol ? C'est vraiment difficile à croire !

— Je pense que nous connaissons mal notre directeur. La fille m'a dit qu'il était un de ses clients habituels, qu'il lui téléphonait souvent pour des «urgences». Je ne sais pas ce qu'elle a voulu dire au juste, mais j'imagine qu'on n'appelle pas une prostituée pour la consulter sur les fluctuations du marché boursier...

—Tu es certain qu'elle ne t'a pas fait marcher?

—Absolument. Et c'est elle qui m'a parlé de Jackson en premier. Et je ne vois pas comment elle aurait pu inventer tout cela, ni ce qui l'aurait poussée à le faire.

Ils se turent un instant, puis Thomas poursuivit.

—Reste l'autre homme qui a participé au viol, le petit qui était sur le banc de piano. Il y a aussi cette blonde en rouge. Catherine a affirmé que c'était Hubert Ross, mais ça ne tient pas debout. Elle a dû se tromper.

En disant cela, Thomas repensa à la conversation qu'il avait entendue malgré lui dans le bureau du directeur. Sur un ton badin, Jackson avait dit : *Loulou, si elle peut venir? Mais bien entendu! Je n'en attendais pas moins de votre part!* Et un peu plus tard : *Elle va mettre sa robe de satin rouge? Ah, mais c'est vraiment trop, votre Éminence!* Outre le ton affecté de Jackson, qui l'avait vaguement étonné sur le coup, quelque chose le chicotait.

—Pendant que j'étais dans son bureau, dit-il, Jackson a parlé avec Ross d'une certaine Loulou, qui devait être présente à la fête et qui devait porter une robe de satin rouge. Je ne sais pas pourquoi il faisait tant de cas de la robe de cette femme, mais c'est sûrement elle que Natacha a vue et que Catherine a mentionnée. Et c'est sans doute elle qui s'appelle Loulou.

Un silence puis Thomas reprit :

—Pourtant, la femme de Jackson m'a bien dit que les épouses n'étaient pas invitées.

—On comprend pourquoi, maintenant! commenta Julie avec un sourire ironique.

—Il n'y avait que des filles d'agences, alors comment se fait-il que la grosse blonde était là? C'était peut-être une «indépendante»?

—En général, les *call-girls* sont plutôt minces.

—Effectivement. Et puis c'est plutôt bizarre qu'une *call-girl* participe à un viol, non?

—À moins, s'exclama Julie, à moins que Loulou et Ross ne fassent qu'une seule et même personne!

—Je ne suis pas sûr de te suivre.

—Ça saute aux yeux, voyons! Ross est une personnalité publique très en vue, mais déguisé en femme, il passe incognito!

—Alors Catherine aurait dit vrai! Elle aurait été violée par lui *et* il avait de longs cheveux blonds!

Décidément, Julie lui était d'une aide précieuse pour débrouiller cet écheveau !

—Ça expliquerait pourquoi elle est en si mauvais état. Il y a maintenant au moins deux hommes qui l'ont violée. Ross, avec sa robe rouge...

—... et le petit qui était monté sur le banc du piano ! Et il y en a peut-être un troisième qui a participé, parce que la prostituée a parlé de trois personnes : la grosse femme – donc Ross –, le type sur le banc du piano, et un troisième, celui qui portait un grand chapeau noir.

—Celui qui tenait la cage ?

—Oui.

Ils se turent quelques instants. Ils avaient l'impression, maintenant, de voir avec plus de précision la scène qu'ils avaient patiemment reconstituée grâce aux informations de Catherine et de la prostituée. Leurs visages s'étaient assombris. Les conséquences de leurs déductions étaient sérieuses, car au moins deux personnalités importantes étaient apparemment impliquées dans le viol de Catherine : le directeur de la clinique et Hubert Ross, adjoint du maire de New York, éminence grise notoire.

La serveuse s'approcha alors de leur table et constata qu'ils n'avaient pas touché à leurs œufs au plat :

—Un problème ?

—Comment ? dit Thomas, qu'elle arrachait à son état de grande concentration. Euh, non, il n'y a pas de problème, ajouta-t-il en comprenant enfin de quoi elle parlait.

—Nous n'avions pas vraiment faim, dit Julie venant à sa rescousse.

—Vous voulez que je « réchauffe » votre café, alors ?

Ni l'un ni l'autre n'avait bu plus de la moitié de sa tasse ; ils poussèrent chacun la leur avec obligeance vers la cafetière.

—Ce qu'il faudrait savoir, dit Julie sitôt que la serveuse se fut éloignée, c'est qui sont le petit homme et l'homme au chapeau noir. Mais comment faire ?

—Eh bien, répondit Thomas, on pourrait procéder par élimination, à partir de la liste des invités.

—Encore faudrait-il l'avoir !

—Justement, je me suis permis...

Et, au grand étonnement de Julie, Thomas tira théâtralement de sa poche la liste en question. Ils la consultèrent ensemble.

—Incroyable, dit Julie après quelques secondes : ce sont presque tous des gens connus.

—Ce qui veut dire qu'on va pouvoir obtenir leurs photos assez facilement.

Le restant de la journée, Thomas et Julie fouillèrent la bibliothèque de la ville de New York à la recherche de revues, de journaux et de rapports annuels. Le lundi, ils s'attaquèrent aux banques de photos, et dès le mercredi ils estimèrent avoir les photos d'un nombre suffisant d'invités pour les soumettre à Catherine.

Celle-ci avait passablement repris ses forces, et son teint avait perdu cette pâleur inquiétante qu'elle avait depuis qu'elle avait été admise à la clinique. En fait, ses joues avaient pris une légère coloration rosée, et ses yeux brillaient d'un éclat nouveau.

—C'est lui! s'exclama Catherine après avoir passé en revue une dizaine de photos.

L'homme qu'elle désignait était Gordon Steppelton, un banquier bien connu dans la communauté d'affaires new-yorkaise, à peu près du même âge que Jackson, puisqu'ils avaient usé les bancs d'école ensemble. Sur la photo, tirée du rapport annuel de la banque, il posait à son bureau, la tête légèrement inclinée, un sourire rassurant sur les lèvres, le menton soutenu par sa main droite qui arborait ostensiblement une chevalière gravée de vieilles armoiries, sans doute censée suggérer aux clients et actionnaires une sécurisante idée de tradition.

—Tu es sûr? demanda Thomas.

—Oui, je reconnais sa bague. C'est lui qui était sur le banc du piano. Je lui ai mordu la main, celle avec la grosse bague, là, et puis il s'est mis à pisser du sang comme un porc...

Julie et Thomas échangèrent un regard entendu. Ils savaient maintenant qui était le troisième homme – les deux premiers étant évidemment Hubert Ross et Jackson, qui n'avait peut-être pas participé au viol mais en était pour ainsi dire l'instigateur.

Il ne restait plus qu'un agresseur à identifier : l'homme au chapeau noir, celui qui tenait la cage et le mystérieux verre. Ils avaient passé en revue presque toutes les photos et désespéraient de voir Catherine l'identifier. Mais lorsqu'ils lui présentèrent la dernière, elle s'écria :

—Lui! Il était là lui aussi!

Il s'agissait de Joseph Harvey, critique littéraire au *New York Sun*.

Catherine n'eut pas de peine à reconnaître le plumitif au visage bouffi par des excès d'alcool et un diabète mal soigné, notamment à cause de son couvre-chef noir – une marque de commerce qui, empruntée au Orson Welles des dernières années, faisait de lui la risée des nombreux écrivains qu'il condamnait sans vergogne.

—Est-ce qu'il t'a lui aussi... demanda Julie sans oser terminer sa phrase.

—Je ne sais pas. Je ne me rappelle plus. Mais je me souviens qu'il était là. Je me suis battu avec lui et je lui ai arraché son ridicule chapeau noir.

Thomas marqua une pause, puis :

—Tout ce que tu viens de nous dire, il va falloir que tu le répètes devant le juge, Catherine. Est-ce que tu t'en sens capable ?

—Oui ! dit-elle, hochant la tête avec conviction. Je vais tout dire ! Ces salauds seront condamnés, et ils ne recommenceront pas de sitôt.

—Tu sais, Catherine, poursuivit Julie, ils vont te poser toutes sortes de questions gênantes, et même emmerdantes. Je le sais, j'ai assisté plusieurs victimes de viol pendant des procès.

—Ne vous en faites pas pour moi, je vais leur répondre. Je n'ai pas peur d'eux !

37

Avant de porter des accusations formelles, Thomas voulut consulter James Robertson, dont les lumières lui avaient été fort utiles depuis le début de cette incroyable histoire. Il se rendit donc chez lui le jour même avec Julie pour lui faire part de ses nouvelles découvertes et lui demander conseil.

Grippé, l'avocat, qui n'était pas allé au bureau ce jour-là, accepta tout de même de se laisser tirer du lit. Il les reçut en robe de chambre, le front brûlant de fièvre.

Il ne manqua pas de manifester sa surprise quand il entendit le nom des quatre hommes que Thomas voulait faire inculper. Du coup, le grog qu'il s'était préparé ne lui parut pas suffisamment fort, et il y ajouta deux bonnes onces de rhum.

—Vous permettez ?

—Bien entendu, dit Thomas, pendant que Julie hochait la tête en signe d'approbation muette.

Le juriste but d'un seul trait la moitié de la version revue et augmentée de son grog, sourit à Julie, qu'il avait trouvée fort jolie (Thomas s'était-il enfin décidé à mettre fin à ce deuil indûment prolongé ?), et déclara :

—Vous allez avoir affaire à forte partie, Thomas ! Je ne sais vraiment pas si ça vaut la peine d'aller de l'avant.

—Mais tu m'as dit qu'il me fallait un témoin, et je l'ai !

—Il y a témoin et témoin, Thomas ! Quand ta prostituée va s'amener en cour, et que ce sera sa parole contre celle d'hommes riches et respectables, socialement très en vue, qui penses-tu que le juge va croire ? Elle ou ceux qui en fin de compte paient son salaire ?

En plaideur aguerri, il marqua une pause pour laisser porter son argument, puis reprit :

—Et t'imagines-tu vraiment qu'il va oser s'en prendre à Hubert Ross, le bras droit du maire de New York ? Il va d'abord penser à lui. Il voudra éviter les ennuis, et vous serez déboutés en moins de deux.

Il esquissa tout à coup un sourire, comme s'il venait d'imaginer une scène cocasse, invraisemblable :

—À moins que...

—À moins que quoi ? demanda Thomas avec une lueur d'espoir dans les yeux.

—À moins que vous ne trouviez un juge communiste qui veut faire triompher la justice à tout prix. Mais, en vingt ans de carrière, je n'en ai jamais rencontré. Il faudrait que vous soyez en Italie. Et même, vous n'en trouveriez pas vraiment, parce qu'ils se font descendre par la pègre, qui travaille pour le gouvernement, quand ce n'est pas l'inverse. Alors tu vois, mon pauvre Thomas, j'ai bien peur que ce ne soit un cul-de-sac.

—La prostituée les a quand même vus violer Catherine, objecta ce dernier.

—Elle a vu de dos, et de loin – nuance ! –, un homme avec un chapeau noir, et puis une grosse femme blonde. Et tu vas dire, toi, que cette grosse blonde, c'était Hubert Ross ! Penses-tu vraiment que ça va impressionner le juge ou le jury ?

—Je ne sais pas, je... dit Thomas, soudain interloqué.

Évidemment, il n'avait pas prévu ce genre d'objection. Il jeta un coup d'œil à Julie et constata que son enthousiasme s'atténuait aussi.

L'avocat but le reste de son grog et plissa les lèvres, comme attristé d'avoir déçu Thomas. Mais n'était-ce pas leur vieille amitié qui lui dictait cette opinion sans complaisance ?

— La défense va être impitoyable. Tu me dis que la prostituée a elle-même avoué avoir pris un coup. Et de la coke aussi, non ? Ce n'est pas ce que tu m'as dit ?

— Euh... oui.

— Alors, quand elle va dire qu'elle a vu une grosse blonde, et que Catherine va déclarer que cette grosse blonde est Hubert Ross, eh bien, les gens dans la salle vont tout simplement se tordre de rire.

— Oui, mais quand ils verront les photos de Catherine, blessée, couverte de contusions et de marques de coups qui ne peuvent pas avoir été portés par une seule personne, ils ne riront pas, objecta Julie. Et quand ils la verront pointer du doigt ses violeurs avec les larmes aux yeux, ils ne riront pas non plus. Ils la croiront.

L'avocat ne voulait surtout pas que ses conseils, donnés en toute bonne foi, portent ombrage à leur belle amitié, à Thomas et lui. Il ne voulait pas non plus froisser la ravissante collègue de son ami.

Il toussota et dit :

— Remarquez, je peux me tromper ! Rien ne vous empêche de tenter votre chance, et vous aurez peut-être gain de cause. C'est très difficile à prévoir, ce genre de chose ! Moi, de toute manière, je ne peux pas vous être d'une très grande utilité. Il faut d'abord que vous convainquiez un procureur, puis que le juge qui vous entendra en audience préliminaire estime que vous êtes dans votre droit et que la cause peut aller en procès. Il faut surtout qu'il n'ait pas peur de se mouiller. L'*establishment* est un véritable organisme vivant, et, comme celui de tout organisme vivant, son rôle premier est d'assurer sa survie et d'éliminer tout ce qui le menace. Votre cliente ne m'a pas l'air d'être une mauvaise fille, mais elle ne pèse rien !

En voyant les mines dépitées de ses deux interlocuteurs, l'avocat voulut préciser sa pensée :

— Comprenez-moi bien : je n'ai rien contre elle, j'essaie seulement de vous expliquer que les préjugés... comment dire... naturels d'un juge ou d'un jury vont faire pencher la balance en faveur des accusés et contre une jeune actrice obscure... Ni vous ni moi n'allons changer les préjugés de toute une société du jour au lendemain.

— Je vois, dit Thomas.

Ils se turent tous les trois un instant, puis Julie s'adressa à l'avocat, qui déjà faisait ces gestes, ces sourires que l'on esquisse lorsqu'on souhaite faire comprendre à ses invités que leur départ ne nous contrariera pas. Même « amélioré », son grog avait été impuissant à faire tomber sa fièvre, et maintenant il grelottait et ne souhaitait rien de plus au monde que de mettre fin à cette consultation impromptue pour retrouver la chaleur du lit.

— Il y a une question que je me pose, dit Julie. Vous pourrez peut-être me répondre. Jackson est évidemment coupable d'avoir fait venir Catherine chez lui le soir de cette fête. Mais les trois autres hommes...

Elle sembla chercher ses mots.

— À partir du moment où ils pensaient, eux, qu'ils couchaient avec une prostituée qui jouait la comédie du viol... est-ce que... est-ce qu'on peut encore les accuser de viol, justement ?

Thomas lança un regard plein d'admiration à sa collègue et dut s'avouer qu'il aurait été très embêté de lui répondre.

— C'est une question hautement spéculative ! fit l'avocat. Si jamais vous réussissez à avoir un procès, tout dépendra du genre de défense que leurs avocats choisiront.

Il réfléchit un instant.

— Évidemment, ils pourraient toujours reconnaître avoir couché avec Catherine, mais alléguer qu'ils ignoraient qu'elle n'était pas une prostituée. Les accusations de viol tomberaient, et ils écoperaient sans doute de sentences très réduites – peut-être même seraient-ils acquittés.

Thomas et Julie échangèrent un regard consterné.

— Mais je ne crois pas qu'ils optent pour cette ligne de défense, poursuivit l'avocat, parce qu'ils sont trop connus. Évidemment, il est nettement moins grave de coucher avec une prostituée que de violer une femme, mais pour eux les conséquences pourraient quand même être terribles. Ross et Steppelton, le banquier, perdraient immédiatement leurs emplois. Le critique littéraire, je ne sais pas... Mais, de toute manière, leurs avocats les feront plaider en bloc, il n'y aura pas de *deals* ou de défenses séparées. D'ailleurs, il est probable qu'ils auront recours au cinquième amendement...

— Celui qui permet à un accusé de ne pas témoigner dans sa propre cause, c'est ça ? vérifia Thomas.

— Oui... Mais ça vaudrait probablement mieux pour vous, parce que s'ils plaident non coupables à l'accusation d'avoir eu des relations avec Catherine – que ce soit de gré ou de force – ils ne pourront plus revenir en arrière s'ils perdent.

Robertson poussa un soupir.

—Il reste que vos chances sont minces! Je ne dis pas qu'elles sont nulles, ça, aucun avocat ne peut le dire avant une cause, en tout cas pas une cause comme celle-ci. Mais, à votre place, je serais extrêmement prudent. Parce que si vous échouez, il y aura un prix à payer. Et le premier, c'est que vous serez tous les deux obligés de vous chercher un nouvel emploi. Je ne crois pas que Jackson va apprécier le cirque médiatique dans lequel vous allez les entraîner, ses petits copains de classe et lui!

—Moi non plus, répondit Thomas. Pourtant...

Du regard, il consulta Julie, qui lui répondit aussitôt d'un hochement de tête affirmatif.

—... Pourtant je pense que nous allons quand même aller de l'avant.

—Eh bien! Il ne me reste plus qu'à vous souhaiter bonne chance.

38

Il y eut une véritable commotion dans la salle d'audience lorsque la juge Alice Green, une quinquagénaire d'allure sévère, retira ses lunettes avant d'annoncer que les motifs de la plaignante étaient suffisants pour aller en procès.

Tout étonnés, les quatre accusés se tournèrent en bloc vers leur avocat, maître Hermann Schmidt : ne leur avait-il pas certifié que les motifs de la poursuite étaient de toute évidence frivoles, et que leurs adversaires seraient déboutés en quelques minutes?... Lui-même resta décontenancé. En trente-cinq ans de pratique, l'astucieux avocat de soixante-deux ans avait rarement été aussi surpris par le verdict d'un juge.

Il faut dire que, dans le passé, il avait souvent eu maille à partir avec la juge Green. Elle n'était à ses yeux qu'une célibataire enragée, qui détestait les hommes – il la soupçonnait d'ailleurs de sacrifier secrètement au culte de Lesbos – et qui avait la réputation d'être impitoyable dans tous les cas de violence contre les femmes.

Lorsqu'il avait appris que c'était elle qui avait été assignée pour l'audience préliminaire de ses quatre clients, il s'était dit qu'il jouait de malchance. Il était pourtant demeuré persuadé jusqu'à la dernière minute qu'il pourrait faire tourner le vent en faveur de ses clients. Ils étaient non seulement des citoyens au-dessus de tout soupçon, qui n'avaient bien sûr aucun dossier criminel, mais des membres éminents de la communauté. Or, celle qui les accusait n'était qu'une pseudo-actrice suicidaire, et son seul témoin était une prostituée : la cause était entendue d'avance !

Vic Jackson, qui était assis immédiatement à sa droite, se tourna vers lui, l'air consterné :

— Mais ça n'a aucun sens, Schmidt ! Vous ne pouvez pas la laisser faire ça !

Pour la première fois depuis leur première rencontre, quelques semaines plus tôt, il ne lui donnait pas du « maître », l'insultait presque, tant il rageait intérieurement d'avoir retenu les services de cet avocat prétendument brillant.

Schmidt tenta de le calmer et de le raisonner : la décision de la juge était irrévocable. Ses quatre clients et lui n'avaient pas d'autre choix que de se présenter en cour pour le procès, à une date qui serait fixée ultérieurement.

La machine judiciaire s'était mise en branle, et plus rien ne pourrait l'arrêter.

— Nous sommes tombés sur une hystérique, je n'y peux rien ! dit-il en refermant son dossier.

Tout aussi abasourdis que Jackson, ses trois autres clients croyaient vivre un cauchemar. Pâle comme un drap, Joseph Harvey, l'énorme critique littéraire, tournait et retournait nerveusement son chapeau entre ses mains. Habituellement prolixe, il était incapable d'exprimer sa stupeur devant la tournure des événements. Que lui arriverait-il ? S'il ne pouvait prévoir l'issue du procès, il était certain d'au moins une chose : ses confrères, qui le détestaient, peut-être à cause de la fortune qui lui venait de sa famille, ou agacés par son insupportable prétention – il posait au génie, alors qu'il n'avait publié dans toute sa vie qu'un minuscule essai, cependant remarqué, sur Marcel Proust et sa fascination pour les rats –, ne manqueraient pas de faire des gorges chaudes de cette histoire, et ils en profiteraient sûrement pour le traîner dans la boue.

En tout cas, sa morgue habituelle était tombée. La justice, comme l'approche de la mort ou une maladie fatale, redonne à chaque être, surtout lorsqu'il ne s'y est jamais frotté auparavant, une sorte d'humilité, voire une crainte respectueuse.

Il cherchait un encouragement auprès du banquier Steppelton, qui était assis à sa droite et qui, habitué à la discrétion des réunions financières dans des salles feutrées, essuyait pour la première fois de sa vie une humiliation publique. Sans vraiment s'en rendre compte, il tiraillait nerveusement un bandage qu'il portait à la main, comme s'il essayait inconsciemment de le retirer ou de le faire disparaître comme par enchantement.

Thomas et le jeune procureur n'avaient d'ailleurs pas manqué de remarquer le pansement. Catherine disait avoir mordu le banquier à la main, et même l'avoir frappé et blessé avec un candélabre : Thomas aurait donné cher pour pouvoir regarder sous ce bandage, question de voir si la chair qu'il dissimulait portait ou non les marques d'une morsure...

Peut-être le banquier avait-il noté l'intérêt de Thomas et de plusieurs personnes présentes dans la salle d'audience alors que Catherine, habilement interrogée par le procureur, avait fait devant la cour le récit de son viol, et avait expliqué comment elle avait blessé un de ses agresseurs, un individu dont la description coïncidait de manière troublante avec celle du banquier : un homme de très petite taille, au cheveu rare...

Lorsque Catherine était arrivée à ce passage de son récit, le banquier avait fait preuve d'un sang-froid remarquable : sans manifester la moindre émotion, il avait laissé sa main bandée bien en vue sur la table. Mais, en entendant la juge prononcer sa décision, il avait été tout à coup saisi d'une grande nervosité, comme s'il craignait que ce détail ne le trahisse. Du reste, il ne savait comment se donner une contenance ; il pensait à sa femme, à qui il devrait expliquer la présence de *call-girls* à la petite fête chez Jackson.

De la salle, elle fixait sur lui des prunelles aiguisées par la colère, la suspicion et l'impatience. Le banquier avait croisé son regard courroucé, et il savait qu'il allait essuyer une tempête et devoir trouver une justification à laquelle elle ne croirait pas – au pire, peut-être dirait-il qu'il ignorait tout de ce qui l'attendait, le soir de cette petite réunion de camarades de classe, qu'il s'y était rendu en toute innocence... Il pensa aussi à son conseil d'administration et frémit : tous les argentiers du monde ont horreur de la publicité, surtout lorsqu'elle porte un tel parfum de scandale.

Quant au quatrième accusé, il fulminait intérieurement. Depuis le début, Hubert Ross n'avait pas eu confiance en Schmidt : il aurait préféré retenir les services de son propre avocat, qui dans le passé les avait tirés, son illustre patron et lui, de maintes situations épineuses. Maintenant, il regrettait amèrement de n'avoir pas suivi sa première idée, qui était d'étouffer l'affaire dans l'œuf en proposant un règlement financier à cette petite chipie : l'argent achetait tout, surtout lorsqu'on faisait affaire avec une obscure actrice sans le sou. Avec cinquante mille dollars – la moitié de ce qu'il en avait coûté simplement pour ouvrir un dossier au cabinet de Schmidt – cette garce aurait renoncé à sa ridicule poursuite. Maintenant, il lui faudrait affronter les médias, et peut-être son patron exigerait-il sa démission (qu'il lui avait d'ailleurs fait signer en l'engageant – il ne lui resterait plus qu'à la dater !) ou le suspendrait-il en attendant le dénouement de cette invraisemblable histoire.

Il brûlait d'envie de crier ses quatre vérités à l'avocat mais se contenta de projeter l'image d'une noble et silencieuse indignation.

À la table voisine, où se trouvaient Catherine, Thomas, Julie, la prostituée Natacha et Paul Kubrick, le jeune procureur, on affichait évidemment des sentiments tout à fait différents. Des sourires de soulagement fleurissaient sur les visages, de petits rires fusaient. Malgré une nervosité évidente, Catherine semblait heureuse pour la première fois depuis longtemps. Au moins, elle allait avoir l'occasion de se faire entendre et peut-être même, si tout allait bien, d'obtenir justice.

Cependant, malgré cette victoire initiale, la grande tristesse qui l'habitait refusait de la quitter, et cette tristesse n'était pas seulement due à la honte persistante des événements pénibles qu'elle avait vécus. À plusieurs reprises pendant l'audience, elle avait scruté la salle dans l'espoir de voir le seul être qui comptât vraiment pour elle : Robert, son Robert. Elle avait ardemment souhaité que, étant donné les circonstances exceptionnelles, il se fût présenté à la cour, fût venu la saluer, lui offrir son soutien, et qui sait, peut-être davantage...

Mais non : pas la moindre visite ni le moindre coup de fil. Pas de lettre non plus, rien. «Un seul être vous manque, et tout est dépeuplé», disait Lamartine. Aussi, malgré la chaleureuse présence de ceux qui l'entouraient, Catherine se sentait-elle extrêmement seule en ce moment.

Elle aurait donné n'importe quoi pour un seul signe de Robert.

Elle regarda ses parents, assis aux premiers rangs. Dès le début, il lui avait semblé qu'ils mettaient en doute sa version des faits, qu'ils la soupçonnaient d'avoir fugué, de s'être échappée de la clinique, puis d'avoir un peu trop fait la fête, d'avoir couru au-devant des ennuis et de s'être mise elle-même dans le pétrin.

Mais, en quelques secondes, les choses avaient basculé. Un *juge* avait déclaré que les accusations de Catherine avaient suffisamment de poids pour justifier un procès. Du coup, l'honorable Alice Green avait réhabilité la crédibilité de Catherine auprès de ses parents. Peut-être leur fille disait-elle vrai, peut-être n'inventait-elle pas des histoires, comme cela lui arrivait, enfant, pour éviter des punitions ou obtenir des faveurs.

Thomas échangea un regard complice avec Julie, posa une main paternelle sur le bras de Catherine. Il était heureux d'avoir remporté cette première manche, même s'il risquait gros : Jackson savait pertinemment qu'il était à l'origine de cette poursuite, et si Catherine était déboutée, le psychiatre perdrait automatiquement son poste.

Julie aussi jouait gros jeu. Elle n'avait pas craint de s'exposer en s'associant à cette poursuite. Elle aurait pu suivre le conseil de Thomas, qui lui recommandait de demeurer discrète, mais elle avait des convictions, et elle était prête à se battre pour les défendre. Et puis sans doute voulait-elle donner toutes les chances à Thomas d'être innocenté. Si le procès prouvait la culpabilité des quatre hommes qui étaient assis au banc des accusés, Thomas serait complètement blanchi. Et alors peut-être quelque chose serait-il possible entre eux – si du moins il parvenait un jour à tourner la page et à oublier le passé...

Natacha – de son vrai nom Nancy Faraday –, quant à elle, s'alluma une cigarette malgré l'interdiction de fumer, qu'elle avait oubliée ou qu'elle défiait : la nervosité a ses raisons... Vu la nature de son métier, qui exige plus que d'autres le secret professionnel, elle avait beaucoup hésité à témoigner. Elle risquait encore plus gros que Thomas ou Julie. Il faudrait bien, au cours du procès, qu'elle parle de l'agence Hart, qui l'avait envoyée à cette petite soirée du 15 juillet. D'ailleurs elle savait déjà qu'à son retour chez elle elle trouverait sur son répondeur le message de congédiement de son patron, furieux. Quant aux huit cents dollars qu'il lui devait encore, elle pouvait probablement mettre une croix dessus. Ce con de King Kong sauterait sur l'occasion pour ne pas les lui verser !

Et puis dans le milieu, tout se savait : les autres agences ne seraient pas très chaudes pour embaucher une fille qui avait osé révéler sur la place publique des secrets qui causeraient du souci à toutes ces lucratives petites entreprises, lesquelles, en principe, n'enfreignaient jamais la loi.

Malgré son métier, Natacha était sans doute une sentimentale, car elle avait fini par se laisser convaincre de témoigner, faisant abstraction de toutes les conséquences ruineuses pour elle. Catherine lui était sympathique, et elle avait été émue jusqu'aux larmes à la vue des photos du viol de la jeune femme – elle savait trop bien par où elle était passée !

Thomas lui avait déjà versé dix des vingt mille dollars sur lesquels ils s'étaient entendus. Cette somme lui donnerait le temps de réfléchir et de voir venir... Au pis aller, si elle ne pouvait vraiment plus trouver de travail, elle déménagerait. De toute manière, comme la plupart des New-Yorkais moins fortunés, elle en avait marre de *Big Apple*, où rien ne la retenait vraiment. Peut-être irait-elle vers le sud, en Floride ou en Californie, deux États dont la prospérité faisait fleurir le commerce des charmes féminins.

En attendant, elle avait un autre sujet de préoccupation. À plusieurs reprises au cours de l'audience, Vic Jackson, ex-client régulier qui l'avait toujours payée rubis sur l'ongle, l'avait regardée comme quelqu'un qui se sentait trahi, ce qui était d'ailleurs le cas. Et la lueur de vengeance qu'elle avait vue briller dans ses yeux était sans équivoque, au point de lui donner des frissons dans le dos. Ce tordu était probablement dangereux.

«Enfin, ce qui est fait est fait», se dit-elle, non sans une pointe de fatalisme. Il était trop tard pour reculer, et elle ne regrettait pas sa décision : au fond, celle-ci lui rendait un peu de son estime de soi, si facile à perdre quand on exerce le plus vieux métier du monde. Mais elle était si nerveuse qu'elle sursauta lorsqu'un des gardiens de sécurité de la cour vint lui demander d'éteindre sa cigarette.

Au même moment, à l'autre bout de la salle, un spectateur des plus discrets et des plus intéressés déposait dans la main d'un autre gardien le cigarillo Panter que ce dernier lui demandait d'éteindre : c'était nul autre qu'Arthur Campbell, qui à peine quelques secondes après la décision surprenante de la juge Green (au premier coup d'œil, il l'avait classée parmi les frustrées !) quitta la salle sans demander son reste.

De son côté, le jeune procureur, Paul Kubrick, manifestait une joie bien discrète. Il avait beaucoup hésité avant d'accepter ce dossier, tant les chances de succès paraissaient minces. Une victime sympathique certes, mais qui était droguée au moment des événements et qui, en outre, sortait alors d'une tentative de suicide. Son instabilité mentale n'était donc pas de nature à impressionner favorablement la cour.

En outre, son métier d'actrice n'avait pas – toujours aux yeux de la cour – la même crédibilité que celui des accusés, qui, à l'exception du critique littéraire, faisaient tous partie de l'*establishment* : banquier, haut fonctionnaire, directeur de clinique et médecin...

Ils avaient certes gagné la première manche en convainquant la juge qu'il y avait matière à procès, mais rien ne disait que cette première victoire ne les conduisait pas, la plaignante et lui, vers une cinglante défaite. D'ailleurs la juge Green, à l'intransigeance proverbiale dans ce type d'affaire, ne siégerait malheureusement pas au procès, et le juge et le jury qu'ils affronteraient alors seraient sûrement plus difficiles à convaincre. Aussi ne se réjouissait-il pas, démontrant une maturité surprenante chez un homme de son âge – il faisait d'ailleurs sept ou huit ans de moins que ses trente-deux ans, ce qui déroutait fréquemment ses adversaires, qui le prenaient le plus souvent pour un « junior » peu au courant des subtilités procédurières de la cour – et des ruses des avocats chevronnés.

Il était pourtant heureux d'avoir accepté la cause, dont l'enjeu en valait la peine.

En cas de succès, il pouvait devenir instantanément une célébrité, et son physique d'acteur l'aiderait sûrement sur ce continent où tout est image et où l'image est tout – le procès, qui devait avoir lieu deux mois plus tard, serait certainement un des plus médiatisés de l'heure.

Par contre un échec – qui serait le premier d'un parcours jusque-là sans faute – mettrait sûrement un frein, et pour longtemps, à son ascension spectaculaire, laquelle avait fait pas mal de jaloux autour de lui.

Il participa au bref caucus avec le juge et l'avocat des accusés. Vu leurs antécédents irréprochables, ces derniers furent libérés moyennant une caution qui fut fixée à deux cent cinquante mille dollars par tête.

Son travail accompli, la juge Green signifia d'un coup de maillet que la séance était levée et elle se retira. Toute l'assistance se leva et la salle fut le théâtre d'un grand tumulte. Les amis des accusés les entouraient pour les rassurer et leur manifester bruyamment leur soutien, tandis que les parents de Catherine se dirigeaient vers elle pour la féliciter.

Mais Vic Jackson, faisant fi des avis de son avocat, marcha vers Thomas et se lança dans une de ces algarades qui font les délices des reporters et que les journaux du lendemain reprirent d'ailleurs amplement.

—Traître! Salaud! Tu penses t'en sortir en nous accusant! Mais tout le monde sait que c'est *toi* qui as violé cette pauvre fille, Thomas Gibson! Tu essaies de manipuler la justice pour éviter la prison. Elle t'a fait perdre le tête, hein? Parce qu'elle ressemble à ta femme! Seulement, elle a les chairs plus fermes que ta femme, hein? Elle te faisait plus bander, elle!

Les journalistes tentaient fébrilement de noter ces accusations à la fois cocasses et incendiaires.

Thomas voulut s'en prendre à Jackson. Heureusement, Paul Kubrick s'interposa, mais il s'ensuivit une bousculade et seule l'arrivée de deux policiers dissuada les deux hommes d'en venir aux coups.

Schmidt fit de son mieux pour protéger son client. Il le somma de se taire et de ne plus rien dire aux journalistes, qui le pressaient de questions. Il répéta d'ailleurs la même recommandation à ses trois autres clients, qu'il escorta vers la sortie où les attendait une des limousines de son cabinet.

Thomas dut laisser Jackson s'éloigner sans pouvoir riposter ni lui casser la figure, comme il aurait aimé le faire. Il regarda Julie, qui avait tout entendu, et soupesa l'effet qu'avaient pu avoir sur elle les paroles acides du directeur. Mais Julie souriait sereinement. Les accusations de Jackson, qui était visiblement enragé, ne semblaient nullement l'avoir affectée.

Sur les marches du palais de justice, il eut droit à un autre affrontement de la part de Templeton, qui avait assisté à l'audience préliminaire et avait reçu avec déception la décision de la juge Green, car elle l'obligeait à suspendre son enquête tant que la cour n'aurait pas rendu un jugement. Si les accusés étaient reconnus coupables, alors il n'aurait plus qu'à clore son enquête. Ce n'est que s'ils étaient innocentés qu'il pourrait de nouveau tenter d'incriminer Thomas. Son opinion n'était nullement affectée par la surprenante – et, à son avis, très astucieuse – accusation portée par

Thomas : il l'estimait entièrement fabriquée et il continuait à considérer le psychiatre comme le seul et unique coupable. D'une certaine manière, il admirait son sang-froid, son audace et son imagination : l'attaque n'est-elle pas la meilleure défense ? En faisant peser les doutes sur les quatre hommes, Thomas détournait les soupçons et il gagnait du temps. Peut-être réussirait-il à s'en tirer, soupesa Templeton.

Les accusés se frayaient tant bien que mal un chemin vers la limousine qui les attendait, cernée par une foule compacte de curieux et de manifestants dénonçant qui la justice des hommes contre les femmes, qui la pornographie, responsable de toute violence sexuelle. Le jeune procureur répondait le plus succinctement possible aux questions des journalistes qui bourdonnaient autour de lui et de Catherine, et Thomas tomba nez à nez avec Templeton, qui le prit à partie avec un sourire sardonique :

— Tu ne t'en tireras pas comme ça, Gibson ! Tu as réussi à te négocier un délai, mais la vérité va éclater ! Surtout que c'est moi qui vais être chargé de l'enquête sur les quatre hommes que tu as réussi à traîner en cour. Et moi, je sais que c'est toi qui as commis le viol.

— Vous en savez des choses, inspecteur !

— Oui, surtout depuis que j'ai les résultats des tests d'ADN. Le sang sur les roses et dans les gants, c'est bien le tien ! Tu as gagné la première manche, mais tu n'as pas gagné la guerre. Tu vas voir que je t'attends au détour, mon vieux !

39

Rarement avait-on vu pareil branle-bas de combat chez *Schmidt, Kent et Brentwood*. Sitôt Schmidt revenu du palais avec la mauvaise nouvelle qu'il faudrait aller en procès, les trois associés les plus anciens et fondateurs du cabinet juridique s'étaient réunis dans la salle de conférences principale. L'affaire avait d'ailleurs plongé dans l'étonnement les autres avocats, rapidement mis au courant de cette invraisemblable histoire de viol collectif.

Les trois associés étaient autour de l'immense table de noyer de la salle de conférences. Était également présent un jeune avocat,

Jim Berkley, premier de sa promotion à Harvard, que le cabinet avait embauché comme stagiaire dès sa sortie de l'université.

Massif sexagénaire, avec ses six pieds deux pouces et ses deux cent quarante livres, Schmidt était un ancien champion de boxe qui avait reporté sur la scène juridique ses ardeurs de combattant, ce qui lui avait valu une ascension rapide et des succès fulgurants. Pugiliste dans l'âme, il n'acceptait pas l'échec – à la vérité, l'échec fouettait son ardeur. D'ailleurs, il n'aimait pas tant remporter un procès que détruire son adversaire. Cela lui avait récemment attiré le surnom de «Terminator» – sobriquet que l'on n'osait utiliser en sa présence mais qui ne lui aurait pas nécessairement déplu.

—Il a fallu que je tombe sur cette garce de lesbienne, et sur ce petit blanc-bec de Kubrick, qui pense avoir inventé la roue parce qu'il a gagné trois ou quatre causes! Il va falloir agir rapidement. Le procès doit débuter dans deux mois. Je veux que d'ici un mois au plus nous ayons construit une défense absolument impénétrable. Ils vont voir de quel bois nous nous chauffons!

—Pourquoi ne pas proposer un marché à Kubrick? suggéra Jack Kent.

Quarante-sept ans, élégant et athlétique – il aurait fort bien pu faire carrière comme acteur – Kent était un spécialiste des règlements amiables.

Ce mode de règlement n'était pas la préférence de Schmidt, farouche partisan des confrontations meurtrières, pas seulement par tempérament d'ailleurs mais aussi par calcul, car un règlement, fût-il très avantageux pour les clients, rapportait en général beaucoup moins qu'un long procès. L'expérience lui avait montré que les clients, même les plus intelligents, comptabilisaient les heures avec une mentalité d'épicier et qu'ils répugnaient à payer, disons, cent mille dollars pour un règlement habilement négocié en quelques jours, même si cette solution leur faisait épargner trois fois la somme qu'ils auraient engagée dans un procès. Éminemment pragmatique, Schmidt refusait d'être pénalisé par la bêtise de ses clients.

—Quel genre de marché? demanda-t-il.

—Nos clients ont pris Catherine pour une prostituée. Ils ne pourront pas être accusés de viol si elle était payée pour se rendre délibérément à une fête où elle savait qu'elle serait sollicitée pour ses faveurs sexuelles.

—En effet, abonda de sa voix fluette George Brentwood, un corpulent avocat de cinquante-deux ans.

Surnommé le « cerveau de service », il possédait une connaissance encyclopédique de la jurisprudence, surtout dans les cas de viol.

— Je ne connais pas un seul procès pour viol qui ait été remporté par une prostituée, précisa-t-il.

— Une pute aurait probablement du mal à prouver qu'elle a été *tuée* par un client, ironisa Schmidt, ce qui eut pour effet de dérider l'atmosphère très tendue de la salle de conférences.

Une fois les rires nerveux apaisés, Schmidt reprit, sur un ton plus sérieux cette fois :

— L'ennui, c'est que, vu leur notoriété, nos clients ne veulent même pas admettre avoir été à une fête où il y avait des prostituées.

— Est-ce qu'il y avait effectivement des prostituées à la fête donnée par Jackson ? demanda le jeune Berkley, rouquin à la chevelure flamboyante et au teint laiteux semé de taches de rousseur.

Comme il venait tout juste d'être mis au courant du dossier, il n'en connaissait que les grandes lignes.

— Eh oui ! reconnut Schmidt. Jackson admet avoir eu recours à un service d'agence d'escorte, l'agence Hart. Les coordonnées de cette agence sont dans le dossier. C'est très embêtant, mais c'est comme ça ! Il faut en tenir compte. Jackson nie évidemment que Catherine Shield ait été présente à la petite fête. Mais ça, c'est notre problème.

— Bien entendu, la défense va essayer de faire comparaître les autres prostituées présentes à la fête, et qui ont peut-être été témoins du viol, dit Jack Kent cependant que son front se plissait d'une grande ride soucieuse.

S'il était bon d'avoir un témoin pour prouver un cas de viol, il était encore meilleur d'en avoir deux, trois ou quatre. La preuve du procureur aurait alors tellement de poids qu'elle serait pour ainsi dire imparable.

Silencieux et sombre, Schmidt réfléchissait : il allait devoir prendre les grands moyens pour dissuader les autres prostituées d'avoir envie de témoigner dans ce procès. Un mauvais sourire se dessina sur ses lèvres, mais il garda pour lui la solution radicale qu'il avait en tête : la plus grande confidentialité s'imposait.

La discussion se poursuivit.

— Non, ce qu'il faut, c'est blanchir complètement nos clients ! On ne peut pas faire de marché avec Kubrick. On va aller en cour, mais nos clients ne témoigneront pas. J'alléguerai le cinquième amendement.

— C'est effectivement plus sage, acquiesça Kent.

— Je suis d'accord, approuva Brentwood. Nos clients sont des personnalités très honorables. Dans la présentation de ta preuve, tu expliqueras qu'ils ne veulent pas s'abaisser à se défendre, que leur réputation et leurs états de service parlent pour eux.

— Excellent, c'est excellent, dit Schmidt, qui griffonna une note rapide.

— Ils ont beau avoir un témoin...

— Pour le moment ! coupa Schmidt.

— ... c'est une prostituée, poursuivit Brentwood, faisant mine de n'avoir pas entendu le commentaire inquiétant de Schmidt. Elle avait probablement bu et pris de la drogue, de la cocaïne ou autre chose. Et puis, ce n'est sûrement pas une lumière.

— Ça va être facile de la mettre en boîte en contre-interrogatoire, dit Kent. Elle va être nerveuse, elle va se contredire...

— Elle a probablement des antécédents criminels... Il faut fouiller son passé et trouver tout ce qui peut la discréditer.

— Tu peux t'en charger ? demanda Schmidt en s'adressant à Jim Berkley.

Ce dernier prit une note rapide.

— Ce qu'on va tenter de démontrer, dit Schmidt en pensant à voix haute, c'est que Catherine Shield s'est enfuie de la clinique et est allée s'envoyer en l'air au bar Havanas. La prostituée dit qu'elle l'a rencontrée là, et qu'elles ont passé du temps ensemble, qu'elles ont bu, dansé, probablement pris de la drogue... On va les cuisiner...

— Ce qui serait également bon, suggéra Brentwood, ce serait de laisser entendre au jury que Gibson l'a véritablement violée. J'ai parlé à l'inspecteur responsable de l'enquête, il est persuadé que c'est le psychiatre qui a fait le coup et qu'il fait traîner nos clients en cour pour se disculper. Après tout, c'est dans sa voiture que la fille a été retrouvée, et les membres du jury ont sûrement lu les journaux ou vu les reportages à la télé.

— En effet, dit Kent : si nous réussissons à semer un doute raisonnable dans leur esprit, ils devront acquitter nos clients.

Chacun se réjouissait : la défense s'esquissait déjà, prenait une bonne direction. En outre, ils pourraient vraisemblablement ne pas tomber sur un magistrat aussi sévère que la juge Green.

— Je crains que ces photos n'aient un effet dévastateur sur le jury, dit le jeune diplômé de Harvard.

Les photos prises par la police après le viol étaient étalées devant les avocats. Elles étaient effectivement accablantes.

— C'est vrai que les jurys se laissent facilement influencer par ce genre de photos, confirma Brentwood. On va tenter d'en faire admettre le moins possible. Sinon, le jury ne croira jamais que Catherine Shield a pu être violée par un seul homme.

— Quelles sont nos chances, pour ce qui est de la procédure ? demanda Schmidt à Kent, qui se spécialisait également dans les stratégies procédurières, lesquelles permettent souvent de gagner un procès, même avec une très mauvaise cause au départ.

— Honnêtement, je ne peux pas me prononcer pour le moment. Tout dépend du juge. Mais une chose est sûre : le procureur va pouvoir utiliser au moins quelques photos et...

Il jeta un nouveau regard aux photos puis :

— J'ai l'impression que ça suffira pour influencer le jury.

— Alors il ne faut pas prendre de chance, trancha Schmidt.

Malgré la climatisation, il transpirait maintenant à grosses gouttes. De nombreux problème se présentaient, qui pouvaient faire basculer la décision des jurés à n'importe quel moment.

— Dès que la composition du jury sera connue, ajouta-t-il, je veux qu'on fasse des recherches intensives sur chacun de ses membres. Jim, tu prendras en main ce volet de l'affaire. Je peux te faire confiance ?

— Oui, patron, répondit la jeune recrue, qui sentit une soudaine nervosité s'emparer de lui. Je vais procéder à une analyse détaillée de leur profil psychologique, de leurs préjugés, de leur éducation.

— J'en ai rien à foutre, de leur profil psychologique ! le coupa Schmidt, excédé par sa naïveté. Ce que je veux, c'est de la saleté ! De la merde ! La merde la plus noire que tu puisses trouver ! Je veux les tenir par les couilles, je veux qu'ils votent de notre côté ! Je veux qu'ils comprennent que s'ils ne le font pas, ils vont se retrouver dans la pire situation de leur vie. Et j'en veux au moins deux sur douze. Fais des recherches sur les douze, puis choisis les deux qui ont le plus de potentiel. Tu te rapporteras à Jack. C'est clair ?

— Oui, monsieur Schmidt.

— Toi, Brentwood, tu t'occupes de tous les cas similaires de viol collectif. Tu as carte blanche pour prendre tous les débutants dont tu as besoin pour t'aider dans tes recherches. Nos clients ont de l'argent, alors on leur donne du bon service, d'accord ?

—Parfait, dit Brentwood.

—Toi, Jack, j'aimerais que tu fasses des recherches sur cette petite pute de Catherine Shield. Cherche de tous les côtés : ses études, ses amis, ses parents. Interroge les hommes – ou les femmes – avec qui elle a couché, ajouta-t-il, et il ne put s'empêcher de rire de sa propre plaisanterie, qui fut accueillie par quelques rires serviles. Elle a pas essayé de se suicider pour rien ! C'est une déséquilibrée et une petite intrigante. On va saper complètement sa crédibilité !

—Pigé, dit Jack, qui aimait ce genre de tâche peu orthodoxe et qui, outre une petite armée de stagiaires, disposait d'informateurs recrutés dans la police, la petite pègre et les bas-fonds de la ville.

—Bon, on va commencer avec ça ! lança Schmidt. Tout le monde au boulot ! Vous mettez de côté dans la mesure du possible tous vos autres dossiers, compris ?

—Oui.

Tous se levèrent à l'exception de Schmidt, qui restait assis et contemplait les photos, l'air soucieux, conscient que la victoire était loin d'être à portée de la main.

—Kent, j'aimerais te voir.

Le jeune stagiaire et Brentwood quittèrent la salle de conférences, et Jack Kent referma la porte derrière eux.

Schmidt avait cet air grave qu'il ne prenait que quand des circonstances exceptionnelles l'obligeaient à recourir à des méthodes un peu particulières. Kent avait toujours été son homme de confiance dans les tâches délicates.

—Un de nos problèmes, c'est le psychiatre.

—Jackson ?

—Non, Gibson. C'est lui qui est derrière toute cette histoire. Il faut le persuader de tout laisser tomber, si tu vois ce que je veux dire.

—Je comprends, dit Kent avec un air entendu. Je m'en occupe. J'appelle notre spécialiste.

—Je ne veux pas savoir ce que tu fais, je veux juste que Gibson se mette soudainement à réfléchir. Très fort.

—Faites-moi confiance : pour réfléchir, il va réfléchir !

Il allait sortir mais Schmidt le rappela de nouveau :

—Autre chose : la prostituée. Il ne faut pas qu'elle témoigne. Sous aucun prétexte.

— Carte blanche ?

— Carte blanche.

— Code 911 ?

— Oui. Arrange-toi pour dissuader toutes les autres de témoigner. Toutes. Compris ?

— Parfaitement, dit Jack avec un sourire mauvais. Quel budget ?

— De combien as-tu besoin ?

— De ce qu'il faut pour faire appel au spécialiste.

— Tu es sûr de ce type, au moins ?

— Comme de ma mère.

— Écoute, paie ce qu'il faudra. Les clients ont de l'argent, il n'auront pas de mal à régler nos honoraires.

— Je vois.

— Et si Gibson ne se montre pas compréhensif, on passera à la phase deux. On s'occupera de Catherine Shield. Mais attends mes instructions pour ça. Gibson a pris des moyens malhonnêtes pour sauver sa tête : on va combattre la merde par la merde !

40

Bobby Simon examinait dans un joli petit miroir mural rapporté du Maroc les progrès de ses implants capillaires. Les stries étaient encore très visibles, ce qui lui causait un certain embarras, même si, à la vérité, il ne menait pas une vie sociale très active. Mais cette gêne – très provisoire, lui avait assuré le spécialiste – lui épargnerait celle, encore plus grande pour lui, de devenir complètement chauve dans cinq ou six ans.

Lorsqu'on sonna à la porte, son sourcil gauche se souleva : il n'attendait personne. Son perroquet, jusque-là tranquille dans sa grande cage dorée, lança aussitôt une de ses phrases préférées :

— *You're a dead man ! You're a dead man !*

— Tranquille, Ronald, tranquille !

Mais le volatile sembla voir là un encouragement – en tout cas il ne tint pas compte de l'ordre de son maître – et puisa dans son répertoire, du reste limité, un autre commentaire lapidaire :

— *Hi, stupid ass !*

On sonnait de nouveau, si bien que Simon ne prit pas la peine de réprimander son perroquet, glissa plutôt son revolver dans l'étui sous son aisselle gauche et passa une veste noire : à l'instar de beaucoup de gens de sa génération, il sacrifiait aveuglément au culte du noir, qui lui était d'ailleurs utile à plus d'un titre, notamment pour mener à bien ses fréquents contrats nocturnes. Il passa devant son ordinateur, qui, allumé en permanence, constituait une présence rassurante et indispensable dans la vie de ce célibataire maniaque des jeux électroniques, et il alla ouvrir.

Un petit homme chétif, visiblement nerveux, se tenait sur le pas de la porte. Il avait dans les mains deux enveloppes : la première était grande, beige et matelassée, et l'autre blanche, du format d'une lettre d'affaires ordinaire. Curieusement, celle-ci arborait un sceau de cire rouge, comme un document officiel.

Véritable géant de six pieds quatre aux épaules de joueur de football, Simon eut un sourire intérieur. Était-ce encore un de ces minables huissiers ?

Peu loquace, et déjà contrarié par la vue de ces documents – il détestait tout ce qui était officiel, tout ce qui pouvait relever de l'*establishment* (mis à part l'argent bien entendu, qu'il gagnait en grandes quantités, ce que ne laissait nullement deviner le dénuement de son appartement new-yorkais : sa véritable résidence était une luxueuse villa aux Bahamas) – il mit son visiteur mal à l'aise en ne disant rien, lui imposant simplement sa formidable et menaçante présence physique.

—Monsieur Sinatra ? s'enquit le malingre messager d'une voix mal assurée.

Le tueur comprit tout de suite de quoi il s'agissait. Sinatra, c'était le nom de code que le cabinet de Schmidt, Brentwood et Kent utilisait lorsqu'il traitait avec lui. Il hocha la tête en signe d'approbation.

—Un message pour vous. Vous devez lire cette lettre devant moi, expliqua le messager en lui tendant la plus petite des enveloppes. Si vous êtes d'accord, je vous remets l'autre.

Toujours sans rien répondre, Simon arracha littéralement la plus petite enveloppe des mains tremblantes du messager, qui commença à se demander si son interlocuteur n'était pas privé de l'usage de la parole.

Mais c'est le moment que choisit Simon pour le faire sursauter en disant d'une voix tonnante :

—Vous devriez ralentir sur la coke !

—Peut-être, dit le messager, tout saisi, avec un sourire coupable.

Il fallait que l'autre soit perspicace pour déceler ainsi son vice coûteux, pour l'amour duquel il se livrait en effet à toutes sortes de trafics plutôt louches.

—*You're a dead man!* ponctua malencontreusement le perroquet, excité par la présence de ce visiteur.

—Ronald, le tança Simon, dis bonjour à notre ami.

—*Hi, stupid ass!*

Embarrassé, le messager eut un sourire complaisant :

—Joli oiseau...

—Tu trouves ? lui demanda Simon d'une voix menaçante.

—*Hi, stupid ass!* répéta l'oiseau.

Le messager souriait avec obséquiosité, n'osant pas répliquer au volatile de crainte de désobliger son maître.

Simon se retourna pour éviter le regard curieux du messager, rompit le sceau et ouvrit l'enveloppe. La première chose qu'il constata – et qu'il trouva plutôt sympathique –, c'est que l'enveloppe contenait une liasse de billets de mille dollars. À vue de nez, il aurait dit une vingtaine.

Une lettre dactylographiée expliquait sommairement qu'il avait deux contrats urgents à accomplir à New York la semaine suivante, qu'il recevrait un second versement après exécution de la tâche en question et que, s'il était intéressé, il devait demander au messager la grande enveloppe dans laquelle se trouvaient des instructions détaillées.

L'enveloppe contenait également un ruban de satin noir. Simon le prit et, conformément à la procédure établie en de telles circonstances, le déchira jusqu'au milieu dans le sens de la longueur et le remit au messager, qui autrement ne pourrait se faire payer. C'est en tout cas ce qu'avait expliqué à ce dernier le discret homme coiffé d'un chapeau et protégé par des lunettes fumées qui lui avait confié sa délicate mission. C'était en fait l'avocat Kent, chargé pour le bureau des relations avec les «forces spéciales» qu'il avait constituées au cours de ses longues années de pratique de droit criminel, sa spécialité.

Une fois le ruban noir en main, le messager remit la grande enveloppe à Simon et partit sous une salve de salutations peu rassurantes de la part du perroquet :

—*You're a dead man! You're a dead man!*

Le premier soin de Simon, sitôt la porte refermée sur son visiteur inattendu, fut de poser la grande enveloppe sur la table de son ordinateur et de compter les billets de mille dollars. Il y en avait vingt-trois, plus précisément.

Ce chiffre, qui n'était pas rond comme c'était généralement le cas, lui parut curieux. Mais il se dit que l'explication de cette irrégularité se trouvait sûrement dans l'autre enveloppe. Il s'empressa de l'ouvrir et d'en étaler le contenu sur la table.

La première chose qu'il vit fut une grande photo de Natacha prise par un photographe professionnel à l'époque où la prostituée croyait encore en ses chances de devenir une actrice célèbre, un rêve qui avait été anéanti par cinq ou six ans de déboires et d'insuccès.

Amateur de femmes, Simon la trouva plutôt jolie fille, et un tantinet vulgaire, ce qui ne lui déplaisait pas ; de toute manière, la singularité de son métier l'obligeait depuis longtemps à recruter ses conquêtes auprès d'une catégorie de femmes qui, comme lui, vivaient d'activités plus ou moins licites.

Au bas de la photo, un bout de papier collant portait les mots «Natacha, prostituée» inscrits au crayon feutre noir, ce qui confirma la première impression créée par la moue provocante et le maquillage un peu lourd de la jeune femme.

Il y avait également une disquette, et deux autres photos : une de Thomas et une de Catherine, identifiées de la même manière que celle de Natacha.

Sur une feuille de papier, la seule que contenait l'enveloppe, les trois noms avaient été dactylographiés, avec les adresses : celle de Natacha, celle de Thomas et, pour Catherine, celle de la clinique.

Au bas de la page étaient écrites ces instructions : *«Pour mission, introduire disquette et taper votre nom de code»*.

Il s'empressa d'insérer la disquette dans l'ordinateur et tapa : Sinatra. Immédiatement un texte apparut à l'écran.

«À faire dans l'ordre.

1. Natacha muette. Hier.

2. Gibson à intimider. Pas de voyage au ciel pour le moment. Mais lui ôter l'envie du procès des quatre avant le 15.9.

Honoraires : encore 20 000 $, payables après. Autres instructions suivront si nécessaire.

Do it your way, Frank !

Ton ami.»

La lettre comportait également deux ajouts :

« *P.S. Important : mémoriser ces instructions immédiatement.*
P.P.S. Les 3000 $ supplémentaires sont pour un nouvel ordi-
nateur. »

Simon fronça les sourcils. Que voulait dire ce second post-scriptum ? Il fut légèrement distrait dans sa concentration par un nouveau cri de son volatile :

—*Awwk! You're a dead man!*

Comprenant soudain de quoi il s'agissait, il se précipita pour retirer la disquette. Trop tard. À l'écran, les instructions commencèrent d'abord par se déformer en une danse curieuse. De petits bonshommes apparurent, pareils aux dragons de certains de ses jeux vidéo, qui se mirent à avaler un après l'autre chaque mot du message. Puis l'écran se déforma et un bruit étrange émana de l'appareil qui, quelques secondes plus tard, se mit à trembler et à fumer. L'écran s'éteignit, l'appareil émit un dernier soupir et cessa de fonctionner.

En fait, il était complètement bousillé. La disquette apportée par le messager contenait un virus mortel d'une puissance extraordinaire, que son logiciel anti-virus ne connaissait pas ou, en tout cas, n'avait pu arrêter.

Simon poussa un juron de dépit.

—*Hi, stupid ass!*

Cette fois son perroquet avait mal choisi son moment et, dans sa colère, le tueur à gages lui balança l'objet qu'il avait à la main : la disquette infestée.

41

Une chose était clairement ressortie de la longue réunion que Julie, Thomas et Paul Kubrick avaient eue le lendemain de l'audience préliminaire : il fallait très soigneusement préparer Natacha au procès. Elle était, avec Catherine, leur unique témoin, et elle savait peut-être encore plus de choses qu'elle n'en avait révélées lors des premières rencontres.

Comme Julie avait beaucoup de travail à la clinique, elle ne put accompagner Thomas et Paul Kubrick chez Natacha, avec qui ils avaient rendez-vous.

Les deux hommes attendaient l'ascenseur dans l'immeuble où habitait Natacha. Les portes s'ouvrirent enfin, révélant un homme de taille imposante, arborant une casquette et un chandail des L.A. Kings, ainsi que des lunettes fumées et des gants de cuir noir. L'homme se pencha et s'empara, non sans peine, sembla-t-il, d'un gros sac d'équipement de hockey et sortit d'un pas rapide.

Thomas et Paul pénétrèrent dans l'ascenseur.

— Un joueur des Kings, dit Paul. Tu l'as reconnu ?

— Non. Moi, je suis plutôt un amateur de football. Mais c'est curieux qu'il vive ici, avec les salaires qu'ils font.

— Il a peut-être dormi chez une amie...

À dix heures du matin, c'était vraisemblable.

Les deux hommes échangèrent un sourire entendu. L'ascenseur montait lentement. Thomas regarda distraitement vers le plancher et s'aperçut alors qu'il avait presque mis les pieds dans une petite flaque de liquide rouge.

— Regarde, dit-il à Paul, l'air préoccupé. On dirait du sang, tu ne trouves pas ?

Le procureur vit la tache et, sans vraiment penser à ce qu'il disait, suggéra spontanément :

— Le type était peut-être blessé.

La remarque était absurde, et Paul s'en rendit compte dès qu'il l'eut proférée.

Sitôt la porte de l'ascenseur ouverte, les deux hommes, pressentant le pire, se dirigèrent d'un pas rapide vers l'appartement de la prostituée. Ils sonnèrent à deux reprises mais n'eurent pas de réponse, ce qui leur parut curieux.

— Pourtant, nous lui avons parlé il y a à peine une demi-heure, dit Paul.

Thomas tourna alors la poignée pour s'assurer qu'elle était bien fermée à clé. Elle ne l'était pas, ce qui ne fit que confirmer l'inquiétude affreuse qui germait dans leur esprit.

Ils entrèrent, parcoururent l'appartement, appelèrent Natacha mais ne reçurent pas de réponse. Elle n'était ni dans le salon ni dans la chambre à coucher. Ils remarquèrent alors une odeur de brûlé et aperçurent de la fumée qui provenait de la cuisine.

Ils se précipitèrent.

Un œuf brûlait dans un poêlon sur la cuisinière. Thomas le retira, éteignit le rond.

Mais toujours pas de trace de Natacha. Nul doute qu'il s'était passé quelque chose qui l'avait obligée à quitter son appartement précipitamment en laissant un œuf sur la cuisinière.

— Regarde, dit alors Paul à Thomas.

Sur le plancher devant le lavabo, il y avait une flaque rouge. Thomas s'agenouilla et vérifia : c'était du sang.

— L'ascenseur! s'exclama-t-il.

Paul avait pensé à la même chose : la petite flaque de sang!

Thomas courut à la fenêtre du salon et aperçut en bas le type à la casquette qui refermait prestement le coffre arrière d'une Chevrolet noire, sautait en voiture, démarrait et, dans un crissement de pneus, tournait le coin de la rue.

Les deux hommes étaient atterrés.

— Natacha! Ils l'ont tuée!

— Nous n'avons plus de témoin. Nous sommes foutus!

— Mais ils n'ont pas le droit! Nous ne laisserons pas les choses ainsi. Nous allons appeler la police, il y aura enquête!

— Et nous lui dirons quoi, à la police?

— Que la défense a commis un acte criminel, qu'elle a supprimé notre témoin...

— Ah oui, et comment le prouverons-nous?

Thomas se tut, interloqué. Comment en effet prouver ce meurtre qui n'avait été commis ni par un des accusés ni certainement par leurs avocats? Il faudrait retrouver l'assassin et établir hors de tout doute qu'il avait été mandaté par eux. Thomas eut une inspiration soudaine.

— Hé, il y a les autres prostituées! On va aller à l'agence, on leur parlera et...

— Crois-moi, l'interrompit le jeune procureur, avec ce qui vient de se passer, plus une seule ne voudra témoigner!

Quinze minutes plus tard, l'inspecteur Templeton était sur les lieux. Il eut pour Thomas un commentaire sarcastique :

— Maintenant, tu vas avoir de la difficulté à prouver que tu n'es pas coupable!

Le sang de Thomas ne fit qu'un tour. Mais avant qu'il ait eu le temps de trouver une réplique cinglante, Paul, plus habitué à ce genre de provocations gratuites, le devança.

—Bravo, inspecteur ! Un meurtre, et c'est tout ce que vous trouvez à dire !

—Il n'y a pas de cadavre, je ne veux pas sauter aux conclusions.

Templeton se doutait pourtant que les deux hommes avaient raison. Tout portait à le croire : la tache de sang dans l'ascenseur, celle sur le linoléum de la cuisine, la porte de l'appartement restée ouverte, l'œuf qui brûlait sur la cuisinière...

Un instant, une idée absurde effleura l'inspecteur : Thomas n'était-il pas responsable de ce meurtre ? Mais, en y réfléchissant quelques secondes, il dut admettre que cette hypothèse était absurde.

Il aurait fallu que Thomas pense au deuxième ou au troisième degré. Qu'il fasse le pari qu'en supprimant le seul témoin qui lui permettrait d'incriminer les quatre accusés et par la même occasion de se blanchir, il détournerait définitivement les soupçons et ferait passer les quatre accusés pour des personnes dénuées de tout scrupule. Mais pour cela, il fallait être complètement tordu et surtout prendre des risques énormes. Et il fallait avant tout être un assassin.

Même si Templeton avait la conviction que Thomas avait tué sa femme – et lorsqu'on a commis un premier meurtre, sans doute en commet-on plus facilement un second –, cette fois le psychaitre n'était pas seul. Et le procureur était un *smart ass* – un type certes prétentieux, mais brillant. Il était exclu qu'il se fasse complice de ce genre de choses. Donc la supposition que Thomas pût avoir commis un second meurtre était prématurée.

Si les tests montraient que le sang dans l'ascenseur et celui dans la cuisine venaient de la même personne, auquel cas l'hypothèse du meurtre de la prostituée se confirmerait, il n'était pas certain qu'elle ait été tuée par l'homme en tenue de joueur de hockey que Thomas et le procureur avaient croisé dans l'ascenseur. Rien ne disait en effet que le sang n'était pas déjà dans l'ascenseur quand l'homme l'avait pris.

L'inspecteur questionnait le psychiatre et le procureur, dans la cuisine, lorsque retentit un cri de femme dans le salon.

Était-ce Natacha qui revenait et qui criait de trouver son domicile envahi ?

Thomas éprouva un soulagement immense. La jeune femme, qu'il avait rencontrée à trois reprises déjà, lui était sympathique et la perspective de sa mort l'avait bouleversé.

Un nouveau cri résonna.

Une femme se tenait dans la porte de la cuisine. Ce n'était pas Natacha mais Mariola qui, une valise à la main, revenait de voyage et trouvait la porte de son appartement ouverte, avec trois inconnus qui discutaient dans la cuisine.

Elle reconnut tout de suite Thomas, mais demanda néanmoins sur un ton agressif :

— Qu'est-ce que vous foutez ici ?

— Nous avons des raisons de croire que quelque chose est arrivé à votre colocataire Natacha, expliqua Thomas.

— Natacha... dit Mariola, visiblement inquiète.

— Est-ce que vous avez des nouvelles d'elle ? demanda l'inspecteur.

— Non, je... bredouilla la jeune femme, alarmée. Vous êtes de la police ?

Depuis le début, elle avait soupçonné Thomas de faire partie des forces de l'ordre. Elle aurait dû se méfier davantage – elle savait qu'elle aurait des ennuis !

— Inspecteur Templeton, division des homicides de la Ville de New York, répliqua le policier. Nous avons effectivement des raisons de croire que quelque chose a pu arriver à votre compagne... Quand l'avez-vous vue pour la dernière fois ?

— J'étais absente depuis trois jours... mais je lui ai parlé hier.

— Vous lui avez parlé ? demanda l'inspecteur.

— Oui, on se parle tous les jours depuis trois ans. C'est... comment dire... un pacte entre nous, on est comme des sœurs, on s'appelle une fois par jour peu importe où on est...

Mais son visage s'était assombri. Elle était si proche de son amie, elle éprouvait si fort tout ce que l'autre ressentait, sans même avoir à lui parler, qu'elle ajouta :

— Elle est morte. Je le sens.

Et elle laissa tomber sa valise.

— Catherine ! s'exclama Thomas. Il faut absolument la protéger ! Ils vont peut-être essayer de la tuer elle aussi !

— J'envoie quelqu'un à la clinique tout de suite, dit Templeton en tirant son cellulaire.

Il passa au salon pour donner ses instructions.

Thomas lui sut gré d'avoir reconnu, fût-ce implicitement, que la vie de Catherine était en danger – et donc que les auteurs du meurtre de Natacha pouvaient bien avoir un rapport avec toute cette affaire.

Mariola, effondrée sur le canapé, se tenait la tête dans les mains.

Les jours qui suivirent confirmèrent l'intuition de la jeune femme. Non seulement Natacha demeura introuvable, mais elle ne téléphona jamais.

42

Le lendemain matin, la Porsche de Thomas refusa de démarrer, ce qui lui parut d'autant plus curieux qu'il l'avait fait vérifier quelques semaines plus tôt. Mais la mécanique allemande, avait-il appris à l'usage, était souvent capricieuse, et sa réputation un peu surfaite, même s'il n'aurait troqué son bolide contre aucune autre voiture.

Une panne n'est jamais la bienvenue, mais ce matin-là elle était particulièrement contrariante, car il était déjà en retard à la clinique. Il téléphona à son garagiste, qui eut l'amabilité de le déposer au quai où il pourrait prendre le traversier vers Manhattan.

Celui-ci était assez achalandé à cette heure, mais Thomas réussit à trouver une place libre et s'assit. Il regarda l'eau, les édifices de l'autre rive, et profita de ce bref moment d'accalmie pour réfléchir à sa vie et à tout ce qui lui était arrivé ces derniers temps.

Des cris d'enfant le tirèrent de sa contemplation.

Debout dans la rangée sur sa droite, une sympathique jeune femme se penchait sur un carrosse – un de ces anciens carosses romantiques à grosses roues remis à la mode –, pour tenter de calmer son bébé.

Immédiatement Thomas se leva pour lui céder sa place. Elle refusa d'abord, mais il insista et elle finit par s'asseoir en remerciant Thomas. D'une main, elle imprimait au carosse un léger va-et-vient pour calmer son nourrisson.

Thomas sourit à l'enfant, une jolie fillette d'à peine dix mois. Au fond, c'était peut-être cela qui manquait le plus à sa vie : la joie simple d'avoir des enfants. Avec la paternité, sans doute son existence retrouverait-elle du sens. Oui, la vraie vie, c'était peut-être les choses les plus simples que, submergé par ses soucis, son travail, il avait cessé d'apprécier.

Il caressa les pieds de la petite, qui sourit puis émit un rot sonore qui ne manqua pas de mettre sa mère mal à l'aise. Elle s'empressa de s'excuser.

— Mais non, ce n'est rien, protesta Thomas, elle est si jolie !

Mais il la trouva moins mignonne l'instant d'après, alors qu'il s'enhardissait à lui pincer gentiment la joue, car elle régurgita sur la manchette immaculée de sa chemise une verte purée d'avocat.

Il retira sa main et, pendant que la mère se confondait en excuses, tira son mouchoir de sa poche et nettoya ce qu'il put, un sourire embarrassé sur les lèvres.

Le traversier arriva bientôt sur la rive et Thomas aida la mère avec son carrosse et lui souhaita une bonne journée.

Comme il était en retard, il marcha d'un pas vif vers l'escalier qu'il devait gravir pour atteindre le niveau de la rue. Là, il sauterait dans un des innombrables taxis qui attendaient les passagers du traversier.

Au bas de l'escalier, il aperçut Harry, un sans-abri quinquagénaire – il faisait bien quinze années de plus – qui avec le temps était devenu une véritable institution et avec qui Thomas sympathisait la dizaine de fois par année où il prenait le traversier.

Pendant qu'il s'immobilisait devant le sans-abri, Thomas ne remarqua pas, en haut de l'escalier, un homme vêtu d'une salopette de travail grise et d'une casquette de travail de même couleur qui l'observait et consultait sa montre : le psy était à l'heure !

Le sinistre Bobby Simon avait reculé un camion jusqu'à l'escalier, qu'il dominait de sa masse grise. La main sur une manette et apparemment affairé, il guettait le moment propice pour faire monter la benne et en déverser le contenu – une centaine de grosses boules de quilles – dans les marches, sans se soucier le moins du monde de la petite foule de passagers qui se pressaient vers les rues de la ville.

Certains trouvèrent d'ailleurs étrange la présence du camion en cet endroit. Après tout, c'était un escalier, pas un quai de déchargement. Mais personne ne crut bon de demander des explications ou de prévenir un policier. Après tout, ils étaient pressés et avaient mieux à faire. Et puis c'était New York, où toutes sortes de choses bizarres se produisaient tous les jours et où la règle numéro un de la survie consistait à ne pas se mêler des affaires des autres...

— Comment vont les affaires ? demandait justement Thomas, qui malgré l'heure tardive voulut prendre le temps d'échanger quelques paroles avec Harry.

—Lentement! La Bourse était mauvaise hier, les gens sont nerveux.

—Tiens, ça va peut-être t'aider, dit Thomas, qui lui glissa un billet de cinq dollars dans la main à la peau cireuse et sale.

—Merci, doc, dit le mendiant avec un sourire.

Thomas se tourna et sourit à la jeune femme qui essayait, non sans difficulté, de hisser son carrosse dans l'escalier. Dans quelques secondes, il irait l'aider puisque – il trouva la constatation presque déprimante – personne n'avait offert de lui prêter main-forte.

—J'ai lu ce qu'on racontait à votre sujet dans les journaux, doc. C'est de la merde!

Thomas était étonné. Même Harry était au courant!

Thomas lui trouvait mauvaise mine et, malgré son retard, il poursuivit la conversation :

—Je te remercie, Harry. J'ai besoin de tout le soutien possible. Mais toi, ça va?

—Non, dit-il. J'ai fait un cauchemar la nuit dernière. J'ai rêvé à ma femme. Elle voulait qu'on reprenne ensemble, tous les deux.

—Je ne savais pas que vous étiez séparés.

—Elle est morte ça fait deux ans.

—Excuse-moi, dit Thomas. Je ne le savais pas. Mais quand même, ne t'en fais pas trop avec les rêves. Ça ne veut rien dire.

—Ce n'est pas l'avis de Freud!

—Tu sais, entre nous, Freud, on en prend et on en laisse! lui répondit Thomas, malgré tout surpris par cette érudition chez un mendiant.

Mais à New York n'importe qui, même quelqu'un de très bien, pouvait devenir mendiant, et de toute manière Freud, avec son célèbre cigare, était depuis longtemps entré dans la culture populaire.

Peu soucieux de se lancer dans un débat académique sur l'exégèse freudienne des rêves prémonitoires, Thomas salua Harry pour s'empresser de rejoindre la femme, qui se débattait toujours seule avec son carrosse. Elle peinait à mi-chemin au milieu de l'escalier, et les pleurs de sa mignonne passagère rendaient sa tâche plus éprouvante encore.

Elle commença par refuser son aide mais comme il insistait – et qu'elle le trouvait d'un charme irrésistible! – elle accepta enfin et le regarda prendre le bras du carrosse, qu'elle tirait à reculons dans les marches. Placée prudemment derrière le carrosse au cas où il l'échapperait, elle lui souriait, heureuse de cette assistance inattendue, lorsque son visage exprima la stupeur la plus profonde. Elle poussa ensuite un grand cri et tendit l'index en direction du haut de l'escalier.

Thomas se tourna et vit une grosse boule de quilles qui roulait dans sa direction, et les rata de justesse, lui et la jeune femme.

En haut de l'escalier, il vit alors l'individu qui manœuvrait la benne. Sous son déguisement et ses lunettes fumées, il crut reconnaître l'homme de l'ascenseur.

— Hé, vous là-bas ! cria-t-il. Vous ne pouvez pas faire attention !

L'homme ne répliqua pas ; la première boule qu'il avait avancée manuellement jusqu'au rebord du camion était pour ainsi dire tombée par accident. Il actionna alors la manette, ce qui eut pour effet de précipiter dans l'escalier le contenu entier de la benne.

Thomas n'avait pas une seconde à perdre.

Sinon l'enfant, sa mère et lui-même risquaient d'être mortellement blessés. Dans leur chute, les boules couvraient les trois quarts de l'escalier – en partant du côté où il se trouvait, et une esquive latérale ne lui permettrait probablement pas de les éviter.

En un réflexe d'une rapidité extraordinaire, Thomas poussa la jeune mère dans le carrosse et, faisant fi de ses cris terrorisés, se mit à redescendre l'escalier quatre à quatre.

Il franchit ainsi une dizaines de marches, se retourna. Les boules roulaient de plus en plus vite vers lui. Il restait encore une dizaine de marches avant d'atteindre le bas de l'escalier, où il pourrait pousser de côté le carrosse.

Thomas pressa le pas.

Plus qu'une dizaine de marches, et ils seraient tous les trois sauvés...

Il se retourna de nouveau... Les premières boules n'étaient plus qu'à quelques pieds de lui...

Devant, plus que cinq marches...

Subitement, les roues du carrosse bloquèrent.

Thomas hurla à la mère :

— Prenez votre enfant dans vos bras et serrez-le fort.

La mère obéit sans discuter. Alors Thomas les prit tous les deux dans ses bras et, ayant estimé qu'une chute au-dessus de la rampe ne serait ni fatale ni même dangereuse à cette hauteur, il se cabra, ramassa ses forces et plongea dans le vide.

Une seconde plus tard, les boules de quilles emportaient le carrosse.

Dans sa chute, Thomas avait protégé la mère et son enfant avec ses coudes, qui les premiers heurtèrent le sol et amortirent le choc.

—Êtes-vous blessée ? s'empressa-t-il de demander à la mère.

—Non, dit-elle.

Elle pleurait, mais ce n'était pas de douleur, plutôt de peur, et elle vérifiait que son enfant était indemne. Curieusement, la fillette se mit à rire, ce qui rassura tout à fait la mère et déclencha même chez elle un accès d'hilarité nerveuse.

Thomas regarda vers l'escalier, vit les dernières boules de quilles y rouler, puis aperçut le carrosse qui, entraîné par les premières boules, plongeait dans les eaux noires d'*East River*.

Il se releva et courut vers le bas de l'escalier dans l'espoir d'identifier ou de rattraper le conducteur du camion.

Une découverte macabre l'attendait. Harry, le sans-abri, n'avait pas eu autant de chance qu'eux. Il n'avait probablement même pas vu venir les boules de quilles. L'arrière du crâne aplati, il gisait au pied de l'escalier. Thomas se pencha sur lui. Il ne respirait plus.

Révolté, Thomas gravit quelques marches et cria à l'homme, qui jetait un coup d'œil du haut de l'escalier.

—Hé, mais vous êtes complètement malade !

Mais l'autre se contenta de sauter dans son camion, qui disparut dans un nuage de fumée noire.

Un éclair traversa l'esprit de Thomas : s'agissait-il vraiment d'un accident ou ne cherchait-on pas à l'intimider, voire à l'éliminer, comme la pauvre Natacha ?

Et sa voiture qui n'avait pas démarré, le matin même ? N'était-ce pas une manière habile de s'assurer qu'il prendrait le traversier, pour mieux lui tendre ce guet-apens ? Cela voulait dire que son agresseur était extrêmement bien informé de ses allées et venues !

Un frisson lui parcourut le dos. Les avocats de Jackson et compagnie étaient-ils capables d'agissements aussi répréhensibles ?

Il revint vers le corps du mendiant. Bizarrement, Harry n'avait peut-être pas eu tort, et le rêve qu'il avait fait était réellement prémonitoire, d'où sa mauvaise humeur : il était en effet allé retrouver sa femme !

Thomas retira la rose blanche qu'il avait pris soin, comme chaque matin, de placer à sa boutonnière, et il la fixa au revers du vieux manteau de son ami infortuné.

—Salut, Harry...

43

Lorsqu'il arriva à la clinique, sa secrétaire, l'air préoccupé, lui remit une pile de feuilles qui sortaient du télécopieur.

— C'est curieux, nous avons reçu ça, ce matin.

Il lut le premier message. Très bref, il disait :

«Hi, stupid ass! Il n'y a que les idiots qui ne changent pas d'idée! Oublie ce procès. Sinon, *you're a dead man!»*

Et c'était signé : «Un ami».

Le deuxième message était identique, comme le reste de la pile, soit une trentaine de feuilles qui disaient rigoureusement la même chose.

Sa secrétaire le regardait sans rien dire, attendant sa réaction.

— Il y a des gens qui ont vraiment du temps à perdre! dit Thomas sur un ton nonchalant.

Elle ne fut pas dupe et demanda :

— Qu'est-ce que vous allez faire?

— Rien, dit-il.

Mais dès qu'il se retrouva dans son bureau, il avisa Paul Kubrick de ce qui venait de se produire. Ce dernier lui demanda de lui télécopier la missive en question.

— Ah, un seul exemplaire suffira, ajouta Kubrick. Veux-tu parler de cette affaire à Templeton?

— Je préfère attendre. Ils cherchent à m'intimider, mais ils ne m'auront pas!

— Je crois que nos petits amis sont nerveux, très nerveux, dit Kubrick. Ils semblent prêts à tout pour éviter d'aller en cour. Je viens justement de recevoir un appel de Schmidt. Il offre cent mille dollars à Catherine pour qu'elle renonce à la poursuite.

— Cent mille dollars? Mais c'est comme s'il avouait que ses clients sont coupables!

— Pas forcément. C'est une pratique courante dans ce genre de procès. Les clients de Schmidt sont des personnalités très en vue, ils veulent éviter toute publicité. Et puis, même à cent mille dollars, ce serait une aubaine pour eux. Un procès leur coûtera bien plus cher, et ils le savent. Schmidt aussi, d'ailleurs. De toute manière, je suis professionnellement tenu de transmettre la proposition de Schmidt à Catherine... Comme tu es sur place, je me demandais si tu pourrais t'en occuper.

— Bien entendu.

— C'est très important qu'elle comprenne à quoi elle s'engage si elle accepte ce règlement. Ça veut dire qu'elle renonce définitivement à poursuivre les quatre accusés. Et que jamais, à aucun moment, sous aucun prétexte, elle ne pourra revenir sur cette histoire. Rappelle-moi dès que tu auras sa réponse, O.K. ?

— O.K. !

Thomas alla tout de suite voir Catherine et lui présenta la chose le plus diplomatiquement possible.

Comme il l'avait pressenti, la réaction ne se fit pas attendre.

— Mon honneur n'est pas à vendre ! Je veux que ces hommes se retrouvent en prison ! Je ne peux pas comprendre comment vous pouvez même me proposer une chose pareille !

— Paul est obligé de te faire connaître toutes leurs offres. C'est la loi, il ne fait que son travail.

Catherine se calma : ainsi, Thomas n'avait pas eu l'intention de l'insulter, de douter de ses souvenirs ni de prétendre qu'elle n'avait pas été violée.

— Tu es au courant pour Natacha ?

Catherine hocha la tête tristement.

— Elle était notre seul témoin.

— Ce sont des assassins ! Ils n'avaient pas le droit de faire ça à cette fille ! Moi, je *sais* que j'ai été violée ! Je vais le dire, je vais le crier ! La juge va me croire.

— Ce ne sera pas le même juge que pour l'audience préliminaire.

— Mais ils ont enregistré le témoignage de la prostituée ! Ils l'ont entendu en cour, l'autre jour !

— D'après Paul, il n'est pas sûr que cet enregistrement puisse être utilisé en cour. Les avocats de l'autre partie vont faire tout leur possible pour qu'il ne soit pas admis comme preuve.

— Mais ils n'ont pas le droit, c'est injuste !

— C'est ce que je pense aussi. Mais la loi est très compliquée. Et puis Natacha était une prostituée, alors si elle n'est pas là, ils vont insinuer que nous l'avions peut-être forcée à témoigner, et ils peuvent gagner.

— C'est révoltant !

—Je sais, mais Paul m'a expliqué que c'était une stratégie possible. Il dit qu'il faut s'attendre à tout de leur part. Et je pense qu'il s'y connaît dans ce genre de choses. Peut-être après tout que ce n'est pas une si mauvaise idée d'accepter ce qu'ils te proposent. C'est une somme ! Je sais que ça n'effacera jamais ce qui s'est passé, mais une condamnation des coupables non plus.

—Je ne veux rien savoir de leur sale argent ! Je veux que ces gros porcs soient punis. Je veux qu'ils se retrouvent en prison.

—D'accord, dit Thomas, je comprends.

Lui-même préférait un procès, puisque, s'il y avait règlement, Catherine ne pourrait pas laver son honneur, et Templeton aurait la voie libre pour reprendre l'enquête. Mais il avait présenté l'offre à Catherine du mieux qu'il pouvait. S'il insistait, il risquait simplement de l'irriter davantage.

Il allait se retirer lorsqu'elle lui demanda :

—Pourquoi est-ce qu'il y a un policier à ma porte ?

—Il est là pour ta sécurité, Catherine. Depuis ce qui est arrivé à Natacha, nous préférons ne pas courir de risque...

—Il me suit partout, comme un petit chien. C'est agaçant à la fin.

—Je sais, mais il va falloir que tu acceptes cela jusqu'à la fin du procès. Nous avons toutes les raisons de croire que ces gens sont très dangereux. Et nous ne savons pas ce qu'ils ont en réserve.

44

Ce qu'« ils » avaient en réserve, Thomas en eut un nouvel échantillon le soir même. L'intensité des événements des derniers jours les avait rapprochés Julie et lui, et lorsqu'ils s'étaient rencontrés dans un corridor de la clinique, et que Thomas avait proposé à Julie de venir chez lui, elle avait accepté d'un « oui » tout simple, mais appuyé par un regard d'une troublante insistance.

Ils arrivèrent chez Thomas dans un état de nervosité ou d'excitation qui les rendait étrangement silencieux. De toute manière, qu'avaient-ils besoin de se dire ? Les deux semblaient savoir parfaitement ce qu'ils voulaient.

Une fois dans la maison, par une élémentaire politesse, Thomas demanda pourtant à Julie :

—Veux-tu prendre un verre ?

—Non, merci.

—Un café ?

—Non, Thomas.

De même qu'en logique une double négation équivaut à une affirmation, ce double refus de Julie conduisit Thomas à la conclusion que non seulement il ne devait pas perdre de temps en vains préambules, mais que s'il le faisait, il romprait le charme de cet instant magique ; si bien qu'il proposa simplement :

—Et si on passait dans la chambre ?

Julie le prit simplement par la main, et il se laissa entraîner vers la chambre, où ils se dévêtirent comme s'il y avait urgence. Ils commencèrent aussitôt à s'embrasser passionnément et tombèrent à la renverse sur le lit.

À sa surprise ravie, Thomas retrouva immédiatement toute son ardeur virile et, n'eût été son souci de ne jamais précipiter les choses, de toujours faire passer le plaisir de la femme avant le sien, il se serait sans doute perdu avec délice dans Julie sans plus tarder. Mais il patienta, multiplia les caresses.

Pourtant, au bout de quelques minutes à peine, il sentit que Julie n'y était plus, malgré son emportement initial. Il s'inquiéta. Avait-il fait un geste maladroit ? La chimie qu'il y avait entre eux quelques minutes plus tôt s'était-elle soudain dissipée ?

Ce n'est pas impossible, pensa Thomas. Ce mécanisme qui créait le rapprochement entre deux êtres était si fragile, si imprévisible, et le fil du désir si facile à rompre, surtout au début !

Il s'arrêta, gêné par sa propre ardeur : comme elle n'était pas partagée, elle lui parut tout à coup ridicule.

—Tu ne sens rien ? dit alors Julie.

Que voulait-elle dire ? Il n'avait jamais éprouvé autant de sensations... Avait-elle bien remarqué l'état dans lequel elle l'avait plongé ? Il écarquilla les yeux, esquissa un sourire allusif et eut un coup d'œil vers son sexe, qui s'exaltait en direction de sa partenaire.

Elle comprit sa méprise et sourit devant le bel étalement de sa virilité, mais précisa, l'air préoccupé :

—Il y a une drôle d'odeur...Tu ne la sens pas ?

Obnubilé par le parfum de Julie, et par sa superbe nudité, Thomas n'avait rien senti mais prêta attention.

—C'est vrai, concéda-t-il.

—On dirait du sang, ou de la terre.

Julie regarda alors de plus près le couvre-pieds que, dans leur fougue, ils n'avaient pas pris la peine de retirer et elle eut la très étrange sensation qu'il remuait. Effrayée, elle sauta hors du lit :

— Il y a quelque chose sous le couvre-lit !

Thomas eut soudain la même impression. Il sauta lui aussi hors du lit et souleva d'un seul coup le couvre-pieds.

Julie poussa un cri d'horreur et se pressa contre lui.

Sur le drap de satin gris grouillaient plusieurs colonies d'énormes vers de terre qui remuaient dans tous les sens. Libérés du couvre-lit, des grappes entières tombaient à terre, et avançaient à tâtons en une silencieuse et subtile scène d'horreur.

Thomas ne dit rien, mais son visage se décomposa en un mélange de frayeur, de dégoût et de révolte. D'abord l'impitoyable assassinat de la prostituée, puis les boules de quille qui avaient failli le tuer et qui avaient tué ce pauvre Harry, et enfin cette répugnante mise en scène qui relevait du surréalisme le plus scabreux...

Jusqu'où ces monstres iraient-ils pour briser sa détermination ?

Incapable de contenir sa répugnance, Julie courut vers la salle de bain. Mais dès qu'elle y parvint, elle se remit à pousser des cris de terreur. Il se précipita. Julie se réfugia contre sa poitrine et se mit à sangloter.

Sur le plancher de la salle de bain, une tête de porc baignait dans une grande flaque de sang, affublée d'une ridicule perruque rousse qui évoquait la chevelure de Natacha – on aurait même dit qu'il s'agissait de son scalp, comme si le maniaque voulait signer ses crimes de manière indélébile.

Dans un comble de raffinement pervers, le plaisantin désaxé avait posé sur le comptoir du lavabo une petite enregistreuse qui distillait l'air célèbre de Bing Crosby : « *I'm dreaming of a White Christmas...* »

Julie hoquetait maintenant, et Thomas constata qu'elle faisait une vraie crise d'hystérie. Il l'éloigna de cette horrible scène, qui le dégoûtait lui aussi, voulut d'abord la ramener vers la chambre. Mais il avait oublié les vers, qui commençaient maintenant à envahir toute la chambre. Il recula précipitamment et referma brusquement la porte.

Dans le salon, Julie se mit à crier, tandis que Thomas tentait de la réconforter de son mieux :

— C'est fini. Ce n'est pas grave. Ils cherchent seulement à m'intimider. Mais nous ne jouerons pas leur petit jeu.

Julie ne s'apaisait pas, et ses cris parurent bientôt inexplicables à Thomas, peu habitué à voir sa collègue se laisser submerger par une telle émotivité ; ils avaient vécu ensemble, sur le plan professionnel, des choses très dures, qui demandaient une bonne dose de sang-froid.

— Qu'est-ce que tu as, Julie ? Je ne comprends pas.

À travers ses sanglots, elle lui expliqua :

— Ma sœur... Elle a fait une crise cardiaque, et c'est moi qui l'ai trouvée morte dans la salle de bain. En tombant, elle s'est frappé la tête contre la cuvette, il y avait du sang partout...

— Je comprends, je comprends, je ne savais pas... Je suis vraiment désolé.

Il lui servit une double vodka, récupéra en vitesse leurs vêtements dans la chambre, non sans les avoir vigoureusement secoués, fit très sommairement sa valise et ressortit en toute hâte de sa chambre en s'assurant de nouveau qu'il avait bien refermé la porte derrière lui.

Il rejoignit au salon une Julie qui avait recouvré un certain calme, lui tendit ses vêtements et lui expliqua :

— Je vais aller vivre à l'hôtel.

— Pourquoi ne viens-tu pas chez moi ? demanda-t-elle entre deux sanglots à peine réprimés.

Il eut une hésitation, mais Julie était terrorisée. Et puis, malgré tout ce qui s'était passé, jamais il ne s'était senti aussi proche d'elle. Si bien qu'il accepta.

Lorsqu'ils furent rendus chez elle, Julie le surprit pourtant en lui proposant la chambre d'ami. Il faut dire que ce qu'ils venaient de vivre ne prédisposait guère aux ébats amoureux, et la scène de la salle de bain avait ravivé la douleur d'un vieux chagrin chez la jeune psychiatre.

Thomas dut se résigner : pour un temps, ils vivraient donc sous le même toit, sinon comme un couple, du moins comme deux grands amis.

45

Fin septembre, le resserrement de la surveillance policière autour de Catherine lui permit de se présenter comme prévu au procès.

Une fois que maître Schmidt et Paul Kubrick eurent prononcé leur discours d'ouverture, le jeune procureur commença par faire circuler les photos du viol parmi les membres du jury, composé de six hommes et de six femmes, de différents âges et de différentes nationalités – il comptait deux Noirs, un Vietnamien et deux Hispaniques.

En dépit de ses efforts, Schmidt n'était pas parvenu à empêcher le procureur d'utiliser toutes les photos pour sa preuve. En outre, c'était le juge Ernie Burns qui présidait, un Noir de cinquante-sept ans avec lequel il avait déjà perdu deux procès.

Il le détestait, comme il détestait tous les Noirs – aucun avocat noir n'avait jamais travaillé pour *Schmidt, Kent et Brentwood* –, et il ne pouvait pas admettre que des Noirs puissent accéder à la magistrature, signe indéniable à ses yeux de la décadence de la société américaine.

Si une image vaut mille mots, la trentaine de photos dramatiques, voire choquantes, qui montraient les nombreux sévices subis par Catherine, en valaient bien cent mille.

Elles eurent en tout cas un effet puissant sur le jury.

Les membres les observaient attentivement, se les échangeaient lentement. Entre chaque photo, leurs regards se portaient avec attendrissement sur la fragile jeune femme, assise entre le procureur et son psychiatre, puis avec indignation sur les accusés, tous tirés à quatre épingles, en complet sombre. Même le critique littéraire, qui affichait habituellement dans sa tenue vestimentaire un négligé un peu artiste, s'était plié à la consigne de son avocat et portait un costume trois pièces et une cravate.

Paul Kubrick marquait des points, il le savait. Et Schmidt se désolait. Malgré leur mine on ne peut plus respectable, ses clients faisaient déjà moins bonne figure. Ils avaient l'air de violeurs – distingués peut-être, bien mis, mais des violeurs tout de même. Et au bout du compte, ils ne seraient pas jugés sur la propreté de leurs chemises ni sur leurs tenues impeccables mais sur la conviction ou le doute qu'entretiendrait le jury quant à leur participation au viol commis, le soir du 15 juillet, sur la personne de Catherine Shield.

Schmidt se consolait à l'idée qu'il réservait plus d'une surprise à la partie adverse. Il saurait sûrement renverser la vapeur ! Et puis le procès ne faisait que commencer, après tout. Il se dit qu'au fond il était sans doute préférable que les membres du jury voient les photos dès le début : sa plaidoirie, ses témoins leur feraient bientôt oublier l'effet qu'elles avaient pu avoir sur leur fragile cervelle !

D'ailleurs, le procureur n'avait pas une mince tâche devant lui ! Bien sûr, les photos tendaient à démontrer qu'il y avait eu viol. Mais aucune n'indiquait que le viol en question avait été commis par ses clients. Le procureur devrait se démerder sans son témoin principal – un coup fourré dont Schmidt était particulièrement fier : aux grands maux, les grands moyens !

Paul Kubrick présenta ensuite à la cour la pièce numéro 2, dans une enveloppe de plastique hermétiquement scellée et numérotée : le condom qui avait été retrouvé dans le vagin de Catherine au cours de l'examen gynécologique. Les membres du jury purent l'examiner.

Mais la pièce numéro 3 – la robe blanche de Catherine, tachée de sang à la hauteur du ventre – fut sans doute celle qui eut le plus d'effet.

Dans son discours d'ouverture, maître Schmidt avait expliqué que, le soir du 15 juillet, Catherine Shield s'était tout simplement offert, comme bien des jeunes filles de son âge, une partie de plaisir au club Havanas – partie de plaisir qui avait mal tourné, malheureusement pour elle, mais qui n'avait rien à voir avec la soirée privée que le docteur Jackson avait donnée dans sa résidence de Hampton le même soir.

Toutefois, les membres du jury s'interrogeaient : comment une simple « partie de plaisir » pouvait-elle tourner *aussi* mal ? Il y avait anguille sous roche ! Malgré eux, ils ne pouvaient s'empêcher d'accabler les accusés de regards indignés.

Sitôt terminée la présentation des principales pièces, le procès pouvait commencer, et le procureur appela à la barre des témoins le docteur Conway.

Ce n'était pas la première fois que cette femme de trente-cinq ans était appelée à témoigner dans une cause de viol, mais curieusement cela ne l'empêchait pas de manifester une nervosité inhabituelle. Le procureur l'avait pourtant bien préparée, du moins avait-il tout fait pour la mettre en confiance. Dans son tailleur bleu marine, elle paraissait très digne, presque sévère.

Lorsqu'elle eut prêté serment, Paul Kubrick, très élégant dans un complet noir qui le vieillissait à dessein, s'avança vers elle, souriant, tenant à la main des documents auxquels il ne fit pas tout de suite allusion.

— Docteur Conway, depuis combien de temps êtes-vous médecin ?

— Je suis médecin légiste depuis douze ans.

— Vous travaillez pour la police de New York, je crois ?

— Oui, mon bureau se trouve au *General Hospital*, où j'ai fait mon internat, et j'examine spécialement les victimes de viol ou de violence conjugale pour la police de New York.

— À titre de médecin légiste, combien de victimes de viol avez-vous été appelée à examiner ?

— Objection, Votre Honneur ! clama Schmidt. La réalité du viol n'a pas encore été établie. La formulation de mon confrère crée dans l'esprit du jury l'impression qu'il y a effectivement eu viol alors que toute ma défense consiste à prouver qu'il n'y en a pas eu.

Le juge prit une fraction de seconde de réflexion, puis déclara :

— Si je comprends bien votre confrère, il veut établir le degré d'expertise du témoin en matière de viol. Objection rejetée. Vous pouvez continuer, maître.

— Merci, Votre Honneur, dit Paul Kubrick avec un petit sourire en coin qui révéla une fossette absolument séduisante.

Schmidt eut un sourire ambigu. Ce salopard de Burns, c'était évident, avait un parti pris pour les femmes, les femmes dont on avait abusé surtout, et il allait sans doute faire tout son possible pour lui rendre la vie dure.

— Donc, docteur Conway, combien de victimes de viol avez-vous été appelée à examiner ?

— Je ne peux vous donner de réponse exacte.

— Diriez-vous que vous en avez examiné une centaine ?

— Non – enfin peut-être, mais depuis le début de l'année seulement.

— Ah ! je vois, dit Paul Kubrick avec un sourire de soulagement.

— Je vous rappelle que New York est une ville très violente, expliqua le docteur Conway. Au moins cinq cents viols sont rapportés chaque semaine, mais le nombre réel est probablement trois fois plus élevé, parce que la majorité des femmes n'osent pas...

— Objection ! coupa Schmidt. Le témoin ne se contente pas de répondre à la question !

— Objection retenue, accorda le juge. Maître, contrôlez votre témoin.

— Docteur, vous avez donc examiné une centaine de victimes de viol depuis le début de l'année. Comme vous pratiquez depuis une douzaine d'années, vous en avez probablement observé un millier de cas dans votre carrière. Cette estimation est-elle juste, selon vous ?

— Malheureusement, oui.

— Maintenant, docteur, en vous fiant à votre expérience, forte de plus de dix ans de pratique au service du *General Hospital* et de la police de New York, diriez-vous que Catherine Shield a été violée ?

— Oui. Sans l'ombre d'un doute.

Catherine regarda tristement Thomas, qui était assis à sa droite, puis Julie, juste à côté de Thomas. En cour, son viol prenait une réalité autre – on aurait dit qu'il devenait officiel. Ce n'était pas comme elle avait d'abord pensé. Certes, elle voulait que justice se fasse. Mais maintenant elle se rendait compte que de voir son viol étalé à la face du public la rendait toute honteuse.

Il y avait tant de monde qui la regardait, qui l'examinait presque comme un objet de curiosité, un animal en cage : le juge, les avocats, les membres du jury, les témoins et puis tous les spectateurs dans la salle, les journalistes, ses parents... À la vérité, il ne manquait que Robert, et pour une fois elle se demanda si elle n'était pas heureuse de cette absence.

Le procureur avait fait une brève pause, pour s'assurer que le jury assimile bien cette information capitale : de l'avis d'un expert, Catherine Shield avait bel et bien été violée.

— Docteur Conway, vous me dites donc qu'aucun doute n'est permis : Mademoiselle Catherine Shield a bien été violée ?

— Objection, lança maître Schmidt en se levant d'un bond. Cette question a déjà été posée et a obtenu réponse.

— Objection retenue.

Schmidt se rassit, satisfait. Ce merdeux de juge Burns respectait tout de même les règles de procédure ! De toute manière, Schmidt n'hésiterait pas à porter plainte et à tenter de le faire remplacer s'il dépassait les bornes. Mais il faudrait qu'il ait ce petit freluquet de procureur à l'œil.

Paul gardait le sourire. Schmidt avait eu raison de s'objecter, mais le jury l'avait quand même entendu, du moins dans sa question, enfoncer le clou, et c'est ce qui comptait. De plus il savait que la réaction de Schmidt, cette façon mesquine d'ergoter sur la procédure, le desservait auprès du jury.

— Docteur Conway, continua-t-il, j'ai ici une copie du rapport que vous avez rédigé après avoir examiné Mademoiselle Shield le matin du 16 juillet dernier. Ce rapport est également signé par vous à la date du 22 juillet.

— Je l'ai signé lorsque j'ai eu en main le rapport du laboratoire.

Kubrick lui remit une copie du rapport, garda les deux autres puis lui demanda :

— Reconnaissez-vous ce rapport ?

Le docteur Conway regarda la première page du rapport, puis le feuilleta rapidement jusqu'à la dernière page, où figurait sa signature. Elle hocha de la tête et dit :

— C'est bien mon rapport.

Paul Kubrick remit une copie du dossier au juge, puis se tourna vers Schmidt, qui lui confirma d'un hochement de tête qu'il avait déjà en main le rapport du médecin légiste.

— Docteur Conway, dans votre rapport, vous écrivez, et je vous cite :

> *La victime porte de nombreuses contusions au visage. La partie inférieure gauche de sa lèvre a saigné, mais la coupure ne semble pas avoir été faite par une arme ou par un objet contondant, mais plutôt par un simple coup, par exemple un coup du revers de la main. La coupure à la lèvre semble avoir été produite par le contact violent des dents et de la lèvre.*

Il s'arrêta puis demanda :

— Vous avez bien écrit cela ?

— Oui, dit le docteur Conway.

— Vous avez également écrit : « L'intérieur du vagin de la patiente ainsi que ses petites lèvres comportent des marques d'irritation qui laissent supposer qu'il y a eu rapport sexuel, probablement avec une certaine violence et en tout cas sans préparation. » Pouvez-vous expliquer à la cour ce qui vous a amenée à porter ce jugement ?

— Oui, c'est un phénomène qu'on observe souvent dans les cas de viol. Dans l'acte sexuel normal, au cours des préliminaires, les organes de la femme deviennent très vascularisés.

— Pouvez-vous expliquer aux membres du jury ce que vous voulez dire au juste par « vascularisés » ?

— Eh bien, le cerveau envoie un signal aux organes génitaux, qui se préparent à l'acte sexuel en se gonflant de sang et en se dilatant. Il y a aussi, du moins en général, lorsque les glandes fonctionnent normalement, lubrification. Ce gonflement des organes et cette lubrification permettent une relation sexuelle plus harmonieuse, et on constate alors moins de lésions internes des petites lèvres ou de l'intérieur du vagin, quoiqu'il y en ait presque toujours de très légères, car d'une certaine manière l'acte sexuel, même consenti, demeure une agression en ce sens qu'il y a pénétration d'un organisme par un corps étranger.

— Je comprends, docteur, mais dans le cas de la patiente, comment décririez-vous les lésions aux petites lèvres et à l'intérieur du vagin ?

— Je les qualifierais de très importantes.

— Ressemblent-elles davantage aux lésions que l'on retrouve dans les cas de viol ou à celles d'une relation sexuelle normale ?

— Elles ressemblent davantage à celles du viol, parce qu'il y a souvent vaginisme au cours d'un viol.

— Vaginisme ? Voulez-vous expliquer à la cour ce que cela signifie ?

— Oui, c'est un mécanisme de défense normal au cours d'un viol : les muscles du vagin de la victime se contractent de manière très violente, ce qui rend la pénétration beaucoup plus difficile et provoque des lésions car la friction entre le pénis en érection et l'intérieur du vagin est beaucoup plus intense.

— Merci, docteur.

Kubrick marqua une pause, puis :

— Dans votre rapport, à la fin de la page 6, vous écrivez :« La victime a des contusions aux fesses, et les muscles sphinctériens ont été déchirés, ce qui a provoqué une hémorragie légère dont on retrouve des traces coagulées sur l'intérieur des fesses, près de la région de l'anus. Cette déchirure a fort probablement été produite par sodomie. »

Catherine, la tête basse, était plus honteuse que jamais. Voilà qu'on expliquait, en un mot comme en mille, qu'elle avait été brutalement sodomisée ! À la face du monde entier !

Ses yeux se mouillèrent de larmes, et elle pencha la tête. Elle se demanda si elle aurait la force de passer à travers ce procès, qui durait depuis une heure à peine.

Thomas lui tendit son mouchoir – la scène était attendrissante – ce qui déplut souverainement à Schmidt; ce dernier soupçonna la partie adverse de l'avoir planifiée. Ce Kubrick était un cynique qui ne reculait devant rien pour impressionner, avec succès, le jury ! Ce dernier semblait d'ailleurs s'y montrer sensible : les femmes, surtout, hochaient la tête, compatissaient avec Catherine et semblaient traiter intérieurement les accusés de véritables monstres.

Paul Kubrick cessa de lire le rapport et demanda au docteur Conway :

—À votre avis, et en vous appuyant sur votre longue expérience ainsi que sur les témoignages des nombreuses victimes de viol que vous avez examinées et questionnées, est-ce que la déchirure des muscles sphinctériens et l'hémorragie que vous avez observées chez la victime sont douloureuses ?

—Oui, évidemment, l'anus est une région du corps très innervée.

—Voulez-vous expliquer à la cour ce que vous entendez par innervée ?

—En langage simple, cela veut dire qu'il y a beaucoup de terminaisons nerveuses dans cette région – c'est, si je peux me permettre, une des raisons qui explique pourquoi les hémorroïdes sont si douloureuses...

Il y eut de petits rires dans la salle. Maintenant tout le monde avait bien compris ce que voulait dire le docteur. Irrité, le juge rappela l'assistance à l'ordre d'un coup de maillet.

Lorsque le calme fut revenu, Paul Kubrick reprit :

—Docteur Conway, je vous demanderais, dans la mesure du possible, de préciser votre réponse. Est-ce que ces déchirures que vous décrivez dans votre rapport sont faiblement, moyennement ou *très* douloureuses ?

—Évidemment, le seuil de douleur varie d'une personne à l'autre, mais je dirais qu'effectivement ces déchirures sont très douloureuses.

—Docteur Conway, à votre avis, est-il possible que Mademoiselle Shield ait pu accepter de supporter une telle douleur dans le cadre d'une relation sexuelle librement consentie ?

—Objection, Votre Honneur !

—J'aimerais entendre la réponse, trancha le juge sans laisser à Schmidt expliciter la nature de son objection.

Le docteur Conway lança alors un regard furtif en direction de maître Schmidt, comme si elle craignait de le contrarier.

—Il m'est difficile de parler au nom de la victime, mais ça ne me paraît pas vraisemblable, répondit-elle prudemment.

—Je veux être certain que la cour comprend bien votre réponse. Corrigez-moi si je me trompe, mais ce que vous venez de dire, c'est qu'il ne vous paraît pas vraisemblable que Mademoiselle Shield ait accepté de supporter une telle douleur dans le cadre d'une relation sexuelle librement consentie ?

—C'est exact, convint le docteur Conway.

—Je vous remercie de votre précieuse collaboration, docteur Conway.

Paul Kubrick retourna s'asseoir et s'aperçut alors que Catherine était effondrée. C'était sans doute sa faute : il n'y avait pas été avec le dos de la cuiller ! Mais il n'aurait pu procéder autrement. Il fallait que la cour soit saisie de tous les faits. L'interrogatoire du docteur, s'il était embarrassant pour la victime, était en revanche accablant pour les accusés, et désamorçait la thèse soutenue par Schmidt dans l'exposé de sa preuve.

—Maître Schmidt, dit le juge, qui achevait de griffonner une note dans un langage qui était en fait un mélange personnel mais très efficace de sténographie et d'abréviations de sa propre invention, souhaitez-vous contre-interroger le docteur Conway ?

—Oui, Votre Honneur, dit Schmidt, qui jeta un dernier coup d'œil à ses notes, ajusta instinctivement le nœud de sa cravate Armani, se leva et se dirigea vers le médecin légiste : docteur Conway, vous avez examiné le condom qui a été retrouvé dans le vagin de Mademoiselle Shield ?

—Oui, je l'ai examiné sommairement avant de le remettre à notre laboratoire, comme chaque fois qu'il y a présomption de viol ou d'acte criminel.

—S'il vous plaît, docteur, contentez-vous de répondre aux questions que je vous pose.

—Oui, maître.

—Bon, vous avez fait examiner le condom, et vous en parlez d'ailleurs dans votre rapport.

—Oui, en fait j'y rapporte surtout les résultats des examens de laboratoire.

—Je vois. Ce rapport a été réalisé par un technicien très compétent, Monsieur John Dupré, je crois, dont le nom figure d'ailleurs au rapport.

—En effet.

—Votre Honneur, si la cour le souhaite, nous pouvons faire témoigner le technicien de laboratoire qui a analysé le condom, mais mon collègue est d'accord pour admettre ce qui est inscrit au rapport du docteur Conway.

Le juge se tourna vers le procureur, qui hocha la tête pour confirmer ce que venait d'affirmer maître Schmidt. Le juge se contenta d'inscrire une note sur le rapport du docteur Conway.

Schmidt rassembla ses idées, puis demanda :

—Docteur Conway, lorsque vous avez prélevé le condom dans le vagin de Mademoiselle Shield, vous semblait-il contenir des traces de sperme ?

—Non.

—Et est-ce que vos observations préliminaires correspondent au rapport ultérieur du laboratoire que vous avez intégré dans votre propre rapport ?

—Oui.

—Si la cour le permet, je vais lire un extrait de ce rapport : «Le préservatif de marque *Shield* et de format *extra-grand* se retrouve dans le commerce. Il n'a été ni déchiré ni perforé, et ne contient aucune trace de sperme ni de liquide séminal. Il est taché de sang, et les tests ont démontré que le sang appartenait à la victime. Nous n'avons pu retrouver aucune trace de sang d'une origine autre que celui de la victime.»

Il referma le rapport, puis reprit son interrogatoire :

—Docteur, en général, lorsqu'il y a viol, est-ce qu'il y a nécessairement des traces de sperme ?

—Pas dans tous les cas.

—Je ne vous ai pas demandé s'il y avait sperme dans *tous* les cas mais *en général*.

—En... en général, il y a des traces de sperme, convint le docteur Conway.

Malgré son expérience, celle-ci paraissait de plus en plus embarrassée par cet interrogatoire.

—Traces de sperme, hein ? Dans votre rapport, cependant, vous ne faites mention d'aucune trace de sperme. Ni dans le condom, ni dans le vagin, ni dans l'anus, ni dans la bouche ni sur aucune autre partie du corps de Mademoiselle Shield.

—C'est exact.

—Docteur Conway, parmi les victimes de viol que vous examinez, voyez-vous beaucoup de cas de viol où le violeur a utilisé un préservatif ?

—Difficile à dire. Le violeur ne laisse pas nécessairement traîner son condom après usage.

—Je comprends. Je vais formuler ma question autrement. Lorsqu'il y a trace de sperme sur la victime, on peut supposer que l'agresseur n'a pas utilisé de condom, n'est-ce pas ?

—Objection, Votre Honneur ! Mon collègue demande au témoin de spéculer.

—Oui, mais je vais le laisser continuer. La question est pertinente dans ce cas, maître, trancha le juge Burns.

—Je repose ma question, docteur. Lorsqu'il y a trace de sperme sur la victime, on peut supposer que l'agresseur n'a pas utilisé de condom ?

—Oui. Ou que le condom a glissé ou s'est perforé, ce qui arrive plus souvent au cours d'un viol que lors d'une relation sexuelle normale, parce que la victime, en raison du phénomène que j'ai décrit tout à l'heure – le vaginisme – contracte les muscles de son vagin qui n'est pas lubrifié normalement...

—Vous répondez très longuement à une question qui demandait une réponse très brève, mais je comprends, dit maître Schmidt avec un sourire suave.

En réalité, il était extrêmement contrarié par la manière de témoigner du docteur Conway. Il s'arrêta un instant, pour être certain cette fois-ci de poser la bonne question et surtout d'obtenir une réponse simple :

—Docteur, répondez seulement à la question que je vais vous poser, et le plus succinctement possible. Je ne voudrais pas que des explications trop longues, quoique exactes, puissent semer la confusion dans l'esprit des membres de notre distingué jury.

Après un arrêt :

—Au cours de vos années de pratique, avez-vous observé de nombreux cas où le violeur utilisait un prophylactique pour agresser sa victime ?

—Non.

—Quel en serait, à votre avis, la proportion ?

—Je ne sais pas, pas très élevée. Un cas sur cent, peut-être moins.

—Et dites-moi, docteur Conway, avez-vous déjà vu des cas de viol pratiqué par plus d'un agresseur ?

—Oui.

—Et avez-vous déjà vu des cas de viol collectif où tous les violeurs avaient utilisé un condom ?

—Non.

—Je vois. Maintenant, docteur, j'aimerais revenir à votre rapport. Vous parlez de déchirures des muscles sphinctériens, mais à aucun moment vous ne faites allusion à la nécessité d'une intervention chirurgicale ou de points de suture. Est-ce un oubli ?

—Non.

—Est-ce que Mademoiselle Shield a dû être opérée ou a-t-on dû lui faire des points de suture ?

—Non. Je lui ai simplement prescrit un onguent analgésique et des bains de siège trois fois par jour.

—Je vois. Maintenant, docteur, dites-moi, dans votre pratique médicale, examinez-vous uniquement des victimes de viol ou de violence conjugale ?

—Non.

—Vous est-il déjà arrivé d'examiner une patiente qui n'ait pas été violée par son partenaire et qui ait pourtant subi à l'anus des déchirures similaires à celles que vous avez pu observer sur Mademoiselle Shield ?

—Oui, dit-elle en baissant légèrement le ton.

—Je ne vous ai pas bien entendue, docteur.

—Oui, dit-elle, plus fort cette fois. Cela m'est déjà arrivé.

—N'est-il donc pas raisonnable d'affirmer qu'une femme, et donc que Mademoiselle Shield, ait pu subir un telle déchirure dans le cadre d'une relation sexuelle librement consentie ?

—Ce serait très douloureux.

—Je ne vous demande pas si c'est douloureux, docteur ! Il existe, comme vous le savez sans doute, des couples sadomasochistes qui s'engagent librement dans des pratiques amoureuses très doulou-reuses et qui parfois s'infligent des blessures bien plus graves que celles que vous avez décrites dans votre rapport.

—Objection, Votre Honneur.

—Objection retenue.

Le juge se tourna vers les membres du jury et leur expliqua :

—Mesdames et messieurs du jury, je vous demanderai de ne pas tenir compte dans votre décision de ce que vient de dire maître Schmidt. Je vous demanderai même de l'effacer complètement de votre esprit.

Il se tourna vers Schmidt et, avec un regard sévère, ajouta :

—Maître, j'apprécierais un peu plus de discipline. Tout le monde a compris ce que vous tentiez de faire. Je ne tolérerai pas de tels écarts. Est-ce que je me fais bien comprendre ?

—Oui, Votre Honneur.

Schmidt reprit la question qu'il avait posée au docteur Conway, et pour laquelle il n'avait pas obtenu de réponse :

—Docteur Conway, répondez-moi tout simplement par oui ou par non. N'est-il pas raisonnable d'affirmer qu'une femme, et donc que Mademoiselle Shield, ait pu subir dans le cadre d'une relation sexuelle librement consentie une déchirure à l'anus semblable à celle décrite dans votre rapport, même si c'est probablement très douloureux ?

— Oui, répondit le docteur.

— Je vous remercie, docteur. Je n'ai pas d'autres questions, conclut avec satisfaction maître Schmidt.

46

Appelé par l'avocat de la défense, le docteur Gould, un homme d'une quarantaine d'années arborant une abondante chevelure blonde frisée, prit place à la barre des témoins.

C'était sa première expérience en cour, mais on aurait dit que tout cela l'amusait car la gravité de la situation n'enlevait aucun éclat à ses yeux rieurs.

— Docteur Gould, lui demanda Schmidt, vous travaillez pour la compagnie pharmaceutique Wellcorp, si je ne m'abuse ?

— Oui. Depuis dix ans.

— Et vous avez dirigé les travaux de l'équipe qui a mis au point le médicament appelé Mnémonium, n'est-ce pas ?

— C'est exact. À titre de médecin et de chimiste, je suis à la tête d'une équipe qui a consacré les cinq dernières années à mettre au point ce médicament.

— Docteur, comme ce produit n'est pas connu du grand public, pouvez-vous, pour le bénéfice de la cour et des membres de notre jury, nous en donner une description sommaire, en commençant par son usage thérapeutique ?

— Eh bien, le Mnémonium est un produit nouveau, mais disons qu'il ressemble un peu à un autre produit mieux connu, le Prozac. Évidemment, il en diffère à plusieurs égards. Il a été conçu pour tenter de contrôler le stress post-traumatique...

— Pouvez-vous expliquer à la cour ce que vous entendez par « stress post-traumatique », docteur ?

— Eh bien, pour prendre un exemple, supposons qu'une femme se fait attaquer un soir dans une ruelle par un malfaiteur, qui la frappe et lui vole son sac à main. Il y a bien des chances que, psychologiquement, cette femme reste marquée par cet événement et qu'elle développe une crainte de sortir le soir. Cette crainte, qui peut devenir une sorte de phobie et peut durer des années, voire toute la vie du sujet, est un exemple de stress post-traumatique. Je parle ici d'un cas de vol, mais il y a des événements où le traumatisme est plus grand.

— Par exemple lors d'une rupture amoureuse, d'un divorce ?

— En effet.

— Mais que fait le Mnémonium pour contrôler le stress post-traumatique ?

— Je ne veux pas entrer dans des considérations scientifiques et médicales ésotériques, mais disons, pour simplifier, que le Mnémonium a été conçu pour travailler sur la mémoire à court terme, sans évidemment affecter les fondements de la personnalité... Dans l'exemple que je viens de donner, si, au cours des heures qui suivent le vol de son sac à main, nous administrons à cette femme une dose de Mnémonium, elle oubliera complètement l'événement – évidemment, cela ne lui fera pas retrouver son sac à main ni son portefeuille !

Il y eut des rires dans la salle, que le juge toléra car lui-même éprouvait l'envie de céder à cette hilarité. Sitôt le calme revenu, le docteur Gould enchaîna :

— Mais, au moins, cette femme ne sera pas traumatisée et elle pourra reprendre une vie normale. Nous suggérons évidemment à ses proches de lui recommander d'éviter la rue dangereuse où elle a été agressée, et d'appeler pour déclarer le vol de ses cartes de crédit...

Nouveaux rires dans la salle.

Heureux de la prestation du médecin, Schmidt sourit. Le jeune procureur appréciait moins le spectacle, car il se demandait comment il pourrait contre-interroger le docteur Gould. Il savait depuis le début que la défense le citerait et que son témoignage serait capital.

Comment, en effet, une femme sous l'effet du Mnémonium pouvait-elle avoir un souvenir fiable de ce qu'elle avait vécu, alors que le médicament avait précisément pour but de paralyser la mémoire à court terme ? Cette seule déposition ne suffirait-elle pas à semer dans l'esprit du jury un doute raisonnable ?

Si, au moins, il avait pu invoquer le témoignage que Natacha avait fait à l'enquête préliminaire, les choses auraient été très différentes ! Mais Schmidt avait encore déployé une habileté diabolique en sapant complètement la crédibilité de la pauvre prostituée. Il avait méthodiquement fouillé son passé et avait découvert deux arrestations, dont une, accablante, de faux en signature. Il avait aussi établi qu'elle consommait régulièrement de la cocaïne et qu'elle était membre des A.A. Le juge Burns n'avait eu d'autre choix que de lui donner raison : le témoignage de la prostituée, si capital, avait dû être écarté.

— Donc, si je comprends bien, docteur, le Mnémonium fait tout oublier au patient ?

— Tout, le mot est fort ! Il permet surtout d'atténuer le souvenir obsédant de l'événement traumatisant. Le sujet peut alors fonctionner normalement.

— Dans l'exemple que vous avez donné, est-ce que la femme se souviendra d'avoir été volée ?

— Évidemment, nous ne pouvons répondre pour tous les cas : il peut y avoir des exceptions.

— D'une façon générale, docteur ?

— Eh bien, d'une façon générale, il y a de fortes chances que la femme ne se rappelle plus l'incident.

— Jusqu'où son oubli remontera-t-il avant le vol du sac à main ?

— Je ne suis pas sûr de comprendre votre question, maître.

— Eh bien, oubliera-t-elle ce qui s'est passé disons une heure avant le vol, par exemple lorsqu'elle soupait avec sa famille ?

— C'est difficile à dire ! Nous avons fait des expériences en laboratoire, et les réponses tendent à varier selon les sujets.

— Je veux bien, docteur, mais répondez simplement à la question que je vous pose. Y a-t-il des cas où, après avoir absorbé du Mnémonium, le patient a oublié ce qui s'est passé une heure avant l'événement traumatisant ?

— Oui.

— Deux heures avant ?

Le docteur Gould parut réfléchir un instant puis :

— Euh, oui.

— Dans les six heures qui ont précédé l'événement ?

— Oui, c'est arrivé, je crois.

— Vous croyez ou vous en êtes sûr ? Prenez votre temps, c'est très important !

— Oui, c'est arrivé.

— Dans les douze heures avant l'absorption du Mnémonium ?

— Oui.

— Si je comprends bien, pour reprendre le cas de la femme qui s'est fait voler son sac, il est possible que, si cela s'est passé disons à huit heures du soir, elle ne se souvienne pour ainsi dire de rien de ce qui lui est arrivé dans la journée qui a précédé le vol, surtout si elle s'est levée à huit heures du matin ?

— Objection, Votre Honneur ! interrompit Kubrick. Je laisse mon collègue divaguer depuis plusieurs minutes mais maintenant il va vraiment trop loin : il demande au témoin de spéculer !

— Objection rejetée, répondit le juge. Vous avez accepté l'expertise du docteur Gould. En tant que témoin, il est autorisé à exprimer des opinions.

Le docteur Gould répondit :

— Effectivement, maître, ses souvenirs peuvent être très flous, sinon complètement absents. Je voudrais ajouter que la mémoire est un domaine encore très mal connu de la médecin moderne. Elle a ses caprices, et ses lois demeurent très mystérieuses. Quant au Mnémonium, il est toujours au stade expérimental. Nous avons fait des tests sur des centaines de sujets au cours d'une période de cinq ans, mais nous ne connaissons pas encore toutes ses propriétés ni tous les effets qu'il peut avoir sur le centre de la mémoire. Et puis chaque cas est différent.

— Je suis d'accord, docteur, mais, comme je vous en ai prié tout à l'heure, contentez-vous de répondre à mes questions, dit Schmidt avec un sourire. Dites-moi maintenant : comment décririez-vous l'état mental du sujet dans les vingt-quatre heures qui suivent l'absorption du Mnemonium ?

— Qu'est-ce que vous voulez dire, au juste, maître ?

— Eh bien, peut-on affirmer que la personne est dans son état normal ?

— Normal, non ! Le Mnemonium est un médicament puissant.

— Qui altère la mémoire ?

— Oui.

— Les psychologues ont établi que tout raisonnement se basait sur la mémoire...

— Objection, Votre Honneur !

— Objection retenue.

— Je vais formuler ma question différemment. Est-ce que le jugement d'une personne qui est sous l'effet du Mnemonium peut être affecté ?

— Oui.

L'avocat de la défense s'excusa un instant auprès du témoin et se rendit à sa table, où le jeune stagiaire Jim Berkley lui remit sa copie du rapport du médecin légiste. Il le tourna à la page qui l'intéressait et dit :

— Docteur, à la page 3 du rapport fait par le médecin légiste qui a examiné Mademoiselle Shield, il est écrit que les tests de laboratoire ont établi qu'au moment des examens la victime avait un taux d'alcool de 1,2 dans les veines.

— Objection. Mon collègue ne pose pas de question.

— Elle vient, rétorqua Schmidt si rapidement que le juge ne crut pas bon d'intervenir. Docteur Gould, quels sont à votre avis les effets combinés du Mnemonium et d'un taux d'alcool aussi élevé – et qui devait l'être encore plus quelques heures plus tôt ?

— Objection, Votre Honneur : maître Schmidt n'est pas qualifié pour commenter le taux d'alcool trouvé dans le sang de Mademoiselle Shield et encore moins pour faire des suppositions gratuites sur le taux d'alcool qu'il y avait dans son sang des heures avant l'examen.

Juridiquement parlant, l'objection était juste, mais le gros bon sens suffisait pour savoir que le taux d'alcool baissait dans le sang à mesure que le temps passait.

Le public le savait.

Le jury le savait.

Et le juge le savait.

Ce dernier donna pourtant raison au procureur, qui ne parut pas enchanté pour autant : le mal était fait.

Schmidt enfonçait le clou avec une rigueur implacable. Tout le monde avait compris maintenant que Catherine non seulement était sous l'effet du Mnemonium, qui affecte les fonctions de la mémoire, mais qu'elle avait en outre absorbé une forte dose d'alcool : un taux de 1,2 à l'alcootest était en effet très élevé, et on pouvait facilement supposer qu'il avait atteint 1,6, peut-être même 1,7 dans la nuit – ce qui était considérable.

— Docteur Gould, reformula prudemment maître Schmidt, quels sont à votre avis les effets combinés du Mnemonium et d'un taux d'alcool de 1,2 dans le sang ?

— Il y a contre-indication, comme avec n'importe quel antidépresseur ou antibiotique.

— Répondez à ma question, s'il vous plaît, docteur.

— Eh bien, l'effet est très négatif.

— Avez-vous déjà effectué des tests sur des personnes qui

avaient un taux d'alcool de 1,2 dans le sang et qui avaient pris du Mnemonium?

— Non.

— Avez-vous fait des tests sur des personnes qui avaient pris une quantité moindre d'alcool et à qui on avait administré du Mnemonium?

— Oui.

— Pourquoi avez-vous préféré faire les essais avec un taux d'alcool inférieur à celui qui a été observé dans le sang de Catherine Shield?

— Par prudence.

— Que voulez-vous dire? Pouvez-vous expliciter votre réponse?

— Nous craignions que les sujets n'aient des réactions violentes, ou même des *black-out* dangereux.

— Un *black-out* dangereux? Que voulez-vous dire, docteur Gould?

— Le *black-out* est une conséquence assez fréquente d'une forte absorption d'alcool. Dans cet état, le sujet ne se rappelle plus rien de ce qu'il a fait.

— Mais n'est-ce pas précisément ce que le Mnemonium est censé faire?

— Oui, mais les effets combinés du médicament et de l'alcool peuvent affecter la mémoire d'une manière difficile à contrôler. Cela présente aussi certains dangers. Nos tests nous portent à croire que l'alcool peut jouer le rôle de catalyseur et décupler la puissance du Mnemonium.

— En terminant, docteur, comment qualifieriez-vous la capacité d'un sujet à évoquer d'une manière précise, fiable et objective des événements qu'il aurait vécus au cours des heures qui ont précédé et suivi son ingestion de Mnemonium, alors qu'il était aussi sous l'effet de l'alcool?

— Je la qualifierais de faible

— Je vous remercie, docteur.

Le juge Burns avait pris de nombreuses notes pendant le témoignage du docteur Gould. Le procureur l'avait remarqué, et cela n'avait fait qu'augmenter son découragement. Comment allait-il s'y prendre pour renverser l'effet apparemment imparable du témoignage du docteur Gould – qui du reste avait répondu en toute bon foi?

Il sentit de nouveau combien sa cause était délicate. Un instant, il remit en question son jugement. Il avait pourtant l'habitude de ne prendre que des causes qu'il était sûr de pouvoir gagner – même si elles n'étaient pas faciles pour autant. S'était-il laissé influencer par le charme de Catherine, et par celui, auquel il était bien plus sensible, de Julie pour qui, il devait se l'avouer, il éprouvait une très puissante attirance ?

Il avait pourtant pour principe de ne jamais mêler les sentiments et le travail. Pour une fois qu'il dérogeait à cette règle, voilà qu'il était bien embêté ! Évidemment, rien n'était encore perdu. Mais, en l'espace de quelques minutes, l'expression des membres du jury s'était considérablement modifiée. Quand ils regardaient les quatre accusés, ils ne semblaient plus aussi certains d'avoir affaire à des violeurs. D'ailleurs, maintenant ils observaient plutôt Catherine. Elle avait bu jusqu'à l'ivresse, avait absorbé des antidépresseurs... N'était-elle pas, comme tant de jeunes de son âge, une simple droguée ?

Kubrick lança un coup d'œil à Thomas et à Julie. Eux aussi comprenaient ce qui venait de se passer et semblaient passablement abattus. Dans sa préparation, le jeune procureur avait bien sûr prévu le témoignage du docteur Gould, mais il n'avait pas prévu à quel point Schmidt, en plaideur rompu aux subtilités de la cour, saurait en tirer des effets ravageurs.

Il prit son courage à deux mains et lorsque le juge, ayant inscrit une ultime note, lui demanda s'il souhaitait contre-interroger le docteur Gould, il acquiesça, se leva et se dirigea lentement vers le banc des témoins afin de mieux rassembler ses pensées.

—Docteur Gould, j'aimerais d'abord vous remercier pour la patience avec laquelle vous avez répondu aux questions de mon collègue. Et j'aimerais vous poser moi aussi des questions sur le Mnemonium. J'ai fait quelques recherches sur ce médicament auprès de la FDA – je précise pour le bénéfice de le cour que la FDA est la *Food and Drug Administration*, l'organisme qui, entre autres choses, accorde des brevets pour les nouveaux médicaments – et je me suis rendu compte que le Mnemonium n'avait pas encore reçu son approbation. Est-ce que je me trompe, docteur ?

—Non, c'est exact. Nous avons une autorisation temporaire de tester le médicament en clinique, mais effectivement nous attendons toujours le brevet qui nous permettra de commercialiser le produit.

—Est-il possible, je dis bien *possible*, que la FDA vous refuse ce brevet ?

—C'est peu probable.

— Je ne vous demande pas si c'est probable, docteur. Je vous demande si c'est possible.

— Objection, Votre Honneur ! Le docteur Gould n'est pas un spécialiste de l'obtention des brevets et ne travaille pas pour la FDA. Mon collègue lui demande de se prononcer sur une matière dans laquelle il n'a pas d'expertise.

— Objection retenue.

Le procureur parut embêté par cette rebuffade. Cela balayait la série de questions qu'il se proposait de poser au docteur Gould pour discréditer le Mnemonium. Il se ressaisit néanmoins.

— Docteur Gould, avant qu'un médicament obtienne le brevet de la FDA, est-ce qu'il est juste de qualifier ce médicament d'expérimental ?

— C'est une question de sémantique, mais je le suppose, oui.

— Et, de la même manière, on peut dire qu'une fois que le médicament a obtenu le brevet, il cesse d'être expérimental ?

— Au sens de la loi, oui, mais il arrive aussi que la FDA retire des brevets à des produits homologués, si avec le temps on découvre qu'ils ont des effets secondaires dangereux.

— Je vous remercie de cette précision, docteur. On peut donc dire que le Mnemonium reste, par définition, un produit expérimental ?

— Oui.

— Il n'est donc pas exagéré ou inexact d'affirmer, docteur, que, comme le Mnemonium est un produit expérimental, on ne peut pas encore prédire tous les effets qu'il peut avoir sur un patient ?

— Tous les effets, non.

— Ni à court terme ni à long terme ?

— Non. On ne peut jamais prévoir *tous* les effets. Chaque patient est différent.

— Si je comprends bien ce que vous dites, docteur, comme tous les patients sont différents, il est raisonnable de penser que les effets du Mnemonium ne sont pas parfaitement identiques sur tous les sujets.

— Oui, c'est raisonnable de le penser.

— Docteur Gould, récemment, des cas surprenants de réactions au Prozac ont été rapportés dans la presse et à la télévision. Une femme a mis le feu à sa maison, tuant ses deux enfants et mourant dans les flammes. Un homme a égorgé sa femme.

— Objection, Votre Honneur !

— Maître, veuillez poser votre question, s'il vous plaît.

—Docteur Gould, étant donné qu'un médicament approuvé par la FDA depuis quelques années peut avoir des effets totalement imprévisibles et différents de ce que les recherches ont démontré, est-il possible qu'un médicament comme le Mnemonium, qui n'a pas encore reçu le brevet de la FDA – et qui n'a été utilisé que par quelques centaines d'individus et non quelques centaines de milliers – est-il possible que ce médicament puisse, à l'usage, avoir des effets différents de ce qui a été prévu au cours des études cliniques ?

—Les tests que nous avons faits jusqu'à maintenant sont très concluants et conduisent tous aux mêmes conclusions.

—Docteur, répondez à ma question, je vous prie. Est-il possible que le Mnemonium ait, chez certains patients, des effets différents de ceux que vous avez observés pendant votre recherche expérimentale ?

—Oui, c'est possible, reconnut le docteur Gould, apparemment à son corps défendant.

—Maintenant, dites-moi, docteur : est-ce que les écarts peuvent être aussi importants que dans le cas du Prozac ?

—Nos études nous portent à penser que non, qu'il n'y a pas d'effets secondaires actuellement connus qui soient dangereux ou imprévisibles.

—C'est ce que les études sur le Prozac ont dû elles aussi démontrer puisque la FDA a accordé son brevet ?

—Objection, Votre Honneur !

—Objection retenue. Maître, prévint le juge, vous jouez un petit jeu dangereux qui fait insulte à l'intelligence de la cour.

—Je m'en excuse, Votre Honneur.

Paul Kubrick, doublement irrité d'avoir été blâmé par le juge et d'avoir perdu le fil de son raisonnement à cause de son adversaire, reprit ses esprits, puis formula à nouveau sa question :

—Docteur, est-ce que les effets du Mnemonium sur un sujet peuvent différer beaucoup de ce qu'ils sont sur l'ensemble des autres sujets ?

—Oui, d'une certaine façon.

—Dans un même ordre d'idées, est-ce possible de penser, je dis bien simplement possible de penser, que, pour des raisons qui seront peut-être découvertes plus tard, le Mnemonium puisse, dans des circonstances particulières, avoir un effet moindre sur un sujet que sur un autre ?

—Oui, c'est possible de le penser.

—Pour poursuivre ce raisonnement, est-il possible que le Mnemonium ait un effet beaucoup moindre sur ce patient?

—Oui, c'est possible.

—Pourrait-il n'avoir aucun effet?

—Non. En tout cas, ce serait très étonnant.

—Ce serait une exception, si je comprends bien.

—Oui, dit le docteur Gould, un peu irrité de sentir qu'il se faisait tout doucement mettre en boîte.

Incroyable : deux séries de raisonnements, en apparence simples et sensés, pouvaient mener à deux conclusions complètement contradictoires. Schmidt était prodigieusement agacé. Ce petit con de Kubrick était en train de démolir tout ce qu'il avait si patiemment échafaudé!

—Et pourtant, docteur, les exceptions existent.

—C'est juste.

—En vertu de l'existence des exceptions, est-il possible, docteur, que le Mnemonium n'ait aucun effet sur un patient?

—Oui, si on raisonne de cette manière un peu curieuse et pas très scientifique. Nous fonctionnons avec des statistiques...

—Je vous demande simplement de me répondre par oui ou par non, docteur.

—Oui, c'est possible.

—Docteur, si je suis votre raisonnement, et corrigez-moi si je me trompe, si nous sommes en présence d'un cas où le Mnemonium a peu d'effet ou n'en a aucun, est-il raisonnable de penser que la mémoire du sujet sera alors très peu affectée par le médicament ou ne le sera pas du tout?

—Écoutez, le Mnemonium est un médicament spécialement conçu pour affecter la mémoire, dit le docteur Gould avec un agacement qu'il avait de plus en plus de difficulté à contenir car il avait l'impression, d'ailleurs justifiée, que le procureur jouait avec lui comme un chat avec une souris et l'obligeait à se contredire par des raisonnements d'une simplicité enfantine.

—Je sais que cet interrogatoire est long et fastidieux, docteur, mais s'il vous plaît répondez simplement à ma question par oui ou par non. Est-il raisonnable de penser, vu tout ce que vous venez de nous expliquer, que la mémoire d'un patient puisse être peu affectée par le Mnemonium ou ne pas l'être du tout?

—Oui.

—En conséquence, docteur, est-il légitime de penser que si la mémoire de ce patient n'est pas affectée, il peut parfaitement se souvenir de ce qui lui est arrivé avant qu'il absorbe le Mnemonium, pendant que le médicament est encore dans son sang et après que son effet s'est dissipé, si bien entendu on peut encore parler d'effet lorsqu'il n'en a pas?

—Oui, dit le docteur avec un agacement suprême, car il commençait à trouver que le procureur le faisait passer pour un *minus habens*.

—Donc, dit le procureur, il est légitime de penser que Mademoiselle Shield, même si elle était sous l'effet du Mnemonium, puisse se rappeler tout ce qui a pu se passer au cours de la soirée du 15 juillet?

—Oui.

—Je vous remercie, docteur. Je n'ai pas d'autres questions.

Il retourna s'asseoir, laissa échapper un sourire de satisfaction à l'endroit de Thomas, qui lui fit un clin d'œil. Décidément, le jeune avocat était à la hauteur de sa réputation!

Catherine esquissa un sourire, dans lequel semblait transparaître un certain soulagement. Elle avait l'impression qu'elle conservait des chances de gagner, alors que le premier témoignage du docteur Gould lui avait laissé dans la bouche un goût plutôt amer.

Kubrick remarqua que Julie le regardait avec une certaine admiration, et bien entendu cela le toucha.

Il avait marqué des points, il le savait. En tout cas, il avait considérablement atténué l'effet des premiers propos du docteur Gould, qui se retirait de la barre des témoins avec un enthousiasme beaucoup moins entier que lorsqu'il s'y était présenté quelques minutes plus tôt. Sa première expérience de la cour se soldait au mieux par un demi-succès, et il n'avait pas du tout apprécié la manière systématique avec laquelle le procureur l'avait cuisiné.

Quant aux quatre accusés, ils n'avaient pas bronché, mais un malaise très subtil semblait les avoir envahis.

47

Catherine se sentit une nouvelle fois embarrassée lorsque se présenta à la barre des témoins, en veste de tweed et foulard de soie blanche, un certain Joseph Broom. Il était ventripotent, et ses cheveux longs et gras lui donnaient une allure peu soignée, mais il s'en moquait éperdument, drapé qu'il était dans la dignité de son statut «d'artiste». Ce réalisateur frustré dans la cinquantaine avancée s'était recyclé dans le cinéma pornographique et, pour justifier son métier auprès de ses amis, il disait toujours caresser le rêve de faire un jour LE film américain de la décennie.

Schmidt attaqua sans préambule.

—Monsieur Broom, pouvez-vous me dire ce que vous faites pour gagner votre vie?

—Je suis réalisateur, répondit l'autre, non sans une certaine prétention. Je fais des films pour adultes.

—Votre Honneur, dit Paul Kubrick en se levant, je sollicite le privilège d'une discussion avec mon collègue et vous.

D'un hochement de tête, le juge accéda à sa demande.

—Je veux déposer une motion pour que ce témoin soit exclu, déclara le procureur lorsque Schmidt et lui furent arrivés au bureau du juge. Il n'a absolument rien à voir avec la cause qui nous occupe. Il n'était pas à la fête, il n'est pas un témoin expert, il ne travaille pas à la clinique. Je ne vois vraiment pas ce qu'il fait ici et je demande qu'il se retire immédiatement de cette cour.

—Maître Schmidt, qu'avez-vous à dire?

—Ce témoin me permettra d'établir hors de tout doute un type de comportement dans la conduite de Mademoiselle Shield. Comme je l'ai exposé dans mon discours d'ouverture, ma thèse est que Mademoiselle Shield n'a jamais été violée et qu'elle cherche simplement à mousser une carrière d'actrice qui ne va nulle part et peut-être même à se faire de l'argent en poursuivant quatre hommes parfaitement honorables – tout comme elle a exercé du chantage sur mon témoin l'année dernière.

—Je vais vous laisser procéder, Schmidt, mais je vous préviens : je vous surveille de très près. Au moindre faux pas, je vous arrête!

Cet avertissement, Schmidt s'en moquait éperdument. Il aurait ce qu'il voulait : un témoignage dévastateur pour la partie adverse.

—Entendu, Votre Honneur, dit-il.

Après avoir décoché un sourire ironique à Kubrick, il retourna devant la barre des témoins.

—Monsieur Broom, quand vous dites que vous faites des films pour adultes, pouvez-vous être plus spécifique?

—Eh bien, je fais un peu de tout : des films de lesbiennes, des orgies, des films de sadomasochisme léger. Est-ce que c'est assez explicite comme cela ?

— Oui, je crois que cela donne une idée à notre distingué jury.

L'air honteux, Catherine avait penché la tête. Voilà que cette sale affaire remontait à la surface ! Ce satané film lui avait fait perdre son fiancé et, maintenant, il allait peut-être lui faire perdre son procès ! Quand donc finirait-elle de payer pour cette erreur de jeunesse ?

— Monsieur Broom, reconnaissez-vous dans cette salle Mademoiselle Shield ?

— Oui.

— Pouvez-vous la désigner ?

Obéissant à ce petit manège qu'il trouvait puéril – il ne pouvait savoir que l'avocat de la défense cherchait par cette manœuvre à renverser les rôles et à mettre Catherine dans la position de l'accusée –, Joseph Broom tendit son index en direction de la jeune victime. Puis il tira mécaniquement de sa poche une boîte de pastilles et en avala deux, fidèle à ses habitudes, car il en consommait quotidiennement une quantité industrielle pour combattre une mauvaise haleine tenace.

— Monsieur Broom, à quelle date avez-vous rencontré Mademoiselle Shield pour la première fois ?

— L'année dernière, au début du mois de janvier.

— Dans quelles circonstances au juste a eu lieu cette rencontre ?

— Eh bien, au début de chaque mois nous passons des annonces pour recruter des acteurs et des actrices, et nous tenons une audition le premier vendredi de chaque mois. Mademoiselle Shield s'est présentée à l'audition.

Catherine glissa un regard vers ses parents. Elle avait toujours réussi à leur cacher ce faux pas. Maintenant, ils savaient. Sa mère semblait plus pâle que d'habitude. Son père avait froncé les sourcils. Que pensaient-ils de leur fille, eux qui la trouvaient déjà complètement dévergondée, simplement à cause du métier qu'elle rêvait d'exercer ?

— Monsieur Broom, avez-vous retenu les services de Mademoiselle Shield pour un film pornographique ?

— Oui, j'avais une commande pour un film *soft porn* de lesbiennes, et je lui ai proposé un petit rôle qu'elle a accepté.

— C'est faux ! s'écria Catherine. Nous devions faire une publicité pour des baignoires à remous, mais ce porc a mis de la drogue dans les verres de champagne que nous étions supposées boire dans le bain.

— Maître Kubrick, je vous demanderais de contrôler votre cliente ! proféra le juge en assénant un coup de maillet sur la table.

Déjà passablement contrarié par le déroulement des choses, le procureur se tourna vers Catherine et, d'un air sévère, lui demanda de respecter l'avertissement du juge.

— Mais il ment, c'est complètement faux ! protesta de nouveau Catherine, quoique moins fort cette fois, en s'adressant à Julie.

Celle-ci se montra plus compatissante que Paul Kubrick. Elle posa une main maternelle sur le bras de Catherine et expliqua doucement à voix basse :

— Je sais, mais on est obligés de suivre les règles de la cour et d'attendre son tour pour parler.

Catherine voulut ajouter quelque chose, mais elle savait que Julie avait raison et que c'était inutile. Heureusement, lorsque viendrait enfin pour elle le moment de parler, elle aurait l'occasion de dire ce qui s'était vraiment passé.

Parmi les accusés, Vic Jackson particulièrement semblait apprécier la stratégie de son avocat et souriait discrètement. La cour saurait quelle petite salope Catherine dissimulait sous ses apparences vertueuses.

— Mesdames et messieurs du jury, je vous demande de ne pas tenir compte de ce que vient de dire Mademoiselle Shield.

Les membres du jury comprenaient évidemment pourquoi, et certains hochèrent la tête en signe d'approbation. Catherine avait l'air sincère pourtant. Mais comment savoir ? Il fallait de toute manière s'en tenir aux instructions du juge...

— Monsieur Broom, j'ai ici une copie du film dont vous parlez. Sur la photo de la boîte, on reconnaît Catherine Shield et une autre actrice dans la baignoire à remous, avec un verre de champagne. Est-ce bien de ce film que vous me parlez présentement ?

L'avocat s'approcha, montra le film au réalisateur, qui le reconnut tout de suite et hocha la tête :

— Oui, c'est celui-là.

L'avocat Schmidt alla le remettre au juge et demanda qu'il soit admis comme élément de preuve.

Le juge examina la photo et reconnut Catherine, dont la poitrine était à peine voilée par une mousse légère.

Le procureur s'était aussitôt approché.

—Votre Honneur, dit Schmidt, je demande que le jury puisse regarder ce vidéo.

—Objection, Votre Honneur! Ce film est de nature à influencer indûment le jury. Maître Schmidt n'a obtenu la permission d'interroger Monsieur Broom que pour établir un schéma de comportement. Je ne crois pas qu'il soit nécessaire que le jury voie cette vidéocassette.

—Le jury ne verra pas la cassette, trancha le juge.

Schmidt grimaça. Il ne pouvait pas gagner sur tous les tableaux. Déjà beau que le juge ait accepté la comparution de son témoin, qui avait sans doute fait passablement de dégâts!

—Le tribunal conservera cette cassette, expliqua le juge. Mais la défense ne doit d'aucune manière faire en sorte que le jury puisse prendre connaissance visuellement de la boîte ni de son contenu. Est-ce clair?

—Oui, Votre Honneur.

Paul regagna sa table pendant que Schmidt se dirigeait vers la barre des témoins.

—Monsieur Broom, reprit-il calmement, que s'est-il passé après le tournage?

—J'ai remis à Catherine Shield son chèque. Un chèque de sept cent cinquante dollars. Et je n'ai plus entendu parler d'elle pendant deux mois – le temps que le film sorte, en fait.

—Avez-vous une preuve que vous avez bel et bien payé Mademoiselle Shield?

—J'ai sur moi une copie du chèque que je lui ai fait, et que ma banque m'a retourné car j'ai un compte avec retour de chèques.

—Puis-je voir ce chèque?

Le réalisateur le tira de son portefeuille et le remit à Schmidt, qui alla vers une table de projection mise à la disposition des deux parties. Il y posa le chèque, et on le vit apparaître, grossi des dizaines de fois, sur le grand écran. On y voyait le nom du bénéficiaire, qui était effectivement Catherine Shield, le montant, sept cent cinquante dollars, la date, la signature de Broom, toute en volutes prétentieuses, et enfin le nom de sa compagnie : *Extasy Films*.

Une fois qu'il eut l'assurance que tout le monde avait bien vu le chèque, il le retourna et en projeta le verso où apparaissait, outre le tampon de la banque, la signature et le numéro de compte de Catherine. Ensuite, il le replaça du côté face.

Parmi les membres du jury, plusieurs prenaient des notes, détail qui parut de bon augure à Schmidt. Pendant que Catherine s'enfonçait dans sa chaise et n'osait plus regarder personne – et surtout pas ses parents, sans doute prodigieusement surpris et humiliés – l'avocat de la défense savourait chaque seconde de cet interrogatoire, où tout baignait dans l'huile pour lui.

Il revint vers son témoin, qu'il commençait à trouver sympathique, même s'il était en principe allergique à tout ce qui chez un homme pouvait suggérer le laisser-aller – et la tenue de Broom était à ses yeux d'une négligence inexcusable.

— *Extasy Films*, demanda-t-il à son témoin, c'est le nom de votre compagnie ?

— C'est exact.

— Dites-moi, pourquoi avez-vous choisi ce nom très suggestif et explicite : *Extasy*?

— Objection, Votre Honneur !

— Objection accordée. Maître Schmidt, veuillez vous approcher.

Le juge se tourna vers le procureur, et lui fit signe qu'il pouvait aussi s'approcher.

— Maître Schmidt, dit le juge tout bas mais sur un ton visiblement agacé, il n'y a rien dans ce que vous avez dit jusqu'à maintenant qui me laisse penser que j'ai bien fait de vous laisser interroger ce témoin. Venez-en aux faits.

Paul Kubrick en profita pour intervenir.

— Pour cette raison, Votre Honneur, je demande que le témoignage de Monsieur Broom soit complètement supprimé du procès-verbal et que le jury ne puisse en tenir compte dans ses délibérations.

Le juge eut une hésitation puis dit :

— Schmidt, si la suite de votre interrogatoire est dans la même veine que son début, je vais devoir accéder à la demande du procureur.

— Ne vous inquiétez pas, Votre Honneur.

Schmidt retourna à la barre des témoins, conscient qu'il devait cesser de prendre délibérément des détours qui salissaient la réputation de Catherine. En attendant, il savait pertinemment que l'image de Catherine était ternie auprès du jury – même si le juge demandait aux jurés de ne pas tenir compte de ce témoignage, il ne pouvait quand même pas leur distribuer du Mnemonium pour le leur faire oublier !

— Monsieur Broom, avez-vous eu des nouvelles de Mademoiselle Shield par la suite ?

—Oui. Quelque temps après la sortie du film dans les clubs vidéo, vers le mois de mars de l'année dernière, elle m'a téléphoné au bureau pour me dire que je n'avais pas respecté notre contrat et que, si je ne retirais pas immédiatement sa photo de la vidéocassette, de même que toutes les scènes du film où elle était présente, elle allait m'accuser de l'avoir harcelée sexuellement, qu'elle me traînerait devant les tribunaux et qu'elle aurait ma peau.

Kubrick, ignorant de cet aspect du dossier, se tourna vers Catherine, qui cette fois ne protesta pas mais baissa la tête, comme dans un aveu implicite.

Il l'avait pourtant prévenue, avant le procès, de manifester le moins possible de sentiments, de simplement se tenir bien droite, la tête haute, et de regarder devant elle !

Mais elle était sans doute accablée par cette révélation nouvelle, qui jetait une lumière tout à fait inattendue sur son passé. Kubrick allait devoir trouver quelque chose de très fort, en contre-interrogatoire, pour détruire cette image qui se précisait petit à petit dans l'esprit des membres du jury : celle d'une jeune actrice sans scrupules, qui consommait de l'alcool allègrement, qui ne détestait pas les fêtes se terminant au petit matin, et dont ils apprendraient bientôt, si ce n'était pas déjà fait, qu'elle avait récemment tenté de se suicider.

Tout un curriculum vitae !

—Avez-vous une copie du contrat que vous avez signé avec elle, Monsieur Broom ?

—Non. Nous signons rarement des contrats, même avec des actrices plus connues que Mademoiselle Shield. Nous nous contentons d'ententes verbales.

—Mais pouvez-vous prouver que Mademoiselle Shield n'a pas été induite en erreur lorsque vous lui avez proposé de tourner dans ce film pornographique mettant en scène des lesbiennes ?

—Écoutez, le nom de ma compagnie, *Extasy Films*, est affiché en gros à la porte de notre entreprise et derrière le bureau de la réceptionniste. En général, les gens comprennent de quoi il s'agit.

—Monsieur Broom, avez-vous tenté de harceler sexuellement Mademoiselle Shield, en profitant de la situation ou du fait qu'elle était nue dans le studio ?

—À aucun moment. C'est mon assistant qui a tourné presque la totalité du film, et de toute manière, pour vous dire la vérité, Mademoiselle Shield est plutôt du genre maigrelette – personnellement je préfère les femmes un peu plus en chair, si vous voyez ce que je veux dire.

— Oui, dit Schmidt en souriant, mais la cour n'a pas besoin de connaître ces détails.

Il marqua une pause. Il semblait s'efforcer de contenir sa bonne humeur. Il reprit bientôt :

— Monsieur Broom, avez-vous déjà été accusé, dans le passé, d'avoir harcelé sexuellement une actrice ?

— À la vérité, ce sont plutôt elles qui nous harcèlent pour pouvoir décrocher des rôles ! Mais comme je suis un homme marié...

— Je vois. Catherine Shield vous a-t-elle menacé à plus d'une reprise ?

— Oui. Au moins sept ou huit fois en un mois. Toujours au téléphone.

— Qu'est-ce que vous avez fait ?

— J'ai donné l'instruction à ma secrétaire de filtrer les appels.

— Et qu'est-il arrivé ?

— Mademoiselle Shield s'est présentée au bureau, a demandé à me voir. Elle était furieuse. Elle a même cassé un pot de fleurs, mais ma secrétaire a refusé de la laisser entrer dans mon bureau.

— Objection, Votre Honneur !

— Objection retenue. Maître Schmidt, demandez à votre témoin de se contenter de dire ce qu'il a vu personnellement et non ce que sa secrétaire a pu voir.

— Je comprends, Votre Honneur. Mais je crois que j'ai démontré ce que je voulais démontrer. Je termine en posant une dernière question à mon témoin : Monsieur Broom, que s'est-il passé, finalement ?

— Mademoiselle Shield a cessé de me menacer.

— Je vous remercie, Monsieur Broom. Votre témoignage a été très utile à la cour.

Schmidt se retira avec un sourire de satisfaction.

— Maître Kubrick, désirez-vous contre-interroger le témoin ? demanda le juge.

Paul eut une hésitation, pesa le pour et le contre : il n'était pas en position de faire un contre-interrogatoire efficace.

— Non, Votre Honneur.

— Monsieur Broom, vous pouvez vous retirer.

Le réalisateur prit une dernière pastille, rangea sa boîte dans sa poche, et se leva.

—Je demande à Votre Honneur que la séance soit ajournée jusqu'à demain, ajouta le procureur.

Le juge accorda l'ajournement, fixa la reprise des travaux au lendemain matin, neuf heures, et quitta sans cérémonie le tribunal, pendant que derrière lui la salle d'audience s'animait. Les commentaires fusaient.

Le témoignage du réalisateur n'avait laissé personne indifférent. Ainsi, peut-être Catherine n'était-elle pas le petit ange que l'on pouvait croire de prime abord !

Avant de se lever, Paul, qui paraissait à la fois tendu et contrarié, se tourna vers Catherine, Julie et Thomas et lança :

—Réunion immédiate dans mon bureau !

48

—Catherine, veux-tu bien me dire pourquoi tu m'avais caché cette histoire de chantage ? lança Paul Kubrick, non sans animosité, sitôt refermée la porte de son bureau.

Le jeune procureur, habituellement flegmatique, était manifestement très contrarié.

—Vous ne me l'avez pas demandé ! répondit Catherine, sur la défensive. Je ne savais pas que ça pouvait être important !

—Te rends-tu compte dans quel pétrin tu nous mets ! On a l'air complètement idiots ! Mais, surtout, toute cette affaire va jeter le doute dans l'esprit du jury ! Tu as déjà essayé de faire chanter quelqu'un – ils vont évidemment se dire que tu peux le faire une deuxième fois !

Sans rien dire, Catherine baissa les yeux et jeta un regard oblique en direction de Thomas et de Julie. Embarrassés eux aussi, les deux psychiatres se taisaient. D'un regard où on ne décelait aucun reproche, Julie tenta cependant d'exprimer à la jeune femme son soutien silencieux, de lui montrer qu'elle était consternée de la tournure que prenait le procès, pourtant si bien amorcé.

Après un silence au cours duquel il s'efforça tant bien que mal de recouvrer son calme, Paul demanda :

—L'as-tu menacé ou pas ?

Catherine commença par plisser les lèvres dans une éloquente expression de culpabilité, mais les mots ne tardèrent pas à jaillir :

—C'était la seule manière que j'avais d'obtenir justice! C'est un vrai porc! Il m'a trompée : je devais faire une annonce publicitaire, et il m'a droguée, je ne savais plus ce que je faisais!

Elle paraissait sincère et désemparée, presque désespérée.

Malgré sa déception, le procureur ne voulait pas accabler la jeune femme outre mesure. De toute manière, le mal était fait. Il était inutile de retourner le couteau dans la plaie. Dans un réflexe de prudence toute naturelle, il demanda encore :

—Est-ce qu'il y a autre chose que je ne sais pas et que je devrais savoir?

—Non, dit Catherine.

Il y eut un long silence gêné. Malgré une préparation impeccable, le procureur n'avait pas pu prévoir la déposition du réalisateur. Il se félicitait de ne pas l'avoir contre-interrogé maintenant que Catherine venait de lui avouer que le témoin n'avait pas menti, du moins sur ce point, et qu'elle l'avait effectivement fait chanter, même si ses motivations n'étaient pas aussi sordides que le témoin l'avait laissé entendre.

Thomas se leva et, pendant que Julie se plongeait dans le dossier du procès tant pour se donner une contenance que pour essayer d'y trouver un angle nouveau, il s'approcha du grand tableau noir sur lequel ils résumaient les événements de la soirée du 15 juillet.

Trois grands carrés avaient été tracés. Le premier portait l'inscription *CLUB HAVANAS*, le second, *RÉSIDENCE DE JACKSON*, et enfin *VOITURE DE THOMAS/PLAGE*.

Thomas refit le raisonnement que la petite équipe avait repris des centaines de fois, sans pour autant trouver la clé du mystère.

Si du moins il y en avait une...

La prostituée, tragiquement assassinée depuis, était allée retrouver Catherine au Havanas.

Ça, c'était connu.

Puis elle l'avait conduite à la résidence de Jackson.

Thomas refit le geste – c'était presque un rituel, comme s'il espérait faire jaillir par magie la vérité – consistant à suivre du doigt les flèches qui reliaient les carrés entre eux sur le tableau.

Découragé par l'audience du matin, Paul se contentait de le regarder, se demandant ce que l'autre espérait encore tirer de cet exercice tant de fois répété.

Thomas amorça la flèche entre le résidence de Jackson et le dernier carré, *VOITURE DE THOMAS/PLAGE*, mais la marqua en son milieu par un énorme point d'interrogation qu'il encercla.

—J'ai l'impression que c'est la clé de l'énigme, dit-il en réfléchissant à voix haute. Comment Catherine s'est-elle rendue de chez Jackson à la plage devant chez moi – surtout dans l'état où elle était ! C'est ça qu'il faut trouver.

Paul écoutait attentivement, cependant que Julie, le front plissé d'une ride profonde, relisait avec une attention maniaque le rapport du docteur Conway. On aurait dit qu'une intuition nouvelle l'habitait, qu'elle avait la certitude d'y trouver quelque chose que personne n'avait remarqué jusque-là.

En regardant Thomas s'échiner pour trouver une solution, le procureur se sentit traversé par un doute.

Un doute affreux.

Pourquoi le psychiatre se montrait-il si acharné dans cette histoire ?

Pourquoi voulait-il tant que Catherine ait été violée par les quatre hommes – de toute évidence fort honorables ?

Pourquoi déployait-il tant d'efforts pour mener à terme ce procès – en s'aliénant d'ailleurs pour toujours l'amitié du directeur Jackson, qui ne manquerait pas de le renvoyer si les accusés étaient innocentés par la cour ?

Bien sûr, Catherine était sa patiente, et comme psychiatre il se sentait probablement responsable d'elle.

Bien sûr, un viol était un crime révoltant et ne pouvait rester impuni. Mais son expérience de la justice et surtout du monde de la criminalité avait donné au jeune procureur une vision pour le moins pessimiste de la nature humaine. Il avait acquis l'impression que, sauf exception – une mère et son enfant, par exemple –, la plupart des êtres, même les plus altruistes en apparence, avaient des motifs égoïstes.

Si ce principe universel s'appliquait dans le cas de Thomas, alors la véritable raison de son acharnement était personnelle.

Et quel pouvait être le motif personnel de Thomas, sinon de vouloir sauver sa peau, d'éviter la prison et la radiation comme psychiatre, parce que le vrai coupable, c'était lui ? Et bien entendu, si le directeur Jackson et ses trois anciens camarades de collège était condamnés, alors Thomas ne serait plus jamais ennuyé.

Peu importaient les résultats de l'enquête que continuait de mener Templeton. Ce procès hautement médiatisé pouvait même apporter à Thomas une certaine gloire : peut-être recevrait-il une proposition lucrative d'un éditeur de ces livres à scandale dont le public est si friand, et qui commençaient, en termes de vente, à déclasser les ouvrages de fiction.

Thomas avait donc tout à gagner avec ce procès. Et surtout – il ne fallait pas l'oublier – il voulait sauver sa peau. Et Paul avait appris – c'était d'ailleurs l'abc du métier de justicier – que, pour sauver leur peau, les êtres ne reculaient devant rien : ni le mensonge, ni la comédie !

Par un hasard extraordinaire – ou était-ce qu'une pensée puissante comme celle qui habitait Paul à ce moment-là voyageait mystérieusement et trouvait écho dans le cerveau des autres êtres et les influençait à distance ? – le téléphone sonna à ce moment-là. C'était Templeton.

Paul éprouva une sorte de frémissement lorsqu'il reconnut la voix rocailleuse de l'inspecteur.

— Kubrick ? Templeton. Vous ne retournez pas vos appels ?

— J'étais très occupé avec les derniers préparatifs du procès.

— Vous auriez évité le ridicule ! Vous poursuivez les mauvaises personnes, mon vieux ! Figurez-vous que j'ai terminé mon enquête hier. Et savez-vous qui est le coupable ?

Devant le silence de Paul, son interlocuteur poursuivit.

— C'est Gibson ! Et je peux le prouver ! Les gants et les roses blanches trouvés dans l'auto étaient tachés de son sang, mais ça, ce n'est pas le meilleur ! Écoutez bien : Julie Cooper, son alibi, n'a pas pu passer la nuit du 15 au 16 juillet avec lui, pour la simple et bonne raison qu'elle était chez elle le soir du 15 ! Sa mère – sa propre mère ! – lui a téléphoné chez elle à dix heures ! Est-ce que c'est assez fort pour vous ? Je ne sais pas comment il s'y est pris, mais il a dû la convaincre d'une manière ou d'une autre de commettre un faux témoignage.

Cette supposition choqua Paul profondément. À cause de l'alibi de Thomas – en l'occurrence Julie – il avait toujours supposé une idylle entre les deux, mais ils avaient été d'une discrétion exemplaire à ce sujet. (Il ignorait encore, par exemple, que Thomas campait pour le moment chez sa collègue, une situation que, pour des raisons évidentes, ni l'un ni l'autre n'avait tenu à faire connaître.) Il ne pouvait pas non plus savoir dans quelle impasse délicate leur relation naissante avait langui pendant plusieurs semaines.

—Mon pauvre Kubrick, vous vous êtes laissé endormir! Si j'étais vous, je ferais une motion pour que ce procès ridicule soit annulé immédiatement! Ce que vous voulez, c'est trouver le coupable et le punir, n'est-ce pas? C'est ça votre métier, non?

—Écoutez, inspecteur, je connais mon métier et...

—Alors moi je l'ai votre coupable! Ne perdez plus votre temps à harceler ces quatre types!

Templeton fit une pause et reprit, sur un ton moins agressif cette fois :

—Je comprends que tout ça vous place dans une situation assez délicate. Si vous voulez, pour vous permettre de sauver la face, je vous propose que nous tenions une conférence de presse commune. Je dirai que nous avons travaillé ensemble, que nous avons trouvé le véritable coupable, et vous le poursuivrez.

Et l'inspecteur ajouta, avec une sorte d'intuition démoniaque que Paul trouva parfaitement troublante :

—Si c'est un problème pour vous, je n'ai même pas besoin de la psy! Nous ne la poursuivrons pas. Nous lui ferons simplement comprendre que nous savons que son alibi ne tient pas, qu'elle a intétêt à ne pas témoigner en cour si elle ne veut pas se faire accuser de parjure. Et Gibson sera cuit! Un psy cuit! (L'inspecteur rit de sa mauvaise blague.) Il ne peut rien faire sans elle. Tout l'accuse! Nous avons des preuves circonstancielles en masse.

Il résuma avec une joie malsaine la situation de Thomas.

—Catherine a été trouvée dans *sa* voiture, elle portait *ses* gants, tachés de *son* sang. Elle a reçu un bouquet de roses qui porte des traces de *son* sang. Et je ne sais pas si vous avez lu mon rapport, mais le matin où Catherine a été trouvée, Gibson était blessé aux mains : des blessures faites par des épines de roses, évidemment! Nous avons trouvé, dans son salon, une bouteille de Mnémonium, dans laquelle il manquait *trois* comprimés. J'ai vérifié avec le représentant de la compagnie, et il a remis aux médecins présents à la conférence des échantillons de vingt pilules. Or il n'en restait que dix-sept dans la bouteille que j'ai retrouvée dans le salon de Gibson – elle portait d'ailleurs ses empreintes. Il a dû en prendre une et en donner deux à la fille, pour être sûr de son coup. Après, il a réusi à lui faire dire n'importe quoi. Vous savez, ces psy sont des maîtres manipulateurs! On en voit des preuves toutes les semaines dans les journaux – patientes violées à gauche et à droite, pendant des années, etc. Je suppose que vous n'étiez pas au courant de tout ça, mon pauvre Paul...

C'était la première fois qu'il l'appelait Paul, comme s'il était sûr de l'avoir gagné. Il continua :

— Nous savons tout ce qu'il faut, maintenant. Est-ce que vous vous en rendez compte ? Il a été la chercher à la clinique. Il a bu avec elle, puis il l'a droguée, et il a fait l'erreur de prendre lui aussi un comprimé, peut-être pour la rassurer, pour lui prouver que ce n'était pas dangereux – mais peut-être aussi joue-t-il la comédie, il est très fort, vous savez !

Au bout du fil, Templeton respirait bruyamment, comme s'il sonnait l'hallali au terme d'une longue, très longue poursuite.

— Ensuite il l'a violée, et comme il était complètement drogué, il a fait une connerie : il l'a laissée dans sa voiture, sur la plage, où il l'avait peut-être emmenée pour lui faire son petit cinéma romantique. Maintenant il retourne le tout et dit – et ça, c'est vraiment très fort ! – que puisque tout l'accuse, ce ne peut être qu'un coup monté ! Pas bête, hein !

— Mais le motif ? objecta Paul à voix basse.

— Le motif ? Vous me demandez le motif ! Mais le motif crève les yeux ! Il est tout simple, tout naturel, voyons ! Catherine est une fille magnifique – elle donnerait des idées à un moine canonisé ! En plus, elle ressemble comme une goutte d'eau à une autre à sa femme – qui est d'ailleurs décédée l'an dernier dans des circonstances obscures. Sa femme, mais en plus jeune – imaginez l'effet qu'elle a dû lui faire !

Templeton adopta un ton de conspirateur.

— Il y a un détail qu'il faut connaître dans toute cette affaire : c'est que Thomas Gibson est encore complètement obsédé par sa femme. Si vous ne me croyez pas, allez faire une petite visite chez lui. Il y a des photos d'elle partout : c'est un vrai musée, un temple à sa mémoire – et je ne parle pas de la tonne de magazines avec des photos de Claudia Schiffer ! Quand cette pauvre fille lui est tombée dans les pattes, il a sûrement eu l'impression de retrouver sa femme – en mieux !

L'inspecteur inspira profondément et prit un ton plus détaché.

— Alors je crois que nous avons un motif suffisant – je ne le crois pas, je le *sais*, corrigea-t-il. De toute manière, comme son alibi va s'écrouler, il aura bien de la difficulté à expliquer au jury ce qu'il faisait le soir du 15, et comment il se fait qu'il y ait des traces de son sang dans les gants que Catherine portait lorsqu'elle a été trouvée dans sa voiture. Nous avons une preuve suffisante. Comme je vous dis, je le sais. Et je sais que vous le savez! Plus d'un homme a été envoyé à la chaise électrique pour bien moins que ça!

Profondément ébranlé par la démonstration de l'inspecteur, Kubrick ne disait rien.

— Alors, Paul, pour quand voulez-vous convoquer cette conférence de presse?

— Je... je ne pourrais vous le dire pour le moment.

— Gibson est dans votre bureau, c'est ça?

— C'est ça.

— Je vais attendre votre appel. Mais ne tardez pas, sinon je devrai procéder tout seul!

Perplexe et troublé, Paul raccrocha. C'était la première fois de sa vie qu'il se retrouvait dans une situation aussi complexe. Il regarda Thomas, qui avait toujours les yeux rivés sur le grand tableau noir. L'inspecteur ne venait-il pas de lui faire la démonstration, en noir sur blanc, de sa culpabilité?

N'était-ce pas là l'explication de son zèle désespéré à faire condamner les quatre accusés?

Puis il observa Julie, le nez toujours plongé dans le rapport du docteur Conway. Il l'avait trouvée attirante au premier coup d'œil, mais comme elle était l'alibi de Thomas, il avait tout de suite classé ce sentiment dans la catégorie des relations impossibles. Or, puisqu'elle était chez elle et non pas chez lui le soir du 15 juillet, rien ne disait qu'ils étaient effectivement amants tous les deux. Peut-être avait-elle agi par solidarité, ou peut-être y avait-il quelque marché entre eux. En principe, cela lui laissait la porte ouverte. En même temps, il devait avouer que la simple idée que Thomas et elle puissent être complices de crime lui faisait l'effet d'une douche froide.

Que Julie eût accepté de se parjurer, de se compromettre et de compromettre son avenir pour lui, il trouvait cela vraiment trop décevant! Elle avait l'air si intègre! D'ailleurs, à bien y penser, ne s'était-elle pas parjurée justement parce qu'elle savait que Thomas ne pourrait jamais s'en sortir sans elle?

Parce qu'elle le savait coupable?

Et lui, Paul, avait été dupe.

Depuis le début.

Comme un débutant.

Il s'en voulait à mort.

Pourtant, dès le départ il avait su que Thomas avait d'abord été soupçonné du viol de Catherine. Il se dit qu'il aurait dû peser plus longuement sa décision avant de poursuivre les quatre accusés actuels. Des hommes au-dessus de tout soupçon! Bien sûr, il y avait eu le témoignage de la prostituée, mais qui sait, au fond, si elle n'avait pas été appâtée par l'argent – il avait été mis au courant par Thomas lui-même des 20 000 dollars... pour certaines personnes, c'était plus qu'il n'en fallait pour contrefaire un témoignage! Mais, dans ce cas, cela supposait que Thomas l'aurait aussi éliminée?

Dans quel merdier il se retrouvait maintenant!

Par contre, Templeton lui offrait une sortie honorable, et le pacte qu'il lui proposait présentait un triple avantage : un, il sauvait la face auprès du public et de ses supérieurs. Deux, il faisait condamner le vrai coupable, ce qui était précisément son travail. Et trois (mais ce troisième avantage, il n'y pensait que dans un coin très reculé de son cerveau), il éliminait un rival amoureux et accroissait ses chances auprès de Julie que, s'il en jugeait par certains regards furtifs qu'il avait cru surprendre à son endroit, il ne laissait pas indifférente.

À la réflexion, ce dernier avantage lui parut odieux. Il se sentit même déçu d'y avoir pensé. Décidément, Julie Cooper devait lui faire plus d'effet qu'il ne pensait! Peut-être était-il vraiment amoureux d'elle – lui qui au début n'avait pensé qu'à une aventure sans lendemain!

Non, il lui faudrait des motifs plus sérieux pour donner suite aux suggestions de Templeton!

Il lui faudrait avoir la conviction que Thomas était coupable.

D'ailleurs, une fois dissipés l'effet de surprise et le trouble que les révélations de l'inspecteur avaient eus sur lui, il se rendait compte que, curieusement, la démonstration pourtant étourdissante de l'inspecteur ne l'avait pas complètement convaincu. Quelque chose lui disait que Thomas n'était pas nécessairement coupable. Au fond, il avait encore envie de lui accorder le bénéfice du doute. Après tout, Templeton l'avait dit lui-même : les preuves en question n'étaient que circonstancielles. Mais n'était-il pas encore en train de se laisser duper par le magnétisme qui se dégageait de Thomas?

Parce qu'il avait l'air de tout sauf d'un violeur...

Et, pourtant, son expérience lui avait démontré que nombre de violeurs – et des plus odieux – avaient des têtes de gars bien ordinaires.

C'était le sympathique voisin de palier, celui à qui vous demandiez d'arroser vos plantes.

C'était l'innocent livreur de pizza, à qui vous aviez demandé d'attendre dans le vestibule pendant que vous alliez chercher votre portefeuille dans la chambre.

C'était l'étranger tiré à quatre épingles qui vous demandait poliment, un beau soir d'été, l'adresse d'une église.

C'était le patron à la mine paternelle, qui venait de vous accorder une augmentation inattendue et voulait maintenant se faire « payer ».

En un mot : n'importe qui !

Et peut-être d'ailleurs tous les hommes.

Alors, même s'il avait une tête sympathique, même s'il était médecin, Thomas avait peut-être connu, comme bien d'autres hommes avant lui, un moment de folie passagère qui l'avait poussé au crime.

Comme s'il avait senti le regard du procureur peser sur lui, Thomas se retourna. Il crut un instant surprendre dans ses yeux une lueur accusatrice. Ou un doute. Mais Paul replongea le nez dans son dossier, et Thomas se dit qu'il avait dû se tromper. Pourtant, jamais le procureur ne l'avait regardé ainsi. Le psychiatre était-il, dans son épuisement nerveux, en train de devenir paranoïaque ou du moins exagérément soupçonneux ?

De toute façon, il n'avait pas le temps de s'attarder. Chaque seconde comptait ! Il voulait poser d'autres questions à Catherine qui, la tête penchée, était perdue dans ses pensées depuis un moment : son procès allait mal tourner, elle le sentait ! Elle s'en voulait presque de ne pas avoir tout laissé tomber.

Maintenant, en plus de devoir subir l'humiliation de raconter publiquement l'histoire de son viol, elle devrait subir celle, probablement aussi grande, de n'être crue par personne, et de perdre son procès ! Pourtant, même si tout le monde doutait qu'elle ait pu se souvenir de ses agresseurs, étourdie comme elle l'était par l'alcool et le Mnémonium, elle savait, elle, que c'était eux ! Elle le savait chaque fois qu'elle les voyait, au banc des accusés. Elle le constatait aussi, comme un mauvais secret, chaque fois qu'elle surprenait un de leurs regards furtifs posé sur elle, pendant un témoignage ou un plaidoyer. Elle sentait leur malaise.

— Catherine, dit Thomas, fais un effort ! Il faut que tu tentes de te souvenir. Comment es-tu arrivée sur la plage ?

Paul trouva cette question ironique. Si c'était Thomas qui l'avait violée, il jouait la comédie de manière admirable.

— Je ne sais pas, dit Catherine en secouant la tête. Je ne sais pas.

Elle paraissait désespérée. Elle voulait l'aider, mais sa mémoire, qui lui avait pourtant permis de se rappeler ce qui s'était passé chez Jackson, demeurait fermée.

Le noir total.

Peut-être n'avait-elle retenu que les moments traumatisants, laissant le reste dans le brouillard – exactement le contraire de l'effet escompté du Mémonium! Comment savoir?

Le téléphone sonna encore une fois. Le procureur crut que c'était Templeton qui le rappelait pour avoir sa réponse. Il décrocha. Mais c'était un de ses assistants : un problème nouveau avait surgi dans une autre affaire.

La conversation terminée, Paul voulut s'ouvrir à Thomas des affirmations de Templeton mais il eut un instant d'hésitation et décida finalement d'attendre. Il voulait d'abord avoir un minimum de certitude. Et puis, il devait partir.

— J'ai une urgence, je dois vous quitter, expliqua-t-il.

Il se tourna vers Catherine :

— Catherine, n'oublie pas : demain, huit heures et demie au palais de justice. Je veux qu'on ait le temps de réviser ton témoignage. Essaie de te coucher tôt et de bien te reposer.

Il regarda Thomas. Avait-il affaire, comme il l'avait d'abord pensé, à un honnête psychiatre, ou celui-ci cherchait-il à rejeter sur quelqu'un d'autre le blâme d'un crime abject? Sa raison et son intuition ne semblaient pas faire bon ménage sur la question et, comme il le faisait toujours en pareille circonstance, il décida de la laisser mûrir pendant le reste de la journée et la nuit avant de choisir une ligne de conduite.

Il jeta ensuite un coup d'œil en direction de Julie et croisa ses grands yeux bleus. Elle esquissa un sourire.

— Je crois que j'ai trouvé quelque chose, dit-elle, énigmatique.

Il décida qu'il n'avait pas le temps de jouer aux devinettes.

— On en reparle demain... ou, si tu veux, tu peux m'appeler plus tard à mon bureau, ajouta-t-il avec un clin d'œil plus sympathique que séducteur.

À son air déçu, il sentit le besoin de s'excuser encore.

— Je dois réellement partir tout de suite.

Il sortit du bureau.

Julie s'était levée et s'approchait de Thomas, sa copie du rapport médical en main.

— Je crois que j'ai vraiment trouvé quelque chose.

— Moi aussi ! Toi d'abord.

— Regarde, dit-elle : je ne sais pas comment il se fait que nous ne nous en soyons pas rendu compte avant, mais il manque une page dans le rapport médical, la page sept.

Thomas vérifia. Sa collègue avait raison.

— La secrétaire a peut-être fait une erreur en la tapant. Elle a sauté une page.

— Non, regarde à la fin : c'est écrit neuf de neuf. Le rapport devait donc avoir initialement neuf pages. Et on dirait qu'après coup quelqu'un a retiré la page sept sans prendre la peine de modifier toute la pagination. Ou sans avoir le temps de réimprimer.

— Mais c'est peut-être simplement une erreur de secrétariat.

— Avec une machine à écrire, ç'aurait été possible, mais avec un traitement de texte la pagination se refait automatiquement, qu'on ajoute ou qu'on retranche des pages.

Thomas admira son esprit logique.

— De toute manière, ajouta Julie, regarde la fin de la page six et le début de la page huit.

Il s'exécuta, hocha la tête.

— Effectivement, dit-il, il n'y a pas vraiment d'enchaînement.

— Je pense que nous devrions aller poser quelques questions au docteur Conway.

— C'est une excellente idée !

Ils allaient confier Catherine aux bons soins du policier qui assurait en permanence sa sécurité pour filer jusqu'au *General Hospital* lorsque la jeune femme se leva et, s'adressant à Julie – depuis quelque temps cette dernière lui servait de confidente :

— Est-ce que je peux te demander une faveur ? Une grosse, grosse faveur ?

49

À une centaine de mètres d'une entrée grillagée donnant sur une somptueuse demeure de Hampton, deux femmes attendaient, calées dans les sièges baquets d'une petite MG rouge.

Deux femmes qui portaient des lunettes fumées et de grands chapeaux noirs identiques.

C'étaient Julie et Catherine, qui, sous ce déguisement improvisé grâce à une visite-éclair chez Bloomingdale, épiaient, en détectives de fortune, la résidence de Robert Elliott.

C'était là la faveur, un peu absurde – le cœur a ses raisons – que Catherine avait obtenue de Julie, non sans une certaine insistance. Car la psychiatre était loin d'être sûre que, au beau milieu d'un procès éprouvant et humiliant, le fait d'apercevoir son ex-fiancé fût pour Catherine la meilleure des thérapies.

Beaucoup s'en fallait.

N'était-ce pas simplement prendre le risque de retourner le fer dans la plaie, et de se couvrir de ridicule si l'intéressé s'apercevait que celle qu'il avait rejetée s'accrochait et cherchait à ramasser quelques miettes ?

La table était pourtant bel et bien desservie...

Mais l'amour – l'amour blessé surtout – est une drogue, et ce pèlerinage sur les lieux du passé était une étape obligée du sevrage. C'est ce que Julie avait compris.

Elle était certes psychiatre, mais elle était femme également et, malgré une apparente insouciance au chapitre de l'amour, elle aussi avait souffert. Elle aussi avait connu ces envies absurdes mais irrépressibles. Le désir inextinguible de revoir – ne serait-ce qu'un instant, une furtive seconde – l'homme qui l'avait chassée. Ou d'entendre sa voix dire «Allô» au moment même où l'on raccrochait.

Donc elle comprenait.

Il y avait eu un autre obstacle : le policier qui suivait Catherine comme un chien d'une fidélité maladive, et qu'il avait fallu déjouer. Elles l'avaient fait avec une facilité qui n'était pas à l'honneur de la force de police new-yorkaise : Julie n'avait eu qu'à dépêcher l'agent en question aux toilettes des femmes, en alléguant qu'un dégénéré terrorisait les malheureuses usagères.

Mais maintenant qu'elles se trouvaient sur place, Julie n'était pas sûre que cette expédition fût une bonne idée et déjà elle regrettait d'y avoir consenti. Car à la voir épier avec une attention maniaque le petit château où vivait Robert, elle se dit que Catherine n'avait pas l'air plus heureuse – au contraire, elle semblait souffrir.

—J'ai tout gâché ! dit Catherine.

—Comment peux-tu dire ça ? protesta Julie. Tu es jeune, tu n'as même pas vingt ans ! Tu as toute la vie devant toi. Tu vas sortir de la clinique bientôt. Tu vas reprendre ton métier d'actrice.

—Mon métier d'actrice... dit Catherine avec dérision. Je suis une ratée. Ma carrière ne va nulle part !

—Mais tu commences, Catherine ! C'est normal d'avoir des débuts difficiles. La plupart des grandes actrices en ont eu. Le secret, c'est d'être patiente, d'apprécier chaque étape. Parce que chacune nous apporte quelque chose, chacune comporte une leçon.

—C'est facile pour toi de dire ça, maintenant que tu as réussi, que tu es une psychiatre reconnue ! Mais moi, si je ne réussis pas, si je ne suis jamais reconnue comme actrice ?

Julie eut un sourire triste. Elle sentit le besoin de se confier à Catherine comme à une amie. À une sœur.

—Moi aussi, dit-elle enfin, quand j'étais jeune, je pensais comme toi. Je trouvais ça difficile d'être étudiante. Les études de médecine, c'est long et chiant. Et puis je n'avais pas un sou. Mes parents n'habitaient pas dans une maison comme celle-là, dit-elle en désignant du menton la riche demeure des Elliott. En fait, ma mère à moi faisait des ménages dans Hampton, et mon père était chauffeur d'autobus. Alors je devais travailler en même temps que j'étudiais. Comme serveuse. Je me faisais tellement écœurer ! J'étais tellement fatiguée d'entendre les farces stupides et macho des clients. Avec mes études, je travaillais une centaine d'heures par semaine. Et je me disais que lorsque je serais enfin reçue médecin, puis psychiatre, je serais heureuse...

—Et tu l'as été ?

—Oui, pendant six mois. Quand j'ai commencé à la clinique, quand j'ai eu mon premier bureau, j'ai été heureuse. Quand j'ai reçu mon premier chèque de paie, aussi. J'étais tellement fière ! C'était vingt fois plus que ce que je gagnais à me faire chier comme serveuse. Et puis j'étais fière d'avoir terminé mon cours alors que personne chez moi ne croyait que j'y arriverais. Mes parents sont gentils, c'est vrai, et ils sont fiers maintenant que je suis psychiatre, mais quand j'ai commencé, ils ne voulaient pas que je rêve en couleur, comme ils disaient. Il aurait fallu que je devienne secrétaire, que je me marie au plus tôt et que j'aie cinq enfants. Je ne les blâme pas, ils n'ont rien connu d'autre et c'est ce que mes trois sœurs ont fait.

Catherine était renversée. Ainsi, Julie avait rencontré des problèmes presque identiques aux siens ! Une situation de départ difficile, des parents qui ne croyaient pas à son talent, qui tentaient par tous les moyens de la décourager.

—Mais au fond, reprit Julie, les choses ne changent jamais vraiment. Une fois que je suis devenue psychiatre, j'ai eu d'autres problèmes. Des problèmes avec les collègues, la direction, les patients – qui ne guérissent pas tous, malgré nos efforts – et qui font qu'on se remet en question.

Elle marqua une pause puis :

—Est-ce que tu crois vraiment que quand tu seras une actrice célèbre, qui gagne des millions par film, tu seras plus heureuse ?

—Oh ! oui, dit Catherine avec exaltation, j'en suis sûre !

Julie hésita avant de faire une nouvelle confidence :

—Est-ce que tu sais comment on décrit un acteur à Hollywood ?

—Non.

—C'est quelqu'un qui travaille pendant dix ou vingt ans pour que les gens le reconnaissent dans la rue et qui, une fois qu'il est célèbre, porte des verres fumés pour qu'on ne le reconnaisse pas !

Catherine, qui n'avait jamais entendu cet adage célèbre à Tinseltown, s'esclaffa.

—Depuis mes débuts, poursuivit Julie, j'ai soigné quatre ou cinq actrices, certaines très connues et que je ne peux nommer à cause du secret professionnel. Eh bien, je ne sais pas si elles étaient névrosées quand elles ont commencé dans ce métier, mais je peux te dire qu'elles l'étaient lorsque j'ai commencé à les suivre ! Bien sûr, elles avaient le succès, l'argent, la célébrité, mais elles avaient aussi tout ce qui vient avec : une vie de fous, plus de temps à elles, le surmenage, les couples qui craquent, les amis qui n'en sont pas, plus de vie privée à cause des journalistes et puis, par-dessus le marché, l'angoisse constante de perdre tout ça. C'est l'ironie de la chose, vois-tu. Quand elles ont commencé, elles avaient peur comme toi de ne pas atteindre la gloire, et maintenant elles ont peur de la perdre. En fin de compte, elles ont toujours peur.

—Qu'est-ce que ça veut dire ? Qu'on ne s'en sort jamais ? Alors pourquoi on vit ?

—Peut-être pour se rendre compte, entre autres constatations, qu'il y a des pièges dans lesquels il vaut mieux ne pas tomber.

—Lesquels ?

—Par exemple, le piège dans lequel était tombé un de mes patients. Il avait passé vingt ans de sa vie à faire des sacrifices énormes pour devenir riche et plaire aux femmes parce qu'il ne se trouvait pas assez beau. Et une fois devenu riche, il est venu me consulter parce qu'il était obsédé par l'idée que les femmes dans sa vie ne l'aimaient que pour son argent.

Catherine éclata à nouveau de rire, mais sa bonne humeur fut passagère.

— À force de soigner des gens, poursuivit Julie, je me suis rendu compte que chaque être était construit comme un roman à suspense. Le suspense, la vérité que chacun doit découvrir, c'est comment être heureux. Seulement, dans un suspense bien construit, à la fin il y a toujours une solution. Alors que dans la vie, pour la plupart des gens, il n'y en pas. Par contre, il y a toujours un dénouement.

—C'est décourageant...

—Mais non, c'est formidable ! On se rend compte qu'il faut vivre dans le présent, être détaché, ne pas se faire des soucis inutiles au sujet de l'avenir, ne pas attendre à demain pour être heureux, tenter chaque jour d'être en paix avec soi-même...

Elle se tut un moment, les yeux fixés sur la route qui se perdait dans le lointain, avant de poursuivre.

— ... jouir de tout ce qu'on fait, des mille petites joies de l'existence, de toutes les rencontres, de toutes les situations, même celles qui au départ semblent difficiles, contrariantes, chiantes... et alors la vie devient merveilleuse...

—Quand j'étais avec Robert, moi aussi je la trouvais merveilleuse, la vie, dit avec dépit Catherine, mais maintenant que je l'ai perdu...

Tout à coup elle sursauta et se mit à trembler comme si elle avait reçu un électrochoc. Quatre cavaliers arrivaient devant la résidence, s'arrêtaient, descendaient de cheval.

Il y avait les détestables sœurs jumelles de Robert.

Il y avait Robert, qu'elle trouva sublime dans son élégante tenue d'équitation anglaise.

Et, surtout, il y avait dans le groupe une femme qu'elle n'avait jamais vue, mais dont elle ne tarda pas à connaître le statut lorsque celle-ci vint poser sur la bouche de son ex-ami un baiser langoureux.

Catherine se mit à suffoquer de douleur.

Ainsi donc, Robert l'avait déjà remplacée !

Par une femme qui non seulement paraissait très belle, mais qui en outre maîtrisait admirablement sa monture et devait donc – contrairement à elle – provenir de la même classe sociale, de la « haute ».

Julie ne fut pas longue à réaliser ce qui se passait. Elle comprit qu'elle avait fait une erreur en exposant Catherine à cette épreuve.

Sans poser de question, elle fit tourner le moteur.

— Partons, dit-elle.

— Non, la supplia Catherine. Attends !

Son ton était si implorant que Julie n'osa pas la contrarier. Heureusement, les quatre cavaliers pénétrèrent dans le petit château aussitôt qu'Émile, le bon vieux domestique, fut venu – sans doute était-ce la journée de congé du palefrenier – prendre soin de leurs montures.

Des larmes glissaient sur les joues de Catherine, qui dit :

— Je ne pourrai jamais vivre sans lui. Je le sais.

— J'ai beaucoup de patients qui ont eu de grandes déceptions amoureuses, tenta Julie. Et puis avec le temps, ils m'ont avoué que cette déception les avait transformés, qu'elle les avait fait grandir. Tu vas trouver ça drôle, mais plusieurs m'ont même dit qu'ils étaient contents de l'avoir vécue !

De toute évidence, l'argument ne convainquit pas Catherine, dont les larmes redoublèrent. Julie, à court de mots pour exprimer ce qu'elle ressentait, lui prit la main et la serra tendrement. Catherine la regarda, esquissa un sourire à travers ses larmes.

— Moi aussi, reprit Julie, quand j'avais vingt-cinq ans, j'ai eu un grand amour. Il était beau comme un dieu et nous devions nous marier. Toutes mes amies étaient jalouses de moi. Et puis un jour que je voulais lui faire une surprise en lui apportant des fleurs au travail pour son anniversaire, je l'ai trouvé sur son canapé, dans les bras de sa secrétaire. J'en ai pleuré pendant un an ! Je n'aurais jamais cru pouvoir l'oublier. J'ai même pensé un temps...

Catherine saisit tout de suite à quoi elle faisait allusion.

— Mais pendant ce temps, j'ai travaillé sur moi, j'ai développé ma personnalité, mon sens de l'humour... je me suis mis à l'espagnol. Tu ne peux pas savoir comme ce peut être chiant des cours d'espagnol, le samedi soir, alors que toutes tes copines vont danser. Mais moi, je n'avais pas plus envie d'aller danser que de me pendre... Et tu sais quoi, maintenant, non seulement *yo hablo espanol*, mais je suis contente que ça me soit arrivé ! Oui, au fond je trouve que c'était pour le mieux, je ne regrette rien.

Devant la surprise de Catherine, la psychiatre crut bon d'ajouter :

— Il faut dire que mon grand amour, je l'ai justement revu il y a trois mois. Il était devenu complètement chauve et il avait engraissé de cinquante livres !

Et elle ajouta, songeuse :

— Et, de toute façon, il avait un tout petit zizi...

Catherine éclata de rire puis, ayant recouvré un peu de sérieux, dit candidement :

— Il me semble que la taille, ce n'est pas tellement important...

— Crois-moi, en dessous d'une certaine pointure, ça commence à être *très* important !

Catherine laissa de nouveau son hilarité se déchaîner. Elle retira ses lunettes noires. Ses yeux étaient mouillés, complètement démaquillés. Décidément, pour une psychiatre, Julie était très *cool* !

En voyant ses yeux tout barbouillés, Julie sortit un mouchoir, le tendit à Catherine, qui se regarda dans le rétroviseur et poussa un soupir découragé en constatant l'étendue des dégâts. Elle enleva le plus gros, puis se contenta un instant de respirer en tentant de se calmer. Elle regarda Julie. Oui, elle était vraiment *cool*.

— Tu sais, Catherine, reprit Julie, il y a une raison à chaque chose. Et, je te dis cela en confidence, tu comprends, je n'aimerais pas que tu le répètes...

— Je ne dirai rien, s'empressa de la rassurer Catherine, trop heureuse de devenir l'amie de Julie.

— Eh bien, si j'avais épousé cet homme qui me trompait avec sa secrétaire et qui est maintenant chauve...

— ... et qui avait un zizi vraiment petit...

— … et qui avait un zizi vraiment petit, eh bien, aujourd'hui je ne serais pas libre pour...

Elle n'osa pas l'appeler par son prénom :

— ... pour le docteur Gibson.

— Ah ah ! s'écria Catherine avec un sourire triomphant. Il me semblait aussi !

— Tu avais deviné ?

— Eh bien, je ne suis peut-être pas psychiatre, mais la manière dont vous vous regardez...

— Ah bon ! dit Julie, non sans déception.

Elle qui croyait que ses amours étaient un secret bien gardé !

Les deux femmes se turent un instant, puis Julie ajouta :

— Ce que je veux dire, c'est que je suis contente d'avoir été quittée par cet homme, même si j'ai eu de la peine, parce que Thomas est dix fois mieux.

— Tu veux dire au point de vue de... ?

—Non... dit Julie en réponse à l'allusion. Enfin, rassure-toi, il est effectivement supérieur à ce point de vue-là. Mais tu comprends ce que je veux dire...

—Tu sais, dit Catherine, Robert pour moi, c'est comme le docteur Gibson pour toi. C'est l'homme de ma vie. Dans le fond, je sais qu'il m'aime encore, je sais qu'il ne doit pas aimer cette femme. C'est son père qui l'a forcé. Dans ces familles riches, ils font encore des mariages arrangés...

Et, après une pause, elle précisa :

—S'il ne me revient pas, je sais que je ne serai jamais heureuse, même si je rencontre un autre homme...

Julie hésita. Ce qu'elle s'apprêtait à révéler ne correspondait sans doute pas à ce qu'une psychiatre doit dire à une patiente qui vient de faire une tentative de suicide. Elle avait retiré ses lunettes et pleurait maintenant à chaudes larmes :

—Moi aussi, si ça ne marchait pas avec Thomas, j'aurais de la difficulté à l'accepter...

Catherine se tourna vers elle.

—Hé, c'est toi le médecin ! Tu n'es pas supposée pleurer.

—Je ne pleure pas. Ça doit être le vent.

Elle récupéra le mouchoir tout maculé de rimmel que Catherine tenait toujours dans sa main, trouva non sans peine un petit coin vierge, s'essuya les yeux et dit :

—J'ai une idée ! Je connais une thérapie très spéciale, que j'utilise seulement deux ou trois fois par année. C'est une sorte de traitement choc. Qu'est-ce que tu dirais de l'essayer ?

—Ce n'est pas un truc qui efface la mémoire, comme le Mnémonium ?

—Ne t'en fais pas : tu vas t'en souvenir !

50

À Milan, *monte* Napoleone, se trouve *L'Ova*, un des cafés les plus à la mode de la ville.

Un restaurateur qui avait la piqûre des voyages et des affinités particulières avec l'Italie importa l'idée à New York, dans Fifth Avenue. Le café porte le même nom, sa décoration rappelle l'ambiance milanaise, et on y sert les meilleures pâtisseries de New York à une clientèle raffinée de touristes et d'inconditionnels.

C'est là que Catherine et Julie se retrouvèrent une demi-heure plus tard.

Attablées devant une bonne dizaine de pâtisseries variées et une bouteille du meilleur champagne, Julie expliquait très sérieusement à une Catherine à la fois ravie et fascinée que sa «thérapie de choc» consistait à manger toutes les pâtisseries dont elle avait envie.

Sans se soucier de l'addition.

De sa ligne.

De quoi que ce soit.

5 1

En sortant du bureau du procureur, Thomas tomba nez à nez avec l'inspecteur Templeton. Ce dernier avait à la main une grande enveloppe brune.

—*Small world!* dit Templeton.

—Petites gens, surtout, répliqua Thomas.

L'inspecteur sourit.

—En parlant de petites choses, j'ai une petite surprise pour vous.

Il tira une cassette de la poche de sa veste et la lui tendit.

—Vous écouterez cela dans vos temps libres.

Thomas prit la cassette, l'examina des deux côtés. Elle n'était pas identifiée. Il faillit la remettre à l'inspecteur mais décida de la garder.

—D'autres choses fascinantes à me dire, inspecteur? Je suis pressé.

—Oui. J'ai fait une découverte dans votre remise, il y a quelque temps déjà. Je savais que vous vous vous adonniez au jardinage. Moi aussi. Mais je ne connaissais pas la technique de taille que vous utilisez avec vos rosiers.

Il sortit alors de l'enveloppe un sac plastifié sur lequel était collé un ruban adhésif qui portait un numéro de dossier. Dedans se trouvaient des branches desséchées. Le temps avait fait son œuvre, mais Thomas reconnut sans peine le rosier compromettant qu'il avait coupé au sol le lendemain du viol de Catherine et plus ou moins «caché» dans sa remise. Il considéra le sac avec l'intérêt détaché d'un botaniste, sans manifester la moindre émotion.

La découverte de ces branches par l'inspecteur était évidemment très embarrassante, mais il ne fallait pas le laisser voir.

— C'est tout? dit-il sans laisser paraître son trouble.

— Pour le moment, oui, dit Templeton, qui le toisa avec un sourire ironique. Mais une fois que vous aurez perdu le procès, j'aurai autre chose. Je vous ferai inculper et là j'aurai votre peau, docteur.

Pour toute réponse, Thomas jeta le sac plastifié au visage de l'inspecteur et tourna les talons.

Templeton eut juste le temps d'attraper le sac, et regarda Thomas avec un sourire méprisant. Cette fois, il tenait son homme. Ce n'était plus qu'une question de temps.

52

Devant l'inspecteur, Thomas avait crâné. Mais, à la vérité, il sentait maintenant une pression incroyable sur ses épaules, pression qui ne diminua nullement lorsque, en chemin pour le *General Hospital* où il voulait rencontrer le docteur Conway, il écouta la cassette que lui avait remise Templeton.

On entendait d'abord la voix de l'inspecteur qui disait:

Ici l'inspecteur Templeton. Je suis présentement au quartier général de la police de New York. Je suis en présence de Madame Blanche Cooper, mère de Julie Cooper, psychiatre de profession, exerçant à la clinique Gagliardi.

— Madame Cooper, vous allez bien?

— Oui.

— Je vous remercie d'être venue à nos bureaux. Nous sommes ici pour vérifier certains détails concernant votre fille. Vous m'avez dit, au cours de la conversation téléphonique que nous avons eue hier, que vous aviez parlé à votre fille le soir du 15 juillet dernier?

— Oui, je lui ai effectivement parlé.

— Au téléphone?

— Oui, au téléphone.

— Est-ce vous qui l'avez appelée ou elle qui vous a appelée?

— Ma fille est très occupée, elle ne m'appelle pas souvent.

— *Me dites-vous que c'est vous qui l'avez appelée ce soir-là ?*

— *Oui.*

— *Vous en êtes sûre ?*

— *Absolument. C'était l'anniversaire de son père la veille, et je voulais vérifier si elle avait aimé la petite fête que j'avais donnée.*

— *Je vois. Quelle heure était-il ?*

— *Il était dix heures.*

— *Dix heures. Je vous remercie.*

Thomas blêmit. Avec ce témoignage, son alibi n'était plus valable !

En outre, Julie risquait une poursuite pour faux témoignage. Et sitôt que le procès en cours aurait blanchi les quatre accusés, Templeton pouvait le faire jeter en prison. Il lui suffirait de convaincre Catherine de porter des accusations contre lui, même si elle n'avait aucun souvenir de ce qui s'était passé, à cause des médicaments qu'il l'avait forcée à prendre.

Il retira la cassette, la rangea dans sa poche.

Il ne se sentait pas très bien. On aurait dit que chaque jour une nouvelle preuve venait s'ajouter contre lui. Le procès lui avait donné un moment de répit, mais maintenant l'étau se resserrait et rien ne semblait pouvoir arrêter sa progression inexorable.

Si ce n'était...

Si ce n'était peut-être cette piste nouvelle, avec le docteur Conway. Allait-elle jeter sur ce dossier ténébreux juste assez de lumière pour permettre à Thomas de trouver la pièce manquante du *puzzle* ?

Si Julie pouvait avoir raison ! Si seulement la page manquante qu'elle avait remarquée dans le rapport du docteur Conway avait bel et bien une signification !

Il arriva bientôt au *General Hospital*. Par chance, le docteur Conway accepta de le recevoir dès qu'il se fut identifié.

Il lui trouva pourtant l'air très nerveuse lorsqu'elle se leva pour lui serrer la main, et elle le prévint tout de suite :

— Je n'ai pas beaucoup de temps.

On aurait dit qu'elle se doutait de la raison de sa visite. En tout cas, elle ne parut pas surprise outre mesure lorsque Thomas tira le rapport de sa poche.

— Nous nous sommes rendu compte qu'il manquait une page dans votre rapport, docteur.

— Je ne sais pas de quoi vous parlez, docteur Gibson. J'ai témoigné en cour, on m'a interrogée, j'ai fait ce que j'avais à faire.

Mais l'intuition de Thomas lui disait que cette femme, pourtant fort sympathique, lui mentait, ou du moins qu'elle ne lui disait pas toute la vérité. Et cela ne faisait que le confirmer dans la certitude, premièrement, qu'il manquait effectivement une page dans le rapport et, deuxièmement, que cette page devait contenir des informations cruciales.

Mine de rien, il lui montra le rapport et expliqua :

—Il manque la page sept. Vous avez peut-être oublié de la photocopier après l'avoir imprimée.

Il regarda en direction de l'ordinateur, qui était en marche et qui était relié à une imprimante laser.

Le docteur Conway eut un réflexe que Thomas trouva un peu surprenant : sans même prendre la peine de sauvegarder le document auquel elle travaillait, elle éteignit son ordinateur avec une brusquerie qui renforça l'impression de Thomas : le médecin légiste lui cachait quelque chose – mais quoi ?

Et pour quelle raison ?

Il se fit insistant :

—Écoutez, je sais qu'il manque la page sept ! S'il le faut, j'obtiendrai une assignation du procureur.

Il lui répugnait de recourir à des menaces, contre cette femme surtout, avec qui il sentait qu'en d'autres circonstances il aurait sympathisé. Mais le temps pressait.

Le docteur ne dit rien, mais elle semblait très angoissée tout à coup. Elle désigna sur son bureau une photo, où figuraient deux charmantes jumelles de sept ou huit ans, et expliqua d'une voix si coupable qu'elle était presque un aveu :

—J'ai deux petite filles : je ne peux rien faire pour vous.

Que voulait-elle dire au juste ?

—Vous avez reçu des menaces ?

Sans répondre à la question, elle poursuivit :

—Je ne veux pas qu'il leur arrive ce qui est arrivé à cette pauvre fille, la prostituée.

—Quelqu'un vous fait chanter ?

—Je ne peux rien vous dire. Allez-vous finir par comprendre ?

—Ce que je comprends, c'est que quelqu'un a fait des pressions sur vous. Et que c'est illégal et que la police peut vous protéger.

—Comme elle a protégé votre premier témoin ? Merci beaucoup !

—À ce moment-là, nous ne savions pas encore à qui nous avions affaire! Maintenant, nous savons que ce sont des bandits. Nous faisons surveiller Catherine. Et il ne lui est encore rien arrivé.

—Je sais que même si la police surveille mes filles, un jour un policier sera distrait, ou bien il arrivera en retard, et alors ils frapperont, ils se vengeront parce que je n'aurai pas tenu parole.

—Mais qui ça, «ils»?

—Des gens qui n'entendent pas à rire.

Elle se mordit la lèvre : elle en avait déjà trop révélé. Thomas, flairant la piste, insista.

—Les avocats des accusés? Les accusés eux-mêmes?

—Je ne sais pas! répondit le docteur sur un ton exaspéré. Et même si je le savais, qu'est-ce que cela changerait? Ils mettraient leurs menaces à exécution.

—Mais quelles menaces?

—Je vous en prie, partez!

Thomas réfléchit un moment puis :

—Docteur, je vous le demande une dernière fois : au nom de Catherine, au nom de toutes les femmes, aidez-moi!

Le docteur Conway regarda la photo de ses deux bambines. Elle parut peser longuement le pour et le contre. Thomas retenait son souffle et la fixait avec intensité.

Enfin elle parut se résoudre, ouvrit brusquement le dernier tiroir de son bureau, celui du bas, en dénicha une enveloppe scellée de format huit et demi sur onze, qu'elle remit brusquement à Thomas en disant, comme si elle regrettait déjà son geste :

—Je n'ai pas remis toutes les photos qui allaient avec la page sept : les voici. Je ne peux pas vous donner la page sept, qui est détruite, et je ne témoignerai jamais sur son contenu. Mais en examinant ces photos, un autre médecin légiste arrivera peut-être à reconstituer ce qui est arrivé à Catherine le soir du 15 juillet.

Thomas remercia chaleureusement la jeune médecin légiste et lui assura qu'il ne trahirait pas ses sources. À en juger par la moue sceptique qu'elle esquissa, il comprit que cette promesse lui paraissait futile.

53

Malgré sa curiosité, Thomas attendit d'être assis dans la voiture avant d'ouvrir l'enveloppe. Le contenu le laissa sidéré : c'était à la fois hideux et extrêmement intrigant. Curieusement, cette découverte l'horrifiait en même temps qu'elle le rassurait.

Même s'il ne pouvait pas la démontrer, il avait maintenant la certitude de sa propre innocence.

Le docteur Conway lui avait indirectement suggéré de faire examiner les photos par un autre médecin légiste ; mais qui donc pourrait, dans les prochaines heures, émettre une opinion sur ces étonnantes photos ?

Il pensa alors à un collègue d'université qu'il n'avait guère revu après ses études, même si, un temps, ils avaient été assez liés... quel était donc son nom ?

Considine ! Oui, c'était cela, Julio Considine ! Par chance, il avait eu de ses nouvelles peu de temps auparavant, par un ami commun qui avait mentionné où Julio travaillait. Il téléphona de sa voiture et l'eut en ligne aussitôt :

— Julio ! Thomas Gibson à l'appareil. Te souviens-tu de moi ?

— Thomas ! Bien sûr, voyons ! Que me vaut l'honneur ?

— J'aurais un service à te demander. C'est au sujet du procès de Catherine Shield, j'imagine que tu es au courant.

— Oui, en effet. Une sale affaire.

— J'ai de nouvelles photos qui ont été prises lors de l'examen du médecin légiste, le lendemain du viol.

— Le médecin légiste ne veut pas émettre d'opinion ?

— Euh... non.

— Une raison en particulier ?

— Oui, mais ce serait trop long à t'expliquer. Ce que je voudrais, c'est que tu puisses me dire ce que tu en penses... avant que le procès reprenne demain matin. Je sais que je m'y prends à la dernière minute, mais nous sommes en train de perdre. Ces photos vont peut-être nous éclairer.

— Je vais voir ce que je peux faire. Dépose les photos à l'hôpital le plus rapidement possible. Je ne pourrai pas te voir tout de suite, je suis en train de terminer un rapport urgent, mais dès que j'ai des nouvelles, je t'appelle. Je peux te joindre à quel numéro ?

Thomas lui donna son numéro de cellulaire et passa aussitôt par l'hôpital, où il déposa les photos dans une enveloppe à son intention. Il était trois heures de l'après-midi.

Depuis son réveil il n'avait pris que trois ou quatre cafés, qui le rendaient encore plus fébrile, et il s'arrêta dans le premier restaurant qui lui parut convenable.

Mais dès qu'il eut avalé trois bouchées de son *BLT*, il repoussa l'assiette.

— Ça ne vous plaît pas ? demanda la serveuse.

— Ce n'est pas ça, lui assura-t-il. Je n'ai pas très faim.

Elle le regarda avec un air curieux, puis crut le reconnaître :

— Vous seriez pas le psychiatre qu'on voit à la télévision en ce moment ?

— Oui, dit-il avec embarras.

Il aurait fort bien pu se passer de la « gloire » que lui apportait ce procès.

— Est-ce que vous croyez que c'est vrai, tout ce qui lui est arrivé, à cette femme ?

— Mais oui !

— Ici, au restaurant, beaucoup de clients disent qu'elle ment, que les coupables, ce ne sont pas ceux qui sont accusés.

— Mais qui est-ce alors, d'après eux ?

Un autre client l'appelait. Elle se détourna, embarrassée, et repartit sans répondre, ce qui l'arrangeait peut-être. Croyait-elle que c'était lui le coupable ? Si elle avait vu les photos qu'il venait de remettre au docteur Considine, elle aurait probablement changé d'idée. Tout comme le feraient sans doute le juge, les membres du jury et le grand public.

Il consulta sa montre : seulement trois heures et demie. Comme le temps passait lentement !

Son téléphone était posé sur la table devant lui, et toutes les trois minutes il le regardait avec une attention maniaque, comme si cette contemplation obsessive allait le faire sonner par enchantement.

Curieusement, il sonna en effet. Thomas s'empressa de décrocher.

— Thomas ? C'est ton grand ami, Vic. Comment te sens-tu ?

Thomas ne savait pas trop quoi répondre. Pourquoi le directeur, à qui il n'avait pratiquement plus adressé la parole depuis des semaines, lui téléphonait-il au beau milieu du procès ?

Le docteur Conway, dans un moment de peur, l'avait-elle trahi ? Jackson était-il au courant ? Peut-être voulait-il négocier ?

Mais il fut vite détrompé.

— Tu n'as pas l'air très en forme, mon vieux ! En tout cas, pas à la télé ! As-tu écouté les derniers bulletins de nouvelles ?

— Non, dit Thomas assez sèchement.

— Thomas, je t'appelle pour te donner une dernière chance. Je suis en train de rédiger ta lettre de congédiement. Mais si tu convaincs cet entêté de procureur de laisser tout tomber, je te permettrai de l'écrire toi-même. Tu diras que tu pars pour des raisons personnelles, que tu veux prendre un année sabbatique. Comme ça, tu pourras sauver la face. Je te promets la plus grande discrétion auprès des médias.

— Le cas de Catherine n'a rien à voir avec mon poste de psychiatre à la clinique ! Elle n'est pas à vendre, et moi non plus !

— Heureusement pour toi, dit le directeur avec une calme ironie, parce que je peux te dire qu'à la fin du procès tu ne vaudras pas cher !

Thomas fut tenté de se vanter d'avoir mis la main sur de nouvelles preuves très incriminantes, mais il se retint. Ç'eût été une grave erreur. Il se contenta de répliquer, avec une assurance feinte :

— Eh bien, monsieur le directeur, on verra qui de nous deux vaut le plus cher !

Et il raccrocha. Il tremblait de nervosité. Vraiment, ce n'était pas sa journée ! On aurait dit que tout le monde s'était passé le mot pour le harceler, l'ébranler et essayer de le faire craquer !

Le téléphone sonna de nouveau.

Il hésita à répondre. Pourtant, peut-être était-ce une bonne nouvelle, cette fois ?

C'était encore Jackson.

— Je croyais que nous nous étions tout dit, fit Thomas.

— Non. J'ai une chose à ajouter : tu devrais finir ton sandwich... tu vas avoir besoin de toutes tes forces !

Et il raccrocha.

Pourquoi cette insistance, cet acharnement ?

Thomas se demanda s'il ne fallait pas mettre cette tactique nouvelle en perspective : ne trahissait-elle pas, sous le triomphalisme apparent de Jackson, un grand sentiment de vulnérabilité ? Une vulnérabilité que les nouvelles photos feraient peut-être ressortir...

Si seulement le docteur Considine pouvait appeler – avec des trouvailles, bien entendu !

Thomas tenta de joindre Julie, d'abord à la clinique, puis chez elle, où il tomba sur son message, dicté de cette voix cristalline qui lui plaisait tant. La seule lumière, le seul bonheur dans cette journée sombre.

Il essaierait de la joindre plus tard.

Il regarda son sandwich, d'ordinaire un de ses préférés, et qu'il n'avait que grignoté du bout des dents.

Tout à coup un frisson de terreur lui parcourut l'échine : comment diable Jackson savait-il qu'il se trouvait devant un sandwich dont il n'avait pas pris trois bouchées ?

Était-il surveillé ? Par un tueur à gages... celui qui avait froidement éliminé Natacha ?

Pour la première fois de sa vie – outre peut-être l'épisode des boules de quille dans l'escalier – il sentit son existence en danger et il eut vraiment peur.

C'était un sentiment étrange, inexplicable : le danger, la mort pouvaient surgir à tout moment.

N'importe comment.

Venant de n'importe où, de n'importe qui.

Il balaya lentement le restaurant du regard.

Le tueur était-il là ? Ne s'agissait-il pas de cet homme attablé à une vingtaine de pieds et qui, à quelques reprises, avait lorgné dans sa direction ? Était-ce un homme de main qui avait pour mandat de le supprimer sur-le-champ si Thomas refusait le pacte que lui proposait le directeur ? Ou était-ce simplement quelqu'un qui le reconnaissait pour avoir vu son visage dans les journaux ou à la télévision ?

Paul Kubrick estimait que la première journée du procès avait plutôt mal tourné, qu'ils n'avaient pas fait bien bonne figure. Mais peut-être leurs adversaires ne voyaient-ils pas la chose du même œil, comme le laissait d'ailleurs croire le deuxième coup de fil de Jackson – était-ce une ultime tentative pour en arriver à un règlement négocié ? Après tout, c'était fréquent, même en plein procès.

Thomas remarqua alors, dans un coin du restaurant, un homme très grand et aux épaules très carrées qui, protégé – ou caché – par un feutre taupe et des lunettes sombres, parlait au téléphone. Le type raccrocha, jeta quelques pièces de monnaie près de sa tasse de café, éteignit sa cigarette et sortit sans regarder personne.

Était-ce le tueur ? N'avait-il pas la même carrure que l'homme que Thomas avait croisé dans l'ascenseur, chez Natacha, et qui emportait avec lui un sac qui devait, si on en jugeait par les traces de sang sur le plancher, contenir le cadavre dépecé de leur témoin principal ?

La sueur commença à perler sur son front. La serveuse, qui s'approchait pour lui offrir de nouveau du café – ce devait être la troisième ou la quatrième fois – le nota et s'en inquiéta :

— Vous allez bien ?

— Oui, oui, dit-il.

— Je vous réchauffe votre café ? demanda-t-elle en tendant la cafetière.

— Non, je vous remercie. Combien je vous dois ?

Elle consulta le calepin sur lequel elle avait préparé son addition, la compléta, la lui remit : cinq dollars soixante cents.

Il fouilla dans sa poche. Il n'avait que des billets de dix et de vingt dollars. Il se leva.

— Est-ce que je peux vous acheter une cigarette ?

— Mais non, je vous la donne ! Je ne savais pas que vous fumiez. Vous auriez dû me le dire avant : je comprends maintenant pourquoi vous aviez l'air si nerveux !

— Je ne fume pas, dit-il contradictoirement.

Il prit pourtant la cigarette que lui tendait la serveuse, l'air médusé, accepta qu'elle la lui allume, puis jeta un billet de dix dollars sur la table, récupéra son cellulaire et se leva.

La serveuse pencha la tête pour tirer de la monnaie de son petit sac de cuir noir, mais lorsqu'elle la releva, Thomas franchissait déjà la porte du restaurant.

— Monsieur ! dit-elle en tendant vers lui sa monnaie, vous oubliez...

Mais elle haussa les épaules. Cela compenserait pour tous les radins qui ne laissaient pas de pourboire ou ceux qui, soit par oubli soit par omission, partaient sans régler l'addition : minables criminels qui, de surcroît, portaient souvent des complets trois pièces !

Sur le trottoir, Thomas aspira une troisième bouffée de cigarette. Elle ne lui fit pas un meilleur effet que les premières, et il se dit qu'il était absurde d'avoir allumé une cigarette. Il l'écrasa. Au même moment, dans une Camaro noire datant de quelques années et garée en face du restaurant, il aperçut l'homme au feutre taupe qui s'allumait une cigarette.

Leurs regards se croisèrent.

Sa présence ici était-elle une coïncidence ?

De nouveau Thomas fut parcouru de frissons. Il émanait de ce type, avec ses lunettes noires, quelque chose de sinistre, d'inquiétant.

Thomas pressa le pas, sauta dans sa voiture et démarra sans perdre de temps.

Un coup d'œil dans son rétroviseur lui permit alors de se rendre compte qu'il n'avait pas été victime de son imagination : la Camaro, qui était garée dans le sens opposé, fit un bruyant virage en U et entreprit de façon assez évidente de le suivre.

Il y avait une limite aux coïncidences !

Déjà passablement agité par le café et les trois bouffées de cigarette, le cœur de Thomas se mit à battre à tout rompre.

Que voulait ce type ?

Avait-il été engagé par Templeton pour le suivre et trouver à son sujet d'autres détails incriminants que l'inspecteur utiliserait si Catherine perdait son procès et qu'il pouvait alors rouvrir l'enquête à son sujet ?

Ou était-ce lui qui avait éliminé Natacha et avait tenté de le tuer, ou du moins de le blesser et certainement de l'intimider, en poussant les boules de quilles dans l'escalier ?

Thomas décida que de toute manière il valait mieux semer la Camaro. Il ne pouvait risquer d'être filé jusqu'au laboratoire du docteur Considine.

Il accéléra, mais joua de malchance : le premier feu qu'il rencontra tourna au rouge.

Que faire ? Il n'y avait pas de voitures qui croisaient l'intersection où il était arrêté. Et le tueur le rejoindrait dans quelques secondes, lui tirerait peut-être dessus, depuis sa voiture, comme dans les vieux films de gangster – ou dans certains quartiers de L.A.

Il n'avait pas beaucoup le choix : il brûla le feu. Lorsqu'il vit dans le rétroviseur que la Camaro en faisait autant, ses derniers doutes s'effacèrent. On l'avait vraiment pris en filature !

Il accéléra encore, et s'il avait toujours aimé sa Porsche pour sa nervosité et la puissance de sa mécanique, jamais sans doute ne l'avait-il autant appréciée qu'en ces instants où sa rapidité pouvait lui sauver la vie.

Il multiplia les virages, emprunta de petites rues, enfila même quelques ruelles et réussit bientôt à semer le tueur à gages. Du moins n'apercevait-il plus la Camaro dans son rétroviseur.

Il respira un peu mieux. Mais, songeant que s'il continuait à rouler dans New York il risquait que le tueur le retrouve, il résolut de sortir de la ville sans trop s'en éloigner, de manière à pouvoir se rendre au laboratoire du médecin légiste en moins d'une demi-heure dès qu'il recevrait son appel.

Il emprunta le pont Washington et, à la sortie du pont, il opta pour une route secondaire à deux voies.

D'imposants conifères bordaient la route et, malgré le danger de la situation, Thomas en éprouva un instant la beauté et se passa la réflexion que la nature lui manquait, que lorsqu'il se sortirait de ce guêpier, il consacrerait plus de temps aux joies simples de la forêt, de la montagne et des lacs.

À plusieurs reprises il jeta un coup d'œil dans son rétroviseur pour s'assurer que la Camaro ne l'avait pas suivi. Enfin rassuré, il ralentit presque jusqu'à la vitesse réglementaire.

Il consulta l'horloge de la Porsche. Seize heures trente ! Il fut tenté de téléphoner au laboratoire du docteur Considine pour savoir où il en était, mais se ravisa. Le médecin légiste avait beau avoir une excellente réputation, il n'était pas un magicien, après tout ! Il fallait lui donner le temps de faire son travail.

Quelques secondes s'écoulèrent et il aperçut alors, dans son rétroviseur, un camion qui le rattrapait.

Au début, cela ne l'inquiéta pas outre mesure : sans doute n'était-ce qu'un conducteur pressé de faire sa livraison. Et puis les camionneurs, qui passent littéralement leur vie sur la route, ont la réputation d'avoir le pied un peu lourd.

Par orgueil, par réflexe, Thomas ne voulut pas se faire doubler, et accéléra. Il fit grimper l'aiguille à cent quarante et distança aisément le camion. Mais, à son étonnement inquiet, en moins d'une minute ce dernier l'avait presque rejoint. Les cent mètres qui les séparaient en devinrent bientôt cinquante – distance qui, à cette vitesse, était à tout le moins imprudente.

Que voulait au juste ce camionneur ? Le doubler ? La ligne qui séparait les deux voies n'était pas continue, et il en avait tout le loisir, d'autant que la circulation en sens inverse était plutôt clairsemée, voire inexistante. Alors, pourquoi restait-il derrière ? Peut-être la Porsche roulait-elle trop vite… Thomas se dit qu'en ce cas il n'avait qu'à ralentir, le temps de laisser poliment le camion le doubler.

Il n'avait pas envie de faire la course contre ce type, même s'il était assuré de la gagner. Et il ne voulait pas risquer un accident.

À la première occasion, il ralentit donc et serra sa droite, mais quelle ne fut pas sa surprise de voir que le camion s'approchait encore davantage : plus que quelques mètres séparaient le pare-choc de la Porsche de celui du mastodonte.

Quelques secondes plus tard, le camion accéléra brutalement et son pare-choc vint heurter celui de la Porsche.

Thomas écrasa l'accélérateur et distança le camion sans peine, mais il était affolé. Il avait l'impression de vivre un véritable cauchemar, dans lequel une organisation disposant de moyens considérables, la mafia peut-être, cherchait carrément à l'éliminer. Il essaya de se raisonner mais, au même moment, il aperçut à quelque mille mètres devant lui un deuxième poids lourd, qui lui fonçait dessus, littéralement.

— Mais il est fou ! hurla Thomas.

À la vitesse où ils roulaient, la collision était imminente. Et l'autre camion, derrière, le rattrapait rapidement !

Il fallait absolument qu'il fasse quelque chose.

Tout de suite.

Dans un mouvement désespéré, Thomas lança la Porsche vers la voie de gauche. Le poids lourd l'imita. Alors Thomas comprit que la situation était encore plus grave qu'il n'avait cru, car derrière le deuxième camion s'en cachait un troisième !

Devant lui, les deux voies étaient maintenant occupées par deux mastodontes dont les chauffeurs, excités, s'étaient mis à klaxonner comme des déments.

Plus que trois cents mètres les séparaient. Thomas allait être écrabouillé.

Il écrasa la pédale de frein et braqua le volant à gauche – une manœuvre que, plus jeune, il avait pratiquée à maintes reprises sur des pistes d'essai. La Porsche fit une embardée puis un tête-à-queue, dérapa de l'arrière vers le bas-côté, mais Thomas la redressa d'un coup de volant. Le camion qui le suivait rappliqua vers la gauche pour lui couper la voie mais, d'une manœuvre habile, Thomas le déjoua et put s'échapper.

Dans son rétroviseur, il vit les trois camions s'immobiliser. Les mains moites crispées sur son volant, il fonça à toute allure sur la route. Il haletait, et retrouvait peu à peu son calme lorsque la sonnerie du téléphone le fit sursauter.

C'était le docteur Considine qui le prévenait qu'il avait terminé et qu'il pouvait déjà lui livrer ses conclusions préliminaires si Thomas passait à son laboratoire. Il ne fit qu'un bref commentaire avant de raccrocher :

— Je ne sais pas qui a fait ça à cette jeune femme, mais ce ne sont pas des gens normaux !

54

C'était la première fois que Thomas visitait le laboratoire d'un médecin légiste, et s'il avait jamais eu des doutes quant à sa vocation de psychiatre, il les perdit tout de suite.

Certes, il était quotidiennement confronté à la souffrance morale, à des complexes, à des déviations, des manies, mais il préférait ce spectacle, quoique parfois infiniment déprimant, à celui des cadavres et des membres humains qui traînaient un peu partout dans le labo du docteur Considine.

Ce dernier qui, contrairement à Thomas, avait vieilli prématurément et faisait beaucoup plus que ses quarante-trois ans avec sa tête poivre et sel dégarnie, l'entraîna vers la partie de son laboratoire où il avait étudié son dossier. Il le regarda avec des yeux pétillants et un sourire plein d'esprit :

— Les gens croient commettre un crime parfait, mais ils n'ont aucune idée des traces qu'ils laissent derrière eux ! dit-il en désignant, sur une table de dissection, une main, celle d'un homme si on en jugeait par sa taille et sa pilosité, dont la peau verdâtre indiquait un séjour prolongé dans l'eau. Nous avons retrouvé cette main sans son propriétaire, un truc connu du milieu pour brouiller les pistes. Mais, pour les gens du métier, chaque détail est une biographie. Sous les ongles de cette main, nous avons découvert des parcelles de peau. L'analyse a montré que ces bouts de chair provenaient d'un artiste très influent – en fait l'amant de cet homme. L'artiste, qui croyait n'avoir laissé aucune trace, est présentement en train d'expliquer à la police ce qu'il faisait avec la victime le soir où elle a été assassinée.

À la fois surpris et dégoûté, Thomas n'osa pas commenter cette explication, surprenante pour qui n'était pas au fait des progrès de la médecine judiciaire.

Ils passèrent devant un cadavre dont le thorax était complètement ouvert et dont certains organes étaient disposés sur la table, ce qui n'inspira pas Thomas davantage.

—Marié depuis trente-neuf ans, et empoisonné par sa femme sur une période d'un an, avec des doses minuscules d'arsenic qu'elle mettait dans le sucre dont il saupoudrait ses céréales tous les matins. Il y en a des traces dans tous ses organes vitaux.

—Je vais continuer de manger mes œufs au bacon.

Le docteur Julio Considine esquissa un sourire :

—Au début, ça me dégoûtait, comme toi. Puis, après un certain temps, je me suis rendu compte qu'au fond les gens ne sont pas vraiment mauvais. Ils sont simplement malades, désespérés. Personne ne leur a appris à être heureux. Alors j'ai développé mon sens de la compassion. Toi aussi, tu dois en voir de toutes les couleurs, non ?

—C'est certain… mais la souffrance morale n'a pas la même couleur !

Il n'osa pas ajouter «ni la même odeur !» en pensant à la forte senteur de formol qui imprégnait la pièce.

Ils arrivèrent alors devant un grand écran. Considine éteignit la lumière et actionna un projecteur. La plus importante des photos que Thomas avait apportées au docteur Considine quelques heures plus tôt apparut à l'écran. Thomas ne put la regarder sans éprouver un mélange de révolte et de dégoût.

Deux mains délicates, gantées de caoutchouc, selon toute vraisemblance celles du docteur Conway qui avait procédé à l'examen, écartaient les fesses de Catherine de manière à permettre d'en photographier l'intérieur.

On distinguait tout de suite un assez grand nombre d'éraflures, et des taches d'un rouge si sombre qu'elles paraissaient noires – visiblement des taches de sang coagulé. On pouvait également apercevoir de nombreux éclats d'une substance dont Thomas ne pouvait évidemment déterminer la nature, mais qui semblaient transparents et qui ressemblaient à des cristaux, ou à du verre.

Mais ce qui l'étonna et le choqua le plus, c'étaient les traces évidentes d'une morsure, à l'intérieur de la fesse gauche, très près de l'anus. Il s'échappait d'ailleurs de celui-ci un filet de sang mais aussi ce qui ressemblait à un fil ou à un assez long cheveu de couleur foncée – il n'appartenait donc pas à Catherine.

À en juger par la taille de la morsure, elle ne pouvait avoir été faite par un adulte, à moins que ce ne fût un nain, et encore. Elle ne pouvait provenir que d'un enfant – ce qui était hautement improbable.

Ou d'un animal.

Le docteur Considine avait pris une baguette.

—Évidemment, je n'ai pas examiné la victime elle-même, ce qui est en général préférable, mais la qualité de ces photos me permet d'en arriver à des conclusions assez précises, je crois. Est-ce que tu vas pouvoir les utiliser en cour, étant donné que je n'ai pas moi-même examiné la victime ? Ce n'est pas à moi de te le dire, je ne suis pas avocat, Dieu m'en garde ! En tout cas, je te livrerai mes conclusions, et tu en feras ce que tu voudras. Premièrement, il me paraît évident que cette jeune femme a été sodomisée.

De sa baguette, il désigna l'anus :

—L'anus a subi une dilatation inhabituelle, et il est d'une rougeur anormale, qu'il n'y a pas lorsque les muscles n'ont pas été brusqués, si je puis dire. On voit également, tout autour, de petits vaisseaux qui ont éclaté. La victime a subi une série de petites hémorragies, ce qui me fait tendre vers la même conclusion. Cette jeune femme en était probablement à ses débuts à ce chapitre, si je puis me permettre, ou le violeur était d'une taille de beaucoup supérieure à celle de son partenaire accoutumé. Et, bien entendu, un viol ne se fait jamais avec la préparation habituelle.

—Cela coïncide avec les déductions du médecin qui l'a examinée après le viol. Elle a effectivement été sodomisée.

—Ça me paraît évident.

Considine s'interrompit, puis désigna les petits éclats qu'on retrouvait un peu partout autour de l'anus :

—Ce que nous voyons ici, ce sont des éclats de verre.

—Tu en es certain ?

—Ils ont la couleur, la transparence et la texture du verre. Je suis absolument formel à ce sujet. J'ai comparé avec des dizaines d'échantillons que j'ai en banque. Ne me demande pas comment il se fait que la victime ait des éclats de verre entre les fesses. J'ai lu dans les journaux qu'elle aurait été violée au cours d'une fête, si on peut appeler ainsi ce genre de soirée ! Peut-être un invité a-t-il brisé son verre, et peut-être la victime s'est-elle assise nue dessus, ou encore elle est tombée par terre, en plein dans les éclats de verre.

Considine hésita, sembla se concentrer sur un problème épineux.

—Maintenant, il y a la morsure.

Thomas était impatient d'entendre l'avis du médecin légiste à ce sujet. Ce dernier ne tourna pas autour du pot :

—C'est une morsure de rat. Pour être plus précis, d'une gerboise de Mongolie.

—Une... Comment as-tu fait pour savoir ça? dit Thomas, à la fois épaté et incrédule. Franchement, je...

—Tu vois ce cheveu? demanda-t-il en désignant ce qui émergeait de l'anus de Catherine.

—Oui, bien sûr.

—Eh bien, en fait ce n'est pas un cheveu mais un poil – un poil de moustache.

—Celui de la gerboise?

—Exactement.

—Je ne comprends pas comment tu peux arriver à cette conclusion à partir d'une photo!

—Attends, je n'ai pas fini. Tu vois ce point noir à l'extrémité du poil? demanda-t-il.

—Oui. Je ne m'étais pas demandé ce que ce pouvait être, mais, à la réflexion, je préfère ne pas avoir examiné la question, dit Thomas, qui pensait à quelque matière excrémentielle.

—Ce n'est pas ce que tu crois, dit le docteur Considine, qui avait correctement interprété la réserve dégoûtée de Thomas.

Le docteur prit alors la souris de son ordinateur, qui était branchée au projecteur, et dessina un rectangle autour du renflement au bout du cheveu. Il cliqua à quelques reprises, ce qui eut pour effet de grossir plusieurs fois la région délimitée par le rectangle.

— Et maintenant, qu'est-ce que tu vois? demanda le docteur.

Thomas le regarda, incrédule. Il savait parfaitement que, le nombre de pixels dans une photo étant limité, un grossissement extrême faisait progressivement perdre à l'image sa définition, et son sens même, à mesure que les points qui la composaient grossissaient. Déjà, la photo avait été considérablement agrandie. Or, il n'avait précisément sous les yeux qu'une masse informe de taches agglutinées les unes aux autres. À peine distinguait-il une bande sombre qui, déduisit-il, devait être le cheveu. Le docteur prévint son objection.

—Tu ne vois rien, et c'est normal. Mais j'ai un nouveau logiciel, qui fait le pont entre les points d'une photo et rehausse le dessin le plus probable à partir d'indices infimes, invisibles à l'œil nu. Tu vas voir, le résultat est assez étonnant...

Il déplaça de nouveau la souris le long du menu affiché au haut de l'écran, l'immobilisa à la fonction *Reconstituer*, et cliqua.

Cela ne prit que quelques secondes.

Thomas eut un mouvement de recul.

La tête d'un véritable monstre, à la vérité un insecte effrayant, venait d'apparaître à l'écran.

— Je te présente un spécimen de *Xenopsylla cheopis,* qui est la puce parasite du rat et occasionnellement de la gerboise de Mongolie.

Pour appuyer sa thèse, à première vue hautement fantaisiste, le docteur ouvrit alors à côté de lui une grosse encyclopédie sur les insectes, qui n'était qu'un des innombrables livres de son étrange bibliothèque de médecin légiste, et trouva grâce à un signet la page qu'il cherchait.

— Tiens, regarde : tu vas voir que ce logiciel est d'une efficacité hallucinante.

Thomas regarda le dessin grossi de la *Xenopsylla cheopis,* compara avec la puce « reconstituée » et dut avouer que la ressemblance était effectivement saisissante. Pas de doute : il s'agissait bien de la même espèce. Parcourant rapidement l'article, il apprit que ce genre de puce ne parasitait jamais l'être humain.

La conclusion s'imposait : le « cheveu » de la photo avait toutes les chances d'être non pas un poil d'homme ou de femme mais bien un poil de gerboise.

— Sans doute s'agit-il d'un poil de moustache, précisa Considine, songeur.

Thomas, qui avait cru tirer les choses au clair en venant au labo, s'enfonçait au contraire encore plus dans le brouillard. Qu'est-ce que ces éclats de verre et ce parasite de rongeur venaient faire là ? Rien de tout cela n'avait de sens pour lui.

— Mais comment ce petit rongeur a-t-il pu mordre cette jeune femme à l'intérieur de la fesse gauche ?

Considine esquissa un geste d'ignorance.

— Ça, je serais bien incapable de te le dire. C'est à toi de le découvrir ! Mais ce que je sais, c'est que ces morsures ont bel et bien été faites par ce petit rat !

55

En sortant du laboratoire, après s'être assuré que personne ne le surveillait, Thomas s'attarda un peu dans sa voiture. Il était tellement tracassé par ce que venait de lui révéler le docteur

Considine, qui lui avait remis les saisissantes photos de Catherine et son rapport, dûment signé (il lui avait promis sa totale collaboration s'il avait besoin de lui en cour comme expert), qu'il en avait complètement oublié les événements, pourtant peu ordinaires, du début de l'après-midi.

Complètement absorbé, il s'acharnait à essayer de trouver une réponse à cette énigme incroyable : comment Catherine avait-elle pu se faire mordre par un rat ? Décidément, quelque chose ne fonctionnait pas dans ce scénario !

Il se trouvait face à deux données apparemment inconciliables. D'abord, Catherine avait été violée dans une soirée mondaine chez Jackson. Ensuite, elle s'était fait mordre à plusieurs reprises par un rat. Il lui manquait un élément, un lien logique entre ces deux faits.

Pendant cinq minutes d'une concentration extrême, il jongla avec ces deux données incompatibles et finit par se masser le front de découragement. Il consulta l'horloge de la Porsche.

Sept heures...

Il ne lui restait plus beaucoup de temps.

Dans un peu plus d'une douzaine d'heures, le procès reprendrait.

Le dernier témoin – d'ailleurs le plus important – c'était Catherine.

Si elle n'était pas exceptionnelle durant l'interrogatoire, si l'avocat de la défense parvenait, comme il s'y efforcerait sûrement, à tirer d'elle des contradictions, à lui donner l'air d'une personne confuse, peu équilibrée, il sèmerait un doute raisonnable dans l'esprit du jury.

Un «doute raisonnable» : voilà tout ce dont la défense avait besoin pour obtenir l'acquittement des accusés !

Il devait donc à tout prix établir le lien entre le viol et le rat. C'était là la clé de l'énigme, il le sentait – pas seulement la clé, d'ailleurs, mais la preuve irréfutable qui permettrait au procureur de rendre son plaidoyer si convaincant que le jury n'aurait d'autre choix que de condamner les accusés.

Paul Kubrick.

Il fallait qu'il lui téléphone sans tarder pour le mettre au courant des derniers développements : les demi-aveux du docteur Conway, qui avait pour ainsi dire admis qu'elle avait été contrainte de faire disparaître la fameuse page sept de son rapport, celle qui était de toute évidence la plus compromettante pour les accusés ; la nouvelle tentative d'intimidation dont il avait fait l'objet ; et, surtout, les étranges conclusions auxquelles en était arrivé le docteur Considine à partir de la photo manquante retrouvée.

Il composa fébrilement le numéro du procureur qui, célibataire et extrêmement ambitieux, travaillait souvent fort tard le soir. Mais il ne le trouva pas à son bureau et dut insister auprès d'une employée un peu obtuse, qui mit du temps à comprendre l'urgence de la situation. Lassée par son insistance, elle finit tout de même par lui donner le numéro personnel de Kubrick. Mais Thomas n'eut pas plus de succès au domicile de ce dernier.

Il pensa alors à Julie.

Avec tous ces événements, il n'avait pas respecté leur pacte tacite, qui consistait à s'appeler tous les jours un peu avant six heures pour se mettre au courant de leurs projets respectifs pour le dîner.

Il lui téléphona, tomba de nouveau sur son répondeur, laissa un bref message expliquant qu'il était sept heures et qu'il ne rentrerait pas tout de suite. Une légère inquiétude le gagna, car il trouvait curieux que Julie ne fût pas à la maison à cette heure, elle qui s'attardait rarement à la clinique passé six heures.

Pourvu qu'il ne lui soit rien arrivé, que Schmidt ou les accusés n'aient pas décidé de l'intimider elle aussi ! Depuis le temps, ils devaient sûrement savoir, surtout s'ils le faisaient suivre, que Julie l'hébergeait. N'allaient-ils pas, pour l'atteindre lui, s'en prendre à une proie plus vulnérable ?

Il préféra chasser cette pensée de son esprit : ils n'iraient pas si loin, ils n'oseraient pas ! Mais, surtout, ils n'y verraient probablement pas d'utilité. Car, après tout, Julie n'avait pas une grande influence sur l'issue du procès, dont Thomas était le véritable instigateur.

Il se remit à penser à cette véritable quadrature du cercle qu'était la morsure de rat : quel pouvait bien être le rapport avec ce que Catherine avait subi ?

Dans le passé, avec des patients dont les problèmes paraissaient de prime abord insolubles – véritables énigmes, hiéroglyphes indéchiffrables – il avait constaté que, même s'il ne s'en rendait pas compte, bien souvent *tous* les éléments du problème étaient à sa disposition. Il les avait sous le nez mais ne les voyait pas. Ou, plus précisément, il n'arrivait pas à les organiser de façon à en tirer un sens.

N'était-ce pas le cas en ce moment ? N'avait-il pas tous les éléments en main ?

Délaissant un moment sa réflexion, il s'attarda à observer les passants. À cette heure, nombre d'entre eux devaient se presser vers un cinéma ou un restaurant du quartier. La plupart des commerçants avaient fermé.

Non loin, toutes lumières allumées, une boutique semblait cependant faire exception : peut-être une cliente s'était-elle attardée. La porte venait en effet de s'ouvrir pour laisser sortir, avec les salutations d'usage, une femme très élégante qui, d'une main gantée de cuir mauve, portait une boîte circulaire ornée de rayures verticales, retenue par une poignée cartonnée. Jetant un coup d'œil distrait à l'enseigne, Thomas constata qu'il s'agissait d'un chapelier, ce qui expliquait la forme inusitée de la boîte.

La cliente prit la direction de la voiture de Thomas et pressa le pas, l'air presque inquiet – son achat était-il destiné non à un époux légitime mais à quelque rencontre furtive ? Comme elle passait à côté de la voiture de Thomas, elle croisa des passants et la belle boîte heurta légèrement le rétroviseur de la Porsche.

Dans sa nervosité – peut-être aussi parce qu'il s'était laissé distraire, ou inspirer, par les jambes de la passante –, un lien inattendu se fit dans son esprit.

Par sa forme, par ses rayures aussi, cette boîte qui avait heurté involontairement la Porsche venait de lui rappeler un détail de la longue déposition de Catherine : celle-ci avait dit que chez Jackson un de ses agresseurs, Joseph Harvey, tenait à la main une cage.

Ni Thomas ni le procureur ni Julie n'avaient su que faire de ce détail et ils avaient fini par l'omettre de leurs raisonnements. Mais que transporte-t-on dans une cage ?

Habituellement, un oiseau.

Mais aussi n'importe quel animal suffisamment petit pour y pénétrer sans pouvoir en sortir… tel un rat !

Comme si, après une longue stérilité, sa pensée s'était vraiment ébranlée, il eut à ce moment une autre illumination.

Il se rappela un détail du dossier que le procureur avait monté sur Harvey, comme sur chacun des suspects, et auquel il avait d'ailleurs collaboré avec Julie. Une raison supplémentaire de croire que le critique littéraire transportait un rat dans la cage. Quelques années auparavant, Harvey avait publié un essai sur *L'Homme aux rats*, le célèbre cas psychiatrique étudié par Freud. Il s'agissait d'un homme qui avait une fixation morbide sur les rongeurs et les martyrisait, un peu comme le faisait, si on en croyait la petite histoire, le célèbre écrivain Marcel Proust. D'ailleurs – et c'était au cœur de son étude – Joseph Harvey établissait un rapprochement entre l'auteur de *À la recherche du temps perdu* et l'homme décrit par le célèbre psychiatre de Vienne.

Était-ce par hasard que Joseph Harvey avait choisi d'étudier les rats en rapport avec la littérature et la psychanalyse? Des intérêts en apparence purement intellectuels n'en cachent-ils pas d'autres, parfois plus profonds, plus viscéraux, et par là même infiniment révélateurs?

Qu'il eût raison ou tort, Thomas n'avait pas d'autre piste pour le moment. Il ne pouvait vraiment pas se permettre de faire la fine bouche, car le temps filait à toute allure. Il fallait s'accrocher au moindre espoir, ce qui signifiait en l'occurrence aller jusqu'au bout de cette piste.

Il retrouva sans peine l'adresse de Joseph Harvey dans l'annuaire téléphonique. Ce dernier habitait dans le *Upper East Side*, près de *Second Avenue*. Il n'était pas loin.

Il s'y rendit sans tarder, gara sa voiture à une centaine de mètres de l'immeuble où habitait Harvey et s'y dirigea lentement. C'était un logement dont la façade de style vieille Angleterre était assez coquette avec sa porte noire et son élégant heurtoir en bronze. Une plaquette, également en bronze, arborait le nom du critique.

Thomas souleva le heurtoir, qui semblait tenir lieu de sonnette, mais, au moment de le laisser retomber, il eut une hésitation.

Bien entendu, Harvey savait quel rôle il avait joué dans le procès : accepterait-il de le recevoir? Et si oui, qu'est-ce que Thomas allait lui demander?

S'il était bien un maniaque?

S'il aimait vraiment les rats, et s'il en avait apporté un dans une cage, le 15 juillet, chez Jackson?

S'il lui avait ensuite ordonné, comme un dresseur de chiens, de mordre Catherine à l'intérieur de la fesse gauche?

Cela ne tenait pas debout : le critique l'enverrait promener. D'ailleurs il n'accepterait probablement même pas de le recevoir, respectant en cela la consigne de ses avocats d'éviter tout rapport avec la partie adverse. D'ailleurs, les mêmes avocats seraient sans doute aussitôt avertis de son enquête et en déduiraient sans peine qu'une certaine photo avait refait surface. Ce n'était pas le moment de les alerter.

Il valait mieux tenter encore une fois de contacter Paul Kubrick, pour lui communiquer les derniers événements.

«Encore mieux, se dit-il, je vais rentrer» – il faillit penser «chez moi», oubliant un instant que Julie et lui ne formaient en rien un couple, légitime ou pas. Mais peut-être cette résidence passagère était-elle devenue à son insu, et plus profondément qu'il ne le pensait, sa véritable demeure. Il savait une chose en tout cas, c'est que chaque soir il était heureux de retrouver la présence souriante de cette femme qu'il aimait de plus en plus. Heureux : était-ce vraiment le mot ? En fait, n'était-il pas complètement intoxiqué ?

Il redescendit les trois marches du perron, se dirigea vers sa voiture en laissant son regard s'attarder sur la résidence du critique, comme s'il souhaitait inconsciemment découvrir, in extremis, un détail utile, lorsqu'il se rendit compte que la fenêtre du séjour était entrouverte.

Une idée folle lui passa par la tête.

Il gravit de nouveau les trois marches, agita le heurtoir, attendit quelques secondes, frappa encore une fois, avec plus de vigueur, pour s'assurer que Harvey ne lui répondait pas parce qu'il était absent et non pas parce qu'il ne l'entendait pas. Fébrile, il regarda de droite et de gauche et, comme il n'y avait pas de passant en vue, et même si on était en plein jour, il s'avança vers la fenêtre, la souleva et se glissa à l'intérieur de l'appartement. Son cœur battait à grands coups.

Que faisait-il là ?

Il était ni plus ni moins en train de s'introduire par effraction chez un membre éminent de la communauté intellectuelle de New York. Voilà ce qu'il faisait. Cela pouvait le mener en prison ou en tout cas lui attirer de sérieux ennuis, mais maintenant il était trop tard pour reculer.

C'était un intérieur assez luxueux, fidèle à l'idée qu'on pouvait se faire de l'appartement d'un intellectuel aisé : cuirs de couleur, tissus fins, lithographies d'artistes modernes, livres d'art moderne à profusion, romans en grande quantité et aussi, à côté du téléphone, un imposant paquet de feuilles – sans doute un manuscrit non publié. Le tout était agrémenté de bibelots d'origines diverses, dont la présence s'expliquait, si du moins les recherches menées par Julie et Thomas étaient exactes, par le penchant de Harvey pour les voyages dans des pays exotiques comme le Maroc et l'Algérie.

Dans un coin du salon, Thomas remarqua alors quelque chose dont la présence lui parut curieuse : un séchoir à linge métallique sur lequel, outre des chaussettes, étaient suspendus de grands carrés de tissu blancs qui ressemblaient à s'y méprendre aux anciennes couches en coton, rendues obsolètes par les couches jetables.

Thomas s'étonna un instant. Sauf erreur, le critique non seulement était célibataire mais il n'avait pas d'enfants. Et puis, comment se faisait-il qu'un homme qui touchait les émoluments d'un critique arrivé fût obligé de s'occuper lui-même de sa lessive ? Thomas pensa qu'il devait être bien radin. Mais il n'eut pas le temps de se questionner davantage sur ce curieux séchoir, car un bruit sur sa gauche le fit sursauter.

Il se tourna et aperçut alors à la fois ce qui l'avait fait sursauter et la raison de sa « visite » sans invitation : dans le coin d'une cage posée sur une table, un petit rat brun se dépensait allègrement dans une roue d'exercice.

Thomas éprouva un frisson étrange, de ceux que l'on ressent lorsque toutes les pièces d'un *puzzle* mental trouvent leur place comme par enchantement.

Médusé, il s'avança vers la cage et vit un deuxième rat, qui sommeillait dans un coin.

Le rongeur qui était dans la roue aperçut alors Thomas et s'immobilisa pour l'examiner, de cet air à la fois curieux et méfiant qui est typique de son espèce. Rassuré, il tendit le museau entre les barreaux de la cage, dans l'espoir évident que Thomas le nourrisse. Ce dernier l'observa. Peu menaçant et plutôt sympathique, l'animal était à peine plus gros qu'un mulot ou une petite souris grise, dont il se distinguait par un pelage brun et des oreilles assez développées.

Thomas remarqua alors un détail qui accréditait la thèse de Considine : les poils de moustache des deux pensionnaires de la cage ressemblaient énormément à celui qui avait été photographié et prélevé dans l'anus de Catherine.

Celle-ci et Natacha avaient donc dit vrai au sujet de la cage ! Toute cette histoire, à première vue abracadabrante, n'avait pas été inventée par Catherine ; les photos manquantes révélaient d'ailleurs qu'elle avait été mordue par un rongeur – peut-être le petit animal curieux qu'il avait sous les yeux. Le rat, réalisant que Thomas ne lui offrait rien à manger, se remit alors à faire tourner sa roue inlassablement.

Tout à coup Thomas entendit derrière lui le bruit d'une clé qui tournait dans une serrure. Son cœur bondit dans sa poitrine. Quelqu'un entrait dans l'appartement ! D'un coup d'œil, il jugea qu'il s'était trop éloigné de la fenêtre pour la regagner à temps.

Il ouvrit la première porte à sa gauche, celle d'un placard. Il s'y glissa mais ne put refermer la porte avant que ne se profilât la large silhouette de Joseph Harvey avec son sempiternel chapeau noir à large bord.

Il respirait très fort.

Il s'arrêta au milieu du salon et, d'entre les manteaux, Thomas put voir ses sourcils se froncer. Harvey huma l'air, soudain soupçonneux. Il aurait juré qu'il flottait une odeur d'eau de toilette différente de la sienne. Il ne pouvait en avoir la certitude, mais l'impression était tenace.

Cependant, il sortait d'un cocktail en l'honneur d'un jeune auteur, où il avait serré une foule de mains et tendu la joue à plus d'une femme abondamment parfumée. Il avait d'ailleurs rapporté le roman dédicacé par la dernière vedette montante de la littérature américaine, à qui il ne prêtait pourtant qu'un talent très limité : au lancement, ce dernier avait eu l'audace de refuser sa proposition de l'interviewer chez lui le week-end suivant et avait ignoré avec superbe ses avances – d'ailleurs transparentes – ce qui n'avait pas manqué de contrarier le critique, d'autant plus qu'il savait pertinemment qu'ils partageaient les mêmes orientations sexuelles.

Il jeta des regards circulaires dans la pièce, aperçut la fenêtre principale restée grande ouverte. Ce détail lui parut curieux, car il lui semblait l'avoir fermée avant de partir, le matin.

Mais il était fatigué, il avait bu plus que sa dose d'un mousseux pourtant infect : il fallait bien trouver un moyen de tromper l'ennui que distillaient la plupart de ces événements mondains. Radins d'éditeurs, qui ne servaient même pas du vrai champagne et s'étonnaient ensuite que les critiques ne courent pas leurs lancements !

Harvey alla fermer la fenêtre, trouva encore qu'une odeur de Cologne qu'il ne reconnaissait pas flottait dans la pièce, aperçut alors la porte ouverte du placard et s'y dirigea. Thomas se blottit dans un coin et d'un seul coup se mit à transpirer.

Le téléphone sonna.

Harvey s'éloigna, au grand soulagement de Thomas, qui avait entendu avec une inquiétude croissante ses pas se rapprocher ; le critique s'immobilisa devant une petite table de coin sur laquelle se trouvait le téléphone. Il posa le roman qu'il tenait toujours de ses doigts boudinés et décrocha.

C'était l'éditeur du jeune auteur qui le relançait, car ce dernier l'avait informé que Harvey ne parlerait pas du roman dans sa chronique. Le critique s'indigna.

—Écoutez, Al a été odieux avec moi !

—...

—Mon cher ami, sachez que je ne suis pas né de la dernière pluie ! Je sais ce qu'il en est. Il a joué les vierges effarouchées avec moi, ce n'est vraiment pas la bonne façon ! Je lui ai proposé de venir chez moi samedi soir prochain, vers minuit, pour me parler de son livre.

—...

—D'accord, minuit, c'est un peu tard, mais je suis un noctambule. Il faudrait qu'il se rende compte que je ne lui dois rien, et que ce n'est pas parce qu'il a un joli petit cul que je vais l'encenser dans ma chronique ! Je veux commencer par vérifier s'il a vraiment du talent – vous comprenez ce que je veux dire ?

Nouveau silence, pendant lequel son visage renfrogné s'éclaira d'un sourire intéressé puis :

—Écoutez, si vous réussissez à le convaincre que c'est pour son bien, je suis prêt à reconsidérer ma décision.

Après une pause il reprit :

—Un dernier détail : comme il n'a pas compris du premier coup, je vais avoir besoin d'une compensation de votre part ! Je songe à aller faire un article au Maroc, la semaine prochaine, et j'ai besoin d'aide pour mes frais de voyage.

—...

Un air de cupidité assouvie fleurissait maintenant sur ses lèvres : il tenait son homme !

—Disons le double et je suis à vous !

—...

—Tout de suite ? Eh bien, voilà enfin un homme éclairé et efficace ! dit-il d'une voix flatteuse. Je peux effectivement être là dans une quinzaine... de minutes ! C'est un vrai plaisir que de négocier avec vous !

Il raccrocha, resta un instant la main posée sur le récepteur, visiblement satisfait. Il avait obtenu ce qu'il voulait et mieux encore, avec cette petite compensation en sus de la perspective d'un plaisir pour lequel il aurait été prêt à payer, ce qui du reste lui arrivait parfois.

Cette courte conversation l'avait excité au point qu'il ne pensait plus du tout à l'odeur suspecte de l'eau de toilette ni à la fenêtre entrouverte. Tout à coup, seul comptait le rendez-vous que venait de lui fixer l'éditeur.

Sa fébrilité ne lui avait tout de même pas fait oublier ses bêtes et, avant de courir vers son rendez-vous, il s'approcha de la cage, s'assura que les rongeurs ne manquaient de rien et quitta la pièce, non sans leur avoir lancé un suave «Bonsoir, mes anges!».

Thomas, tout étonné de l'absurde tendresse de ce salut, attendit de longues minutes après avoir entendu claquer la porte d'entrée avant de quitter le placard, où il commençait à étouffer. Encore sous le coup de la frayeur provoquée par l'arrivée inopinée du critique, il prit un moment pour se décider à sortir de la maison par la porte principale.

56

Arrivé à l'appartement de Julie, Thomas constata que la porte d'entrée avait été mal refermée et qu'une musique quasi assourdissante provenait de l'intérieur.

«Peut-être que je la connais moins bien que je ne croyais, se dit-il, mais ce n'est pas dans ses habitudes d'être aussi distraite, ni d'écouter la musique aussi fort qu'une ado.»

Julie était très organisée et très respectueuse de la tranquillité de ses voisins. Il imagina tout de suite le pire: le tueur à gages s'était amené à son appartement pour régler son cas à lui, ne l'avait pas trouvé et, par dépit ou perversion – après tout, elle était très belle femme – s'en était pris à elle.

En entrant, Thomas vit au milieu du salon les jolis escarpins noirs de Julie – ceux qu'elle portait le matin même si sa mémoire ne lui jouait pas de tours. Les avait-elle perdus dans une course folle pour échapper au tueur? Cette idée ne fit qu'accroître l'angoisse mortelle qui lui serrait la poitrine.

—Julie!

Comme il n'obtenait pas de réponse, il appela de nouveau, en hurlant cette fois. Sans plus de succès.

Il se précipita vers la chambre. La porte était ouverte, et à sa grande surprise il y trouva Julie, dans un peignoir négligemment attaché ou savamment détaché, affalée dans la belle ottomane vert pomme. Un verre à la main, les yeux fermés, dans une attitude rêveuse et décontractée, elle se laissait bercer par la chaude musique de *Sexual Healing*, de Marvin Gaye.

Quoique rassuré, Thomas se sentit en même temps contrarié de s'être inquiété inutilement. Il était légèrement embarrassé aussi, car il distinguait un des seins de Julie et, comme elle avait toujours les yeux fermés, il se trouvait dans la position d'un voyeur.

Bien sûr, il l'avait déjà vue nue à deux reprises, mais comme ils n'étaient toujours pas devenus amants en dépit d'une cohabitation de plusieurs jours, il avait nettement l'impression de violer son intimité. En même temps, il dut s'avouer qu'il trouvait cela terriblement excitant.

Devait-il la laisser à sa rêverie ou l'en tirer pour lui raconter tout ce qui lui était arrivé depuis qu'ils s'étaient quittés, le matin ?

Il avait pris le parti de ressortir de la chambre lorsqu'elle ouvrit les yeux. Elle ne parut ni surprise ni choquée de le voir dans sa chambre, ne rajusta pas son peignoir, mais Thomas ne put dire si c'était une forme de subtile provocation de sa part ou si elle n'était tout simplement pas consciente que sa poitrine était à demi découverte.

D'une seule lampée, elle vida son verre et le posa sur la petite table circulaire en merisier, dont le rouge profond contrastait agréablement avec le vert de l'ottomane, et se contenta de regarder Thomas avec un sourire engageant. Elle était visiblement éméchée.

—Julie, j'étais inquiet ! Tu as laissé la porte de l'appartement ouverte.

Elle parut surprise mais plutôt amusée de sa propre négligence.

—Ah, je ne savais pas, c'est sans doute...

Elle allait dire : l'alcool, mais craignit peut-être de choquer Thomas. Sans le connaître très bien, elle savait qu'il ne buvait pas beaucoup. Peut-être serait-il déçu d'apprendre qu'elle s'était soûlée par une belle journée de semaine.

—Où étais-tu ? J'ai essayé de te joindre cet après-midi.

—J'ai passé du temps avec Catherine. Nous avons été à *L'Ova*.

—La pâtisserie ?

—Oui, elle était triste, alors j'ai pensé... Et nous avons bu un peu de champagne.

Elle étouffa un petit gloussement.

—Je vois. Elle est à la clinique, maintenant ?

—Oui, je l'ai reconduite vers cinq ou six heures.

—Ça me rassure, parce qu'il m'est arrivé quelque chose d'incroyable cet après-midi.

Il lui résuma l'épisode des poids lourds, puis enchaîna :

— Mais ça, ce n'est pas le plus intéressant ! Tu sais, ta question au sujet de la page manquante dans le rapport ? Eh bien, figure-toi que tu tenais une bonne piste : sans me le dire directement, le docteur Conway m'a avoué qu'elle avait été forcée – tu devines par qui – de retirer une page. Et elle m'a donné les photos qui vont avec cette partie du rapport.

Thomas sortit les photos de l'enveloppe et les tendit à Julie. Quand celle-ci les vit, sa joyeuse insouciance aussitôt fit place à l'effarement.

— Qu'est-ce qui lui est arrivé ? Elle a été... mordue ? osa-t-elle dire enfin.

— Oui. Par un rat. Et imagine-toi que je sais à qui il appartient.

— ... ?

— À Joseph Harvey.

— Le critique ?

— Oui, je reviens de chez lui. Je m'y suis introduit et j'ai trouvé la cage que Catherine a vue à la fête. Harvey garde deux rats, en fait deux gerboises de Mongolie.

— C'est une espèce de rat, c'est ça ?

— Oui, et c'est précisément la variété de rats qui a mordu Catherine. Les conclusions du médecin légiste que j'ai consulté sont formelles. Tu vois ce cheveu ?

Julie regarda de nouveau la photo, non sans un certain dégoût mêlé de révolte.

— Eh bien, poursuivit Thomas, ce n'est pas un cheveu, c'est un poil de moustache de rat. Tout est dans le rapport.

Il le tira de l'enveloppe et le tendit à Julie, qui le parcourut rapidement.

— Une *puce* ? dit-elle non sans étonnement.

— Oui, un parasite spécifique à la gerboise. C'est ça qui lui a permis d'identifier la race de rats.

Julie posa le rapport sur la petite table, à côté de son verre vide, et en même temps elle se rendit compte que son peignoir était entrouvert et le referma sagement. Elle semblait atterrée.

— Qu'est-ce qu'on va faire ? demanda-t-elle.

— Appeler Paul tout de suite. Catherine a dit dans sa déposition que Joseph Harvey tenait une cage. C'est la cage que j'ai vue chez lui avec les rats. Et la photo prouve que Catherine a été mordue par un rat. En plus, j'ai le rapport du docteur Considine.

— Mais ce sont des preuves circonstancielles...

— On va voir ce que Paul en dit.

Il prit le téléphone de la chambre de Julie, composa le numéro du bureau de Paul. N'obtenant pas de réponse, il composa son numéro personnel, sans plus de succès. Il posa le téléphone et soupira, découragé.

Rarement Julie avait-elle vu Thomas aussi déçu et désemparé.

Elle s'approcha de lui. Peut-être pouvait-elle le serrer dans ses bras pour le réconforter ? Mais avant qu'elle ait pu le faire, Thomas tira de sa poche la très compromettante cassette que Templeton lui avait remise à la sortie du bureau du procureur et la tendit à Julie.

— Templeton a démoli mon alibi, ma chère ! Il a sur cette cassette une déposition de ta mère. Elle a solennellement déclaré t'avoir parlé au téléphone le soir du 15 juillet.

Julie fronça les sourcils, se rappela : sa mère lui avait effectivement téléphoné.

— Je suis désolée, dit-elle.

— Mais non, ce n'est pas de ta faute.

— J'avais oublié ce coup de fil. Ce Templeton est vraiment acharné !

— Maintenant, si Catherine perd son procès, il va rouvrir l'enquête à mon sujet en moins de deux.

Il y eut un silence embarrassé, et Julie se mit à regarder Thomas droit dans les yeux, avec une intensité extraordinaire. Il y avait dans son regard une question qu'il ne tarda pas à lire, sans doute la question la plus importante non seulement pour l'issue du procès, mais pour celle de leur relation.

— Tu crois que j'ai violé Catherine ? osa-t-il demander.

Elle eut une seconde d'hésitation.

— Non.

Elle le sondait toujours du regard pourtant, mais à la recherche d'une autre vérité cette fois. La chaude et sensuelle musique de Marvin Gaye continuait de les envelopper.

Une angoisse quasi palpable alourdissait le silence.

— Dansons, dit Julie.

Elle n'attendit pas la réponse de Thomas ; elle s'approcha, le tira vers elle et l'enlaça. Comme elle se serrait de plus en plus étroitement contre lui, un grand élan monta en eux, auxquels ils n'essayèrent pas de résister.

Ils s'embrassèrent passionnément, se dévêtirent, roulèrent sur le lit. Et bientôt ils furent emboîtés l'un dans l'autre avec une facilité, une familiarité qui les surprit et les transporta tous les deux, comme s'ils étaient faits l'un pour l'autre, dans tous les sens du terme.

— Je commençais à croire que nous n'y arriverions jamais, avoua Julie quand elle émergea, ravie et épuisée, de son voluptueux engourdissement.

— J'ai l'impression que je n'avais jamais fait l'amour avec personne avant toi.

Était-il sincère ou voulait-il la flatter? Pourtant, elle aussi avait eu cette étrange et troublante sensation de faire vraiment l'amour pour la première fois de sa vie.

Ils passèrent quelques minutes à se regarder sans parler, à se contempler, tous les deux sous ce charme – hélas le plus souvent si bref! – des débuts. Peut-être cette fois-ci durerait-il? Peut-être cette fois-ci serait-il fortifié par le suc durable de leur amour? C'était en tout cas la promesse dorée qui semblait allumer leurs yeux éblouis.

Le téléphone sonna.

C'était Paul, qui avait lu le numéro de Julie sur son décodeur téléphonique. Julie tendit l'appareil à Thomas et ce dernier expliqua au procureur ce qui s'était passé pendant l'après-midi, en insistant sur la page manquante du rapport, les nouvelles photos et les conclusions surprenantes du rapport du docteur Considine.

Pendant ce temps Julie alla chercher deux verres de vin blanc qu'elle rapporta dans la chambre, où Thomas était toujours occupé au téléphone.

Elle posa le verre de Sauternes près de la table téléphonique, récupéra au passage le contrôle à distance, alluma le téléviseur, baissa le volume et passa d'une chaîne à l'autre jusqu'à ce qu'elle tombe sur un reportage qui se déroulait dans la salle de réception d'un grand hôtel. Une fête y était donnée en l'honneur d'un artiste new-yorkais réputé, auquel le maire remettait une plaque honorifique pour le remercier du rayonnement que son œuvre avait apporté à la ville de New York

À l'entrée de l'hôtel, des limousines à la queue leu leu déversaient des personnalités de marque, des hommes d'affaires influents, en un mot tout le gratin de New York.

On vit alors descendre d'une longue Mercedes Hubert Ross, Gordon Steppelton et Vic Jackson. Seul manquait Joseph Harvey, qui n'avait pu se libérer. De toute évidence, par leur participation à cet événement très médiatisé, les accusés voulaient faire front commun et, surtout, afficher leur confiance dans l'issue du procès.

Comme ils étaient des «célébrités» de l'heure, les journalistes se précipitèrent sur les trois hommes, qui cependant respectèrent scrupuleusement la consigne de leur avocat – seul Jackson se permit de dire qu'ils avaient été victimes d'une vaste conjuration, et que leur honneur serait blanchi dès le lendemain.

Le reporter commenta alors :

— *C'est demain que se clôt le fameux procès des quatre* (c'était là le nom que les médias avaient rapidement adopté, une trouvaille d'un journaliste du *New York Times*). *Les premières audiences ont fait ressortir une preuve assez faible, pleine de failles de la part de la plaignante. Et les experts juridiques s'entendent pour dire qu'il faudra que Mademoiselle Catherine Shield soit exceptionnelle dans son témoignage, demain matin, pour renverser la vapeur et convaincre le jury de condamner les quatre personnalités bien connues qu'elle a impliquées dans cette invraisemblable histoire de viol collectif.*

Thomas, qui venait de raccrocher, écouta la fin du reportage avec attention.

— Qu'est-ce que Paul dit ? demanda Julie une fois le reportage terminé.

— Nous sommes peut-être plus forts qu'ils croient ! Paul va passer chercher le rapport et les photos. Il va voir ce qu'il peut en faire. Il faut que nous soyons au palais de justice demain à huit heures moins quart. Et à la télé, qu'est-ce qu'ils disent ?

— Qu'il va falloir que Catherine soit vraiment convaincante et qu'elle ait de vrais arguments si elle ne veut pas perdre !

57

— Je n'ai jamais vu ces photos.

Tel un arrêt de mort, cet énoncé venait de tomber de la bouche du docteur Conway, contre qui le procureur avait obtenu un mandat d'amener.

Il était huit heures du matin, et la scène se déroulait dans le bureau du juge Burns, en compagnie de Catherine, de Julie, de Thomas et du procureur.

— Mais c'est vous qui me les avez remises, pas plus tard qu'hier ! protesta Thomas.

Les prunelles aiguisées par la colère, elle le dévisagea d'un air entendu. Il l'avait trahie, elle ne lui ferait certainement pas de cadeaux ! Sous aucun prétexte elle ne mettrait en danger la vie de ses deux filles – elle préférait se parjurer, elle préférait mourir plutôt que de les exposer. D'ailleurs, n'en avait-elle pas déjà fait assez en remettant à Thomas ces photos et en lui avouant à demi-mot qu'elle avait été forcée de retirer la page sept de son rapport ?

Elle s'en voulait même, car, par sympathie pour Thomas et pour la cause de Catherine, elle avait pris un risque qu'elle aurait dû éviter.

— Je n'ai jamais vu ces photos, se contenta-t-elle de répéter.

— Mais elles portent la même estampille, le même numéro de dossier et la même date que les autres, alors d'où peuvent-elles bien venir ? argumenta le procureur.

Le faible regain d'espoir qu'il avait connu la veille s'estompait déjà.

Sans rien dire, le docteur Conway se contenta de baisser la tête.

— Docteur Conway, j'aimerais que vous répondiez à cette question du procureur, intervint le juge, qui commençait à se demander à quoi pouvait bien rimer toute cette mascarade.

Le jeune procureur n'avait pas l'habitude de lui présenter des témoins aussi peu conciliants.

— Je ne comprends pas ce qui a pu se passer, répondit-elle enfin. C'est probablement une erreur de secrétariat. Nous traitons des centaines de dossiers nouveaux chaque semaine...

— Docteur Conway, j'aimerais vous rappeler que vous êtes actuellement sous serment et que vous pouvez être accusée de parjure, ce qui est une faute très grave dans notre code pénal. Maintenez-vous n'avoir jamais vu ces photos ? dit-il en les poussant sur son bureau.

— Je le maintiens.

— Et, selon vous, elles ne correspondent pas aux blessures que vous avez pu observer sur Mademoiselle Shield lors de l'examen que vous avez effectué le 16 juillet au matin ?

— Non.

— Ces observations étaient consignées à la page sept de votre rapport, qui a été retirée, protesta Thomas.

Il sentait le sol se dérober sous ses pieds.

Le docteur Conway regarda d'abord Catherine, parut avoir une hésitation. Pauvre jeune femme dont on avait abusé de manière si dégoûtante, et qui en resterait probablement marquée pour le restant de ses jours ! Comment des hommes pouvaient-ils être écœurants au point d'infliger pareille humiliation !

Devant le silence obstiné dans lequel se drapait le docteur Conway, le juge prit le rapport médical qu'elle avait rédigé et dut insiter :

— Docteur Conway, est-ce que le rapport dont la cour a été saisie était complet ?

— Le rapport que j'ai signé est celui que vous avez entre les mains.

— Vous maintenez qu'il est complet ? interrogea Paul Kubrick. Vous affirmez qu'il n'y a jamais eu de page sept ?

— Je ne sais pas, mais ces photos n'y figuraient pas.

— Et comment se fait-il que le rapport saute de la page six à la page huit ? continua-t-il. Une autre erreur de secrétariat ?

— Oui.

Il y eut un moment de silence, puis le juge trancha :

— Dans ces circonstances, maître Kubrick, je regrette mais ces photos ne pourront être admises comme éléments de preuve.

— Mais il y a le rapport du docteur Considine, qui est un médecin légiste réputé ! objecta Paul dans une tentative désespérée.

— Vous savez aussi bien que moi que ce rapport ne peut pas être admis non plus, pas dans cette cour en tout cas. Il a été fait à partir de photos dont la validité n'est pas reconnue. Le rapport n'a donc aucune valeur. Je suis désolé. Je vous revois en cour dans...

Il consulta sa montre avant d'achever sa phrase :

— ... quarante minutes.

Kubrick voulut protester, mais il savait que c'était inutile. Le juge Burns connaissait parfaitement son droit, et le procureur ne pourrait pas l'influencer.

— Merci de nous avoir reçus, Votre Honneur.

— Je peux partir, maintenant ? demanda le docteur Conway.

— Oui, dit le juge. Vous êtes libre.

— J'aimerais avoir un entretien avec vous, fit Thomas.

— Cela ne servirait à rien.

Elle regarda Julie, puis Catherine, à qui elle dit :

— Je suis désolée de ne pas pouvoir vous aider, mademoiselle. Et je vous souhaite bonne chance.

Elle paraissait déchirée, mais elle gardait en tête l'image de ses deux filles, qui étaient toute sa vie. Non, elle n'aurait pas pu...

Elle avala sa salive. L'émotion lui serrait la gorge, une larme lui vint et elle sortit en hâte du bureau du juge.

Thomas voulut la rattraper, mais Paul le retint.

—Laisse, dit-il.

Il savait qu'on ne pouvait forcer un témoin, que de toute façon il était trop tard : le juge ne reviendrait pas sur sa décision. D'ailleurs, ils avaient déjà suffisamment terni sa réputation de procureur en lui faisant perdre son temps avec ce témoin récalcitrant.

Maintenant, il lui restait quarante minutes pour prendre une décision. Il était revenu au même point que la veille. Devait-il aller de l'avant quand même ou tout laisser tomber ?

Quarante minutes... c'est tout le temps dont il disposait.

En se rendant au bureau qui avait été mis à sa disposition, et où il avait demandé à tout le monde d'aller l'attendre, il passa en revue ce qui venait de se dérouler.

Thomas n'avait-il pas monté cette invraisemblable histoire de photos et de page manquante simplement pour sauver sa peau ?

Dans ce cas, les quatre accusés n'étaient pas coupables...

58

Catherine s'avança vers la barre des témoins.

Elle portait un tailleur gris foncé, presque noir, et un chemisier blanc qui lui montait chastement jusqu'au cou, une tenue recommandée par le procureur pour projeter l'image d'une femme sérieuse face au jury.

Après avoir longtemps tergiversé, Paul Kubrick avait décidé de se fier à son intuition et à sa chance, qui ne lui avaient jamais fait défaut dans le passé, et de persister dans la voie qu'il avait choisie depuis le début.

Catherine prêta serment avec nervosité cependant que Julie et Thomas, pour l'encourager, lui faisaient de larges sourires.

Elle aperçut ses parents, assis aux premiers rangs dans la salle d'audience. Sa mère retint d'abord son attention : elle qui l'avait toujours découragée de choisir la carrière de comédienne, voilà qu'elle s'affichait encore une fois avec un chapeau un peu voyant pour une cour de justice! Mais elle avait sûrement fait de son mieux... Puis Catherine croisa le regard de son père. Il avait l'air pitoyable, car elle ne lui avait pas encore accordé son pardon – le ferait-elle jamais?

Au cours du cauchemar des derniers jours, dans une sorte de brouillard confus elle avait revécu des moments du viol, douloureusement entrecroisés de souvenirs anciens, comme lorsque son père lui frappait la tête sur les murs, la rouait de coups, tantôt avec ses poings, tantôt avec une ceinture. Le visage de ses violeurs se confondait alors avec celui de son père et rendait encore plus odieux les outrages subis.

Paul Kubrick s'avançait maintenant vers elle avec une assurance qui ne reflétait en rien l'incertitude qui le tenaillait à l'approche de cet interrogatoire capital. Après avoir souri à Catherine de manière très chaleureuse pour la mettre en confiance, il se lança.

—Mademoiselle Shield, reconnaissez-vous dans cette salle les trois hommes qui sont accusés de vous avoir violée le soir du 15 juillet dernier?

—Oui.

—Pour le bénéfice de la cour, pouvez-vous nous les montrer?

L'index pointé de Catherine désigna alors Joseph Harvey, l'imposant critique littéraire, Gordon Steppelton, le petit banquier chauve dont la main gauche portait encore un pansement, et enfin Hubert Ross, haut fonctionnaire et bras droit du maire.

Les trois hommes s'étaient instinctivement raidis sous le doigt accusateur. Bien sûr, ils savaient qu'ils étaient accusés. Mais en dépit de la fragilité de la jeune femme – ou peut-être justement à cause de cette fragilité – ce geste avait quelque chose de troublant, et le jury n'y semblait d'ailleurs pas indifférent.

Bien entendu, maître Schmidt avait enjoint ses clients de rester le plus imperturbable possible, mais si les regards des trois hommes avaient pu tuer, Catherine se serait sûrement effondrée sur son banc.

—Mademoiselle Shield, reconnaissez-vous dans la salle l'homme chez qui a eu lieu la fête où vous avez été violée le soir du 15 juillet?

—Oui, dit-elle en désignant Vic Jackson, dont les yeux brillèrent en retour d'un éclat méprisant.

—Pourriez-vous raconter à la cour ce qui s'est passé dans la soirée du 15 juillet dernier? reprit Paul Kubrick.

— J'étais au bar Le Havanas, où j'ai pris quelques consommations, quand une femme dont j'avais fait la connaissance ce soir-là m'a invitée à une fête chez Monsieur Jackson.

— Comment s'appelait cette femme ?

— Natacha.

— Connaissez-vous son nom de famille ?

— Oui. Natacha Faraday.

— S'agit-il de la même Natacha Faraday qui devait nous servir de témoin principal et qui a mystérieusement disparu sans laisser de traces le lendemain des audiences préliminaires ?

— Objection, Votre Honneur, protesta Schmidt.

— Maître Kubrick, reformulez votre question.

— Mademoiselle Shield, quand avez-vous vu pour la dernière fois Natacha Faraday ?

— Objection, Votre Honneur !

— Objection retenue.

Le procureur paraissait contrarié. Maître Schmidt, avec sa réputation de plaideur hors pair, était surtout un empêcheur de tourner en rond, qui ne lui laissait pas la moindre latitude ! Quant au juge Burns, lui non plus ne semblait pas disposé à être conciliant. Kubrick avait au moins la consolation d'avoir rappelé aux membres du jury la disparition pour le moins curieuse de leur témoin principal, et que la défense n'était peut-être pas étrangère à cette disparition. D'ailleurs, il remarqua que deux membres du jury prenaient une note. Relevaient-ils au moins cette coïncidence troublante et si utile à la défense ?

Il fallait reprendre l'interrogatoire en adoptant une autre trajectoire. Ni l'avocat de la défense ni le juge ne le laisseraient aller plus loin dans cette direction.

— Mademoiselle, vers quelle heure êtes-vous arrivée à la fête ?

— Vers onze heures du soir.

— Pouvez-vous décrire la maison où a eu lieu la fête ?

— Oui, c'est une très belle maison, une maison en pierre avec un toit en tuiles noires, sur le bord de la mer.

— Est-ce que vous reconnaissez cette maison sur la photo que voici ? demanda maître Kubrick en s'approchant de Catherine.

— Oui, dit Catherine avec un mouvement de recul, presque d'effroi, car la photo lui rappelait visiblement de mauvais souvenirs.

— Combien y avait-il d'invités ?

— Je dirais une soixantaine.

— Combien d'hommes, combien de femmes ?

—Autant de femmes que d'hommes, je crois.

—Quel était à votre avis l'âge moyen des hommes ?

—Objection, Votre Honneur, lança Schmidt.

—Objection refusée. Vous pouvez répondre à la question, mademoiselle, trancha le juge.

—C'étaient tous des vieux, dit Catherine spontanément.

Il y eut des rires dans la salle.

—Pouvez-vous être plus spécifique ? demanda Paul Kubrick.

—Ils avaient le même âge que les accusés. Cinquante ou cinquante-cinq ans.

—Et les femmes, vous ont-elle semblé du même âge que les hommes ?

—Non.

—Étaient-elles plus jeunes ?

—Oui.

—Beaucoup plus jeunes ?

—Oui.

—À votre avis, je dis bien à votre avis, quel âge avaient-elles en moyenne ?

—Elles étaient dans la vingtaine, la trentaine...

—Pouvez-vous me décrire davantage ces femmes ?

—Elles étaient toutes très maquillées et très *sexy*.

—Objection, Votre Honneur. Mademoiselle Shield n'est ni modéliste ni habilleuse et par conséquent n'est pas habilitée à qualifier des invitées.

—Maître Schmidt, je vais accepter les impressions de Mademoiselle Shield, qui est elle-même une femme et donc qui a une certaine compétence pour savoir comment une autre femme s'habille.

La mine des accusés se renfrognait déjà. Même fort sommaire, cette description de la soirée était accablante : tous ces hommes d'âge mûr avec des jeunes femmes, qui n'étaient visiblement pas leurs épouses mais des prostituées engagées pour leur divertissement... Que penseraient leurs légitimes, leurs amis, leurs collègues ?

—Quand a eu lieu l'agression dont nous parlons ?

—Durant la première heure, j'ai bu un peu de champagne avec Natacha. Puis le docteur Jackson s'est approché de moi et il a demandé à Natacha d'aller rejoindre un autre invité qui voulait la voir. Il a alors mis sa main sur... sur une de mes fesses.

—Sur une de vos fesses ?

— Oui.

— Et comment avez-vous réagi ?

— Je me sentais bizarre, droguée... J'avais bu un peu, je lui ai demandé ce qu'il faisait. Il m'a dit : « Je palpe la marchandise pour mes petits copains... »

— Ensuite ?

— Il s'est mis à rire. Après il m'a dit : « Tu es très belle, c'est dommage que tu sois aussi cinglée... » J'ai repoussé sa main... Et il a ri... Il a mis son autre main sur un de mes seins... Mais il l'a retirée avant que j'aie le temps de l'enlever et il a dit : « Je me suis trompé à ton sujet... Tu me fais même pas... »

Elle n'osait pas continuer. Elle rougit, honteuse, et baissa la tête.

— Je sais que c'est difficile pour vous, Catherine, mais que vous a-t-il dit au juste ?

— Il m'a dit : « Tu me fais même pas bander... Il faudrait que je te recommande un de mes amis plasticien. »

— Qu'a-t-il fait ensuite ?

— Il m'a prise par le poignet et m'a traînée à l'autre bout du salon.

— Avez-vous tenté de résister ?

— Oui, mais il me serrait très fort. Je lui ai dit : « Vous me faites mal... » Mais il riait, il avait l'air de penser à autre chose... Je pense qu'il était soûl. Il saluait des amis au passage, il embrassait des femmes. Il y en a même une qui s'est pendue à son cou, elle n'avait pas...

— Elle n'avait pas quoi ?

— Sa robe était ouverte...

— Ouverte ?

— Oui, enfin les bretelles de sa robe étaient rabattues, et on voyait son soutien-gorge... Elle lui a dit qu'elle avait envie d'avoir une consultation privée... Il lui a répondu qu'il revenait dans une minute et puis il s'est mis le nez entre ses seins, elle a pris sa tête, a passé la main dans ses cheveux et il a dit : « En fait, dans trente secondes, mon lapin... » Et puis il a poussé une porte et m'a amenée dans un autre salon, plus petit.

— Est-ce que le docteur Jackson est resté avec vous dans cette pièce ?

— Non, il a dit aux gens qui étaient là que j'étais la petite surprise qu'il leur avait promise. Puis il m'a poussée vers eux, et il a refermé la porte derrière lui... Il m'avait poussée un peu fort... J'avais du mal à garder mon équilibre, je ne me sentais pas bien...

J'ai eu comme un vertige et je suis tombée par terre... Et les hommes qui étaient là se sont mis à rire. Je me suis relevée...

— Combien étaient-ils dans la pièce ?

— Deux.

— Des hommes ou des femmes ?

— Des hommes.

— Pouvez-vous les identifier ?

— Oui, dit Catherine.

Elle tendit le doigt d'abord vers le banquier, puis vers le haut fonctionnaire.

— Mais Monsieur Ross n'était pas habillé comme aujourd'hui.

— Pouvez-vous être plus spécifique ?

— Oui : il portait une robe rouge !

Il y eut dans la salle une réaction de surprise mêlée d'incrédulité.

— Il portait une robe rouge ? Pourriez-vous donner plus de détails sur cette robe ?

— Oui. C'était une robe assez chic, qui descendait aux genoux et qui était décolletée dans le dos.

Elle fit une petite pause, comme pour reprendre son souffle, et elle ajouta :

— Il portait aussi une perruque.

— Une perruque ?

— Oui, une perruque blonde. Au début, j'ai cru que c'était une femme, mais en m'approchant, j'ai vu que c'était un homme.

— Comment vous en êtes-vous aperçue ?

— Sa barbe paraissait à travers son maquillage.

Il y eut un remous dans la salle. Hubert Ross, l'éminence grise de New York, maquillé, vêtu d'une robe de femme et affublé d'une perruque blonde !

Tous se tournaient vers le haut fonctionnaire, essayant de le sonder du regard, de déceler une réaction qui aurait trahi ses sentiments. Mais il restait de marbre. Était-ce parce que le témoignage de Catherine était totalement faux ou parce qu'il était doué d'un contrôle de soi exceptionnel ? Toute l'assistance se posait la question.

Sur les demandes insistantes du juge Burns, la salle retrouva un silence relatif.

Paul Kubrick reprenait confiance. Il avait le sentiment d'avoir enfin marqué quelques points.

— Et ensuite, que s'est-il passé, Catherine ?

—L'homme en robe rouge qui s'appelle Hubert Ross s'est avancé vers moi. Il souriait. Je lui ai dit qu'il me faisait peur et que je voulais retourner dans l'autre pièce. Il s'est mis à rire. Il a dit : «On a peur du gros chaperon rouge? Ma tante Loulou ne te fera pas mal, voyons!» Et puis il m'a embrassée... J'ai senti sa barbe piquante, sa bave... Il avait la bouche grande ouverte... Il m'embrassait sur la bouche, sur les joues, dans le cou. Je l'ai repoussé, j'ai crié, je lui ai dit de ne pas me toucher, mais il riait. Et puis...

Catherine s'interrompit, comme si elle avait atteint un point tournant de son récit, que la salle suivait d'ailleurs avec une extrême attention.

—Et puis? demanda le procureur.

—Il m'a giflée.

—Fort?

—Très fort. Je suis tombée par terre. Ça m'a fait très mal. Je pensais qu'il m'avait défait la mâchoire! Je me suis levée et j'ai essayé de m'enfuir, mais il m'a rattrapée... Il avait l'air très fâché... L'autre, le petit, riait. Il était assis à un piano, un grand piano à queue...

—Continuez.

—L'homme avec la robe rouge m'a traînée de force vers le piano... Et il a dit à son ami : «Ça va être toi le premier. Elle est farouche, la petite putain, ça va être plus amusant...» Le petit, lui...

—«Le petit»? l'interrompit Paul. Vous voulez dire Monsieur Steppelton?

—Oui, lui, dit-elle en se contentant de pointer de nouveau le doigt. Celui avec le bandage.

Le banquier eut d'abord le réflexe de cacher sa main blessée dans son autre main, mais la dégagea aussitôt pour éviter que son geste ne soit interprété comme un aveu de culpabilité.

—Portait-il un bandage, à la fête?

—Non. C'est moi qui l'ai blessé.

—Vous anticipez, Catherine, je préfère que vous racontiez les choses dans l'ordre.

—D'accord. Ensuite...

Elle s'arrêta alors. Ce qu'elle allait raconter semblait pénible... On vit qu'elle rassemblait son courage.

—Steppelton s'est levé, il s'est approché de moi, et il m'a prise par les hanches et il dansait un peu. Je lui ai dit : «Bas les pattes, espèce de cul-de-jatte!»

Le banquier était petit, il est vrai, mais il était si connu et si respecté dans son milieu que personne n'aurait jamais osé lui parler sur ce ton, et encore moins le traiter de cul-de-jatte. Une hilarité difficilement contenue souleva l'assistance. Le procureur la laissa s'apaiser, lui-même amusé par le franc-parler de la plaignante, puis reprit en se mordant les lèvres :

— Mademoiselle Shield, que s'est-il passé ensuite ?

— Il n'a pas eu l'air content de ce que je venais de lui dire et il a répliqué : «Écoute, les putains sont censées être plus polies que ça!» Je lui ai répondu que je n'étais pas une putain, que je voulais qu'il me laisse en paix et que je voulais rentrer chez moi... Il a regardé son ami, qui était déguisé en bonne femme, et lui a dit : «Mais elle se prend pour qui, la pouffiasse?» Et l'autre lui a répliqué : «C'est un jeu. Elle joue la sainte nitouche, c'est pour nous exciter, tu ne comprends pas?» D'abord il a ri, puis d'un coup sec il a descendu le haut de ma robe... Je n'avais pas de soutien-gorge, je me suis mise à hurler. Alors le banquier m'a frappée très fort au visage. J'ai pensé qu'il allait m'assommer... Je suis devenue tout étourdie... Alors il m'a soulevée de terre, il a demandé à l'autre de refermer le piano à queue, et il m'a couchée dessus... Il a relevé ma robe... Je me débattais, mais l'autre me retenait... Et quand je me débattais trop, ils me frappaient tous les deux... Ils riaient, ils étaient excités... Ils parlaient de moi et ils disaient : «Elle aime les coups, la petite chienne... Elle est probablement masochiste... Vic nous a fait une vraie bonne surprise... » Alors j'ai senti une main entre mes jambes, un des deux hommes m'a arraché mon slip... Puis le petit est monté sur le banc du piano... et il...

— Je sais que c'est difficile, Catherine, mais il faut que vous alliez jusqu'au bout... Qu'a-t-il fait ensuite ?

Les larmes aux yeux, elle ramassait ses forces, surmontait son dégoût à évoquer ces affreux souvenirs.

— Alors il a descendu son pantalon et il... il m'a forcée, finit-elle par dire.

Dans la salle, on aurait pu entendre voler une mouche. Tout le monde fixait Steppelton, qui devait sûrement ressentir l'intensité de ce silence et qui avait d'ailleurs pâli. De fines gouttelettes de sueur irisaient son crâne chauve.

— Continuez, Catherine, dit le procureur.

— Comme je me débattais et que je lui criais d'arrêter, l'homme déguisé en femme me retenait sur le piano en me mettant la main sur la bouche... Ils étaient comme des fous, ils riaient, et le petit répétait : «Dis que tu aimes ça, petite salope, dis que tu aimes ça!»

Épuisée par l'épreuve intolérable de devoir revivre son agression en public, Catherine s'interrompit et fondit en larmes. Dans l'assistance, l'émotion était à son comble. Le père de Catherine jetait des regards assassins en direction de Steppelton. S'il pouvait le tenir seulement quelques secondes entre ses mains, il vengerait l'honneur de sa fille – en tout cas il lui ferait regretter toute sa vie l'humiliation qu'il leur infligeait!

La mère de Catherine, elle, avait tiré un mouchoir de son sac à main et essuyait des larmes. Une honte brûlante montait en elle. Elle raisonnait confusément, sans trop de logique, sinon celle de la culpabilité. Tout cela ne serait peut-être pas arrivé si elle avait encouragé Catherine dans sa carrière, si elle l'avait mieux comprise, mieux aimée!

Pauvre toute sa vie, elle n'avait jamais aimé les banquiers, avec qui elle avait souvent eu maille à partir, et le récit de Catherine ne faisait qu'augmenter sa détestation des hommes d'argent.

Comme une traînée de poudre, cette haine se répandait d'ailleurs dans la salle... Ce petit salaud d'homme chauve n'était qu'un hypocrite, un monstre qui, sous le vernis que donnent le pouvoir et de l'argent, cachait sa perversité!

Quant aux membres du jury, ils prenaient des notes et semblaient partager l'indignation générale.

Blême comme un drap, l'avocat de la défense mesurait l'étendue des dégâts. Maître Schmidt avait bien prévu que le témoignage de Catherine pourrait s'avérer dévastateur, mais l'effet dépassait largement son évaluation. Il lui faudrait, en contre-interrogatoire, donner une performance éblouissante, démolir complètement le témoignage de la jeune femme pour en annuler la conséquence.

Le juge Burns toléra un instant les murmures, inévitables, de l'assistance, puis reprit le contrôle de la salle par quelques retentissants coups de maillet. Devant l'effondrement de Catherine, il demanda enfin :

—Mademoiselle Shield, souhaitez-vous prendre quelques minutes de repos?

Catherine releva la tête et demanda simplement un mouchoir, que la sténographe de la cour s'empressa de lui offrir. Elle se moucha, s'essuya les yeux et dit :

—Je suis prête à continuer.

—Je sais que c'est très pénible pour vous, Catherine, de rappeler ces horribles souvenirs à la cour, mais pouvez-vous nous dire ce qui s'est passé ensuite ? lui demanda le procureur.

—Eh bien, j'ai senti qu'il...

Elle soupira profondément, de dégoût, et poursuivit avec courage.

—... qu'il était en moi, ça me faisait mal, je le suppliais d'arrêter, je me débattais mais il n'arrêtait pas.

—Si je comprends bien, Catherine, il ne pouvait pas y avoir de doute dans son esprit que vous n'étiez pas consentante ?

—Non, aucun.

—Donc, ni lui ni l'homme déguisé en femme ne pouvaient penser que vous étiez une prostituée qui jouait à leur résister ?

—Objection, Votre Honneur ! Il n'a pas été démontré que les invitées étaient des prostituées !

—Objection retenue.

—Entendu, accorda Paul Kubrick, alors, Catherine, dites-moi simplement : à votre avis, votre comportement pouvait-il laisser croire aux deux hommes qui se trouvaient dans la pièce avec vous que vous étiez librement consentante ?

—Non, absolument pas ! Surtout qu'à un moment donné, je me suis mise à insulter le petit homme. Je lui ai dit qu'il était un minus, un nain. Et il m'a dit : « Tu vas te taire, petite salope ! Moi, j'ai de l'argent, je suis un grand banquier, et toi tu n'es qu'une traînée qu'on paie pour baiser. » Et il m'a mis la main sur la bouche pour m'empêcher de parler. Il avait une grosse bague, avec un lion dessus... Et j'ai pensé qu'il me la ferait avaler si je ne réussissais pas à me dégager...

Dans la salle, plusieurs spectateurs s'étaient tournés vers Steppelton, cherchant à voir s'il portait la bague en question, ce qui n'était pas le cas. Pourtant, s'ils avaient pu s'approcher de lui ils auraient observé, sur l'annulaire de sa main gauche, une bande de peau un peu plus claire, causée par la présence habituelle d'une bague qu'il avait retirée avant le procès. S'agissait-il de la chevalière décrite par Catherine ou était-ce une simple coïncidence ?

—Alors, poursuivit Catherine, je lui ai mordu la main.

—Quelle main, Catherine ?

—La main gauche.

Le banquier eut de nouveau un mouvement de nervosité et toucha sa main bandée. Tout le monde dans l'assistance remarqua alors ce pansement ou lui attribua une signification nouvelle, plutôt compromettante.

Le banquier, qui, comme les autres accusés, avait jusque-là respecté la consigne du silence, se leva, le visage rubicond, le front baigné de sueur. Il tremblait.

— Ce n'est qu'une petite menteuse, c'est complètement faux ! Je vais vous dire comment je me suis fait cette blessure, dit-il en désignant sa main bandée.

— Monsieur Steppleton, je vous prie de vous asseoir et de vous taire, intervint le juge Burns.

Son avocat se tourna également vers lui, visiblement contrarié par l'incident et inquiet de ce que son client pourrait ajouter – Schmidt n'avait pas décidé inutilement de ne pas citer à la barre des témoins les quatre accusés –, et fit un geste de la main lui signifiant tout simplement de se rasseoir.

— Non, je ne me tairai pas, dit le banquier, j'en ai plus qu'assez de cette mascarade !

— Monsieur Steppelton, je vous prie de vous rasseoir immédiatement, sinon je vous accuserai d'outrage au tribunal, renchérit le juge.

— Comme le public le sait probablement, j'ai un fils qui est épileptique, Votre Honneur. Je suis d'ailleurs président honoraire de la Fondation de l'épilepsie de l'État de New York. Récemment, poursuivit le banquier, il a fait une crise et, alors que j'essayais de retenir sa langue, il m'a mordu.

Alors cet homme qui paraissait si froid, si impassible, devint tout rouge. Comme submergé par l'émotion, il laissa échapper un sanglot. Puis il baissa la tête, la releva et tout le monde put voir, à la brillance exceptionnelle de ses prunelles, qu'effectivement il pleurait.

Dans la salle, sa femme, dans un coup de théâtre trop parfait pour avoir été planifié, se leva et, étouffant dans un mouchoir rose des sanglots convulsifs, quitta la salle d'audience, soutenue par sa sœur, bouleversée. De nouveau, il y eut un torrent de murmures dans la salle. En une phrase, le banquier venait de se réhabiliter auprès de l'assistance et des membres du jury, malgré les avertissements du juge.

Ce dernier intervint à ce moment :

— Membres du jury, je vous demande de ne tenir compte, d'aucune façon que ce soit, de ce que Monsieur Steppelton vient de dire. Monsieur Steppelton parlera s'il est cité comme témoin. En attendant, ses propos n'ont aucune valeur. Quant à vous, maître

Schmidt, je vous demande de mieux contrôler vos clients à l'avenir, sinon je me verrai dans l'obligation de sévir. Est-ce que je me fais clairement comprendre ?

—Je comprends, Votre Honneur. Les accusations qu'on fait peser sur mon client sont si choquantes qu'il est normal qu'il y réagisse émotivement.

—Pas dans cette cour, trancha le juge Burns.

Il se tourna ensuite vers Catherine et demanda :

—Mademoiselle Shield, êtes-vous prête à reprendre votre témoignage ?

—Oui, dit Catherine.

—Catherine, demanda le procureur, vous nous avez dit en dernier lieu que vous aviez mordu Monsieur Steppelton à la main gauche. Comment a-t-il réagi ?

—Eh bien, il a crié, il a retiré sa main, il s'est reculé et il est... il est sorti de moi.

—Vous voulez dire qu'il ne vous pénétrait plus à partir de ce moment ?

—C'est ça. Mais il était furieux, il m'a giflé plusieurs fois sauvagement – je pensais qu'il allait m'arracher la tête. J'avais mal au visage, j'ai eu un goût de sang dans la bouche... Je me suis rendu compte que je saignais. J'ai crié : « Vous allez me tuer, arrêtez, arrêtez, je vous en supplie ! » J'étais faible, je pleurais... Je n'avais plus de forces... Mais il était très en colère... Il m'a dit : « Tu vas me payer ce que tu viens de faire, sale petite enculée ! » Il m'a agrippé par les cheveux et, avec l'aide de son ami, il m'a tourné sur le ventre, et alors j'ai pensé que j'allais mourir. J'ai senti une grande douleur, comme une déchirure, comme si quelqu'un me défonçait. Je me suis rendu compte qu'il me pénétrait... qu'il me pénétrait... par derrière.

Après un bref silence pour permettre à Catherine de se redonner contenance en se mouchant, le procureur reprit.

—Vous voulez dire qu'il vous a sodomisée ?

Quelle honte de devoir avouer qu'elle avait subi un tel outrage !

—Oui...

Elle avait penché la tête. Elle semblait vidée de toutes ses forces. Dans la salle, un silence de plomb régnait.

—Catherine, dit le procureur après une pause, pouvez-vous raconter à la cour ce qui s'est passé, ensuite ?

—Je n'avais plus de force, je ne me débattais plus... Alors, je ne sais pas comment ça se fait, mais le banquier s'est arrêté, et je l'ai senti qui sortait de moi... Il a poussé un grand cri... j'ai senti sur ma cuisse un liquide chaud et j'ai compris qu'il venait d'éjaculer... Il s'est mis à rire... Son ami aussi riait... Il a dit : «Mon oncle a déjà fini... » Et le petit homme a répondu : «Voyons si ma tante Loulou peut tenir le coup plus longtemps.» Et ils ont continué à rire tous les deux comme des malades... Ils se sont désintéressés de moi... L'homme avec la robe et la perruque a cessé de me retenir... Alors je me suis dit que j'avais une chance de m'échapper... Je me suis retournée sur le piano, j'ai voulu me lever, mais l'homme à la robe rouge s'en est aperçu, il a levé la main pour me gifler, mais j'avais levé la mienne aussi pour le frapper. Il s'est penché pour éviter ma gifle et j'ai heurté sa perruque, qui est tombée. Il n'avait pas l'air très content. Le petit s'est mis à rire et a dit : «Ma tante Loulou a perdu ses cheveux tout à coup!» L'homme à la robe rouge n'a rien dit, il a ramassé sa perruque et il l'a remise. J'ai voulu en profiter pour essayer de me sauver, mais je me suis rendu compte alors qu'un autre homme venait d'arriver dans la pièce, un homme avec des verres fumés. Il portait une cage dans une main et une très longue flûte de champagne dans l'autre...

— Pouvez-vous identifier cet homme?

— Oui, c'est celui qui est là, dit Catherine en désignant Joseph Harvey.

Malgré les recommandations de son avocat, celui-ci avait insisté pour porter ses lunettes noires, même si cela ne pouvait qu'alimenter les préjugés du jury.

— Avez-vous vu ce qu'il y avait dans la cage?

— Non, il la cachait pour que je ne voie pas à l'intérieur.

— Et qu'avez-vous fait à ce moment?

— Rien, j'étais terrorisée. De toute manière, les deux autres m'avaient prise par les bras, ils m'ont recouchée sur le piano, sur le ventre... Je criais, je ne savais pas ce qu'ils voulaient me faire... Je les entendais rire derrière moi, ils me touchaient tous en même temps... J'ai entendu le troisième homme qui disait : «Vous allez voir ce que je vais faire à son petit cul rose... » Alors je me suis retournée, et je l'ai vu qui se penchait sur moi et qui m'embrassait les fesses... Puis il s'est relevé et il a dit : «Tenez-la comme il faut, elle va essayer de se débattre... On va l'initier à quelque chose de vraiment nouveau, la petite souris... Écartez-lui les fesses.» Alors les deux autres...

Elle s'interrompit, comme épuisée.

—Prenez votre temps, Catherine, je sais que ce n'est pas facile...

—Les deux autres ont fait comme il disait, et le troisième, celui avec la cage, s'est mis à me cracher entre les fesses en riant... Et il disait aux autres de faire la même chose... Et ils se sont tous mis à me cracher entre les fesses... On aurait dit que c'était un concours... Puis ils se sont arrêtés... J'ai pensé qu'ils avaient fini et qu'ils me laisseraient partir, mais à la place j'ai senti une brûlure terrible entre les fesses. Ça m'a fait atrocement mal, en dedans, et je me suis évanouie...

—L'un d'eux vous a-t-il pénétrée?

—Non, je ne crois pas, enfin je ne suis pas certaine. Comme je vous dis, je me suis évanouie.

—Est-ce que vous vous souvenez d'autre chose, Catherine?

—Non, quand je me suis réveillée, j'étais dans une voiture sur une plage... C'était le matin, il y avait des policiers, des ambulanciers...

—Je vous remercie, Catherine...

Elle esquissa le mouvement de se lever, mais le juge Burns la prévint qu'il n'était pas encore temps de le faire, que la défense souhaitait peut-être la contre-interroger, ce qui était évidemment le cas.

Catherine se rassit, souriant nerveusement, heureuse d'en avoir fini avec ce témoignage qui lui avait demandé un courage considérable. Le procureur lui décocha un clin d'œil complice.

Thomas était sidéré.

Le récit que venait de faire Catherine était d'une précision hallucinante en comparaison des bribes qu'il avait réussi, de peine et de misère, à lui arracher les jours qui avaient suivi le viol. Décidément, à long terme le Mnémonium n'avait vraiment pas les effets escomptés! Son efficacité devait être temporaire. De toute évidence, il ne dépasserait jamais le stade de médicament expérimental!

Et, pourtant, les tests en laboratoire avaient été probants.

De plus, mystérieusement, le Mnémonium avait eu sur Thomas un effet bien plus grand, et plus proche de celui que ses promoteurs décrivaient. Était-ce parce qu'il avait absorbé une double dose?

Cela dit, une foule de détails de la veille de cette soirée fatidique du 15 juillet avaient malgré tout fini par refaire surface: la réunion du comité de discipline, la conversation qui l'avait précédée dans le bureau du directeur... Par contre, il n'avait toujours aucun souvenir de son fiasco amoureux avec Julie – peut-être son orgueil de mâle y était-il pour quelque chose! Mais surtout –

et c'est cela qui continuait à hanter ses nuits et à perturber ses heures de veille – il n'était jamais parvenu à lever le voile sur cette nuit, à couper dans l'opaque brouillard. Cela lui aurait permis une fois pour toutes de savoir si oui ou non il avait agressé Catherine, et le doute continuait de le ronger, en dépit des preuves qui s'accumulaient contre les quatre accusés.

Maître Schmidt se leva, jeta un dernier coup d'œil à ses notes et se dirigea lentement vers Catherine.

Sur ses lèvres flottait le sourire du prédateur sûr de lui.

59

— Mademoiselle Shield, pouvez-vous nous dire comment vous étiez vêtue, le soir du 15 juillet ? demanda maître Schmidt.

— Je... je portais une robe blanche.

— Est-ce que c'est cette robe-ci ? demanda-t-il en montrant une robe froissée et maculée de taches brunâtres, pliée dans un sac de plastique dûment identifié.

Catherine l'examina brièvement.

— Oui.

— Mademoiselle Shield, dans le rapport de police, il est noté que lorsqu'on vous a trouvée, le matin du 16 juillet, dans la voiture du docteur Gibson ici présent...

— Objection, Votre Honneur !

— Objection retenue.

— Lorsqu'on vous a trouvée dans la voiture, vous ne portiez pas de soutien-gorge. Est-ce que cela vous arrive souvent ?

— Objection, Votre Honneur.

— Objection refusée. Mademoiselle Shield, répondez à la question.

Catherine regarda en direction de Paul Kubrick. Au cours de sa préparation, il n'avait pas prévu cette question. Il inclina la tête, pour lui signifier qu'elle devait répondre et dire la vérité.

— Ça m'arrive parfois...

— Est-ce qu'il y a une raison particulière à cela ?

— L'été, quand il fait chaud, je me sens plus à l'aise... Et si vous étiez une femme, vous sauriez qu'il y a des robes qui se portent mieux sans soutien-gorge...

— Est-ce que vous vous abstenez de porter un soutien-gorge chaque fois que vous sortez l'été et qu'il fait chaud ?

— Si je sortais avec vous, je crois que j'en porterais un.

Rires dans l'assistance.

Maître Schmidt eut une moue gênée, qui s'accentua lorsqu'il surprit chez son assistant une ébauche de sourire qui lui déplut au plus haut point. Il le fustigea du regard. Cette petite traînée avait de l'esprit de repartie, mais il allait lui rabattre le caquet en moins de deux !

Catherine, elle, regardait vers Julie et puisait du courage dans son sourire lumineux. Thomas aussi avait eu de la difficulté à cacher son amusement. Mais la jeune femme cherchait surtout l'approbation du procureur, inquiète d'avoir sans le vouloir enfreint les consignes très strictes qu'il lui avait données au cours de sa minutieuse préparation, laquelle lui avait d'ailleurs rappelé à bien des égards les répétitions de théâtre, où chaque réplique, chaque intonation, chaque expression faciale portent. Mais ce petit trait d'esprit, nourri par l'antipathie presque viscérale que lui inspirait Schmidt, lui avait échappé.

Maître Schmidt se tourna alors vers le juge Burns et dit :

— Votre Honneur, j'aimerais maintenant faire intervenir un mannequin professionnel qui va illustrer, pour le bénéfice de la cour et des membres du jury, l'allure qu'avait Mademoiselle Shield le soir du 15 juillet, avec sa robe sans soutien-gorge. Les deux robes sont rigoureusement identiques, comme Votre Honneur pourra en juger par la taille, le tissu, la confection et les étiquettes.

— Vous pouvez procéder, dit le juge Burns.

Maître Schmidt se tourna alors vers les premiers rangs de l'assistance. À son signal, une spectaculaire Danoise, dont l'exubérante tignasse blonde frisottée était retenue derrière la tête en un chignon indiscipliné, se leva, retira le châle qui protégeait ses larges épaules osseuses, presque masculines mais néanmoins gracieuses, et s'avança, sculpturale, vers les membres du jury.

Les hommes, pour la plupart vivement impressionnés, esquissaient des sourires intimidés. Ce n'était pas tous les jours que l'on se trouvait en présence d'une aussi belle femme, au magnétisme aussi envoûtant ! Les femmes semblaient réagir, elles aussi, mais plutôt à ce que cette beauté exceptionnelle avait d'insolent, de carrément injuste.

Mais il n'y avait pas que cela. Déjà passablement décolletée, sans être franchement plongeante, la robe était d'un tissu si léger que l'on distinguait facilement les seins de la *cover-girl*: de toute évidence, pour les besoins de la démonstration elle ne portait pas de soutien-gorge, exhibant une poitrine ample aux mamelons très rouges, et si ferme qu'elle laissait supposer soit une hérédité exceptionnelle soit, plus vraisemblablement, les soins d'un habile plasticien.

Tant les femmes que les hommes du jury subissaient, chacun à leur manière, l'effet de séduction de cette tenue. On voyait mieux de quoi Catherine devait avoir l'air le soir du 15 juillet : elle était à tout le moins aguichante... Cette petite démonstration eut l'effet escompté, celui d'alimenter le déplorable préjugé, pourtant très répandu, selon lequel sur deux femmes qui se font violer, au moins une l'aurait «cherché», provoquant une agression qui ne serait que le juste châtiment de sa frivolité.

Après avoir «paradé» devant les membres du jury et s'être assurée qu'ils l'avaient bien vue, la Danoise s'approcha du bureau du juge Burns, à qui elle tourna le dos, se pliant ainsi à un habile scénario rigoureusement mis au point par Schmidt. Cela permit à l'assistance de contempler à loisir ses seins dressés, à travers cette réplique de la robe portée par Catherine. Il y eut un léger remous dans la salle, qui fut même ponctué d'un sifflement impertinent.

Maître Schmidt s'adressa alors au juge :

— Si Votre Honneur veut bien comparer les étiquettes et les modèles.

Un peu embarrassé par ce rôle pour le moins inhabituel, le juge procéda à la vérification. Il tendit vers le cou de la *cover-girl* une main légèrement hésitante, trouva l'étiquette, qu'il ne se donna pas la peine de lire mais se contenta de «photographier», pour ainsi dire, et n'osa même pas la remettre à sa place, l'abandonnant à l'extérieur du col avec une lâcheté de petit garçon.

Schmidt lui apporta la robe de Catherine, et le juge jeta un rapide coup d'œil à l'étiquette.

Examen concluant.

— Je... je vous remercie, dit timidement le juge en congédiant la Danoise, les deux robes sont effectivement identiques.

La *cover-girl* ne se donna pas la peine de se retourner vers le juge pour le saluer et, au signal de maître Schmidt qui, radieux, lui souriait pour la féliciter de son impeccable prestation, elle retourna très lentement vers sa place, la tête bien haute, apparemment indifférente à l'intérêt qu'elle suscitait. Revenue à sa place, elle replaça son châle sur ses épaules et s'assit.

Catherine avait évidemment suivi avec attention cette mascarade qui la concernait au premier chef. Vaguement embarrassée, elle baissa la tête : elle-même n'avait jamais réalisé à quel point elle avait pu être provocante ! Il faut dire à sa décharge qu'elle avait une poitrine de fillette, alors que la *cover-girl*, elle, était généreusement pourvue à ce chapitre. En ce sens, la comparaison était donc injuste et, partant, la démonstration fausse.

Comment son avocat avait-il pu laisser passer cela ?

Après le premier mouvement de honte, Catherine lança en direction du procureur un regard inquisiteur, auquel il ne répliqua que par un plissement de lèvres coupable. Il avait gaffé, il le savait, mais maintenant le mal était fait. Il lui avait suffi de baisser sa garde un seul instant pour commettre, par excès de confiance, une erreur.

Cette leçon démontrait à quel point Schmidt avait l'art de tirer des effets spectaculaires des moindres détails : autant que faire se pouvait, il ne fallait pas lui laisser la moindre latitude.

Après avoir brièvement savouré ces points marqués de la plus originale façon, Schmidt reprit son contre-interrogatoire :

—Mademoiselle Shield, pourriez-vous nous dire comment vous vous êtes rendue au Havanas, dans les Hamptons ?

Catherine regarda son avocat. Malgré tous ses efforts, elle n'avait jamais réussi à se souvenir de ce détail.

Et son avocat le lui avait répété à de nombreuses reprises : si elle ignorait quelque chose, mieux valait le dire, sans tenter de se lancer dans des explications farfelues, car tôt ou tard, elle risquait de se contredire.

Le procureur se contenta de hausser les épaules.

—Je ne me souviens pas.

—Vous ne vous souvenez pas ? Comme c'est étrange ! Est-ce que vous possédez un permis de conduire, mademoiselle Shield ?

—Non.

—Pas de permis de conduire ? Donc vous n'avez pas pu conduire jusqu'à ce bar ?

—Non.

—Mademoiselle Shield, si vous deviez donner des instructions à quelqu'un qui part de la clinique psychiatrique où vous aviez été internée à la suite de votre tentative de suicide, trois jours plus tôt, pour se rendre dans les Hamptons, plus précisément au bar Le Havanas, que diriez-vous à cette personne ?

—De prendre la voie rapide vers l'est, puis de se laisser guider par l'odeur du fric.

Hilarité dans la salle.

—J'apprécie beaucoup votre sens de l'humour, mademoiselle Shield, comme tout le monde ici d'ailleurs! Mais j'aimerais que vous répondiez sérieusement à ma question. Si vous deviez donner des instructions à quelqu'un qui veut se rendre au Havanas, dans les Hamptons, que lui diriez-vous?

—De prendre un taxi, dit Catherine le plus sérieusement du monde et sans rechercher d'effet comique.

Nouveaux rires dans la salle.

—Je vois, dit Schmidt, qui se sentait un peu ridicule. En d'autres mots, vous ne savez vraiment pas comment vous rendre au Havanas sans taxi. Est-ce exact?

—Oui.

—Et est-ce que vous avez pris un taxi?

—Je ne me souviens pas.

—En d'autres mots, et pour résumer la situation, vous n'avez pas conduit vous-même pour vous rendre au bar Le Havanas, car vous ne possédez ni permis de conduire ni voiture. Vous ne vous souvenez pas d'avoir pris un taxi. Donc vous vous êtes pour ainsi dire *télétransportée* au Havanas?

—Objection, Votre Honneur.

—Objection retenue.

—Excusez-moi, Votre Honneur, je me suis laissé emporter par l'invraisemblance du récit de Mademoiselle Shield... surtout après la précision dont elle a fait preuve plus tôt! Mais permettez-moi de reprendre. Vous ne vous souvenez plus comment vous vous êtes rendue au Havanas, mais vous n'avez aucun témoin: personne ne vous a vue vous y rendre.

—Pas que je sache.

—Mademoiselle Shield, utilisez-vous un quelconque moyen de contraception?

La question n'étonna pas outre mesure Catherine. Le procureur l'avait avertie que, pour tenter de la discréditer auprès du jury en établissant qu'elle était une femme aux mœurs dissolues, on lui poserait une foule de questions agaçantes ou carrément embarrassantes sur son passé sexuel, sa vie intime, ses secrets de femme.

Cela prenait un peu l'allure d'un deuxième viol – certes moins violent mais presque aussi destructeur que le premier – et qui revenait presque à la mettre dans la position de l'accusée plutôt que dans celle de la victime.

Thomas se pencha vers l'oreille de Paul.

— Pourquoi est-ce qu'il lui demande ça ? murmura-t-il.

— On va bien finir par le savoir ! répliqua Kubrick, que la stratégie de maître Schmidt ne laissait pas d'inquiéter, lui aussi.

Julie, perplexe également, lança un regard interrogateur à Thomas, qui lui répondit d'un haussement d'épaules.

Si elle n'était pas étonnée, Catherine était bel et bien embarrassée par la question. Elle flairait un piège : ce Schmidt ne semblait reculer devant aucune tactique, si vicieuse fût-elle !

La jeune femme se tourna de nouveau vers son avocat, qui se contenta de hocher la tête de façon affirmative.

— Je prends la pilule, dit Catherine.

— La pilule. Et est-ce que vous utilisez d'autres moyens ?

— Non.

— Vous en êtes sûre ?

— Écoutez, je ne connais pas beaucoup de femmes qui prennent la pilule *et* autre chose...

— Peut-être, mademoiselle Shield. Mais permettez-moi tout de même de vous reposer la question : est-ce qu'il vous arrive d'utiliser, du moins à l'heure actuelle, d'autres moyens de contraception que la pilule ?

— Objection, Votre Honneur. Mon collègue harcèle le témoin, qui a déjà répondu à sa question.

— Objection retenue.

— Mademoiselle Shield, dans les mois et surtout les semaines qui ont précédé le 15 juillet, aviez-vous un partenaire sexuel ?

— Est-ce que je suis obligée de répondre à cela ? demanda-t-elle, outrée, en se tournant d'abord vers Paul Kubrick, puis vers le juge, qui trancha :

— Répondez à la question, s'il vous plaît.

— Je me demande ce que cela a à voir avec le fait que j'ai été sauvagement violée le soir du 15 juillet dernier ! dit Catherine, pas du tout enchantée de la tournure que prenait le contre-interrogatoire.

— Votre réponse, s'il vous plaît !

— Oui, j'avais effectivement un ami !

— Aviez-vous une relation exclusive avec lui ?

— Que voulez-vous dire ?

— Étiez-vous fidèle ?

—Oui, complètement.

—Vous ne couchiez pas avec d'autres hommes ?

—Non.

—Pas avec d'autres femmes, non plus ?

—Objection, Votre Honneur.

—Objection rejetée.

—Non, je ne couchais avec personne d'autre que lui ! Ni homme ni femme !

—Et lui, avez-vous des raisons de croire qu'il vous était fidèle lui aussi ?

—Oui.

—Vous êtes probablement au courant, mademoiselle Shield, que les femmes qui utilisent la pilule utilisent également des condoms à l'occasion, de manière préventive, lorsqu'elles trompent leur partenaire régulier ou lorsqu'elles le soupçonnent d'infidélité.

—Ce n'est pas mon cas.

—Peut-être, mademoiselle Shield. Mais alors pourriez-vous m'expliquer comment il se fait que, le 11 juillet dernier, soit quatre jours avant la soirée du supposé viol, vous avez acheté à la pharmacie Rexford, qui est voisine de la demeure de vos parents, où vous habitiez avant d'être hospitalisée pour votre tentative de suicide, vous avez acheté, dis-je, avec une carte Mastercard qui porte le même numéro que la vôtre, une boîte de condom Ramsès lubrifiés de format normal, et surtout une boîte de douze condoms de marque Shield de format extra grand, exactement comme celui qui a été retrouvé dans votre vagin, le matin du 16 juillet ?

Il se dirigea alors vers son assistant, qui lui remit une petite feuille de papier : c'était un relevé de transaction de la pharmacie Rexford, daté du 11 juillet, qui portait la signature de Catherine et indiquait l'achat de deux boîtes de préservatifs.

Relevé en main, il s'approcha de Catherine, lui montra celui-ci, lui demanda si elle reconnaissait sa signature.

Confuse, Catherine hocha la tête. Elle se souvenait maintenant d'avoir acheté ces condoms. Mais, dans sa nervosité, elle ne se rappelait plus pourquoi. Il devait pourtant y avoir une raison.

Maître Schmidt demanda que la facture fût déposée au dossier. Bien entendu, Paul Kubrick aurait pu s'y opposer, en exposant à la cour qu'il s'agissait là d'un élément de preuve nouveau, dont il n'avait pas été mis au courant par la défense au moment des audiences préliminaires. Il aurait par conséquent pu demander un ajournement de la cour pour avoir le temps d'étudier cette idée et de prévoir sa réplique. Mais ce n'eût été qu'une perte de temps. De toute manière, en reconnaissant la facture, Catherine avait admis l'authenticité de la pièce.

Ce qu'il déplorait cependant, c'est que Catherine ne lui eût jamais dit qu'elle avait acheté peu de temps auparavant des condoms en tous points indentiques à celui qui avait été retrouvé en elle après son agression. Bien sûr, elle n'était pas la seule à acheter ce modèle de condom mais, outre qu'il était au-dessus de la moyenne – donc moins courant –, la coïncidence était troublante. Cela jetait un nouveau doute sur la crédibilité de Catherine.

Kubrick regarda Thomas. Tout comme Julie, celui-ci paraissait très ébranlé par cette nouvelle manœuvre de Schmidt.

Quant à Catherine, non seulement elle était visiblement embarrassée d'avoir été prise en flagrant délit d'omission, voire de parjure, mais elle était aussi très intriguée : comment diable Schmidt avait-il pu mettre la main sur ses relevés de carte de crédit, qu'elle jetait pêle-mêle avec ses reçus dans un tiroir ?

Dans la salle, ses parents, qui s'étaient posé la même question, y avaient trouvé une réponse, d'ailleurs assez peu glorieuse pour eux. Plusieurs semaines auparavant, ils avaient eu la visite d'un type qui se disait reporter au *National Enquirer*. Il leur avait demandé la permission de prendre des photos d'eux et de la chambre de Catherine. Ils avaient eu la négligence de le laisser seul quelques minutes, pendant qu'ils se préparaient naïvement pour la séance de photo. En fait, ils venaient enfin de comprendre pourquoi un des membres de l'équipe de Schmidt leur rappelait vaguement quelqu'un depuis le début du procès.

—Mademoiselle Shield, reprit Kubrick, si vous n'êtes pas infidèle à votre ami, et s'il ne vous est pas infidèle, comme vous nous l'affirmez avec une belle certitude, alors pouvez-vous me dire, étant donné que vous avez vous-même déclaré prendre la pilule, pour quelle raison au juste vous avez acheté ces vingt-quatre condoms, dont douze de format extra grand, trois jours avant la soirée du 15 juillet ?

Catherine avait beau fouiller sa mémoire, celle-ci lui faisait cruellement défaut au moment où elle en aurait eu le plus besoin. C'était d'autant plus ironique qu'elle se souvenait effectivement d'être passée à la pharmacie pour acheter ces deux boîtes de condoms. Mais elle n'avait plus aucune idée de ce qui l'avait poussée à faire cet achat.

Elle observait depuis un moment un silence obstiné qui n'était pas sans plaire à maître Schmidt – en fait il s'en délectait. Catherine s'enfonçait dans le piège.

— Mademoiselle Shield, avez-vous l'intention de répondre à ma question ? insista maître Schmidt.

— Je ne sais pas, finit-elle par dire. Je ne me souviens pas.

— Vous ne vous souvenez pas ! Vous maintenez que vous ne vous souvenez pas ! Et, pourtant, vous prétendez vous souvenir de détails aussi précis que ce que mes clients auraient dit lors d'une soirée à laquelle vous étiez supposément présente et où, de votre propre aveu, vous aviez bu considérablement ?

— Je ne me souviens pas.

— Vous ne vous souvenez pas ou alors... Ou alors, mademoiselle Shield, vous sentez qu'on a découvert la *véritable* raison pour laquelle vous avez acheté ces condoms.

L'avocat marqua ici une pause, pour mousser son effet dramatique.

— En fait, vous avez acheté ces condoms pour vous offrir une partie de plaisir ! Et après vous être enfuie de la clinique psychiatrique, le soir du 15 juillet, vous avez mis votre projet à exécution ! Est-ce cela ?

— Objection, Votre Honneur !

— Objection rejetée.

— Je... je ne me souviens pas.

— Je n'ai pas d'autres questions, Votre Honneur.

Paul Kubrick obtint alors de la cour un ajournement d'une heure. Catherine, de toute évidence, était très éprouvée, et lui-même avait besoin de ramasser ses esprits et de réévaluer sa stratégie.

Ce qui le désolait surtout, c'était que, autant le témoignage vibrant de Catherine avait ému les membres du jury, autant le contre-interrogatoire avait ébranlé ces certitudes fraîchement acquises ! Schmidt avait réussi, mine de rien, à saper la crédibilité de Catherine. Maintenant, elle passait pour une fille un peu légère, qui portait une robe osée – voire carrément provocante, selon le point de vue –, qui ne savait pas comment elle s'était rendue dans les Hamptons, admettait avoir bu, et ne se rappelait même pas avoir acheté, quatre jours avant le viol, vingt-quatre prophylactiques dont douze de modèle extra grand, alors qu'elle prétendait ne pas en utiliser avec son partenaire habituel pour la simple et bonne raison qu'elle prenait la pilule !

Enfin, le jury avait appris – grâce à maître Schmidt – que Catherine avait fait une tentative de suicide quelques jours avant et qu'elle était internée dans une clinique psychiatrique ce fameux 15 juillet.

Comment les membres du jury pouvaient-il avaler tout cela et ne pas la trouver un peu fêlée?

Exceptionnellement, Paul Kubrick ne convoqua pas de réunion mais alla marcher dans les rues de New York, qu'un vent d'automne commençait à balayer de son souffle frais.

Il avait besoin de se calmer, de reprendre ses esprits.

60

À la reprise des travaux de la cour, maître Schmidt cita Monsieur Oliver Reed, un client régulier du Havanas, à la barre des témoins. L'homme, qui à trente-deux ans en faisait plus de quarante à cause notamment d'un embonpoint prononcé et d'un teint ravagé par l'alcool, les veilles et la cigarette, était entièrement vêtu de noir – complet, chemise, cravate –, ce qui, pour lui comme pour beaucoup de gens de sa génération, représentait le *nec plus ultra* du chic. Il se dégageait pourtant de lui une grande timidité, que trahissaient ou accentuaient de petits yeux fuyants d'un bleu-vert très particulier, inhabituel chez un homme aux cheveux noirs.

Comme presque tous ceux que l'on appelle à témoigner en cour, surtout dans une affaire de cette importance, Reed était légèrement tendu, ce qui ne faisait qu'intensifier une malheureuse tendance naturelle au bégaiement.

—Monsieur Reed, où étiez-vous le soir du 15 juillet dernier, vers neuf heures trente?

—Au b-b-b-b...

—Prenez le temps qu'il faut, monsieur Reed.

—Au be-be-ba-bar Hav-Hav-Hava...

—Havanas? Au bar Havanas?

—Oui! dit-il avec un large sourire qui découvrit des dents petites et très écartées.

—Peut-on dire que vous en êtes un client régulier?

—Ou-ou-oui, on pa-pa-pap-peu-peut le dire!

—Aviez-vous une raison particulière de vous trouver au Havanas le soir du 15 juillet?

—Euh... oui, il y avait une petite f-f-f-ête privée pour Gi-gi-gig-g-g-golo.

—Gigolo, dont le vrai nom est Monsieur Dino Di Pasquali, je crois?

—Ou-oui, c-c-c'est ç-ça.

—Au cours de cette fête, avez-vous vu Mademoiselle Catherine Shield, ici présente?

Le témoin se tourna d'abord vers Catherine, qu'il trouvait visiblement séduisante, puis, revenant vers maître Schmidt, il dit:

—Oui.

—Vers quelle heure l'avez-vous vue pour la première fois?

—À minuit.

—Êtes-vous certain de l'heure?

—Oui.

—Comment pouvez-vous en être certain?

—C'est qu'à minuit, nous avons sablé le champagne, parce que la fête de Gigolo était le 16. Et Mademoiselle Shield l'a embrassé, comme toutes les femmes.

Il était visiblement fier d'avoir réussi à prononcer sa réplique d'un trait.

—Monsieur Reed, s'est-il passé quelque chose entre ce Monsieur... Gigolo, comme vous dites, et Mademoiselle Shield, ici présente, après que les femmes eurent embrassé Gigolo?

—Oui.

—Pouvez-vous nous dire quoi?

—Ils-Ils-Ils-Ils... se sont m-m-m-is à d-d-d-danser ensemble...

—Pendant combien de temps?

—Au moins une heure... tout le monde les regardait... dit-il en surmontant de nouveau son défaut d'élocution, au grand soulagement de l'assistance, qui attendait avec impatience de découvrir ce nouveau visage de la plaignante.

—Pourquoi tout le monde les regardait-il?

—Eh bien, ils dansaient de manière très... comment dire... On-on-on aurait dit qu'ils faisaient l'amour sur la piste de danse... dit-il encore d'un seul trait.

—Que voulez-vous dire au juste par «faisaient l'amour»? Je veux vous rappeler que vous êtes en cour, sous serment, et que ce que vous allez dire a une très grande importance – la vie de quatre personnes en dépend. Donc que signifie exactement «On aurait dit qu'ils faisaient l'amour sur la piste de danse»?

— Eh bien... comment dire... ils avaient une f-f-f-façon de se tenir... leurs jambes étaient très comment dire... Mademoiselle Shield avait une des jambes de Gigolo entre ses jambes... ils étaient co-co-collés. Elle était pendue à son cou... Ils s'emb-b-b-rassaient con-con-con-continuellement... Et Gigolo la tenait par les f-f-f-f-f-esses... Cé-Cé-Cé-C'était tout un sp-sp-sp-spectacle!

Des murmures s'élevaient dans la salle, pendant que le visage de Paul Kubrick se décomposait lentement. Comment pourrait-il démolir l'image d'un pareil dévergondage!

— Je vois... Et qu'est-ce qui est arrivé, après?

— Eh b-bien après, ils s-s-s-s-sont sortis par la p-p-p-porte d-d-d-d'en arrière...

— La porte d'en arrière? Qu'est-ce que c'est, au juste?

— C'est une po-p-p-porte qui donne sur une p-p-p-petite c-c-c-cour derrière le b-b-b-bar...

— Pouvez-vous me parler un peu de cette cour, monsieur Reed...

Le témoin sourit d'abord puis expliqua :

— I-I-I-Il se p-p-p-passe toutes sortes de choses, là...

— Pouvez-vous être plus spécifique?

— Les clients vont là pour tirer une ligne...

— Tirer une ligne, que voulez-vous dire exactement?

— Une ligne de cocaïne. Et pour f-f-f-faire l'amour, aussi.

— Vous dites que les clients vont là spécifiquement pour faire l'amour? C'est un peu particulier, non?

— V-V-V-Vous êtes dans les Ha-Ha-Ha-Hamptons!

À cette réplique, prononcée le plus sérieusement du monde, l'assemblée pouffa de rire.

— Je vous remercie, monsieur Reed, ce sera tout.

Reed fit le mouvement de se lever, visiblement soulagé que tout cela fût terminé, mais le juge lui dit :

— Si vous voulez bien patienter un instant, monsieur Reed, maître Kubrick souhaite peut-être vous interroger à son tour.

— Oui, Votre Honneur, dit le jeune procureur, qui refermait son dossier après avoir jeté un dernier coup d'œil à ses notes.

61

—Monsieur Reed, y avait-il beaucoup de monde au Havanas, le soir du 15 juillet ?

—Oui, b-b-b-b-eauc-c-c-c-oup !

—À cause de la fête de Monsieur Di Pasquali, je suppose ?

—Oui.

—Vous dites que Mademoiselle Shield a dansé avec Monsieur Di Pasquali. Mais vous, monsieur Reed, avez-vous dansé avec Catherine, ce soir-là ?

Le témoin laissa échapper un rire nerveux, comme si l'avocat lui avait posé la question la plus invraisemblable qui fût. Lui, si gauche et si timide, danser avec une fille aussi jeune et aussi sensationnelle que Catherine ? Il n'y pensait pas, l'avocat ! Il se payait sa tête ou quoi !

—N-N-N-Non ! D-D-De toute façon, j-j-j-je n-n-ne d-d-danse jamais.

—Vous ne dansez jamais. Je vois. Pour une raison en particulier ?

—Je n'aime pas la d-d-danse.

—Ah bon. C'est votre droit. Moi non plus je n'aime pas tellement danser, je vous comprends.

Après une pause très brève, le procureur poursuivit :

—Si vous ne dansez jamais, vous restez assis au bar, je suppose ?

—Ex-Ex-Ex-Exactement, je prends un v-v-verre au bar. Le b-b-barman est s-sym-sym-symp...

—Sympathique, oui. Est-ce lui qu'on voit sur cette photo, avec vous ?

Kubrick montra alors au témoin, légèrement surpris, des photos en noir et blanc qui avaient été prises au Havanas à l'occasion de la petite fête privée. À la vérité, elles avaient été prises par le photographe officiel de la petite fête, le seul qui fût admis pour l'occasion. Au dos des photos figurait d'ailleurs son timbre, ainsi que la date du développement, soit le 16 juillet.

Sur la première photo, on voyait au premier plan Reed, assis au bar, tournant le dos au barman qui lavait un verre. Les deux regardaient avec une curiosité et un amusement évidents la piste de danse, qui se trouvait à une trentaine de pieds du bar. Une autre photo, de la piste cette fois, montrait des danseurs frénétiques qui se donnaient carrément en spectacle. Une femme portait une chemise en soie complètement transparente. Le chemisier d'une autre était déboutonné sur son soutien-gorge noir transparent. Une troisième, la tête renversée en arrière dans un grand éclat de rire, vidait une bouteille de champagne dans son décolleté dont l'un de ses seins, tout luisant, s'était d'ailleurs échappé.

— C'est bien vous, sur cette photo ? demanda le procureur en parlant de la première photo.

— Oui.

— Et cet homme, c'est votre ami le barman ?

— Oui.

— D'après vos souvenirs, diriez-vous que vous êtes resté assis au bar toute la soirée ?

— Oui, s-s-sauf p-p-pour aller aux t-t-toilettes.

— Je vois.

— Objection, Votre Honneur ! Tout cela n'a rien à voir avec le cas qui nous préoccupe, lança Schmidt.

— Objection rejetée. Mais, maître Kubrick, je vous demande d'aller droit au but.

— Oui, Votre Honneur.

Le procureur distribua des copies des deux photos aux membres du jury, à maître Schmidt et au juge, à qui il demanda de les considérer comme un élément de sa preuve. Il alla ensuite à sa table et y prit un grand diagramme qu'il posa sur un chevalet, devant le témoin, de façon que les membres du jury puissent le voir également.

— Voici un plan du Havanas, monsieur Reed, plan dont je vais vous montrer une copie à l'écran dans quelques secondes.

Sur un côté de la salle, un grand écran montra bientôt le plan en question. Les dimensions de l'endroit étant bien indiquées, le procureur s'approcha de l'écran et, à l'aide de son pointeur au laser, désigna la distance qui séparait le bar du début de la piste de danse. Une ligne pointillée joignait les deux points, avec l'inscription suivante : « 30 pieds ».

— D'après ce plan officiel du Havanas, une distance de trente pieds sépare le bar du début de la piste de danse. Est-ce que cette mesure vous semble exacte ? demanda-t-il au témoin, perplexe.

— Oui, j-j-je crois.

— Où se trouvaient Mademoiselle Shield et Gigolo sur la piste ? Diriez-vous qu'ils étaient plus du côté du bar, au milieu ou à l'autre extrémité de la piste de danse ?

—Au-Au-Au-Au mi-mi-mi-milieu de la pi-pi-piste. Tout le monde les regardait.

—«Au milieu de la piste.» Sur le plan, il est indiqué que la piste de danse a une largeur de quarante pieds. Donc le milieu de la piste de danse se situe à vingt pieds de son début. Et si l'on ajoute à cette distance de vingt pieds les trente pieds qui séparent le bar du début de la piste de danse, on obtient une distance totale de cinquante pieds entre le bar et le milieu de la piste de danse où se trouvaient Mademoiselle Shield et Monsieur Di Pasquali. Est-ce que cette approximation vous paraît juste?

—Ou-Ou-Ou-Oui, dit Reed, de plus en plus embarrassé.

—Monsieur Reed, sur votre permis de conduire, il est spécifié que vous devez porter des lunettes pour conduire.

—C'est... C'est exact.

—Vous ne portiez pas vos lunettes ce soir-là, en tout cas pas sur la photo.

Après un instant d'hésitation, Reed finit par dire, comme sauvé par la pensée subite qui venait de le traverser :

—J-J-Je portais des v-v-verres de c-c-contact.

—Des verres de contact? En êtes-vous bien sûr?

—Ou-Ou-Ou-Oui.

Entre le bégaiement et l'hésitation, il n'y avait qu'une très faible marge...

—Voulez-vous y penser quelques secondes encore? N'oubliez pas qu'il s'agit du soir du 15 juillet, que vous êtes sous serment et que ce que vous allez dire peut avoir une grande influence sur le jury.

—J-J-J-Je sais.

—Donc vous êtes absolument positif, vous portiez des verres de contact le soir du 15 juillet?

—Oui.

—Est-ce qu'il s'agit des mêmes verres que vous portez actuellement?

—Oui, dit-il, confus, comme si c'était un crime d'en porter.

—Et vous les portez en ce moment, même si vous ne conduisez pas?

—Oui, je les p-p-porte tout le temps à c-c-cause de...

—Oui, je vous écoute, vous les portez tout le temps parce que votre vue est faible, j'imagine...

—Oui, et aussi pour la c-cou... la cou...

—La couleur?

—Oui, ils sont bleus et j'ai les yeux bruns, dit-il en rougissant de cet aveu qui trahissait sa coquetterie.

—Ah bon, je vois, je vous remercie de votre franchise. Donc vous les portez en tout temps. Et ce soir-là, je veux dire le soir du 15 juillet, vous les portiez?

—Ou-Ou-Ou-Oui.

—Monsieur Reed, nous avons obtenu copie d'un document que vous avez rempli le 18 juillet dernier, soit trois jours après l'agression dont Mademoiselle Shield a été victime le 15 juillet. Ce document, qui est en fait un questionnaire que votre optométriste, *Le Lunetier Excel*, vous a fait remplir avant de vous fabriquer des verres de contact, est signé de votre main. Est-ce bien votre signature? lui demanda le procureur en lui montrant la copie du document.

Reed en prit connaissance et dut avouer :

—Oui, c-c'est... c'est...

—Je comprends, merci : c'est votre signature. Sur le questionnaire, à la question : *Est-ce votre première paire de verres de contact?*, vous avez coché la case «oui».

Reed cherchait péniblement ses mots. Terrorisé, il regarda son avocat. Jamais il ne s'était imaginé que la partie adverse pourrait trouver de tels documents et le confondre de la sorte.

Le procureur reprit :

—Monsieur Reed, puis-je vous demander de retirer vos verres de contact?

—Objection, Votre Honneur!

—Monsieur Reed, s'il vous plaît, la cour vous demande de vous plier à la demande de maître Kubrick, dit le juge Burns.

Le témoin tira de sa poche une petite boîte de plastique, en ouvrit les deux couvercles circulaires et y plaça précautionneusement ses verres, non sans un fort tremblement des mains. Il sentait qu'il s'avançait vers la potence et qu'il ne pouvait plus reculer maintenant. Ses verres retirés, il releva la tête, et ceux qui étaient à faible distance purent alors constater qu'en effet ses yeux étaient bruns.

Il regardait à gauche et à droite, un peu comme une taupe, attendant la suite du contre-interrogatoire avec un malaise évident.

Le procureur demanda alors à une personne de l'assistance de se lever. Il ne l'avait pas choisie au hasard. C'était une femme dans la trentaine, d'allure légèrement garçonne avec ses cheveux noirs coupés très courts. Assez grande, elle portait un tailleur qui ressemblait à un complet d'homme, effet accentué par sa cravate rouge.

La femme se plaça le plus loin qu'elle put de la barre des témoins, juste devant la place réservée aux membres du jury, qu'elle regarda d'abord avec un sourire poli avant de leur tourner le dos.

— Monsieur Reed, la personne qui se trouve devant vous présentement est à environ vingt-cinq pieds, soit la moitié de la distance qui séparait le bar du milieu de la piste de danse où vous auriez vu Catherine Shield danser avec Monsieur Di Pasquali le soir du 15 juillet. Pour le bénéfice de la cour, pourriez-vous décrire la personne qui se tient debout devant vous ?

Nerveux, mais tout de même décidé à sauver la face, Reed commença :

— C'est-C'est-C'est-C'est un mon-mon-mon-monsieur d'environ trente-cinq ans. Il a les cheveux noirs.

Ce fut un tollé dans la salle. Maître Schmidt serra les poings. Cet enfoiré de Kubrick venait de discréditer complètement son témoin !

Constatant qu'il se passait quelque chose d'anormal, le témoin s'empressa de remettre ses verres de contact et découvrit aussitôt la méprise.

Il jeta un regard consterné en direction de son avocat, cependant que la jeune femme allait se rasseoir et que le procureur concluait, le visage rayonnant d'un sourire de triomphe :

— Merci, monsieur Reed. Ce sera tout !

62

Il possédait cette beauté féline et un peu artificielle qui sied si bien à la jeunesse oisive. Yeux bleus, cheveux blonds à la Robert Redford, très grand, le sourire enjôleur, Dino Di Pasquali incarnait, à vingt-cinq ans, l'image même du tombeur. Son surnom – Gigolo – n'était d'ailleurs nullement usurpé, car non seulement il connaissait un succès considérable auprès des femmes mais il lui arrivait de monnayer ses charmes auprès des veuves et des riches épouses négligées de Hampton.

Appelé à la barre par maître Schmidt, il se présenta vêtu d'un costume de lin couleur crème, de sandales très décontractées et d'une chemise blanche bien ouverte sur une poitrine où foisonnait une pilosité blonde, rehaussée de quelques chaînettes d'or.

— Monsieur Di Pasquali, commença Schmidt, étiez-vous au bar Le Havanas le soir du 15 juillet dernier ?

— Oui.

— À quelle heure y êtes-vous arrivé ?

— Vers dix heures.

— Monsieur Di Pasquali, était-ce la première fois, ce soir-là au Havanas, que vous voyiez Mademoiselle Shield ?

— Oui.

— Et que s'est-il passé au juste ?

— Eh bien, ç'a été le coup de foudre !

— Vous pour elle ?

— Non, elle pour moi !

— Pourquoi dites-vous cela ?

— Parce qu'elle est venue me trouver sur la piste de danse pour me souhaiter un bon anniversaire. Puis elle m'a dit : « J'ai entendu parler de toi, il paraît que tu danses comme un dieu... Il paraît même que tu fais beaucoup de choses comme un dieu... »

Il avait dit cela en toute modestie : après tout, il était en cour, et en cour, c'était bien connu, on disait la vérité, toute la vérité, même si elle se révélait particulièrement flatteuse !

— Ensuite ?

— Elle m'a demandé de danser. J'ai accepté... Et je ne l'ai pas regretté parce qu'elle était vraiment *hot*, elle se pendait à moi, elle m'embrassait dans le cou... Je me suis rendu compte qu'elle devait avoir bu ou pris de la drogue. En tout cas, elle n'était pas trop inhibée...

— Et vous, comment réagissiez-vous ?

— En homme.

— Que voulez-vous dire ?

— Eh bien, c'est une très jolie fille, et elle était habillée très *sexy*, et elle me disait... Enfin...

— Que vous disait-elle au juste ?

— Eh bien, c'est délicat, mais elle parlait comme une femme qui veut faire comprendre à un homme qu'elle a envie de lui... Elle m'a même, à un moment donné...

L'air faussement modeste, il s'arrêta. Maître Schmidt le pria de continuer :

— Eh bien, je portais des vêtements très amples... Je n'avais pas de ceinture mais des bretelles, et pendant qu'on dansait un slow, elle a glissé sa main dans mon pantalon. Elle a sifflé et elle m'a dit que j'étais fait comme un étalon, que ça tombait bien parce qu'elle avait justement des condoms de format extra grand dans son sac. Elle m'a demandé si ça me tentait de les essayer.

La salle ne restait évidemment pas indifférente à ces nouvelles révélations.

— Que s'est-il passé ensuite ?

— Eh bien, pendant à peu près une heure, on a dansé, on a bu, on a fait du *necking*. Puis elle m'a dit qu'elle avait envie de tromper son ami, parce qu'il ne la satisfaisait pas sexuellement et qu'elle avait envie d'un vrai homme...

Catherine bondit de sa chaise comme une lionne en furie.

— Vous n'avez pas le droit de dire cela ! s'écria-t-elle. C'est un tas de mensonges ! J'aime Robert, et je ne le tromperais jamais, même si nous sommes séparés !

— Mademoiselle Shield ! la prévint le juge. Vous avez eu l'occasion de faire votre témoignage !

— Je ne peux pas tolérer que ce bouffon parle de mon ami de cette façon !

— Catherine, s'il te plaît ! intervint Paul Kubrick avec autorité.

Elle inclina enfin la tête et se tut.

Les paroles de ce Di Pasquali lui rappelaient trop l'amère soirée de séparation au Waldorf, quand Robert avait effectivement été incapable de la satisfaire – en fait il n'avait éprouvé aucun désir pour elle.

Thomas et Julie échangèrent un long regard silencieux : leurs chances de gagner fondaient à vue d'œil. Thomas voyait poindre le moment où lui-même devrait se défendre des accusations de viol dont s'empresserait de l'accabler Templeton. Chaque coup porté à Catherine rapprochait l'inspecteur.

Dans la salle, ce dernier assistait d'ailleurs, narquois, à ce qui commençait à prendre des allures de naufrage.

Implacable, Schmidt reprit son interrogatoire :

— Et qu'est-ce que vous avez fait alors ?

— Eh bien, dit-il avec une moue légèrement coupable, comme je suis prudent, je lui ai demandé si elle était venue avec son ami...

Rires dans la salle.

— Elle m'a répondu que non, reprit Di Pasquali, qu'en fait ils étaient séparés depuis quelques jours... Alors je me suis dit qu'elle était bizarre !

— Pourquoi donc ?

—Eh bien, ils n'étaient plus ensemble, mais elle voulait le tromper.

—Je vois. Qu'est-ce que vous avez pensé alors ?

—Comme d'habitude : «Ah! Les bonnes femmes!» fit le témoin, les mains tendues, les yeux levés au ciel.

La salle s'esclaffa, à l'exception bien entendu des parents de Catherine, de Julie et de Thomas. Quant à Kubrick, il prenait des notes à toute vitesse.

Pour Catherine, le calvaire continuait.

—Et qu'est-ce que vous avez fait ensuite ?

—Eh bien, je me suis dit : «Pourquoi pas ?» Elle m'a demandé si on pouvait faire l'amour, là, et je lui ai dit que oui. Je me souviens très bien de ce qu'elle a ajouté alors, excusez l'expression...

—Allez-y, l'encouragea Schmidt, tout émoustillé par cette vague de succès.

—Elle a dit : «Je vais te faire exploser les couilles ! »

Nouveaux rires de la salle : décidément, ce Gigolo s'avérait des plus divertissants !

—Et comment avez-vous réagi ?

—Je l'ai prise par la main et je l'ai amenée vers la cour...

—Et que s'est-il passé une fois que vous êtes arrivés dans la cour ?

—Eh bien, il s'est passé ce qui devait se passer.

—Soyez plus précis, je vous prie.

—Je ne sais pas si elle avait avalé du *Spanish Fly* pour souper, mais elle avait vraiment le cul en feu, si vous me passez l'expression. Dans la cour, on a commencé à s'embrasser... Je voulais prendre mon temps, mais au bout de deux minutes elle s'est agenouillée devant moi, elle a descendu mon pantalon et elle a sorti de son sac à main un de ces condoms dont elle avait parlé et elle me l'a enfilé... Évidemment, je l'ai laissée faire – je ne suis pas du genre à prendre des risques inutiles, surtout lorsque la dame insiste.

—Et ensuite ?

—Eh bien, on a baisé ensemble. Elle était appuyée contre le mur du Havanas et puis, eh bien, elle en redemandait !

—Combien de temps cela a-t-il duré ?

—Je ne regarde pas ma montre quand je baise, en tout cas pas quand je ne suis pas en devoir...

Il eut l'air de regretter ces paroles qui trahissaient un métier peu glorieux, encore qu'il fût prévisible pour un homme nanti d'un physique aussi avantageux et affligé d'un intellect aussi anémique.

—Je comprends, mais que s'est-il passé après?

—Eh bien, à un moment, pendant qu'on baisait, je ne sais pas pourquoi, elle s'est arrêtée et elle s'est éloignée comme ça, pour rien, si brusquement que le condom est resté en elle...

—Qu'est-ce que vous avez fait? Lui avez-vous demandé d'arrêter et de vous fournir un autre condom?

—Écoutez... J'ai suivi comme tout le monde les campagnes de prévention des maladies transmises sexuellement, mais j'avais bu beaucoup de champagne. J'étais très excité et puis je me suis dit qu'elle était jeune et qu'elle n'était probablement pas encore contaminée. Je sais que ce n'est pas correct de penser cela, mais de toute manière, dans ces moments-là, on ne pense plus très clairement, si vous voyez ce que je veux dire...

—Je le vois très bien... Qu'est-ce qu'elle a fait ensuite?

—Eh bien, elle m'a tourné le dos... Elle s'est appuyée contre le mur et s'est mise à gémir...

—C'est faux! Cet homme est un menteur! protesta Catherine, incapable d'en supporter davantage.

Écarlate, elle s'était levée et pointait un doigt accusateur en direction de Di Pasquali. Jamais de toute sa vie elle n'avait eu aussi honte.

—Mademoiselle Shield, je vous avertis pour la troisième et dernière fois!

—Catherine, je t'en prie, rassieds-toi, dit Paul, qui avait posé sa main sur son bras et exerçait une pression légère.

Malgré son exaltation indignée, Catherine comprit qu'elle n'avait pas le choix et que ses protestations seraient vaines.

C'était ça, un procès! Un témoin pouvait s'avancer et proférer, devant cent personnes, toutes les insanités qui lui passaient par la tête, sans que la victime pût rien faire pour protéger sa réputation?!

—Alors qu'avez-vous fait, monsieur Di Pasquali? demanda maître Schmidt.

—J'ai fait ce que j'ai compris qu'elle me demandait de faire.

—Soyez plus spécifique.

—Écoutez, quand une femme vous tourne le dos et qu'elle vous demande de... vous faites quoi?

—S'il vous plaît, c'est moi qui pose les questions, pas vous. Répondez, je vous prie.

—Eh bien, je l'ai prise par derrière.

—Vous voulez dire que vous l'avez sodomisée?

— Oui.

— Est-ce que la pénétration a été difficile ?

— Euh, oui, surtout au début...

— Je comprends... Monsieur Di Pasquali, au cours de vos expériences sexuelles antérieures, vous est-il déjà arrivé qu'une femme vous demande d'exécuter sur elle ce que Mademoiselle Shield a demandé, c'est-à-dire ce qu'on appelle une pénétration contre nature ?

— Oui.

— Vous est-il déjà arrivé, ce faisant, de causer certaines blessures dans la région anale, par exemple de la déchirer, de la faire saigner ?

Il commença par hocher la tête. Décidément, l'avocat entrait vraiment dans les détails !

— Ça m'est déjà arrivé, oui.

— Monsieur Di Pasquali, lorsque vous avez sodomisé Mademoiselle Shield à sa demande – Schmidt prenait un plaisir pervers à prononcer ces paroles, dont il savait qu'elles démoralisaient l'adversaire –, avez-vous eu l'impression que vous pouviez lui faire mal, la blesser ?

— Oui, parce que c'était très serré. Mais elle ne me demandait pas d'arrêter : elle poussait des grands cris. Elle me disait qu'elle m'aimait... Elle me disait « Plus fort ! Plus profond ! Baise-moi ! »

— Monsieur Di Pasquali, dites-moi, avez-vous joui au cours de cette relation sexuelle contre nature que vous avez eue avec Mademoiselle Shield, à sa propre volonté ?

— Non.

— Vous n'avez pas éjaculé ?

— Non.

— Pourquoi au juste ?

— Eh bien, parce que... j'avais pris de la cocaïne... Enfin, je précise que je ne suis pas un trafiquant et que j'en achète seulement pour mon usage personnel...

— Je comprends. Et que s'est-il passé ensuite ?

— Eh bien, un groupe d'amis est venu nous rejoindre, et puis bon, c'était un peu gênant ! On a dû s'arrêter. Ils avaient apporté un magnum de champagne, c'était ma fête, on a bu.

— Et Catherine Shield ?

— Elle s'est éloignée avec deux autres clients du Havanas que je ne connaissais pas.

— Deux autres clients ? Des hommes ou des femmes ?

— Des hommes.

—Pouvez-vous les décrire ?

—Je les ai vus très rapidement. Et il fait plutôt noir dans la cour. Ils étaient plutôt grands. C'étaient deux Noirs. Ils l'embrassaient.

—Est-ce qu'elle protestait ?

—Je ne sais pas. J'étais entouré par mes amis.

—Avez-vous revu Mademoiselle Shield plus tard dans la nuit ?

—Non.

—Je vous remercie, monsieur Di Pasquali. J'apprécie la franchise et le courage avec lesquels vous avez répondu à des questions souvent très embarrassantes. Je suis sûr que ce que vous avez dit aidera grandement la cour et les distingués membres du jury à comprendre ce qui s'est vraiment passé le soir du 15 juillet dernier !

63

—Maître Kubrick, demanda alors le juge, désirez-vous contre-interroger Monsieur Di Pasquali ?

—Oui.

Kubrick s'avança vers la barre des témoins, l'air pensif.

—Monsieur Di Pasquali, dans votre témoignage, vous avez dit que vous avez dansé pendant environ une heure avec Mademoiselle Shield. Est-ce exact ?

—Oui, environ une heure.

Le procureur se tourna alors vers Julie et lui fit un signe. Celle-ci se leva et s'avança vers le banc des témoins, à la surprise de Di Pasquali.

—Monsieur Di Pasquali, nous avons obtenu de la cour l'autorisation de nous livrer à une petite démonstration très simple. Je vous demanderais de vous lever et de vous approcher du docteur Cooper.

Le témoin commença par jeter un coup d'œil en direction de maître Schmidt, qui se contenta de hocher la tête en signe d'approbation. Le témoin plissa les lèvres, obtempéra.

—Je vous présente le docteur Cooper. Je vous demande maintenant de la prendre dans vos bras comme si vous vouliez danser avec elle.

Le témoin allait d'étonnement en étonnement. Ce procureur avait vraiment des exigences particulières ! Mais, après tout, ce n'était pas la fin du monde : la «cobaye» était très jolie femme, et faire semblant de danser avec elle n'était pas désagréable !

La pudeur – et le bon sens – commandait de ne pas danser de manière trop sensuelle, si bien que Di Pasquali prit la main gauche de Julie dans sa main droite et la souleva à la hauteur de son visage, enserra sa taille tout en la gardant à une distance raisonnable, et esquissa vaguement – et avec un début de fou rire embarrassé – un vague pas de valse. Il fit virevolter Julie une première, puis une deuxième fois, mais comme il n'y avait pas de musique, qu'il se trouvait au beau milieu de la cour, devant une assistance curieuse et médusée, il s'immobilisa au bout de quelques secondes et jeta un coup d'œil interrogateur à Kubrick.

—C'est tout, merci !

Toujours aussi intrigué, Di Pasquali retourna s'asseoir au banc des témoins pendant que Julie revenait auprès de Thomas. Curieusement, ce dernier éprouva une sorte de soulagement : il avait senti une ridicule, mais bien réelle, petite vague de jalousie s'emparer de lui lorsqu'il avait vu Julie dans les bras du bellâtre.

Le procureur reprit la parole :

—Monsieur Di Pasquali, combien de temps m'avez-vous dit que vous aviez dansé avec Mademoiselle Shield ?

—Environ une heure, je crois...

—Et vous venez de danser... quoi... cinq secondes avec le docteur Cooper ?

—Oui, fit Di Pasquali, qui ne comprenait toujours pas où voulait en venir le procureur – pas plus que Schmidt, d'ailleurs, qui fronçait imperceptiblement les sourcils : il flairait un coup fourré.

—Monsieur Di Pasquali, pourriez-vous me dire quelle taille fait le docteur Cooper ?

—Je ne sais pas. Environ cinq pieds sept, cinq pieds huit.

—Docteur Cooper, pourriez-vous indiquer à la cour combien vous mesurez ?

—Cinq pieds sept pouces et demi...

—Je vous remercie, docteur, dit-il avant de se retourner vers le témoin. Vraiment remarquable, monsieur Di Pasquali ! Vous avez dansé seulement quelques secondes avec le docteur Cooper et vous avez immédiatement deviné sa taille à un demi-pouce près. J'en conclus que, comme vous avez dansé pendant près d'une heure avec Mademoiselle Shield, et d'une manière bien plus intime qu'avec le docteur Cooper, ce sera un jeu d'enfant pour vous de dire à la cour combien elle mesure?

— Objection, Votre Honneur!

— Objection rejetée. Répondez, monsieur Di Pasquali.

Le témoin parut embarrassé, eut un début de rougissement, parut solliciter l'aide de l'avocat des accusés, qui haussa les épaules en signe d'impuissance.

— Alors, monsieur Di Pasquali?

— C'est difficile à dire... Ça s'est passé il y a plusieurs semaines, le soir, et j'avais bu...

— Je vous demande de vous contenter de répondre aux questions que je vous pose, monsieur Di Pasquali. Nous avons des règles à la cour, et il faut les respecter! Reprenons si vous voulez. Vous avez dansé avec Mademoiselle Shield pendant une heure, et vous avez même supposément fait l'amour avec elle... Alors vous devriez pouvoir dire combien elle mesure, au moins approximativement. Laissez-moi vous aider. Vous mesurez combien?

— Six pieds quatre pouces.

— Est-ce que Mademoiselle Shield est plus grande que vous?

Di Pasquali eut un sourire. Le procureur se payait sa tête ou quoi?

— Non, évidemment.

— Est-ce qu'elle fait la même taille?

— Non plus.

— Alors, est-ce qu'elle est plus petite?

— Oui.

— Au moins de six pouces?

— Au moins.

— Au moins d'un pied?

— Non, non...

Il se tourna alors vers Catherine, qui était assise près de Julie. Il lui sembla que les deux femmes étaient à peu près de la même taille.

— Je crois qu'elle est de la même grandeur que le docteur Cooper.

Catherine jeta un regard complice à Thomas, qui répliqua par un clin d'œil amusé.

En effet, depuis le début de la session elle était assise sur un gros annuaire téléphonique.

Au signal du procureur, Catherine et le docteur Cooper se levèrent, marchèrent jusque devant la table à laquelle elles étaient assises, retirèrent avec un synchronisme parfait leurs souliers et se placèrent côte à côte sans rien dire.

Julie dominait Catherine de toute une tête, et l'écart entre les deux femmes était tel qu'un murmure de surprise parcourut la salle.

Paul souriait d'aise.

Schmidt, lui, fulminait.

Il se pencha vers son jeune assistant, Jim Berkley, pour lui confier sa mauvaise humeur, mais il se ravisa en relevant la tête, comme s'il était au-dessus de ses affaires et que cette petite mise en scène habilement orchestrée ne l'ébranlait d'aucune manière.

Plusieurs membres du jury griffonnèrent une note rapide. Certes, Di Pasquali pouvait avoir un souvenir vague de cette soirée, mais lorsqu'un homme dansait pendant une heure avec une femme, et qu'il la dépassait de plus d'un pied, il devait en principe s'en rendre compte, et se le rappeler.

— Mademoiselle Shield, pourriez-vous dire à la cour combien vous mesurez ?

— Cinq pieds deux, dit Catherine.

— Je vous remercie.

Les deux femmes remirent leurs souliers et regagnèrent leurs places.

— Une différence de six pouces, monsieur Di Pasquali ! Meilleure chance la prochaine fois !

— Objection ! Le procureur ne pose pas de questions mais cherche tout simplement à discréditer le témoin.

— Objection retenue. Maître Kubrick, posez votre prochaine question s'il vous plaît.

— Monsieur Di Pasquali, vous mesurez six pieds quatre pouces, et Mademoiselle Shield ne mesure que cinq pieds deux. Il y a donc une différence d'un pied deux pouces. Vous n'avez pas été frappé par cet écart ?

— Oui, mais pas au point de...

— Considérant cet écart remarquable, souhaitez-vous retirer ou modifier votre déclaration ?

— Laquelle ?

— Celle où vous avez affirmé que le soir du 15 juillet vous avez dansé pendant une heure avec Mademoiselle Catherine Shield.

— Non. J'ai bel et bien dansé pendant une heure avec elle. Je... Je suis plus grand que la plupart des femmes que je rencontre, alors pour moi c'est un événement plutôt banal, qui ne me frappe pas autant qu'il vous frapperait si, par exemple, du jour au lendemain vous gagniez huit ou neuf pouces et deveniez aussi grand que moi.

— Je comprends, monsieur Di Pasquali. J'aimerais maintenant aborder un aspect un peu plus délicat de votre déclaration de tout à l'heure. Vous avez affirmé qu'après avoir dansé pendant une heure avec Mademoiselle Shield vous êtes passé dans ce que vous avez appelé la cour du Havanas, et que là vous avez fait l'amour avec elle – que vous l'avez même sodomisée alors qu'elle se tenait debout contre le mur. Monsieur Di Pasquali, dites-moi, avez-vous à aucun moment forcé Mademoiselle Shield à avoir avec vous cette relation contre nature ?

— Non, c'est elle qui me l'a demandé, elle me suppliait même.

— Est-ce que, à aucun moment pendant la relation, elle vous a dit qu'elle avait changé d'idée, qu'elle préférait arrêter, parce que vous lui faisiez mal, parce que vous la blessiez ?

— Non, à aucun moment.

— Avez-vous à aucun moment été obligé de faire quelque chose pour l'empêcher de s'échapper, parce que vous la forciez ?

— Non.

— Avez-vous été obligé de la retenir en tenant très fort ses poignets ?

— Objection. Le témoin a déjà dit qu'il ne l'avait jamais forcée à faire l'amour.

— Où voulez-vous en venir, maître Kubrick ? demanda le juge.

— J'y arrive, Votre Honneur.

— J'apprécierais que vous aboutissiez, commenta le juge.

— Avez-vous forcé Mademoiselle Shield à rester auprès de vous, l'avez-vous soulevée du sol de sorte que ses pieds ne touchent plus à terre et qu'elle ne puisse pas vous échapper ?

— Non, à aucun moment.

— Donc, elle ne protestait pas, elle ne cherchait pas à vous échapper, et vous n'étiez pas obligé de la soulever. Elle a pu garder en tout temps les deux pieds bien au sol, comme une femme tout à fait consentante à se livrer avec vous à un acte de sodomie ?

— Oui, exactement.

— Monsieur le juge, pour le bénéfice de la cour, j'aimerais maintenant faire venir deux comédiens professionnels qui exécuteront devant nous une simulation de ce qui s'est prétendument passé dans la cour du Havanas entre Mademoiselle Shield et Monsieur Di Pasquali.

—Objection, Votre Honneur! À aucun moment, au cours des audiences préliminaires, il n'a été question de ces deux comédiens ni de cette simulation ridicule!

—Je vais quand même laisser maître Kubrick poursuivre, maître Schmidt. Je verrai en temps et lieu si je dois intervenir.

Le procureur fit alors signe aux deux comédiens de s'avancer. Tous deux vêtus de collants blancs très moulants, ils étaient accompagnés d'un technicien qui transportait une mallette noire et poussait devant lui un grand tableau sur roulettes, sur lequel était inscrite une échelle des grandeurs qui allait de cinq pieds à six pieds six pouces, et une lumière rouge fixée sur un trépied, lui aussi à roulettes.

Véritable géant, le comédien masculin rivalisait de grandeur avec le témoin, tandis que la jeune comédienne faisait la même taille que Catherine.

Lorsque le technicien eut installé le tableau bien en vue devant les membres du jury, il plaça les comédiens devant l'échelle des grandeurs, et Paul Kubrick commenta :

—Comme vous pouvez tous le constater, le comédien mesure exactement six pieds quatre pouces, tout comme Monsieur Di Pasquali, tandis que la comédienne a la même taille que la victime, Catherine Shield.

Il fit un signe de la tête au technicien pour qu'il procède pendant qu'il fournissait des explications à un jury fort intrigué.

—Ce que nous allons maintenant démontrer pour le bénéfice de la cour, c'est qu'il est absolument impossible que les blessures subies par Mademoiselle Shield à l'anus, et qui ont été décrites dans le rapport médical du docteur Conway, aient pu lui être infligées le soir du 15 juillet par Monsieur Di Pasquali, pour la simple et bonne raison qu'à cause de l'écart de grandeur considérable entre eux, Monsieur Di Pasquali n'a techniquement pas pu avoir avec Mademoiselle Shield une relation anale dans la cour du Havanas, alors qu'elle était debout appuyée contre le mur et *les pieds bien au sol*, comme il vient de l'affirmer solennellement à la cour.

Les dernières paroles de Kubrick furent cependant à peu près perdues, tant l'attention de l'assistance était monopolisée par le manège du technicien. Ce dernier venait en effet de tirer de sa mallette un godemiché de taille imposante, quoique d'aspect inoffensif parce que fait de simple tissu blanc. Le comédien passa la ceinture en forme de culotte qui retenait le godemiché, ceinture qui était reliée par un fil au trépied surmonté d'une lumière rouge. Tout vêtu de blanc, avec un sexe artificiel également blanc, l'homme avait une allure des plus étranges – en tout cas il ne laissait pas la salle indifférente.

Le technicien avait ensuite sorti une semblable ceinture en forme de culotte, mais à la place du simulacre de membre masculin se trouvait cette fois une sorte de médaillon rouge, lui aussi relié au trépied par un fil.

Avant de demander à la comédienne de passer la ceinture, il attendit les instructions de Paul. Ce dernier expliqua à la cour :

— La ceinture que porte le comédien soutient, comme la cour l'aura deviné, un substitut de membre viril dans un angle normal d'érection chez un homme de vingt-cinq ans. À l'extrémité de ce substitut de membre viril se trouve un dispositif identique à celui qu'utilisent les escrimeurs au cours des compétitions, c'est-à-dire un dispositif qui actionnera la lumière rouge au moindre contact avec le médaillon ici présent, comme je vais d'ailleurs vous le démontrer à l'instant.

Il plaça alors l'extrémité du membre viril artificiel en contact avec le médaillon, et aussitôt la lumière rouge s'alluma et une sonnerie nasillarde retentit, ce qui souleva l'hilarité de la salle.

Puis le technicien remit la ceinture à la comédienne, qui la passa et alla s'appuyer des deux mains contre la paroi, offrant sa croupe au comédien qui s'avança vers elle avec son appendice artificiel dressé.

Mais dès qu'il fut près d'elle, ce qui était prévisible se confirma. L'écart de grandeur entre les deux était tel que la pointe du membre viril artificiel arrivait au milieu du dos de la comédienne. Malgré toutes les contorsions auxquelles ils se livrèrent, il leur fut rigoureusement impossible de déclencher le voyant lumineux. Chaque fois qu'il se penchait pour arriver à ses fins, l'homme éloignait son instrument et le simple contact génital devenait irréalisable. L'homme devait absolument soulever sa partenaire : autrement, le médaillon, qui figurait évidemment les voies contre nature, demeurait obstinément hors de portée de son sexe de coton.

Le comédien eut beau faire des efforts méritoires et bien réels – ployer les genoux, se contorsionner dans toutes sortes de positions – il ne réussit au mieux qu'à s'approcher de la naissance des fesses de la comédienne.

Paul fit alors un signe au comédien, qui interrompit son travail.

Dans un mouvement spontané, la salle applaudit sa performance, même stérile.

— Je vous remercie, dit-il à l'adresse du comédien masculin, qui se retira.

Par contre la comédienne, elle, resta en place : cette surprenante expérience n'était donc pas terminée ?

Paul se tourna vers Di Pasquali et demanda, d'une voix suavement ironique :

— Monsieur Di Pasquali, peut-être connaissez-vous des techniques que nous ignorons. Aimeriez-vous essayer de faire sonner la petite cloche ?

— Non, répondit sèchement le témoin, qui n'avait à aucun moment partagé l'hilarité de la salle, pas plus que les accusés ni leur avocat.

— Si je comprends bien, la seule chose à laquelle vous pourriez arriver, c'est – comme le dit justement l'expression – de lui faire un enfant dans le dos !

Furieux, Di Pasquali ne répondit pas. Le procureur venait de le ridiculiser.

La comédienne se retira sous les applaudissements nourris de la salle. Le technicien remballa son curieux équipement et quitta la cour, où régnait une animation particulière : la démonstration de Kubrick, aussi inhabituelle fût-elle, avait fait son effet.

Ce dernier poursuivit alors son contre-interrogatoire.

— Monsieur Di Pasquali, lorsque vous avez supposément commencé à danser avec Mademoiselle Shield sur la piste de danse, est-ce qu'elle vous a paru blessée ou souffrante ?

— Non, elle était un peu soûle mais...

— Contentez-vous de répondre à la question que je vous pose : vous a-t-elle paru souffrante ?

— Non.

— Lorsque vous êtes passé dans la cour avec elle, est-ce qu'elle a fait une chute ?

— Non.

— Est-ce que vous avez dû la frapper pour la contraindre à faire l'amour avec vous ?

— Objection. La question a déjà été posée plus d'une fois. Maître Kubrick harcèle le témoin.

— Objection retenue.

Paul se dirigea vers la table, et Thomas lui tendit la photo qu'ils avaient planifié d'utiliser à ce moment du contre-interrogatoire. C'était une photo du visage tuméfié de Catherine, prise par la photographe de la police le lendemain du viol.

Le procureur s'approcha du témoin, lui montra la photo :

—Monsieur Di Pasquali, lorsque vous vous êtes mis à danser, est-ce que Mademoiselle Shield avait ces marques sur le visage ?

—Non.

—Lorsque vous vous êtes séparé d'elle après avoir supposément fait l'amour, est-ce que son visage portait ces marques ?

—Non.

—Je vous remercie, monsieur Pasquali, je n'ai plus d'autres questions.

Le procureur paraissait satisfait. Sa démonstration était double : les membres du jury pouvaient maintenant soupçonner que Di Pasquali n'avait jamais dansé avec Catherine et ils pouvaient mettre en doute son témoignage selon lequel il avait eu avec elle une relation anale. En fait, après le contre-interrogatoire de Kubrick, le témoignage de Di Pasquali paraissait cousu de fil blanc.

En outre, Di Pasquali affirmait ne pas avoir frappé Catherine.

Donc, à supposer qu'il ait effectivement eu des relations avec elle au Havanas – ce qui paraissait de moins en moins vraisemblable –, cela n'excluait nullement la possibilité que d'autres aient pu la battre et la violer.

Les accusés, par exemple.

—Messieurs les avocats, avez-vous d'autres témoins ? demanda le juge Burns.

Les deux hommes secouèrent la tête.

—Dans ce cas, les discours de clôture seront prononcés demain, à neuf heures. D'ici là, les travaux de la cour sont ajournés ! déclara le juge.

Et il ponctua ses paroles d'un vigoureux coup de maillet.

64

—Brillante performance, Paul ! lança Thomas au procureur dès l'ajournement de la séance.

Kubrick accepta le compliment – du reste mérité – mais, dès son retour à son bureau, où Julie et Thomas l'avaient accompagné pendant que Catherine, épuisée, retournait sous escorte policière à la clinique, il ne tarda pas à manifester son inquiétude.

—Schmidt a commis quelques erreurs, mais il a marqué des points, beaucoup de points ! Il suffit qu'*un seul* membre du jury ait un doute et nous perdons... cette histoire de condoms extra-grands va laisser des traces dans leur esprit ! Pourquoi diable est-elle allée acheter tout ça quatre jours avant le viol, si elle prenait la pilule ?

—Je ne sais pas, dit Julie.

—Le coup du reçu de la pharmacie était assez fort, dit Thomas, comme perdu dans ses pensées.

Le trio resta songeur.

À la sortie du palais de justice, les journalistes, excités par la manière dont le procureur avait cuisiné Reed et Di Pasquali, et surtout par la simulation finale, les avaient entourés et leur avaient prédit une victoire éblouissante.

Mais, au fond, Thomas et Julie partageaient les réserves du jeune procureur.

—Schmidt l'a fait passer pour une vraie dévergondée, avec sa robe transparente sans soutien-gorge et ses deux douzaines de condoms ! dit Thomas.

Il réfléchit un moment puis ajouta :

—Les membres du jury vont associer ça avec le chantage qu'elle a fait auprès du réalisateur de films porno – en plus, il y a ce foutu film porno, alors ils vont faire deux plus deux égalent quatre !

Paul soupira profondément, résuma sa perception de la situation :

—D'un côté, quatre personnes distinguées, honorables membres de la communauté, et de l'autre une petite actrice suicidaire, qui admet avoir bu, qui était droguée, et qui n'a aucun témoin pour confirmer ce qu'elle dit !

—Il y a les photos, protesta Julie. Elle ne s'est quand même pas infligé ces blessures elle-même...

—Là aussi, Schmidt s'est montré très habile ! dit Paul. Il a semé le doute dans l'esprit du jury en faisant dire à son témoin Di Pasquali qu'à la fin de la soirée, il avait vu Catherine partir avec deux Noirs. Le scénario est parfait : Di Pasquali fait l'amour avec Catherine, il la sodomise et lui inflige soi-disant ces blessures à l'anus, puis il la voit partir avec deux Noirs... Et le jury supposera tout naturellement que ce sont ces deux Noirs, que personne d'autre n'a vus, qui ont violenté Catherine parce qu'elle leur résistait... Ils se sont amusés avec elle dans les environs, l'ont probablement violée à leur tour. Ils ont volé ton auto, Thomas, puis ils l'ont laissée là...

—Et aucun des accusés n'est impliqué ni de près ni de loin dans tout ce scénario, remarqua Thomas. Catherine ne met même pas les pieds chez Jackson... Même si tu as mis en contradiction les deux témoins de la défense, c'est une histoire qui se tient, ajouta-t-il en se tournant vers Paul.

Un silence oppressant pesa un instant sur Julie et les deux hommes. Thomas se dirigea vers le grand tableau noir, où tant d'hypothèses, de notes et de suppositions avaient été tracées tout au long du procès. Y figuraient encore les trois grands rectangles avec *CLUB HAVANAS, RÉSIDENCE DE JACKSON, VOITURE DE THOMAS/PLAGE.*

Il les contempla une fois de plus, car ils lui semblaient contenir la clé de l'énigme. Mais était-ce vraiment le cas?

Il était près d'une heure de l'après-midi. Paul suggéra:

—On va prendre une bouchée?

—Bonne idée, approuva avec enthousiasme Julie, je meurs de faim!

—Je vais rester encore un peu, dit Thomas sans quitter des yeux le tableau.

Malgré sa déception, Julie suivit Paul qui, lui, se réjouit intérieurement à la perspective de se trouver pour la première fois en tête-à-tête avec la ravissante psychiatre. Ils pourraient parler du procès, bien entendu, mais le procureur espérait bien faire plus ample connaissance, évaluer ses chances auprès d'elle, peut-être même tenter une invitation. Il avait d'abord cru qu'elle était la maîtresse de Thomas, ou en tout cas qu'elle avait déjà couché avec lui, mais les révélations de Templeton avaient tout remis en question.

Il ne pouvait évidemment savoir que Thomas et Julie étaient amants depuis quelques jours – ignorance qui le servirait d'ailleurs peut-être, en lui permettant une audace qu'il se serait autrement interdite.

Comme il essayait, tout en marchant et en parlant, d'échafauder un plan, il en vint à la conclusion que la meilleure stratégie était justement de ne pas en avoir.

Pour sa part, dès qu'il se retrouva seul, Thomas regretta de ne pas avoir accompagné Julie et Paul. Il avait évidemment pressenti l'attirance du procureur pour la jolie psychiatre, qui semblait d'ailleurs avoir été éblouie par sa dernière prestation en cour, qui était peut-être sensible au charme d'un homme plus jeune, qui ne traînait pas derrière lui tout un passé, comme lui.

Thomas eut une pensée pour son épouse décédée. Il lui sembla que, après lui avoir voué toutes ses pensées pendant plus d'un an, il l'avait pour ainsi dire oubliée depuis qu'avaient débuté sa relation avec Julie et toute cette histoire avec Catherine. Et il en éprouva un soudain remords. Le sentiment de culpabilité, si puissant depuis la mort de Louise, revenait à la charge.

Mais il n'avait pas le temps de s'attarder à cela pour le moment. Il lui fallait trouver une piste nouvelle, un indice – n'importe quoi qui permettrait d'identifier, sans l'ombre d'un doute, les vrais coupables.

Et il était certain, désormais, que c'étaient les quatre accusés.

Il eut un petit creux – énervé par le procès, il n'avait pas pris de petit déjeuner et s'était plutôt drogué de café – et décida de commander une pizza.

Une demi-heure plus tard, lorsque le livreur frappa à la porte du bureau laissée entrouverte, Thomas était si absorbé dans la contemplation des trois rectangles qu'il sursauta.

Le livreur, un adolescent de quatorze ans, interrogea :

— C'est un jeu ?

— Euh, oui, dit Thomas, plus soucieux de se débarrasser de la question que de fournir une vraie réponse.

Le livreur posa la pizza sur le bureau, s'approcha du tableau :

— Je connais un test fantastique ! Vous voulez l'essayer ?

Thomas le trouva sympathique, avec ses cheveux roux ébouriffés, ses yeux brillants et surtout son enthousiasme contagieux.

— Pourquoi pas !

L'adolescent s'avança, s'empara d'une craie et traça rapidement trois colonnes verticales de trois points qui formaient un carré.

Il tendit ensuite la craie à Thomas :

—Le test, c'est de relier les neuf points par quatre lignes droites – sans lever la craie !

Thomas prit la craie, réfléchit, fit une première tentative malheureuse : il n'était pas passé sur le point central. Une seconde tentative ne fut pas plus fructueuse : elle intégrait cette fois-ci le point central, mais en laissait un autre de côté... En fait, il lui aurait fallu chaque fois un cinquième trait.

L'adolescent souriait, amusé par les difficultés de Thomas, qui lui remit la craie en s'avouant vaincu. Fièrement, il expliqua :

—Le problème, c'est que les gens voient toujours cette série de points dans une boîte, et ils n'osent pas en sortir.

Il traça alors une première ligne qui dépassait les limites du carré imaginaire, partit en fait du point supérieur de la première ligne, descendit jusqu'au troisième, le dépassa, au retour passa par le troisième point de la deuxième ligne et le second de la troisième, dépassa de nouveau les limites du carré imaginaire, cette fois-ci vers la droite, et se rendit jusqu'au niveau de la ligne supérieure du carré, dont il embrassa d'un seul coup les trois points. Il n'avait tracé que trois traits. Avec le quatrième, il passa sur le point central et sur le troisième point de la troisième ligne.

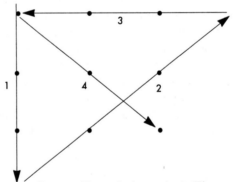

Un large sourire aux lèvres, il remit la craie à Thomas et lui annonça :

—Ce sera huit dollars quatre-vingt-quinze.

Thomas crut d'abord qu'il venait de lui indiquer le prix de la démonstration, puis se rappela la pizza et lui donna un billet de vingt dollars. Comme le jeune homme, en bon livreur, prenait son temps pour lui rendre la monnaie, il laissa tomber :

—Tu peux tout garder...

—Merci, monsieur, dit le livreur qui eut un grand sourire, tourna les talons et disparut, car il savait d'expérience qu'en pareille situation on ne laisse pas au client le temps de se raviser et de regretter sa générosité.

Le hasard, qui depuis quelque temps semblait s'acharner contre Thomas, pour une fois faisait bien les choses, car la petite démonstration du jeune homme avait déclenché en lui un processus de réflexion étonnant.

Finalement, avec ses trois rectangles, il avait fait la même erreur qu'avec le test! Tout comme Julie et Paul, il s'était laissé enfermer dans une structure mentale dont aucun d'eux n'avait réussi à sortir...

Au départ, comme la seule piste qu'ils avaient était le fait que la prostituée avait rejoint Catherine au Havanas, le premier rectangle qu'ils avaient tracé représentait le bar. Mais il fallait qu'ils sortent de cette structure, qu'ils commencent le raisonnement AVANT le bar Havanas, c'est-à-dire à la clinique. Paul et lui y avaient pensé au tout début, mais ils s'étaient rapidement rabattu sur le bar.

Pourtant, Catherine avait bel et bien quitté la clinique, où elle avait été vue la dernière fois vers six heures du soir, au moment où elle avait repoussé son dîner.

Et si quelqu'un d'autre l'avait «accompagnée»?

Jackson? Si c'était lui, il n'y avait évidemment rien à faire de ce côté. Comme le directeur ne témoignait pas, ils ne pourraient jamais rien apprendre de lui. Pourtant, le bon sens, la prudence la plus élémentaire interdisaient à Jackson de prendre un risque pareil: sortir de la clinique en compagnie d'une jeune patiente!

«Non, il a fort probablement mandaté quelqu'un d'autre pour cette tâche délicate, pensa Thomas. Quelqu'un à la moralité élastique. Quelqu'un en qui il avait pleinement confiance. Quelqu'un qui ne le trahirait pas. Peut-être quelqu'un qui lui devait quelque chose parce qu'il avait commis une faute dans le passé.»

Mais qui?

C'est ce qu'il allait essayer de savoir.

Il décida de questionner Catherine une fois de plus à ce sujet et partit pour la clinique si rapidement que la pizza, pourtant fort odorante, resta sur la table.

65

Assise à la fenêtre de sa chambre, à la clinique – pour des raisons de sécurité, et parce que ses parents n'en avaient pas les moyens, Thomas avait cru bon de payer le séjour prolongé de la jeune femme à la clinique Gagliardi –, Catherine contemplait fixement la montre-bracelet que Robert lui avait offerte le jour de leur rencontre.

Tout s'était passé si vite... comme dans un roman, comme dans un rêve !

Et maintenant il fallait qu'elle se rende à la douloureuse évidence : malgré tous ses espoirs, malgré sa «certitude» intérieure que Robert lui était destiné, il ne reviendrait jamais. Elle devrait faire sa vie sans lui.

Alors, à quoi bon continuer ?

Pourquoi ne pas rouvrir cette profonde cicatrice qu'elle avait au poignet, mais définitivement ? Elle ne raterait pas son coup, cette fois, et personne ne viendrait la «sauver» de manière importune, comme c'était arrivé à l'hôtel. Elle s'allongerait dans un bain bien chaud, tracerait directement sur la cicatrice une ligne très fine, et alors tout le mal de la vie s'échapperait d'elle. Tous les souvenirs de son enfance meurtrie, toutes les frustrations d'une carrière de comédienne qui n'avait même jamais démarré, toute sa déception avec Robert, toute l'humiliation du viol et du procès s'échapperaient lentement. Le chemin de la liberté lui apparaîtrait, et enfin elle pourrait oublier.

Elle contemplait ainsi son poignet tandis que montait en elle la résolution de plus en plus forte de passer aux actes une fois pour toutes lorsque Thomas arriva dans sa chambre.

Il la trouva très pâle, très grave, et se fit de nouveau la réflexion, comme presque chaque fois qu'il la voyait, que la ressemblance avec son épouse décédée était vraiment saisissante : elle aurait pu être sa jeune sœur – ou encore leur fille à tous les deux : était-ce pour cette raison qu'il avait dès le premier instant décidé de la prendre sous son aile ?

Mais le temps pressait. Il lui fallait trouver quelque chose qui leur assurerait la victoire, pour le moment si incertaine.

Catherine s'assit sur son lit, et Thomas approcha une petite chaise droite.

— Il faut que tu essaies de te rappeler ! dit Thomas. Avec qui t'es-tu rendue au bar Havanas ? Tu dis toujours que tu y es allée seule, mais comment peux-tu en être sûre ? La prostituée t'attendait au bar, alors quelqu'un a dû venir te chercher dans ta chambre, te faire prendre le Mnémonium puis t'aider à t'habiller et t'emmener au bar.

Au moment où il prononçait ces mots, il réalisa que la personne la mieux placée pour faire cela était de toute évidence celle qui n'attirerait pas l'attention à la clinique, donc quelqu'un qu'on était habitué de voir, qui circulait librement.

Comme une infirmière.

Ou un infirmier.

— Je ne sais pas, je n'ai aucun souvenir.

— Il faut que tu t'en souviennes, Catherine, c'est de la plus haute importance ! Le procureur pense que nous allons perdre. D'après lui, l'affaire des condoms a beaucoup impressionné le jury. La défense a réussi à semer un doute raisonnable dans son esprit, et c'est tout ce dont ils ont besoin pour s'en sortir. Essaie de te rappeler !

— Je... C'est le vide. Ce n'est pas parce que je ne veux pas.

Elle se concentrait visiblement, puis tout à coup son visage s'éclaira, ses yeux s'écarquillèrent :

— Je me souviens !

— C'est vrai ? s'écria Thomas, soudain plein d'espoir.

— Oui, je me souviens pourquoi j'ai acheté ces foutus condoms ! La veille, j'avais été chez mon médecin pour une infection et il m'a prescrit des antibiotiques. Il m'a expliqué qu'ils pouvaient diminuer l'efficacité de la pilule et qu'il était plus prudent d'utiliser des condoms tant que je prendrais ces antibiotiques.

— Ah ! dit Thomas, déçu. Je comprends. Mais dis-moi, pourquoi vingt-quatre ?

— Ah, fit-elle en rougissant. Les condoms extra-grands, c'était un gag, pour taquiner mon copain. Et les Shield, eh bien, c'est parce que c'est mon nom !

— Je vois...

Et il pensa combien cette explication toute simple eût été bienvenue en cour – alors que le silence embarrassé de Catherine avait au contraire laissé supposer la légèreté la plus déplorable, touche supplémentaire à un portrait déjà très appuyé.

Mais maintenant il était trop tard. Le procureur pourrait certes citer de nouveau Catherine, pour lui faire expliquer en cour la raison de ces vingt-quatre préservatifs, mais au lieu d'avoir l'accent de sincérité d'un aveu spontané, l'explication paraîtrait contrefaite.

Il se demanda aussi si la présence de ces antibiotiques dans le sang de Catherine expliquait pourquoi le Mnémonium n'avait pas été plus efficace dans son cas, pourquoi elle pouvait se souvenir de plus de choses que lui-même.

—Réfléchis très fort, Catherine! Quelle est la *dernière* chose que tu te souviens d'avoir faite à la clinique le 15 juillet?

—Je... je ne me rappelle pas grand-chose, c'est flou.

—Quelle est la *dernière* personne dont tu te souviens? C'est peut-être elle qui t'a emmenée au Havanas!

—Je ne sais pas.

Ses sourcils se fronçaient, son visage s'assombrissait, les larmes lui montaient aux yeux parce qu'elle était impuissante à aider Thomas. Et parce qu'il lui semblait que le médicament, et peut-être aussi le traumatisme du viol, lui avait dérobé non seulement un pan de sa mémoire mais également une partie de sa vie. Car qu'est-ce qu'une vie, au fond, sinon une succession de souvenirs? Et qu'est la conscience sans le soutien de la mémoire?

Après un moment de découragement, tout à coup, comme une première grâce du ciel après tant de mésaventures, un éclair fulgurant surgit enfin.

—Je me souviens maintenant! s'exclama-t-elle. J'y suis allée en taxi!

—Viens, décida tout de suite Thomas, allons à la porte de la clinique.

Le policier qui assurait en permanence la sécurité de Catherine les suivit jusqu'à la porte de la clinique Gagliardi, où une dizaine de taxis faisaient la file dans l'attente d'éventuels clients.

Ils s'arrêtèrent devant le premier taxi.

—Vous montez? demanda le chauffeur.

—Non, je voudrais seulement savoir, mon ami, si vous reconnaissez mademoiselle.

Le chauffeur prit un air inquiet. Ce type était-il inspecteur de police? Il avait une bonne tête, pourtant. Mais aujourd'hui, à New York, on ne pouvait être sûr de rien. Prudent, il se contenta de hocher la tête en signe de dénégation et se détourna. Thomas crut bon de ne pas insister.

Il passa à la voiture suivante, où il reçut également un accueil méfiant. Mais peut-être que Catherine, elle, pouvait reconnaître un des chauffeurs ?

Elle les passa en revue rapidement, pour ne pas les irriter, et se tourna vers Thomas avec une mine désolée.

— Non, dit-elle, je ne reconnais personne.

— Tu es sortie de la clinique le soir, ce ne sont peut-être pas les mêmes chauffeurs que le jour.

— En effet.

L'excitation d'avoir enfin trouvé une piste était retombée tout aussi rapidement qu'elle était née. Il ne leur restait plus qu'à rentrer à la clinique et à tenter d'explorer d'autres voies.

Et pourtant au moment où ils s'y attendaient le moins, la chance se manifesta.

Sur le perron de la clinique, le visage de la jeune femme s'illumina et elle s'immobilisa, presque en transe. C'est qu'elle venait d'apercevoir un infirmier qui montait dans le premier taxi de la file.

— Je me suis rendue au Havanas avec un infirmier ! s'exclama-t-elle avec conviction.

— Te rappelles-tu son nom, son visage ?

— Je... Non, pas son nom. Mais je crois que je le reconnaîtrais.

— Viens, dit Thomas, encouragé par cette mince lueur d'espoir.

Il venait d'avoir une idée toute simple. Il entraîna Catherine au bureau du personnel, où il demanda à l'une des préposées de lui sortir les photos de tous les infirmiers au service de la clinique. Elle s'empressa de lui donner satisfaction et lui apporta sur une table une cinquantaine de photos.

Les premières photos ne retinrent guère l'attention de Catherine et, au bout de la trentième, Thomas commença à penser qu'elle ne se souvenait plus du visage de cet infirmier. Mais, tout à coup, elle lui demanda de lui montrer de nouveau une photo qu'il venait de tourner.

— Celle-là, s'il vous plaît.

Thomas reconnut sans peine l'infirmier en question : c'était Peter Lang, qui travaillait depuis des années à la clinique Gagliardi et qui s'était parfois occupé de Catherine au début de son hospitalisation.

— Peter ? Tu es certaine que c'était lui ? demanda Thomas.

— Oui, absolument.

— Mademoiselle, est-ce que Peter Lang est ici aujourd'hui ?

— Vous n'êtes pas au courant ?

Elle lui avait demandé cela sur un ton si grave que Thomas crut d'abord qu'elle allait lui annoncer le décès de l'infirmier.

—Non.

—Il ne travaille plus à la clinique depuis au moins deux mois. Il a été congédié.

—Pour quel motif?

—Je ne sais pas. Personne ne le sait.

Deux mois... ce qui les reportait à la période où avait eu lieu le viol. Coïncidence? Et ce mystérieux congédiement dont personne ne connaissait le motif?

—Est-ce que vous avez encore ses coordonnées?

La préposée fouilla dans son fichier rotatif, les trouva et les nota sur une feuille de papier qu'elle lui remit.

Il accompagna Catherine à sa chambre et se hâta de quitter la clinique.

Pas une minute à perdre!

Il lui fallait retrouver Peter, le questionner et, s'il savait quelque chose, le convaincre de témoigner.

Dès le lendemain.

66

L'adresse était celle d'un immeuble délabré de Soho qui avait la particularité d'être habité par une clientèle presque exclusivement homosexuelle, et lorsque Thomas entra, il constata qu'il n'avait pas le numéro de l'appartement, ce qui était plutôt embêtant car le tableau du vestibule devait compter une bonne trentaine de sonnettes. Il le consulta rapidement, n'y trouva aucun Lang et se demanda un instant si, dans son impatience, il ne s'était pas tout simplement trompé d'immeuble.

Mais un homme d'une quarantaine d'années aux cheveux teints en blond, ce que trahissait une longue repousse noire, venait justement chercher son journal, drapé dans un peignoir de satin noir un peu théâtral. Thomas l'interpella:

—Je cherche un homme...

—Nous en sommes tous là! l'interrompit l'autre d'une voix efféminée.

Il souriait de toutes ses dents, et ses joues se creusaient cependant qu'il tirait avec affectation sur son long porte-cigarette doré bon marché. Il souffla sa fumée en direction de Thomas d'une manière qu'un homme qui partageait ses inclinations eût peut-être trouvée provocante, mais qui embarrassa le psychiatre. En même temps, il clignait des yeux soulignés d'un large trait de mascara.

Thomas mit une seconde à comprendre le quiproquo, puis s'empressa d'ajouter, en consultant son petit bout de papier pour se donner une contenance :

— Un Monsieur Peter Lang.

— Ah, Peter ! Il est au 234.

— Je vous remercie.

— Il n'y a pas de quoi, dit l'homosexuel, qui trouvait visiblement Thomas de son goût.

Impatient, Thomas préféra emprunter les escaliers, qu'il monta quatre à quatre, plutôt que d'attendre un ascenseur qui du reste paraissait dans un état douteux.

Il trouva rapidement l'appartement, sonna et se retrouva bientôt, non sans surprise, devant une dame aux cheveux grisonnants. C'était la mère de Peter. Elle affichait un air méfiant qu'elle perdit aussitôt que Thomas lui annonça qu'il était un médecin de la clinique Gagliardi.

— Peter n'est pas ici, expliqua-t-elle. Il travaille.

— Pourriez-vous me dire où ? C'est urgent.

Elle hésita, puis inscrivit méticuleusement sur un morceau de papier l'adresse d'un magasin de location de vidéos.

C'était à deux pas : Thomas s'y rendit immédiatement.

Quand il entra dans la boutique, Peter, qui servait un client au comptoir du fond, vit Thomas avant que ce dernier ne l'aperçoive. Le visage crispé d'angoisse, il se pencha vers l'autre commis et dit :

— Remplace-moi ; le type qui vient d'entrer veut sans doute me voir. Ne lui dis sous aucun prétexte que je suis là.

Il ne lui laissa pas le temps de répliquer, tourna les talons et disparut dans l'arrière-boutique, qui servait à la fois de lieu de rangement pour les cassettes et d'atelier de réparation.

Derrière un petit rideau qui tenait lieu de porte, il put observer Thomas pendant que son collègue, l'air profondément désolé, l'informait qu'il n'avait pas vu Peter de la journée, et qu'il ne l'attendait pas.

Thomas ne se méfia pas, en conclut que la mère de Peter, qui de toute manière était assez âgée et ne semblait pas en pleine possession de ses moyens, l'avait simplement mal renseigné.

— Vous ne savez pas où je pourrais le trouver ? C'est très important. Nous avons besoin de lui dans un procès.

— Il a des ennuis avec la police ?

— Non, non, je me suis mal exprimé. Il pourrait nous servir de témoin.

— Écoutez, je suis absolument désolé. Avez-vous essayé chez lui ?

— Oui, je viens juste de parler à sa mère.

— Je ne peux vraiment pas vous aider, dit le commis, qui plissait les lèvres et désignait un nouveau client qui lui tendait un jeton pour louer une cassette.

Déçu, Thomas n'insista pas. Il ressortit de la boutique et remonta dans sa voiture, qui était garée de l'autre côté de la rue. Rarement avait-il été aussi angoissé. Peter Lang avait été son dernier espoir, et il venait de le perdre. Le lendemain, le procès arriverait à sa conclusion, qui de l'avis du procureur ne serait probablement pas favorable à Catherine.

Lui qui avait voulu croire en elle, il aurait perdu son pari. De surcroît, il se retrouverait avec Templeton sur les bras, qui s'empresserait de rouvrir l'enquête et de déclencher un procès – le sien, cette fois ! Privé de son unique alibi, qui n'avait pas résisté à la petite enquête menée par l'inspecteur, il était perdu. Sa seule chance venait de disparaître.

Comme hébété, il resta là plus longtemps qu'il n'aurait dû.

Il en était toujours à se demander ce que diable il pouvait encore tenter, vu le peu de temps dont il disposait, lorsqu'il remarqua qu'un taxi s'arrêtait devant la porte du club vidéo. Il considéra d'un œil distrait cet événement banal en soi.

Ce qui le fut moins, c'est que Peter, vêtu d'une veste mauve plutôt voyante et d'espadrilles à bandes phosphorescentes, sortit du magasin vidéo et s'engouffra dans le taxi, qui s'éloigna aussitôt dans la direction opposée.

Thomas s'empressa de démarrer, voulut faire un virage en U mais dut attendre que quatre ou cinq voitures passent devant lui. Quand il réussit enfin à tourner, il eut tout juste le temps d'apercevoir le taxi qui tournait à droite, trois coins de rue plus loin.

Il rattrapa le taxi devant *Central Station*, l'immense gare dans laquelle Peter s'engouffra. Thomas se gara en catastrophe, descendit quatre à quatre l'escalier et s'immobilisa à la jonction de deux corridors, qui menaient dans deux directions opposées. Lequel Peter avait-il emprunté?

Il tira mentalement à pile ou face, choisit le corridor de droite, pressa le pas.

Il comprenait évidemment ce qui se passait. Au club vidéo, le collègue de Peter l'avait informé de sa visite, et l'infirmier fuyait, pour ne pas devoir témoigner.

D'ailleurs, s'il fuyait ainsi, c'était probablement pour une raison bien précise : parce qu'il savait des choses intéressantes. Des choses capitales...

Il fallait absolument que Thomas le rattrape.

Mais il se rendit compte qu'il l'avait vraiment perdu de vue. Il s'immobilisa, regarda fébrilement à droite et à gauche. Non, ce n'était pas possible! Peter ne pouvait pas lui avoir échappé ainsi à la dernière minute!

Soudain il aperçut à une centaine de mètres la veste mauve de Peter. Il courut à toute vitesse, le rattrapa enfin, juste avant que celui-ci ne monte dans un train, et vit qu'il s'était mépris. De loin, l'homme ressemblait à Peter, mais en fait il portait d'épaisses lunettes et était beaucoup plus jeune. Surpris et légèrement effrayé d'être ainsi abordé, il accepta sans rien dire les excuses empressées de Thomas.

Le psychiatre le regarda monter dans le train avec un air de découragement absolu. Comment espérer retrouver Peter maintenant?

Un autre homme avait eu plus de chance que lui dans cette filature désespérée : Bobby Simon, le tueur à gages. Il avait suivi Thomas jusqu'au club vidéo, en avait vu, comme lui, le chétif infirmier sortir précipitamment et, déjà mis au courant par ses clients du danger qu'une rencontre entre les deux hommes pouvait représenter avant la fin du procès, avait tout de suite mis en application les instructions reçues.

Il ne fallait absolument pas que Thomas parle à Peter. Il n'y avait aux yeux du tueur qu'une manière d'éviter une aussi fâcheuse discussion : supprimer Peter, un témoin gênant s'il en était.

Il le rejoignit sur le quai que Peter s'était empressé de gagner aussitôt son billet acheté pour Montréal, où il avait quelques amis dans le Village qui l'hébergeraient, le temps que le procès prenne fin et que tout danger soit écarté.

Simon braqua dans le dos de Peter un revolver qu'il tenait dans la poche de son imper. Peter crut s'évanouir. Il n'avait jamais vu cet homme, mais sa mine patibulaire ne lui inspira rien de bon, non plus d'ailleurs que son regard perçant de type qu'on ne contrarie pas. En outre, il était évident qu'il était armé et que ce n'était pas un bout de bois qu'il lui avait planté dans les reins. Simon lui ordonna :

— Avance, regarde droit devant toi. Un mot, et tu es mort.

Peter se hâta d'avancer, cependant que de fines gouttes de sueur mouillaient son front. Les intentions de cet homme étaient évidentes.

Il y eut alors une bousculade devant eux. Deux jeunes, en se poursuivant, heurtèrent Peter, puis le tueur. L'infirmier comprit que c'était sa chance de s'échapper et fonça droit devant lui.

Surpris par l'audace de Lang, Simon tira de sa poche son revolver et le pointa en direction de l'infirmier. Mais il y avait tant de gens sur les quais qu'il lui était pratiquement impossible d'atteindre sa cible. Il fourra à regret son arme dans sa poche et se mit à la poursuite de l'infirmier, à qui la peur semblait donner des ailes.

Simon perdit bientôt de vue l'infirmier, ralentit, s'arrêta enfin, dégoûté. Il n'en revenait pas. Cette petite frappe lui avait échappé. Impossible ! Il ne pouvait pas être monté dans un train de ce quai, car le train arrivait au loin. Il fallait qu'il retrouve Peter avant que le train soit là et que l'infirmier puisse y monter.

Son visage blêmissait de rage.

Il aperçut alors une porte restée ouverte dans un des murs de la vaste gare. Il sourit. Il tenait son fugitif. Il tira de nouveau son arme de sa poche, franchit la porte et s'avança dans un de ces bureaux de fortune réservés au personnel d'entretien. La pièce était plongée dans l'obscurité la plus totale, ce qui ne fit que confirmer à Simon que Peter s'y cachait. D'ailleurs il vit bientôt, dans un coin, les bandes phosphorescentes de ses espadrilles. Il tenait son homme.

Il braqua son arme et allait en décharger le contenu sur Peter lorsqu'il reçut au visage une giclée d'un produit qui lui brûla les yeux.

Il tira au hasard un coup de feu, lâcha son arme, se mit à hurler de douleur en se prenant le visage à deux mains et courut, comme une poule décapitée, hors du local. Sur son passage, les voyageurs étonnés lui frayèrent un chemin, ne se rendant pas compte qu'il courait vers une mort certaine.

Quelques secondes à peine avant que le train arrive, Simon tomba du quai ; il fut immédiatement happé par la locomotive. Peter, lui, s'était avancé dans l'obscurité, avait trouvé le commutateur et allumé. Il posa l'extincteur chimique qu'il avait eu le réflexe de prendre en entrant dans la pièce. Il tremblait.

Il sortit du bureau, vit l'attroupement qui s'était formé au bord du quai, entendit les premiers commentaires : « Un fou s'est jeté sous les roues du train... » Il devina que ce devait être le tueur à gages, mais ne prit pas de chance et s'éloigna d'un pas nerveux. Il attendrait qu'on nettoie ou achèterait un billet pour une autre destination.

Lorsque Thomas arriva enfin sur le quai, quelques secondes après que l'infirmier l'eut quitté, il eut l'intuition que l'homme qui s'était jeté sous le train n'était autre que Peter. Découragé, il préféra rentrer tout de suite.

Le lendemain serait la dernière journée du procès.

Catherine perdrait.

Et un autre procès commencerait : le sien.

67

Maître Schmidt replaçait, nerveux, ses notes après avoir livré à la cour son discours de clôture lorsqu'au fond de la salle un homme en uniforme blanc fit son entrée. Il tenta d'expliquer au garde de sécurité qu'il devait absolument parler au docteur Gibson. Devant son insistance, le policier finit par accepter de le conduire jusqu'à Thomas.

Visiblement nerveux, l'homme, qui transportait une mallette noire, marchait d'un pas incertain. Lorsqu'il aperçut Vic Jackson assis au banc des accusés, il sembla saisi d'une hésitation, qui ne fit d'ailleurs que redoubler lorsque son regard croisa celui, étonné et inquiet, du directeur. Devait-il continuer ? Ce qu'il s'apprêtait à faire n'était-il pas insensé ?

Sa vie n'était-elle pas menacée ?

Il lisait en tout cas de lourdes menaces dans les yeux de Jackson, qui était devenu livide.

Qu'est-ce que ce petit pédé venait faire là ?

Avec toute la rage muette que son regard pouvait exprimer, Vic Jackson tenta de signifier à Peter le châtiment qui l'attendait s'il s'obstinait à le braver.

Mais Peter continua de s'avancer dans l'allée centrale de la cour, excitant ainsi la curiosité de nombre de spectateurs.

Il avait longuement mûri sa décision. La veille, après avoir réussi miraculeusement à supprimer le redoutable tueur à gages engagé pour l'éliminer, il avait été pris de remords. Il avait pensé à Catherine, dont la vie déjà était détruite et dont l'honneur ne serait probablement jamais lavé s'il n'intervenait pas. Quatre monstres échapperaient en outre à la justice, et peut-être un innocent serait-il condamné. On avait parlé du docteur Gibson...

Mais lui *savait*. Lui seul avait la clé de l'énigme du 15 juillet.

Même s'il risquait son emploi – Jackson ne l'avait pas congédié mais simplement suspendu jusqu'à la fin du procès – et peut-être davantage, il avait décidé de témoigner.

Il en avait assez d'avoir honte : honte d'être ce qu'il était, honte de se faire marcher dessus, honte d'être forcé de poser des actes qu'il trouvait répréhensibles ! Honte enfin d'avoir honte.

Lorsque Thomas reconnut Peter, il n'en crut pas ses yeux. Ainsi donc, la veille, l'infirmier ne s'était pas enfui pour éviter de témoigner ! Catherine le regarda avec un mélange de surprise, d'espoir et de reconnaissance. Julie et elle échangèrent un sourire. Il y avait peut-être là du nouveau, de quoi leur remonter le moral. Thomas se leva et se dirigea vers Peter, ce qui eut l'heur d'agacer maître Schmidt.

—Merci d'être venu ! souffla Thomas à Peter.

Il le prit par le bras, l'entraîna jusqu'à Paul et le lui présenta. Le visage du procureur s'éclaira ! Mais n'était-il pas trop tard ? Le juge et la partie adverse accepteraient-ils ce nouveau témoin ?

Les trois hommes tinrent un petit conciliabule à voix basse. Lorsque Schmidt eut terminé, le procureur s'approcha du bureau du juge et lui soumit sa requête : il souhaitait faire entendre un dernier témoin, jusque-là introuvable.

Pendant ce temps, Schmidt était aux prises avec un Vic Jackson tellement désemparé qu'il dut se pencher vers lui pour éviter que l'assistance et surtout les membres du jury ne constatent l'émoi évident de son client. Jackson essaya cependant de faire écarter

Peter sans pour autant mettre son avocat au courant des véritables raisons qui l'y pousssaient.

— Cet infirmier ne doit témoigner sous aucun prétexte ! chuchotat-il d'une voix rauque à l'oreille de Schmidt.

— Quel infirmier ? demanda Schmidt, pour qui le métier de Peter n'était pas évidcnt, malgré son uniforme.

— Ce type, là : c'est un infirmier de la clinique Gagliardi ! Il a eu des gestes répréhensibles envers des patientes – envers des patients en fait.

— C'est un homosexuel ? demanda Schmidt.

Il détestait les gais presque autant que les Noirs.

— Oui ! J'ai été obligé de le susprendre temporairement ! Maintenant il veut se venger !

— Je vois, je vois, dit Schmidt. Dans ce cas, je vais m'opposer à ce qu'il puisse témoigner. C'est un témoin-surprise, je n'ai jamais entendu parler de lui !

Le juge lui fit signe et il s'avança aussitôt vers ce dernier, qui parlementait avec le procureur.

— Maître Schmidt, expliqua le juge, maître Kubrick souhaite pouvoir citer un nouveau témoin, Monsieur Peter Lang.

— Je m'y oppose formellement ! protesta maître Schmidt.

— Je sais que c'est inhabituel, plaida le juge Burns, mais vous aurez au mieux un ajournement, et je crois que nous voulons tous en finir ! De toute manière, vous savez comme moi que le procureur peut aller en appel et utiliser alors ce nouveau témoin, qui ne sera plus un témoin-surprise.

Maître Schmidt pesa le pour et le contre.

Il était sûr de lui : son discours de clôture avait eu un effet saisissant sur les membres du jury. Il avait suffisamment d'expérience pour avoir la conviction que la victoire était acquise. Il avait fait plus que simplement semer un doute raisonnable dans l'esprit du jury : il l'avait convaincu que toute cette cause était futile, que Catherine Shield n'était qu'une petite intrigante en mal de publicité, qui s'était probablement fait violer au Havanas par deux Noirs après une orgie à laquelle elle avait volontairement participé.

Quant à ce que Jackson venait de lui dire, cela ne lui paraissait pas de très grande importance. Ce minable infirmier homosexuel avait beau avoir été congédié, en quoi cela pouvait-il changer l'idée que le jury s'était faite, tout au long du procès, sur Catherine et son prétendu viol ?

Et puis, s'il refusait, il obtiendrait au mieux un ajournement de quelques jours pour préparer son contre-interrogatoire. Et, évidemment, l'État pouvait toujours aller en appel et intégrer l'infirmier à sa nouvelle preuve. Bien sûr, pour un avocat un appel était toujours intéressant au chapitre des honoraires. Mais le triomphe imminent qu'il récolterait avec ce procès hautement publicisé lui apporterait une renommée immédiate qui valait plus que des centaines de milliers de dollars supplémentaires.

De toute façon ce serait facile pour lui, grand juriste et ancien boxeur, de mettre en boîte, même sans préparation, ce petit infirmier gai. Il allait le traquer comme un rat !

— Bon, je vais me montrer beau joueur ! déclara-t-il avec prétention. Nous pouvons y aller.

— Je vous remercie, maître Schmidt, dit avec un sourire suave le procureur, qui avait peine à cacher sa jubilation.

Paul retourna à sa table et pria Peter de s'avancer vers le banc des témoins. Ce dernier s'assit, mais son regard croisa alors les prunelles enflammées de Vic Jackson, qui s'escrimait à expliquer à son avocat, avec une furie difficilement contenue, qu'il venait de commettre une erreur monumentale !

D'un geste confiant, Schmidt balaya les craintes de son client.

Jackson s'affaissa sur son banc.

Peter avait baissé les paupières, se demandant s'il n'était pas en train de jouer sa vie. Mais sa conscience avait tranché la veille, et elle lui disait maintenant qu'il était temps d'aller de l'avant.

Il s'était senti solidaire de Catherine.

Parce qu'il n'était pas comme les autres.

Parce qu'il était homosexuel.

Parce qu'il était lui aussi une victime.

Comme Catherine.

Lorsqu'il mourrait, il pourrait se consoler à l'idée qu'une fois au moins dans sa vie il avait fait une chose dont il pouvait être fier : il s'était interposé entre la justice des riches et sa victime.

L'interrogatoire commença.

— Monsieur Peter Lang, quel poste occupiez-vous en date du 15 juillet dernier ?

— J'étais infirmier à la clinique Gagliardi.

— Le 15 juillet dernier, avez-vous reçu des instructions particulières concernant Mademoiselle Shield ?

— Oui.

—De qui avez-vous reçu ces instructions?

—Du directeur de la clinique, le docteur Jackson.

—Ces instructions, quelles étaient-elles?

—De donner à Mademoiselle Shield son médicament, vers neuf heures du soir.

—Comment avez-vous réagi?

—J'ai été un peu surpris.

—Pour quelle raison?

—En principe, ce n'est pas mon travail mais celui d'une autre infirmière.

—Lui avez-vous exprimé votre étonnement?

—Oui, mais il m'a dit que tout était arrangé. Il m'a remis deux pilules. La première était le tranquillisant qui fait partie de la médication habituelle des patients, et l'autre, une petite pilule que je n'avais jamais vue. Je lui ai demandé ce que c'était. Il m'a dit de ne pas me poser de questions, que cela faisait partie du traitement.

—Avez-vous pu identifier cette pilule par la suite?

—Oui, lorsque je me suis retrouvé seul, par curiosité je l'ai examinée, et j'ai vu qu'il était gravé dessus : Mnémonium 2 000.

Le docteur Jackson se raidissait, regardait alternativement Peter et Schmidt, qui commençait à réaliser qu'il avait peut-être péché par excès de présomption en laissant témoigner cet infirmier qu'il allait devoir contre-interroger sans préparation. En tout cas, son témoignage paraissait déjà plus compromettant qu'il n'avait cru!

Pendant ce temps, le visage de Catherine s'éclairait peu à peu. Enfin, elle comprenait ce qui lui était arrivé! Peut-être allait-elle voir son honneur rétabli? Peut-être cesserait-on de la prendre pour une petite menteuse sans scrupules?

Le procureur reprenait son interrogatoire :

—Monsieur Lang, avez-vous reçu d'autres instructions de la part du docteur Jackson, le soir du 15 juillet?

—Oui, le docteur Jackson m'a demandé de retourner à la chambre de Mademoiselle Shield une heure après lui avoir administré le médicament, de lui dire de s'habiller et de l'emmener en taxi au bar Havanas.

—Tissu de mensonges! s'exclama Jackson, qui pour la première fois perdait son sang-froid. Je n'ai jamais rien dit de pareil à cet abruti!

—Monsieur Jackson, je dois vous rappeler à l'ordre! lui lança le juge Burns.

Son avocat s'était également tourné vers lui, la prunelle impérieuse. Ce n'était pas le temps de perdre contenance, de laisser croire au jury qu'il était peut-être fautif. Paul reprenait :

— Vous n'avez pas trouvé étranges ces instructions du docteur Jackson ?

— Un peu, mais, comme il est le directeur de la clinique, je n'ai pas osé les contester.

— Alors qu'avez-vous fait le 15 juillet vers dix heures du soir ?

— Eh bien, j'ai fait ce que le directeur m'avait ordonné de faire : je suis allé à la chambre de Mademoiselle Shield, je lui ai demandé de s'habiller, puis j'ai pris un taxi avec elle devant la clinique et je l'ai conduite au bar Havanas.

— Quelle heure était-il lorsque vous êtes arrivé au Havanas ?

— Je ne sais pas au juste. Le temps qu'elle s'habille et que nous nous rendions au bar, il devait être dix heures trente, dix heures quarante-cinq.

— Et là, qu'avez-vous fait ?

— Eh bien, je suis retourné à New York. Je me suis rendu au club vidéo où je travaille à temps partiel comme vendeur et réparateur de caméras vidéo. J'ai travaillé un moment sur une caméra que je devais nettoyer, puis, comme nous fermons à onze heures et demie et que je n'avais pas le temps de la tester, j'ai décidé de l'emmener chez moi, parce que nous l'avions promise au client pour le lendemain matin. Mais au moment de retourner à la maison, j'ai commencé à avoir des remords. Ça me trottait dans la tête sans arrêt, cette histoire ! Je n'arrêtais pas de me demander pourquoi le directeur m'avait dit de conduire dans un bar une jeune patiente qui était sous l'effet d'un médicament. Je trouvais que ce n'était pas correct, qu'il y avait là quelque chose de louche, surtout que Mademoiselle Shield est plutôt jolie fille ! Alors, au lieu de rentrer chez moi, je suis retourné en taxi au Havanas. Mais là, je n'ai pas osé entrer tout de suite. Je ne sais pas, j'hésitais. J'avais encore mon uniforme d'infirmier, ce qui n'est pas une tenue très appropriée pour un bar, et puis le Havanas est un bar de riches, alors je me sentais encore plus mal à l'aise. J'étais sur le point de laisser tomber, en me disant que j'avais probablement imaginé des choses, quand j'ai vu Mademoiselle Shield ressortir du bar.

— Est-ce qu'elle était seule ?

— Non, elle était avec une femme assez... voyante.

— Que voulez-vous dire par « voyante » ?

—Eh bien, c'était une rousse très maquillée, qui portait de gros bijoux de fantaisie, des bracelets, des colliers, avec une robe très courte et très décolletée.

—Cette femme, est-ce celle qui figure sur cette photo ? demanda le procureur en montrant à Peter une photographie de la rousse Natacha.

—Oui, c'est bien elle.

—Vous en êtes certain ?

—Absolument.

Le procureur se tourna vers la salle, tenant bien haut la photo de la prostituée.

—Je précise pour la cour que la femme sur cette photo est Natacha Faraday, qui devait témoigner à ce procès ! Qu'ont fait les deux femmes, une fois sorties du Havanas ?

—Elles sont montées dans une petite Fiat noire décapotable et elles ont démarré. Alors j'ai demandé au chauffeur de taxi de les suivre à distance. Je voulais en avoir le cœur net.

—Et où sont-elles allées ?

—Elles ont roulé pendant une quinzaine de minutes et puis elles se sont garées devant une très belle résidence.

—Était-ce cette maison ? demanda le procureur en montrant à Peter la photo de la résidence du docteur Jackson.

—Oui, c'est bien cette maison.

—Je précise pour la cour et le jury qu'il s'agit de la résidence de Monsieur Jackson, dit Kubrick en se tournant vers la salle, soudainement aux aguets. Avez-vous noté quelque chose de particulier à propos de la résidence du docteur Jackson ?

—Oui, je me suis dit qu'il devait y avoir une fête ou une réunion, parce qu'il y avait au moins une trentaine de voitures stationnées devant la maison. De très belles voitures : des Rolls, des Mercedes, des Jaguar, des Porsche...

—Ensuite, qu'ont fait Mademoiselle Shield et la femme qui l'accompagnait ?

—Eh bien, elles ont sonné à la porte et j'ai vu le docteur Jackson leur ouvrir.

—Comment avez-vous réagi ?

—Je n'en revenais pas. Pourquoi Mademoiselle Shield et cette femme étaient-elles invitées à ce qui avait tout l'air d'être une fête ? Je me suis dit qu'elles ne se rendaient quand même pas à une session thérapeutique ! Pas à minuit, en pleine partie dans une résidence privée, même si c'était celle du docteur Jackson.

—Et, ensuite, qu'est-ce qui s'est passé ?

—Quand elles sont entrées, je n'ai plus su quoi faire. Alors j'ai réglé le taxi et j'ai marché pendant une quinzaine de minutes. Puis je me suis arrêté, je me suis assis dans un petit parc sur le bord de la mer. Je n'arrivais pas à comprendre ce que cette patiente faisait, dans cet état, chez le docteur Jackson, en pleine fête. Je trouvais qu'il y avait vraiment quelque chose qui clochait là-dedans. Ce n'était pas normal !

Peter s'arrêta un instant et ferma les yeux, comme s'il voulait retourner en pensée à la soirée fatidique et surtout oublier un instant les trois cents paires d'yeux et d'oreilles braquées sur lui, sur sa voix qui était en train de remettre en question l'issue d'un procès dont les dés semblaient pourtant jetés, quinze minutes plus tôt. Il reprit.

—J'étais vraiment embêté : c'était la maison du directeur ; si je le contrariais, je pouvais perdre mon emploi. Mais, d'un autre côté, je me doutais bien qu'il se passait quelque chose de pas correct. Alors finalement, je ne sais pas pourquoi, je me suis décidé à retourner chez Monsieur Jackson.

L'auditoire retenait son souffle.

—Arrivé là, je me suis avancé sur le terrain. Il ne paraissait pas y avoir de gardien ni de chien. Et puis il n'y avait pas énormément de lumière autour de la maison. Alors j'ai pris une chance. Je... je sais qu'on n'est pas censé faire ça, mais je me suis approché d'une des grandes fenêtres. Les rideaux étaient ouverts, on pouvait voir à l'intérieur.

—Et qu'est-ce que vous avez vu ?

—Eh bien, il y avait beaucoup de gens, une trentaine d'hommes et de femmes, peut-être plus.

—Et que faisaient-ils ?

—Eh bien, il y avait plusieurs femmes complètement nues, qui dansaient avec des hommes ou qui...

—Oui ?

—... qui faisaient l'amour.

—Est-ce que vous avez vu Mademoiselle Shield parmi ce groupe ?

—Non. J'ai vu la femme avec qui elle était venue mais Mademoiselle Shield n'y était pas.

—Qu'est-ce que vous avez fait ensuite ?

—Je me suis avancé discrètement jusqu'à une autre fenêtre, et j'ai vu une autre pièce, plus petite, avec un grand piano à queue. Il y avait un petit homme et une drôle de grosse femme avec une robe rouge et des cheveux noirs très courts qui se tenaient près d'une femme couchée à plat ventre sur le piano. Le bas de sa robe était relevé et on pouvait voir ses fesses. Au début je n'ai pas trop compris ce qui se passait. Mais je me suis rendu compte que ce n'était pas normal, parce que le petit homme et la grosse femme retenaient la jeune femme sur le piano, ils la frappaient, ils l'injuriaient, ils riaient, et la jeune femme protestait, pleurait... À un moment, elle s'est tournée vers eux, et je l'ai reconnue : c'était Mademoiselle Shield.

—Ensuite ?

—J'étais très nerveux, je ne savais pas quoi faire. À ce moment-là j'ai pensé à la caméra : il y avait une cassette vierge dedans. Alors j'ai décidé...

—Oui ?

—J'ai décidé de filmer ce que je voyais.

Un grand murmure s'éleva dans la salle d'audience pendant que Schmidt se pressait vers ses clients, soudain désemparés. Il se passait quelque chose de grave : ce petit infirmier, qui ne les avait pas inquiétés outre mesure au début, était en fait un témoin redoutable.

Le procureur récupéra la cassette que lui avait remise Peter, se tourna vers le juge et expliqua :

—J'aimerais maintenant projeter la bande que le témoin a filmé le soir du 15 juillet à la résidence du docteur Jackson.

—Objection, Votre Honneur ! Cette pièce est inadmissible ! Je demande une suspension de l'audience, dit maître Schmidt.

Le juge le regarda, eut une hésitation, puis trancha :

—Cette pièce fait partie de la déposition du témoin dont vous avez accepté le témoignage. Maître Kubrick, vous pouvez continuer.

Le procureur remit au technicien de la cour la cassette, les lumières de la salle baissèrent et la projection débuta.

Des images saisissantes apparurent sur l'écran. On vit d'abord le banquier, Gordon Steppelton, qui retenait Catherine sur le piano avec l'aide d'un surprenant Hubert Ross : maquillé, dans sa robe de satin rouge, avec ses cheveux noirs très courts, le respecté bras droit du maire avait l'air d'un véritable maniaque.

À quelques pas de lui, sur le tapis, gisait une perruque blonde, celle que la jeune femme lui avait arrachée en tentant désespérément de décourager ses assauts lubriques.

Tout en retenant une Catherine qui, visiblement droguée, poussait des protestations de plus en plus faibles, les deux hommes regardaient en direction de la porte et semblaient accueillir un nouveau visiteur, qui du reste apparut bientôt sur la droite de l'écran.

C'était Joseph Harvey, affublé de son grand chapeau noir, qui tenait dans une main une cage contenant deux rats et dans l'autre, contrairement à ce qu'avaient déclaré Catherine et la prostituée, non pas une longue flûte de champagne mais un long tube de verre.

— Cette petite chienne m'a mordu, elle va être punie ! cria le banquier en se tenant la main gauche, visiblement blessée. Allez, Joseph, dépêche-toi ! Montre-nous ton nouveau truc de grande folle !

Le son parvenait d'une fenêtre, ouverte sur la cour par cette chaude soirée d'été.

— Je l'avais apporté pour toi, Loulou, protesta Harvey.

— On va commencer par l'essayer sur elle, si tu n'y vois pas d'objection, dit le banquier.

— J'arrive, j'arrive... dit Harvey en s'avançant. Vous avez déjà tiré votre coup ?

— Ouais, dit le haut fonctionnaire, Gordon vient vite comme un lapin !

Loin de se montrer offusqué par cette plaisanterie, Gordon Steppelton éclata de rire et examina avec curiosité le long tube de verre qu'apportait Harvey.

Ce dernier s'informa, le plus sérieusement du monde :

— Vous avez de la vaseline ?

— Est-ce qu'on a l'air du genre à avoir besoin de vaseline ? dit d'une voix volontairement efféminée Hubert Ross.

— Crachez-lui dans le cul alors, pendant que je prépare le tout, exigea Harvey, qui avait posé la cage à terre, près du banc de piano.

Les deux hommes se penchèrent vers Catherine, et Hubert Ross entreprit de la tenir pendant qu'ils s'exécutaient. La jeune femme protestait :

— Je vous en supplie, je vous en supplie ! criait-elle, Arrêtez, arrêtez !

Pourquoi l'humilier ainsi, après l'avoir violée tour à tour ? Mais elle était visiblement affaiblie, confuse, droguée, et la résistance qu'elle pouvait opposer n'était pas très grande. Puis elle cria seulement :

— Non! Non!

Lorsqu'il estima la jeune femme suffisamment «préparée», Harvey prit le tube de verre, qui devait mesurer une trentaine de centimètres de longueur et sept ou huit de diamètre, et en enfonça l'extrémité la moins large entre les fesses de Catherine.

Celle-ci poussa un grand cri où se mêlaient douleur et stupeur. Terrorisée, croyant qu'un des trois hommes venait à nouveau de la sodomiser, elle se retourna et vit l'extrémité du tube de verre. Elle ne comprit qu'une chose : que c'était terriblement dangereux, que ce tube pouvait se briser en elle, qu'elle serait alors blessée, qu'elle risquait même de mourir si quelque chose tournait mal. D'ailleurs, une fois qu'ils en auraient fini avec elle, ne chercheraient-ils pas à la supprimer de toute façon?

— Qu'est-ce que vous voulez me faire? Arrêtez! Arrêtez! Je vous en supplie! Je vous en supplie! Je ne veux pas! hurlait-elle sans attendrir ses bourreaux – ses cris semblaient au contraire les exciter davantage, comme ces chiens enragés que la peur de leur victime stimule à attaquer de plus belle.

— Tenez-la comme il faut! ordonna Harvey.

Il ouvrit alors la porte de la cage et, après une hésitation, choisit le plus petit des deux rats, sur le museau duquel il posa un baiser.

— Bonne chance, mon chéri, dit-il à l'animal au moment même où Catherine se tournait et apercevait le rat.

Elle poussa un cri de terreur :

— Qu'est-ce que vous allez faire? Vous êtes fou! C'est un rat! Cessez! Cessez! Je vous en supplie! Je ne veux pas! Non! Non! Non!

Malgré son état elle se débattait assez vigoureusement, ce qui inspira au banquier, qui ne lui pardonnait pas de l'avoir mordu, l'idée de la gifler de nouveau, avec une brutalité telle que la tête de Catherine donna contre le piano. Elle se mit à pleurer de douleur et de rage impuissante.

Harvey fit alors entrer le rat dans le tube et lui interdit toute retraite en bouchant l'extrémité avec un mouchoir qu'il avait tiré prestement d'une poche de sa veste noire. Il alluma ensuite le chiffon à l'aide d'un briquet qu'il tira de la même poche.

Le rongeur commença par rester immobile, comme traqué, à l'entrée du tube, ne comprenant évidemment pas ce qui se passait ni ce qu'on attendait de lui. Mais lorsque la fumée l'atteignit et qu'il la respira pour la première fois, ses moustaches s'agitèrent, ses poils se hérissèrent, il se retourna et s'avança vers Catherine.

Il y eut alors un mouvement brusque de caméra, l'écran chavira et l'image s'éteignit. Le technicien rétablit l'éclairage normal, révélant une salle d'audience plongée dans un état d'agitation extrême.

Cette projection inattendue prouvait hors de tout doute que Catherine avait dit vrai : elle avait bel et bien été sauvagement violée ! Elle avait même subi des vexations plus graves encore, puisqu'elle avait été victime de cette pratique rare et dégradante, le *gerbelling* – qui tirait son nom d'un innocent petit animal, la gerboise (en anglais, *gerble*) : le dernier cri des délectations perverses dans certains cercles homosexuels.

Mais ce qui retint sans doute le plus l'attention de l'assistance fut la violente scène qui se déroula aussitôt les lumières allumées.

Le père de Catherine, qui était assis aux premiers rangs, sauta la rampe et bondit vers Harvey. Malgré le poids considérable du critique littéraire, il réussit, dans la force décuplée que lui donnait sa rage, à le soulever hors du box des accusés et à le projeter par terre. Il se jeta ensuite sur lui et lui serra le cou en hurlant :

— Je vais te tuer, sale porc ! Je vais te tuer !

Harvey se débattait, criait au secours, tentait de retirer de son cou les mains vengeresses du père de Catherine. Il suffoquait presque lorsque deux policiers vinrent à sa rescousse et parvinrent, non sans difficulté, à tirer vers eux Monsieur Shield, qui bientôt n'opposa plus de résistance, laissa aller le large cou du critique et se releva.

Aussitôt Harvey roula sur le ventre, se mit à cracher en même temps qu'il respirait profondément, par grandes saccades, comme un homme qui vient d'échapper *in extremis* à la noyade. Il était certes soulagé d'avoir échappé aux mains du père de sa victime, mais maintenant la honte et la terreur se lisaient clairement sur son visage livide.

Avant d'entraîner Monsieur Shield à l'extérieur de la cour, les policiers lui laissèrent quelques secondes de répit, pendant lesquelles il regarda sa fille. Debout contre la barre, les yeux baignés de larmes, Catherine, encore sous le choc de la bande vidéo, s'était spontanément levée et regardait son père avec un étonnement ému.

Les deux échangèrent un regard chargé d'une émotion extraordinaire.

Pour la première fois, il faisait vraiment quelque chose pour elle, il lui montrait qu'il l'aimait !

Ils n'échangèrent pas un mot, mais Monsieur Shield comprit que Catherine lui pardonnait tout le mal qu'il avait pu lui faire dans le passé, qu'ils étaient enfin réconciliés, que plus rien ne les séparerait jamais.

Puis les policiers le tirèrent par le bras. Il se laissa entraîner dans l'allée centrale, comme l'homme le plus heureux du monde, souriant à sa femme qui avait deviné, à travers ses larmes, ce qui venait de se passer entre sa fille et son mari.

Catherine se rassit, et Julie s'empressa de lui tendre un mouchoir, l'aida à essuyer ses larmes qui étaient un mélange de profonde joie filiale et de honte : elle se souvenait d'avoir été sauvagement violée, mais elle avait ignoré jusque-là qu'on s'était livré sur elle à des pratiques aussi bassement perverses, qu'on avait failli lui faire entrer un rat dans l'anus !

Deux autres policiers s'étaient approchés de Harvey, l'aidaient à se relever, s'assuraient qu'il n'avait pas besoin de soins médicaux et le reconduisaient vers la table des accusés, où Steppelton, Ross et Jackson l'accueillirent dans un silence de mort.

Schmidt et son assistant étaient désemparés : devaient-ils exiger un ajournement immédiat ou contre-interroger le témoin ? Après un document d'une telle portée, qui donc pourrait encore croire que ses clients n'avaient pas commis le crime dont on les accusait ?

Peter était toujours assis au banc des témoins, la tête basse, comme honteux ou peut-être, dans sa sensibilité extrême, malheureux pour les accusés, qui maintenant devraient faire face à la musique et assumer les conséquences de leurs actes.

Paul, pour sa part, évitait d'afficher un triomphalisme qui eût été de mauvais aloi dans les circonstances. La présentation de la bande vidéo l'avait médusé, comme tout le monde, elle l'avait même plongé dans une sorte d'état de choc. Il avait déjà vu bien des choses, au cours de sa jeune carrière, mais aucune ne rivalisait avec ce que Harvey avait infligé à Catherine.

Alors le juge Burns, d'un violent coup de maillet, mit un terme aux conversations et aux exclamations, et interpella Paul Kubrick :

— Avez-vous encore des questions, maître ?

— Euh, oui, Votre Honneur.

— Alors, allez-y.

Paul rassembla ses esprits et enchaîna.

—Monsieur Lang, comment se fait-il que vous ayez cessé de filmer ce qui se passait dans la maison du docteur Jackson ?

—Quand j'ai compris ce qu'ils étaient en train de faire à Mademoiselle Shield, je me suis dit que je ne pouvais pas juste filmer. Il fallait que je fasse quelque chose, je ne pouvais pas laisser ce rat...

Il s'interrompit, mais tout le monde avait compris. Il reprit :

—Alors j'ai posé la caméra, j'ai regardé autour de moi, j'ai vu une grosse roche dans le jardin. Je l'ai prise et je l'ai jetée dans la baie vitrée, qui s'est brisée. J'ai vu les trois hommes qui laissaient tout tomber – ils ont dû avoir peur. Catherine a voulu s'enfuir, elle s'est retournée et le tube de verre s'est cassé sur le piano. Je l'ai entendue crier. Je crois que le rat venait de la mordre : je l'ai vue sauter du piano et courir dans le salon. Puis la femme avec la robe rouge s'est avancée vers la fenêtre en criant. J'ai attrapé la caméra et je me suis enfui.

Ainsi donc Catherine ne s'était pas évanouie tout de suite, comme elle l'avait cru ! Sans doute l'horreur de ce qu'elle avait vécu en avait-elle oblitéré le souvenir.

Dans la salle, il y eut d'abord un silence consterné.

Jackson, qui l'instant d'avant était encore tout abasourdi, se leva. Le visage rubicond, il pointa un index accusateur vers Peter et cria :

—Cette bande est un montage, elle est fabriquée de toutes pièces ! Cet homme n'est qu'une petite pédale !

Il quitta la table des accusés et voulut s'en prendre à Peter, mais les policiers s'interposèrent et entreprirent, humiliation supplémentaire, de le menotter cependant qu'il continuait de vociférer des menaces à l'endroit du courageux infirmier.

Lorsque les policiers emmenèrent le directeur, celui-ci jeta au passage un regard haineux à Thomas, qui resta impassible. Les actes qu'il venait de voir sur l'écran étaient si abjects et dégradants – si invraisemblables aussi, puisque c'est une patiente sans défense et psychologiquement très vulnérable qui en avait été la victime – qu'il n'avait même pas envie de pavaner ni de narguer le directeur.

Cet homme, qu'il avait admiré à une certaine époque, s'avérait un véritable malade, qui s'était cru tout permis, même l'innommable.

Sa tête chauve entre les mains, Gordon Steppelton buvait sa honte : il ne pourrait plus jamais pratiquer le seul métier qu'il connaissait, celui de banquier, et sa femme allait le renier à tout jamais pour avoir non seulement participé à une orgie mais violé une jeune femme. Quant à son fils...

Il se mit à sangloter comme un enfant.

Hubert Ross s'était raidi sur son banc et, dans son orgueil démesuré, toujours persuadé apparemment d'être accusé à tort, il avait redressé la tête et défiait la foule du regard. Son visage exprimait une haine indescriptible. Lui, l'homme respectable entre tous, lui, le haut fonctionnaire qui faisait la pluie et le beau temps à la mairie de New York, lui qui, en tant que bras droit du maire, était courtisé, encensé par des centaines d'hommes d'affaires, de personnalités diverses, il souffrait de cette étrange folie qui le portait à se travestir en femme !

Il s'amusait à abuser avec brutalité d'une jeune femme, à cracher sur elle comme un dégénéré et enfin à se faire le spectateur amusé et le complice de cette invraisemblable pratique du *gerbelling*.

Triste et brutale fin de carrière !

Ce fut le moment que choisit le juge Burns pour ajourner les audiences de la cour, supposant, avec raison, que Schmidt ne souhaitait pas contre-interroger Peter Lang et qu'il savait avoir perdu sa cause.

Il donna aux membres du jury d'ultimes instructions et les convoqua pour neuf heures le lendemain matin, afin d'entendre leur verdict s'ils étaient parvenus à l'unanimité, ce qui ne faisait de doute dans l'esprit de personne.

La foule s'anima avec ferveur.

Debout, insensibles au brouhaha qui les enveloppait soudain, Thomas et Catherine échangèrent une longue poignée de main.

Thomas avait sauvé Catherine, parce qu'il avait été le seul à croire en elle.

Et, d'une certaine manière, par son opiniâtreté elle l'avait, elle aussi, sauvé de l'injuste accusation que Templeton avait fait peser sur lui.

Il y avait maintenant entre eux un lien, un lien qui durerait toute la vie.

Mais cette victoire, ils ne l'auraient jamais obtenue sans le concours de Peter. Ils semblèrent avoir en même temps cette pensée, car spontanément ils se tournèrent vers le banc des témoins et virent le jeune infirmier, l'air embarrassé, qui n'osait se lever et paraissait se demander ce qu'il devait faire.

En les voyant, il comprit tout de suite à quel point Catherine et Thomas étaient fiers de lui, de son courage. Il était devenu un héros ! Il avait surmonté sa crainte de perdre son emploi à tout jamais, de se faire tuer même, comme la prostituée, pour que triomphe la justice. Mais, surtout, pour que Catherine, une victime comme lui, puisse mener un jour une existence normale.

Julie s'approcha, serra longuement Catherine dans ses bras pendant que Thomas allait remercier Paul, qui ramassait humblement ses documents en se disant combien il avait été téméraire, cette fois, de prendre ce dossier. Heureusement, la chance lui avait souri au dernier moment.

Thomas lui tendit la main :

— Merci, Paul. Sincèrement. Tu ne peux pas savoir à quel point je te suis reconnaissant.

— Je n'ai fait que mon travail, dit Paul.

En remportant le procès de Catherine, il avait aussi sauvé Thomas d'un emprisonnement certain.

— Sans toi, je ne crois pas que nous aurions pu gagner, dit Thomas.

— Qui sait ! Il y a peut-être une justice, après tout !

À ce moment, un homme s'avança, la main tendue, vers Thomas qui, sans doute encore ulcéré par l'obstination maniaque de l'autre, refusa de la lui serrer. L'inspecteur Templeton baissa le bras, penaud, et dit pourtant :

— Je m'excuse. Très franchement. J'étais sûr que vous étiez coupable.

— Ne vous excusez pas.

Thomas marqua une pause, puis ajouta :

— Peut-être m'avez-vous aidé plus que vous ne le pensez.

— Vous le croyez vraiment ? demanda l'inspecteur, curieux et tout à coup flatté.

— Non, dit Thomas.

L'inspecteur, déçu, pensa que le docteur Gibson le rabrouait et voulut s'éloigner, mais, à sa surprise, Thomas lui tendit alors la main.

68

Sur le parvis du palais de justice, les journalistes, qui s'étaient littéralement précipités sur Catherine, la bombardaient de questions pendant que crépitaient les appareils-photo.

Le jeune procureur aussi était à l'honneur et les journalistes se pressaient vers lui, le félicitaient déjà de sa victoire, même si le verdict n'avait pas encore été rendu.

Ce fut un tumulte plus considérable encore lorsque les quatre accusés apparurent en haut des marches du palais, sous la double escorte des policiers et de leur avocat Schmidt. Leur morgue des premiers jours effacée, ils baissaient la tête, se protégeaient le visage de leurs mains menottées et, repoussant les assauts des journalistes, s'engouffrèrent bientôt dans les voitures qui les emmenaient au poste de police où ils passeraient la nuit en attendant le verdict du lendemain.

Pendant ce temps Catherine, malgré son épuisement, continuait de répondre de son mieux aux questions des journalistes. Sa mère l'avait rejointe et se serrait contre elle, les larmes aux yeux. Soudain, le visage de Catherine se figea, devint blême.

Elle venait d'apercevoir, au bas de l'escalier, la dernière personne qu'elle s'attendait à voir là : Robert.

Elle crut d'abord que, dans sa fatigue nerveuse, elle avait des hallucinations. «Ce ne serait pas nouveau!» pensa-t-elle. Depuis des semaines on la traitait de folle, d'hystérique. Alors elle en était peut-être victime une fois de plus. De manière cruelle et ironique d'ailleurs.

Car cet homme, avait-elle assez rêvé de le revoir? Cet instant, avait-elle assez voulu le vivre?

Désespérément.

Plus que tout au monde.

Et pourtant, l'hallucination n'en était peut-être pas une, et non, Robert ne passait pas forcément par hasard, parce qu'il la regardait dans les yeux. Avec ce même regard qu'il avait eu le premier jour, au sommet de la tour Eiffel, lorsqu'il lui avait demandé si elle voulait bien passer le reste de sa vie avec lui.

Ce regard, il l'avait parfois eu aussi au cours de leurs nuits passionnées, lorsqu'au milieu de ses emportements les plus fougueux il s'arrêtait brusquement pour lui dire simplement, les yeux dans ses yeux, qu'il l'aimait comme il n'avait jamais aimé aucune autre femme.

Qu'elle était en ce sens sa première femme.

Et qu'elle serait la dernière.

Des promesses qu'elle avait prises, ces derniers temps, pour un tas de mensonges.

Mais là, en cet instant, elle se disait qu'il ne lui avait peut-être pas menti. Peut-être y avait-il simplement eu entre eux un incontournable empêchement amoureux. Peut-être la vie les avait-elle volontairement séparés pour mieux les tester et les réunir ensuite, et donner ainsi à leur amour cette profondeur, cette richesse et cette résistance que seule la douleur peut donner.

Il s'avançait maintenant, de plus en plus près d'elle.

Elle, émue aux larmes, était agitée d'un léger tremblement.

Car, mystérieusement, elle ressentait jusque dans ses entrailles l'énergie de cet homme qui était tout pour elle. Et son cœur semblait sur le point de s'arracher de sa poitrine.

Le matin, Robert avait pris le petit déjeuner en compagnie de ses parents et de Lisa, la femme que son père lui destinait. Et quelque chose s'était rompu dans son esprit. Dans un moment de lucidité, il avait vu combien son père se montrait sarcastique envers sa mère. Presque en même temps, sa «promise», fille d'une riche famille alliée des Elliot, avait été très dure envers le vieux domestique, Émile. Et brusquement Robert avait éprouvé un profond dégoût pour sa famille, et surtout pour les valeurs qu'elle honorait. Fallait-il que les riches soient toujours aussi méprisants, aussi durs, aussi sûrs d'eux-mêmes?

Il s'était senti différent, à part. Il avait même senti qu'il n'appartenait plus à cette famille, dont il était pourtant issu, qu'il n'y avait jamais appartenu, et qu'il ne voulait pour rien au monde passer le reste de ses jours avec une femme comme Lisa.

Sans l'ombre d'une explication, il avait jeté sa serviette, s'était levé, avait quitté la pièce et le manoir, en prenant soin toutefois de faire ses adieux au vieux domestique.

À son père qui, froissé par son impolitesse, lui lançait :

— Où crois-tu aller, Robert?

Il avait simplement répondu :

— Le plus loin possible!

Il ne s'était même pas justifié auprès de sa fiancée, qui le questionnait, la prunelle inquiète.

Il était sorti et avait roulé longtemps dans la ville, se demandant quelle résolution adopter. Devait-il tenter de se réconcilier avec Catherine, après tout ce qu'il lui avait fait ?

Voudrait-elle de lui ? Lui pardonnerait-elle jamais ?

Le reprendrait-elle ?

C'étaient ces questions obsédantes qui se lisaient en ce moment dans ses yeux.

Il s'arrêta à quelques marches de la jeune femme. Et ils restèrent là sans parler durant quelques secondes, pendant que la mère de Catherine, qui comprenait ce qui se passait, s'éloignait discrètement. Enfin Robert demanda :

— Est-ce que nous pouvons parler ?

— Tu m'as fait très mal.

— Je... je veux te dire que... je sais que... j'aimerais que... Est-ce que nous pourrions recommencer à nous voir ?

— Tu m'as brisé le cœur...

— Je... je sais, j'ai fait une erreur... Je n'aurais pas dû écouter mon père.

Il se sentait terriblement gêné. Il comprenait qu'il revenait trop tard : il avait perdu la seule femme qu'il eût jamais aimée.

Il hocha la tête, se chercha une contenance, dit enfin :

— Je suis heureux pour toi. Pour le procès, je veux dire.

— Merci.

Elle ne disait plus rien, et ne lui facilitait vraiment pas la tâche.

— Bon, dit-il, je vais y aller... Je...

Il se pencha d'abord vers elle pour lui faire une bise mais la pudeur le retint, et, en un geste qu'il trouva un peu absurde, il lui tendit plutôt la main. Elle lui tendit la sienne. Le matin, pour une raison qu'elle ne s'expliquait pas, dans un geste superstitieux en fait, parce qu'elle croyait que le sort tournerait peut-être si elle l'exorcisait par quelque pratique intuitive, elle avait mis sa montre-bracelet à son poignet droit, contrairement à son habitude.

Robert la remarqua.

— Tu l'as encore ! dit-il en faisant allusion à la montre.

Elle baissa les yeux, et, comme si elle avouait une faute :

— Oui.

Il laissa sa main, et le cœur serré par l'émotion, il hasarda :

— Est-ce que je peux te téléphoner ?

— Pour quoi faire ?

La question le prit de court, ébranla ce qui lui restait d'optimisme amoureux.

— Je disais ça comme ça... Bon, eh bien je pense que je vais y aller maintenant!

Elle ne dit rien. Il tourna les talons, descendit trois marches et crut avoir une hallucination lorsqu'il entendit la voix de Catherine :

— Robert...

Il se retourna :

— Quoi...

— Si nous ne nous voyons plus, comment vais-je faire pour me venger de tout le mal que tu m'as fait?

D'abord, il ne fut pas sûr de comprendre, mais lorsqu'il vit le léger sourire qui fleurissait timidement les lèvres de Catherine, comme un aveu, il fut traversé d'une certitude délicieuse : elle le reprenait. Il se précipita vers elle, l'embrassa, la souleva même dans les airs, la fit tourbillonner.

Mais plusieurs cameramen entouraient maintenant Catherine, qui immortalisaient la scène et obligeaient les deux amants à se séparer, un peu honteux d'avoir été ainsi surpris. Une demi-douzaine de reporters s'avançaient, braquaient sur Catherine leurs micros.

Paul arriva près de Catherine et de Robert, put surprendre leur baiser, pensa qu'il connaîtrait peut-être lui aussi bientôt cette bonne fortune. Il venait de se libérer d'un reporter qui l'avait longuement questionné et il cherchait Julie...

Il l'aperçut en conversation avec la mère de Catherine. Il vint la trouver, s'excusa auprès de Madame Shield :

— Excusez-moi, j'aimerais parler au docteur Cooper quelques minutes, dit-il.

— Oui, je comprends, dit Madame Shield, impressionnée par la prestance de Paul.

Elle s'éloigna et, sans perdre de temps, le procureur demanda à Julie :

— As-tu pensé à la proposition que je t'ai faite hier?

— Est-ce que tu peux attendre jusqu'à demain pour une réponse?

— Oui, je pense que je pourrai survivre jusqu'à demain. Je n'en suis pas sûr, mais je vais essayer, dit-il avec un humour un peu forcé, car il paraissait plutôt l'homme le plus sérieux du monde.

69

Lorsque Julie rentra chez elle, elle trouva Thomas qui faisait ses valises. Elle fut ébranlée : il ne l'avait pas consultée et partait un peu comme un voleur. Aurait-il attendu son retour si elle était arrivée plus tard ?

Elle tentait de se raisonner. Après tout, c'était normal que Thomas reparte ! Le procès était terminé, et il avait une magnifique maison au bord de la mer, dix fois plus grande que son appartement. Elle avait entretenu le vague espoir qu'à la fin du procès il l'inviterait à habiter avec lui. Mais la vie ne se moquait-elle pas régulièrement de ses rêves ?

— Je ne vais quand même pas camper ici éternellement, expliqua Thomas. Tu as ta vie, je ne veux pas m'imposer !

— Oui, je comprends, dit-elle en dissimulant difficilement son chagrin.

Il ne voulait pas s'imposer ! *Bullshit !* De la politesse d'homme qui n'osait pas dire qu'il voulait reprendre sa liberté ! Elle l'avait déjà entendue avant, cette chanson !

Elle regretta sa naïveté amoureuse – elle ne guérirait sans doute jamais ! – qui une fois de plus lui jouait un mauvais tour. Après tout, ce n'était pas parce qu'elle avait hébergé Thomas quelques semaines, qu'ils avaient couché ensemble à quelques reprises qu'ils avaient pour autant signé un bail à vie !

Un silence un peu lourd s'installa.

Thomas regrettait les paroles qu'il venait de prononcer et surtout le ton, faussement désinvolte, qu'il avait adopté. Il aurait préféré avoir trouvé une formule moins malheureuse, moins brusque.

Le problème, c'était qu'il ne savait tout simplement pas quoi dire pour la bonne raison qu'il ne savait pas ce qu'il voulait.

Peut-être continuer avec Julie. Ou s'en séparer. Il n'en savait rien.

Avait-il réussi à oublier sa femme ?

La nuit précédente encore, il avait rêvé à elle et s'était réveillé en larmes. Peut-être l'aimait-il encore. Peut-être était-il trop tôt pour refaire sa vie.

Il ne voulait pas faire perdre son temps à Julie. Elle risquait trop de devenir la relation transitoire qui lui permettrait d'oublier sa défunte épouse, mais qui ne ferait au fond que le préparer pour la femme suivante. Et il la respectait trop, il avait trop d'estime et trop de reconnaissance envers elle pour lui imposer semblable traitement.

Elle l'avait aidé à traverser un des pires moments de sa vie. Et lui, en échange, que lui avait-il donné ? Un peu de tendresse, peut-être, et quelques nuits passionnées...

Mais avait-il autre chose à offrir ? Et peut-on demander à un être de donner ce qu'il n'a pas ?

Il referma sa valise, la posa debout sur le plancher et sourit, non sans un certain embarras.

— Je voulais te remercier, dit-il enfin. Si tu ne m'avais pas fourni cet alibi... je serais probablement en prison, et Catherine n'aurait jamais retrouvé sa dignité.

— Je savais que tu n'étais pas coupable.

— Tu as quand même pris un risque.

Elle haussa les épaules, sourit tristement, tenta de réprimer les larmes qui lui montaient aux yeux.

Il s'en allait ! Il ne dirait rien ! Il prenait congé comme un simple ami, presque un étranger – à croire qu'ils n'avaient jamais été amants !

Peut-être même ne voudrait-il plus la revoir, et lorsqu'ils se croiseraient dans les corridors de la clinique, il se contenterait de lui adresser un petit salut furtif. Déjà, d'ailleurs, il affichait cette mine timide, cet air désolé qu'ont les hommes lorsqu'ils ne veulent pas froisser trop une femme, qu'ils assassinent pourtant en la quittant.

Thomas, quant à lui, était en train de penser qu'il devait peut-être, au lieu de partir, prendre un risque.

Comme Julie l'avait fait : spontanément, sans calculer.

Par amour peut-être.

Qu'est-ce qui le retenait, au fond ?

Peut-être parce qu'il se trouvait à la croisée des chemins, et qu'un vent nouveau soufflait dans son cœur qui emporterait tous les fils du passé, il sentait s'opérer en lui une révolution dont il était le premier surpris.

S'il ne parlait pas tout de suite à Julie, s'il ne lui disait pas immédiatement ce qu'il pensait d'elle, il serait trop tard. Ce moment, cette chance ne se représenterait jamais plus.

Leurs routes se sépareraient.

Il allait plonger, faire abstraction de ses vieilles peurs, prenait une dernière inspiration pour affermir sa résolution, pour trouver les bons mots.

Dans la tête de Julie, les pensées se bousculaient aussi. Thomas partait, et ensuite les choses ne seraient probablement plus jamais les mêmes. Elle ne pouvait pas prendre ce risque. Alors elle pensa à une astuce pour le forcer à bouger, et elle dit – c'était d'ailleurs la plus stricte vérité :

— Paul m'a invitée à South Beach avec lui, ce week-end.

Il s'en doutait ! Il s'en était douté dès le premier instant. Paul était entiché de Julie. Et elle avait succombé à son charme, parce qu'il était plus jeune. Et probablement aussi parce qu'il était libre, parce qu'il n'était pas, comme lui, englué dans les filets du passé. Quel idiot ! Lui qui allait lui proposer...

Et elle, par gentillesse, probablement pour ne pas le froisser, pour lui éviter l'humiliation de l'apprendre par quelqu'un d'autre, lui annonçait cette histoire avec Paul. D'ailleurs, ils avaient peut-être déjà couché ensemble. Ce qui était son droit le plus strict : après tout, elle n'était pas mariée avec lui ! Ils étaient libres, tous les deux.

Comme il était imbécile !

Juste au moment où il s'apprêtait à plonger, à prendre un risque comme il n'en avait pas pris depuis longtemps ! On ne l'y reprendrait pas de sitôt !

— C'est bien, dit-il sur un ton faussement enjoué. Je suis sûr que vous allez vous amuser ! J'y suis déjà allé, et le vieux quartier art déco est vraiment formidable... et puis c'est très à la mode, ces temps-ci, ne put-il s'empêcher d'ajouter.

— Oui, fit-elle, déçue.

Sa ruse se retournait contre elle.

Il y eut un silence embarrassé, puis Thomas souleva sa lourde valise en expliquant :

— Je vais prendre quelques jours de congé.

— Oui, je comprends.

— Bon week-end à South Beach, dit-il.

Il posa sur ses lèvres un baiser furtif et partit, affreusement désappointé.

70

En arrivant dans sa belle maison de Hampton – il n'y avait pas mis les pieds depuis des semaines – Thomas éprouva tout de suite une sensation étrange. À la vérité, il ne s'y sentait plus chez lui. Comme si cette maison, qu'il avait adorée jusqu'à la souffrance, parce que tout en elle lui rappelait sa femme, comme si cette maison n'était plus la sienne. Pourtant, quelques semaines plus tôt, elle était encore un monument au souvenir de la décédée.

Maintenant, tous les souvenirs, tous ces menus objets qui nourrissaient sa folle passion le laissaient indifférent : on aurait dit que la mystérieuse présence de Louise, qui les avait si longtemps habités, les avait brusquement quittés.

Alors Thomas comprit qu'il avait fait une terrible erreur.

Il avait laissé passer sa chance avec une femme admirable.

Oui, mais il y avait Paul.

Aurait-il pu la convaincre de partir avec lui plutôt qu'avec le procureur ?

Était-elle vraiment sa maîtresse, déjà, ou n'avait-il pas sauté aux conclusions un peu vite ?

Avait-elle inventé ce voyage à South Beach ?

Une chose était certaine : le procureur avait le béguin pour elle, Thomas en était persuadé. Alors, que faire ?

Il ne savait pas. Mais il souffrait, il regrettait amèrement de ne pas s'être montré plus audacieux.

Il passa dans le jardin qui, négligé depuis son départ, commençait à ressembler à un coin de forêt vierge. Il s'approcha d'un de ses chers rosiers blancs, le contempla comme s'il cherchait en lui une inspiration, un courage.

Il cueillit une rose, la huma, l'accrocha à sa boutonnière.

Il lui semblait qu'il y avait des siècles qu'il ne s'était livré à ce petit rituel.

L'inspiration qu'il cherchait lui vint enfin.

Il monta dans sa voiture et composa le numéro de Julie.

La sonnerie retentit une fois, deux fois, trois fois.

Il allait raccrocher lorsqu'il entendit un déclic.

— Allô ?

Quel bonheur il ressentit de l'entendre ! Il eut la pensée que, s'il était tombé sur le répondeur, il se serait littéralement effondré.

—Julie, c'est moi, je me demandais si... je me demandais si tu aurais le temps de me rendre un petit service... un autre.

—Oui?

—Il y a une maison à vendre dans le quartier, je la regarde depuis un certain temps, et je me demandais si tu n'aurais pas le temps de venir me donner ton avis.

—Tu veux la visiter quand?

—L'agente peut être là dans une demi-heure... Je suis un peu nerveux. Elle m'a dit qu'il y avait d'autres acheteurs intéressés et...

—Tu as peur de la perdre, c'est ça?

—Oui.

—Je vois...

Il avait besoin d'elle comme conseiller immobilier! Fascinant, non? Elle n'en revenait pas! Décidément, il avait l'art de la décevoir! Pourtant, elle répondit :

—D'accord, donne-moi une vingtaine de minutes...

Une petite demi-heure plus tard, elle arrivait chez lui. Il l'attendait dans sa voiture, comme s'il n'osait plus entrer dans sa maison. Elle monta dans la Porsche et il démarra. Pendant le court trajet, tous les deux enfermés dans leurs pensées, ils ne parlèrent pour ainsi dire pas.

Cinq minutes plus tard, ils arrivaient en vue de la propriété. Julie en eut le souffle coupé. Au bout d'une longue rangée de peupliers s'élevait une très classique maison de pierre, avec un toit de cuivre qui avait tout le charme que seul donne la patine des ans.

L'agente, une sympathique dame d'une soixantaine d'années aux cheveux blancs, les attendait à la porte.

Elle leur ouvrit et les introduisit dans la maison, qui était vide, ce qui en général ne donne pas une très bonne impression. Elle était poussiéreuse aussi, mais les pièces étaient immenses et ensoleillées. Un grand escalier circulaire menait au cinq chambres à l'étage, dont chacune était munie d'une salle de bain complète. La chambre des maîtres était spectaculaire. Thomas et Julie s'y attardèrent plus longtemps que dans les autres pièces. La fenêtre principale donnait sur une grande cour qui allait mourir dans la mer. C'était à la fois intime et spectaculaire.

—Qu'est-ce que tu en penses? demanda Thomas.

Julie, éblouie mais en même temps attristée que Thomas ne leur ait pas réservé cette maison à tous les deux, lui répondit par une autre question :

—Je croyais que tu ne voulais pas déménager, que tu étais trop attaché à ta maison ?

Il parut pris au dépourvu, comme si elle avait percé ses pensées les plus secrètes.

—Je ne suis pas encore certain que je veux l'acheter. C'est pour ça que j'ai voulu avoir ton avis. Alors, qu'est-ce que tu en penses ?

—Tu veux vraiment le savoir ?

—Oui.

Julie commença par jeter un regard à l'agente immobilère, qui se tenait un peu en retrait, souriante, attendant leurs questions ou leurs commentaires, puis elle dit :

—Eh bien, j'en pense que tu es un con !

Thomas resta estomaqué. Mais Julie n'avait pas fini.

—Je pense que tu es comme tous les hommes qui ont terriblement peur de s'engager ! Je pense que tu es en train de rater la plus belle occasion de ta vie !

—Si je comprends bien, tu trouves que je devrais la prendre ?

—Je me fous complètement de cette maison ! Je te dis que tu es un con, et que j'en ai assez de perdre mon temps avec un type qui ne sait pas ce qu'il veut, et avec qui j'aurais pu avoir une vie merveilleuse ! Est-ce qu'il y a autre chose que tu veux me demander ou est-ce que je peux partir maintenant ?

—Euh, oui, je voudrais te demander une dernière chose, dit Thomas.

L'aimable agente d'immeuble tentait de se donner une contenance, de faire comme si ce couple explosif ne se disputait pas.

—Une dernière ?

—Dernière. Est-ce que tu aimerais vivre dans cette maison ?

—Est-ce que je serais obligée de vivre avec toi ?

—Oui.

—Alors, c'est... oui !

Et aussitôt l'agente, qui savait par expérience qu'il faut battre le fer quand il est chaud et que même les personnes les plus sérieuses changent d'idée comme de chemise, fit apparaître, comme par enchantement, un formulaire d'offre d'achat.

ÉPILOGUE

Un détail n'avait pas été éclairci par le témoignage surprenant de Peter. Comment Catherine s'était-elle retrouvée dans la Mercedes de Thomas, aux petites heures du matin, après avoir été sauvagement violée?

La réponse à cette question fut apportée peu de temps après la fin du procès.

Lorsqu'il reçut sa condamnation à dix ans de prison – condamnation identique à celle des trois autres accusés –, le directeur de la clinique, Jackson, craqua et, par dépit, voulut entraîner dans sa chute son complice, le docteur Arthur Campbell, dont le mégot de cigarillo Panter avait été retrouvé par Thomas sur la plage, non loin de sa voiture.

C'est lui en effet qui était allé chercher Catherine chez Jackson après la petite fête et qui l'avait conduite, à demi inconsciente, chez Thomas.

Le soir du viol, Thomas ne s'était jamais rendu jusqu'à la clinique pour y retrouver Catherine. Après avoir franchi à peine un kilomètre, il avait rebroussé chemin et, nostalgique, avait arrêté sa voiture sur la plage pour y contempler la mer.

Dans sa lucidité considérablement amoindrie par les effets conjugués du Mnémonium et de l'alcool, Thomas avait trouvé tout naturel, au bout de quelques minutes, de se déganter et d'abandonner sa voiture sur la plage.

Mais lorsqu'il était rentré chez lui, la vue de ses mains ensanglantées l'avait inquiété – effrayé presque à la vérité – car il ne se souvenait plus du tout comment il avait pu se blesser. Avait-il commis un crime?

Comme Lady Macbeth, il avait passé de longues minutes penché au-dessus du lavabo de sa salle de bain à se laver minutieusement les mains, rongé par une culpabilité dont il ne connaissait pas la cause. Puis, à un moment donné, il s'était demandé ce qu'il faisait là, à laver avec acharnement des mains parfaitement propres : il ne se rappelait plus qu'il s'était blessé et que, quelques minutes plus tôt, ses mains étaient ensanglantées.

Accablé d'une lassitude extrême qui lui était soudainement tombée dessus comme un manteau de plomb, il s'était couché sans avoir la force – ni même la pensée – de se dévêtir.

Aux petites heures du matin, Arthur Campbell, qui n'avait pas digéré la décision rendue contre lui au comité de discipline, avait trouvé la Mercedes là où Thomas l'avait laissée, les portes ouvertes, le bouquet de roses ensanglantées sur la banquette à côté des gants de conduite tachés de sang, qu'il s'était empressé d'enfiler à Catherine pour compromettre davantage son collègue.

Une aubaine inespérée qui l'avait aussitôt mené à la conclusion que Dieu était de son côté et l'approuvait.

Mais son désir de vengeance, qui était passé à un cheveu – à un poil ! – de réussir, se retourna contre lui et lui coûta sept années de prison.

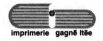

imprimerie gagné ltée

IMPRIMÉ AU CANADA